Las puertas del paraíso

NEREA RIESCO

Las puertas del paraíso

Grijalbo

*A mi abuela Charito, que varió el final
de* Ricitos de Oro *para adaptarlo a
mi particular gusto, y que atesoraba en
su librería un ejemplar de* Las mil y una
noches, *posible razón de este afán loco
por contar historias*

Yo no hablo de venganzas ni perdones,
el olvido es la única venganza y el único perdón.

JORGE LUIS BORGES

Prólogo

Ciudad de Fez, 1533

Han de saber vuestras mercedes que mi nombre es Sâmeh, que en lengua musulmana quiere decir «El que perdona». Hubo un tiempo en el que fui conocido por Yago, hijo de Esteban el Pucelano, nacido y bautizado en la ciudad de Valladolid. Si por mis actos me hice más adelante merecedor del honorable nombre de Sâmeh sólo podrán decidirlo si tienen a bien posar sus ojos en el relato de los asombrosos acontecimientos que me dispongo a perpetuar en estas páginas. Algunos de ellos les parecerán sacados de los cuentos de *Las mil y una noches*. Confío en que Dios, que me concedió la gracia de aprender a leer y escribir, me ayudará a dar fiel testimonio de los turbulentos años en los que los reyes cristianos, Isabel de Castilla y Fernando de Aragón, unidos por el sagrado vínculo del matrimonio, decidieron concluir con la misión anhelada por tantos otros antecesores suyos: unificar España bajo una misma bandera y una misma religión y borrar del mapa, y del recuerdo de los habitantes de la península Ibérica, la presencia de esos que llamaban infieles, aquellos que la habían convertido en su hogar durante más de siete siglos.

En esos tiempos yo era un muchacho ciego de apenas doce años que no sabía nada de casi nada y que no esperaba emociones ni desvelos en sus quehaceres habituales. Quizá por eso aquel día de marzo en el que tuve la dicha de conocer el secreto que permite a los hombres alcanzar la inmortalidad, me pilló de improviso. Se trataba de un secreto perceptible, que olía a piedra recién cincelada y tenía tacto rasposo. Ya entonces me gustaba enlazar impresiones para perpetuar en mi mente los momentos que consideraba importantes sin sospechar siquiera que ése es el ardid más eficaz para zurcir de forma indeleble una nostalgia a la memoria. Recuerdo que era miércoles y que mi padre se afanaba en la cocina, liberando de las alacenas los ingredientes necesarios para sus propósitos de ese día. El insolente perejil, la aterciopelada mejorana, el cálido azafrán, las afligidas cebollas… inundaban de aromas la estancia mientras esperaban plácidamente junto al fogón a que les llegase el turno de dar razón a sus existencias.

Esteban el Pucelano, mote por el que todos conocían a mi padre, era capaz de cocinar un guiso digno de un sultán para treinta personas con tan sólo media docena de rábanos, un pedazo de tocino veteado y sal gorda. Ese tedioso día tenía la intención de preparar su afamada tortilla matahambre y se empeñaba, una vez más, en que yo aprendiese a dominar los rudimentos del arte cisoria por si algún día él faltaba de mi lado. Desplegaba frente a mí el abanico de mejunjes en polvo, líquidos o espiritosos, dulces, salados, picantes y ácidos para que los olisquease, palpase, sorbiese, desmenuzase, les diese la vuelta del derecho y del revés, esperando que sintiera por ellos algún vínculo anímico que me empujase a amarlos, tal como le sucedía a él. Pero yo encontraba el quehacer de la cocina igual de seductor que intentar comprender el mensaje que se esconde en el chirrido de los grillos.

Ese día mi tentador cometido consistía en cortar en pedazos minúsculos un trozo de carne de cerdo adobada. Y yo lo hacía, sí, siguiendo sus indicaciones al pie de la letra, sin protestar, pero con parsimonia tediosa, bostezando con toda la boca y suspirando ruidosamente. Eso atacó los nervios de mi padre. Le oí resoplar y murmurar una letanía ininteligible en la que se intuía una queja sobre mi desgana, mi indolencia y algo que no alcancé a entender bien pero que tenía que ver con aquellas conversaciones que a veces mantenía con Dios en las que le cuestionaba con padecimiento qué había hecho él para merecer semejante castigo. De pronto se hizo un silencio que duró un par de minutos al que siguió un manotazo hercúleo en la mesa que desbarató los cubiertos y que me sobresaltó hasta los tuétanos.

—Yago —espetó mordiendo mi nombre—. Suelta el cuchillo que nos vamos a ir a dar un paseo.

—¿Adónde?

—Ahora lo verás.

Era una frase hecha, sin duda, ya que por entonces el mundo era para mí una eterna noche oscura. Había nacido ciego y, por tanto, no echaba de menos la luz. Mi padre contaba a todo aquel que quería escucharle que se dio cuenta enseguida de que su hijo no era como los demás cuando yo apenas contaba con unos pocos días de vida. Mi madre murió al alumbrarme, así que cuando el corre-corre de las condolencias, de los «¡Pobrecilla!», de los «¡Pobrecillos!», de las lágrimas y el entierro se fueron diluyendo y Esteban cerró la puerta de la casa para quedarse a solas conmigo, tuvo tiempo de observarme con atención. Contaba que fue en ese preciso momento cuando se percató de que yo era un niño extraño. Tenía la piel demasiado blanca, casi transparente. Una pelusilla albina me cubría el pequeño cráneo en el que se podían distinguir, con absoluta precisión, el recorrido azulado de las venas. Apenas lloraba y, cuando lo hacía, emitía un chirrido débil, exánime, semejante al maullido de un gatito abandonado y medio moribundo que despertaba más compasión que ternura. Decía que, al abrir los párpados por primera vez, mostré al mundo un destello de pulido mármol gris, un vacío pétreo que todos exaltaron como la hermosa herencia de mi abuela francesa. Pero mi padre encontró preocupantes aquellos ojos insondables, esas dos esferitas inexpresivas, inconmovibles al brillante sol del mediodía. En ocasiones me descubría de madrugada con ellos como platos y, cuando se acercaba con una vela para observarme mejor, detectaba mi mirada plomiza perdida en el infinito, vítrea e inmóvil.

Creo que sintió miedo de mí, un espantajo anómalo que Dios envió como castigo a algún pecado que mi padre no recordaba haber cometido. Como presumía de mala memoria, dedujo que algo habría hecho; de otra forma, no había explicación para que el Señor tuviese a bien castigarle de esa forma, así que lo aceptó con resignación. Y es que mi padre siempre fue muy despistado; si le costaba encontrar su talega por las mañanas, mucho más difícil le resultaba recordar deslices impíos. Supongo que descubrir que su mujer había abandonado este mundo cediéndole la responsabilidad de una criatura de semejantes características le hundió en la aplastante tristeza que siempre arrastraba consigo. Con ella impregnó las paredes de la casa en la que vivíamos, inundándola de olor a lágrimas resecas y suspiros descorazonados.

Hasta el momento en el que ella murió, Esteban el Pucelano era bullicioso y hortelano, pero abandonó sus labores en el campo para buscar una forma de ganarse la vida que le permitiera quedarse en casa, a mi cuidado. De no haberse dado la desgracia de enviudar, era más que posible que su maña frente a los fogones jamás se hubiera aprovechado. Pero afrontar con veinte años la responsabilidad de alimentar a una criatura recién nacida le agudizó el ingenio. Pronto se corrió la voz de que estaba sacando adelante, solo y con soltura, a su hijo Yago a fuerza de colarle por el gaznate leche de almendras, frumenty y gachas mejoradas con miel. Más adelante les dio a probar a sus vecinas sus tanteos entre calderas. Variaba las medidas para hacer las salsas más ligadas, añadía nueces y pasas a la masa del pan o batía las claras de los huevos con azúcar hasta convertirlas en dulces montañas blancas, densas como la nieve, que se aferraban al plato aunque éste estuviera boca abajo. Guisaba sin parar porque, mientras mantenía su mente ocupada en recordar ingredientes, en elucubrar mezclas o inventar sopas, se olvidada de su infortunada vida de viudo prematuro.

Pronto la casa se llenó de potajes que éramos incapaces de acabar antes de que se echaran a perder, así que el Pucelano pensó en comerciar con ellos. Trocaba sus platos elaborados por pan recién hecho, manteca, chorizos, pescado, mantas de lana o zurcidos en nuestras calzas… hasta que cocinar se convirtió en su modo de ganarse la vida. Pese a todo, y aun a esas alturas, yo seguía intuyendo su congoja, e inconscientemente me sentía responsable de ella: el responsable de la muerte de su mujer y de su soledad.

Aquel día, como tantos otros, las carcajadas de los chicos de mi edad recorriendo las calles, con la alegría de los que no tienen nada que pedir a la vida, se colaron por la ventana. Cada poro de mi piel clamó por liberarse del ambiente viciado de la cocina. Quería unirme a ellos, gritarles mi nombre, reírme con sus naderías. Pero eso jamás había ocurrido. Ni ocurriría. Mi padre aseguraba que el mundo ya era bastante cruel para la gente que tenía todos sus sentidos en perfecto estado, que imaginara lo que podía hacer con alguien como yo.

—Venga, límpiate las manos y vámonos —me apremió.

—Pero no he terminado de trocear el cerdo…

—El cerdo puede esperar. Ya no tiene patitas con las que huir; las eché el otro día en las alubias, ¿te acuerdas? Así que aquí seguirá cuando regresemos. Venga, vámonos —repitió en un entusiasta tono de voz que nunca antes le había oído utilizar y que, supuse, estaba remedando del verdulero del mercado.

En cuanto salimos a la calle, el aire tibio se coló por los agujeros de mi nariz como lo haría un vendaval en una casa con las puertas y las ventanas abiertas de par en par. Respiré profundamente; estaba impregnado del olor de los negrillos. Era la época. A mí me supo a vida. Coloqué mi mano sobre el hombro de mi padre y echamos a andar dirección este. Atravesamos la Cascajera y San Benito con el célebre calor del membrillo lanzándonos lengüetazos en la nuca. Notaba la espalda pegajosa de sudor, pero tenía las manos heladas. Caminábamos en absoluto silencio, escuchando nuestros pasos acompasados rechinando sobre la tierra. Intuí que habíamos alcanzado ya la altura de la iglesia conventual de San Pablo y deduje que mi padre quería entrar a misa, pero me equivoqué. Tomó una calle lateral hasta que por fin se paró en seco y llamó a una puerta.

—Yago, pórtate bien. Como yo te he enseñado —indicó mientras se lamía la palma de la mano para aplastarme con ella el rebelde remolino de pelo que lucía en mi frente—. No hables si no te preguntan. Da las gracias siempre. ¿Comprendes? Como yo te he enseñado.

—¿Dónde estamos?

No le dio tiempo a responderme. Se oyó el sonido sibilante de unos pasos acompasados que se acercaban a la puerta, anticipándose al alboroto de llaves, goznes y cerraduras destempladas que nos saludaron mucho antes de que lo hiciera nuestro anfitrión.

—Esteban... —Una voz grave y seria, como de hombre que había sobrepasado los sesenta, nos recibió—. ¿Cómo tú por aquí? No recuerdo haberte encargado nada.

—No, no, padre Isidoro, no lo habéis hecho —oí decir a mi padre en tono de disculpa velada—. El arquitecto Simón me invitó a venir con mi hijo el día que tuviéramos a bien. —Se hizo el silencio, y supuse que el religioso debía de estar mirándome con gesto interrogante porque se apresuró a aclarar—: Como ya sabéis, mi hijo es ciego. El señor Simón me dijo que ya han comenzado a colocar los relieves en el claustro y que mi muchacho podría disfrutar tocando las piedras talladas. Las yemas de los dedos son sus ojos.

Se hizo un incómodo silencio en el que supuse que el tal padre Isidoro estaría mirándome de arriba abajo.

—Muy bien. Pasad entonces —dijo de pronto—. Ya conoces el camino.

Entramos y la puerta se cerró tras nosotros seguida del mismo estrépito con el que se había abierto.

Aquel lugar olía a piedra antigua, cirios e incienso, a rezos atrapados en las paredes y a enclaustramiento. Atravesamos un largo corredor, dimos un par de revueltas por unos pasillos estrechos en los que se oía el retumbar de nuestras pisadas y, de pronto, pude percibir la amplitud de un patio exterior abriéndose ante nosotros. Me sentí pequeño e inseguro. Tragué saliva y me aferré con fuerza al brazo de mi padre. Él, que me conocía a la perfección, intuyó mi inquietud y me dio un par de palmaditas alentadoras en el envés de la mano.

—Ya hemos llegado, Yago. Éste es el lugar. Si pudieras verlo… Es absolutamente magnífico.

Oí voces de hombres gritándose unos a otros, y el inconfundible repiqueteo del cincel golpeando en la piedra con cadencia fastidiosa. Sentía el aire pesado, como si el polvo que desprendían aquellos minerales al resquebrajarse buscara vengarse de la profanación a la que los sometían los humanos inmiscuyéndose en las entrañas de todo el que estuviese lo bastante cerca, impidiéndole respirar con naturalidad. Ahora sé que mi intuición era acertada. Las piedras, pese a su aparente pasividad, son rencorosas. Muchos de aquellos hombres que se dedicaban a profanar el mármol, o el granito o la caliza terminaban su vida sufriendo dolores en el pecho, tosiendo espasmódicamente, echando el bofe con la boca, respirando a bocanadas y agotándose al más mínimo esfuerzo, hasta perder el apetito, la figura y el color. Las piedras se vengaban de ellos a largo plazo.

Mi padre se me acercó para susurrarme al oído:

—El confesor de la reina Isabel se ha responsabilizado personalmente de terminar las obras de la iglesia. Están construyendo un coro, un refectorio, varios dormitorios, una hospedería, una biblioteca… y este maravilloso claustro. Para ello ha contratado los servicios de Simón de Colonia. Cada una de las figuras que estos hombres plasman tiene alma, ¿sabes, Yago? Así san Pedro baja hasta nosotros para mostrarnos las llaves del paraíso que obran en su poder, la Virgen María se perpetúa por siempre con el vientre abultado, en espera de traer al mundo a nuestro Salvador… —Mi padre parecía emocionarse describiéndome el lugar—. Y el mismísimo Jesucristo está aquí sufriente, crucificado, mostrándonos el sacrificio al que tuvo que enfrentarse para salvarnos.

Supongo que mi padre era capaz de percibir, aunque no de explicar, la extraordinaria forma en la que aquellos maestros detenían el tiempo. Sus obras y las del resto de escultores, pintores, tejedores… ponían al alcance de los que no sabían leer la posibilidad de conocer la historia sagrada con algo tan fácil como echar un vistazo a un capitel, un tímpano, una puerta o un tapiz.

—Los simples mortales sólo podemos dejar nuestra impronta en este mundo a través de los hijos —continuó diciendo—. Ninguno de mis guisos sobrevive más de dos días. En cambio ellos vivirán por siempre porque la piedra es eterna, Yago, atrapa la esencia de la persona que la talló.

Me mantuve en silencio. No era capaz de entender lo que quería decirme, así que intenté sonreír. Él se percató de que yo no tenía ni la más mínima idea de lo que estaba hablando.

—¡Ven! —Me aferró del brazo, arrastrándome tras él.

Nos detuvimos cerca de la pared. Tomó mi mano y la guió, posándola sobre ella. Noté el frío ascendiendo por mi muñeca, el tacto rugoso de la piedra en la piel hasta que, de pronto, como si alguien hubiera lanzado sobre mí un hechizo, comencé a «ver» lo representado en ella. Quedé conmocionado. Debí de estar mucho tiempo así, palpando el contorno de aquella sorprendente figura humana que palpitaba bajo la yema de mis dedos como si quisiera salirme al paso. Las curvas de las piernas y los brazos, los cabellos ondulándose al viento…

—Falta la parte trasera —dije sin apartar las manos de la obra.

Se oyó una voz masculina tras nosotros.

—Se trata de un relieve. Exactamente de un altorrelieve ya que, en este caso, la figura sobresale del fondo por encima de la mitad de su grosor —aclaró—. Lo esculpió un admirable maestro italiano conocido como el Toscano.

—Yago, éste es el señor Simón, el maestro encargado de las obras —se apresuró a presentarnos mi padre.

Tras saludar con respeto, continué recorriendo la figura con mis manos. Percibí un rostro femenino. Con el paso del tiempo había aprendido a reconocer la belleza pidiendo permiso a las personas de confianza para poder acariciar sus caras y sabía que la perfección de un rostro se medía por la suavidad de sus contornos y la simetría de sus partes. Aquella mujer pétrea era dramáticamente hermosa: la nariz recta, la boca entreabierta, el gesto sobrecogido. Bajé un poco más y recorrí su cuello, la curva de sus hombros, los brazos en cruz. Deslicé la mano y pude notar sus senos. Un calor sofocante me subió desde la boca del estómago hasta el rostro. Tuve mucho miedo de que mi padre y el maestro Simón se dieran cuenta de mi azoramiento. Rápidamente descendí por el vientre; un abultado vientre de mujer. Pensé que quizá aquella figura impertérrita podía notar mi calor del mismo modo en el que yo podía percibir su frialdad. Quizá las piedras se convertían en seres vivos cuando representaban a seres vivos. Seguí bajando. Su vestido flotaba en el aire, en la misma dirección que sus cabellos. Sus pies desnudos reposaban sobre un puente techado de tres arcadas que atravesaba un río aparentemente enrabietado.

—¿Quién es? —pregunté conmovido por semejante escena.

—Pues la Virgen María, Yago, hijo, que parece que no sabes nada de historia sagrada —se apresuró a decir mi padre—. Ven, toca. —Cogió mi mano de nuevo y la guió por el relieve—. Aquí… aquí la tienes… Aquí está la estrella que anuncia el nacimiento de Jesús.

Efectivamente, una estrella magnífica se recortaba en el cielo, pero el resto de la simbología no se acomodaba a la escena de la Natividad.

—Es triste —murmuré.

—Disculpad a mi hijo —justificó mi padre—. Es la primera vez que está tan cerca de una obra tan magnífica.

—La vida es triste, muchacho, pero a tu edad uno todavía no lo sabe —respondió lacónicamente maese Simón.

Oí sus pasos alejándose de nosotros. Se marchó sin despedirse.

Es posible que no haya logrado expresar en su plenitud de qué manera me impresionó aquel relieve, pero creo que ése fue el día en el que abandoné definitivamente la infancia para emprender el laborioso camino de hacerme hombre. Crecí escuchando la sempiterna perorata de cómo mi madre había muerto al nacer yo, pero nunca tuve una comunión emocional con la mujer que me trajo al mundo. Quizá por eso jamás sentí el impulso de imaginarla. Nunca pregunté si tenía la piel suave, si su cabello era liso u ondulado, si olía a pan de centeno o a hierba recién amanecida. Para mí era una entelequia ambigua por la que mi padre me obligaba a rezar de rodillas, con las manos juntas delante del pecho, cada noche antes de dormir.

Madre murió… la madre muerta… la muerte… todos moríamos… Jesús murió por nosotros…

En aquel momento tomé conciencia de que la gente que moría antes estuvo viva, dejando más o menos huellas de su presencia en este mundo. Yo también moriría algún día. Yo también moriría. Me pareció terrible. Entonces lo supe: la muerte era algo definitivo, fulminante e inevitable... a no ser que lográsemos perpetuarnos en el arte. La pintura, la escultura, la música, la literatura... convierten en inmortales a sus creadores, y a todo aquello o aquellos que les sirven de inspiración.

Ahora me doy cuenta de que todo está enlazado, por muy alejado en el tiempo que acontezca, por muy diferentes que parezcan las personas entre ellas, por muchas leguas de distancia que nos separen. Todos, absolutamente todos —animales, minerales, plantas— estamos hechos con el mismo material que conforma las estrellas.

Y precisamente es una estrella, una insistente estrella que regresa una y otra vez a visitarnos, la que da inicio a mi historia. ¿Por qué no comenzar por ahí? Atravesó el cielo de Florencia, de izquierda a derecha, luciendo una doble cola de sesenta grados el 29 de mayo de 1477. Ésa fue la noche en la que Caterina Bardi, una preciosa joven, ingrediente efímero aunque fundamental para dar sentido a nuestra historia, tal como sucede con la hoja de laurel en las alubias o con el clavo en los mejillones en escabeche, se quitó la vida. Toscanelli lo describió en el nocturnario donde anotaba el firmamento añadiendo algunos detalles que poco o nada tenían que ver con la observación objetiva del cielo. El cosmógrafo se hizo eco de las funestas predicciones que los sabios cronistas llevaban siglos vertiendo sobre ese astro inestable, con aspecto de cabeza recién separada del tronco, que daba vueltas por la bóveda celeste con barbas y cabellos al viento cual vikingo enrabietado. Recordó que durante el reinado de Luis I el Piadoso emergió en el cielo un fenómeno de similares características y que, por mucho que se encendieron velas, se ordenaron misas y se consagraron exvotos, a los tres años exactos el monarca murió víctima de unas fiebres tifoideas que lo dejaron ceniciento y arrugado como una pasa moscatel. Se fue para el otro mundo entre retortijones de barriga, balbuceando incoherencias y salivando como una criatura de pecho. Cuando le recordaron al papa Calixto III que las desgracias nunca venían solas y que los otomanos estaban celebrando en ese mismo momento por todo lo alto el trienio de su supremacía en Constantinopla, se llevó las manos a la mitra y excomulgó al dichoso cometa por considerarlo un emisario del mal abiertamente anticristiano, por mucho que apareciese iluminando a la Sagrada Familia en los frescos de Giotto. Pero la bula papal llegó demasiado tarde para preservar de los nefastos efectos de la estrella maldita a la desdichada Caterina Bardi.

Y lo mismo sucedió años antes, cuando el astro apareció de pronto la noche en la que vino al mundo el niño que estaba llamado a ser el futuro rey de Granada. Su orgulloso padre mandó llamar a Zagohibi, un sabio añoso que llevaba lustros observando las estrellas y estudiando los entresijos crípticos de la *Tabla Esmeralda* persuadido de que, tal como se aseguraba en ella, todo lo que estaba arriba era como lo que estaba abajo, y viceversa, y que, por tanto, el firmamento era un libro abierto para vaticinar los designios de los humanos. El astrólogo trazó la carta astral del recién nacido para que pudiera anticiparse así a lo que sería su futuro, pero lo que vio le hizo fruncir el cejo de preocupación. A pesar de que la regia criatura lucía una mancha de nacimiento con forma de luna en cuarto creciente, señal inequívoca, según aseguró el astrólogo, de que Alá velaba por él, aquel infame astro de doble cola, que atravesó el cielo en el mismo momento en el que asomaba su cabecita aún sin coronar al mundo, no presagiaba más que desgracias. Su madre quitó importancia al asunto y exigió que la fecha exacta de su nacimiento no figurase jamás en ninguna crónica. Sus vasallos obedecieron, pero miraron al recién nacido con desconfianza. Estaban convencidos de que, con él como gobernante, la gloria del al-Andalus podría verse dañada. Pronto se corrió la voz y el pueblo, siempre deseoso de buscar motes con los que recordar a sus mandatarios, le encontró uno perfecto. Cuando sus padres estaban delante era Boabdil el Chico, pero en secreto lo llamaron Al-Zugabi, el Desdichado. Una estrella… una mala estrella marcó su destino y el de todo su reino.

El recuento de estos acontecimientos y cada una de las personas descritas en estos pergaminos vivirán eternamente, algunos en contra de mi voluntad, porque juzgo que deberían caer por siempre en el olvido debido a las infamias que cometieron, pero no puedo sustraerlos de esta historia si quiero que vuestras mercedes conozcan plenamente lo que sucedió.

Comienzo esta narración envuelto en respeto y miedo, solicitando ayuda a Dios. Sé que habita en mi cabeza una historia maravillosa que he de sacar arraigándola a un papel con la ayuda de la tinta. Aun así, me asusta la posibilidad de que la díscola memoria juegue conmigo, o que algún recuerdo se resista a ser perpetuado. Tomo conciencia de que la fábula que habita dentro de cada narrador es un millón de veces más sublime de lo que alcanzará a contar y que tendré que conformarme con que la historia que plasme en estos pergaminos sea sólo la mitad de hermosa, emocionante y conmovedora que la que nos tocó vivir. Aun así tengo que hacerlo. De lo contrario, todo este mundo que ahora puja por salir moriría con nosotros, porque nadie más que yo podrá recuperarlo.

Intentaré que mi presencia en estas páginas sea un eco lejano. Tienen que creerme cuando les digo que no me invento nada y, aunque hubo situaciones y circunstancias en las que no estuve presente, o que mi defecto físico me impidió ver, podré completar el relato gracias a las deducciones, a los comentarios, a las propias certezas que alcancé tras comprobar las consecuencias, o incluso permitiéndome utilizar el poder de la lógica y la imaginación. Para dar mayor credibilidad a mis palabras, intentaré ser honesto y narrar los hechos con la imparcialidad de un tercero; desde fuera… desde arriba. Jugaré a ser Dios, si Él me lo permite, dándome fuerzas para guiar mis manos.

Massimo, Ángela, Caterina Bardi, mi padre, Concepción, Boabdil el Chico, Oreste Olivoni, Nur… serán inmortales cuando termine mi relato.

Y yo también seré inmortal.

La paz sea con vuestras mercedes.

PRIMERA PARTE

1

Aquel viernes de marzo de 1482 Valladolid despertó lluviosa. La humedad se había deslizado por las paredes provocando un sopor pesado en la cocina. Esteban el Pucelano indicó a su hijo que cortase las rebanadas de pan lo suficientemente finas para no resultar indigestas pero lo bastante gruesas para que la miga quedase tierna una vez tostadas. Mientras el muchacho de trece años seguía sus indicaciones, en el fuego bullía un caldo elaborado a base de puerros, zanahorias y raíz de jengibre. Esteban lo desespumó bien y colocó cerca de la olla un plato con queso rallado y otro con las yemas de huevo que Yago había separado previamente de sus claras. Añadiría ambos ingredientes justo antes de servir la sopa. Remojó las rebanadas de pan en el caldo y las colocó en unas escudillas.

La sopa dorada era un plato tradicional en tierras francesas que Esteban aprendió a cocinar de su abuela. Y es que el Pucelano presumía de descender directamente, por vía materna, de uno de los caballeros vallisoletanos que viajaron para ayudar a doña Juana de Arco en su lucha contra los ingleses. Le explicaba a todo aquel que quería escucharle que los franceses recibieron al abuelo y sus cofrades con los brazos abiertos, llenos de regocijo, convencidos de que aquellos fornidos mocetones capaces de dejar tuerto a un mochuelo de una pedrada a veinte pies de distancia les ayudarían a hacer lo mismo con los ingleses, pero en los dos ojos. A los galos no les importó que los modales de los castellanos dejaran mucho que desear, ni que se bebieran el vino de Burdeos como si fuese agua, arrugando la nariz y haciendo aspavientos mientras aseguraban que el de su tierra era de mejor calidad, ni que eructaran con una fiereza capaz de dejar calvo a un oso, ni que se pelearan a mamporrazos hasta que alguno perdía un diente, sosteniendo que ese ejercicio fortalecía la agilidad y mejoraba la digestión. Todo era soportable si les ayudaban a librarse de los malditos sajones.

Al poco de llegar a Orleans, el abuelo de Esteban el Pucelano, aburrido de dormir tumbado en una manta en medio del campo y de soportar los exabruptos de un puñado de hombres que olían a boñiga de vaca y que, para matar el tiempo entre batalla y batalla, se jugaban los calzones a los naipes, decidió cortejar a la muchacha más bonita del pueblo. Partió a la mitad y vació una calabaza del tamaño de una sandía, tensó por encima un pellejo de cerdo, le colocó un mástil que talló a navaja del tronco de una vid, le ató unas hebras de lana a modo cuerdas y se plantó debajo de la ventana de la dama cubierto con un sombrero al que insertó una pluma de faisán, orgulloso de su aspecto de trovador lírico. De esa guisa se dispuso a conquistarla a golpe del único romance que se sabía de memoria: el de la Jura de Santa Gadea. En él se hablaba de algo tan poco romántico como cortar cabezas y arrancar corazones a machetazos en plena batalla campal, pero, ante el desconocimiento de la muchacha del idioma castellano, si se era lo suficientemente hábil para recitarlo con voz doliente y mirada de cervatillo, cumplía la misma función que si se tratase de una cantinela cuya heroína fuese una manceba en apuros que lanzaba su melena por la almena al paso de un aguerrido doncel. El abuelo de Esteban estaba convencido de que, con semejantes técnicas de seducción, era imposible que la mujer de sus sueños se

28

le resistiera. Y efectivamente no se equivocó: regresó a Valladolid desposado con la *pucelle*, que no era otra cosa que la «doncella», en francés, y así se la conoció a ella y al resto de sus descendientes a partir de ese momento: «los pucelanos», porque nadie, ni siquiera su propio marido, fue capaz de pronunciar jamás con un mínimo de pericia el nombre de Geneviève.

Fue gracias a esa abuela de indescifrables ojos grises, que preparaba cada otoño un quintal de confitura de castañas y cebaba a las ocas con embudo para inflamarles de forma monstruosa el hígado hasta convertirlo en una pasta pardusca y deliciosa que untaba en las rebanadas de pan a la hora del desayuno, que Esteban conoció las cualidades únicas del agua de rosas, del hipocrás o del agraz como acompañamiento para las carnes asadas.

Ahora se empeñaba en traspasar sus pericias culinarias a su hijo ciego, pero el muchacho no parecía interesado en los peroles. Yago siempre estaba en Babia, más aún desde que la inspiradora visita al patio de San Gregorio lo había persuadido de que su destino lo empujaba a perpetuarse de forma artística, aunque le entristecía hacerse consciente de que su tara le ponía trabas. Le habría encantado tallar a navaja querubines de alas plumosas en tarugos de madera, poder representar a un fornido arcángel san Miguel pisando la cabeza del demonio o a hermosas mujeres de cabellos al viento. Pero estaba seguro de que cualquier intento de llevarlo a término podría dar como resultado que se rebanase un dedo, quedándose manco además de ciego, para mayor desdicha de su padre.

Mientras esperaban a que la sopa se atemperase, Esteban contó a su hijo que los reyes acababan de instalarse en Medina del Campo. Castilla había caído en desgracia por culpa de meses de mala climatología e Isabel y Fernando habían decidido visitar la zona por Cuaresma para liderar los novenarios, procesiones y aspersiones de agua bendita con los que intentaban aplacar las iras de un Dios desfavorable. Para ganarse el favor del Señor, los monarcas convencieron al Papa de Roma de que les prestase la milagrosa reliquia del Santo Prepucio, un arito de piel arrugada, amputada al recién nacido Jesucristo, que la matrona de la Virgen depositó piadosamente entre nardos en una jarra de alabastro. Pese a haber pasado por las manos de san Juan Bautista, de María Magdalena, de un ángel de nombre desconocido que se lo entregó a san Gregorio Magno para que se lo regalase a su vez al papa León III por Navidad, de que hubiese servido como anillo de bodas en la mística visión de santa Catalina de Siena en la que Jesús se casaba con ella, la reliquia había soportado con un aspecto asombrosamente lozano el paso de catorce siglos. Gracias a sus demostrados influjos benéficos a la hora de favorecer embarazos dificultosos y apaciguar los dolores de las parturientas, el Santo Prepucio superó con éxito los comentarios insidiosos que hablaban de lo absurdo de confiar en que aquél fuese el único testimonio físico de la presencia del hijo de Dios en la tierra, cuando era evidente que al ascender a los cielos tuvo que llevarse toda su anatomía con Él. Pero sobre ese particular los doctores de la Iglesia no alcanzaban a ponerse de acuerdo, y mientras unos defendían la teoría de la Ascensión al completo, otros aseguraban que el cabello, las uñas o cualquier otro pedazo del cuerpo divino cortado durante el tiempo que Jesucristo pasó en la tierra se quedó en la tierra, para servir de reliquia benéfica a los viles pecadores. Por eso desde hacía unos años el Santo Prepucio se guardaba escondido bajo siete llaves en el Vaticano, sacándose en procesión únicamente el día 1 de enero, festividad de la Circuncisión de Cristo. Sólo en casos extremos se entregaba en depósito para favorecer a los cristianos desvalidos que demostrasen necesitar de sus prodigios, como evidentemente era el caso.

Una oleada de pedrisco y heladas tenía los campos de Castilla y a los castellanos desbaratados, con los pelos de punta y con la cosecha de trigo de ese año absolutamente desmochada. Al parecer, recorrer las calles y plazas de los pueblos de la meseta con el Santo Prepucio expuesto en una urna de cristal lo solucionaría. Yago consideró que mostrar públicamente una parte tan sensible de la anatomía de un hombre, por mucho origen divino que tuviera, era una grosería. Pero su padre no parecía estar por la labor de extenderse demasiado en deliberar sobre reliquias portentosas y bretes morales. Si había sacado el tema a la hora de la comida era como introducción a lo que realmente quería decirle.

—Los reyes han decidido quedarse unos cuantos días por aquí —apuntó—. Andan buscando gente mañosa en distintas labores que cubra sus necesidades en los viajes que emprenden con la intención de reconquistar el Reino de Granada.

El silencio tras la frase se hizo denso. Yago supuso, sin tener motivos para ello, que el Pucelano se mantenía expectante, esperando algún tipo de reacción por su parte que le permitiera seguir hablando.

—¿Qué queréis decir con eso, padre?

Esteban titubeó antes de responder; miró a su hijo con ternura. Ni siquiera la cercanía de la carne de su carne le había aliviado el dolor por haber perdido a su mujer, más bien todo lo contrario. Allí estaba Yago, con sus ojos de laguna estancada posados en el infinito y, pese a que ya lo alcanzaba en altura, y a que comenzaban a ensanchársele los hombros, el muchacho seguía luciendo el aspecto frágil de los potros recién nacidos. Volvió a asaltarlo el sentimiento de culpa, esa languidez densa en la que se maceraba a fuego lento desde que murió su esposa. Su perenne congoja había espantado a toda la que intentó acercársele con intenciones de cuidar de él y de su hijo. Podría haberse casado con una buena mujer que los habría atendido, mimado y amado hasta el fin de sus días, una madre para Yago, un cuerpo cálido en las noches para él. ¿Por qué no lo había hecho? ¿Por qué se había encerrado de esa manera? No tenía respuesta.

—Es posible que yo pueda mantener de esta forma la casa y a ti hasta que el Señor me reclame a su lado, pero ¿qué ocurrirá cuando falte? —señaló Esteban.

—No penséis en eso, padre. Aún os queda mucho tiempo. Sois joven…

—¡Calla! No sabes nada de la vida. Fíjate lo que le pasó a tu madre. Un día estaba aquí y…

—Y al otro se fue en sangre —interrumpió Yago en tono cansino, convencido de que le volvería a repetir la historia que ya conocía de sobra, esa historia de dolor y muerte en la que él era el lamentable protagonista.

A Esteban se le conmovió el alma. Quizá nunca fue un buen padre. Quizá siempre culpó a su hijo de la muerte de su esposa. Durante mucho tiempo estuvo resentido hacia él. Le pareció una burla del destino tener que cuidar de un ser vivo al que era incapaz de considerar como de su familia, una criatura que le había arrebatado su tranquilidad y su vida organizada, demandándole dedicación absoluta a cada momento. Aquello le perturbó. Quizá llevase toda la vida limitándose a mantenerlo vivo más por el qué dirán que por amor paterno.

—Escúchame —continuó hablando Esteban—. Si algún día falto te quedarás solo, y en tus condiciones… —Dejó de hablar un momento, buscando las palabras adecuadas—. Jamás alcanzaré a atesorar lo suficiente para dejarte un legado vitalicio. Por eso el trabajo de cocinero en la Corte que me han propuesto es, además de un gran honor, la posibilidad de asegurar tu futuro.

—¿Un trabajo de cocinero?

—Para los reyes —aclaró—. Viajaremos con ellos.

—¿Viajar? ¿Adónde?

—A donde ellos tengan a bien ir, Yago, ¡que pareces tonto! ¡Caramba! Los acompañaremos en su misión de cruzados. Como tal tienen que recorrer pueblos y ciudades, reconquistando territorios, repoblando…

—¿Y qué será de nosotros cuando lo consigan? ¿Volveremos aquí?

—Tranquilo, hijo. No parece que los musulmanes estén dispuestos a rendir su amada Granada sin pelear. La conquista requiere de inteligencia, sutiles tácticas militares de acoso y paciencia. Podemos estar tranquilos. —Suspiró—. Hay trabajo para largo… y comer, se come todos los días. ¿O no? —dijo dando un bocado a un pedazo de pan—. Necesitan cocineros para atender a toda su corte. Espero que valoren mi trabajo… nuestro trabajo —aclaró—, y que tengan a bien quedarse con nosotros cuando todo se haya acabado. Podría morir tranquilo si consiguieses quedarte en la Corte.

—Irnos… —musitó Yago.

—Todo saldrá bien, hijo, ya lo verás —aseguró Esteban antes de sumergir su cuchara en la sopa.

***

Una semana después, padre e hijo abandonaron su pasado. Nadie les ayudó a empacar las pocas pertenencias que iban a llevar consigo y nada sintieron al cerrar la puerta de la humilde casa en la que Yago había nacido y crecido. Algunos vecinos salieron a despedirse de ellos y les entregaron chorizos, pan, tortas de chicharrones y mantecados para el camino, bajo el consejo de que se cuidaran. Aseguraron que los echarían de menos, instándolos a que nunca olvidaran dónde estaban sus raíces.

—¡Vigiladnos la casa! —clamó Esteban cuando sus figuras se desleían en el horizonte a pesar de que aquel hogar de adobe y paja le parecía ya un cascarón sin su molusco dentro, al que esperaba no tener que regresar.

—Id tranquilos —le gritaron sacudiendo las manos.

Caminaron despacio en dirección a Medina del Campo. El Pucelano estaba convencido de haber tomado la mejor decisión para sus vidas y en su interior agradecía al Señor el bendito pedrisco que obligó a los reyes a pasar por allí. Aunque se tratase de un trabajo peregrino en todas sus acepciones, ni en sus mejores sueños habría alcanzado a imaginarse al servicio de los monarcas. Ahora podría utilizar ingredientes de buena calidad para sus guisos en lugar de hacer equilibrios con los restos de gallina, cerdo u hortalizas que le facilitaban los vecinos. Desplegaría de una buena vez todo su talento ante los fogones y Yago podría aprovechar esa oportunidad de aprender su oficio en el mejor de los enclaves. Era lo único que podía legarle. Lo dejaría situado y podría marcharse tranquilo el día que Dios tuviera a bien llamarlo a su lado. En ese momento no encontraba impedimento alguno para que un ciego se ocupase de la cocina, siguiendo un mínimo de precauciones. Esteban se felicitó de haber optado por dejarlo todo sin mirar atrás, convencido de que eran las decisiones valientes las que marcaban la diferencia entre un hombre que salía al encuentro de su destino y un pusilánime.

—Un hombre no es otra cosa que lo que hace de sí mismo —dijo con resolución sin que Yago llegase a entender a qué se estaba refiriendo.

Mientras recorrían los caminos repararon en los daños que el agua, el viento y el pedrisco de los últimos tiempos provocaron en la meseta. Los vastos campos castellanos que se extendían en el horizonte hasta donde se perdía la vista lucían desmochados. La alfalfa que debía servir como forraje para caballos, vacas y animales de labranza estaba amarilla y lacia. Los trigales de los que se extraía la harina con la que preparaban los famosos panes vallisoletanos, como el esponjoso de cuatro canteros, o el de polea con sus bordes crujientes y su corteza fina, o el lechuguino, tan decorado y elaborado como los vanidosos que solían consumirlo, apenas asomaban tímidos y sin vida. De esas espigas parduscas sólo podría obtenerse un polvillo infausto que suerte tendrían si servía para rebozar un par de truchas. Y eso por no hablar de las vides, de las cuales colgaban unos granillos tísicos que no alcanzaban la categoría suficiente para poder llamarse uvas, y de los que era seguro que no se exprimiría ni un mosto ácido. Aquel año sería muy duro para los habitantes de la zona si el influjo protector del Santo Prepucio no se hacía notar pronto.

—Tenemos suerte de marcharnos de aquí —farfulló Esteban entre bostezos esa noche mientras se rebullía en la frazada que habían extendido en el suelo, delante de la fogata.

Yago no respondió. Estaba demasiado cansado, así que cerró los ojos y se durmió al instante.

Llegaron a Medina del Campo al mediodía. Comenzaron la ascensión de la mota que daba nombre al castillo de la villa con un sol de primavera castigándolos sin piedad. Siglos atrás los señores feudales aprovecharon la inusual elevación del terreno para construir una ciudadela fortificada, pero eran Isabel y Fernando quienes acababan de ordenar construir una barrera defensiva con la que transformar su elegante castillo en uno de los mejores parques de artillería de toda Europa. Al ir acercándose, el imponente edificio semejaba un gigante orgulloso e inaccesible que los observaba con la barbilla levantada.

—Es enorme —comenzó a describirle Esteban a su hijo como solía hacer cuando llegaban a un lugar nuevo—. Está completamente hecho de ladrillos que lucen un tono rosado. La torre del homenaje debe de medir más de ciento cuarenta pies de altura. Dicen que se han gastado en su restauración más de cuatro millones de maravedíes. ¿No te parece increíble?

Yago no quiso decepcionar a su padre aclarándole que no era capaz de comprender el vértigo de ciento cuarenta pies de altura, que no podía hacerse una idea de cómo era el color rosado si no lo relacionaba con un sabor o un olor, y mucho menos suponer qué influencia podían tener en la vida de un ser humano cuatro millones de maravedíes, si jamás sostuvo una moneda en la mano. Esteban parecía tan entusiasmado que Yago sonrió, asintiendo con la cabeza.

—Impresionante.

Un suspiro de viento castellano levantó la tierra del suelo justo cuando llegaron a la altura del foso, llenándoles la boca y los ojos de polvo. Esteban continuó explicando que el espacio vertiginoso que rodeaba el castillo se creó con la idea de defenderlo mucho mejor, ya que la barrera no era de mucha altura y sus cámaras de tiro estaban expuestas al asalto de la infantería enemiga. Desde el lecho del foso, la barrera se alzaba más de setenta y cuatro pies, convirtiendo el castillo en una fortaleza prácticamente inexpugnable.

El camino los iba guiando en dirección a la entrada. Al avanzar se cruzaban con otras personas equipadas de hatillos, aperos o carros cargados de paja. Esteban supuso que se trataba de trabajadores que iban a unirse a la Corte, como ellos, o de vecinos que querían mostrar sus respetos o presentar sus peticiones a los monarcas.

—Buen día os dé Dios —decía Esteban con la mejor de sus sonrisas a todo el que pasaba cerca—. Buen día...

Pero sus congéneres lo miraban con cara de desconfianza, moviendo levemente la cabeza en señal de asentimiento, así que dejó de saludar y se limitó a seguir caminando, agradeciendo que no lloviera porque, de otra forma, aquel sendero se convertiría en un barrizal imposible. No hizo falta que el Pucelano indicase a Yago que ya habían llegado a la altura del puente levadizo porque el suelo comenzó a crujir bajo el peso de los transeúntes con un ruido que ponía los pelos de punta. El muchacho se sintió aliviado cuando por fin lo atravesaron; por un momento le había parecido que sólo lo separaba del abismo una hilera de troncos de madera carcomidos que traqueteaban de manera amenazante y que seguramente no habían sido ingeniados para soportar el peso de tantas personas, animales y trastos cruzando a la vez. Quizá eso era el vértigo. Sí, posiblemente eso era el vértigo.

Esteban se adelantó ligeramente. Dejó su hatillo en el suelo con un suspiro.

—Buenas tardes —saludó al centinela que estaba situado en la puerta—. Venimos a ver a los reyes. Nos incorporamos a la Corte.

—Vosotros y todos ésos —le respondió secamente el guardián señalando al grupo de gente que intentaba entrar—. Pasad al patio de armas.

Atravesaron la puerta. Pronto se encontraron dentro de un espacio rodeado de arcos apuntados, presididos por una portada gótica ideada por Beatriz de Galindo, preceptora de la reina Isabel, una de esas extraordinarias mujeres empeñadas en contradecir a los dominicos alemanes Heinrich Kramer y Jakob Sprenger, quienes aseguraban que las descendientes de Eva eran todas, sin excepción, embusteras, contaminantes al tacto y de carácter estúpido.

El patio de armas estaba abarrotado de gente, y todavía quedaba más por llegar. Hasta el más mínimo espacio estaba ocupado. Allí donde se encontraba un hueco, se colocaba una familia en espera. El sonido de los murmullos se elevó poco a poco hasta convertirse en una algarabía ensordecedora. Algunos eran vendedores ambulantes que ofrecían a gritos sus manjares: manzanas asadas, cortezas de cerdo y frutos de sartén. Un olor agridulce lo envolvía todo, mezcla del humo del aceite hirviendo, de las manzanas, del azúcar y de las camisas y los manteos macerados con el sudor de aquellas personas que, seguramente, no se habrían quitado esos ropajes de encima en todo invierno.

Esteban se recostó en una de las columnas. Observó a su alrededor. Paseó la mirada entre la muchedumbre, intentando adivinar quiénes acudían pidiendo trabajo, quiénes audiencia y quiénes estaban haciendo negocio.

—Paciencia. —Suspiró.

De pronto, un hombre bien ataviado, sin bonete, ni alcorques ni espada y que portaba un pergamino enrollado se situó en el centro del patio con actitud resuelta.

—¡Soy el repostero de estrado de Sus Majestades! —gritó—. ¡Ya está bien de tanto alboroto! Salgan de inmediato los mercachifles y todos los que vengan a hacer peticiones. —Esperó un momento, pero al ver que nadie movía un solo músculo volvió a gritar—: ¡Salgan o haré que les saquen a mamporrazos!

En ese mismo instante, los que estaban vendiendo comenzaron a recoger sus aperos y a desalojar el patio rezongando blasfemias. El repostero de estrado continuó hablando.

—Aquí figuran los nombres de las personas que se van a incorporar a la Corte —dijo señalando el rollo de pergamino—. Todos los que hayan venido sin ser llamados pueden irse porque no serán atendidos. Que se vayan también los que no estén dispuestos a abandonar sus casas, porque mañana partimos a Sevilla y no se prevé fecha de regreso. Del mismo modo, sabed que no hay lugar aquí para jorobados, mancos, tuertos, bisojos o cualquier otra indisposición que se haga incómoda a la vista de los que tienen que ser servidos. ¿Queda claro?

—Padre, yo… —musitó Yago.

—Chisss. Tu presencia es impoluta. No ha dicho nada de ciegos. Calla.

Tras la estampida, en el patio quedaron unas diez personas. El hombre extendió el pergamino y comenzó a leer, pronunciando en voz alta nombre y profesión.

—Juan de Otalora, mozo del bacín.

—Aquí.

—Id entrando. —Señaló la puerta de la torre del homenaje—. Benito Recaredo, sastre, y su esposa, Froiloba, calcetera.

—Aquí.

—Íñigo de Guevara, trinchante.

—Aquí.

—Pedro Navarro, repostero de camas.

—Aquí.

—Antón Cáceres, albéitar.

—Aquí.

—Esteban el Pucelano, cocinero mayor, y su hijo, Yago, mozo de cocina.

A Esteban le dio un vuelco el corazón cuando escuchó sus nombres.

—Aquí —dijo sacudiendo la mano—. Aquí estamos.

—Estupendo, ya os hemos visto todos —refunfuñó el repostero de estrado antes de seguir leyendo.

Esteban aferró la mano de su hijo y atravesaron la puerta lo más deprisa que pudieron escuchando tras ellos los nombres de los que serían el regatón, la lavandera, el guarnicionero…

—Pero, padre, yo no soy mozo de cocina… —le susurró Yago.

—Calla y camina… que no te note la tara.

Así fue como Yago comenzó su nueva vida.

***

Padre e hijo abandonaron su mundo conocido y se unieron de un día para otro a la corte errante movilizada por los reyes cristianos. Halconeros y músicos, secretarios y caballerizos, maestresalas y confesores reales recorrieron la geografía castellana arrastrando baúles y cachivaches como una recua de volatineros buscavidas, atendiendo a unos gobernantes que acechaban el resquicio por el que colarse al otro lado de las fronteras del Reino de Granada. Toda aquella comitiva se uniría a la soldadesca, damas de compañía, religiosos, artistas, nobles y bufones que desde hacía tiempo estaban concentrados en Sevilla, a la espera de servir a unos reyes errabundos, más preocupados en presenciar batallas que en hacer vida de Corte. Estaban empeñados en librarse de una vez por todas de los fastidiosos nazaríes al precio que hiciera falta.

El palacio de los Reales Alcázares estaba enclavado en el corazón de la ciudad. Fernando III el Santo se lo había arrebatado a los moros dos siglos atrás. Desde entonces cada uno de los monarcas cristianos que se alojaron en sus estancias habían intentado sofocar los palpitantes colores de las yeserías, desterrar los escudos con símbolos indescifrables, las epicúreas alfombras y las cortinas de complaciente seda que pregonaban sensualidad y goce a diestro y siniestro. Contrataban los servicios de sobrios pintores expertos en representar en tonos claroscuros la piadosa vida de los santos, de los mártires más sufrientes, de retratar a regios antepasados célebres por sus conquistas, y colgaban los cuadros allá donde alcanzase la vista para dar a las paredes un aire de mayor recato, pero no había manera: aquel enclave era demasiado hermoso para quedarse callado y seguía susurrando melodías de *Las mil y una noches* por las esquinas.

Yago no lo podía ver pero sí oía, y mucho, el repiqueteo de las gubias, los formones, los escoplos y los cinceles con los que los artesanos que los monarcas habían hecho llevar directamente desde Italia se afanaban en eliminar los vestigios musulmanes. Les habían exigido que sustituyeran las letras cúficas por símbolos más piadosos porque estaban convencidos de que la reconquista no se limitaba a espantar a los paganos y plantar un estandarte bordado de castillos y leones en las tierras recuperadas. Había que colonizar las mentes de forma sutil pero firme, de modo que cada rincón del reino tuviera la impronta de su misión de cruzados. Isabel de Castilla y Fernando de Aragón se habían erigido en defensores de todo tipo de artes con un propósito político bien definido, y amurallarse en los más férreos preceptos cristianos los ayudaba a recordar a toda su corte por qué merecía la pena tanto sacrificio y cuáles eran las razones que los habían llevado a contraer matrimonio.

El despensero había fallado en el último momento, de modo que Esteban y Yago serían los dueños y señores de aquella cocina gigantesca hasta que encontraran sustituto. Mientras tanto, únicamente ellos dos se ocuparían de alimentar a toda la Corte pero, por primera vez en su vida, el Pucelano no parecía estar sobrepasado por las circunstancias. Enseguida supo ver que tanta despensa, tanto fogón, tantas viandas y vajillas podían controlarse sirviéndose de la misma técnica que había usado siempre: paciencia, organización y trabajo duro.

Una vez hecho el recuento de lo que serían desde ese momento sus obligaciones, se sirvió un vaso de vino, se sentó a la mesa y recorrió con la mirada sus dominios, lanzando un sonoro suspiro. Contaba con espacio en el fogón para al menos tres ollas de dos arrobas cada una y con un horno de leña en el que podría asarse un jabalí entero. De los ganchos de las paredes colgaban sartenes, cuchillos, espumaderas, cucharas sólidas y con agujeros, tazones de cerámica y de madera, peroles de cobre, de barro y de hierro, cacerolas y sartenes para hervir, freír o cocinar a fuego lento. Había también ollas con tres patas que se asentaban en el suelo para que la cocción pudiera realizarse sin rejillas, ollas sin patas diseñadas para poder colgar de ganchos, asadores para voltear las carnes rojas y las aves, así como diversos fuelles para mantener el fuego bajo control. Sin duda, allí podría poner en práctica todas y cada una de las recetas del *Libro de guisados, manjares y potajes* de Ruberto de Nola. Tomó un largo trago de vino y volvió a suspirar con satisfacción. Por fin había logrado entender cuáles eran los planes que el Señor tenía para él: servir a los reyes más poderosos de los que tuviese conocimiento, dejando de ese modo bien situado a su hijo ciego. Debería haberse dado cuenta antes en lugar de dejar pasar los años anclado a aquel destino tan vulgar en el que la mayor emoción había sido cortarse un dedo mientras pelaba patatas. ¡Al fin Dios parecía haberse puesto de su lado!

Poco le importó que los reyes hubieran abandonado el palacio a los pocos días de llegar para continuar persiguiendo batallas. Pese a que la ausencia de los monarcas relajó el ambiente para el resto de los cortesanos, el entusiasmo de Esteban no decayó en absoluto. Su intención era ser el mejor cocinero que esa corte hubiera conocido, y así se mostraba ante el teniente de mayordomo mayor, el hombre que se había quedado al cargo. A fin de cuentas, tenía que atender las necesidades culinarias de las más de doscientas personas que habitaban de forma habitual el palacio, la mayor responsabilidad a la que se había tenido que enfrentar en toda su vida.

Se levantaba de un brinco y sin pereza a las cuatro de la madrugada. Lo primero que hacía era hervir la leche, extraer la gruesa capa de nata y batirla con brío en el bidón de émbolo hasta que se transformaba en mantequilla. Después hacía repaso de las viandas almacenadas en la bodega. Observaba las variaciones de olor, color y textura de las carnes rojas y de las aves que conservaban en ollas de barro esmaltado cubiertas de grasa o en salmuera. Repasaba los alimentos que colgaban de los ganchos del techo: jamones, chorizos, ciruelas pasas, orejones, dátiles, pimientos. Salaba el pescado; ahumaba el cerdo; disponía conservas de frutas, tomates y guindillas. Esteban, después, despertaba a su hijo y le ordenaba que moliese pimienta, clavo, canela, jengibre y nuez moscada, o que rallase el azúcar mientras él amasaba el pan antes de introducirlo en el horno. A continuación organizaban juntos los desayunos.

Los jueves era día de mercado en la calle Feria, y entonces Esteban sentía la urgencia de cocinar algún plato especial que pusiera a prueba todo su talento encargándose él mismo de seleccionar los mejores huevos, las mejores aceitunas, las mejores manzanas o el mejor tocino, en lugar de encargárselos a los proveedores. En esas ocasiones, padre e hijo salían de su refugio y se aventuraban más allá de las murallas del palacio para dirigirse a primera hora a los aledaños de la parroquia de Omnium Sanctorum. Salían bien temprano, mucho antes de que los primeros rayos del sol rasgasen la oscura sábana de la noche, porque el Pucelano aseguraba que ésa era la única manera de adquirir las mercancías más frescas. El aliento a intimidad de los barbos, los albures, las bogas, las anguilas y las carpas se mecía de forma traqueteante en los carros de los pescadores camino de la plaza de San Francisco. Mientras, en la carnicería principal, los matarifes pregonaban morcillas, solomillos, agujas o papadas de cerdo. Allí los olores se emulsionaban con mayor celeridad que el azúcar en la leche. Más tarde, el Pucelano y su hijo se dirigían a la alhóndiga del pan en busca de pasteles de miel, bizcochos de naranja o magdalenas; al alfolí de la sal para adquirir especias; a la plaza de la Alfalfa, donde los verduleros vociferaban sus berzas, lechugas y coles, hasta que terminaban culebreando por las calles en las que proliferaban las tabernas y las bodegas atiborradas de mercaderes y pescadores que se gastaban los cuartos en vino.

Acunado por los olores de la comida y de la gente, por los gritos destemplados de los comerciantes y de los compradores, por el movimiento de la multitud que se cruzaba con ellos y que lo zarandeaban de un lado a otro como si se tratase de un muñeco de trapo, fue como Yago comenzó a reconocer las calles de aquella ciudad tan diferente a su Valladolid natal.

Aunque les habían advertido del calor sevillano, no lo tomaron en consideración ni pensaron que pudiera ocasionarles problema alguno hasta que no lo sintieron en carnes propias y vieron cómo aceleraba la descomposición de la comida. Las altas temperaturas invitaban a la multiplicación de bichos indeseables, y había que andarse con mucho cuidado si no querían que los alimentos acabasen devorados por ratones, hormigas o por aquellas exóticas cucarachas de color carmesí que parecían sobrevivir a cualquier intento de exterminio. Que una de ellas terminase por descuido como guarnición para el asado de cordero se convirtió en la peor pesadilla del Pucelano. Pero no todo era queja y pronto descubrieron que la combinación de calor, sol radiante y humedad también favorecía el crecimiento de plantas y flores, que brotaban prácticamente sin necesidad de ser atendidas en los parterres de los jardines. Un delicioso perfume envolvía los Reales Alcázares en primavera, mezcla de azahar y jazmín.

Todo era distinto a lo que Yago había conocido hasta entonces. Hacía pocos meses que había cumplido trece años, y si alguien se hubiera molestado en interesarse por él, en preguntarle qué esperaba de la vida, él no habría sabido qué responder. En esos tiempos ni siquiera se creía con derecho a desear algo porque se consideraba un ser demasiado insignificante, vacío, banal e intrascendente. Desde luego eso no era lo que cabía esperar de un joven que comenzaba a dar sus primeros pasos por el mundo, pero puedo asegurar a vuestras mercedes que así era como Yago se sentía entonces. A lo sumo, lo único que esperaba era que el impulso que estaba tomando su vida no terminase por marearlo y hacerle vomitar, como aquella vez en la que se montó en la mula de su vecina Petra y unos niños la espantaron sólo para reír a carcajadas escuchando sus gritos desesperados.

El mundo estaba cambiando a pasos agigantados. O quizá era él quien estaba cambiando.

A eso de las cuatro de la tarde, cuando la mayoría reposaba la comida cual serpiente tras zamparse un elefante, Yago encontró un hueco para escabullirse de sus obligaciones. Atravesó el patio de la cocina y torció a la izquierda. Recorrió con sus manos los medallones incrustados en las paredes, que aún conservaban las lazadas musulmanas. Le gustó el tacto de aquellos signos. Pensó que, si conociese el lenguaje de los infieles, podría descifrar lo que estaba escrito allí con sólo acariciarlos sin imaginar siquiera que, mucho tiempo después, sería así como aprendería a leer. Le pareció un error destruirlos sin tener en cuenta su significado. Deberían ordenar traducirlos antes de que terminasen pulverizados a golpe de escoplo y martillo. Lo que estaba allí escrito debía de ser muy importante para las personas que decidieron perpetuarlo en una pared. Quizá fuera bueno saber qué había dentro del corazón del enemigo; saber cuáles eran sus sueños, a qué temía, qué provocaba su placer, dónde pensaba que iría su alma cuando su cuerpo abandonara el mundo de los vivos.

—Eres el mozo de cocina, ¿verdad? —Una voz femenina, casi infantil, lo sacó de su ensimismamiento.

Tardó un momento en recuperarse de la sorpresa. No la había oído llegar y por eso mismo recibió de lleno el impacto de su voz, como si una flecha le hubiera acertado directamente en el pecho. Tras unos segundos de silencio, asintió con la cabeza, sin emitir ni un solo ruido, con la esperanza de que la persona que tenía delante se apiadase de su tara y tuviera la consideración de presentarse para que él pudiera saber, al menos, cómo debía dirigirse a ella.

—¿Te has perdido? —le preguntó.

—No.

—Estás husmeando entonces —concluyó.

—No, yo… Yo no…

Yago percibió que las manos de la muchacha se movían delante de sus ojos y él se mordió los labios, sintiéndose espantosamente ridículo. Seguramente se acababa de dar cuenta de que era ciego, pero no dijo nada al respecto y continuó hablando.

—¿Te gusta lo que has tocado?

—Sí, señora.

—Tiene que ser muy complicado hacerse idea de un lugar sólo por lo que uno toca de él. No se puede palpar el cielo, ni las nubes, ni el sol, ni los colores…

Yago se encogió de hombros. No lograba comprender a qué se estaba refiriendo porque aún no conocía el color azul, ni las diferentes tonalidades del blanco, ni el brillo de la luz.

—¿Sabes cómo se llama esta estancia? —le preguntó ella.

El muchacho negó en silencio.

—El palacio del Yeso. —Se quedó callada un momento—. ¿Y sabes por qué se llama así?

—Porque está hecha de yeso, supongo.

La muchacha sonrió beatíficamente, cerró los ojos y se dispuso ella también a acariciar con suavidad las paredes, como si se tratase de la piel de un armiño. Yago intuyó la proximidad de su mano. Nunca había estado tan cerca de una joven. Desde que su madre murió, fueron muchas las mujeres que se conmovieron con su desgracia, que le acariciaron el rostro con suspiros de lástima, pero se trataba de personas añosas, de manos ásperas y huesudas que no le inspiraban la más mínima emoción. Estaba tan acostumbrado a despertar compasión que esos manoseos lo dejaban indiferente.

—Los musulmanes cubrieron las paredes de yeso siguiendo la máxima coránica que exige utilizar materiales perecederos para la construcción y la decoración de los edificios —continuó explicando la muchacha—. Según su religión, ningún humano debe tener la osadía de jugar a ser Dios intentando crear obras eternas.

El aire pareció detenerse en ese mismo instante. Yago tomó conciencia de que estaba junto a una doncella de voz delicada que parecía encontrarse cómoda a su lado.

—Me llamo Concepción. —Al fin se presentó—. Y soy dama de compañía de la reina.

—Yago... Me llamo Yago.

—¿Cuántos años tienes?

—Trece, casi catorce.

—Yo tengo quince.

Se hizo un incómodo silencio. ¿De qué podría hablar con una dama de compañía de la reina? Seguro que aquella muchacha estaba acostumbrada a brillantes conversaciones, a charlas inteligentes y divertidas. Se sintió de nuevo estúpido, seguro de que un ramplón como él no estaba, ni de lejos, a la altura de aquella criatura. El silencio estaba durando demasiado. Debía decir algo. Sí, debía decir algo, pero ¿qué?

—¿Y se está bien con quince...? Quince años, quiero decir...

La risa de cascabeles de Concepción le hizo ruborizar hasta los tuétanos.

—Se está casi igual de bien que con catorce. —Volvió a reír—. Vas a tener que mejorar los temas de conversación, sobre todo si quieres medrar en la Corte.

—Bueno… —Yago titubeó—. Voy a intentarlo de nuevo. ¿Cómo sois?

—¡Eso está mejor! Pero apéame el tratamiento. Soy un poco más alta que 'tú y tengo el pelo castaño. —Se quedó un momento callada, pensando—. El color castaño sabe a miel —informó.

—¿Dulce?

—Es posible.

Se hizo de nuevo el silencio.

—¿Tienes tiempo o has de regresar a la cocina? —preguntó Concepción.

—Tengo tiempo.

—Entonces te llevaré a la capilla. Eso te gustará. Allí hay muchas cosas que tocar.

Yago se dejó guiar por el sonido de los pasos de Concepción. La muchacha abrió la puerta con las llaves que llevaba atadas a la cintura. Por el sonido se dio cuenta de que estaba encendiendo unas velas.

—¿Tienes las llaves de la capilla? —preguntó Yago.

—La reina confía en mí plenamente y sabe que rezar es uno de mis consuelos cuando ella no está aquí.

El olor a cera e incienso quemados los envolvió inmediatamente. Caminaron por el pasillo central, en dirección al altar.

—¡Tócalo! —le indicó la muchacha cuando llegaron a la altura del retablo que lo presidía.

Yago extendió las manos. Era de madera, seguramente policromada. Avanzó a tientas hasta distinguir las formas que el artista había querido plasmar: cabezas de angelotes, cruces, santos, pies, piernas, rodillas, cinturas, cuellos, cabellos al viento… Y entonces tuvo la sensación de reconocerlo. Aquella obra tenía un sello inconfundible que él ya había palpado en una ocasión anterior. Por allí quizá había pasado alguien con la habilidad del Toscano.

***

Ha pasado ya medio siglo, pero aún recuerdo como si fuera ayer el preciso momento en el que Concepción de Saavedra se cruzó en mi camino para iluminar mi mundo de oscuridad. Concepción me dejó hechizado mientras la escuchaba relatarme todo lo que sabía acerca del hombre que talló aquel retablo. Al parecer, ella había llegado a la Corte tres años atrás, justo cuando se iniciaban las obras en la capilla. En un principio se había sentido tan sola que únicamente encontraba consuelo rezando junto a la única imagen de la Virgen que había en el palacio, instalada en ese lugar. Pero la devoción apenas podía conjurarse allí por culpa del ajetreo de carpinteros, vidrieros, pintores y tallistas que olían a coliflor cocida y que se ventoseaban con alegría delante de la muchacha porque, para ellos, Concepción era invisible, demasiado niña para guardar el recato que se exigía delante de una dama.

—El único que me trataba con respeto era uno de los artistas italianos que se hacía llamar el Toscano. Era alto, delgado, de unos veinte años —describió— y muy reservado. Nunca reveló a nadie su verdadero nombre, ni siquiera a mí, y eso que, con el tiempo, nos tomamos confianza. —Parecía decepcionada—. Dijo que prefería que lo conocieran por ese apodo que hacía alusión a la parte de Italia en la que vio el mundo por primera vez y de la que hablaba lleno de orgullo.

Prácticamente desde niño, guiado por su propio instinto, el Toscano comenzó a tallar madera con una navajita. Más tarde, cuando sus padres comprobaron que el talento del muchacho daba para más que para repujarles con soltura una Madona con el Niño, lo llevaron al taller de maese Peruccio, un anciano

48

medio sordo y desdentado que presumía de descender, por parte de madre, del mismísimo Dante Alighieri. Si alguien era capaz de ponerlo en duda, Peruccio se lanzaba a recitar versos del Infierno, el Purgatorio o el Cielo expectorando saliva por entre sus encías yermas hasta que el interlocutor se rendía a la evidencia de que nadie en su sano juicio se hubiera aprendido la *Comedia* de memoria a no ser que se tratase realmente de una herencia de familia. Si bien era cierto que soportar diariamente sus particularidades habría puesto a prueba la paciencia del mismo santo Job, el Toscano estaba orgulloso de que lo hubiera elegido como aprendiz, ya que maese Peruccio era un maestro en el arte del moldeo a la cera perdida, una técnica escultórica que ya se practicaba en los tiempos de Platón y que servía para obtener figuras de bronce con una precisión que rozaba la excelencia. Primero se tallaba la obra en un molde de cera de abeja y después se la rodeaba de una gruesa capa de escayola o de polvo de sílice para que se endureciese lentamente. Así se conseguía un molde hermético al que se le practicaban unos pequeños orificios llamados bebederos en los que se introducían canutillos de papel encerado que comunicaban el interior con el exterior de la pieza. Cuando el molde estaba lo bastante endurecido, se metía en el horno para que la cera del interior de la figura se derritiese y saliera por los orificios. Una vez vaciado, se rellenaba de bronce, que terminaba por adoptar la forma exacta del modelo.

—Para extraer la pieza final sólo hay que romper el molde —explicó Concepción a Yago—. Pese a que parece sencillo, se trata de un proceso muy elaborado en el que han de participar un buen número de expertos.

El Toscano le contó a la muchacha que se necesitaban cinceladores y patinadores, que eran los encargados de eliminar las posibles imperfecciones que quedasen en la pieza después de romper la capa de escayola. También estaban los moldeadores, atentos al horneado, y los fundidores para el acabado, pero el trabajo más importante, en el que se veía de verdad si un hombre sería uno más del montón de artesanos que trabajaba en la Toscana o si atravesaría la barrera del implacable paso del tiempo gracias a sus obras inmortales, era el del escultor responsable de crear el diseño y de dar forma en la cera a la idea germinal. De su trabajo único dependían todos los demás.

En el taller de maese Peruccio fue donde el Toscano aprendió los rudimentos de lo que sería su oficio. Comenzó siendo un simple chico de los recados, pero pronto pasó a encerar los papeles, después hizo los agujeros en el molde, más tarde le dejaron coger el cincel y el martillo, y confiaron en él para eliminar las impurezas del bronce una vez horneado. Lo trabajaba con tanto mimo que en poco tiempo se hizo merecedor de la confianza, el cariño y la admiración de maese Peruccio. Se decía que incluso había decidido traspasarle sus conocimientos poéticos y que el muchacho ya recitaba con soltura los sonetos a Beatriz a la vez que labraba la cera. Pero maese Peruccio pronto se dio cuenta de que mantener al Toscano allí puliendo la técnica de la cera perdida hasta el final de los tiempos sería como cortarle las alas a un águila; tenía demasiado talento. Así pues, un buen día lo recomendó para que entrase a trabajar en el taller del artista más afamado de la ciudad: Lorenzo Ghiberti. Formaría parte de la cuadrilla que ayudaría a elaborar la mayor obra de arte en bronce que se hubiese visto jamás.

—El Toscano me contó —continuó diciendo Concepción— que aquéllos fueron los mejores años de su vida. Su nuevo maestro le concedía libertad para dar rienda suelta a su imaginación, para plasmar en bronce, en madera o en cualquier otro material maleable lo que quisiera a fin de hacer que el mundo terminara por ser lo que él decidía que fuera.

—¿Y por qué se fue de la Toscana si todo le iba tan bien allí?

—Al parecer, una desgracia llegó para desestabilizarlo todo. Perdió su trabajo, su casa, se alejó de su familia y tuvo que irse de la ciudad.

—¿Qué ocurrió?

—Nunca me lo dijo, pero oí rumores. —Concepción bajó la voz—. Se contaba que anduvo envuelto en una trágica historia que le dejó heridos el corazón y el rostro. Una cicatriz muy fea le atraviesa la cara —aclaró.

—¿Una cicatriz?

Sin añadir una palabra más, Concepción se acercó a Yago. El muchacho notó su aliento en el rostro. De pronto, el dedo índice de la dama le rozó la mejilla para hacerle la descripción táctil de su narración.

—Tiene una profunda marca que lo recorre desde la frente hasta el mentón, pasando sobre su ojo izquierdo. La navaja le cortó los párpados y, al curarse, se le cerraron de forma que el inferior está ligeramente caído con el lagrimal rosado al aire.

Las manos de Concepción olían a mirra, y Yago supuso que había estado recogiendo flores aquella mañana, o quizá fuese su aroma natural. Un escalofrío recorrió la espalda del muchacho.

—Por suerte, el Toscano no perdió la visión y pudo seguir trabajando.

Concepción se separó de golpe, sacándolo de su ensoñación. Yago tragó saliva con dificultad, intentando que no se le notase el azoramiento. Ella continuó hablando.

—Dicen que, desde el día que salió de Italia, el Toscano recorrió cientos de lugares de Europa en busca de trabajo. Estuvo en Francia y Portugal, y fue en ese último país donde le informaron de que los reyes españoles estaban financiando obras artísticas, y que querían tener un estilo propio en arquitectura y decoración. Vino a Sevilla porque lo avisaron de que buscaban escultores de talento que consiguiesen eliminar los vestigios musulmanes de las puertas de los monumentos más destacados de la ciudad.

—Entonces ¿el Toscano está aquí?

—No. Ya no. Hace unos meses, sin decir nada… sin despedirse siquiera, se marchó.

—Pero ¿por qué? Dicen que aún queda aquí mucho trabajo por hacer.

—Puede ser que tuviese ganas de ver a su familia y que regresara a Italia... o puede que se marchase porque los reyes contrataron a un afamado artista italiano llamado Oreste Olivoni que todos aseguran que le habría hecho la competencia; a los artistas no les gusta compartir notoriedad. ¡Quién sabe! El mundo aquí parece haberse paralizado. Los reyes vienen pocas veces, y los que nos quedamos vivimos eternamente a la espera. Es normal que prefiriera marcharse. Para los hombres todo es más sencillo. Los hombres sois libres. —Concepción se encogió de hombros. Un dejo de desencanto se intuyó en su voz—. No me malinterpretes; me siento muy honrada de poder servir a la reina cuando viene, pero cuando no está, no tengo muchas responsabilidades. Por las mañanas me encargo de las flores y de dar de comer a los pájaros, y por las tardes... bueno, vengo a la capilla a rezar por el alma de mis padres. —Suspiró.

Yago estaba seguro de que ése era un buen momento para decir algo que realmente no sobrase, pero no se le ocurría nada.

—Quizá podrías mostrarme el palacio. Parece que lo conoces muy bien. Podría salir un rato por las tardes, a esta hora —soltó al fin.

Hasta él mismo se sorprendió de su atrevimiento. Oyó su voz desde fuera, como si fuese otro el que había pronunciado aquellas palabras.

—Sería para mí un placer. No tengo muchos amigos —respondió ella con alegría sin que, en apariencia, se hubiera dado cuenta del azotamiento del muchacho—. La mayoría de las mujeres de servicio son más mayores y más sabias, y se aburren con una doncella tan simple como yo.

—No digas eso. No he conocido jamás a nadie más interesante que tú —profirió Yago casi en un susurro.

Ahora que han pasado los años y que he aprendido sólo un poco más de lo que sabía entonces —que era nada— comprendo que, a esas alturas, Concepción ya debió de darse cuenta de que un pelagatos como yo nunca había tenido contacto con mujer alguna y que, seguramente, me pasaría las siguientes noches soñando con ella. Las mujeres son mucho más listas que nosotros para comprender las razones del corazón. Su voz de cristal me rodeó, me elevó a los cielos, me hizo volar y luego me volvió a depositar delicadamente sobre la tierra, como si acabaran de colocarme las alas de un ángel. Y así fue como regresé esa noche a la cocina, prácticamente en volandas.

***

Para la cena Esteban sacó de la despensa un cuarto de queso tierno. Comenzó a cortarlo en tacos, los colocó sobre un plato de barro, añadió almendras, avellanas y nueces, y roció todo con miel de mil flores. Sacó una jarra de hipocrás y vertió el líquido en dos cuencos de madera. El olor de todo aquello hizo que a Yago le gruñeran las tripas.

—Come, hijo —incitó mirándolo con cara de lástima.

Yago estaba muy delgado y las formas de hombre ni siquiera se le insinuaban. Lucía el aspecto idílico de los personajes que los trovadores describían en sus poemas de bosques encantados. Tenía la piel blanca, casi transparente, y los ojos de un azul intenso. Los cabellos sedosos y ambarinos le cubrían parte del cuello, ocultando sus orejas de caracola, posándose en cascada sobre su frente de alabastro. Cuando su padre le daba una orden para que lo ayudase, Yago se movía tan despacio que parecía caminar sumergido en agua, extendiendo sus manos, intentando abarcar el mundo mientras rozaba los objetos y a las personas con la delicadeza de las alas de los insectos. Era un ser hermoso. Parecía tan frágil…

—Come —insistió.

Se sentaron en torno al mesón de la cocina. Esteban intentó tomar una de las manos de Yago con la intención de guiarla hasta el cuenco con el hipocrás, pero el muchacho lo apartó y tanteó él mismo la mesa para encontrarlo. El rostro del Pucelano se iluminó con paternal orgullo; su cuerpo no era aún el de un hombre, aunque sus maneras comenzaban a serlo. Pero la sonrisa se congeló en sus labios en ese instante al oír unos pasos firmes retumbando por el pasillo, acercándose a la cocina.

Yago percibió el metálico sonido de unas espuelas chocando contra el suelo de piedra y dedujo que se trataba de un caballero. Era extraño que los de su clase rondasen la cocina. Sintió un pellizco de congoja en la boca del estómago; aquello era sin duda la premonición de una adversidad. La puerta se abrió golpeando la pared. Al muchacho se le quedaron las rodillas flojas del susto, como si fueran de borra.

—¡Tú! —espetó el recién llegado levantando la barbilla y señalando con ella a Esteban—. Estoy buscando al cocinero.

Efectivamente, el individuo vestía ropa de caballero. Llevaba las piernas cubiertas con calzas marrones y el pecho protegido por un peto firme, a pesar de que eran las diez de la noche y de que en el ambiente se respiraba una calma formidable. Parecía que aquel hombre se temiese una puñalada en el corazón en el momento más insospechado. Esteban sabía que los reyes, el clero y los concejos llevaban años intentando atraer pobladores cristianos a las zonas reconquistadas; a cambio, les ofrecían bienes y tierras. Con ellos pretendían llenar el vacío que dejaban los mudéjares al huir y consolidar así la conquista. En ocasiones los elegidos eran caballeros hidalgos, pertenecientes a la pequeña nobleza, segundos hijos de familias nobles que debían elegir, para asegurar su futuro, entre adoptar la vida religiosa o conseguirse unas tierras propias, ya que las paternas pasarían a las manos del primogénito. Los caballeros hidalgos llegaban perfectamente equipados desde sus casas, con montura, silla, armas y escudero. También estaban los llamados «caballeros ciudadanos», personas del pueblo que consideraban la repoblación una oportunidad única de conseguir bienes y que se costeaban ellos mismos los caballos y las armas. Pero lo que Esteban temía era que el bravucón que acababa de entrar como una exhalación en su cocina fuese un peón de infantería, porque muchos de ellos acababan de salir de la cárcel y aprovechaban el desbarajuste que suponía viajar de un lugar a otro, enrolados en la barahúnda de hombres sin familia ni nombre conocido, para seguir cometiendo fechorías. Se decía que algunos resultaban realmente peligrosos, así que el Pucelano se puso en pie e, inconscientemente, se adelantó unos cuantos pasos para interponerse entre él y su hijo. Le daba mala espina.

—El cocinero mayor soy yo. —Recalcó su cargo con determinación—. ¿Qué deseáis?

El Pucelano no era pendenciero, pero en ese momento notó que toda la sangre le subía al rostro y un sabor amargo le inundó la boca. Cerró los puños. Estaba desconcertado ante la inesperada y destemplada entrada de aquel hombre. El individuo no pareció inmutarse y avanzó unos pasos hasta colocarse frente por frente. No era mucho más alto que él y parecía que algún problema de espalda le desestabilizase la altura de los hombros, elevando uno más que el otro. Ahora que lo tenía cerca y que podía percibir su endeble osamenta, intuyó que la decisión de ese hombre de vestirse con el peto de la armadura era una burda táctica con la que pretendía dar un poco más de empaque a su blandengue porte. Debían de faltarle algunos años para alcanzar los treinta, pero al no tener un solo pelo en la cabeza aparentaba más edad. Sus ojos lucían un color indefinido que iba del marrón fango al verde ciénaga. Pero lo que más destacaba de su anatomía era su prominente barbilla, que él intentaba disimular apretando los labios para no dejar expuestos los dientes inferiores, mucho más sobresalientes que los superiores. Ese rasgo físico lo habría situado sin duda a la cabeza de los aspirantes a tonto del pueblo de no ser por su actitud pedante y engreída.

—¿Eres el Pucelano? —preguntó con un marcado acento italiano. Sin esperar una respuesta, se presentó—. Soy Oreste Olivoni, el artista encargado de las obras de reestructuración. A partir de ahora tendrás que acatar mis disposiciones y servir diariamente las raciones de comida de los artesanos a mi cargo. Veinte personas, exactamente.

Esteban intentó controlar sus nervios y hablar de forma serena.

—El teniente de mayordomo mayor no me ha dicho nada. Nadie me ha informado. Yo...

—Ya he hablado con el teniente de mayordomo mayor y él mismo me ha pedido que te informe —atajó Olivoni sin miramientos—. Sus Altezas quieren que los artesanos estén contentos y bien alimentados porque hay que concluir el trabajo con prontitud. Así que tendrás que preparar comida en abundancia para ellos y encargarte de repartirla a las horas convenidas en los lugares donde se encuentren.

—Preparo comida para más de cincuenta personas diariamente y no me plantea problema alguno. Sin embargo, no puedo repartirla; ésa no es mi función, y estoy solo en la cocina. De eso se encargan el maestresala, el copero mayor y el trinchante. Yo...

—El maestresala, el copero mayor y el trinchante se encargan de servir a los que se sientan a las mesas del salón, pero mis artesanos están en el patio y no pueden perder el tiempo —gritó señalando al cielo—. Trabajarán de sol a sol hasta que se terminen las obras. No podemos permitirnos abandonar las labores para comer, así que alguien tiene que llevarles el almuerzo. ¿Acaso estás negándote a cumplir con los deseos de los monarcas?

—¡Claro que no! Simplemente digo que no puedo encargarme de repartir la comida. El despensero nos ha fallado y, hasta que no encuentre un sustituto, no cuento con la ayuda necesaria.

Oreste Olivoni echó una mirada despectiva por encima del hombro del cocinero y señaló a Yago con la barbilla.

—Ahí tienes tu ayuda —sentenció.

Esteban le sostuvo la mirada durante unos segundos que parecieron eternos.

—Él no puede ayudarme con eso —dijo al fin en un susurro, masticando despacio las sílabas y acercándose a su cara.

Oreste lo observó con gesto desafiante; se preguntaba si aquel cocinero era un altanero buscapleitos o simplemente un inconsciente. Aquella afrenta visual comenzaba a resultar muy incómoda. Volvió a levantar la cabeza para reparar mejor en Yago. El muchacho seguía sentado, inmóvil, sombrío, con la mirada perdida al fondo de la cocina. Se hizo el silencio. El rictus insolente del artista se tornó en una sonrisa ladeada de desprecio.

—Parece que Sus Altezas están alimentando a dos personas pero que sólo una de ellas puede trabajar. En esta cruzada no hay sitio para tullidos. Quizá alguien debería hacérselo saber.

—Esto no tiene nada que ver con él, señor —musitó Esteban, preocupado y cambiando de actitud.

Oreste seguía sonriendo. Acababa de descubrir el talón de Aquiles de aquel estúpido cocinero.

—En eso estamos de acuerdo, tiene que ver contigo. Así que tendrás que encargarte. ¡Y no se hable más! No puedo perder el tiempo discutiendo con un vasallo. O trabajas por dos, o tendré que informar al rey Fernando de tu insolencia.

Esteban se sintió derrotado y agachó la cabeza. ¿Quién se creía que era para plantar cara a un famoso artista italiano al que los monarcas seguramente estimarían muy por encima de un simple cocinero? Tomar conciencia de su valor real dentro de aquella sociedad le desarmó.

—Señor, no hace falta que digáis nada. Por supuesto que

me encargaré de preparar el almuerzo de los artesanos y de llevarlo a sus puestos de trabajo. No os preocupéis.

—Eso está muy bien —respondió Oreste Olivoni antes de darse la vuelta y marcharse, envuelto en el mismo cascabeleo en el que llegó.

—No me gusta ese hombre —susurró Yago cuando el ritmo marcial de las pisadas del artista dejó de oírse.

Esteban se acercó a su hijo y le atusó la cabeza, revolviéndole el cabello.

—Tranquilo, muchacho, no habrá ningún problema. Me levantaré más temprano para preparar la comida y me organizaré para servirla. Eso es todo —dijo procurando que no percibiera en su voz ningún tono de preocupación.

**

Yago tuvo la certeza de que el desencuentro con Oreste Olivoni había ensombrecido el humor de su padre, aunque él intentase disimularlo. El muchacho había crecido convencido de que los seres humanos eran bondadosos por naturaleza, pues el Pucelano había puesto cuidado en endulzarle las mezquindades, apartándolo de los miserables, sustrayéndolo de la vileza. La gente que los rodeó desde que él llegó al mundo eran buenas personas que se encargaron de velar por ellos cuando todo se puso en contra. Las vecinas de su pueblo, al enterarse de que el niño Yago era ciego, se volcaron en ayudarles. En un primer momento le colocaron compresas de manzanilla sobre los párpados. Cuando se dieron cuenta de que con ello no conseguían ningún resultado, le hicieron enjuagues con agua de rosas y pusieron velitas a Lucía de Siracusa, una santa capaz de ver incluso con los ojos arrancados de las cuencas y depositados en un plato sopero. Pero aquellos recursos de andar por casa no sirvieron de nada en un caso tan extremo como el de Yago. Una de ellas se enteró de que en Medina de Rioseco vivía una mujer que se había hecho famosa por expulsar al demonio del cuerpo de los poseídos simplemente escupiendo sobre ellos un buche de un garrafón de aguardiente que, de antemano, había colocado bajo el manto de la Piedad. Concluyeron que si esa curandera era capaz de liquidar al mismísimo demonio de un salivazo, por fuerza lograría sanar al pobre crío ciego, así que llevaron a Yago hasta allí. La saludadora lo estiró sobre la mesa del comedor; le palpó la cabeza, murmuró una letanía de ultratumba, le separó los párpados para mirar el fondo de sus pupilas hueras y, dando un par de palmetazos, concluyó que no podía hacer nada. Según les explicó, la criatura había nacido antes de que al Señor le diese tiempo a colocar luz detrás de sus ojos, y contra eso no había remedio. Pese a aquella categórica sentencia los vecinos nunca se rindieron; ponían velas a los santos, rezaban el rosario y le llevaban hierbas milagrosas arrancadas de la cumbre del cerro más alto. Los vecinos los cuidaron, se preocuparon por ellos y los acompañaron en su desdicha. Yago creció convencido de que el fin mismo de la vida de los hombres en la tierra era ayudarse los unos a los otros. Pero el día que Oreste apareció en sus vidas pudo respirar por primera vez la dureza gratuita y espontánea dirigida contra alguien a quien no se conocía de nada. Entonces supo que había personas que no necesitaban excusas para ser crueles.

Puedo asegurar a vuestras mercedes que Yago en ese instante se prometió a sí mismo que ayudaría a su padre en todo lo posible, doblando el esfuerzo que hacía cada día —que en realidad era poco— para que le gustase la cocina. Y lo prometió de todo corazón porque sintió un enorme deseo de devolverle todo lo que había hecho por él, de quererlo mucho y que se notara.

—Hoy he conocido a una de las damas de la reina. Concepción se llama —dijo intentando que un tema de conversación liviano ahuyentara los fantasmas de la cabeza de su padre.

—Muy pronto empiezas tú a hablarme de mujeres —respondió Esteban con media sonrisa falsa.

Yago enrojeció hasta las orejas.

—Se ha ofrecido a enseñarme el palacio por las tardes —continuó diciendo—. Lo conoce muy bien... Pero si tenemos mucho trabajo, le explicaré que no puedo.

Se quedaron callados. Sólo se oía el crepitar del fuego.

—Concepción me habló de ese tipo, de Oreste Olivoni —añadió Yago.

El Pucelano no quería mostrarse interesado en el tema y preguntó procurando no revelar mucha afectación.

—¿Y qué te contó?

—Que es un gran artista.

—Se puede ser un gran artista y un cretino. —Esteban se arrepintió al instante de haber utilizado esa palabra. Nunca había esgrimido un lenguaje grosero delante de Yago, y le incomodó que fuese aquel hombre el que había conseguido que eso cambiara—. Una cosa no está reñida con la otra —concluyó.

Lamentó haber protegido tanto a Yago. Quizá tendría que haberle permitido salir más a la calle, que los otros chicos se riesen de él, que le pusieran la zancadilla, que le diesen un puñetazo en la nariz, que aprendiese que la vida era en ocasiones ruda, que a veces había que defenderse de los abusones... o, al menos, saber sortearlos. ¿Quién era él para mantener encerrado a su hijo? ¿Acaso se creía capaz de protegerlo hasta la eternidad de todos los varapalos? A la edad de Yago, incluso mucho antes, él ya trabajaba en el campo, perseguía a los gatos, cortaba la cola a las lagartijas y rodaba por el suelo a manotazos con los otros muchachos si se atrevían a meterse con él. Y, aun con ese entrenamiento, había superado a duras penas las trabas que le había puesto la vida, muy a duras penas.

—Seguro que puedes sacar un rato para salir por las tardes a recorrer el palacio con esa muchacha.

—Concepción —repitió Yago.

—Sí, eso, Concepción. Nos las apañaremos. Siempre nos las hemos apañado.

Terminaron de cenar en silencio. Yago se levantó para recoger la mesa, pero Esteban le dijo que ya lo harían por la mañana temprano. Estaba demasiado cansado.

El muchacho escuchó los pasos lánguidos de su padre dirigiéndose al catre y él también se acostó, pero no podía dormir. En su corazón se mezclaba la emoción de haber conocido a Concepción y la certeza de que volvería a encontrarse con ella al día siguiente con la repulsión por el trato recibido por parte de Oreste Olivoni.

Debían de ser más o menos las dos de la madrugada cuando Yago oyó ruidos. Parecía el bullir desencantado de su padre, trajinando en la cocina… o quizá fuesen las ratas que se aprovechaban de su pereza para lamer los platos que habían dejado sobre el mesón. No quiso levantarse a indagar. Si se trataba de lo primero, su padre se sentiría muy avergonzado al verse descubierto.

***

El candor de la poca edad hace que los pesares se desvanezcan pronto. La desazón producida por el desagradable incidente con Olivoni se evaporó con unas cuantas horas de sueño. Eso, unido al nerviosismo de encontrarse de nuevo con Concepción, hizo que Yago olvidase también las promesas sobre entusiasmarse con los quehaceres habituales de la cocina. Se pasó todo el día medio atolondrado, deseando que el ajetreo de la comida diese paso al sopor de la siesta para escapar. Antes de salir se aseguró de que las manos no le oliesen a ningún condimento indeseable porque no le apetecía en absoluto que Concepción relacionara su presencia con una fragante porrusalda. A eso de las cuatro de la tarde, cortó dos pedazos hermosos del bizcocho de naranja que habían comprado en el mercado, los envolvió en sendas servilletas y partió en dirección a la capilla. Allí lo estaba esperando la muchacha, arrodillada en las primeras bancas. Se incorporó persignándose en cuanto lo oyó entrar.

—¡Qué pronto has llegado! —saludó—. Ven, sígueme.

Concepción lo tomó de la mano guiándolo en dirección al palacio del rey don Pedro sin darse cuenta siquiera del efecto que su roce provocaba en el ánimo de Yago. Nunca una mujer lo había tomado de la mano de esa manera.

El palacio era el sueño hecho realidad de un rey que había pasado a la historia por su extrema crueldad. No sólo se había librado de sus tres hermanastros para evitar que en un futuro pudieran arrebatarle el trono, también se encargó de que padres, madres y demás parentelas de sus enemigos sufriesen muertes indignas. Pero quizá el recuerdo más doloroso, que continuaba presente en la mente de los sevillanos, era lo que le hizo a la hermosa María Coronel. El rey don Pedro estaba tan ocupado guerreando que no podía perder el tiempo en galanterías románticas. Para satisfacer sus bajos instintos ya estaban sus amantes, que daban mucho a cambio de fruslerías. Poco importaba que fuera un secreto a voces en la ciudad la camada de bastardos que iba dejando a su paso. «Seguro que todas esas zorras mienten a la hora de afirmar que son hijos míos», decía con desprecio. Si alguna de ellas insistía demasiado, rebanaba el cuello a la criatura. «Muerto el perro, se acabó la rabia», aseguraba con un dejo de indolencia que rozaba el desprecio.

Pero toda su dureza se endulzó el día que vio por primera vez a la hermana pequeña de su nueva amante. Pese a que María estaba casada, el calenturiento rey comenzó a cortejarla con tesón. Le enviaba cestos de frutas, zarcillos de perlas, pulseras de oro y flores para que ella interpretase los mensajes ocultos entre sus pétalos: guisantes de olor para asegurarle que era la dama más gentil que hubiera visto jamás, lavanda con la que mostrar su respetuosa ternura, espino blanco con la esperanza de que respondiera a sus expectativas, oloroso jazmín como señal de que quería ser todo para ella, tiestos de geranios rojos para que se diese cuenta de que la tenía siempre presente, malvas con las que hacerle partícipe del terrible padecimiento de su corazón, cestos plagados de camelias rosas para mostrarle su admiración, de camelias rojas para manifestar su amor ardiente, de camelias blancas para indicar el desagrado que le producía su rechazo… La dama devolvía puntualmente cada uno de los obsequios con notas en las que le agradecía las atenciones, recordándole, eso sí, el amor eterno e incondicional que sentía y sentiría, hasta el último día de su vida, por su adorado esposo. Convencido de que ninguna mujer en su sano juicio podía permitirse rechazar el cortejo de un rey, Pedro I decidió acusar al marido de traición a la Corona, requisándole todos sus bienes y ordenando que lo decapitasen en la plaza pública. De esa forma mostraría bien a las claras sus intenciones. Pero eso no hizo que la dama aflojase su terca negación a ofrecer sus favores. Huía despavorida cada vez que don Pedro intentaba acercársele, hasta que un día, harta de que el monarca la encontrase tan inquebrantablemente atractiva, doña María se arrojó por la cabeza una sartén de aceite hirviendo. Su cara quedó tan descompuesta que el rey, horrorizado, decidió dejarla en paz al fin, enviándole un ramillete de hortensias blancas con las que evidenciaba que sus caprichos lo entristecían y que abandonaba toda pretensión de conquista.

Y es que don Pedro era un amante de la belleza, y no sólo de la femenina; también había sabido apreciar el legado histórico de los musulmanes, y por eso había ordenado convocar a artistas y artesanos de origen árabe y bereber de Granada, Toledo y la propia Sevilla para construir aquel palacio que tenía inscrito en sus muros epigrafías como «Gloria a nuestro señor el sultán don Pedro. Alá lo proteja».

Concepción condujo a Yago por el vestíbulo, en dirección al salón de los Pasos Perdidos, hasta llegar al salón de Embajadores.

—Ojalá pudieras ver este lugar —le dijo—. Es la sala más suntuosa que hayas pisado jamás.

Lo más suntuoso que había pisado Yago hasta ese momento eran las cocinas del palacio. Supuso que aquello debía de ser lo mismo, pero sin olor a fritura.

—¿Se parece a la cocina? —preguntó.

Concepción se carcajeó abiertamente.

—En absoluto. Este lugar tiene las paredes cubiertas de yeserías en tonos celestes y ocres, y el techo es un artesonado que parece de oro. —Se quedó mirando a Yago—. El oro es como el sol —aclaró.

—Me hago una idea.

—Y precisamente eso es lo que los artistas que lo crearon pretendían. Me lo explicó el Toscano un día que pasamos por aquí. Los almohades querían que la persona que se encontrase dentro tuviera la sensación de estar bajo un cielo despejado.

—¿Para qué salir al jardín entonces?

—¡Oh, Yago, no le robes el encanto! —protestó ella—. El Toscano sabía explicar muy bien el arte, y eso me ayuda para poder explicártelo a ti.

Al muchacho ya no le cupo duda de que Concepción estaba hechizada por el italiano y sintió un pellizco de celos.

—¿Qué escondes ahí? —le dijo la muchacha señalando los dos paquetitos que llevaba bajo el brazo.

—Traigo un poco de bizcocho… por si te apetece merendar —respondió avergonzado, ofreciéndoselos.

—¡Qué buena idea! Vayamos afuera.

Atravesaron el patio de las Muñecas. Se sentaron sobre el césped del jardín del Príncipe, escuchando de fondo el tintineo del agua de la fuente mientras se zampaban a dos carrillos el bizcocho de naranja. Yago desconocía por completo en qué consistían las obligaciones de una dama de compañía, así que Concepción se encargó de explicarle que tenía que estar pendiente del peinado y la ropa de la reina, acompañarla mientras bordaba, ser su contrincante jugando a las damas, o al naipe o al ajedrez, si ése era su gusto... Pero en los últimos tiempos estaba desocupada porque la reina Isabel, siguiendo a pies juntillas su política de ser la primera en dar ejemplo, se había personado en la batalla de Alhama, dejando tras de sí gran parte de sus lujos cortesanos, entre los que se encontraba ella misma.

Nosotros dos no sabíamos entonces que una guerra que duraría diez años se estaba fraguando. El comendador de Santiago, don Juan de Vera y Mendoza, al que los reyes habían enviado como embajador castellano para que reclamase al rey de Granada los tributos que el pueblo nazarí tenía comprometidos con ellos, les había notificado que, una vez llegó a los pies de la Alhambra, lo introdujeron en el hermoso salón de Comares y que allí mismo, mirándolo a los ojos con actitud chulesca, Muley Hacén le espetó sin miramientos:

—Volveos y decid a vuestros reyes que ya murieron aquellos granadinos que pagaban tributos a los cristianos. De aquí en adelante, con el metal de esas monedas que tenéis la desvergüenza de reclamar sólo se labrarán alfanjes y hierro para la guerra.

Cuando don Juan de Vera y Mendoza informó de lo sucedido, se sorprendió de la aparente calma con la que el rey castellano se tomaba la noticia. Y es que, en el fondo, Fernando de Aragón sintió un regusto de placer. Ahora ya tenía la excusa perfecta para atacar el reino nazarí.

—He de arrancar, uno a uno, los granos de esa granada —le oyeron decir.

Dio pleno poder al marqués de Cádiz para comandar un ejército de más de cinco mil caballeros cristianos y los envió a

Alhama. No tardaron mucho en romper el cerco de las líneas enemigas y en escalar las murallas de la ciudad. Fue una cruenta batalla en la que murieron más de ochocientos musulmanes y otros tres mil fueron hechos prisioneros.

Según todos los cronistas, ese día comenzó la guerra. Pero, como ya digo, ni Concepción ni yo lo sabíamos, y nos limitamos a comentar ese afán de la reina por colocarse en primera línea en el campo de batalla. Quería que los soldados la vieran a la vanguardia de su ejército, decidida a conseguir la victoria al precio que fuera. Estaba convencida de que un hombre que se vistiese por los pies sería incapaz de desertar de sus obligaciones belicosas si veía que una mujer delicada participaba en las batallas sin mostrar indicio alguno de temor. Del mismo modo, también consideraba que los más de veinte mil hombres, entre nobles y eclesiásticos, que componían las órdenes militares a su servicio no se pondrían remilgados y quisquillosos a la hora de pasar hambre, frío o sed si la propia soberana no tenía empacho en remangarse, enfangarse, sufrir penalidades y peligros, y hasta ponerse a luchar para alcanzar los más loables objetivos cristianos. Isabel de Castilla estaba dando las primeras pinceladas al bosquejo de una pieza fundamental en el tablero de ajedrez en el que estaba dividida la península Ibérica: la reina.

—Me dijo que, si quiere dar esa imagen, no es adecuado que se presentase con damas de compañía —aclaró Concepción—. Así que aquí estoy, esperándola. Hay otras damas, pero son todas mayores que yo, así que me paso el día sola y aburrida. Menos mal que te he encontrado a ti —afirmó tomando las manos del muchacho entre las suyas y meciéndolas de arriba abajo.

A Yago le pareció que toda la sangre del cuerpo se le subía al rostro y deseó hacerse invisible en ese mismo momento.

—Tengo que irme —se excusó. Se levantó de golpe para sustraer la atención de la muchacha a pesar de que, seguramente, ella ya se habría percatado de lo azorado que estaba—. He de ayudar a mi padre con la cena.

—Podríamos encontrarnos de nuevo mañana —sugirió Concepción—. Si tienes tiempo… y si te apetece.

—Aquí estaré. A las cuatro en punto —se apresuró a responder antes de darse la vuelta y alejarse medio alunado en dirección a las estancias de la cocina.

Tan encantados estaban que no se dieron cuenta de la presencia silente que llevaba un buen rato vigilándolos tras la vidriera coloreada del salón de Embajadores.

A Oreste Olivoni se lo llevaban los diablos. En un primer momento pensó salir de sopetón y dar una buena tunda a ese muchachito ciego y entrometido que nunca debió salir de la cocina, pero se contuvo; no podía rebajarse a pelear con alguien que no fuese de su alcurnia. Y ella, aquella jovencita que sonreía como atolondrada, atusándose el cabello… La veía cada día por las mañanas, hojeando su misal con aire de inocencia, bordando pañuelitos junto a la ventana, paseando lánguida por los jardines de los Reales Alcázares mientras olisqueaba las azucenas. El aire cálido le desbarataba el peinado dejando mechones de su cabello sueltos, acariciándole la nuca y el nacimiento de los senos. Tenía rasgos delicados, la piel blanca, la nariz y los labios finos, pero aquellos ojos negros de fuego ribeteados de largas pestañas delataban la pasión que algún antepasado infiel y moruno había transferido a su sangre de hembra, haciéndola hervir por dentro. Bien sabía Oreste que a esa edad la mente se llenaba de pensamientos impuros que terminaban por inflamar el cuerpo llevando a las mujeres a cometer locuras. Seguro que aún era virgen. Debía vigilar a esa criatura antes de que la palpable obscenidad que se escondía bajo el velo de aparente inocencia la empujara a pecar con el primer mercachifle que se cruzase en su camino. Oreste comenzó a caminar de un lado a otro de la sala, retorciéndose las manos, jadeando de ansiedad y rabia.

Concepción y Yago pasaron todas las tardes de aquel verano envueltos en una suerte de diversión ingenua. Se citaban en la capilla a las cuatro de la tarde casi todos los días. Eso ayudó a que el muchacho conociese los entramados de los Reales Alcázares como la palma de su mano. Recorrió al completo el palacio del rey don Pedro tanteando con sus dedos cada rincón en relieve, cada yesería, cada resquicio de madera... La puerta principal tenía una de las caras de su hoja rodeada con una inscripción en árabe en la que se describía la construcción del edificio. Por la otra, en castellano, hablaba de pasajes bíblicos. Fueron testigos mudos del avance de las obras con las que intentaban convertir la antigua alcoba de la reina en habitación para el joven príncipe. También visitaron el palacio Alto, que era la residencia en la que los reyes se alojaban en invierno. Pero lo que más les gustaba era sentarse en alguno de los bancos de los jardines, ya fuera en el del estanque, o en el de la galera, o en el de Troya, para merendar cualquiera de los dulces que Yago distraía habitualmente de la cocina.

A lo largo de su vida el muchacho había hecho grandes esfuerzos para imaginar la forma exacta de las cosas y las personas, el tamaño de los demás, los brazos, las piernas y el cuerpo. Ahora Concepción le dejaba acariciar unas manos pequeñas y delicadas, unas manos que sólo habían sufrido, en contadísimas ocasiones, algún picotazo perverso a la hora de bordar; le permitía acariciar el cabello largo y suave, y oler el perfume de una dama. Concepción inventó para él un idioma que lo ayudaba a entender el mundo que no podía ver. Le explicaba que el rojo quemaba como el fuego, que el verde era como morder cristales rotos y el azul como una caricia, y que el negro era lo que él veía aun teniendo los ojos abiertos. Le dijo que el amarillo sabía a traición y que la carne humana se parecía a comer nueces.

Uno de esos días, Concepción le contó que el nuevo artista italiano, Oreste Olivoni, se había dirigido a ella cuando se disponía a cortar unas flores con las que decorar los jarrones del comedor. Se acercó demasiado para hablarle, casi en un susurro, muy cerca del oído. Le dijo que tenía suerte de que los reyes, en su infinita y magnánima caridad, le permitiesen vivir en un palacio sin tener responsabilidad alguna que atender. Al parecer le preocupaba que tanto tiempo de asueto terminase por corromperla, igual que se corrompían las aguas que se quedaban estancadas, y que había llegado hasta sus oídos el rumor de que había mancillado la confianza de los monarcas entregándose a un hombre como si fuese una vulgar meretriz. Concepción le juró y perjuró que eso no era cierto, llegando incluso a llorar, momento en el que Oreste se colocó frente a ella y le levantó la barbilla con el dedo índice de su mano izquierda para enjugarle las lágrimas con el pulgar de la derecha, asegurándole, con voz tranquilizadora, que se iba a ocupar de encontrarle labores que atender hasta que los reyes regresasen, con el fin de evitar que el demonio encontrase la ocasión de tentarla.

—Es posible que mañana no pueda venir para acompañarte —le dijo ella con voz abatida—. Lo siento. Oreste Olivoni me ha pedido que lo ayude con la elección de unas telas con las que decorar su alcoba.

Yago no durmió aquella noche. Le atormentaba la idea de ese hombre detestable palpando sin recato el rostro de Concepción. Los celos le corroían las entrañas, los sentía cocinarlo a fuego lento igual que un pescado macerándose en vinagre. A eso de las tres de la madrugada estaba tan agotado de aborrecerlo y tan descorazonado ante la idea de dejar de encontrarse con ella al día siguiente, que rezó con ahínco para que el Señor dejase las cosas tal como habían estado hasta ese momento. Por entonces no sabía que el cambio era lo único realmente inalterable.

***

El encargo de Olivoni de servir el almuerzo de los artesanos supuso mucho más trabajo adicional del que el Pucelano podía abarcar. El número de personas para las que cocinar no había variado, pero tuvo que planear raciones para veinte que pudieran servirse y transportarse con facilidad. La cocina de los Reales Alcázares vio duplicada su actividad matutina. Esteban dejaba la leña dispuesta junto al fogón la noche anterior, así como los ingredientes para preparar los guisos. Organizaba sobre el gran mesón la harina, la levadura y el agua para elaborar la masa del pan, y los cubría con una fina gasa bien afianzada para que los insectos no los tocaran. Y lo hacía todo sin una protesta, sin una queja o un suspiro que delatara decaimiento.

Curiosamente eso mismo pensaba el Pucelano de su hijo. El muchacho pareció espabilarse, como si su interés por la cocina fuese una semilla tardía que hubiera germinado por fin. Se incorporaba de un salto a primera hora de la mañana, sin que su padre se viese obligado a llamarlo dos veces. Lo ayudaba a dar forma y hornear las hogazas con una sonrisa en los labios. Elaboraba, sin que se lo exigiera, como si se tratase de una decisión propia, confitura de naranja amarga; salaba la carne de conejo, organizaba los platos de los que iban a comer en la mesa, cortaba el pan para las raciones de los que almorzaban a pie de obra… Esteban dedujo que la orden de Oreste Olivoni le había hecho sentar la cabeza, y en lo profundo de su corazón se alegró de que de cualquier circunstancia adversa pudiera entresacarse algo bueno.

Lo que no imaginaba Esteban era que todo ese entusiasmo poco tuviera que ver con un sorpresivo interés por la cocina, sino que con ello su hijo pretendía aligerar el trabajo con la intención de poder salir de vez en cuando al encuentro de Concepción con su conciencia limpia. Pero, como digo a vuestras mercedes, de eso Esteban no tenía ni idea y se alegraba de que Yago no fuese un muchacho descorazonado; uno más de esos infelices que, habiendo nacido con una tara, se conformaban con subsistir alimentándose una vez al día con la sopa boba que los franciscanos repartían a la puerta de una iglesia. Pero no, no… Su Yago no se veía abocado a ese destino de menesteroso. Él se había empeñado en sacarlo de la penuria. Sí, él, un pobre infeliz, nacido en lo más profundo de la meseta castellana. Él, Esteban el Pucelano, cuyo único talento radicaba en desentrañar los secretos de las viandas, había logrado situar a su hijo ciego en las cocinas de un palacio; un destino de sirviente, sí, pero un destino cómodo a fin de cuentas. No, no tenía derecho a quejarse por haber de soportar los desplantes de hombres como Oreste Olivoni. Aquella circunstancia era un mal menor. ¿Qué otra cosa podía hacer él? ¿Mostrar su desagrado? ¿Protestar ante el teniente de mayordomo mayor? ¿Recordarle que servir la comida no era su cometido? ¿Que aún hacía falta un despensero que lo ayudase? ¿De qué serviría? El teniente de mayordomo mayor podría pensar que era un inútil, o quizá que no estaba preparado para atender un trabajo como aquél; pensaría que se trataba de una persona quejicosa que, más que servir de asistencia, suponía un lastre. No, no le diría nada, y menos en ese momento en el que el teniente de mayordomo mayor estaba demasiado atareado acogiendo la llegada del confesor de los reyes, un tal fray Tomás de Torquemada, famoso por su rectitud, por su celo católico, y por estar convencido de que los judíos y los falsos conversos eran capaces de destruir de un plumazo el buen hacer de los cristianos viejos. No, sin duda ése no era el momento de llamar la atención; no era bueno crear problemas.

Esteban sacudió la cabeza para espantar los malos pensamientos. Aquello era sólo un contratiempo. Podría con ello. Había podido en su vida con cosas mucho peores. Pese a todo, el mayor inconveniente llegaba a la hora del reparto de las raciones. Yago lo acompañaba para ayudarle a transportarlas. El muchacho se colgaba el cazo del cinturón y se echaba al hombro el saco con los pedazos de pan mientras Esteban cargaba con la olla. Cada artesano los esperaba con su cuenco en la mano. El Pucelano los llenaba con el guiso del día y les entregaba un trozo de la hogaza. Oreste Olivoni, mientras tanto, observaba sus evoluciones con un gesto indefinido que navegaba entre el desprecio y la soberbia. Yago avanzaba a tientas por aquel bosque de escaleras, andamios y boquetes en el suelo, cargando a su espalda con el saco del pan. El muchacho parecía poseer el sexto sentido de los murciélagos. Advertía los obstáculos como si los objetos que se interponían en su camino desprendiesen un hálito que él pudiera oler, advirtiéndole de la distancia exacta a la que se encontraban, dándole el tiempo justo de esquivarlos sin llegar a tropezar con ellos. Pese a todo, si Yago se demoraba un instante, si extendía sus manos para tentar el infinito, si titubeaba a la hora de abrir el saco de esparto y ofrecer los mendrugos de pan, Oreste chasqueaba la lengua y torcía el gesto en señal de desaprobación. Aquello soliviantaba profundamente a Esteban y provocaba que se diese más prisa repartiendo la comida, para acelerar el paso y desaparecer con su hijo lo antes posible. Sospechaba que el artista italiano sentía animadversión por ellos, pero era incapaz de comprender el motivo, y por eso buscaba poner tierra de por medio, convencido de que la antipatía se alimentaba con la presencia del ser odiado.

Pero, tal como Esteban sospechó, no podrían eludir para siempre la cercanía de Oreste y un día sobrevino la desgracia. En pleno reparto, Olivoni desfiló junto a Yago demasiado deprisa. Esteban no lo vio venir y el sonido de sus pisadas quedó mitigado en el albero humedecido de la llovizna del día anterior, así que Yago tampoco pudo percibirlo. De pronto, uno de los brazos del artista chocó bruscamente con la cabeza del muchacho, que en ese momento se inclinaba para sacar un pedazo de pan del saco de esparto. El envite fue tan brioso que Yago y su cargamento cayeron al suelo, desparramando por el barro las raciones de pan para ese día. Esteban corrió a socorrer a su hijo, lo ayudó a levantarse y le sacudió la ropa para eliminar la suciedad. Cuando se hubo asegurado de que Yago se encontraba bien, se agachó para recoger el saco y comprobar si algún pedazo de pan se había salvado del desastre. Se dio cuenta de que apenas quedaban unos pocos en el fondo, insuficientes para todos los artesanos. El cocinero sintió que un acceso de ira le sacudía las sienes, pero se mordió el labio inferior y cerró los puños. Con gusto se habría lanzado en ese mismo momento sobre Oreste Olivoni para despabilarlo a golpes y partirle su ridículo befo de bobalicón de feria. Aun así, sabía de sobra que no iba a hacerlo; a la gente de su clase la adiestraban a lo largo de generaciones para soportar humillaciones, callar y bajar la cabeza. Pese a todo, no podía entender por qué un afamado artista perdía su tiempo y sus energías en hacerles la vida imposible a ellos, unos simples sirvientes.

No le dio tiempo a pensar mucho más. Los gritos destemplados de Oreste Olivoni lo turbaron. El artista caminaba de un lado a otro del patio asegurando que chocar con el muchacho le había provocado un dolor imponderable en sus valiosísimos brazos, que el desastre del pan dejaría sin comida a sus trabajadores, con el correspondiente menoscabo en el avance de las obras, y que ese tipo de altercados desestabilizaba su proceso creador. Se adentró por los pasillos de los Reales Alcázares proclamando a voz en grito que la ceguera del muchacho era un inconveniente, que entorpecía el trabajo de los artesanos y que, en cualquier momento, podría ocasionar un accidente de dimensiones inimaginables, tal como era evidente y ya había sucedido.

Esteban intuyó que Oreste estaba exagerando el dolor, alzando la voz más de lo necesario y que lo hacía con el claro propósito de que todo el mundo en el palacio se conmoviese. Se alegró de que los reyes no estuvieran. Pese a todo, no era bueno que el teniente de mayordomo mayor o que el confesor de la reina creyeran que Yago suponía un problema. Era preciso que Oreste no lo viera más.

—A partir de ahora será mejor que abandones el palacio durante el día —dijo Esteban a su hijo mientras caminaban deprisa en dirección a la cocina—. Vendrás a última hora de la noche, cuando todo el mundo esté dormido.

—Pero, padre, ¿qué es lo que haré? ¿Adónde iré? No conozco la ciudad. No conozco a nadie...

—Ve a misa.

—A misa...

—Saldrás por la mañana, antes del amanecer, y regresarás de noche. Es lo mejor —sentenció mordiéndose el labio inferior, intentando controlar la ardiente indignación que en ese momento le abrasaba la entrañas.

***

Ya lo decían las coplas: Sevilla olía a azahar. Pero cuando Yago salió aquella mañana del palacio, lo único que inundó su nariz, de forma clara y contundente, fue el aroma del salitre marino que en ocasiones remontaba el Betis para empantanar Hispalis con esencias de océano, hasta terminar confundiéndose con el tufo del pescado corrompido que se vendía en el mercado del puerto de las Mulas.

No, desde luego ese día la ciudad no olía a azahar.

Las calles estaban viciadas por la pestilencia de las basuras que los vecinos abandonaban sin miramientos en cualquier parte, por la de las evacuaciones humanas que lanzaban desde las ventanas al grito de «¡Agua va!», por las inmundicias de perros, gatos y ratas que se mezclaban con el barro que encharcaba las correderas en época de lluvias y que convertía algunas zonas en lodazales hediondos. Los hombres y las mujeres que se cruzaban con Yago no olían mucho mejor que aquellas calles. Ya lo decían los curas con sapiencia erudita: un buen cristiano no debía caer en la tentación de pecar de vanidad y alarde, y Sevilla tenía fama de pía. Una excesiva limpieza dejaba bien a las claras la calidad religiosa de cada individuo. Sólo los indecorosos que no tuvieran recato a la hora de tocar sus partes pudendas o aquellos que pretendían que otros se las tocaran con deleite podían sentirse predispuestos a caer en la tentación del baño; algo abiertamente anticristiano, como quedaba claro por la tendencia de los infieles a las abluciones diarias. Ésa era la razón por la cual la fetidez agria del sudor macerado durante años en la piel de los humanos se embebía en los ropajes de lana de oveja, provocando un hedor nauseabundo, mezcla del tufo dulzón de la cebolla fermentada y la piel de cerdo sin terminar de curtir. Fue por eso que aquel día a Yago le falló uno de los sentidos que mejor le servían para orientarse.

En principio sintió temor ante la perspectiva de caminar solo por una ciudad tan grande. Sin embargo, su padre le explicó que Sevilla y sus arrabales estaban organizados de dos maneras: por barrios y por collaciones. Las collaciones tenían un carácter eminentemente eclesiástico y habían dado lugar a la creación de las parroquias, que también se organizaban para la prestación de servicios militares y políticos; los barrios, en cambio, eran civiles y en ellos se agrupaban los gremios. Nada más salir del palacio, Yago decidió guiarse por el trazado de la muralla que limitaba la ciudad. Su padre le aseguró que no le resultaría complicado situarse por las nuevas calles y que sólo tenía que caminar en línea recta y olfatear el aire en busca del aroma del incienso, los cirios y la santidad, hasta que tropezase con la iglesia más cercana.

Jamás la encontró.

Según avanzaba él, el tufo crecía, lo cual lo desconcertaba aún más, así que anduvo y desanduvo sus pasos varias veces. De pronto oyó un enorme bullicio, un ajetreo de carreras, de idas y venidas, de golpes y patadas; fueron los gritos más desproporcionados que el muchacho hubiera escuchado nunca.

Hombres y mujeres aludían con desprecio a madres, padres y familiares fallecidos de otros que les respondían con el mismo entusiasmo, deseándoles la peor de las suertes en el más allá.

El miedo hizo que Yago se paralizase. Se quedó muy quieto, apoyado en el muro y deseando pasar lo más desapercibido posible. De repente notó que una mano lo atrapaba por la muñeca y lo arrastraba hasta el interior de un local que, por el intenso olor a vino agrio, supuso que se trataba de una taberna. La persona que lo había agarrado se colocó frente a él y lo miró profundamente. Yago pudo intuir su aliento aguardentoso rozándole el rostro y el movimiento de sus manos ante sus ojos muertos. El pánico le apretó las entrañas.

—No me hagáis daño, señor —suplicó Yago—. No me hagáis daño. Tened piedad de este pobre ciego.

Una sonora carcajada se propagó durante un tiempo que a él le pareció interminable. Poco a poco aquella risa histriónica se fue diluyendo en el aire, y la persona que tenía delante lo sujetó por la nuca con las dos manos, atrayéndolo fuertemente contra su pecho. La cara del asustado muchacho quedó atrapada entre dos pedazos enormes de carne flácida, fría y sudorosa que se movía de derecha a izquierda, haciendo que él mismo se tambalease como si fuera un pelele.

—¿A ti te parece que con estas tetas puedo ser un señor? —dijo la mujer que lo sujetaba, justo antes de liberarlo.

—Ni siquiera eres una señora, Pechugas —dijo entre risas otra voz, esa vez masculina, que llegaba del otro lado de la taberna.

—¡Calla, imbécil! Tu madre sí que no es una señora, ¡que tiene más bigote que tú! —Y al momento cambió el tono de voz para dirigirse a Yago, que había logrado a duras penas mantenerse en equilibrio tras la sacudida pectoral—. Me llamo Laurencia, pero todos me llaman la Pechugas porque sujeto dos jarras de vino entre las tetas y soy capaz de llevarlas, sin derramar una sola gota, desde la barra hasta las mesas del fondo —presumió, henchida de orgullo.

—Tienes mucha maña, Laurencia —gritó sin parar de reír la misma voz.

—¡Ganapán! ¡Escoria! ¡Aborto del diablo! —Los insultos de Laurencia no parecieron ofender al hombre, que seguía riendo escandalosamente.

Yago caminó hacia atrás, desorientado, palpando el aire e intentando encontrar un punto de referencia que le permitiese huir de ese lugar que intuía peligroso.

—Vaya, vaya… Parece que te has perdido. ¿De dónde sales tú, criatura? —le preguntó la Pechugas con voz aguardentosa.

—Busco una iglesia.

Una carcajada generalizada sacudió de nuevo el local. Por el ruido que hacían, Yago supuso que allí debía de haber unas treinta personas, más o menos.

—Pues sí que estás tú desorientado. Esto es el Compás de la Mancebía —aclaró y, al observar el rostro confuso de Yago, preguntó—: ¿Qué edad tienes, muchacho? ¿Sabes lo que es una mancebía?

—Trece… Yo no… —Yago notó que una oleada de calor le inundaba el rostro.

—Bebe, criatura, así se te pasará el susto y la vergüenza. —Un hombre de manos rasposas le colocó un vaso de barro entre los dedos.

Yago respiró profundamente. Tenía la garganta seca y bebió de un trago lo que le ofrecían. Le supo como a vinagre, nada que ver con la dulzura del azúcar y la canela con la que su padre elaboraba el hipocrás. Tuvo que contener una náusea. Oyó de nuevo las risas y que le rellenaban el vaso.

—Bebe —indicaron.

El segundo trago no le supo tan amargo. Le aplacó los nervios que sentía en el estómago, y un agradable calorcillo comenzó a recorrerle la sangre.

—¿A que ya estás mejor? —oyó decir al hombre que le servía el vino. Él asintió sin mucho convencimiento—. Ea, pues acomódate, que vas a tener el privilegio de escucharme tocar.

El tabernero elevó la voz para pregonar su actuación.

—Ilustres caballeros y elevadas damiselas —dijo en tono burlón—. Tengo el placer de mostrarles una solemne tonada que compuse la pasada noche, inspirado por las noticias que nos llegaron de la reciente toma de Alhama. En ella describo el dolor que ha de sentir el rey nazarí al saber de la caída de la plaza en manos cristianas.

Carraspeó un par de veces, y comenzó a cantar con un terrible vozarrón de toro resfriado.

Mandó tocar sus trompetas,
sus añafiles de plata,
porque lo oyesen los moros
que andaban por el arada.
¡Ay de mi Alhama!
Cuatro a cuatro, cinco a cinco,
juntado se ha gran compaña.
Allí habló un viejo alfaquí,
la barba bellida y cana:
—¿Para qué nos llamas, rey,
a qué fue nuestra llamada?
—Para que sepáis, amigos,
la gran pérdida de Alhama.
*¡Ay de mi Alhama!**

Yago cerró los ojos e intentó imaginar que no estaba en un lugar hostil sino en el paraíso secreto que su mente solía inven-

---

* *Romance de la pérdida de Alhama*, anónimo del siglo xv.

tar cuando tenía hambre, o frío, o miedo o sueño, o todo lo anterior a la vez. Pronto comenzó a desgranar la melodía lánguida que acariciaba los sentidos. La destemplada voz de aquel hombre desapareció tras el sonido delicioso provocado por la vibración de las cuerdas de un laúd. La música entraba por sus oídos y le acariciaba el alma. En ese preciso instante tuvo la certeza de que aquélla era otra de las artes que convertiría en imperecedero a un simple ser humano. La música lo asemejaba al resto de los mortales. Podía sentirla como la sentían aquellos que Dios había tenido a bien otorgar el don de la visión. Aseguro a vuestras mercedes que la piel de Yago se enervó y que las lágrimas se desbordaron de sus ojos inservibles, inundando sus mejillas de lágrimas.

El resto de los parroquianos debieron de sentirse igual de subyugados que él porque un silencio sepulcral se hizo en la taberna, hasta que los arpegios fueron decayendo para acabar en un rasgueo último que ponía cada uno de los pelos del cuerpo de punta. Después de unos segundos de quietud, comenzaron los aplausos y los vítores.

—Gracias, gracias —proclamó el tabernero, incorporándose de la silla y sacudiendo la mano en el aire para ejecutar una caricaturesca reverencia—. Y ahora… ¡a beber todo el mundo!, que la actuación es de balde pero el vino os lo cobro.

El ruido de las conversaciones, del choque de los vasos y del arrastrar de las sillas y las mesas volvió a adueñarse de la taberna, diluyendo el encantamiento de la música. Yago espantó sus lágrimas de un manotazo, deseando que nadie se hubiera dado cuenta de su azoramiento. Tanteó en la oscuridad, dejándose guiar por el ronco tono de voz del tabernero.

—¿Todavía sigues aquí, lechuguino? —le oyó decir.

Yago asintió con la cabeza, aún subyugado por la música.

—¡Ten! —Un golpe retumbó en la barra—. Toma otro vino, a ver si recuperas el color. ¡Qué paliducho eres, carajo! Invita la casa.

Le aferró la muñeca y le acercó el vaso a la palma.

—El vino no es malo. Despabila el espíritu —aseguró al darse cuenta de que el muchacho dudaba.

Yago volvió a bebérselo de un trago. Se estaba acostumbrando al sabor acre y ya no hizo caras cuando el líquido se deslizó por su gaznate. Pese a todo, aún no podía entender por qué la gente pagaba por algo tan desagradable como aquello. Aunque quizá el tabernero tenía razón al afirmar que no era malo, porque comenzaba a sentirse más tranquilo.

—¿Otro traguito? —le preguntó, levantando de nuevo la botella y acercándola al vaso.

—No, no, gracias.

Yago oyó el sonido húmedo de una bayeta arrastrándose sobre la barra.

—¿De dónde has salido tú, muchacho?

—De Valladolid.

—Tierra de campos.

—Eso dicen…

—Soy Vermudo, el tabernero.

—Yago, el ciego.

—No te definas así, gurrumino, que la ausencia de iluminación en tus globos oculares no es lo que determina tu persona. ¿Acaso no sabes que te conviertes en lo que dices que eres? Por eso siempre hay que pregonarse como monedita de oro. Preséntate como Yago el vallisoletano… o Yago ojos de cielo… o Yago voz de terciopelo. ¡Ya querría yo tener tu timbre de voz para poder acompañarme las melodías con más tino! —Suspiró antes de aclarar—: Claro que Dios me ha compensado la carencia con unos dedos magistrales que lo mismo sirven para cocinar el más fino estofado que para ayudar a parir a una oveja, tocar el laúd o llevar a las damas al séptimo cielo.

—Eso querrías tú, ¡fanfarrón! —El grito de la Pechugas se oyó desde el fondo.

El tabernero ni se inmutó.

—No le hagas ni caso. Vive Dios que tengo talento en los dedos —sentenció—. Algunos sólo utilizan el índice y el pulgar para sacarse los mocos o hurgarse agujeros menos dignos aún, pero lo que es yo...

Vermudo tenía un dominio del lenguaje y las metáforas digno de Enrique de Villena.

—Lo que vuestra merced hace con el laúd es oficio de ángeles —murmuró admirado Yago—. Deberíais tocar en la iglesia, para gloria del Señor.

—No seas palurdo, chiquillo. ¡En la iglesia dice que tendría que estar! —gritó a la concurrencia en tono jocoso—. ¡Qué empeño con la iglesia tiene este beatillo de tres al cuarto!

Las carcajadas volvieron a inundar el local. Vermudo parecía alimentarse más y mejor con un foro entregado que le riese las gracias que con un buen plato de estofado caliente.

—Ya estuve tocando en la puerta de una iglesia cuando el cruel destino me dejó sin blanca, nada más llegar a esta ciudad. —Suspiró con resignación—. Come un poco de chorizo, zagal. Te he dejado un plato justo delante.

Yago tuvo el impulso de rechazarlo por pura timidez, pero su estómago crujió. Debía de ser más de mediodía. Realmente tenía hambre, así que aceptó la invitación.

Según le contaba Vermudo, la desgracia fue a cebarse con él antes de que pusiera en marcha un negocio que tenía en mente. Perdió todo su dinero y su honra en una partida de cartas la primera noche que llegó a Sevilla.

—¿Ya estás tú con la retahíla de siempre? —La pregunta de la Pechugas era pura retórica—. ¡Qué hombre tan pesado!

—¡Calla, mujer!

Y siguió hablando mientras Yago masticaba a dos carrillos el chorizo con pan.

—Esta ciudad, con esta temperatura de locos, y este vino dorado, y estas hembras de piel morena y prieta... Sevilla es un vicio en sí misma —se justificó Vermudo.

Tras la quiebra se había puesto a tocar en la puerta de la iglesia del Salvador para poder ganarse el sustento. Pero el párroco consideró que los arpegios acompasados despistaban a los pecadores a tal punto que dudaban a la hora de decidir si depositar las monedas en el cepillo o en la gorra de Vermudo. A pesar de que éste defendió la segunda opción, asegurando que la música permitía que los fieles alcanzasen a tocar el paraíso estando en la tierra, el cura se dispuso a llevarle la contraria mientras lo observaba con sonrisa de gato.

—Tienes desparpajo, y eso es bueno para lo que te quiero proponer —le había dicho.

—Os escucho atentamente, padre.

—No sé si sabes que el cabildo catedralicio es dueño de una de las tabernas de la mancebía.

—Muy adecuado —asintió—. Ya lo dijo el Señor: amaos los unos a los otros… al precio que sea.

El cura hizo caso omiso del sarcasmo de Vermudo y continuó hablando.

—En la iglesia ya contamos con el celestial sonido del órgano para aliviar el alma de los piadosos —le explicó—. No necesitamos más música por aquí.

—Así que me mandáis con la misma a otra parte.

—Algo así… —El religioso suspiró—. Los clientes de la mancebía, que fehacientemente son mucho más pecadores que los que visitan la iglesia de continuo, están más necesitados de ella…, pero de la terrenal, y el sonido del laúd me parece perfecto. Ganarás con el cambio —le había asegurado—. Te encargarás de la taberna por cinco maravedíes al día más comida. A eso habría que añadir las propinas. Algunos de nuestros asiduos pertenecen a las familias más destacadas de Sevilla: los Guzmán, los Ponce de León… Seguro que ellos también estarán dispuestos a gratificarte si tu labor es de su agrado.

—Y como el destino es caprichoso y juguetón, y le gusta divertirse con las desgracias humanas —continuó narrando

Vermudo a Yago—, tuvo muy en cuenta la animadversión que siento por todo lo que huela a eclesiástico. Y aquí sigo: trabajando para los curas… y amén —concluyó—. Por cierto, no es que me moleste tu compañía, pero ¿no se te estará haciendo tarde, muchacho? Pronto oscurecerá.

El tiempo había pasado volando.

—Tengo que irme.

—Pues eso digo.

Vermudo salió de detrás de la barra y acompañó a Yago hasta la puerta de la taberna.

—¿Sabrás regresar a tu casa?

—Sí, no os inquietéis. Muchas gracias por el vino y por la comida, señor.

—No hay de qué, criatura. Ya sabes dónde estamos. Nunca es demasiado pronto para comenzar a frecuentar tabernas.

Yago tomó el camino de regreso, alejándose del olor nauseabundo de las calles del puerto y dejándose guiar por el aroma de las flores del patio de los Naranjos. En su interior resonaba aún la melodía del laúd, como si en su cabeza no hubiese espacio para ninguna otra cosa más que aquella música. A Concepción le habría encantado. ¿Qué estaría haciendo Concepción en ese momento? Un pellizco de tormento le apretó el corazón. Si él supiera tocar el laúd, podría deleitarla con la música y hacerla feliz para siempre. Alguna vez su padre le había insinuado que no era bueno que se ilusionara con una muchacha como Concepción, que ella nunca se fijaría en él.

—Sólo somos amigos, padre —aseguraba Yago.

Pero sabía que eso no era del todo cierto. En el fondo esperaba que ella llegase a verlo de un modo distinto, de un modo romántico. Pero ¿cómo iba a fijarse en alguien como él? No tenía nada que ofrecerle. Si al menos supiera tocar el laúd…

Intentó imaginar el resto de su vida metido en una cocina, preparando platos para otros, pero no pudo. Carecía de talento para eso. En cambio la música podía sentirla en el fondo del alma como si se tratase de algo que el Señor había dejado depositado allí, a modo de compensación, a cambio de sustraerle la luz de los ojos. Ahora estaba seguro de que quería tocar el laúd. Así se convertiría en inmortal.

***

La habitación de Concepción quedaba a la derecha entrando por el patio de la Montería. Ya casi era de noche y una brisa de fin de otoño sacudía las hojas de los naranjos, disimulando los pasos de Yago en el albero. Reconoció el camino por el que días atrás habían caminado juntos, riéndose como tontos, sin imaginar siquiera que la dicha era una amante veleidosa que iba y venía según le convenía. El muchacho ascendió la escalera de madera, que crepitaba bajo sus pies y que olía a barniz y a temor, quizá ese día olía más a temor que a barniz. Recordó que la habitación de Concepción era la segunda comenzando por la derecha; se lo había señalado ella desde el exterior del edificio. Dudó un momento antes de golpear la puerta. Era realmente peligroso estar allí, pero no se le ocurrió otra manera de volver a encontrarse con ella. El nuevo orden de las cosas lo alejaba de los horarios de la única amiga que había tenido en la vida. A partir de ese momento, sería muy difícil que pudieran volver a coincidir por las tardes.

La angustia le aferró la garganta y tragó saliva con fuerza. Le preocupó que los latidos de su corazón fuesen más ruidosos que el sonido de los nudillos en la madera de la puerta y que terminasen por delatar su presencia. Respiró profundamente y golpeó dos veces.

Nada. Un silencio sepulcral como respuesta.

Debería irse. Sí, eso era lo mejor, irse ahora que nadie había detectado aún su presencia.

Desanduvo sus pasos; pero no podía, no, no podía. Quería verla. Quería saber de ella. Así que regresó y volvió a llamar.

—¿Quién es? —La voz de Concepción sonó queda.

—Soy yo… Yago.

Se hizo un silencio eterno que duró unos tres segundos.

—Vete. Márchate.

Ella le pedía que se fuese, pero el tono de su voz parecía contradecirla. Yago creyó intuir un sollozo.

—¿Estás llorando?

Percibió los suspiros ahogados de la muchacha. La imaginó con los ojos cerrados, las lágrimas resbalando por sus mejillas de melocotón, con la frente apoyada en la madera. Y él mismo colocó allí su mano, como si Concepción pudiera sentir su caricia al otro lado de la puerta.

—Ábreme, por favor —rogó.

Ella pareció dudar antes de que el crujido del picaporte salpicara el pasillo.

—¿Qué quieres? —le preguntó—. Si alguien nos viera podría pensar…

—Déjame pasar y así no nos verá nadie.

Hasta el mismo Yago se sorprendió de su osadía. Concepción terminó de abrir la puerta y tiró del brazo del muchacho, cerrando tras él. Volvió el silencio. Sólo se oía de fondo el sonido de su respiración entrecortada.

—¿Qué ha ocurrido?

Silencio.

—Por favor —suplicó Yago—, dime algo. No puedo verte. Te oigo llorar y sólo puedo imaginar cosas terribles.

Entonces Concepción lo tomó de la mano e hizo que se sentase. Sólo habían pasado dos días desde la última vez que se encontraron, pero Yago podía percibir que la alegría cándida de su amiga había desaparecido por completo.

Concepción comenzó a contarle que, durante la primera tarde, Oreste Olivoni la tuvo entretenida bordando un águila dorada en un tapete de terciopelo mientras le preguntaba directamente sobre su vida e, indirectamente, sobre su relación con «el tullido». Al parecer, ella tardó un rato en descubrir que se refería a Yago. Le incomodó mucho que lo llamase de esa forma tan despectiva, aunque no quiso contrariarlo, así que le ofreció respuestas vagas. Pero al día siguiente todo se complicó.

—Acaba de llegar a Sevilla el confesor real, un tal Tomás de Torquemada —indicó la muchacha a Yago.

No era muy alto, pero su poderosa osamenta y las arrobas que había ido acumulando bajo su sotana a lo largo de sus sesenta y dos años, gracias a su estricta dieta a base de tostones lechales rellenos y buen vino, le conferían un aspecto compacto.

—Como el de los perros de mandíbulas cuadradas que los carniceros utilizan para hacer correr a los toros —describió Concepción.

Torquemada aprovechaba el redondel de la tonsura para disimular su calvicie, de modo que dejaba expuesta casi la totalidad de su cráneo, y el poco pelo que le quedaba trazaba un círculo que recorría su nuca, la parte superior de las orejas y la frente como una corona. Casi siempre lucía el ceño fruncido, porque casi siempre estaba irritado. Se había impuesto a sí mismo la loable labor de alcanzar la pureza religiosa en el reino, y veía a los judíos y a los conversos como su principal obstáculo para llevarla a cabo.

—Tiene mucha mano con la reina y eso le confiere mucho poder, Yago. Fíjate que se comenta que la ha convencido de que los descendientes de los judaizantes deben ser alejados de cualquier oficio público que les permita tener contacto con la población demostradamente pía, de modo que no puedan envenenarlos con sus pensamientos ponzoñosos. Y ha conseguido que se instituya una ley que prohíbe a todo hijo o nieto de condenado por el Santo Oficio a acceder a puestos de jueces, alcaldes, alguaciles, regidores, notarios, abogados, procuradores, secretarios, contadores, chancilleres, tesoreros, médicos, sangradores, boticarios, cambiadores, arrendadores de rentas o escribanos públicos.

Ante semejante presión, muchos judíos decidieron convertirse al cristianismo y cumplir con todos los requisitos que ello exigía, más por cubrir las apariencias que por propio arrebato espiritual. Pero eso no calmó a Torquemada, quien vio en aquella enaltecida fe una suerte de impostura de lo más heretical. Si algo lo sacaba de sus casillas eran los desleales. Para descubrir a los que fingían, se empeñó en reajustar la Inquisición. Obtuvo una bula del papa Sixto IV y, en poco tiempo, el brazo implacable del Santo Oficio perseguía a todo aquel que se bañase a diario, a quienes encendiesen velas los sábados, a los que cocinasen con aceite de oliva y no con manteca de cerdo, y a aquellos que no saciasen su hambre con duelos y quebrantos los domingos.

Torquemada había enviado durante el verano a Sevilla a dos dominicos de su absoluta confianza, famosos por su integridad, y les hizo responsables de mantener el orden religioso en aquella pecaminosa ciudad que poco antes descansaba en manos de los infieles. Los dos hombres estaban instalados en el castillo de San Jorge, en Triana, y desde allí sometían a los cristianos judeizantes con mano dura, encarcelándolos y acusándolos de herejía por cualquier menudencia. Se decía que aprovechaban las acusaciones para quedarse con sus bienes e incluso que habían enviado a la hoguera a muchos de ellos sin prueba alguna de culpabilidad.

—¡A la hoguera, Yago! ¿Te imaginas cuánto se tiene que sufrir muriendo en una hoguera?

Yago asintió sin entender muy bien por qué Concepción le estaba contando aquello. Pese a todo, ella continuó explicándole que el antiguo confesor de la reina, fray Hernando de Talavera, se escandalizó ante la dureza que recibía una población convertida al cristianismo por propia voluntad, así que decidió visitar Sevilla y aclarar con los reyes el polémico asunto. Pero el consejero de Isabel desconocía los efectos nefastos que el calor del sur provocaba en un cuerpo humano acostumbrado a las heladas castellanas. Así, en poco tiempo se sintió aplatanado y agotado de tanto sudar, además de vilipendiado por los secuaces de Torquemada, quienes le hicieron la vida imposible hasta que consiguieron que regresase a la dulzura veraniega de su convento en Salamanca. Lo que no pudieron impedir fue que, desde allí, fray Hernando denunciase ante Sixto IV lo que estaba sucediendo en Sevilla. Se comentaba que Fernando e Isabel acababan de recibir una carta escrita de puño y letra del propio Papa en la que les alababa su devoción y su celo católicos, si bien también les informaba, al parecer, de las quejas contra las primeras acciones de los inquisidores sevillanos.

Fue por eso que los reyes decidieron aceptar la aportación económica de dos millones doscientos mil maravedíes que la comunidad judía les ofreció, como símbolo de buena voluntad, para ayudarles a financiar la guerra. De esa forma, Isabel y Fernando mataban dos pájaros de un tiro: recaudaban fondos con los que apoyar su cruzada, que se estaba alargando más de lo que ellos habrían deseado y que empezaba a ser bastante cara, y, de paso, apaciguaban la desazón del Papa. Pero a Torquemada casi se lo llevan los demonios. La decisión le olió a trapicheo de la peor calaña porque en ella estaba involucrada la moral de los monarcas. El mismo día que se enteró de la propuesta, irrumpió sin llamar a la puerta en la alcoba de la reina, donde Isabel estaba acompañada por su gran amiga Beatriz Bobadilla. La íntima escena no pareció amilanar a Torquemada e ignoró por completo el gesto de espanto de las dos mujeres. Atravesó la estancia dando grandes trancos hasta colocarse, frente por frente, ante la reina. Con cara de pocos amigos y en un santiamén, sacó un crucifijo de proporciones desmesuradas de entre los pliegues de su hábito de dominico y lo blandió ante el rostro de las estupefactas mujeres como lo habría hecho un espadachín borracho.

—¡Judas Iscariote vendió al Maestro por treinta dineros de plata! —gritó con los ojos brillantes y los mofletes enrojecidos—. ¿Acaso vuestra alteza va a venderlo por treinta mil? ¡Ahí lo tenéis! ¡Tomadlo! ¡Vendedlo!

Torquemada lanzó el crucifijo a las dos mujeres, se dio la vuelta sin esperar respuesta y salió por la puerta dejando tras de sí la estela de su hábito, que revolvió el aire en un remolino con olor a rectitud.

—Pero no te entiendo —dijo Yago a Concepción, pues no comprendía qué tenía que ver aquello con su disgusto.

—Ese hombre está aquí —respondió ella—, ¡en el palacio! Se ha proclamado a sí mismo el guardián de este lugar mientras los reyes permanecen fuera. Y Oreste Olivoni parece haberse convertido en su sombra.

La simple mención del nombre del italiano enfermó al muchacho, que cambió su gesto por otro de desagrado.

—No sé qué le habrá contado, Yago, pero hoy… hoy…

Concepción titubeó.

—Hoy ¿qué?, dime. ¿Qué puede ser tan terrible?

La oyó sollozar.

—Dos de los ayudantes de Torquemada han venido a buscarme a la alcoba, indicándome que los acompañase —dijo entre lágrimas.

La condujeron hasta una sala en la que la esperaban Oreste Olivoni, Torquemada y una mujer de gran tamaño que la miraba con ojos críticos. Concepción se echó a temblar sin saber muy bien por qué.

—Querida niña —le dijo el religioso, sonriendo dulcemente mientras hacía girar entre sus dedos nudosos un rosario de palo de rosa—. Bien sabéis que la ausencia de los monarcas ha dejado en cierto desamparo esta casa. No nos gustaría que ello sirviese para convertirla en un lugar de contubernio y perversión. El diablo aprovecha cualquier ocasión para hacerse presente. Aquí mi amigo, el señor Olivoni, me informa de que tenéis una relación ilícita con un mozo de cocina que os habrá llevado a Dios sabe qué pecaminosos actos.

—No he pecado, excelentísima. Yo… —musitó Concepción.

—Chisss, chisss, chisss… —Torquemada chascó la lengua mientras sacudía su dedo índice delante del rostro en señal de negación. No parecía dispuesto a dejar hablar a la muchacha, así que continuó—. Comprenderéis que las sospechas son lo suficientemente graves para que necesitemos una prueba que vaya mucho más allá de vuestra palabra.

Concepción lo miró sin comprender.

—¿Una… una… pru… prueba? —titubeó.

—Para eso está aquí Bernarda —dijo señalando a la mujer gruesa que se había mantenido expectante mientras conversaban—. Ella es comadrona y nos dirá si vuestra virtud sigue intacta.

—¿Cómo? —preguntó Concepción, sin comprender.

—Tranquila, criatura —le arengó la mujer. La tomó del brazo y la condujo hasta la gran mesa que había en el centro de la sala—. Tumbaos ahí. Sólo tardaré un momento.

Concepción miró con ojos asustados a los dos hombres. La mujer la ayudó a sentarse sobre la mesa, la empujó ligeramente de los hombros para que se recostara y le apartó las enaguas para quitarle las calzas. Una vez que la liberó de ellas, tiró la prenda con desprecio sobre una silla y sujetó las rodillas a la muchacha para que posara los pies sobre la mesa, dejando las piernas abiertas y flexionadas.

Oreste y Torquemada se quedaron junto a la cabeza de Concepción. Desde aquella perspectiva sólo podían ver la montaña de tela y la silueta de Bernarda manipulando bajo ella.

—Tengo miedo.

—Tranquila —susurró Oreste con la voz pastosa mientras le acariciaba la frente y el nacimiento del cabello—. Nosotros estamos aquí. No os miraremos. No podemos veros, pero nos quedamos cerca para asegurarnos de que no sufrís ningún mal.

Entonces la comadrona se arremangó y metió las gruesas manos entre sus piernas. Concepción notó el movimiento de los dedos, y un dolor agudo le hizo cerrar los ojos y morderse los labios. El tiempo se hizo eterno hasta que oyó la voz de Bernarda, alta y clara.

—Pura como un cervatillo recién nacido —certificó.

Concepción creyó intuir un gesto de deleite en el rostro de los dos hombres cuando volvió a abrir los ojos, pero no estaba segura porque los tenía empañados por culpa de las lágrimas, que aún siguieron recorriendo sus mejillas horas después de abandonar aquel cuarto infame.

Tras escuchar la descripción de lo sucedido, Yago se quedó paralizado, en silencio, sin saber qué decir. Se sentía fútil, torpe, inservible. Un necio que, horas atrás, pensó que podría hacer feliz a una mujer simplemente tocando el laúd. ¡Qué imbécil! ¡Qué imbécil! Concepción necesitaba un hombre de verdad, uno que la protegiese de tipos como Oreste Olivoni. Si él fuese un hombre de verdad, aquello no habría pasado. Un hombre de verdad encontraría la manera de ayudarla, consolarla, vengarla. Si fuese un hombre de verdad, en ese mismo momento iría en busca de Oreste y le sacaría el alma del cuerpo a patadas. Si fuese un hombre de verdad...

Pero no lo era.

Estaba allí, quieto, envuelto el aquel clamoroso silencio que proclamaba su cobardía. Con la barbilla baja, apretó los puños tan fuertemente que las uñas se le clavaron en las palmas de las manos.

—No debemos encontrarnos más —dijo de pronto la muchacha, interrumpiendo sus atormentados pensamientos.

—Concepción... —musitó él.

—Te he contado todo esto en reconocimiento a la amistad que nos ha unido, porque me daba pena dejar de hablarte sin una explicación. Y, por supuesto, no quiero que regreses a este cuarto nunca. Eso nos pondría en peligro a ambos.

Se puso de pie y abrió la puerta de su alcoba, dando por zanjada la conversación.

Era cerca de la medianoche cuando Yago salió de puntillas de la habitación de Concepción. Supuso que su padre estaría terriblemente preocupado por él. Y no se equivocaba: lo estaba esperando despierto y vestido.

—¿Qué ha ocurrido?

—Me perdí.

—Santo cielo bendito.

—No pasa nada, padre. Ya estoy aquí.

Yago decidió que no le contaría que había pasado la tarde en una taberna de la mancebía. Le pareció que era innecesario preocuparle cuando había salido sano y salvo de allí. Tampoco le contó lo sucedido con Concepción. Sospechó que no entendería el dolor, la rabia y los deseos de venganza que le bullían en el interior. Yago era demasiado joven y aún conservaba la inocencia de los que confían en una justicia divina, íntegra y ecuánime que castiga a los infames. No tardó mucho tiempo en darse cuenta de que la justicia no puede dejarse en manos de Dios, que es uno mismo quien debe hacerse cargo de ella.

**

Yago pasó la peor Navidad de su vida. Los reyes no habían regresado a Sevilla y se rumoreaba que hacía tiempo que los moros desconfiaban de las capacidades de Muley Hacén para defender Granada de los ataques cristianos. Decían que se incubaba una terrible rivalidad entre los zegríes y los abencerrajes, dos de los linajes nobiliarios más importantes del Reino de Granada, y que Isabel de Castilla y Fernando de Aragón querían aprovechar los conflictos internos de sus enemigos para sacar partido de ellos. No querían dejar ningún cabo suelto en el campo de batalla. Por eso no llegaron a enterarse jamás de las circunstancias que se vivían en los Reales Alcázares, de cómo Torquemada y Oreste Olivoni se adueñaban del palacio, ni de cómo Concepción comenzó a vivir presa en su propia alcoba.

2

La mancebía sevillana estaba en pleno corazón de la ciudad, junto al puerto, lindando con el río; justo lo contrario de lo que ocurría en otras ciudades en las que quedaba emplazada en la periferia, escondida extramuros y mantenida a distancia del centro para alejar lo más posible la rufianería, las peleas y las borracheras —primas hermanas de la alcahuetería— de los ciudadanos respetables. El arrabal se llamaba Compás de la Laguna. Delimitaba al sur por el trazado de la inconmovible muralla construida en el tiempo de los romanos. Había soportado con éxito un ataque incendiario de los vikingos, allá por el año 844, para siglos más tarde convertirse en la barrera con la que los musulmanes intentaron contener —sin mucho éxito— el asalto cristiano. Las autoridades municipales habían nombrado un gestor, al que todos apodaban «padre», que se encargaba de hacer cumplir las ordenanzas, administrar, proveer el menaje de las prostitutas y cobrarles las rentas. La propiedad de los locales de lenocinio podía corresponder al mismo ayuntamiento, a notables de la ciudad, a instituciones asistenciales e incluso a órdenes y corporaciones religiosas. Los particulares que arrendaban esos locales los alquilaban a su vez a las mujeres públicas, percibiendo las rentas correspondientes. Al final, las pobres damas de vida licenciosa terminaban por deber dinero a todo el mundo.

Cuando la calle de la Mar llegaba a la altura de la calle del Peso de la Harina, una tapia de madera de dimensiones considerables sustituía a la muralla. Algunas de las casas prostibularias más afamadas tenían su entrada por el lado honesto de la tapia, y es que pertenecían a entidades tan decorosas como el monasterio de Santa Clara, o la iglesia colegial del Salvador, o el hospital de Santa Marta, o el de San Clemente o el de la Misericordia de los Caballeros. Sus dueños intentaban imbuirlas así de un halo de respeto que no tendrían si abriesen sus puertas desde el interior del recinto cerrado de la mancebía. Pero una vez se atravesaba el umbral, se abrían a un patio de arena apisonada, rodeado de vides trepadoras que se enredaban en las vigas y dejaban colgando voluptuosos racimos de uvas blancas con las que fabricaban el agraz para regar sus fiestas lúbricas, similares a bacanales romanas. Nadie habría imaginado que, tras esos inocentes patios y corralones en los que los gorrioncillos cantaban alegres y las gallinas picoteaban el suelo en busca de orugas, se escondían viviendas de dos o tres plantas con entradas y salidas secretas, comunicadas por escaleras y callejones estrechos y sinuosos que conducían a diversos cubículos sin ventanas en los que cabía con dificultad un jergón dispuesto, a cualquier hora del día o de la noche, a dar cobijo a los placeres de la carne.

Aquellos primeros meses de 1483 Yago se marcó un horario estricto con la intención de no pensar en Concepción más de lo que su corazón pudiera soportar. Se levantaba muy temprano, cuando aún no había salido el sol, se vestía, desayunaba y salía de la cocina sin apenas hacer ruido. A esa hora podía recorrer los pasillos de los Reales Alcázares sin temor de tropezarse con nadie. Aguzaba el oído antes de doblar cualquiera de las esquinas que lo dirigiese a un nuevo pasillo, por si reconocía el sonido rítmico de los pasos de Oreste Olivoni y tenía que darse prisa en encontrar un escondrijo que lo mantuviese a salvo de sus iras. Le costaba reconocerlo, pero en tales situaciones le temblaba todo el cuerpo.

Salía del palacio justo en el momento en el que la ciudad se desperezaba y la gente inundaba del bullicio cotidiano las calles. Se cruzaba con vendedores ambulantes a los que distinguía por el aroma de sus productos —unos olían a pan recién horneado; otros a queso de cabra, a chorizo y jamón, o a arenque ahumado y manteca de cerdo—, hasta que el inconfundible perfume salino, que ascendía por el mar río arriba, le salía al paso. Él conseguía distinguirlo mejor que nadie gracias a su desarrollado sentido del olfato. Entonces sabía que había llegado a su destino.

Una vez dentro de la mancebía, Yago caminaba por la calle Piñones, siguiendo el trazado de la tapia. Continuaba por detrás de la calle Quirós y Rositas, y enlazaba con el tramo final de la Pajería, que iba a morir en la calle del Rey, donde el cerco se cerraba con el encuentro de la tapia y la muralla, aislando aquel recinto de perversión. En mitad de la calle Pajería estaba el bodegón regentado por Vermudo.

Yago no se equivocó en su primera impresión: el tabernero resultó ser un palabrero erudito con conocimientos en todo tipo de materias, desde cómo las fases lunares influían en los ciclos menstruales femeninos, hasta qué grado de humedad resultaba imprescindible a la hora de establecer un sembrado de judías pintas, algo que él podía determinar gracias a una antigua fractura de rodilla que le avisaba de antemano, sin género de dudas, cuándo iba a llover o granizar. Pese a su tendencia a despotricar de los curas, las misas y los santos en general, aquel hombre tenía alma de buen samaritano. Trataba a Yago con inmenso afecto, aunque en un principio se sorprendió al verlo regresar al día siguiente a la taberna.

—Pero, criatura, ¿no te bastó con lo de ayer? —lo saludó—. Mira que tuviste suerte…, que a los panolis como tú en este lugar se los comen con papas fritas.

—Vengo a que me enseñéis a tocar el laúd —respondió Yago con una determinación que desconocía poseer.

Por primera vez en su vida, Vermudo no supo qué responder. Se lo quedó mirando de arriba abajo, conmovido hasta los tuétanos y, si alguien se hubiera tomado la molestia de observarlo, se habría dado cuenta de que la barbilla le temblaba de la emoción. Alguien estaba interesado en ser su discípulo.

—A cambio puedo ayudaros en la taberna… como pago —continuó diciendo el muchacho.

—¿Por qué te interesa aprender a tocar el laúd?

—Porque quiero hacerme merecedor de una mujer.

A Vermudo le pareció que no podía existir una razón mejor, aclarando que había acudido al lugar adecuado, que no encontraría en todo el reino a un hombre más versado en asuntos amorosos que él, con lo cual estaba matando dos pájaros de un tiro. Le enseñaría los rudimentos del laúd, a la vez que desentrañaba para él los misterios que las mujeres escondían en sus corazones.

—Ni el mismísimo Ovidio, con todas sus sapiencias amatorias, me superaría —afirmó.

Según Vermudo, a las mujeres había que enamorarlas con la misma técnica que se utilizaba para cocinar un cordero lechal: a fuego lento, dejándolas que se macerasen en su propio jugo.

—Y si es con música, mejor que mejor.

Desde ese momento reservó un par de horas diarias para poder instruir a su aprendiz. Pronto se dio cuenta de que el Señor compensó la ceguera de Yago aumentando su oído. El muchacho tenía talento para la música. En pocas semanas conocía los principios básicos del laúd. Escuchaba con atención las composiciones de Vermudo, aprendiendo de rimas y metáforas, de modo que no tardó mucho en reproducir romances similares. Yago tomaba esas historias como ejemplo de lo que era el verdadero amor, algo así como un sueño idílico en el que no había trabas ni fronteras. El amor todo lo podía. El amor purificaba, liberaba, completaba, inspiraba y creaba belleza. A veces imaginaba a Concepción bordando flores en pañuelitos de hilo, cortando jazmines en el jardín, aseando las jaulas de los jilgueros…, y deseaba que ella lo añorase en la misma dolorosa medida en la que la añoraba él. En esos momentos se sentía injustamente tratado por el destino y componía estrofas melancólicas en las que ella era una entelequia pura, similar a un ángel. Sin embargo, en la oscuridad de la noche, tumbado en su catre, se sentía incapaz de separar el tierno recuerdo de la muchacha de aquel almíbar caliente en el que se convertía su sangre, secándole la garganta y agitando su corazón. Sumergía el rostro en la almohada y aspiraba el olor a ceniza, imaginando que ése era el aroma que Concepción desprendía cuando su cuerpo descansaba. Entonces se removía inquieto, sintiéndose avergonzado hasta los tuétanos, convencido de que ese tipo de inspiración no debía plasmarse en verso alguno.

Aquel año, el infantil rostro de Yago empezó a cubrirse de una ligerísima pelusa albina y, en medio de su cuello, apareció una protuberancia. La voz a veces lo traicionaba, sobre todo en mitad de sus canciones, pero poco a poco fue adquiriendo un tono profundo y apasionado. Los parroquianos comenzaron a demandar su presencia, y Vermudo dejó que lo sustituyese a la hora de la merienda y, después, los lunes, los miércoles y los viernes. Era una delicia oír cómo tocaba. La mano derecha de Yago parecía una tarántula cadenciosa que recorría las cuerdas acariciándolas mientras que, con la izquierda, apresaba el mástil despacio, hasta que lograba extraer una melodía cálida que amansaba a los furibundos y paralizaba el corazón de los enamorados. Llegó el momento en el que Yago ya no necesitaba la tutela de Vermudo para tocar, y el tabernero terminó por cederle a tiempo parcial el laúd para que entretuviese a la clientela.

Tal era el romanticismo que la voz de miel de Yago dejaba flotando en el ambiente que la Pechugas comenzó a ponerse lánguida. Se le apagó el color, perdió el gusto por las juergas, se quedaba dormida por las esquinas. Al poco se enteraron de que estaba encinta y, para sorpresa de todos, no quiso poner en práctica el remedio de introducirse entre las piernas un hisopo con vinagre de manzana, como le aconsejaron sus colegas, para librarse del problema. Se supo más tarde que Pedro, el panadero, estaba convencido de ser el padre de la criatura, ya que hizo el amor con Laurencia al compás de una de las canciones de Yago en la que proclamaba, con un dramatismo que rayaba en el dolor de muelas, frases como:

> *¡Ay de mí!, ¿les pasa esto a otros?;*
> *porque tan hábilmente me asalta el amor*
> *que la vida casi me abandona:*
> *sólo un hilo de espíritu deja medio vivo,*
> *uno que sólo por ti vive y razona.**

Pedro aseguró que no podría seguir amasando pan, y mucho menos continuar con su existencia, sin que la Pechugas le sirviese el vino recalentado entre sus domingas, cada día y con exclusividad. Estaba dispuesto a colocarse una venda bien tupida en los ojos, hacer borrón y cuenta nueva, oídos sordos a las críticas y casarse con ella como Dios y el párroco mandaban. Contra todos los pronósticos que se cacarearon al respecto, dentro y fuera de la tapia de la mancebía, Pedro y Laurencia llegaron a tener once hijos y fueron muy felices.

En vista de esa experiencia, Vermudo terminó de convencerse de que las historias melifluas que Yago entonaba provocaban resultados voluptuosos de forma inmediata, algo que le venía estupendamente para el negocio. Así que le cedió a tiempo completo su laúd y él pudo al fin dedicarse a sus asuntos de tabernero, que en la mayor parte del tiempo consistían en rela-

---

* Fragmento de *La vida nueva* de Dante Alighieri.

tar a los parroquianos sus linajudos orígenes norteños, así como en quejarse de tener que trabajar al servicio del clero.

***

El resentimiento que Esteban el Pucelano y su hijo sentían por Oreste Olivoni comenzaba a enfriarse, señal de que la vida a veces da respiros para que el alma no llegue a envenenarse del todo con los rencores. Sin embargo, Yago no alcanzaba a sacarse de la cabeza a Concepción, a pesar de que ya apenas la veía, señal de que son el hambre y el amor las dos fuerzas que mueven el mundo. Recordaba su olor a mirra y el sonido de su risa de cascabeles, y soñaba con ella por las noches. Una vez a la semana se situaba con nocturnidad bajo la ventana de su alcoba para rozar un atisbo de su dulzura y para cantarle, entre susurros, las canciones que por las tardes tocaba en la mancebía. En su pueril inocencia pensaba que eso bastaba para alimentar un amor que habría de durar toda la eternidad. Ni siquiera reparaba en que ella era como un pajarillo atrapado en una jaula de cristal y que, como tal, terminaría languideciendo. Y es que, en aquellos tiempos, Yago carecía de la más mínima capacidad de calzarse los zapatos de otro.

El Pucelano, por su parte, se pasaba el día solo, así que cuando su hijo llegaba se enfrascaba en interminables monólogos en los que lo ponía al tanto de los avances en las obras. Le contaba cómo los artesanos descomponían a golpe de escoplo y martillo aquellas letras infieles que decoraban las paredes del palacio, en las que se podía leer *Ashhadu an la ilaha illa 'llah* («No hay dios sino Alá»). Tras lijarlas con cuidado, para no dejar ni una sola imperfección, les aplicaban una finísima capa de yeso y, después, una de cal apagada. Antes de que esta última se secase, el pintor debía dar forma a su obra ya que, en menos de veinticuatro horas, el yeso se secaría y no admitiría más pigmentos. Aquellos espacios redondeados eran perfectos para colocar los lemas de los reyes cristianos. Así fue como Yago supo que el emblema personal del rey Fernando era un nudo gordiano enredado a un yugo, que hacía referencia a la leyenda de Alejandro Magno según la cual quien deshiciera el lazo podría conquistar Oriente, o que el símbolo de la reina Isabel era un haz de flechas atadas con una cuerda, que aludía al viejo cuento del padre que aseguraba a sus hijos que, manteniéndose unidos, ni las tormentas humanas ni las divinas podrían vencerles.

Según le explicó Esteban, estando así las cosas, los artesanos no podían desatender su trabajo ni un solo segundo; un descuido, y habría que volver a empezar. Por eso el Pucelano continuaba con la inabarcable labor de cocinar a mansalva y acercarles después el alimento a los andamios. Pese a que pretendía mostrarse alegre, llenando sus conversaciones de chistes malos y comentarios jocosos, Yago podía intuir, por el tono de su voz, que estaba agotado, de manera que el muchacho pedía prestado de vez en cuando el laúd a Vermudo e intentaba alegrarlo con la música.

Mintió a su padre acerca de cómo había llegado a ella. Le dijo que en la puerta de la iglesia del Salvador había conocido a un morisco pordiosero que arrancaba al laúd sonidos para ganarse el pan, y que aquello lo había dejado conmocionado. Le dijo que se sentó junto al músico y allí permaneció todo el día, hechizado por la melodía, como las ratas de Hamelín con la llegada del flautista a la ciudad. Le contó que regresó al día siguiente, y al otro y al otro, hasta que el morisco le permitió palpar por primera vez aquel instrumento mágico. Le dijo que de ese modo transcurrían sus días, aprendiendo música en la puerta del templo, y que era así como conseguía los pocos maravedíes que le entregaba al final de la semana. Esteban le creyó. En su mente no cabía la posibilidad de que su hijo le mintiese. O quizá estaba demasiado absorto en sus asuntos para elucubrar intrigas ajenas a sus propias tribulaciones.

—Voy a buscar a un despensero para que me ayude en la

cocina —dijo un día durante la cena—. He hablado con el mayordomo mayor y me ha dado su consentimiento para contratar a alguien. Tiene que ser fuerte para que pueda cargar y despiezar los cerdos y los terneros. Y hábil en la cocina. Avispado... No sé dónde podré encontrarlo.

—Yo sí —respondió Yago con una amplia sonrisa en la boca—. Conozco a la persona perfecta.

A la mañana siguiente se coló en el recinto de la mancebía como todos los días por la puerta principal, situada en la calle Boticas, bajo el Arquillo de Nuestra Señora de Atocha. Aquella entrada era conocida como el Golpe porque el pestillo de hierro que el ayuntamiento había exigido colocar para que las prostitutas no pernoctaran fuera se cerraba con un tremendo porrazo, ocasionando un martilleo rítmico en las horas de luz solar. El muchacho que se encargaba de vigilar la entrada, de abrir el pestillo a las siete de la mañana y de cerrarlo a las diez de la noche saludaba a Yago cada día con su voz de niño aburrido. Jamás supo el nombre con el que lo bautizaron porque todo el mundo lo conocía como el Mozo del Golpe.

Desde la calle, poco antes de atravesar la entrada de la taberna, ya se oía el vozarrón de Vermudo.

—...Y ya sabemos todos cómo se las gastan los dueños de las casas de malas mujeres. —En cuanto vio que el muchacho hacía acto de presencia lo introdujo en la conversación—. Yago, ¿qué te crees que quieren ahora los reverendillos estos?

—Ni idea.

—Pues que el negocio pase desapercibido desde la calle. Y para ello han enviado a este santo varón, que comparte con nuestro Señor Jesucristo el oficio de la carpintería —informó—, para que nos coloque una puerta de madera de sicomoro.

—¿Y qué tiene de malo eso? —inquirió Yago, perplejo.

—Pues que lo hacen porque, según reza la Biblia, ése fue el árbol utilizado para elaborar la cruz en la que el Señor se sacrificó para purgar los viles pecados de la humanidad.

—No entiendo.

—¡Cuánto tiene que aprender aún esta criatura! —exclamó Vermudo, y Yago intuyó que el comentario iba dirigido al carpintero—. Pues que son unos hipócritas —se apresuró en explicar— que pretenden lavarle la cara al establecimiento para que desde fuera no se sepa que tienen previsto ampliar el negocio y alquilar habitaciones a las esposas infieles que quieren revolcarse sin prisa con el primer truhán que las mira con ojos de corsario turbio… o a las damitas solteras de buenas familias que pretenden ejercitarse en las prácticas del arte de amar sin convertirse en el blanco de los comentarios insidiosos de sus linajudas amistades. Se pasan ellos el sexto mandamiento por el arco del triunfo —concluyó.

—Pura hipocresía —respondió con apatía el carpintero.

Yago oyó el tintineo de sus útiles de trabajo y dedujo que comenzaba a ocuparse del montaje de la puerta, dando por concluida la conversación.

—Pues eso digo —remató Vermudo.

Al tabernero le gustaba decir la última palabra.

—Quería pediros que me acompañaseis a un lugar —le propuso Yago entonces.

—¿Adónde, muchacho?

—Me gustaría que conocierais a mi padre.

—Bueno, yo…

—Quiere proponeros algo que creo que puede interesaros —aseguró Yago—. Se trata de un negocio… un buen negocio —recalcó, temiendo que Vermudo rechazase la oferta.

Con el renegrido trapo con el que limpiaba el mostrador atrapado en las manos, el tabernero titubeó. Reflexionó en ese preciso momento sobre lo poco que conocía de Yago. Nunca se molestó en hacerle preguntas. No le importó saber dónde vivía ni si tenía padres. Quizá pasaba demasiado tiempo pendiente de sus propias diatribas, ocupado en quejarse, limitándose a dejar que el muchacho acudiese cada día sin preguntarse de dónde venía y, lo que era más relevante, por qué regresaba a ese lugar. Sintió cierta vergüenza por su falta de interés cuando era más que evidente que Yago le había mostrado un tipo de admiración y respeto al que él no estaba acostumbrado. Vermudo estudió el apestoso trapo durante unos segundos más antes de responder.

—Está bien —dijo de pronto—. Pero deja que me tome un trago de vino. No es bueno hablar de negocios sin haber calentado un poco la sangre.

Puso a la Pechugas al tanto de la taberna y se dispuso a dejarse guiar por Yago. Pese a la temprana hora de la mañana, Sevilla, más allá de la mancebía, bullía de vida. Se abrían paso entre los marineros que acudían a coger sus barcos al puerto de las Mulas, los comerciantes de pescado y de manteca, los especieros y los vendedores de encurtidos. Los ciudadanos recorrían las calles, entraban y salían de las casas, se enfrascaban en charlas y regateos, permitiéndoles avanzar con la lentitud de una lágrima de resina deslizándose por el tronco de un árbol. Les asaltaron un par de niños mugrientos y algún que otro tullido que, apostados en las esquinas que iban doblando, les rogaban una ayuda por el amor de Dios.

Yago y Vermudo se mantenían en silencio, inmersos cada uno en sus propios pensamientos. Mientras que el primero sopesaba la inmensa variedad de olores y sonidos que era capaz de captar por minuto, el otro estaba sumido en una especie de inquietud, sobre todo desde el momento en el que se dio cuenta de que se dirigían a los Reales Alcázares. Quizá aquello fuese una trampa. Quizá Yago lo había denunciado ante el Santo Oficio por sus deslenguados comentarios en contra de la Iglesia. Quizá lo llevaba directamente a la cueva de Torquemada, a que le diesen su merecido.

—¿Adónde vamos? —preguntó justo antes de entrar por la puerta del León.

—Vivo aquí. Soy el hijo del cocinero mayor.

—Pero ¡bueno…! —exclamó Vermudo, sorprendido—. Entonces he estado tratando con gente de alcurnia.

—No digáis bobadas. De alcurnia sois vos, que pertenecéis a una ilustre familia del norte —refutó Yago.

—Sí, sí…, eso es verdad —titubeó.

—Antes de que entremos. —El muchacho intentó mostrarse solemne—. Tengo que pediros un grandísimo favor.

—Dime.

—Os ruego que faltéis al octavo mandamiento por mí. Si mi padre os pregunta sobre el particular, decidle que nos conocemos porque venís a escuchar misa cada día a la iglesia del Salvador.

—¿Yo escuchar misa diaria? —se escandalizó Vermudo.

—Os lo ruego.

—Está bien. Está bien. Pero a poco que rasque se va a dar cuenta de que tengo de pío lo que la Pechugas de virgen.

—Os lo ruego —insistió Yago.

—¡Que sí! —respondió con voz cansina el tabernero.

Se dirigieron a las estancias de la cocina. Allí los esperaba Esteban.

—Así que tú eres Vermudo —saludó—. Mi hijo me ha hablado mucho de ti. Asegura que conoces bien el arte de los fogones y que sabes tratar con proveedores… Y ya veo, por tu buen aspecto, que eres un hombre fuerte. ¿Dónde has llevado a cabo tu oficio?

—En la taberna de… —Yago tosió dos veces y él continuó como si nada—. Una taberna lejos de la mancebía. Lejos, muy lejos. —Y aclaró—: Nada que ver con la mancebía.

Al muchacho se le puso la carne de gallina, pero su padre ni siquiera se apercibió de ello. Estaba demasiado enfrascado en describir en qué consistían las responsabilidades derivadas de atender semejante cocina, en enumerar los talentos que se esperaban de un despensero que consistían, básicamente, en ocuparse de que las alacenas estuvieran siempre bien surtidas de pan, vino, aceite, huevos, bizcochos, legumbres y demás víveres, así como en estar al tanto de la conservación de los alimentos, anticipando los que pudieran echarse a perder con la intención de que se despilfarrase la menor cantidad posible de comida. Por la mañana, bien temprano, debía disponer en las marmitas las raciones de carne, huevos o pescado que hubieran de servirse para el almuerzo de ese día, así como tener en cuenta el número de medias raciones o de dietas especiales de todas y cada una de las personas de la casa. Una vez concluida la comida, tendría que hacer lo mismo para que todo estuviese dispuesto a la hora de la cena. Al anochecer, cuando ya todo el mundo se hubiese retirado, debía repartir el aceite para las lámparas y daría un repaso general de los víveres que se habían servido ese día para ponerlo en conocimiento de su superior, que en ese caso era el cocinero mayor: él mismo.

—El despensero también contará entre sus responsabilidades con la labor de servir las raciones de comida a los artesanos en sus andamios. ¿Y bien? —concluyó mi padre.

—Y bien, ¿qué? —preguntó Vermudo, perplejo.

—Padre, en realidad no le he explicado la razón por la que lo he traído aquí —se apresuró a aclarar Yago.

—Y bien, ¿qué? —El tabernero parecía impacientarse.

—Tengo permiso para contratar los servicios de un despensero —le aclaró Esteban—. Mi hijo pensó que podrías estar interesado en el trabajo.

—¿Trabajar yo en un palacio?

Vermudo abrió los ojos de forma exagerada.

—Vivirías aquí —le informó el Pucelano.

—¿Trabajar al servicio de los reyes?

—Y tendrías un sueldo de diez maravedíes al día. ¿Te interesa?

Vermudo se quedó un momento en silencio antes de responder con entusiasmo:

—¿Cuándo empiezo?

***

Vuestras mercedes, que de algún modo son también arte y parte de esta historia, tal vez no alcancen a comprender la satisfacción que sintió el tabernero al abandonar la mancebía, sobre todo si les hago partícipes de la conmovedora despedida que le dispensaron las putas. Pese a todo, han de saber que se alegró, y no poco, de abandonar su oficio para aceptar el de despensero en los Reales Alcázares. Ello tenía mucho que ver con el episodio ligeramente esbozado anteriormente en el que se hablaba de sus orígenes y su caída en desgracia nada más llegar a la ciudad del Guadalquivir. Y es que Vermudo era el segundo hijo de una ilustre familia del norte que había optado por el mayorazgo a la hora de repartir las tierras, de modo que esperar una herencia no era el camino a seguir si quería enriquecerse.

Una noche, en la que yacía acostado boca arriba junto a la amante de turno, se preguntó si él era del tipo de hombre que se dejaba arrastrar por la vida o si, por el contrario, debía sublevarse contra un destino evidentemente injusto que lo trataba como a un hijo de segunda categoría. ¿Por qué se habían empeñado sus padres en traerlo al mundo si no tenían la intención de otorgarle las mismas facilidades que al primogénito? ¿Qué pretendían obligándolo a observar de qué modo querían, velaban y aseguraban el futuro de otro hijo? ¿Acaso no llevaban la misma sangre? Si sus padres pretendían que se deslomase trabajando para aumentar el patrimonio que debía heredar su hermano mayor estaban muy equivocados. Vermudo tenía ánimo de protagonista, y por eso mismo no estaba dispuesto a aceptar el papel de comparsa. Reunió todo el dinero que pudo y decidió poner tierra de por medio entre él y aquella panda de ingratos.

Así fue como apareció de pronto en Sevilla con un importante patrimonio guardado en su escarcela, que ascendía a más de un millón de maravedíes. Con él pretendía erigir un próspero negocio de comidas variadas. Pensaba comprar un terreno cerca del puerto y levantar una casa de dos pisos que se comunicarían gracias a una escalera con barandilla. Colocaría en la planta superior su alcoba, como había visto hacer en las casas de los pudientes; nada excesivo, apenas un hueco en el que estirar su estera y poder descansar las horas que no estuviera trabajando, ya que iba a pasar la mayor parte del tiempo en la planta baja, donde situaría la sala de tierra apisonada, de tan sólo tres paredes; la cuarta estaría abierta a la calle. Levantaría ante ella una especie de toldillo sujeto con columnas de madera que cubriría el mostrador desde el que atender a los parroquianos. Ordenaría construir una enorme chimenea en la que albergar una fogata de al menos dos varas de altura. En sus pucheros y cazuelas se cocerían estofados de ciervo, jabalí o cerdo; herviría sopas de ajo, de tomate y de cebolla; asaría patas de cordero, pollos llenos de pasas o bueyes enteros guarnicionados con patatitas, si eran ésos los manjares que sus asiduos demandaban. El olor de su negocio sería tan suculentamente grasiento que se extendería por el puerto, serpentearía calle arriba y se colaría hasta los tuétanos de los sevillanos por sus fosas nasales. Y es que estaba convencido de que la ciudad al completo se daría de patadas en el trasero para probar sus deliciosos puercos rellenos de pajaritos.

La intención última de Vermudo era multiplicar su patrimonio para convertirse en el orgullo del patán de su padre. Su sueño dorado era que reconociese que él era el más talentoso de sus vástagos, con mucha diferencia. Pero, para su desgracia, la aptitud para los negocios no era lo que más destacaba en su carácter. También tenía predisposición a la juerga, de modo que perdió todo su dinero en una partida de cartas la primera noche que llegó a Sevilla, viéndose en la obligación de aceptar el trabajo de tabernero que le propusieron los curas, los malditos, malditos curas…

—Por fin el destino me llama por el camino de realizar una actividad acorde con mis habilidades —exclamó sonriente mientras recogía sus pocas pertenencias antes de partir en dirección al palacio.

Se instaló en una de las habitaciones que quedaban junto a la cocina. Nadie le prestó apenas atención; estaban demasiado ocupados. Se oían rumores de que la llegada del verano traería consigo la visita de los reyes, y a todo el mundo le entraron las prisas. El palacio se convirtió en un corre-corre de limpiar la plata, sacudir alfombras, lavar sábanas, repasar servilletas y manteles…

El primer día de trabajo, Vermudo se empeñó en cocinar para Yago y su padre lo que él dijo que era una de sus especialidades culinarias: mollejas de ternera rebozadas. Tardó toda la mañana en prepararlas. Puso a hervir las mollejas en agua salada con un chorreón de vinagre y, tras treinta minutos de cocción, las escurrió, las dejó enfriar y les retiró todos los pellejos y la grasa para dejarlas bien limpias. Las fileteó, las rebozó en harina y las pasó por huevo batido, al que había incorporado perejil picado. Puso ajo y aceite de oliva en una sartén y frió en él las mollejas hasta que estuvieron doradas. Las sirvió acompañadas de patatas cocidas y miel de romero.

—Mis más sinceras felicitaciones, caballero —lo elogió con grandilocuencia Esteban—. Ahora estoy seguro de que no me he equivocado al elegirte para el trabajo. También podrás encargarte de la cocina, si en algún momento he de faltar.

—De la cocina y de lo que necesitéis —informó Vermudo—. Vos sólo tenéis que decirme qué deseáis y ahí que estoy yo para serviros. Que un día no os apetece cocinar, aquí está Vermudo pelando patatas; que anheláis una mujer que os caliente la cama, Vermudo conoce las mejores hembras de la ciudad; que algún individuo os importuna, Vermudo va y lo degüella como a un pollo y ni se entera. —Se quedó un momento en silencio y aclaró—: Vamos, que si el tipo os es muy molesto y queréis que se entere para que sufra lo indecible... conozco un truco que consiste en arrancar las uñas de los pies que...

—¡Tranquilízate, amigo! —Esteban rió—. Con que cumplas con las labores que te he explicado será más que suficiente. Aunque no creas que no me tienta la idea de arrancarle las uñas de los pies a uno que yo me sé... Y eso me recuerda, Yago —continuó dirigiéndose a su hijo—, que hace unos cuantos días que no sales del palacio. Ya sabes lo que hablamos. Es mejor que Oreste no te vea por aquí.

—Lo sé, padre. No temáis, no he salido de la cocina.

—¿Oreste? ¿Oreste Olivoni? —preguntó Vermudo—. ¿El artista italiano?

—Así es —respondió Esteban—. ¿Lo conoces?

—Sin duda. Iba mucho por... por... la taberna donde trabajaba antes. También la frecuentaban algunos de los artesanos a su cargo, y a veces los oía hablar de él.

Les contó que Oreste Olivoni se había convertido en el patrón más feroz para el que aquellos hombres recordaran haber trabajado jamás. Si bien era cierto que había conseguido viviendas y salarios dignos para todos, así como un cocinero que les llevase el desayuno y el almuerzo a sus lugares de trabajo, su carácter agrio hacía que se echasen a temblar cuando lo oían cerca. Se arrimaba sigiloso y se asomaba por encima de sus hombros en plena faena para criticarlos por el mínimo detalle. Nunca salía de su boca un halago, y a lo máximo que se podía aspirar era a que torciese el morro y se quedase en silencio como símbolo de conformidad. No contaba con un solo amigo. No aceptaba comentarios ni sugerencias, y mucho menos críticas o insinuaciones que pusieran en duda sus órdenes. Consideraba cualquier desacuerdo como una provocación, y todo el que estuviese dispuesto a discutir con él corría el riesgo de perder el empleo. Según contaban, sentía placer causando mortificación y le gustaba sentirse injustamente tratado por el mundo. Eso se adivinaba al observar su perenne ceño fruncido, su mirada aviesa y su desconfianza ante cualquier novedad. Decían que se había visto obligado a huir de su ciudad natal por cometer una bellaquería de esas que envían las almas directamente al infierno y los cuerpos al destierro, y que por eso siempre llevaba puesto un grueso peto y observaba con lupa a todos los que se le acercaban, convencido de que, antes o después, alguien querría clavarle un puñal por la espalda. Decían que había trabajado en la construcción del palacio de San Marco, en Venecia, a las órdenes del papa Pablo II después de que el artista que el pontífice había seleccionado en primer lugar muriese en extrañas circunstancias tras beber una copa de un vino que un anónimo envió a su casa con una nota que rezaba: «La grandeza de un artista se mide por el tiempo que su obra le sobrevive». Decían que era tan suspicaz porque juzgaba a los demás hombres por lo que él estaría dispuesto a hacer para medrar, y que eso mismo era lo que lo había llevado a trepar a los puestos más elevados de su oficio.

Olivoni tenía fama de envidiar, y no sólo a los ricos, nobles o grandes artistas que pudieran hacerle sombra en su trabajo, pues también envidiaba la risa, el entusiasmo, las esperanzas, la ilusión y la felicidad de otros, incluso si esos otros eran pobres como ratas o pertenecían a los estamentos más bajos de la sociedad. Le parecía de mal gusto que los pordioseros mostrasen su alegría cuando él era incapaz de sentirse bien con el estómago y la bolsa llenos. Los más misericordiosos justificaban su actitud añadiendo que tenía el corazón atormentado. Decían que una mujer se lo había destrozado al preferir el amor de otro, burlándose de él abiertamente, y que aquel acontecimiento le hizo despreciar al género femenino en su conjunto.

Yago entonces sintió un pellizco en el pecho al recordar lo que Concepción le había contado. No quiso escuchar más. Se aferró al laúd y se alejó un poco de ellos. Comenzó a cantar una tonada melancólica que hablaba de amores imposibles y corazones arrebatados por el dolor.

—Este muchacho mío… —Esteban suspiró—. No sé qué va a ser de él. Ahora se ha entusiasmado con la música.

—La música es perfecta para alguien con su tara —aseguró Vermudo.

—¿Así lo crees?

—Por supuesto. La música acomoda los ánimos descompuestos y es lo que da cadencia al corazón —explicó—. La música siempre queda. Es un bien eterno que nadie le podrá arrebatar. Y si todo sale mal, le queda la opción de convertirse en cazurro.

—Así es como llaman a los músicos que tocan en la puerta de las iglesias, ¿no? —preguntó Esteban—. Uno de ellos, un mozárabe, es quien le ha enseñado a tocar y le ha regalado su laúd.

—Eh… sí, sí… Aunque no lo recomiendo —advirtió—. ¡Una pérdida de tiempo! Y lo sé porque fui monaguillo y me tengo bien conocido el paño monacal. A la iglesia sólo van pobres redomados y beatillas frígidas que no se gastan un real en coplas. Lo único que puede pasar tocando en la puerta de una iglesia es que se te queden los dedos y el brío congelados. ¡Ni para un mendrugo de pan se saca!

Cuando Yago se dio cuenta de que Vermudo estaba volviendo, como la cabra al monte, a sus conversaciones sobre el clero, regresó al mundo real, dejó de tocar y se acercó a ellos.

—Pero recordad, Vermudo, que vos sois muy fiel al Salvador. Allí nos conocimos.

—Sí… sí… Claro, claro… Lo que quiero decir es que debes aprovechar las oportunidades que te brinda la vida, muchacho —aclaró—. Lo mejor sería que pudieras convertirte en juglar de la Corte de los reyes castellanos.

—¿Juglar de la Corte? —Esteban se extrañó.

—No es una idea alocada; su tara no hace más que enaltecerlo para ese oficio.

Les explicó que convertirse en uno de los músicos más destacados de la juglaría era su única posibilidad de salir de la miseria y asegurarse una vida digna y llena de experiencias elevadas. Las actuaciones de los juglares más valorados se cotizaban a precio de oro en las cortes del sur de Francia. En las casas con mayor abolengo, los juglares eran personajes fundamentales que daban prestigio y boato a las celebraciones. Participaban activamente en las actividades sociales de la familia a la que servían, e incluso se contrataban los servicios de unos tipos llamados segrieres, que iban de corte en corte, respondiendo misivas entre nobles, llevando invitaciones a cenas, transmitiendo noticias, haciendo llegar declaraciones de amor a damas en apuros o recitando romances en la lengua occitana.

—Con el dinero y los regalos que reciben esos mamarrachos —continuó explicando Vermudo— se pueden permitir calzar libreas de paño verde de Bristol, alimentarse a base de cisne en escabeche, agenciarse las mejores tierras de cultivo, tener sirvientes propios... e incluso sopesarle las beldades a la esposa del señor cuando éste se pierde durante meses en los campos de batalla.

—¡Eso cómo va a ser! —Yago rió, incrédulo.

—¡Qué sabrás tú, panoli! ¡Qué osada es la ignorancia! Piénsatelo, muchacho —le dijo presionándole la punta de la nariz—. Yo descarté esa posibilidad porque a la gente le satisface que las sonatas vayan acompañadas de canciones, y ya ves que mi voz es la de un grillo mojado. Ése es mi único defecto. Pero tú, con esa voz de ángel...

—Juglar en la Corte —repitió Yago para sus adentros.

***

La comitiva real que acompañaba en los viajes a Isabel y Fernando irrumpió de buena mañana en los Reales Alcázares espabilándolos a todos con su ajetreo de trotes y gritos destemplados. Los monarcas al fin regresaban a Sevilla. En el patio de la Montería los esperaba toda la Corte dispuesta en fila, luciendo sus mejores galas. Entre ellos, quizá el más inquieto y emocionado, estaba Yago. Y no sólo porque intuía la presencia cercana de Concepción, sino también porque aún retumbaba en su cabeza el consejo que noches atrás le había dado Vermudo. Ser juglar en la Corte, músico de los reyes, alegrar el alma de las personas con su música... Intuía que no existía un quehacer mejor al que dedicar su vida. Apretó entre sus dedos el laúd al mismo tiempo que Torquemada retorcía entre los suyos el rosario de palo de rosa mientras lanzaba gritos a los sirvientes para que descargaran los bártulos de los monarcas con celeridad, para que colocaran los baúles a un lado, «¡Que por ahí estorban, malditos palurdos!», para que ayudaran a la reina a descender de su carruaje, «¡Irrespetuosos, ratas insolentes que iréis directos al infierno por perezosos!».

El propio rey Fernando iba encabezando la marcha a lomos de un impetuoso caballo blanco que coceaba el suelo incesantemente, como si el viaje desde Córdoba no le hubiera restado ni un ápice de su brío. Cuando Torquemada vio que el rey hacía el amago de desmontar, se adelantó un par de pasos luciendo una sonrisa que no terminaba de resultar convincente.

El mes anterior el inquisidor había ordenado arrestar a noventa y cuatro hombres y mujeres acusándolos de herejía y, como consideraba que las lecciones individuales debían servir también como enseñanzas colectivas, decidió vestirlos con el sambenito, colocarles una coroza en la cabeza, cubrirlos de brea y rebozarlos en plumas. Tras eso, organizó una procesión que recorrió la ciudad de norte a sur y de este a oeste para que todo el mundo los viera denigrados antes de encerrarlos a perpetuidad en las cárceles del castillo de Triana.

Torquemada era conocedor de que el Papa había vuelto a poner en tela de juicio sus actuaciones, dando la razón a los defensores de los cristianos nuevos. Incluso había enviado a un auditor pontificio para anular las sentencias de muerte en la hoguera de algunos herejes relapsos, sin siquiera consultarle. Por un momento temió que los soberanos viniesen a reclamarle por todo aquello.

—Espero que el viaje no haya resultado incómodo, majestad —saludó Torquemada.

—Calor, polvo, sed y cansancio —sentenció con voz apática el monarca—. Pero ya estoy acostumbrado. Dentro de unos días partiré de nuevo en dirección a Álora para dirigir otra campaña. Talaremos la Vega. No hay que dar tregua ni descanso a los nazaríes.

—Sabia decisión, majestad.

Torquemada se tranquilizó al darse cuenta de que el rey tenía asuntos mucho más preocupantes de los que ocuparse que de lo que pudiera opinar el Papa de Roma sobre sus actos. Aun así, no quería bajar la guardia, de modo que continuó desviando la conversación hacia el asunto musulmán.

—Nos comunicaron que el joven conde de Belalcázar fue alcanzado en el hombro por una flecha en una escaramuza cerca de Casarabonela. ¿Cómo se encuentra?

—Ha muerto —respondió el monarca sin muestras de pasión.

—Pero… ¿cómo es posible? ¿Acaso no fue herido en el hombro?

—Sí, en el hombro, pero se trataba de una flecha envenenada. Ni siquiera dio muestras de dolor cuando ésta lo alcanzó; se la arrancó limpiamente y siguió plantando batalla, sin requerir la intervención del galeno. Pero a la mañana siguiente, comenzó a sentirse mal. No podía moverse; ni los brazos ni las piernas le respondían. Al tercer día era presa de los dolores y la fiebre, y al cuarto perdió el juicio: se mordía las manos, se lanzaba al suelo y se daba cabezazos contra él. Nadie podía sujetarlo y tuvieron que atarlo a la cama. Murió una semana más tarde, lanzando espumarajos por la boca.

Torquemada se santiguó con gesto horrorizado.

—¡Santo cielo! El Señor lo tenga en su gloria.

—Aún no sabemos de qué método se sirvieron los infieles para envenenar la flecha.

—El diablo se alía con ellos y los hace hábiles en esas técnicas infames —certificó el inquisidor.

—Pese a todo, sería bueno saber de qué tipo de veneno se vale el diablo, ya sea vegetal o animal, para ayudarlos en semejante vileza. Quizá así podríamos encontrar el antídoto.

—Pero díganos, ilustrísima, ¿cómo fue todo por aquí en nuestra ausencia? —intervino la reina mientras los incitaba con el gesto a caminar hacia el interior de los Reales Alcázares.

—Oh, señora… —Torquemada lanzó un suspiro resignado—. Realmente he tenido que trabajar mucho. Si no me hubiera quedado aquí vigilando, el maldito diablo no sólo habría conseguido envenenar la saeta que mató al joven conde, Dios lo tenga en su gloria —repitió mientras volvía a santiguarse—, sino que habría conseguido abatir la fe de los buenos cristianos. Los conversos son como la ponzoña de esa flecha. Se introducen bajo la piel de sus víctimas y les van contaminando las entendederas, de modo que poco a poco se sienten más débiles y propensos al pecado, hasta que terminan dándose cabezazos contra el suelo y necesitando un exorcismo. Los cristianos, por muy devotos que sean, necesitan que alguien vele por ellos, que los guíe por el buen camino y que los vigile para que no tomen decisiones equivocadas.

A Yago le habría gustado saber más sobre las prácticas inquisitoriales para intuir en qué momento la conversación entre Torquemada y los monarcas comenzaba a diluirse y poder así dar comienzo a su plan. Si el resto de la Corte no hubiera estado tan ocupada en acoger la llegada de los monarcas, si alguien se hubiese molestado en preguntarle qué hacía el mozo de cocina plantado en medio del patio, con un laúd atrapado entre sus manos, le habría oído responder que estaba a punto de convertirse en juglar. Aquélla habría parecido una contestación absurda, incluso pretenciosa; pero puedo asegurar a vuestras mercedes que ésa es la respuesta que Yago habría dado ya que, en ese preciso momento, sentía con palpable certeza que estaba dando el primer paso por el camino de su vida. El destino de mozo de cocina que le había tocado en suerte hasta entonces no lo seducía demasiado, ni lo haría nunca. Yago sabía perfectamente que esa insatisfacción no se diluiría con el paso del tiempo. Al menos ésa era la conclusión que había sacado tras años pelando ajos y cebollas. Por mucho que se esforzaba no conseguía encontrar nada en la cocina que le agradara, le emocionara o le subyugara. ¿Por qué no aceptaba su destino sin quejas? ¿Por qué era incapaz de agradecer lo que tenía? No, realmente no era capaz.

A esa hora del mediodía, la luz del sol se filtraba entre las hojas de los árboles, instalando reflejos de diamante junto a las naranjas, destilando lágrimas cálidas que acariciaban las mejillas. Yago se recostó en uno de los troncos y abrazó el laúd con la ternura que se emplea para acunar a una criatura de pecho. Tragó saliva con fuerza, pues se le había secado la garganta por culpa de los nervios. ¿Por qué estaba allí? ¿Qué pretendía? Ya era demasiado tarde para hacerse esas preguntas, y mucho más para echarse atrás, así que decidió dar un puntapié a sus titubeos, sobre todo cuando reparó en que los pasos de los monarcas y Torquemada se iban alejando de él. Debía darse prisa o sus planes se verían afectados por la falta de decisión. Suspiró un par de veces y comenzó a cantar.

> *Yo te lo diré, señor,*
> *aunque me cueste la vida,*
> *porque soy hijo de un moro*
> *y una cristiana cautiva;*
> *siendo yo niño y muchacho,*
> *mi madre me lo decía:*

117

que mentira no dijese,
que era grande villanía:
por tanto, pregunta, rey,
que la verdad te diría.*

Torquemada estaba demasiado enfrascado en su conversación, por eso sólo reparó en que la melodía inundaba el patio cuando vio que la reina Isabel giraba sobre tus talones y se alejaba de ellos, en dirección al muchacho de aspecto melancólico. El inquisidor entonces la sobrepasó, dando grandes zancadas, hasta que alcanzó a interponerse entre ella y el músico.

—¡Largo de aquí, impertinente! —le gritó, dispuesto a espantarlo a patadas si llegaba el caso.

—Espere, excelencia —lo contuvo la reina—. Me agrada este sonido. ¿Cómo te llamas, criatura?

—Yago, señora.

—¿Qué te ocurre en los ojos? —le preguntó al darse cuenta de que, si bien el muchacho había alzado la cabeza del laúd, su mirada quedaba flotando sin reparar en ella, como si la atravesase.

—Están muertos —replicó.

—Pero tus manos no —refutó Isabel.

—No. Y por ello las pongo a vuestro servicio —le dijo mostrándoselas.

—¡Qué vergüenza! Lenguaraz insolente… —protestó Torquemada y levantó el brazo haciendo amago de abofetearlo.

Pero la reina también alzó su mano y con ello paralizó en el aire el movimiento del inquisidor.

—Acepto tu ofrecimiento —le dijo a Yago—. Me gustaría que tocaras para nosotros durante la cena de esta noche —añadió.

---

* *Romance de Abenámar*, anónimo del siglo xv.

—Eso sería para mí el mayor de los honores que jamás me hayan hecho —respondió el muchacho.

—Pero, majestad... ¡Sólo es el mozo de cocina! No creo que...

—Estoy agotada, ilustrísima —le interrumpió Isabel—, y necesitada de alegría tras tantas jornadas de desazones, batallas y planes de ataque al enemigo. Al menos por una noche, quiero que la algarabía, las risas, el vino y los excesos tengan cabida en mis feudos. Recordad que la música es la forma más pura de alabar a Dios.

A Torquemada le habría gustado añadir algo más, pero cayó en la cuenta de que la reina había dado por concluida la conversación.

—Por supuesto, majestad —respondió el inquisidor. Tras hacer una pomposa reverencia, miró de soslayo al muchacho ciego con todo el desprecio del mundo.

***

Yago tuvo la sensación de que todo lo que había hecho en su vida lo había conducido a ese momento.

—Préstame atención —le ordenó su padre con voz autoritaria mientras le repasaba el atuendo—. Supongo que eres consciente de que allí estará Oreste Olivoni. Limítate a tocar tus tonadas y a regresar a la cocina antes de que pueda acercarse a ti. ¿Me has entendido?

—Sí, padre —musitó Yago, quien hasta ese momento no había valorado la posibilidad de que el artista italiano tuviera la intención de enfrentarse a él.

—Otra cosa —añadió Esteban con el mismo tono intimidatorio—. Si se te acerca, si intenta provocarte... no entres al trapo. Ignóralo. Procura alejarte de él. Sé que es complicado, ya que no puedes verlo, pero...

—Quizá ya no me recuerde... —farfulló Yago, más por serenar a su padre que por convencimiento propio.

—¿Estás bromeando? —exclamó Esteban mientras terminaba de lustrarle los zapatos.

—Percibiré su presencia si oigo su voz. —El muchacho intentó tranquilizarlo y tranquilizarse.

—Tu oído es fino y su voz característica. —Su padre suspiró. Aún era incapaz de comprender la razón por la que Yago se empeñaba en señalarse de esa manera.

Entonces Vermudo se acercó a él, le colocó una mano en el hombro, le sacudió un par de palmadas en la mejilla y le dedicó una sonrisa de aliento que Yago sólo pudo intuir y que devolvió instintivamente.

—Eres un valiente, muchacho —le dijo—, pero has de tener en cuenta que el verdadero valor consiste en prever todos los peligros y despreciarlos cuando llegan a hacerse inevitables.

—Prever y despreciar —repitió Yago tomando el laúd con mano temblorosa, atrapándolo rápidamente para que su padre y Vermudo no pudieran percibir el desasosiego que sentía en ese momento.

Ambos lo condujeron ceremoniosamente hasta la salida de la cocina.

—Estamos orgullosos de ti —sentenció Vermudo—. Disfruta de la noche y recuerda que entre las responsabilidades de un juglar de la Corte está enunciar, antes de que comience la cena, las normas de etiqueta que se exigen en un banquete ante los monarcas. Debes hacerlo con gracia y donaire. Después tienes que recitar los alimentos que se servirán y luego amenizar la velada con tu música. ¿Está claro?

Yago asintió y echó a caminar por el pasillo, sintiendo las miradas de Esteban y Vermudo clavadas en su espalda.

En la sala de Embajadores había unas noventa personas sentadas en torno a cuatro mesas alargadas que se colocaron para que formasen un cuadrado. Allí era donde la puesta en escena de Yago tendría lugar. El mayordomo mayor lo acompañó hasta el centro mientras él se iba preguntando qué hacía allí y por qué se empeñaba en meterse en semejante enredo. Antes de que su estúpida mente le devolviera una respuesta que lo obligara a salir corriendo suspiró, dibujó en su rostro una sonrisa y comenzó a hablar.

—Bienvenidos, damas y caballeros, ilustres invitados de Sus Altezas Reales Fernando de Aragón e Isabel de Castilla. Siguiendo las normas básicas de cortesía que se exigen en una cena de estas características, vuestras mercedes podrán utilizar tres dedos para atrapar, trozar y llevarse a la boca su comida. Como han de ver, el mantel tiene una caída muy larga de la cual podrán servirse para limpiarse las manos... que no los dientes o los ojos. Habrán de tener cuidado, eso sí, de no equivocarse y recurrir, para esos menesteres, al vestido de la dama que se sienta al lado de vuestras mercedes... ¡Seguramente se incomodaría! —Los comensales soltaron una carcajada, y eso animó a Yago a continuar en el mismo tono—. Absténganse de escupir cuando estén sentados a la mesa. Si vuestras mercedes se ven en la necesidad de enjuagarse la boca, no arrojen después el agua en su plato... ni tampoco en el plato de la dama. —Todos volvieron a reír, y Yago añadió—: Háganlo en el suelo, y educadamente. Si se suenan la nariz, acuérdense de limpiarse la mano con la manga del vestido. Y ahora sí, damas y caballeros, ilustres invitados de Sus Altezas Reales, ha llegado el momento de recitar los deliciosos alimentos que en esta cena tendrán el placer de saborear y que se servirán regados de cerveza, vino de la tierra e hidromiel aromatizado con canela, clavo, cardamomo y nuez moscada. De primero hay sopas de ajo castellanas, con su pimentón picante, por supuesto, que devolverán el alma que se les escapó del cuerpo durante los días de cruzadas.

Esperó un momento, dejando que los invitados comentasen entre ellos la realidad de su ocurrencia. Cuando vio que los murmullos comenzaban a diluirse, Yago continuó.

—De segundo, capones armados rellenos de tocino, piñones y almendras. Pero no se sacien con ellos, que aún deben dejar espacio a unas delicadas palomas que llegarán hasta vuestras mercedes colocadas en fila, una detrás de otra, sobre bandejas de plata, en la postura perfecta para poder levantar el vuelo… si no fuese por el pequeño inconveniente de que les faltan las plumas y ¡están cocinadas en escabeche! —aclaró de forma irónica haciendo que su público volviese a reír—. De postre se deleitarán con la deliciosa compota de higos y ciruelas, la especialidad de nuestro cocinero.

Cuando empezó a servirse la comida, Yago colocó una silla en una de las esquinas del salón y se dispuso a cantar una tonada que había compuesto inspirado en Concepción. Aún no había hablado con ella, pero intuía que se encontraba cerca. Pretendía que los comensales disfrutasen de su música sin tenerlo ante sus ojos para que el sonido se entremezclase con el del agua de las fuentes y con el silbido del viento entre las hojas del laurel.

Yago cantaba con voz melancólica, con la cabeza ladeada y los párpados entornados, dejando que su espeso flequillo le cubriese la mitad de la cara, tal como las mujeres de la mancebía le habían dicho que resultaba encantador. Así lo vería ella.

¡Ay!, un galán de esta villa,
¡ay!, un galán de esta casa,
¡ay!, de lejos que venía,
¡ay!, de lejos que llegaba.
¡Ay!, diga lo que él quería.
¡Ay!, diga lo que él buscaba.
¡Ay!, busco a la blanca niña,
¡ay!, busco a la niña blanca.*

* Romance anónimo del siglo xv.

Lo que el muchacho no podía imaginar era que, además de haber llamado la atención de Concepción, al otro lado de la sala los ojos de rata de Oreste Olivoni también estaban clavados en él, si bien envueltos en un velo de profundo desprecio. El artista italiano casi lo había olvidado, a tal punto que pensaba que se había librado de aquel tullido que le resultaba tan desagradable. Sin embargo, lo encontró allí, de pronto, haciendo de maestro de ceremonias. Por si eso fuese poco, Concepción, la dulce Concepción, su Concepción, lo observaba embelesada desde su privilegiado asiento junto a la reina. De vez en cuando la muchacha cerraba los ojos para concentrarse mejor en la música y movía lentamente los labios. Parecía musitar las canciones que el ciego cantaba. ¡Como si ya las conociera de antes! ¿Sería posible eso? Oreste Olivoni apretó la copa de vino que tenía entre sus huesudos dedos y la apuró hasta el final sin dejar de mirarlos, sintiendo que la rabia no se diluía en el alcohol.

***

Desde el lugar privilegiado en el que se encontraba tocando el laúd, Yago podía escuchar las conversaciones de aquellas personas que dirigían su mundo. Así fue como se enteró de la preocupación de los reyes por la carta que habían recibido desde Roma escrita de puño y letra del papa Sixto IV. El Santo Padre estaba molesto por la persecución ejercida contra los conversos en lugares como Sevilla desde que el nuevo inquisidor general se encargaba de la zona.

El delicado oído de Yago pudo distinguir la indignada voz de Torquemada cuando fue informado de la carta.

—No permitiré que nadie, ni siquiera el Papa, me enjuicie. ¡Jamás! A mí sólo se me conocen virtudes. Llevo toda la vida dedicado en cuerpo y alma al servicio del Señor. Ingresé siendo apenas un niño en el convento de San Pablo, en Valladolid.

Mi familia no tiene mácula. ¡Soy sobrino del cardenal Juan de Torquemada!

—Eso lo sabemos, ilustrísima —oyó decir con voz parsimoniosa a la reina—. Sin embargo, es importante que el Papa...

Pero Torquemada la interrumpió. No dejaba de dar vueltas a una idea que llevaba tiempo martilleando su cabeza. No podría llevar a cabo sus planes si el Papa continuaba poniéndole trabas desde Roma.

—¡La Inquisición castellana y sus asuntos tienen que depender únicamente de vuestras altezas! —señaló a voz en grito—. Llevo un tiempo haciendo el cálculo del beneficio económico que supondría para las coronas de Castilla y de Aragón quedarse con los bienes íntegros de lo que se requisa a los condenados, sin tener que rendir cuenta de ellos a Roma.

—¿Qué queréis decir? —El rey Fernando parecía interesado en el asunto.

—Si la Santa Inquisición fuese liberada de la directa jurisdicción de Roma, quedaría convertida en instrumento del Estado, al servicio del Estado. —Torquemada dulcificó el tono de su voz para continuar explicándose—. Vuestras majestades tendrían la potestad de controlarla, y los eclesiásticos que cumplimos con el deber de custodiar la buena salud de la fe quedaríamos a vuestras órdenes. No habría que rendir cuentas económicas ni espirituales al Papa. El Papa ya no tendría nada que decir respecto a la manera en que manejo... —Se corrigió—. Respecto a cómo manejáis los asuntos que quedan dentro de vuestros reinos.

—Interesante reflexión —añadió el rey.

Pero a Yago no le dio tiempo a valorar lo que podían o no significar aquellas palabras, pues justo entonces oyó el ritmo marcial de pisadas sobre la tierra acercándose a la zona donde se encontraban los monarcas. Habría reconocido esos andares entre mil más; se trataba de Oreste Olivoni. Intuyó una reverencia seguida de una muestra de respeto a los reyes jalonada de jactancia y falsa modestia.

El artista les hacía el resumen de los avances en las obras, del orgullo que sentía por estar a sus órdenes, del sometimiento con el que se dirigía en ese momento a ellos para pedirles un favor, el mayor favor que les pediría jamás, el que lo haría feliz y dichoso por siempre, según indicó.

Olivoni sopesó con nerviosismo el tono que debía utilizar. Estaba decidido a no dejar ni un resquicio por el que los reyes pudieran negarle lo que estaba a punto de solicitarles. Tenía que plantear el asunto como si se tratase de una decisión ya tomada. Les explicó que el proceso de creación de un artista requería de varios factores, entre los que se encontraba rodearse de belleza y candor. Añadió que, por suerte, en esos tiempos había logrado que la inspiración llegase hasta él encarnándose en la figura de la dama más delicada que jamás hubiera conocido y que, gracias a eso, las obras que estaba llevando a cabo en el palacio estaban tomando aquella impronta tan elegante.

—Desearía que concedieseis una merced a este humilde artista. —La voz de Olivoni sonaba sorprendentemente sumisa—. Un hombre no debe estar solo, y mucho menos un hombre que necesita a su lado la perenne compañía de las musas. Hasta este momento no encontré mujer que fuese digna de llevar ese sobrenombre: mi musa —pronunció con ensoñación—. Pero ahora que al fin la he encontrado, no quiero dejarla escapar.

—Es lógico, señor Olivoni, que penséis así —respondió la reina Isabel—. ¿Y quién es esa afortunada mujer que ha de serviros de inspiración?

—La tenéis muy cerca, majestad. Está sentada a vuestra derecha. Se trata de vuestra dama de compañía. —Se echó a reír sin ganas—. A falta de un padre ante el que poder hacerlo, deseo pediros la mano de Concepción de Saavedra en matrimonio.

—Es aún muy joven, no sé si ella… —La reina dirigió su mirada a la muchacha.

Concepción se levantó de la silla y se arrodilló delante de la reina, como un cachorrito apaleado. Se aferró a su mano, llevándosela a la boca para besarla con fuerza, con los ojos cerrados, al borde del llanto. Estaba convencida de que, con ese gesto, le estaba dando a entender todo su sufrimiento. Estaba segura de que la reina lo deduciría todo. Ella todo lo podía. Ella la protegería.

Torquemada, que estaba cerca, se alteró ante el vehemente gesto de la muchacha, que se estaba alargando más de lo que las normas de cortesía requerían.

—¡Comportaos, Concepción! —le dijo agarrándola por las axilas y forzándola a levantarse—. Sus Majestades van a pensar que estáis loca.

—Pobre criatura… —La reina se conmovió—. Está falta de cariño.

—Majestad, yo… yo… —Concepción no podía encontrar las palabras que se había repetido una y otra vez desde que se enteró de que los reyes regresaban, con las que le quería pedir que no la dejasen allí nunca más—. No deseo estar aquí sola, sin vos… —balbuceó la muchacha.

—Oh… He sido muy egoísta, Concepción —dijo la reina, absolutamente conmovida, mientras le acariciaba la mejilla—. Todas esas batallas me han impedido ver que os he dejado desamparada. Del mismo modo que un hombre no debe estar solo, una mujer tampoco debe estarlo. Una mujer se marchita sin un hombre a su lado. —Volvió la mirada en dirección a Oreste—. Señor Olivoni, es muy gentil de vuestra parte solicitar la mano de mi dama de compañía. —Suspiró con resignación—. Y estaré encantada de concedérosla… —Los ojos de Oreste brillaron con la ilusión de un niño en la noche de Reyes—. Siempre y cuando ella esté de acuerdo en aceptaros. —El artista italiano mudó el gesto en un segundo—. Dejad que ella lo piense durante un par de días. No hay prisa. Estoy segura de que Concepción de Saavedra sabrá valorar el ofrecimiento de un hombre como vos.

Yago abandonó la cena, deslizándose entre las sombras de los invitados. Se dirigió de nuevo a la cocina, el lugar —pensaba— del que nunca debería haber salido. En un día normal, a esa hora, su padre y Vermudo ya estarían acostados, lo cual era mucho mejor para él en ese momento. No tenía ganas de responder a sus preguntas. Estarían esperando un extremo entusiasmo por su parte. Tocaba por primera vez en una cena organizada por los reyes y todo había salido bien. Debería estar feliz. Sin embargo, tenía el corazón roto. No podía sacarse de la cabeza a Concepción.

Tal como imaginaba, la estancia estaba vacía. Ambos se levantarían muy temprano a la mañana siguiente y seguramente habrían terminado agotados de preparar la cena de esa noche. Sobre la mesa le habían dejado cerveza floja, cecina y unas rebanadas de pan. Las miró con desgana. Se le había cerrado el estómago. «Soy un estúpido, un estúpido —se dijo—. Soy un ciego estúpido. Mi padre ha intentado por todos los medios conseguirme un oficio. Ser mozo de cocina en la Corte es todo un privilegio para alguien como yo. Cualquier otro hombre sin defecto alguno se habría dado con un canto en los dientes en mi lugar. Pero yo me he resistido a ello. Creí que lograría alcanzar mis sueños. Creí que convertirme en músico podría hacerme digno de alguien como ella. ¿Por qué soy incapaz de conformarme? ¿Por qué me creo tan especial? ¿Qué me hace pensar que soy mejor que mi padre?»

Dejó el laúd sobre la mesa, se sentó y escondió la cara entre sus manos, convencido de que iba a echarse a llorar. Estaba cansado de resistirse. Aún estaba a tiempo de aceptar su destino, de dar gusto a su padre y dedicarse en cuerpo y alma a la cocina. De devolverle, esa vez sí, de verdad, todos los esfuerzos y los sacrificios que había hecho por él. Podría encerrarse por siempre en esa cocina, no permitir que nadie más le hiciese daño;

viviría protegido por esas paredes, por el calor de los fogones, por la soledad... Se le ocurrió pensar que ésa era una buena forma de desaparecer del mundo, casi como morir sin morir. Salir de allí sólo le había causado dolor. En ese momento sintió pena de sí mismo. Una enorme e informe pena. Se le puso un nudo en la garganta y sollozó como un niño.

No supo cuánto tiempo estuvo así hasta que oyó pisadas tras él, acompañadas del inconfundible olor de la cera quemándose. Quienquiera que fuese podría llevar observándolo un buen rato.

—¿Qué te pasa, gusarapa? —El vozarrón de Vermudo sonó como el ronquido de un oso bondadoso—. ¿Se te enredaron las cuerdas en los dedos? No tienes que preocuparte. Son los nervios. Ya verás que...

—No, no es eso. —Yago se enjugó las lágrimas con la manga de la camisa.

—¿Y entonces...?

—Oreste Olivoni ha pedido a la reina la mano de Concepción.

—Vaya...

—Ese miserable no podrá hacerla feliz. Lo sé —murmuró.

—De eso no hay duda —asintió Vermudo—. Las personas miserables hacen miserables a los que tienen cerca. La mezquindad es muy contagiosa. El otro día no quise contar delante de tu padre todo lo que sé sobre el tal Oreste Olivoni.

—¿Hay algo más?

—Las putas le tenían miedo.

Existía el rumor de que se dedicaba a perseguir a toda mujer que se cruzase en su camino, sin importarle edad o religión, o si era soltera, casada o viuda. En un principio se mostraba encantador con las damas. Les hablaba de forma delicada, les regalaba flores, les hacía cumplidos y, cuando conseguía que bajasen la guardia, les lanzaba un pellizco en el trasero. Cuando ellas se revolvían, él se ponía violento. Las insultaba, las hostigaba y las miraba de forma lujuriosa. Les buscaba las vueltas para quedarse a solas con ellas y, cuando lo conseguía, se arrancaba la ropa a manotazos para mostrarles su miembro, que a esas alturas solía estar erecto como un hierro porque Olivoni se excitaba con los gestos de pavor. Las poseía a la fuerza mientras les gritaba toda clase de improperios en su lengua de origen. Sentía un indescriptible placer ante la humillación. Su brutalidad y la impunidad con la que se movía en ese terreno eran bien conocidas. Se hablaba incluso de que llevaba una navaja oculta entre sus ropas y que alguna vez había aparecido muerto alguno de los hombres que se atrevió a plantarle cara y pedirle responsabilidades por lo que había hecho con su hija o su hermana.

—Alguna que otra noche en la que debía de sentir el aguijonazo de la sangre pujándole en la entrepierna —continuó contando Vermudo— se deslizaba por las calles en dirección a la mancebía, escondiéndose entre las sombras, envuelto de pies a cabeza en una tupida capa con la que pretendía ocultar su identidad.

Eran las propias meretrices las que narraban cómo se comportaba en la intimidad de las alcobas. Olivoni llegaba a la taberna, elegía a alguna de las muchachas y, en el momento en el que se quedaban a solas, se incrustaba en sus entrañas sin miramientos, murmurando palabras en italiano hasta que caía derrotado sobre ella, resoplando como un cerdo. Al recuperarse, se la quedaba mirando con todo el desprecio del mundo, se incorporaba y se ajustaba de nuevo la ropa, y acto seguido les gritaba *«Succhia cazzi!»*, antes de lanzarles desde la puerta sus honorarios y salir.

—Le odio. Si no fuese ciego —renegó Yago apretando los puños— lo mataría con mis propias manos.

—Si se las ha visto con hombres hechos y derechos y ha conseguido librarse de ellos sin consecuencias, imagínate lo que puede hacer contigo, que aún eres un niño.

—¡No soy un niño! ¡No lo soy! —protestó Yago—. Mi vida me da igual; me preocupa la de Concepción.

—Eso no es asunto tuyo. Déjalo estar, Yago.

—Tengo sueño. Quiero irme a la cama. —El muchacho se incorporó de golpe y arrastró los pies hasta su catre.

Vermudo vio que desaparecía en las sombras y se arrepintió de haberle contado todo aquello. Lo había hecho para que se asustase, para que se diese cuenta de que no se las podía ver con alguien de la catadura moral de semejante engendro. Pero Yago no se había amilanado. Parecía sentirse obligado a defender el honor de una dama en apuros.

—¡Malditos romances sentimentales! ¡Dichosas historias de trovadores que cruzan los mares en busca de su amada…! —protestó el antiguo tabernero—. ¡Quién me mandaría a mí abrirle los oídos a la música y sus derivados! Pobre criatura… Le he jodido la vida.

***

Concepción tenía previsto hablar al día siguiente con la reina para explicarle, sin atisbo de drama, que antes prefería meterse monja que colocarse frente al altar junto a Oreste Olivoni. Pero no le dio tiempo a hacerlo. A primera hora de la mañana dos agentes inquisitoriales fueron a buscarla a su alcoba y la condujeron directamente a las estancias personales del artista.

La mesa del despacho estaba decorada con jarrones llenos de flores. También había flores en las estanterías, sobre el trinchero y en el alféizar de la ventana. En las esquinas vio unos braserillos donde se estaba quemando incienso; un intenso aroma a iglesia que provocaba dolor de cabeza.

La joven se quedó de pie en medio de la sala, derechita como una vela, como le aconsejaba de niña su madre, demasiado cohibida para tocar nada, sentarse o pronunciar palabra. Olivoni entró de golpe y caminó con brío a su encuentro. Llegó a su altura y la miró de forma indulgente. En el mismo momento en el que la muchacha levantó levemente los párpados, él reconoció el pellizco del ardor que llevaba meses despertándolo a bocados cada mañana y lanzó un leve suspiro. Comenzó a caminar en torno a Concepción, recorriéndola de arriba abajo con la mirada sin darse prisa, y entrecerrando los ojos cuando intuía el olor a agua de mirra con la que ella se enjugaba la cara y las manos en su aseo diario. Tomó un mechón de sus cabellos y se lo llevó a la nariz, para luego dejarlo de nuevo junto a su cuello, rozándole levemente la piel.

—Sois la prueba palpable de las maravillas que Dios ha colocado en este mundo para dicha del hombre —le susurró muy cerca del oído.

—Tengo miedo.

Él sintió una punzada de ardor al oír sus palabras.

—No debéis temer nada. No existe un lugar más seguro que éste. ¡Ni el demonio se atreve a entrar aquí! Aquí vive Torquemada —le dijo tomándola de la mano al tiempo que soltaba una carcajada fatua—. Venid y sentaos.

La ayudó a acomodarse en una silla y luego él caminó sin prisa en dirección a un mueble trinchero situado tras la mesa del despacho. Abrió la portezuela, decorada con una celosía de roble, y sacó una frasca de vidrio labrado y dos copas. Cuando quitó el tapón de corcho, un ruido sordo inundó la estancia y el artista volvió a reír, echando la cabeza hacia atrás. Parecía dichoso. Llenó las dos copas con el líquido que contenía la botella y tendió una de ellas a Concepción, quien la miró con expresión dubitativa.

—Es vino de pasas. Delicioso —le dijo Olivoni, incitándola a que cogiera la copa, que aún estaba en su mano—. Brindemos por nuestro próximo enlace.

—Yo… Señor, yo…

—Brindemos. —Sonó como una orden, y ella se echó a temblar.

Concepción nunca había probado el vino ni ningún otro licor. Se lo llevó a la boca muy despacio, olisqueándolo primero. Intuyó el dulzor de la fruta madura. Le dio un pequeño sorbo y notó que el líquido denso bajaba por su garganta hasta llegar al estómago.

—Esto se bebe de un golpe, mujer —le aseguró Oreste, dando cuenta él mismo de su copa.

Concepción volvió a intentarlo de nuevo. Tomó un buche más grande y lo tragó sin respirar. Sintió que le subía hasta la cara una oleada de calor que le puso los ojos vidriosos y le secó la garganta.

Olivoni rellenó su copa.

—Prefiero no tomar más.

—Chisss... Bebe.

—No. Yo...

—Bebe.

El humo de los incensarios los envolvió en una neblina ensoñadora que restaba verosimilitud a la realidad. Y Concepción se llevó de nuevo la copa a los labios, por miedo a que una negativa rotunda pudiera ofender al temible artista.

La despertó una voz susurrada al oído.

—Sois un delicado bocado. Toda vos sois el manjar que siempre quise tener entre mis brazos. Vuestra carne es tierna y dulce; vuestra boca, una grosella que deseo lamer hasta sacar la última gota de su jugo, y esta piel es... La seda es su único parangón. Os cubriré de joyas, de privilegios... Sólo tendréis que amarme, temerme, adorarme... y yo estaré a vuestros pies.

Concepción pensó que estaba soñando. Un fuerte dolor de cabeza le impedía abrir totalmente los ojos y tenía la boca pastosa. No había salido todavía del duermevela que le impedía preguntarse dónde se encontraba cuando notó el roce de unos labios en el cuello y se sobresaltó. Miró a su derecha y vio a

Oreste Olivoni tumbado a su lado. En un acto reflejo apartó las sábanas y saltó de la cama. Se dio cuenta de que estaba cubierta tan sólo con la camisa de lino que llevaba normalmente debajo de su vestido y se preguntó dónde estaría el resto de su ropa. Miró alrededor, pero no la encontró. Corrió hasta la ventana y se tapó como pudo con la pesada cortina de terciopelo verde.

—No temáis —le decía él mientras caminaba despacio a su encuentro—. Yo os protegeré. Tengo el convencimiento de que he venido a este mundo para cuidaros.

Cuando apenas los separaban dos pasos, Concepción sintió que el corazón se le paralizaba de terror.

—Os lo suplico, señor, no me hagáis daño… No me hagáis daño.

Se arrodilló delante de Oreste con los ojos llenos de lágrimas y colocó las manos en señal de súplica. Pero él se las apartó y le sujetó con fuerza la cabeza, apretándola contra su bajo vientre.

—¡No! —Concepción se echó hacia atrás.

Se levantó del suelo de un salto y corrió en dirección a la puerta como un ratoncillo asustado. Presionó el picaporte y se dio cuenta de que estaba cerrada con llave. Volvió la mirada y descubrió el frío gesto del artista, que la observaba con un rictus de enojo.

—¡Desagradecida! ¿Por qué tienes que hacer que las cosas sean tan difíciles? —le increpó—. Seguro que si se tratase de ese ciego no te resistirías tanto. ¡Zorra!

Oreste avanzó a grandes trancos, la aferró por los cabellos y la arrastró hasta la cama. Con un bufido de animal en celo la revoleó, arrojándola con fuerza sobre el lecho. Agarró con las dos manos el vuelo de la camisa de finísimo hilo que cubría la desnudez de la muchacha y, de un tirón certero, la rasgó de arriba abajo. Tenía la piel blanca y sus senos, que él no imaginó tan grandes aun en sus sueños más lúbricos, se bambolearon dejándolo extasiado por unos segundos. Ella gritaba, intentaba cubrirse con las manos, pero él la abofeteó de izquierda a derecha, una y otra vez, hasta que un hilillo de sangre surgió de su labio superior. Y entonces guardó silencio.

Oreste jadeaba por el esfuerzo pero no parecía cansado sino que mostraba gesto de deleite. Los ojos le brillaban como los de un chiquillo al que acabaran de entregarle el juguete que más deseaba en el mundo. Le habría gustado arañarla, pellizcarla, chuparla, hurgar en sus entrañas, morderla hasta que se deshiciera en mil pedazos. La sangre le palpitaba en las sienes, tenía la garganta seca y sentía que iba a enloquecer de deseo. No sabía por dónde empezar. Le sujetó las rodillas con fuerza, forzándola a abrirlas, y se puso a mirar de cerca, lleno de sed, aquel orificio diminuto, origen de todos los males del mundo. Una mezcla de odio, frenesí y dolor tenso en el bajo vientre lo sacudió. Se incorporó, se bajó las calzas y se lanzó sobre ella, penetrándola hasta las entrañas. El agudo grito de dolor de la muchacha lo enervó aún más. A la tercera embestida, Concepción dejó de chillar y, a la quinta, Oreste dejó de moverse. Se derrumbó sobre ella resoplando, aplastando con su cuerpo flácido la pueril anatomía de la muchacha.

Concepción se quedó quieta, mirando al techo despavorida. Se percató del intenso olor a sudor bravío mezclado con almizcle y sándalo que desprendía Oreste. Creía que los hombres no se perfumaban. Y entonces dos gruesas lágrimas brotaron de sus ojos horripilados.

El artista tardó un buen rato en recuperar de nuevo el ritmo de las respiraciones y, cuando lo hizo, se levantó sonriente y se recompuso la ropa. Reparó en el rastro de sangre que la virginidad de Concepción había dejado sobre las sábanas y mostró un gesto de fastidio.

—Fíjate, ¡cómo lo has puesto todo…! Si no fueses tan terca, mujer…

Se acercó de nuevo a ella y la muchacha hizo amago de protegerse con las manos, pero él simplemente le pellizcó la cara.

—¿Te das cuenta? Ya somos marido y mujer —le dijo—. Ahora sólo resta que digas a la reina que aceptas mi propuesta de matrimonio para hacerlo oficial.

—No... no —musitó ella sacudiendo la cabeza de un lado a otro.

—Y habrá que darse prisa, ¡no haya querido Dios que en tu vientre ya se esté gestando nuestro hijo! Sería una completa vergüenza acudir al altar con evidentes signos de preñez. La reina podría pensar que en su ausencia te has estado comportando como una vulgar ramera. Que pases un buen día, querida —se despidió.

Oreste Olivoni salió de la estancia sin mirar atrás, dando un portazo.

Los reyes cristianos ni siquiera se enteraron de lo ocurrido. Estaban demasiado preocupados por las noticias que llegaban desde Granada. Muley Hacén, en un intento por volver a tomar las riendas de su reino, solicitó la asistencia de las tropas militares del norte que África y éstas cruzaron el estrecho, cimitarra en mano, dispuestas a ayudarlo a recuperar su trono. Pero Isabel y Fernando, que no iban a permitir que los africanos también se inmiscuyesen en sus territorios, pronto llenaron las mesas y las estancias de los Reales Alcázares tanto de mapas de la zona como de consejeros reales que ofrecían ideas a diestro y siniestro para desmantelar los posibles ataques enemigos antes de que llegasen a producirse.

Estando así las cosas, la reina Isabel no tuvo tiempo de ocuparse de su dama de compañía, más ahora que Concepción había aceptado desposarse con Oreste Olivoni y que la responsabilidad de su cuidado había pasado a otras manos. Por si fuera poco, aquella mañana se oyó el sonido de los cascos de los caballos tronando en el patio de la Montería. Unas voces alteradas preguntaban por los monarcas.

—¿Qué ocurre, caballeros? —inquirió el portero.

—Es urgente que hablemos con Su Majestad el rey Fernando —dijeron—. ¡Boabdil y sus huestes están cercando Lucena!

***

Antes de que Oreste Olivoni apareciera, Yago responsabilizaba a Dios de todas las desdichas acontecidas en su vida: de su ceguera, de la muerte de su madre, de la tristeza infinita de su padre, de su destino de nómadas... Algunas noches, tumbado sobre el catre, hablaba con Él y le pedía explicaciones apelando a su pésimo sentido de la justicia. Eso no lo había ayudado a sentirse mejor ni a vivir mejor, más bien todo lo contrario. Pero a esas alturas Yago ya no esperaba nada de aquel Padre supremo que parecía estar más que despistado, que solía recompensar con mayor generosidad a los ricos y poderosos que a los realmente necesitados de Su ayuda. Oreste Olivoni había hecho tomar conciencia a Yago de que era responsable de su existencia, el dueño y señor de su destino, de su suerte o su desgracia. Era absurdo esperar la ayuda divina.

Por un momento, cuando Yago se enteró de que Concepción había aceptado la proposición matrimonial del artista italiano tuvo la tentación de esconderse para siempre tras los fogones y resguardarse así de los zarpazos que le pudiera lanzar la vida. Había tenido la ilusoria sensación de que le había curtido el alma haber pasado tiempo en una taberna, expuesto día a día a borrachos, a prostitutas, a tahúres dispuestos a matar antes que perder su dinero a las cartas, a marineros malcarados y a buscadores de problemas. Pero estaba equivocado: un corazón sólo se fortalece cuando se recompone tras haberse roto en mil pedazos.

Concepción iba a casarse con otro, y eso lo estaba desgarrando por dentro. Pese a que Yago no se consideraba digno ni de limpiarle los zapatos, su mente nunca barajó la posibilidad de que aquello sucediera. En su inocencia pensaba que ella esperaría a que él creciera, física, espiritual y profesionalmente, hasta hacerse digno de su amor. ¡Qué majadero! ¿Para qué seguir cultivándose? ¿Servía de algo el esfuerzo si ella no era el premio a recibir? La vida de pronto había perdido sentido, y el trabajo en la cocina se le hizo, más que nunca, insufrible. Ni siquiera le apetecía comer, sobre todo si se trataba de alimentos calientes. Le incomodaba el olor que desprendían, que se pegaba a su rostro humedeciéndolo al acercarse la cuchara a la boca. Si no le gustaba la cocina y tampoco tenía ya sentido para él seguir aprendiendo música o componiendo versos para enamorar a Concepción, ¿qué razón había para seguir adelante?

Con todo, Yago carecía de paciencia para la autocompasión, así que pronto centró su rabia en el convencimiento de que ella no sería feliz al lado de un hombre como Oreste Olivoni. Habría sido más fácil resignarse, apretar los dientes y tirar para delante de saber que ella lo amaba y que él era un buen hombre. Concepción se marchitaría a su lado. Pero, siendo así, ¿por qué no había dicho nada? ¿Por qué no se había rebelado? Quizá se asustó y no supo salir de aquella situación. Quizá aún tenía miedo y necesitaba a alguien que la ayudase a huir. Quizá él debería comportarse como un hombre, proponerle que escapasen juntos, muy lejos de allí. Tenía que hablar con ella. Sí, eso era lo que haría.

Con la mano a punto de presionar el pomo de la puerta de la cocina, Yago reflexionó sobre lo que podría suceder si lo descubrían al acecho de la dama de compañía de la reina junto a sus aposentos. Le resultó extraño lo poco que le importaba jugarse la vida de esa forma cuando se había pasado la mayor parte de ella protegiéndose de los riesgos, evitando los conflictos y transitando de puntillas para no llamar la atención. Estaba lanzando por la borda todo lo que su padre le había enseñado sobre cómo cuidarse y resguardarse. Pero así eran las cosas. Posiblemente aquello indicaba que estaba asumiendo su papel de hombre y que comenzaba a tomar sus propias decisiones.

Pese a todo, justo en ese momento tuvo que reconocer que sentía en el estómago una leve aprensión. Le habría gustado pensar que se trataba de una inquietud de índole espiritual, algo relacionado con la responsabilidad de salvaguardar la propia existencia. Pero, si era sincero consigo mismo, debía reconocer que en ese momento la muerte no le asustaba lo más mínimo. Aún estaba en esa edad en la que la parca se muestra como una posibilidad ajena, algo que sucede a los demás. Su temor, segundos antes de atravesar la puerta de la cocina, era más simple: temía que Concepción rechazase su propuesta. Si eso sucedía, le costaría aceptarlo, le sería difícil continuar con esa vida pedestre que, en ese preciso momento, le parecía el más insoportable de los destinos. Aun así apretó el pomo de la puerta, dispuesto a arriesgarse.

—¿Adónde vas a estas horas, granuja?

Yago abrió los ojos, extrañado. Enseguida reconoció la voz de Vermudo y cambió el gesto de sorpresa por el de fastidio.

—Tengo que hablar con Concepción —murmuró.

—No seas loco, chiquillo.

—Dejadme. Yo sé lo que tengo que hacer.

Yago estaba decidido, le daba igual lo que Vermudo dijera, así que comenzó a caminar por el pasillo a toda prisa, haciendo caso omiso de las protestas de su amigo, que se iba interponiendo delante de él para hacerle entender su error. Pero el muchacho no atendía a razones, no se detenía, y Vermudo tuvo miedo de despertar a todo el palacio.

—¡Dejadme en paz! —vociferó Yago, zafándose de la presión de su mano en el brazo.

—De acuerdo, de acuerdo, te dejo. Pero no chilles… Espera un segundo. Hablemos… —Utilizaba el tono de voz más tranquilizador que su vozarrón le permitía.

—No importa lo que me digáis. No me convenceréis. ¡Iré a buscarla!

—Está bien… Serénate, que no voy a detenerte. Sólo deja que me quede a una distancia prudencial de ti… Por si ocurre algo —aclaró—. Mientras hablas con ella, te esperaré fuera, en los jardines —aclaró.

Yago se quedó un momento en silencio, sopesando la propuesta.

—Haced lo que queráis —pronunció, resignado.

No quería perder un segundo más discutiendo con Vermudo. Continuó cabizbajo, caminando en dirección a los aposentos de Concepción.

A esas horas de la noche, los pasillos del palacio estaban absolutamente vacíos. Yago ni siquiera era consciente de lo que podría suceder si alguien los encontraba por allí. No había excusa para que el mozo de cocina y el despensero estuvieran paseando a esas horas por las dependencias del palacio. Sin embargo en ese momento Yago no tenía más capacidad que para pensar en hablar con Concepción. Se acercó a la puerta de su alcoba y llamó suavemente. Al no recibir respuesta, posó su oreja en la madera, buscando identificar algún ruido en el interior. Le pareció oír una respiración entrecortada.

—¿Concepción?

—¿Yago?

—Sí, soy yo. Abre.

—Vete.

—No, no me iré. Abre. Necesito hablar contigo.

—¡Vete!

—Por favor, Concepción… Si me pillan en el pasillo me matarán.

—No puedo abrir. Estoy encerrada con llave.

Yago no se esperaba aquello. Por un momento no supo qué responder.

—¿Te ha encerrado? ¿Ese desgraciado te ha encerrado? —La voz salió de su interior como un estallido—. Te sacaré de ahí.

—No hables tan alto y vete de una vez, insensato.

—No, no me iré hasta que no logre sacarte de ahí. Huiremos juntos —replicó con firmeza.

—¿Y adónde iremos? ¿De qué crees que viviremos?

—Eso no importa. Te sacaré de ahí. Te cuidaré… y te protegeré y…

Estaba convencido de que así sería. Se sentía como el héroe de aquellos romances que le había escuchado a Vermudo en los que el joven y valiente caballero rescataba a la dama encerrada por un terrible villano en la torre más alta del más alto castillo, aquellos romances que terminaban en el momento justo en el que la vida real comienza.

—¿Tú? —preguntó la muchacha soltando una risa floja—. ¿Tú me cuidarás? No podrías cuidar ni de un gorrioncillo. Eres un niño —pronunció con desprecio—. Un niño ciego sin oficio ni beneficio.

Déjenme vuestras mercedes que intente, seguramente sin éxito, relatar el estremecimiento que Yago experimentó en ese preciso instante. Quizá sea bueno que, para llegar a entenderlo en plenitud, busquen en su interior, ya que estoy seguro de que alguna vez habrán tenido que enfrentarse a una situación en la que el ridículo, el aturdimiento, el desprecio y la desilusión se mezclasen para arrebatarles la calma, borrando de un plumazo el suelo que los sostenía. Para Yago los siguientes treinta segundos se alargaron en el tiempo, se hicieron pastosos e incómodos, produciéndole el efecto de estar sumergido en miel. La dureza de las palabras de su amiga lo dejó paralizado. Se quedó con la frente pegada a la puerta, sin poder creer lo que oía.

—Concepción —susurró.

—¡Vete!

Unos suspiros apagados se oían desde el otro lado de la puerta. Y el amor o, mejor dicho, la estupidez disfrazada de amor hizo que Yago se recompusiera, dejando de lado su dolor para consolar el dolor de su amada.

—Concepción, ¿estás llorando?

—¡Vete, tullido! —gritó entonces ella, llena de rabia—. Y no vuelvas por aquí. ¡No vuelvas más! ¿Me oyes? ¡No vuelvas más!

Fue como si una garra gigante le destrozara el corazón. Incapaz de soportar un desprecio más, Yago se dio la vuelta y caminó por el pasillo. Bajó la escalera como si flotara en un sueño, o en una pesadilla.

Vermudo lo estaba esperando en el jardín, tal como prometió. El aspecto desolado de Yago lo decía todo, así que ni siquiera le preguntó cómo le había ido. Simplemente se limitó a pasarle el brazo por la espalda, darle un par de palmadas en el hombro y empujarlo ligeramente para dirigirlo de regreso a las dependencias de la cocina. Apenas habían avanzado unos pasos cuando tres individuos se les acercaron. Yago notó la presión involuntaria de la mano de Vermudo e intuyó peligro.

—Vaya, vaya, vaya... Parece que el pajarito ha salido a dar una vuelta fuera de su jaula a horas intempestivas. Pues afuera nos vamos a ir.

La voz de Oreste hizo que se le helase la sangre en las venas de puro pavor. Intuyó la presencia de otros dos hombres, que se situaron detrás de ellos y comenzaron a empujarlos en dirección a la puerta de salida del palacio. Lo que pretendían hacer requería intimidad. Oyó el roce de una llave girando en la cerradura y el chirrido mordiente de las bisagras. Los sacaron a empujones, y Yago no supo identificar la dirección ni el lugar hacía el que se dirigieron.

—Supongo que hasta ahora has hecho lo que te ha dado la gana. Ser un impedido tiene muchas ventajas. Escudarse en la lástima que uno despierta debe de resultar sencillo para alguien con tu aspecto de infeliz —le dijo Oreste cuando al fin se detuvieron, hablándole muy cerca de la cara—. ¿De verdad habías creído que me la podías jugar? ¿Te crees más listo que yo? ¿Piensas que un mocoso insignificante puede hacer lo que se le antoje, colarse por cualquier agujero como si fuese una rata y quedar impune? Estás muy tranquilito pensando que nadie tiene alma para partirle la cara a un ciego, ¿verdad?

—No debería vuestra merced asustar al pobre muchacho —le oyó decir a Vermudo, quien fingía una sonrisa con la que intentaba restar dureza a la situación—. La criatura ha salido al jardín para que le diese un poco el aire. Pero ya nos íbamos de vuelta a la cocina. ¿Verdad, Yago?

Oreste rió sin ganas.

—Ya lo ves, no eres más que un pobrecito niño ciego que necesita que lo protejan a cada instante y que quiere jugar a ser mayor cortejando a mujeres que no son de su clase.

—Al menos yo las cortejo, no como vos, que necesitáis medir vuestra hombría pagando los servicios de las mujeres de la mancebía para tratarlas luego como ganado —se oyó decir Yago desde fuera.

Recibió el primer puñetazo en plena mandíbula y cayó desplomado al momento. Una vez en el suelo, Olivoni comenzó a patearle el vientre. Yago intentaba ovillarse, protegerse la cabeza, acurrucarse mientras oía a Vermudo forcejear con los dos hombres que lo tenían sujeto.

—Os ruego que lo dejéis —suplicaba—. ¡Sólo es un niño! Por caridad…

Oreste necesitó darle unos cuantos puntapiés más hasta que logró deshacer levemente la rabia que Yago le despertaba. Los golpes fueron perdiendo intensidad y llegó un momento en el que se quedó parado, jadeante. Con todo el desprecio del mundo le escupió.

—Ya puedes recoger la basura, despensero —le indicó a Vermudo con desdén.

El antiguo tabernero se abalanzó sobre el muchacho en cuanto los dos hombres lo soltaron. A Yago le dolían todos y cada uno de los huesos. Notó las manos de su amigo sujetándole el mentón para observarle las heridas, mientras oía los pasos de Oreste y de sus secuaces alejándose.

—¡Santo cielo! Te han dejado hecho un eccehomo —le dijo Vermudo al tiempo que intentaba levantarlo.

Fue lo último que Yago oyó antes de que todo quedase oscuro.

***

Si Yago creyó que Dios ya los había puesto a prueba con suficiente dureza se equivocaba. Despertó al día siguiente, pasado el mediodía, cuando Vermudo lo forzaba a que deglutiese un caldo de gallina.

—Traga, muchacho, que esto resucita a un muerto.

—¿Qué ha pasado? —preguntó.

Al hablar se le abrió la herida que tenía en el labio y arrugó el rostro por el dolor.

—¡Ea! Ya estás sangrando otra vez —le dijo Vermudo mientras le enjugaba la sangre con la servilleta—. Estate tranquilo, que vas a tener que recuperarte bien para poder afrontar lo que se te viene encima.

Yago se incorporó de la cama, quejándose del dolor en el pecho y del brazo en cabestrillo. Poco a poco los recuerdos de la paliza regresaban a su mente.

—¿Lo que se me viene encima? —Tuvo una premonición de desgracia. El corazón se le aceleró—. ¿Concepción está bien? —preguntó angustiado.

—Sí, Yago, ella está bien. —Vermudo dudó un momento—. Es tu padre —le dijo al fin—. Ha sufrido un accidente.

Yago creyó haber imaginado todas las posibles variantes desastrosas a las que los podía abocar la vida, pero se acababa de dar cuenta de que jamás se le ocurrió algo así. Pensó que Concepción estaría expuesta a sufrir las represalias de Olivoni; incluso se vio a sí mismo y a su padre desahuciados de la Corte por culpa de los tejemanejes del artista, pasando hambre y frío, recurriendo al robo para poder llevarse algo de comer a la boca, desandando los caminos de nuevo, rumbo a Castilla; pero nunca pensó en un accidente.

—¿Un accidente?

—Se ha caído.

—¿En la cocina?

—Del andamio.

—¿Qué ha pasado? —preguntó aún aturdido—. ¿Por qué ha subido al andamio? Ése es vuestro trabajo.

—Yago, tienes que ser fuerte —le apremió Vermudo—. Tu padre está malherido. Podría haber sido peor. Tuvo suerte de que una de las mallas que los obreros colocan entre los andamios para evitar que los cascotes de las paredes caigan al suelo y descalabren a alguien se enredara a sus piernas, frenando la caída.

—¿Por qué se ha subido al andamio? —insistió el muchacho.

Y entonces a Vermudo no le quedó más remedio que contarle toda la verdad.

A Esteban se lo llevaron los diablos cuando vio aparecer a su hijo apaleado y supo quién era el causante. Pasó la noche curándole las heridas, lanzando improperios, clamando venganza. En cuanto se hizo de día, se encaminó a la obra, dispuesto a pedir explicaciones a Oreste. Allí estaban los maestros artesanos encargados de labrar en yeso el nudo gordiano, el haz de flechas, el yugo y el águila de san Juan que representaban a los reyes cristianos. Desmenuzaban con cincel y martillo unos medallones, haciendo un ruido de cataclismo. La yesería dorada en la que antes se podían leer las exaltaciones al dios foráneo ahora estaba plagada de agujeros desordenados y de diversos tamaños, como un santo policromado atacado por las termitas.

Oreste Olivoni estaba junto a sus hombres, arengándolos para que se dieran prisa. El artista estaba ridículo, envuelto de pies a cabeza en una sábana de hilo con la que pretendía no ensuciarse su elegante ropaje. Únicamente se veía su rostro. Parecía un recién nacido enorme, rosado, calvo y prognato.

—¿No os da vergüenza pegar una paliza a un muchacho ciego? —lo increpó Esteban, subiendo la escalera.

144

Por un instante Oreste pareció sorprendido. No estaba acostumbrado a que le plantasen cara.

—¿Cómo te atreves, cocinero? —gritó de pronto.

—Deberíais meteros con alguien de vuestro igual.

—¿Y ese alguien eres tú? —Caminó en dirección al cocinero, dispuesto a partirle el alma en dos.

De pronto, una de las tablas cedió, levantándose con estrépito y haciendo que el andamio comenzara a oscilar como un columpio. Los artesanos sentados en él tuvieron tiempo de aferrarse con fuerza a las maderas, pero Oreste, que estaba de pie, caminó tambaleante, como un beodo rengo, dando manotazos al aire para recuperar el equilibrio. Se aferró a las cuerdas que mantenían sujeto el andamio, lo que no impidió que se deslizase entre sus dedos, desgarrándose la piel de la palma con el esparto. Lanzó un grito agudo, como el de una damisela en apuros. Perdió pie con tan mala fortuna que le dio una patada a la escalera por la que Esteban estaba subiendo.

El Pucelano no tuvo tanta suerte; al perder su único punto de apoyo, cayó con estrépito al suelo. Tuvo tiempo de ver cómo se le venían encima los baldes de pintura, los de yeso, las brochas, los martillos, los cinceles y la propia escalera. Cayó sobre un saco de yeso, y su espalda se arqueó. De pronto sintió un sonido sordo en su interior. Oyó los gritos de los artesanos que corrían hacía él. Intentó incorporarse sin éxito. Abría la boca, pero no le salía la voz.

Los que primero llegaron a su lado e intentaron moverlo pronto se dieron cuenta de que se arriesgaban a que los huesos sueltos se le saliesen por las orejas. El escultor, curtido en tallas de Semana Santa, acostumbrado a estudiar cada protuberancia ósea del cuerpo humano para luego poder representarla fielmente en sus escuálidos cristos yacentes, empezó a gritar que no lo tocaran. Se agachó a su lado y, con calma, le palpó el cuerpo, desde la uña del dedo gordo del pie hasta el último pelo de la cabeza.

—Se ha roto el espinazo —concluyó tras el examen.

Esteban el Pucelano lo oyó a la perfección y supo, por sus muchos años descuartizando conejos, corderos y terneras, que aquello no era buena señal. Se puso a murmurar un padre nuestro, rogando para que el escultor estuviese equivocado. Trajeron una tabla y lo colocaron con cuidado sobre ella, lo alzaron, lo llevaron a la cocina y allí lo dejaron, a la espera del médico. Cuando éste llegó, le limpió con aguardiente las heridas abiertas, le extendió linimento en los moratones y le vendó las extremidades de arriba abajo. Después se marchó, sin decir nada más.

—¿Dónde está mi padre? —preguntó Yago cuando Vermudo terminó de relatarle lo sucedido.

—En su catre.

—Quiero estar junto a él —dijo al tiempo que se incorporaba, arrugando el rostro por el dolor.

El Pucelano descansaba arropado con una manta ligera. La estancia olía a linimento de caballo. Vermudo no se separó de Yago en ningún momento, pero intentó ahorrarle los detalles más escabrosos de lo que sus ojos le impedían ver. No le quiso decir que Esteban estaba lívido, ni que tenía los labios resecos por la incipiente calentura, ni que lucía el mismo aspecto indefenso de ojos cerúleos y piel macilenta de los pajarillos caídos del nido antes de que les salgan las plumas.

—Padre…

Esteban entreabrió los párpados y movió ligeramente los dedos en un intento imposible de tocarlo.

—Estoy bien —musitó para tranquilizarlo.

Yago se aproximó a la cama, se sentó a su lado y le tomó la mano. Haciendo un esfuerzo sobrehumano para no echarse a llorar intentó recordar el tacto de esas mismas manos en los tiempos en los que amasaban el pan y se quedaban suaves de tanto restregarlas en la harina, de esas manos cuando sujetaban el peine de hueso con el que intentaba domarle los rizos cuando le aseaba de niño, las mismas manos que siempre olían a cebolla y ajo picados cuando le enjugaban las lágrimas provocadas por las pesadillas nocturnas. Pero aquella mano que ahora descansaba entre las suyas estaba inflamada y tenía las uñas desportilladas. No parecía la mano de su padre.

—Padre... ¿Cómo estáis?

—Tengo frío, Yago. ¿Por qué no vas a buscarme otra manta? —dijo el Pucelano entre susurros.

—Claro, padre. Ahora mismo.

Cuando se hubo ido, Esteban pidió a Vermudo que se acercara.

—Me estoy muriendo —le avisó.

—No digáis eso, seguro que...

—Escúchame. Tú eres la única persona a la que puedo llamar amigo en este lugar. No tengo nada que ofrecerte, porque mi único valor está en mis manos y ahora no sirven de nada, pero te pido... —Rectificó—: Te ruego que cuides de mi Yago. Es ciego, pero también tiene talento, y puede serte útil. No permitas que algún demente como ese Oreste Olivoni le haga daño únicamente por tener una tara. Júrame que no lo dejarás solo en el mundo cuando yo me vaya; de otra forma, mi alma no podrá descansar tranquila.

—Tenéis que reposar. Es el agotamiento el que os hace pensar esas cosas terribles...

—Di que te ocuparás de él. Dilo, por caridad. Apiádate de mí y de mi Yago. No permitas que Oreste Olivoni le haga daño.

Una lágrima asomó a sus ojos y recorrió su rostro tumefacto. Vermudo tuvo que tragar saliva para no echarse también a llorar.

—No os preocupéis. No permitiré que ese tipejo haga ningún daño a Yago. Quedaos tranquilo. Y ahora descansad.

***

Pasaban los días y Esteban el Pucelano, que jamás había estado enfermo ni había mostrado signo alguno de debilidad, no había vuelto a levantarse de la cama. Yago cogió un tronco grueso que estaba junto a la chimenea. Removió la ceniza del día anterior y le prendió fuego. Sacó de la alacena un caldero de cobre, lo llenó de agua y lo colocó sobre las incipientes llamas. Echó dentro unas flores de manzanilla y ortiga, que tenían propiedades relajantes y antiespasmódicas. Acercó una silla a la cama en la que descansaba su padre y se sentó junto a él a esperar a que el agua comenzase a hervir.

—¿Duele mucho? —le preguntó.

Sabía que su padre estaba despierto, a pesar de tener los ojos cerrados.

—No más que otras veces —musitó.

—Es posible que sea por culpa de la humedad.

—Entonces debe de haber mucha humedad.

Esteban se arrepintió al momento de haber dicho aquello. No quería preocupar a su hijo más de lo necesario, pero ya no le quedaban fuerzas para mostrarse invulnerable. Cada día que pasaba se sentía más débil.

—¿Qué harás cuando yo falte? —preguntó con voz apagada.

—Eso no va a suceder. Se os soldarán los huesos y volveréis a cocinar, padre. Ya lo veréis. Pronto.

Esteban intentó cambiar de postura, pero sintió un latigazo que le paralizó el movimiento y se quedó inmóvil, cerrando los ojos con un gesto de dolor.

—Te quedarás huérfano… y con tu tara… —susurró.

Esteban volvió a sentir el pellizco de los remordimientos por no haber cuidado suficientemente a su hijo desde el primer momento que llegó al mundo. Fueron las comadres que atendieron el desgraciado parto de su esposa —«¡Dios mío, cuánta desgracia!»— las que se encargaron de elegirle el nombre de Yago por haber nacido el día de Santiago Apóstol, las que lo llevaron a la iglesia para bautizarlo, las que tejieron ropa y lo alimentaron con leche de cabra mientras el Pucelano contemplaba apático aquel trocito de vida distinto al resto de los niños que había visto hasta ese momento. La piel de Yago era transparente y casi no tenía pelo. Una ligerísima pelusa cubría su cabeza, dejando entrever el entramado de sus venas, palpitantes en las sienes. Parecía tan frágil, tan endeble... Y él estaba tan solo... ¿Por qué el Señor tuvo a bien llevarse a su esposa de su lado? No podría con todo. No, no podría. Y entonces a Esteban le recorría la espalda un escalofrío y se echaba sobre la cama a llorar su desgracia hasta que lo atrapaba el sueño.

En todos esos años no había conseguido que su situación mejorase. ¿Qué sería de su hijo ahora? Solo en el mundo...

Yago oyó el borboteo del agua y se levantó para apartar el perol del fuego. Hundió un cazo en el interior, colocó sobre la mesa un tazón de barro y vertió en él la infusión. La endulzó con un poco de miel y se la acercó a su padre.

—Os sentará bien.

Pero Esteban no abrió los ojos. Sólo emitió un ligero quejido. Tenía el rostro amarillento y los labios cerúleos.

—Me estoy muriendo —susurró.

Yago sintió como si le diesen un puñetazo en la boca del estómago. No podía ser. Su padre debía de estar delirando.

—Sólo estáis fatigado —indicó Yago, intentando tranquilizarse a sí mismo.

—Mis piernas ya están corrompidas, tengo la carne negra... y ese hedor avanza...

Yago estuvo presente una de las veces que el galeno fue a hacerle las curas. Le explicó que el golpe había abierto heridas en las extremidades que no llegaban a cerrarse. La única forma que encontró para frenar el avance de la necrosis fue colocar sobre la piel los gusanos que se comían a los muertos. Pero a esas alturas parecía que los gusanos no daban abasto, y aquel olor dulzón a podredumbre y a cadáver inundaba la alcoba.

Puso la mano sobre la frente de su padre y la notó ardiente.

—Tenéis mucha fiebre. Iré a por un paño con agua fría.

Era domingo por la tarde, y Yago sabía que el médico no estaba por allí. Por si fuera poco, no paraba de llover. Se sintió un inútil. Por primera vez tomó conciencia de lo poco que sabía de todo. Su padre había cuidado de él desde que llegó al mundo y él no le podía devolver tanta entrega cuando más lo necesitaba.

—Estoy cansado —susurró Esteban.

Yago comprendió que no debía seguir lamentándose. Se le ocurrió que quizá Vermudo podría ayudarlo y salió a buscarlo. Cuando entraron en la alcoba, Esteban estaba ya delirando. Vermudo apartó las sábanas que lo cubrían y observó el cuerpo deforme y abotagado del cocinero. No pudo evitar que se le escapara un suspiro de turbación.

—¿Está muy mal? —preguntó Yago.

—Tiene gangrena.

—¿Gangrena?

—La carne se le está muriendo antes que él mismo.

Comenzó a levantarle las vendas en silencio. Parecía que ambos estaban inmersos cada uno en sus temores. Vermudo percibía el miedo de Yago como una pestilencia mucho más densa que la de la piel ya extinta de su padre. En los últimos días el muchacho había considerado la posibilidad de quedarse solo, pero más bien lo barajaba como una idea ridícula y no como algo que pudiera convertirse en realidad.

La lluvia seguía golpeando el tejado y la luz gris que empapaba los días de aquellas últimas semanas dio paso a la oscuridad de la noche húmeda. Yago oyó el maullido lánguido de un gato en la lejanía y el rumor del crepitar de la chimenea. Le sorprendió estar escuchando sonidos tan normales en ese preciso instante en el que su mundo se estaba derrumbando.

Vermudo seguía callado, pero se podía percibir el murmullo de su respiración mezclado con los extenuados lamentos de Esteban.

—No te preocupes, Yago; le daremos ajenjo y dejará de sufrir.

Vermudo conocía los rudimentos de aquella medicina. Sabía que se obtenía de una planta azulada que crecía entre montañas de la cual se obtenía una sustancia amarga, soluble en alcohol. En pequeñas dosis se utilizaba para aumentar el apetito en los niños, para mejorar las digestiones pesadas y los dolores de estómago. Y también sabía que el aceite puro de ajenjo era un veneno fulminante.

—¿Ajenjo? ¿Y de dónde lo sacaremos?

—Yo tengo. Está en mi bolsa.

Vermudo estaba más asustado que el propio Yago, pero adoptó la actitud resuelta que imaginó que el muchacho necesitaba en ese momento.

—Escucha… —Sabía que el Pucelano estaba ya inconsciente, pero tomó a Yago del brazo y lo alejó un poco de la cama para hablarle entre susurros—. Tu padre se muere. Y está sufriendo.

—No… no… Le daremos el ajenjo y se pondrá bien…

—Tiene unos dolores terribles, y así será hasta que el Señor decida llevárselo con él. Y eso puede ser dentro de dos minutos, de dos horas o de dos días.

—El ajenjo lo curará —repitió Yago como un sonámbulo.

—Escúchame… —Le sujetó el rostro con las manos y le habló muy cerca de la cara—. No se va a curar. Sólo podemos ayudarle a que deje de sufrir.

—No… no…

—Podemos aliviarle. Simplemente se quedará dormido.

—No.

Yago sacudía la cabeza mientras pronunciaba la negativa, como si eso sirviese para darle más fuerza. Dos pesadas lágrimas recorrían su rostro.

—Os ruego que me ayudéis. —Incomprensiblemente Esteban había recuperado la consciencia y su voz de ultratumba llamó su atención—. Ayudadme.

Yago entonces cerró los ojos y apretó la mano de Vermudo.

—Quiero que deje de sufrir —sollozó.

Vermudo lo condujo hasta una silla y lo empujó suavemente para que se quedara quieto, sentado allí. Quiso evitarle la pena de encargarse de suministrar a su padre la dosis mortal del ajenjo. Mientras sacaba el frasquito de su bolsa, trataba de distraerlo explicándole que aquella planta ya era utilizada en los tiempos de los griegos, que la llamaban la madre de todas las hierbas y el tesoro de los pobres, y que se la suministraban a las muchachas paliduchas y enclenques que no alcanzaban a tener una menstruación ordenada. Pero Yago no lo escuchaba, estaba pálido como un sudario y se sujetaba la cabeza con las manos mientras se mecía de arriba abajo, como si estuviese alunado.

Esteban empezó a delirar de nuevo, y Vermudo lo incorporó lo más delicadamente que pudo para no aumentar su dolor. Parecía estar inconsciente, prueba de que la mayor parte de su cuerpo ya había abandonado el mundo de los vivos. Le acercó el frasquito que contenía el aceite de ajenjo a los labios y lo volcó levemente dentro de su boca. Entonces oyó que Yago se levantaba de la silla y se acercaba.

—Ya está hecho —le informó.

—Quiero estar junto a él —susurró el muchacho.

Vermudo se apartó para dejarle espacio. Yago se sentó en el borde de la cama y colocó la cabeza sobre el pecho de su padre. De vez en cuando se incorporaba, le daba un beso en la frente y volvía a reposar sobre él. Al estar así, Yago pudo sentir cómo la tensión se relajaba en el enfermo. Comenzaba a sumirse en un sueño cada vez más profundo y dejó de delirar. Ser consciente de que el dolor había dado una tregua al maltrecho cuerpo de su padre le hizo sentirse mejor y, por unos momentos, logró olvidar que aquello no era más que el preludio del fin. Se incorporó de nuevo y acarició el rostro pegajoso por culpa del sudor y la fiebre. Parecía no estar tan ardiente como la última vez que posó los labios sobre su frente.

Esteban entreabrió ligeramente los ojos.

—Yago…, hijo mío…

—Decidme, padre.

—¿Te acuerdas de la curandera de Medina de Rioseco, la que no pudo curarte la ceguera?

—Recuerdo bien la historia. Ella fue quien dijo que lo mío no tenía remedio.

—Quizá se equivocara. Sigue buscando quien te cure…, hijo.

—Así lo haré.

—Tienes música en los dedos. Eso es hermoso. Estoy orgulloso de ti.

Yago se sorprendió al oír aquello.

—¿Te gusta mi música?

—Mucho. Los ángeles hacen música. Lo vi en la catedral. La luz los ilumina… Toca, Yago… Toca, hijo mío…

El cuerpo de Esteban se relajó en ese momento. Su barbilla cayó y soltó un leve quejido, por el que terminó de escapársele el alma.

—Padre… ¿Padre? ¡Padre!

Vermudo se acercó y posó su dedo índice en el cuello del cocinero. El corazón no latía.

—Ya no sufre, Yago —le dijo.

—¡No! —aulló el muchacho entre sollozos.

¿Cómo era posible que su padre ya no existiera? Quería que se tratase de un sueño. Quería despertar de aquella pesadilla, volver a Valladolid, volver el tiempo atrás, regresar a la niñez, cuando su padre le preparaba papillas que inundaban la casa con el olor de la harina tostada, cuando le lavaba las heridas y le sonaba los mocos. Deseaba que su padre no hubiera decidido jamás embarcarse en la aventura de seguir a unos reyes empeñados en conquistar unas tierras que él ni siquiera conocía. Le pareció incongruente que pudiera seguir respirando si su padre ya no estaba, la indiferencia del mundo pese a su desgracia. Quizá se despertaría de un momento a otro y vería que todo era un sueño. Rogó al cielo para que así fuera.

—Habrá que avisar para que le den cristiana sepultura. —Vermudo interrumpió sus pensamientos.

Yago seguía llorando, y el fornido despensero lo abrazó para sostener las sacudidas de su llanto. Se dio cuenta de que, pese a su altura y a que unos hombros anchos comenzaban a insinuarse bajo su capa, aún era un niño asustado.

—¿A quién avisamos? —gimió el muchacho.

—Ya me encargo yo. Mientras tanto, quédate con tu padre y reza por su alma.

—Tendré que rezar también por la mía —musitó.

Enterraron a Esteban en el cementerio de San Agustín una tristísima mañana de noviembre en la que no paró de llover. Yago estaba tan abstraído en las indicaciones que Vermudo le daba para sortear los charcos que prestó poca atención al recorrido que tendría que seguir si quería regresar solo a la tumba de su padre. No le importó en absoluto. Estaba convencido de que se trataba únicamente de un agujero. Nada de la esencia de lo que Esteban fue en vida quedaba en ese cuerpo hediondo que los hombres introdujeron en el cajón de pino. En su cabeza rondaba la idea de pedir audiencia a los reyes para explicarles todo lo que había ocurrido, las rufianerías que Oreste Olivoni había cometido con ellos, de modo que todas juntas habían dado como resultado la muerte de su padre. Pero ¿quién iba a creerle? Oreste Olivoni era un gran artista y él sólo un mozo de cocina que detestaba cocinar. Podría pedirles audiencia simplemente para explicarles la pésima situación en la que se encontraba, sacar su laúd, hacerles una nueva demostración de su talento y solicitarles un hueco en la Corte como músico. Sí, eso haría. Su música le ayudaría a seguir viviendo.

Mientras escuchaba el sonido de las paletadas de tierra cayendo sobre la caja del muerto, le venían a la memoria recuerdos de la infancia, momentos compartidos con su padre que se le echaban encima como salteadores de caminos, sin que él los pudiese controlar. Tardaba un buen rato en tomar conciencia de que Esteban estaba muerto y que esa circunstancia lo convertía en un huérfano de padre y madre, solo en el mundo. Había oído decir que el sentimiento de pérdida generado por la ausencia de un ser querido terminaba por diluirse con el paso de los días, pero estaba seguro de que a él lo perseguiría de por vida. Se sentía responsable de su muerte. Por su culpa su padre se enfrentó a Oreste. La culpa, la culpa, la culpa... horrible y pegajosa..., igual de pegajosa que el hedor de la carne corrompiéndose y que parecía haberse instalado para siempre en sus fosas nasales. Quizá si sufría lo bastante purgaría el mal causado, y su padre podría perdonarlo.

En ese momento le pareció que el dolor se le había adherido a la piel y que tendría que arrancársela a tiras para sacarse de encima esa pena de lápida. Recordaba con toda claridad las últimas palabras de su padre, en las que le pedía ayuda. En aquel momento Yago se convenció de que era ayuda para morir, pero Esteban estaba delirando, ardiendo de fiebre, con la conciencia perdida. Ahora, con el paso del tiempo, se preguntaba si no se trataba de una petición de ayuda para librarse del dolor y poder seguir viviendo. Su padre siempre se había enfrentado a los reveses que le había planteado la vida. Nunca lo habría dejado solo. Si era así, Vermudo y él lo habían matado. Había asesinado a su padre. Nunca se lo perdonaría.

Mientras dos enormes lágrimas le cruzaban la cara, se preguntaba qué sería de él y de su alma a partir de ese momento. Todo lo que le importaba estaba desapareciendo: su padre, Concepción... Era posible que ya estuviese condenado, que no pudiese entrar jamás en el paraíso y que ya comenzase su castigo en la tierra. A medida que se sucedían los días le parecía que su futuro era más y más incierto.

La misa de la Inmaculada Concepción que se celebró ese año en la capilla de la planta alta terminó con la petición de un rezo adicional por las almas de los nobles caballeros castellanos que habían perdido la vida en el ataque dirigido por el marqués de Cádiz y el maestre de Santiago en la Axarquía de Ronda. Recordaron además que otros doscientos caballeros, entre los que se contaban los de mayor bizarría de Sevilla, habían quedado cautivos en manos de los infieles en el castillo de Gibralfaro, avocados a un destino incierto. Aquella circunstancia era muy peligrosa y suponía un tropiezo en la consecución de sus fines. Ahora que Muley Hacén tenía que competir contra su propio hijo para recuperar el Reino de Granada, se arriesgaban a tener que batallar con dos combatientes muy motivados. Ambos tenían la intención de granjearse la devoción de su pueblo. Cualquier descuido podía ser peligroso.

Oreste Olivoni sabía poco de tácticas militares, por eso se sorprendió cuando los reyes Isabel y Fernando caminaron hacía él tras departir con varios miembros de su consejo, en la recepción que ofrecieron después de la misa.

—Buen trabajo, estimado Oreste. —El rey lo saludó, haciendo ademán de señalar el conjunto de las obras que se habían realizado en el palacio—. Vuestro talento es soberbio.

—Por favor, majestad, me valoráis en demasía —replicó Olivoni con tono de falsa modestia—. Me he limitado a cumplir con mi deber.

Los reyes no parecieron interesados en entrar en un tira y afloja de halagos y contrahalagos, y cambiaron de tema.

—Como habéis podido escuchar —dijo la reina—, los últimos acontecimientos en el campo de batalla nos obligan a movilizarnos. Ya conocéis el dicho: «Al camarón que se duerme, la corriente se lo lleva».

—No, no lo había oído jamás. Aunque, claro, yo vengo de

Italia y allí camarones no hay... O quizá tengan otro nombre y...

La reina torció el gesto. No quería entretenerse en si conocía o no el refrán; simplemente le había parecido un buen preámbulo con el que comenzar la conversación.

—Lo que la reina os quiere decir —interrumpió el rey— es que tenemos previsto trasladar la Corte a Córdoba. Lucena está siendo cercada por los infieles. Nos instalaremos en el Alcázar de los Reyes Cristianos y desde allí estaremos más dispuestos a reaccionar a los posibles ataques de los moros.

—Comprendo.

Pero en realidad Oreste no entendía por qué los reyes le estaban dando explicaciones de sus planes batalladores.

—Estamos muy contentos con vuestro trabajo y nos gustaría que hicieseis lo mismo en Córdoba —continuó el rey—. Si aceptáis, contaréis con la misma retribución. Os alojaréis en el Alcázar. Allí ya hay artesanos trabajando, y trasladaremos también a los que han estado a vuestras órdenes. Sería un lugar excelente para celebrar el enlace con Concepción de Saavedra. ¿Qué decís?

Oreste Olivoni esbozó una sonrisa e inclinó ligeramente la cabeza en lo que quiso parecer una reverencia de agradecimiento.

—Para mí será un placer continuar al servicio de unos reyes tan interesados en engrandecer el arte.

—Entonces no se hable más —concluyó la reina—. Preparaos para partir en poco más de una semana.

Los reyes se alejaron para saludar a otras personas y Oreste dio un sorbo a su copa. Seguía luciendo su bovina sonrisa de satisfacción, pero una imagen vino a borrársela de un plumazo. Los reyes también se acercaban a Yago, que había estado amenizando la recepción con la música de su laúd. Vio que la reina Isabel le sonreía, incluso un poco más que a él. Vio que le pellizcaba la mejilla y posaba la mano sobre su hombro. Vio que el muchacho asentía. Sí, estaba asintiendo. ¿Le habían propuesto también a él acompañar a la Corte hasta Córdoba? Los reyes trataban al tullido con la misma consideración que a él. No... no, lo trataban mucho mejor. No recordaba que la reina le hubiese sonreído con la franqueza con la que sonreía a aquel mugriento muchacho. Y ni siquiera podía verla. ¡Era ciego! La rabia le ruborizó las mejillas.

—El tullido sigue aquí —mascó con desprecio.

Oreste Olivoni murmuraba para sí con el corazón latiéndole fuertemente en el pecho mientras avanzaba por los pasillos de los Reales Alcázares, con su habitual paso marcial y su gesto prognato, en dirección a sus aposentos.

—Es un retraso para unos reyes que se precien de sagaces el mantener bocas de imposibilitados en la Corte. ¿Acaso no se dan cuenta de que cargar con criaturas así es un lastre? ¿Acaso no saben lo que les conviene? Si yo fuese el rey me encargaría de exterminar a todos los cojos, mancos, tuertos, bizcos, sordos, mudos... ¡a todos esos arrapiezos que desmerecen las calles! Habría que ahogarlos en una poza en cuanto se les percibe la tara, como se hace con las camadas de gatos. Estos reyes, en cambio, se han propuesto dar de comer a uno, ponerlo bajo techo, cuidarlo y mimarlo como a un hijo. ¿Y todo a cambio de qué? ¿Canciones? ¿Versos? Lo único que falta es que le suenen los mocos y le quiten las liendres de los cabellos con sus propias manos. ¿Un cortesano más? ¿Así lo consideran? Colocan a un tullido a la misma altura que yo. ¡Yo soy un artista! ¡El más grande que dará Italia! ¿Canciones? ¿Versos? ¿Eso es lo que les maravilla?

»Si no fuera por mí, este palacio sería una ruina de cascotes y vigas que sólo serviría para que anidaran las palomas. ¿Acaso no se acuerdan de cómo estaba esto antes de que yo llegase? He tenido que apañarme con un millón de maravedíes para ponerlo en pie porque el resto del patrimonio lo tienen comprometido en la guerra. Sí, sí..., pero dinero para mantener a tullidos sí parecen tener. He tenido que arrimar el hombro yo mismo en los trabajos más indignos. He ayudado a quitar piedras, arrancar hierbajos, cargar maderas, limpiar tejados... ¡con mis propias manos! ¡Mis manos de artista! Contraté a los mejores obreros, los mejores ceramistas, los mejores artesanos... Adapté toda la planta alta al gusto de los reyes para convertirla en su residencia privada, como ellos querían. Incluso puse allí la capilla pese a la increíble reforma que hubo que llevar a cabo para que cupiese en ella ese retablo desproporcionado... ¡Como ellos querían! ¿Y qué es lo que dijo la reina a su esposo cuando la vio? —Olivoni impostó la voz para agudizarla—. Dijo: "Tenemos una capilla recoleta junto a nuestras alcobas, Fernando". ¿Capilla recoleta?

»He tapiado los dos pórticos de la fachada del patio de la Montería con decoración tardogótica, como ellos querían... ¡Con lo poco que me gusta! He arreglado las yeserías con nuevas piezas realizadas en molde y montadas sobre estructura interna de ladrillo para que fuesen más resistentes. Ordené pintar trazos negros en las aristas para enfatizar el relieve. He reformado el mirador de los Reyes arreglando los pretiles, reponiendo los alicatados, sustituyendo la dichosa puerta de madera de roble que se caía a pedazos por culpa de la carcoma. He tallado con mis propias manos escudos con el yugo y las fechas para colocarlos en la galería del patio de las Doncellas y robarle así fuerza a la techumbre mudéjar. He encargado muebles italianos, telas francesas, cristalería de Bohemia... ¡Como ellos querían! ¡Como ellos querían! ¿Y qué he recibido? —Volvió a remedar la voz de Isabel de Castilla—. "Buen trabajo, Olivoni", eso he recibido. En cambio a esa criatura ciega la reina la idolatra como si fuese un dios. Es injusto. ¡Injusto!

Oreste Olivoni cerró la puerta de su alcoba dando un portazo. Así era como alimentaba su sempiterno sentimiento de creerse tratado injustamente.

3

El paso del tiempo no borra determinados recuerdos y aquel viaje, que tuvo lugar en el mes de enero de 1484, supuso una tortura para Yago. Aspirando el aroma del invierno sureño, el joven no podía evitar sentir la presencia cercana de la mujer que le había roto el corazón y del hombre que más temía en el mundo.

El camino que separaba Sevilla de Córdoba se atochó de carruajes colocados en fila que trasladaban el inabarcable equipaje: cofres con ropa de cama, mantelerías y ropajes; canastos con vajillas, cuberterías de plata y cristalería de Bohemia; por no hablar de los cajones repletos de libros, mapas y cuadrantes sin los cuales, según la reina Isabel, resultaba imposible llevar a término una reconquista que se preciase. Los sirvientes y las damas de compañía al cuidado de los niños viajaban en cinco carros aparte, junto con las jaulas de las gallinas y una cabra bicolor alpina que producía leche de excelente calidad con la que estaban alimentando a la infanta recién nacida. Cuando el rey Fernando contempló la barahúnda se sintió sobrepasado. Le pareció lógico que les estuviera resultando tan complicado conquistar el Reino de Granada si había que organizar ese jolgorio simplemente para trasladar la Corte a tan sólo veintiocho leguas de distancia.

La existencia de Yago había cambiado por completo en un espacio de tiempo muy corto. Todo se estaba moviendo demasiado deprisa y le costaba asimilarlo. Su padre había muerto en un accidente inaudito para un cocinero y no sabía lo que le depararía el destino a partir de ese momento. A pesar de contar con la inestimable compañía de Vermudo, se sentía tremendamente solo. Para evitar que los tormentosos pensamientos de desolación se apoderasen de él, intentaba concentrarse en el traqueteo del carro que lo mecía de un lado a otro, en el sonido de las patas de los caballos golpeando la tierra, en el frescor de la brisa en las mejillas. Pero sin poderlo evitar, cada vez que oía una voz femenina, se forzaba para distinguir si se trataba de Concepción.

Una tarde, cuando ya su corazón estaba resentido de tanto sobresalto infundado, Vermudo acudió a rescatarlo.

—Como sigas así de alelado van a pensar que eres mudo, además de ciego.

—Mejor, a ver si así dejo de existir poco a poco. Me desvaneceré y a nadie le importará.

—¡Estupendo! ¡Mis más sinceras felicitaciones! —exclamó Vermudo—. Has llegado a lo más profundo del pozo de los lamentos. Por más que te esforzaras no podrías darte más pena que ahora mismo.

—¿Y eso es bueno?

—Por supuesto —aclamó de forma resuelta el antiguo tabernero—. Ahora sólo queda volver a subir.

—¿Volver a subir? ¿Subir adónde? Mi padre ha muerto… Concepción me detesta…

—Solución para lo de tu padre no hay. ¿Para qué te voy a mentir? Ya se sabe que la muerte es más difícil asumirla que padecerla. Pero por mucho que gimotees no conseguirás que el tiempo se vuelva atrás. A los cristianos sólo nos queda la esperanza de que sea cierto el cuento ese que nos largan los meapilas de que exista otra vida después de ésta. Allí os volveréis a encontrar tu padre y tú. —Hizo una pausa—. En cuanto a la beldad que te tiene la sesera hecha papilla, deberías intentar comunicarte con ella.

—¿De qué habláis? —gruñó Yago, lleno de dolor—. Va a casarse con otro. ¡Me mandó con viento fresco!

—Chisss… Calla, loco —Vermudo le colocó el dedo índice en la boca—. Lo que te pasa es que no te has enterado aún de que las mujeres dicen una cosa con los labios y otra con los ojos. Y claro, como tú no puedes verla… Esa muchacha luce la misma presencia de ánimo que los terneros a la hora del sacrificio.

—¿La habéis visto?

—Cuando hicimos la parada a la hora del almuerzo. Te mira de soslayo… cuando nadie la ve.

—Me dieron una paliza de muerte por acercarme a ella —susurró Yago.

—Es que no debes acercártele ni loco, que el cuerpo que tienes ha de durarte toda la vida. Lo que yo digo es otra cosa, chaval. Una vez me dijiste que querías aprender a tocar el laúd para hacerte merecedor de su amor, ¿no? —El muchacho asintió—. Si el cernícalo ese se sirve de sus argucias (a saber: patadas y puñetazos) para salirse con la suya, ¿por qué no te vales tú de las tuyas?

—¿Tengo argucias?

—¡Pues claro! Todos las tenemos. Caramba, no has aprendido nada en el tiempo que has pasado conmigo. Acuérdate de Jaufré Rudel de Blaye. Ni las diferencias sociales, ni la distancia, ni la minucia de que un mar lo separase de su adorado tormento frenó su perseverancia amorosa.

Vermudo hablaba mucho de Jaufré Rudel de Blaye, al que consideraba el mejor ejemplo de poeta y buen trovador. Se trataba de un muchacho occitano que se enamoró perdidamente de la hermosa princesa de Trípoli, de la que los cruzados hablaban maravillas. Siguiendo las estrictas normas de cortejo del amor cortés, Jaufré comenzó a escribirle versos, poesías, canciones y romances. Pero en vista de que la métrica, las metáforas y los ritmos líricos no apagaban el fuego de su amor, sino que más bien se los multiplicaban, Jaufré decidió cruzar el mundo e ir en busca de la dama en cuestión para manifestarle cara a cara lo que sentía por ella. Se embarcó en una briosa nave templaria lleno de ilusión, pero las tormentas, los desasosiegos, los malos modos de los marineros y la ingestión de unas legumbres en mal estado lo hicieron enfermar de latirismo. Desembarcó en Trípoli con un lamentable tono verduzco y medio paralizado, pero más enamorado si cabe que nunca porque era consciente de estar compartiendo el mismo aire que la mujer de sus sueños. Ella, una vez informada de la circunstancia, quiso conocer al obstinado pretendiente. Cuando llegó al albergue donde lo tenían hospedado, el pobre Jaufré estaba ya medio muerto aunque, al percibir la presencia de la princesa, su olor y el tono de su voz, recobró el conocimiento un instante, lo justo para morir en sus brazos jurándole que seguiría amándola, con más fuerza aún, desde el más allá. Ese mismo día por la tarde, ella se metió monja del disgusto, convencida de que jamás encontraría a otro hombre tan entregado, lamentando haberse enterado de esa pasión cuando ya era demasiado tarde.

Yago decidió seguir los consejos de Vermudo y servirse de la música y la voz para llegar a Concepción. Aquella noche, durante la cena improvisada junto a la hoguera, tocó su laúd y cantó el romance que Jaufré Rudel de Blaye compuso para su princesa.

> *Cuando los días son largos,*
> *me agrada el dulce canto de los pájaros de lejos,*
> *y cuando me aparto de allí,*
> *me acuerdo de un amor lejano;*
> *voy de humor apesadumbrado y cabizbajo,*
> *de tal suerte que ni la poesía ni la flor del blancoespino*
> *me placen tanto como el invierno helado [...]**

* Jaufré Rudel, *Amor de lonh*.

Se hizo el silencio. La voz de terciopelo de Yago retumbó entre los pinos, inundando por completo el claro de bosque en el que se encontraban. Todos pudieron oírlo. Concepción también lo hizo, y supo que ese romance estaba dedicado a ella.

Salieron de Sevilla a primera hora de un sábado y llegaron a Córdoba a las cinco de la tarde del lunes. La temperatura era agradable y el sol lucía en un cielo azul eterno. Parecía que en la ciudad de los Omeyas se había adelantado la primavera inundando el ambiente de olores y colores, de jazmines, geranios, correquetepillos, damas de noche, celestinas, claveles y rosas.

El Alcázar de los Reyes Cristianos presentaba una visión formidable mientras atravesaban el puente romano, reflejado en las tranquilas aguas del Guadalquivir. Se trataba de una estructura sobria y cuadrada, rematada por cuatro torres —entre las cuales destacaba la del Homenaje—, un edificio levantado por orden del rey Alfonso XI más de ciento cincuenta años antes sobre los restos de otras construcciones que se remontaban a los tiempos de los romanos. Su carácter siempre fue eminentemente militar, pero en el último año se había transformado en sede de la Inquisición, y la reconquista estaba obligando a los reyes a pasar largas temporadas allí, de modo que la reina Isabel quería que el aspecto recatado y modesto se combinase con el adecentado de los patios, los baños reales y los jardines plagados de flores y agua al más puro estilo mudéjar, tan aclamado en los últimos tiempos. Hacía meses que un nutrido grupo de los mejores artesanos trabajaban entre sus muros para conseguirlo.

La comitiva real entró en el edificio por la puerta de la torre de los Leones y atravesó los jardines. Los rayos del sol se reflejaban en el agua de las fuentes, arrancando destellos de piedras preciosas en la superficie. Una brisa suave mecía las hiedras y ladeaba rítmicamente las copas de los árboles.

Yago oyó el golpeteo de los cinceles y los martillos, el olor de la piedra fracturada, del yeso y la cal, que tan bien conocía ya. Los artesanos estaban trabajando en las anchas fajas de estilo almohade que decoraban la torre, deterioradas por culpa de los cambios bruscos de temperatura. Se podía intuir la actividad que bullía en el interior del Alcázar. Por un instante, Yago tuvo la sensación de que ya había vivido ese momento.

**

A Concepción de Saavedra le habría gustado ser más valiente para atreverse a gritar a los cuatro vientos que prefería que le arrancasen la piel a tiras, y que con ellas hicieran unos zorros con los que sacudir el polvo a los muebles, antes que casarse con el repulsivo Oreste Olivoni. Pero la bravura nunca fue su cualidad más destacada. Y precisamente llevaba unos días preguntándose si tenía algún atributo digno de ser llamado de ese modo o si, simplemente, se limitaba a dejarse arrastrar por la vida como un barquito de papel llevado por la corriente de un arroyo, inerte y atontada. Lo peor de todo era que ese caudal la estaba arrastrando a la mayor de las desgracias que pudiera imaginar. A veces, por instantes, apenas unos segundos, se le venía a la cabeza la sacrílega idea de resistirse a seguir navegando sin rumbo, poner freno a ese destino terco, aniquilar un futuro que no había decidido y desmantelar los planes que los demás tenían para ella bebiendo un trago de cicuta. Aquella definitiva decisión, que sin duda pondría fin a todos sus males, le asustaba más que seguir adelante, lo cual no la ayudaba a dejar de sentirse una cobarde.

Aspiró el aire con desolación mientras Ángela de Palafox, la costurera del Alcázar de los Reyes Cristianos, que hasta entonces se había encargado de bordar manteles, remendar camisas y colocar borlones a las pesadas cortinas, tomaba las medidas al vestido de bodas de la muchacha, colocando alfileres por aquí y por allá y mirándola de reojo.

—Estáis haciendo una buena boda —se atrevió a indicarle—. Encontrar un marido conveniente es una tarea complicada. El Señor quiso que la función de la mujer fuera convertirse en digna esposa.

Y es que a Ángela le habría gustado convertirse en una digna esposa, pero parecía que ese añorado cargo le era esquivo. El Toscano, el hombre al que amaba con toda su alma y al que había conocido un año antes trabajando como artista en la restauración del Alcázar, no parecía estar interesado en formalizar ante el altar su relación. Le entregaba su alma y su cuerpo cada día, pero él no le expresaba sentimientos de afecto; jamás le dijo que la quería, no le había hecho promesas de amor eterno y, por supuesto, tampoco la había pedido en matrimonio. Y Ángela aceptaba resignada el cariño tacaño que le entregaba aquel hombre misterioso e insondable. Era extremadamente reservado. Ella no podía entender la razón por la que se sentía tan subyugada por él siendo así. O quizá fuese precisamente eso lo que le atraía. Ángela se preguntaba a veces qué significaba amar. Sentirse inclinado a hacer feliz a alguien, cuidarlo, procurarle felicidad, entrega... ¿Se podía seguir amando a alguien cuando esos sentimientos sólo fluían en un sentido? Si no se recibía lo mismo a cambio, ¿podía considerarse amor? No sabía si se trataba de una corazonada o de su propia necesidad de confiar en que eso fuese así, pero sentía que el Toscano la amaba, aunque nunca lo expresase con palabras.

—Tengo miedo —murmuró Concepción, sin fuerzas, como si estuviese pensando en voz alta.

—Son los nervios. Estaréis preciosa —le informó Ángela, valorando desde la distancia los últimos arreglos que le había hecho al vestido—. Observaos en el espejo —le dijo, y la guió frente a él.

Concepción tropezó con su rostro y dejó escapar un lamento sombrío. Tenía los párpados hinchados de tanto llorar. ¿Realmente aquella muchacha macilenta que lucía dos sombras oscuras bajo los ojos era ella? Parecía un fantasmita endeble, un ser al que se le iba escapando la vida por las costuras. Su delicado rostro de marfil ya no se parecía al de la medalla de la Virgen niña que llevaba colgada al cuello; quizá porque ya no era virgen. Al recordarlo sintió un pellizco en el corazón y tuvo que contenerse para no echarse a llorar de nuevo.

Oyó la voz de Ángela de lejos. Algo sobre que las novias no debían lucir perlas el día del enlace si no querían un matrimonio marcado por las lágrimas. Concepción suspiró. Con desinterés, sus ojos recorrieron el tornasol del terciopelo del vestido, aquellos pliegues de apariencia dócil, casi angelical que la envolvían, aprisionándola como una mortaja. Le vino a la mente la idea de que ya se habría tejido la tela que vestiría en su lecho de muerte. ¿Qué tejido sería el adecuado para descansar eternamente? ¿La seda? ¿El raso? Una camisa de dormir ligera y delicada para sentirse cómoda en la noche eterna. De pronto asomó a sus labios una sonrisa burlona al imaginar el gesto estúpido que luciría Oreste Olivoni si ella se quitaba la vida antes de convertirse en su esposa. De esa forma le dejaría bien claro el mensaje sin tenerlo que expresar con palabras: prefería morir a volver a sentir su repugnante cuerpo de cerdo jadeando sobre ella. Sí, eso estaría bien. Si fuese más valiente, así lo haría. Si fuese más valiente...

Eso mismo pensaba Ángela mientras caminaba en dirección a la casa que compartía con el Toscano en la Judería. Si fuese más valiente muchas de las cosas que consideraba inadecuadas en su vida cambiarían. Era cierto que ella podría haber sido una más de todos aquellos infelices que ahora se cruzaban en su camino, esos que sobrevivían medio escondidos, temerosos de que la Santa Inquisición descubriese que continuaban practicando los antiguos ritos de la fe judía en secreto. Pero su padre, aquel hombre que había dedicado toda su vida a ordeñar gusanos para conseguir seda, se empeñó en convertir a toda la familia al cristianismo para facilitarles las cosas. Ella incluso había logrado trabajar al servicio de unos reyes cristianos. Pero eso no era lo que le disgustaba de su vida, y si anhelaba ser más audaz era para atreverse a preguntar abiertamente al Toscano la verdadera razón por la que había abandonado su trabajo en el Alcázar de los Reyes Cristianos al enterarse de que los monarcas regresaban.

—Con ellos viene un artista italiano que se encargará de las obras. Nos conocemos de los tiempos de Florencia y tuvimos algunos conflictos. Prefiero no tropezarme con él —le dijo con desánimo—. Seguro que encuentro trabajo en otro lugar.

Fue su única explicación, y Ángela no quiso indagar.

Ese mismo artista italiano era el que iba a desposarse con Concepción, aquella muchacha que destilaba dolor por cada poro de la piel. Cuando Ángela llegó a casa, se lo contó al Toscano.

—¿Concepción? ¿Concepción de Saavedra? —preguntó inquieto—. ¡Santo cielo! No... no merece eso —protestó realmente afectado—. Conocí a Concepción cuando trabajaba en Sevilla. Es una niña dulce y tierna. Ese tipo le destrozará la vida. Ella merece ser feliz, amar y que la amen.

Ángela sintió un pellizco de celos, pero tampoco tuvo el valor de hacer ver al Toscano que aquello lo decía el hombre que no le mostraba sentimiento alguno cuando terminaban de hacer el amor. Él se estaba preocupando por los sentimientos de otra mujer cuando no le inquietaban los de ella. ¿Acaso no merecía lo mismo? ¿No merecía que la amasen? Pero no, no tuvo el valor de decirle eso. Se limitó a contarle que realmente Concepción no parecía feliz ante el enlace, que el tener que confeccionar su vestido de bodas le permitía pasar mucho tiempo junto a la muchacha y que así era como se había enterado de sus desasosiegos, del vejatorio trato que le imponía su futuro esposo, del desagrado que le suponía su cercanía, de lo desamparada que se sentía por no tener padre ni madre que la acompañasen en ese momento. Incluso parecía tener sus sentimientos comprometidos con un chiquillo ciego.

—¿Un chiquillo ciego?

—Toca el laúd para los reyes —le explicó.

El Toscano suspiró con resignación.

—Pues espero por su bien que Oreste Olivoni no se entere de los sentimientos que ese muchacho despierta en su futura esposa. De otra manera, estará perdido.

Terminaron de cenar en silencio. Ángela intuyó que el alma del hombre que amaba se llenaba de amargor y supuso que se trataba de algo más que preocupación por el destino que pudieran padecer Concepción de Saavedra y su joven enamorado. Se trataba de una desolación de años que le empañó la mirada y le secó las palabras. Pero tampoco tuvo el valor de preguntar.

***

Los reyes decretaron que la boda se oficiaría con prontitud, pues no podían esperar más. Les llegaban noticias desde Lucena informándoles de una sorprendente captura, la de Boabdil, y pretendían dirigirse allí para trasladarlo a Porcuna para mayor seguridad. Por eso estaban empeñados en que las nupcias se celebrasen lo antes posible, con toda la fastuosidad que permitiesen las circunstancias, con Torquemada como maestro de ceremonias, con la novia vestida de gran dama con el suficiente boato para no sentir que dejaban flecos en sus responsabilidades. El Alcázar de los Reyes Cristianos pronto se vio invadido por la vorágine de preparativos para la boda del afamado artista italiano con la joven dama de compañía de la reina. En el ambiente flotaba el nerviosismo y apenas quedaba tiempo de encargarse de nada más. Hasta las ranas de las fuentes y los grillos del jardín parecieron quedar mudos por la confusión. Las camareras, los calceteros, las costureras, los cordoneros, las bordadoras, los zapateros y las lavanderas se afanaban en tener listos los atuendos de los contrayentes a tiempo y sin demoras. El único que parecía dichoso con toda esa barrumbada era Oreste Olivoni.

Vermudo, tras la muerte de Esteban, ascendió al puesto de cocinero mayor, con la suerte de que en el Alcázar había ya un pinche, carniceros y pescaderos, además de panaderos y reposteros. Eso lo ayudó a adaptarse a la nueva cocina.

Por su parte, Yago había intentado ignorar la boda negándose a hablar de ella. Vermudo lo estaba ayudando con eso. Aprovechaba el tiempo libre que le quedaba para distraerlo, enseñándole todos los romances que conocía. Algunos hablaban de la vida del sarnoso rey don Rodrigo, o de las dramáticas historias de venganza de los Siete Infantes de Lara o de las iniquidades de Pedro el Cruel; otros repasaban la actualidad, los últimos episodios militares de la guerra de Granada. Pero los temas de los romances no sólo se limitaban a analizar lo que acontecía dentro de las fronteras del reino, sino que rebuscaban en lo sucedido en lugares mucho más lejanos en el espacio y el tiempo: las historias de Lanzarote y Tristán, las batallas de Carlomagno, la leyenda de Paris y Helena, los episodios de la Biblia... De modo que Yago tuvo la impresión de que todo lo que un hombre necesitaba saber para caminar con sabiduría por el mundo estaba resumido en los romances.

Esas elucubraciones mantenían la mente de Yago ocupada durante un tiempo, pero, pese a que Vermudo intentaba evitarlo, los romances que rozaban ligeramente el tema amoroso le devolvían una y otra vez el recuerdo de Concepción. Y entonces le venían a la memoria las tardes soleadas que pasaron juntos en los jardines de los Reales Alcázares. Tenía presente cada instante, desde el esponjoso sabor del bizcocho de naranja, hasta el olor del azahar o la suavidad de los dedos de la muchacha, las pocas veces que lo rozaron. El recuerdo era tan intenso que le parecía experimentarlo de nuevo. Se le encogía el corazón al comprender que todo aquello era el pasado y que, como tal, jamás regresaría. Le dolía pensar en la inconsciencia del ser humano, en su incapacidad de darse cuenta, en el mismo instante en el que están sucediendo las cosas, que se vive una circunstancia feliz e irrepetible. Pero ¿quizá para Concepción aquellos instantes no habían significado lo mismo que significaron para él? Quizá para ella no fueron más que un simple entretenimiento, algo que hacer en las tediosas tardes en las que los demás dormían la siesta. Quizá él no significaba nada para ella, un muchacho ciego molesto e insulso, y por eso se había dirigido a él con tanto desprecio la última vez que hablaron. Pero no, no, no lo podía creer. Concepción era amable, dulce y amorosa. No era cruel. ¿Por qué lo había hecho?

El día antes de la boda, entró en la cocina la modista con la excusa de ir en busca de una manzana. Vermudo la observó mientras caminaba en dirección a Yago.

—Me llamó Ángela de Palafox —se presentó—. Y vengo a traeros un mensaje de parte de Concepción.

Yago, que estaba cortando las hogazas de pan, por poco se rebana un dedo.

—Un… mensaje —titubeó, volviendo su mirada muerta en dirección a la voz.

—Quiere pediros disculpas por las amargas palabras que os dedicó en Sevilla.

El muchacho bajó la cabeza y apretó los labios, intentando reprimir la emoción que estaba sintiendo en ese momento.

—Disculpas… —repitió como un sonámbulo.

—Mañana va a desposarse y quiere comenzar su nueva vida con la conciencia tranquila. Desea que vos sepáis que siempre os guardará en su corazón como uno de sus mejores recuerdos.

La modista abandonó las dependencias de la cocina, sin la manzana que dijo haber ido a buscar, antes de que a él le diera tiempo a componer una frase acertada, una frase digna de ser recordada para la eternidad. La perplejidad le había dejado la boca seca y las manos frías.

—Es evidente que las mujeres fueron creadas para ser amadas y no para ser comprendidas —indicó Vermudo—. No sé a qué ha venido esto ahora.

Pero Yago no lo escuchaba. Sólo podía oír aquella voz dentro de su cabeza, que le repetía que Concepción se iba a casar al día siguiente y que, a partir de ese momento, su vida no tendría sentido. Había estado evitando pensar en ello, pero Ángela de Palafox se lo había recordado con mordiente dolor. En unas horas Concepción sería la mujer de otro... Sería inalcanzable, intocable. Hasta entonces la idea había resultado ser un eco lejano. Quizá habría sido mejor para él convencerse de que era una insensible que lo había tratado con desprecio, que no merecía que le dedicase ni uno solo de sus pensamientos. Pero esa mujer acababa de dar alas de nuevo a su emoción, su esperanza, haciendo que renaciera en él la aspiración de hacer suya a Concepción. ¿Quizá ella se había pensado mejor su propuesta? Quizá deseaba escaparse con él. Necesitaba hablar con su amada antes de que pasaran las horas y el enlace la convirtiese en desgraciada.

Esperó pacientemente a que se hiciera de noche y, cuando creyó que todo el mundo se había acostado ya, se dirigió con paso decidido a la puerta.

—¿Adónde te crees que vas? —le preguntó Vermudo, quien intuía que algo así podía suceder y se había mantenido expectante.

Pero Yago no respondió. Caminaba de forma resuelta en dirección a las estancias de la reina y sus damas de compañía.

—¡Estate quieto! ¿Acaso has perdido el juicio? —le gritó el cocinero al tiempo que lo sujetaba del brazo.

Yago se revolvió como un gato rabioso, intentando zafarse.

—Dejadme.

—¿Es que no recuerdas lo que ocurrió la última vez?

Yago se dio la vuelta y, con toda la fuerza del mundo, lanzó un puñetazo en la dirección en la que sonaba la voz, con tan mala fortuna que el golpe quedó diluido en el aire. Terminó cayendo al suelo, como un muñeco desmadejado, lo que Vermudo aprovechó para echársele encima y llamar a uno de los despenseros para que lo ayudara a reducir a Yago. El muchacho no dejaba de maldecirlos, lanzando puñetazos y patadas al aire.

—Vos no lo entendéis. ¡Tengo que hablar con ella!

—Ha perdido el juicio —aclaró Vermudo—. A veces le sobrevienen estos ataques y hay que recluirlo para que no lastime a nadie. Llevémoslo a la bodega.

—¡No! No, Vermudo, por favor...

—Lo siento, hijo. Prometí a tu padre que cuidaría de ti.

Fue lo último que le dijo antes de echarlo dentro de aquella sala que olía a agrio. Yago cayó de costado, rodando ligeramente por el suelo. Intentó incorporarse con rapidez, pero no le dio tiempo de alcanzar la puerta antes de que la cerrasen de un sonoro portazo. Después oyó el sonido de las cadenas y el candado con los que habitualmente aseguraban la bodega por las noches, impidiendo así que alguien entrase a robar vino o cerveza.

—¡Dejadme salir! ¡Tengo que hablar con ella! —vociferaba Yago, pateando la madera.

Pero al otro lado de la puerta únicamente se oía el silencio.

No supo calcular el tiempo que estuvo así. Gritó y gritó hasta que se le quebró la voz, hasta que sus demandas se convirtieron en ruegos, hasta que sólo pudo emitir aullidos que poco a poco se convirtieron en lamentos de cachorro. Y entonces se hizo el silencio también a ese lado de la puerta.

***

Oficiaron la boda en la capilla. Desde que la Santa Inquisición se había instalado allí, ése era el lugar en el que se celebraban los autos de fe. Si las circunstancias lo exigían, podía sustraérsele la sobriedad al lugar colocando guirnaldas en los pasillos y flores frescas en el altar. Torquemada estaba encantado con el misticismo con el que los artistas habían impregnado las paredes. Él mismo fue quien ordenó que se representasen, con sangrante realismo, las escenas más dramáticas de la historia de los cuarenta y ocho mártires de Córdoba, decapitados siglos atrás por defender su fe frente a los heréticos islámicos. Ninguna otra escena era más adecuada para decorar un lugar como ése, según su docta opinión.

Tras el enlace, se celebraba una fiesta en uno de los salones que lindaban con la capilla al que estaban invitados todos los moradores de Alcázar. Se serviría salmorejo con virutas de jamón, capón armado, cordero a la miel, cerdo guisado y, de postre, manzanas asadas, arroz con leche de almendras y torta real, todo ello regado con vino de Castilla. Amenizando la velada había un claviórgano, tamborinos, dulzainas, un arpa, un rabel, una vihuela de mano, cornetas, trompetas y cuatro pares de atabales.

Torquemada degustó todos y cada uno de los manjares, concluyendo que el Señor los había puesto en la tierra al servicio de los hombres precisamente para festejar acontecimientos tan dichosos como aquél.

Vermudo, que llevaba todo el día repasando cada uno de los nombres de Belcebú por haber tenido que idear, organizar y cocinar un banquete de esas características sin conocer el talante del horno ni a los proveedores a los que recurrir para asegurarse un buen género, pero, sobre todo, porque estaba en absoluto desacuerdo con ese enlace que desestabilizaba el corazón de Yago, decidió que no se esmeraría en la elaboración de los platos. Echó poca sal al salmorejo y mucha al capón armado, demasiado romero al cordero, y doró de forma exagerada el cerdo. Como también fue el encargado de desembalar la cristalería y la vajilla en las que se servirían los licores y las viandas, se cuidó mucho a la hora de informarse de la disposición de los comensales. Cuando se hubo enterado del lugar que ocuparía el novio, impregnó los que serían sus platos, su copa y sus cubiertos con zaragatona, un potente laxante.

—Éste se pasa la noche de boda evacuando por donde menos le apetece, como que me llamo Vermudo —susurró con sonrisa pícara.

Yago oyó con desolación el repicar de las campanas anunciando que la boda ya se había celebrado. En poco tiempo daría comienzo el convite y Concepción se sentaría a la mesa, mirando al vacío con ojos ausentes. Mientras tanto, su recién estrenado esposo charlaría con unos y otros sin borrar la estúpida sonrisa de su boca, comiendo a dos carrillos y jactándose de los arreglos que emprendería en el Alcázar. De vez en cuando, pondría ojitos tiernos a su mujer y levantaría la copa en su dirección, pero ella fingiría no verlo.

Como no le quedaban más lágrimas, Yago se derrumbó en el suelo. Con la espalda apoyada en la pared y los codos sobre las rodillas, enterró el rostro entre sus manos. ¿Qué haría a partir de ese momento? ¿Qué significaba la vida? ¿Qué significaba su vida? No le gustaba el lugar en el que vivía, y mucho menos ahora.

En ese momento odió con toda su alma a Vermudo. Lo odiaba por haberlo confinado en la bodega, por haberlo desterrado de su glorioso futuro junto a Concepción, por haberla abocado a aquel destino de desgraciada esposa. En cuanto saliera de allí le partiría la cara a Vermudo. Sí, así lo haría. Y después se marcharía bien lejos para no tener que compartir el mismo espacio con Oreste Olivoni, el hombre que le había destrozado la vida arrebatándole a las dos personas que más había querido en el mundo: su padre y Concepción. No sabía adónde iría ni a qué se dedicaría. Quizá caminaría sin rumbo recorriendo las ciudades, ofreciendo sus servicios de juglar a las familias poderosas o quizá no le quedaría más remedio que tocar en la puerta de las iglesias para poder subsistir gracias a las limosnas. ¿Qué importaba? A esas alturas no tenía que demostrar su valor delante de nadie. ¿Por qué no lo sacaban ya de allí? La boda se había celebrado. ¿Acaso Vermudo pensaba dejarlo encerrado por siempre? ¿Acaso se había olvidado de él? ¿Tan insignificante era?

Justo en ese momento, oyó unos pasos acercándose a la bodega.

—Yago, ¿estás ahí?

Vermudo golpeó un par de veces la puerta con los nudillos.

—¿Y dónde creéis que podría estar? —respondió con acritud el muchacho.

—La reina pregunta por ti. Quiere que amenices la celebración con tu laúd.

—Pues tendréis que inventar una buena excusa porque no pienso hacerlo.

Vermudo suspiró ruidosamente en señal de resignación.

—No atender los requerimientos de Su Majestad es una ofensa muy grave —le advirtió.

—No me importa. ¡Que me ahorquen si quieren! Me da igual morir.

—No seas terco, muchacho. Ya te dije que te sirvieras de tus argucias para comunicarte con Concepción. No la dejes sola en un momento como éste.

La última frase lo hizo recapacitar. No debía ser tan egoísta. Debía pensar en Concepción y en cómo se estaría sintiendo en ese preciso instante. Seguramente necesitaría la presencia de un amigo. Y él, antes que cualquier otra cosa, era su amigo. Vermudo interpretó el silencio como una aceptación y se dispuso a introducir la llave en el candado, para luego apartar las cadenas y abrir la puerta.

—Yago... —musitó cuando el muchacho pasó cabizbajo por su lado. Alargó la mano para palmearle el hombro, pero él se apartó con desprecio.

—Dejadme.

Aferró su laúd y se dirigió al salón en el que se estaba celebrando el convite. Calculó el lugar en el que se encontraba la recién desposada y colocó su silla frente a ella. Se acomodó, apoyando la mejilla sobre el laúd y adaptando las manos a las cuerdas. Rozándolas apenas con las yemas de los dedos, comenzó a cantar, con los ojos cerrados, dejando que su voz de terciopelo acariciase a Concepción de la forma en la que jamás podrían acariciarla sus manos.

> —*Dormiré contigo, Luna;*
> *dormiré contigo, Sol.*
> *La joven le contestó:*
> —*Venga usté una noche o dos;*
> *mi marido está cazando*
> *en los montes de León.*
> *Para que no vuelva más*
> *le echaré una maldición:*
> —*Cuervos le saquen los ojos,*
> *águilas el corazón,*
> *y los perros con que él caza*
> *lo saquen en procesión.**

Los comensales estaban demasiado entretenidos en charlas, bebida y comida para reparar en el mensaje que se escondía en el melódico romance, pero Oreste Olivoni entendió a la perfección la bravata del niñato. Si por él hubiese sido, le habría retorcido el cuello con sus propias manos en ese mismo momento. No podía relajarse. Lo había considerado un simple cuco que pretendía apoderarse del nido de otro y que sólo necesitaba de un buen susto para volar espantado. Pero ahora se daba cuenta de que no se trataba de un impresionable pajarillo, sino de un zorro ladino que pretendía robarle el nido, los hue-

---

* *Romance de la esposa infiel*, anónimo. Romancero viejo.

vos y a su hembra, si se descuidaba lo más mínimo. Y no estaba dispuesto. «Lo malo que tienen los niños es que, si uno no los frena a tiempo, terminan por hacerse hombres, pudiendo representar una verdadera amenaza», reflexionó. Decidió que desde ese momento tendría a Yago en el punto de mira.

La celebración fue todo un éxito y deshizo por unas horas la sensación de perpetua guerra en la que vivían sumidos. Pese a todo, los hombres no pudieron evitar comentar las novedades que llegaban del otro lado de las fronteras del Reino de Granada. Muley Hacén había aprovechado la captura de su hijo Boabdil para volver a recuperar el trono, y los hombres opinaban que ese conflicto interno entre padre e hijo no hacía más que ayudarlos en sus propósitos de conquista.

· Después de la boda, el mayordomo mayor, por orden del monarca, se llevó a Oreste a un apartado y allí le entregó una importante suma de dinero con la que hacer frente a las obras, así como las llaves de las estancias que ocuparía junto a su esposa a partir de ese momento.

Los recién casados se retiraron a sus aposentos cuando la luz solar comenzaba a languidecer. Concepción estaba segura de que su marido abandonaría la actitud de esposo idólatra en cuanto atravesaran el umbral, para dar paso al papel de depravado que ya había tenido ocasión de conocer. En un primer momento temió que se abalanzara sobre ella y que se repitiera la aterradora escena de la última vez que estuvieron juntos. Sabía de sobra que esa noche llegaría anheloso a la alcoba y que, si no se andaba con tacto, podría salir mal parada. Así que se mantuvo silenciosa y servil para no llamar su atención.

Oreste la miró con condescendencia, con una mezcla de ternura y ardor que le impedían sentir la suficiente compasión para no forzarla. El deseo que aquella muchacha le despertaba iba más allá de los límites de lo comprensible y era sólo comparable con el que sintió en su pubertad, en su Italia natal, cuando se enamoró perdidamente de aquella otra joven. Dios, ¡cuánto la deseó!

Concepción, en cambio, lo odiaba. La noche anterior soñó que lo mataba a machetazos y que, una vez muerto y desangrado en el suelo, lo pateaba hasta quedar exhausta y sonriente. Pero sólo se permitía esas libertades en sueños. No habría tenido nunca el valor necesario para levantar una mano contra él. Lo temía hasta los huesos. Estaba segura de que si Oreste la miraba con suficiente intensidad, sería capaz de leer su mente. Por eso se mantuvo con los ojos fijos en el suelo, rezando a todos los santos para que sucediese algo que evitase lo inevitable. Y entonces ocurrió el milagro.

Oreste Olivoni comenzó a sudar como un cerdo. Respiraba de forma desacompasada.

—Saca de aquí esas malditas flores —ordenó a Concepción, señalando unas azucenas que las sirvientas habían colocado en las mesitas de noche—. Su olor me está revolviendo el estómago.

Ella obedeció rauda y abrió las ventanas para que el aire se renovase, pero Oreste no parecía mejorar en absoluto. Se tambaleaba como un beodo y tuvo que sujetarse en el borde de la mesa. Quizá había bebido demasiado.

—Algo me ha sentado mal —dijo.

Se agarró el vientre, y un sonido de ultratumba pareció salir de su interior, una especie de gruñido, como si las tripas se le estuviesen recolocando y protestasen a gritos por no encontrar lugar. De pronto, sin decir nada más, salió corriendo de la alcoba en dirección al escusado.

Concepción se quedó despierta toda la noche, perfectamente vestida, sentada en la cama y rezando el rosario a la luz de una vela. Pero Oreste no regresó hasta las primeras luces del alba. Llegó con el rostro amarillento, los labios cerúleos y unas tremendas ojeras que le ocupaban media cara. Caminaba encorvado, abrazado a su barriga, y traía las calzas desabrochadas. Sin mirar siquiera a Concepción, sin pronunciar una palabra y sin desvestirse, se derrumbó sobre la cama y se durmió.

***

Aquella noche en la cocina, tras la celebración de la boda, Vermudo se dispuso a acomodar la mesa para la cena. Había reservado para Yago y él las mejores tajadas de los manjares que se sirvieron.

—No tengo hambre —espetó Yago al oír el ruido de los platos y los cubiertos ante él.

A pesar de todo, Vermudo le colocó un tazón de arroz con leche de almendras y una copa de vino añejo entre las manos, mirándolo con ternura.

—¿Quieres tocar el laúd? Quizá te sosiegue...

—¡Todo lo arregláis con eso! —le gritó el muchacho—. La música no sirve para nada. ¡Para nada!

Vermudo supo al instante que Yago necesitaba descargar la ira que bullía en su interior. Necesitaba culpar a alguien de su desgracia, por eso no rebatió el ataque.

—¿Quieres que te prepare una tila? —preguntó.

Yago ni siquiera respondió. Le indignaba que Vermudo se mostrase tan sereno. No podía soportar su calma en un momento como aquél. Necesitaba tomar el aire, de modo que se levantó, lleno de cólera, y salió de la cocina. Aún no conocía bien el lugar, así que anduvo desorientado un buen rato por los pasillos, hasta que encontró la salida del recinto. Tenía el corazón en carne viva y las lágrimas se le saltaban de los ojos, resbalando por su rostro. No eran lágrimas de tristeza, sino de rabia. La brisa nocturna las enfriaba, haciendo que quemasen sus mejillas como cuchillos al rojo vivo.

Yago oyó el sonido del río y caminó en su dirección. Se sentó en la orilla y escondió la cabeza entre las manos. Los grillos chirriaban cerca. En ese mismo momento, lo habría dado todo por volver el tiempo atrás y regresar a su infancia en Valladolid, donde todo era inocencia y el aburrimiento su mayor enemigo.

—¿Has aprendido ya a odiar, Yago?

El muchacho se sobresaltó. Había alguien detrás de él. Ni siquiera lo había oído llegar y no reconocía su voz.

—¿Quién va? —preguntó.

La boca se le quedó fría por el miedo. La posibilidad de que los hombres de Oreste fueran a darle otra paliza lo paralizó. Caminó de espaldas, tanteando el aire, confundido.

—No temas. No te haré daño. Sólo quiero que hablemos —oyó decir al desconocido.

—¿Hablar de qué?

—Del rencor.

—No os entiendo.

—Lo que sientes ahora mismo en el estómago —aclaró—. Eso es el rencor. Es como meter las manos en un tarro de miel. El rencor es viscoso, denso… Se adhiere al corazón. No hay forma de librarse de él. Oreste Olivoni es especialista en provocarlo.

La referencia al artista italiano sorprendió a Yago.

—¿Lo conocéis?

—Es una larga historia.

—¿Quién sois?

—Todos me llaman el Toscano —se presentó—. Tú también puedes llamarme así.

—¡Santo cielo! Sé quién sois —exclamó Yago.

—Lo sé. Ángela, la costurera del Alcázar, me ha contado muchas cosas estos días.

—¿Acerca de qué?

—De Oreste, de Concepción, de ti…

—¿Y qué ha dicho? —preguntó intrigado el muchacho.

—Eso es lo de menos. Lo importante es que me prestes atención. Oreste Olivoni puede ser muy cruel si alguien se interpone en su camino. Es mejor, mucho mejor, que dejes las cosas como están. Por el bien de todos.

—Pero ¿qué será de Concepción? —protestó Yago—. ¿Y si le hace daño?

—Cuanto más te inmiscuyas, peor será para ti… y para ella. Oreste desea todo lo que tienen los demás. Está enfermo. Su enfermedad se llama envidia. Cuanto más te intereses por Concepción, más se aferrará a ella. Es poco lo que puedes hacer en este momento, Yago. Créeme. Ángela está ahora cerca de ella y la ayudará en todo lo que pueda. Te lo prometo. Y ahora vete. Nadie debe saber que estoy aquí.

Yago oyó sus pasos alejándose. Aquel hombre que había despertado en él las ansias de inmortalidad mucho tiempo atrás, acababa de aparecer como un fantasma misterioso.

Aún perplejo, el muchacho caminó de regreso al Alcázar. Encontró la puerta de entrada sin dificultad, pero se perdió de nuevo en los laberínticos pasillos. Al fondo de uno de ellos oyó el estertor rabioso de alguien que se estrujaba el vientre entre retortijones. Seguramente le habría sentado mal algún alimento servido en el banquete de bodas, dedujo Yago con mucho acierto.

**

Al empezar esta historia anuncié a vuestras mercedes que encontrarían en ella prodigios dignos de habitar las páginas de *Las mil y una noches.* Les aseguro que así será. Expondré ante sus ojos alfombras y almohadones de seda, piedras preciosas tan resplandecientes que les harán guiñar los ojos, palacios que el mismo Dios anhelaría para sí, jardines plagados de riachuelos y flores, y harenes habitados por las mujeres más hermosas que hay sobre la faz de la tierra. Y, repasando el orden de los acontecimientos, quizá sea éste el momento adecuado para iniciar la exposición de todas esas maravillas.

Pero permítanme vuestras mercedes que antes regrese a la

sobriedad de la Corte castellana para informarles de que Isabel y Fernando decidieron abandonar el Alcázar de los Reyes Cristianos de Córdoba dos días después de celebrarse la boda entre Oreste y Concepción. Querían partir sin demora en dirección a Lucena para encargarse personalmente del traslado de Boabdil al castillo de Porcuna. Sus hombres habían atrapado al rey nazarí sin darse cuenta, casi por casualidad, en una insólita reyerta que los propios moros iniciaron. Aunque sería mejor dejar claro que quien ideó el ataque fue Aixa, la esposa durante años de Muley Hacén, la mujer que engendró a su primogénito, Boabdil, la misma que se vio humillada cuando el hombre de su vida se enamoró de una cristiana cautiva a la que decidió convertir en su esposa, despreciándola a ella.

Desde aquel momento, la misión vital de Aixa se concretó en evitar que los bastardos nacidos de tan abominable unión llegasen a heredar ni uno solo de los títulos y riquezas que, estaba convencida, legítimamente pertenecían a su hijo, Boabdil. Aixa basaba todo su proyecto de futuro en la venganza. No cabía otra cosa más en su cabeza. Pensaba en su marido cada día, cada hora, cada minuto, cada segundo; nada más levantarse y un instante antes de quedarse dormida. Lo veía en sueños, cuando estaba en el baño, leyendo o bordando. Pensaba en Muley Hacén incluso cuando hablaba con otras personas, cuando reía y, sobre todo, cuando se quedaba a solas, y lloraba. Pensaba tanto en él que se aburría de sí misma. Le habría gustado arrancárselo de la cabeza y volver a sentirse en paz. El odio la unía a su marido mucho más de lo que la había unido el amor durante los años que fueron felices juntos. Estaba convencida de que, si lograba resarcirse, si lograba vengarse —vengarse de verdad; verlo arrastrado, desterrado, odiado por su pueblo, devastado, abatido, destrozado, sufriendo, arrodillado y despreciado; suplicando su clemencia, su amor, su compasión y su comprensión—, sólo cuando eso sucediera y ella lo rechazase, entonces, sólo entonces, lograría vivir en paz otra vez.

Indignada, Aixa descubrió que el hecho de que su marido hubiera conseguido el apoyo de sus aliados en el norte de África para hacer frente a las tropas castellanas había despertado la admiración de los granadinos. Algunos comenzaron a preguntarse si no fue un error sustituir al aguerrido Muley Hacén por su melancólico hijo Boabdil, quien hasta ese momento sólo había destacado por estar interesado en la poesía y la música. Aixa, temiendo perder todo lo que habían conseguido, habló con su consuegro, Aliatar, y juntos concertaron un consejo que se celebró en el Mexuar de la Alhambra. Allí decidieron organizar un ataque sorpresa para recuperar Lucena, que había sido conquistada por Fernando III en 1240. Según Aixa, aquello espantaría las posibles dudas de los que pensaban que su hijo, el legítimo heredero del Reino de Granada, no era la esperanza nazarí.

—No quiero luchar, madre —le dijo Boabdil durante la comida, con los ojos fijos en el plato, sin osar enfrentarse a su mirada.

Lo había decidido aquella misma noche, enredado entre los cabellos de Moraima, su esposa, tras haber pasado dos horas contándole los lunares y susurrándole dulzuras en el oído. Estaba convencido de que no tenía sentido sacrificar todo aquel placer por salir del palacio para dormir al raso, por apartarse de sus jardines, sus libros, sus platos bien condimentados, sus lujos y calmas. No tenía sentido alejarse del cuerpo pacífico de su esposa para salir en busca del cuerpo hostil de su enemigo. ¿Por qué querría alguien sustituir el amor por el odio, la vida por la muerte? No tenía sentido.

—Es tu deber —refutó Aixa sin perder la calma—, tu obligación para con tu pueblo. Es muy poco lo que se te pide a cambio de lo mucho que te dan.

Boabdil levantó la mirada y observó a su madre. En su tiempo fue la mujer más hermosa del harén. Aún continuaba conservando la belleza de una hurí del paraíso, pese a que alrededor de sus ojos comenzaban a aparecer unas ligeras arrugas y que la comisura de sus labios tuviese un perenne rictus de ofensa no reparada.

Y es que Aixa se preguntaba por qué Alá había decidido poner tantos obstáculos en su camino cuando ella no hacía más que esforzarse por servirle con renuncia absoluta. Había cuidado con esmero de su marido, se había entregado en cuerpo y alma a él y criado a sus hijos. Incluso había criado a los hijos que Muley Hacén tuvo con algunas concubinas. Le había escuchado las penas, reído las gracias y secado el llanto. A cambio de todo eso, Aixa sólo recibió desprecio en el ámbito privado cuando él dejó abiertamente de desearla y, en el público, haciendo demostración ostentosa de su preferencia por otra mujer, algo que aún le arañaba las entrañas. Ella, su leal compañera durante años, la madre de su primogénito, la mujer casta, la virtuosa, la que le había aclamado las victorias, la que le masajeaba los pies cada noche con aceite de sándalo, la que lo acunaba como a un niño los días en los que el talante le flaqueaba, la que había sido su favorita entre todas las mujeres, a la que Muley Hacén había jurado amar y proteger hasta el fin de sus días, tuvo la desgracia de ver que su adorado marido perdía todo interés por ella desde que comenzó a retozar bajo los magnolios del Generalife con su nueva esclava cristiana.

En un principio, Aixa intentó quitar hierro al asunto suponiendo que, como ya había sucedido en otras ocasiones, su esposo pronto se cansaría del nuevo juguete. Pero su paciencia llegó al límite cuando la tal Isabel de Solís rechazó de lleno regresar a Martos después de que sus familiares pagasen el rescate que el alfaqueque pactó con los moros a cambio de su devolución. La cristiana comenzó a vestir a la usanza musulmana, se arrancó la cruz de oro con esmeraldas que llevaba al cuello, se convirtió al islam y se cambió el nombre por el de Zoraya por recomendación del emir, quien le indicó que en árabe significaba Lucero del Alba, exactamente lo que ella era para Muley Hacén.

Muley Hacén se casó con Zoraya y, tres días después de la boda, la nombró su favorita, repudiando con aspavientos al resto de las mujeres de su harén. Cuando la cristiana parió su primer hijo, Cad, el emir ordenó que se organizaran torneos, que se iluminaran de noche las calles y que los juglares no dejasen de tocar. La indignada Aixa vio los ojos de cordero lechal con los que su marido miraba a esa nueva criatura gritona y blanducha mientras la mecía entre los brazos. Jamás había mirado así a su Boabdil. Podía aceptar un desprecio sobre su persona, pues a fin de cuentas era una simple mujer, pero jamás consentiría que degradaran a su hijo en favor del hijo de una infiel. Boabdil, la sangre de su sangre, él y sólo él era el legítimo heredero al trono del Reino de Granada. Aixa jamás permitiría que lo humillasen. ¡Jamás! Y así se lo recordaba día tras día.

—¡Cuánto te quiero, hijo mío! Por ti dejaría que me arrancasen la piel a tiras, por ti me arrastraría hasta el fondo mismo de los infiernos, por ti mataría a pedradas a tu padre para sacarlo de ese trono que te pertenece. Por ti, mi Boabdil, mi dulce niño, por ti daría mi vida.

No era algo que le hubiese dicho, pero Boabdil intuía que su madre esperaba que él fuese el instrumento para conseguir sus objetivos de venganza. Para ello le traía a la memoria siempre que podía que la afrenta de Muley Hacén era algo que afectaba a los dos. Le repetía frases que supuestamente su padre había pronunciado en su contra y que él no recordaba haber oído; le insinuaba que, si no hubiera sido por ella, Muley Hacén lo habría matado como a un perro, sin imaginar siquiera cuánto daño le hacía imaginar que su padre, una de las personas a las que debía su paso por el mundo, prefería verlo muerto. Aixa le dejaba entrever que su condición de mujer la incapacitaba para cumplir con la imprescindible misión de limpiar su mutuo honor herido y que él era el responsable de hacerlo en nombre de los dos.

Boabdil se veía arrastrado por una marea de odios enquistados, de reparaciones necesarias, de gratitud y de responsabilidad que realmente no sentía suyos. No comprendía por qué, pero era incapaz de guardar rencor, y eso hacía que se sintiese como un traidor por no detestar con la misma fuerza con la que su madre detestaba. Jamás se habría atrevido a reconocerlo en voz alta, pero comenzó a repeler a su madre. Cada vez le costaba más trabajo mirarla a los ojos, abrazarla o aceptarle una caricia. Pese a todo, era incapaz de liberarse de su influjo. Ni siquiera se lo planteaba.

—Es tu obligación —repitió Aixa al ver que su hijo no levantaba la mirada del plato.

—¿Acaso la obligación de un hombre no es quedarse al lado de su mujer?

—Es posible que así sea para un hombre normal, pero tú no eres un hombre normal. Yo me he esforzado para que no lo seas —dijo alzando la voz—. ¡Tú eres un rey! Yo me he sacrificado mucho. He arriesgado mi vida para que el nombre de Boabdil se escriba con letras de oro junto al de Alá en las paredes de este palacio que tu padre quería depositar en manos de los hijos de una impura. ¿Así es como me lo pagas? Me lo debes. ¡Se lo debes a tu pueblo!

No se dijeron nada más.

Una semana después, un ejército de mil quinientos caballeros y ochocientos hombres a pie salían de Granada en dirección a Lucena, encabezados por Boabdil y su suegro, Aliatar.

El corazón del joven rey dio un vuelco cuando, al atravesar la puerta de Elvira, la que daba paso a la ciudad, el estandarte que llevaban como insignia se quebró al chocar contra el arco. Boabdil presintió de nuevo el peso de su destino. Recordó que había voces que lo llamaban el Desdichado y que realmente se sentía así cuando no seguía los dictados de su corazón. En ese mismo instante estaba convencido de que aquella circunstancia vaticinaba el desastre de la empresa que estaban a punto de acometer. Pero no hizo nada. Continuó sereno y firme, ataviado como lo que era, un rey, con la coraza forrada de terciopelo carmesí, con la espada en su mano, cabalgando a la jineta sobre su magnífico caballo tordo enjaezado con una gualdrapa negra y dorada. Como tenía el rostro cubierto por un capacete de acero cincelado, nadie pudo intuir su gesto de consternación, sobre todo al recordar que su Moraima se quedó mirando el horizonte, paralizada, envuelta en lágrimas, viéndolo partir desde lo más alto de la torre de Comares.

Y Moraima permaneció allí mucho tiempo después de que la nube de polvo que levantaban las patas de los caballos desdibujase la figura de su esposo en el horizonte, incluso cuando el ejército se hizo invisible. Ella también tuvo el pálpito de que una próxima desgracia sobrevendría.

Boabdil apenas durmió la noche anterior. Primero por culpa de la instalación del campamento, que exigió emplazarlo en medio de una llanura lo bastante amplia y despejada para levantar la gran tienda de campaña del rey con su mástil completamente erguido. Después tuvieron que cubrir el suelo con alfombras y cojines de alvexi para que el espacio fuese digno de un sultán aunque estuviesen en mitad de la nada. Más tarde los hombres se enfrascaron en los planes del ataque llenando la tienda de Boabdil de mapas, exaltaciones a Alá y egos desatados.

Cuando todos se retiraron a descansar y al fin se hizo el silencio, Boabdil se arrebujó en su cobertor de seda, pero los nervios ante el inminente combate le impidieron pegar ojo. Fueron a despertarlo a las cuatro de la madrugada, y por entonces sólo tenía en el cuerpo una hora de sueño. Su suegro lo apremió; tenían que darse prisa si quería coger por sorpresa a los cristianos.

Boabdil de ciñó su marlota brocada de terciopelo carmesí y se calzó las altas botas de cuero sin tacón que lo cubrían hasta las rodillas y que tenían un corte en la junta posterior, permitiéndole la libre movilidad de las rodillas cuando se agachaba o montaba a caballo. Se ajustó los guantes de vaquetilla ornamentados con ataurique, y enclavó en su vaina la espada con puño de esmalte grana y verde sobre fondo de oro viejo con la divisa de los nazaríes, en la que se podía leer: «Sólo Dios es vencedor». Parecía vestido para recibir a una importante embajada en el Mexuar de su palacio, más que para acometer una batalla.

Boabdil y Aliatar, junto con su ejército, llegaron a las puertas de Lucena poco antes de la salida del sol. Se sorprendieron al ver las murallas cerradas a cal y canto. Todo indicaba que los cristianos los habían divisado desde la distancia, y un fuerte destacamento de ellos hacía llamamientos a las ciudades vecinas desde las atalayas para que acudieran en su socorro. Pese a todo, decidieron rodear la ciudad y comenzar con el ataque. Pero los sitiados no parecían dispuestos a dejarse amilanar y los granadinos comenzaban a inquietarse.

—¡Se acercan tropas por el este! —clamó uno de ellos.

—Y por el sur —confirmó Ahmad el Abencerraje.

Boabdil comprendió que aquel ataque no iba a resultar tan sencillo como se preveía. Se les estaba escapando de las manos. Entonces decidió ordenar la retirada. Vio en los ojos de su suegro el velo de la decepción, y él mismo se sentía como un fracasado. Regresaría al palacio sin la añorada victoria.

En el transcurso de las siguientes horas cabalgaron de vuelta a Granada, ignorando que el conde de Cabra y el alcaide de los Donceles, a la cabeza de otros alcaldes de los alrededores, habían respondido a la llamada de socorro y que no estaban dispuestos a dejarles ir como si no hubiera pasado nada. En una rápida asamblea a las puertas de la ciudad, decidieron ir a su encuentro. Fue a la una de la tarde, al parar para hacer un descanso y almorzar en el campo de Aras, cuando se percataron de que los cristianos los estaban siguiendo. Y entonces Boabdil creyó que el destino le estaba dando la oportunidad de glorificarse. Mandó formar de nuevo a sus huestes y atacar al enemigo. Fue la última orden que dio a su ejército ese día.

En el primer choque, una treintena de los jóvenes más nobles de Granada perdieron la vida. El conde de Cabra, al intuir que eran más fuertes que los moros, ordenó a los lanceros que arrasaran con ellos, y los cristianos, ávidos de venganza, cumplieron su mandato con satisfacción. Los hombres de Boabdil, al ver que los aventajaban en número, armamento y predisposición, huyeron en dirección al arroyo de Martín González que si bien a esas alturas arrastraba más agua que de costumbre, no bastaba para alcanzar la altura de un caballo. Se podían ver perfectamente las piedras cubiertas de verdín en el lecho. Las orillas estaban plagadas de juncos y el sol arrancaba reflejos de esmeralda en la superficie. Boabdil pensó que aquélla sería una honorable y hermosa manera de morir, si ése era su destino, pero pronto tuvo que salir de su ensimismamiento cuando oyó la grave voz de su suegro.

—¡Ni a vos, ni a cristiano alguno se rinde Aliatar! —gritó a un oponente que lo amenazaba espada en mano.

El sonido le llegó alto y claro, pese a que estaban bastante lejos. Aun así, Boabdil picó el costado de su caballo para acudir en su ayuda. El resto de la escena que tuvo que presenciar mientras se acercaba aconteció muy despacio, permitiéndole ver con claridad cada mordiente detalle. El atacante fruncía el ceño ante el orgullo de aquel viejo y curtido enemigo que claramente se hallaba en desventaja. Aliatar hacía un esfuerzo sobrehumano para mantener el equilibrio sobre su silla mientras blandía el alfanje delante de su rostro contraído. De pronto, las patas del caballo del suegro de Boabdil resbalaron en una de las acharoladas piedras del fondo del arroyo y cayó, con todo su peso, arrastrando con él a su jinete, que se sumergió por completo en el agua. Por un instante Aliatar desapareció de la vista de su yerno, aunque enseguida emergió, se puso de rodillas e intentó incorporarse. Había perdido su alfanje, y miraba a un lado y a otro intentando localizarlo. Estaba desarmado. El cristiano saltó de su caballo y cayó sobre él, derribándolo de nuevo. Aliatar volvió a sumergirse en el agua, pero sacó fuerzas de flaqueza, levantó su brazo y asestó un terrible puñetazo en la mandíbula a su oponente.

—¡Maldito viejo! —gritó el cristiano a la vez que se ponía de pie.

Aliatar intentó erguirse también, pero era demasiado tarde. Boabdil vio perfectamente que el cristiano levantaba la espada por encima de su cabeza, sujetándola con las dos manos. Pudo ver su gesto de rabia, sus dientes superiores mordiendo el labio inferior y, de pronto, ese impulso, y ese segundo que impedía una vuelta atrás: el segundo anterior a lo irreparable. El potente hierro de la espada atravesó el corazón de su suegro, desgarrando la elegante coraza de terciopelo verde que le cubría el pecho. Boabdil oyó el sonido del metal al chocar contra las costillas, el estertor de vida que se le escapaba por la boca, y su propio grito de desesperación al ver el color carmesí tiñendo de rojo el agua. Cabalgaba dispuesto a lanzarse contra el asesino de su suegro imbuido de una rabia que le bullía la sangre y le golpeaba las sienes. Jamás se había sentido así. Seguía gritando mientras espoleaba su montura como nunca lo había hecho. Quería ver los despojos de aquel hombre desparramados por el arroyo, desgarrarle el intestino, descabezarlo, sacarle los ojos.

—¡Te mataré! Hoy dormirás en el infierno —se oyó decir desde fuera.

Su voz se mezclaba con el relincho de dolor de su hermoso caballo tordo. Notó que el animal se debilitaba, hasta que cayó al suelo, arrastrándolo, y tardó un instante en darse cuenta de que le habían clavado una pica en el pecho. Sin duda el animal estaba herido de muerte. De pronto se vio rodeado de unos cuatro o cinco hombres. A cintarazos intentó defenderse de ellos, pero lo acorralaron. Boabdil creyó que aquél era el preludió de su muerte. Y así habría sido si el comendador Martín Hurtado no hubiera parado los pies de sus hombres.

—Va muy bien vestido —les vociferó—. Seguro que podremos pedir un buen rescate por él.

En ese momento Boabdil se dio cuenta de que no lo habían reconocido.

—¿Quién sois? —le preguntó, señalándolo con la espada.

—Mi padre es un noble caballero de Granada —mintió.

En ese mismo momento apareció el alcalde de los Donceles, y le colocó una cinta roja en el cuello en señal de cautiverio y lo envió a los calabozos del castillo del Moral.

Encerraron a Boabdil en una celda mortecina en la que apenas se colaba la luz por un ventanuco tan elevado que no le permitía ni ver el cielo. No lo trataron con brutalidad, pero tampoco pudo descansar sobre cojines de cuero tostado ni le dieron de comer dátiles con miel. Tres días después lo sacaron sin mucho miramiento, le ataron las manos y lo ayudaron a montar en un caballo con la intención de trasladarlo a los calabozos del castillo de Lucena. Le informaron de que estaban esperando la llegada de los reyes, Isabel y Fernando. Ellos decidirían qué hacer con el elegante cautivo.

Mientras cabalgaban, Boabdil sintió una punzada de dolor en el pecho, el lugar en el que sus maestros le indicaron que se encontraba el alma. No sólo había fracasado en su empresa, sino que también había fallado a su pueblo permitiendo que lo aprisionaran, de modo que su reino se encontraba ahora descabezado. Su padre y su tío a buen seguro estaban aprovechando esa circunstancia para hacerse de nuevo con el poder del Reino de Granada. Su madre estaría al borde de la desesperación.

Por si fuese poco, la memoria le traía una y otra vez la imagen de la muerte de su suegro. Recordaba con palpable claridad el sentimiento de ira que se abrió paso en su interior durante la batalla; la boca llena de saliva agria, las ganas de destrozar el cuerpo de su enemigo a golpes, a cintarazos, a machetazos. Le habría gustado desmembrarlo hasta que no quedasen de él más que trozos tan diminutos que cupieran en la palma de la mano. Luego habría enviado el corazón a su viuda, para que sufriera, y los ojos a su madre, para que sufriera, y habría lanzado el resto de sus despojos a los cerdos, esos animales repelentes que los cristianos criaban, para que diesen buena cuenta de él. Matar, matar, matar… como único medio para que el corazón volviese a latirle con normalidad; la venganza como solución a la congoja. No le gustaba haberse sentido así. Aquel pujante amargor que se instaló en su estómago lo debilitaba, le hacía pequeño e indefenso y no tenía nada que ver con la delicia del amor que le despertaba Moraima y que lo convertía en un hombre mejor, más guapo, alto, fuerte, valiente y listo. Moraima… ¿Qué estaría haciendo ahora? ¿Le habrían informado ya de que su padre había muerto en la batalla? ¿Estaría llorando bajo un granado? Moraima… Su Moraima. Ojalá pudiera estar junto a ella en ese momento. A Boabdil le dolía el pecho. Le dolía el alma.

Iba pensando en ello cuando llegaron a la puerta del castillo.

—Traemos a un prisionero —indicó como saludo el conde de Cabra.

El guardia instalado a las puertas los miró con cautela, echando una ojeada a aquel cautivo que aún guardaba la elegancia de su alcurnia pese al agotamiento. Tenía la barbilla levantada y mantenía la espalda recta, sentado sobre su montura, pese a que llevaba ambas manos atadas a la perilla. «Un moro orgulloso… Ya le bajarán los humos por aquí», pensó.

—Podéis pasar. El Gran Capitán os espera en el salón —señaló el guardia.

Al entrar, el conde de Cabra lo puso al tanto de lo acontecido durante la batalla. Explicó que habían muerto más de cinco mil granadinos; que se habían apoderado de mil caballos de la mejor raza, de novecientas cargas de botín y de veintidós banderas, y que habían apresado a unos cuantos hombres que parecían de la más alta estirpe, por los que sin duda pagarían buenos rescates. Al parecer, el resto de los cautivos estaban a punto de llegar.

—¿Y éste quién es? —Gonzalo Fernández de Córdoba se acercó a Boabdil y lo miró de arriba abajo.

—Dice que es el hijo de un noble granadino.

—¿Cómo os llamáis? —le preguntó.

—Yusuf —volvió a mentir Boabdil.

Entonces se oyeron pisadas en el corredor. El alcalde de los Donceles llegaba con el resto de los prisioneros. Boabdil se echó a temblar. Tal como se temía, cuando sus hombres lo vieron, humillado y desprovisto de sus atributos, se postraron ante él y se echaron a llorar, mesándose los cabellos y maldiciendo su desgracia. El Gran Capitán se enfrentó de nuevo a él.

—Me habéis mentido. ¿Quién sois? Decid la verdad o no tendremos reparo en decapitaros a la salida del sol.

Boabdil miró a sus vasallos. Aún estaban dispuestos a morir por él pese a todo. No quería que lo vieran mentir. Eso no era propio de un gobernante.

—Soy Boabdil —espetó con orgullo—. Rey de Granada.

***

Yago tuvo mucha suerte. Los reyes quisieron viajar hasta Lucena acompañados por parte de la Corte cordobesa, y entre los elegidos estaban Vermudo y él. Eso lo liberaba de la posibilidad de tropezarse con Oreste Olivoni por los pasillos del Alcázar. Su sueño de convertirse en juglar de los monarcas se estaba haciendo realidad y, precisamente por ser una realidad, había dejado de emocionarle.

Con el paso de los días, el dolor que le causó la boda de Concepción se fue diluyendo para dar paso a un viscoso desencanto vital. Antes de la salida del sol lo despertaba el sonido de su propio corazón golpeándole el pecho. Intentaba cerrar los ojos con fuerza y dormirse de nuevo, consciente de que no tenía nada que hacer, pero quedarse en la cama le resultaba insufrible. Le venían a la cabeza pensamientos tormentosos que lo asaltaban aunque él hiciera un esfuerzo sobrehumano por liberarse de ellos a manotazos. Se decía que si estaba solo, sin padre, madre, ni familiar alguno; que si nadie lo echaría de menos si se caía a un pozo y desaparecía; que si había dejado morir a su padre; que si estaba condenado… Para espantarlos, Yago se incorporaba de un brinco, sumergía la cara en agua helada, se vestía y salía a respirar el aire puro del amanecer.

Por las tardes la reina solía pedirle que tocase para ella y sus damas de compañía, mientras bordaban. Por las conversaciones que mantenían fue como se enteró de que el rey de Granada, Boabdil, estaba recluido en la torre de aquel mismo castillo y que su viejo padre, Muley Hacén, había aprovechado la ocasión para volver a recuperar el trono. El rey Fernando estaba convencido de que Boabdil preso era una baza diplomática de primera categoría, y opinaba que lo mejor era tratarlo con consideración, alimentarlo como el rey que era, permitirle algún que otro capricho, amigarse con él y aceptar devolverle la libertad después de que firmarse con ellos algún pacto beneficioso para los cristianos. Pero como aún no tenía claro qué táctica seguir, Fernando se limitaba a mantenerlo encerrado, sin visitarlo, para no tener que darle explicaciones. A la vez que los monarcas organizaban el próximo traslado del prisionero a Porcuna, ordenaban una intensa tala en la Vega de Granada y tomaban la torre de Tájara, puntal estratégico entre Loja y Alhama.

Pese al exquisito tratamiento que los cristianos creían dispensarle, Boabdil sentía que cada minuto que pasaba encerrado entre aquellas paredes equivalía a un año de tormento. Sus captores no comprendían que aquel ventanuco endeble lo mantenía sumido en una penumbra enfermiza. Necesitaba ver con claridad el sol para poder determinar en qué dirección estaba La Meca, encontrar la alquibla y así poder rezar las cinco veces al día que su religión le exigía sobre la alfombrilla… que no le habían proporcionado. Tampoco comprendían que necesitara agua limpia para lavarse la cara, las manos, la cabeza y los pies antes de las oraciones, o que le pareciese inmundo tener que evacuar en un cubo que permanecía todo el día en el mismo cuarto en el que tenía que dormir. Es cierto que le llevaron algunos libros, entre ellos *Calila y Dimna*, pero enseguida los apuró. Intentó marcarse un número diario de actividades entre las oraciones del alba, el mediodía, la tarde, la puesta de sol y la noche: leer, caminar cien pasos recorriendo el contorno de la habitación, recitar de memoria los poemas que aprendió de niño, perpetrar una lucha imaginaria a espada para no perder la forma, fantasear conversaciones con Moraima en las que le contaba lo que sentía... Pero, pese a todo, se moría de aburrimiento y desesperación. Nunca debió salir de Granada. No. Nunca debió hacerlo. Todas las señales indicaban que era un error.

Boabdil, asomado a la ventana de la torre que acogía su cautiverio empezó a dar vueltas a la idea de que habría sido mucho más digno morir en el campo de batalla. Imaginaba su reino de nuevo en manos de su padre, los reproches de su madre, el abandono de su esposa y los lamentos de su pueblo. Nadie hacía recriminaciones a los muertos. Los muertos en el campo de batalla eran héroes, y los que se dejaban atrapar, unos pusilánimes. Debería haber sucumbido en el campo de batalla. Sí, eso era lo mejor que le podía haber pasado.

Sus captores tardaron un poco más en darse cuenta de que Boabdil estaba adelgazando a ojos vista. Apenas hablaba y tenía cercos violáceos bajo los ojos. Alguien avisó a la reina de la penosa languidez del prisionero y ella, convencida de que la música aplacaba las almas atormentadas, ordenó que Yago se acercase para animarle el cautiverio con su laúd, antes de que se les muriese de pura melancolía sin haber conseguido trato satisfactorio alguno para los reinos de Castilla y Aragón.

Tal como habrán deducido vuestras mercedes por sí mismos, el instante que la vida eligió para que Boabdil y Yago se conocieran no fue el mejor para ninguno de ellos. Como ya son sabedores de sus mutuas cuitas, no me extenderé en volver a enumerárselas, si bien me gustaría aprovechar este momento para describirles el porte majestuoso del rey nazarí que, por aquel entonces, debía de rondar los veinticinco años. Alto, esbelto y rubio, ocultaba la mitad de su rostro tras una espesa barba que resultaba incongruente en contraste con sus intensos ojos azules, casi infantiles. Pero quizá lo más representativo de su persona no se hallaba en su aspecto físico, sino en su corazón, más predispuesto para la poesía que para la estrategia militar. Aunque de todo ello no podía darse cuenta Yago entonces y sólo fue consciente del olor corporal del rey de Granada: un intenso aroma a madera macerada en aceite de almendras dulces que flotaba en la estancia.

En un principio Yago sintió miedo. Vermudo le había contado cosas horribles acerca de los moros, entre ellas que decapitaban a sus enemigos y colocaban sus cabezas en picas, como trofeos con los que decorar los caminos. Por eso los primeros días se limitó a entrar en la celda, saludar cortésmente, sentarse y tocar sin parar, un tema tras otro. Al cabo de un par de horas, se incorporaba, hacía una leve inclinación de cabeza y salía sigilosamente sin saber siquiera si su auditorio estaba conforme con su presencia o si, por el contrario, lo consideraba una intromisión en su intimidad y se tapaba los oídos con la almohada para no oírlo. Pero todo eso se aclaró una semana después.

—¿Y qué fue de Vellido Dolfos? —preguntó de pronto Boabdil cuando el rasgueo del laúd dejó a las claras que el romance había llegado a su fin.

Yago estaba tan concentrado ejecutando el arpegio que por un momento dudó si había oído realmente la voz del prisionero.

Un tanto desconcertado, dejó de tocar y levantó levemente el rostro. Un incómodo silencio los envolvió por unos segundos.

—Disculpad, señor. ¿Os dirigís a mí? —receló.

—Sí. Bueno... me preguntaba qué castigo recibió el tal Vellido Dolfos tras dar muerte al rey don Sancho.

El rey nazarí se interesaba por el destino de uno de los personajes que Yago acababa de nombrar en la última canción. El muchacho se recriminó no haberse informado más allá de lo que aparecía en las letras de los romances. Quizá debería hacerlo.

—Hay quien dice que se perdió en tierras de moros —respondió tragando saliva, intentado agradar a su interlocutor lo más posible.

—Nunca oí hablar de él... —musitó el rey de Granada.

Ese día no volvieron a intercambiar palabra alguna, pero a la mañana siguiente Boabdil se interesó por su ceguera. Entonces Yago le relató la historia de su accidentada llegada al mundo antes de hora, responsable de la muerte de su madre y de su defecto, así como de los remedios inútiles que las vecinas pusieron en práctica con la intención de devolverle la vista, de las estampitas de santa Lucía de Siracusa colocadas bajo el colchón, de la visita a la curandera...

—Y, tal como pronosticó la sanadora, mi mirada sigue vacía —concluyó el muchacho.

—A veces esas taras tienen solución —insinuó el rey nazarí.

A Yago le pareció que deliraba. Los ojos que estaban muertos no resucitaban. Eso lo sabía todo el mundo.

Pocos días después, Boabdil le sorprendió diciéndole que había pedido que le llevasen un juego llamado ajedrez. Quería enseñarle a dominarlo, convencido de que su ceguera no suponía impedimento alguno para ello; más bien al contrario. Le hizo palpar cada una de las piezas, le detalló sus características, le describió el tablero, le enseñó los movimientos y le aseguró que sólo tenía que ver las posiciones con claridad en su mente.

—Los ojos aquí no sirven de nada —aclaró—. Todo en este juego está dentro de la cabeza.

Memoria, estrategia y talento; no hacía falta nada más, ni nada menos. Contrariamente a lo que el muchacho creyó en un principio, aprender aquel juego no le costó trabajo. Desde entonces pasaron muchas tardes jugando al ajedrez, deliberando lo bueno que sería que todas las diferencias entre humanos pudieran dirimirse en tableros como aquél. Así fue como supo que en la vida, como en el ajedrez, cada decisión cuenta; que con cada movimiento que el ser humano realiza se abren una multitud de posibilidades, y que hay que valorar cada una de ellas para saber cuál es la más acertada. Gracias al ajedrez, Yago aprendió cómo se organizaban los reinos, e incluso que un peón tenía el mismo valor que un rey, si era lo bastante valiente para llegar al final del bando contrario.

Entre romance y romance, entre partida y partida, Boabdil le habló del Reino de Granada, situado a más de cincuenta leguas de distancia, que era por entonces para Yago como si le hablasen del fin del mundo. Le narró con melancolía cómo fue el día de su coronación, el evento más destacado que se había celebrado en la Alhambra desde la conmemoración del Mawlid, en los tiempos del rey Muhammad V. Le detalló cada una de las viandas que se sirvieron: almojábanas de coliflor y almejas, sopa de almendras y azafrán, pastela de pichón y canela, bacalao a la almanzora, conejo en salsa almohade, y peras con vino tinto y canela. El plato estrella fueron los veinticinco corderos lechales que los esclavos llevaron en fila, mantenidos en equilibrio sobre sus cabezas, y que depositaron en enormes bandejas de plata, recostados en un lecho de naranjas amargas cortadas en gajos, lustrosos por la miel de mil flores de la salsa con la que el cocinero no había dejado de baldearlos las cinco horas que estuvieron en el horno dando vueltas hasta dorarse. Al final se ofreció té de hierbabuena acompañado de unos exquisitos dulces con forma de nidos de pájaro en los que pistachos tostados semejaban huevos y el kadaif hacía las veces de ramitas.

Boabdil contó a Yago que hizo acto de presencia en la sala de la Baraka cuando sus ilustres invitados estuvieron más que ahítos de viandas. Llegó acompañado por los funcionarios reales, su guardia personal, los cortesanos y un selecto grupo de cristianos esclavos islamizados. Estaba nervioso, pero no se le notaba. Lo habían adiestrado para saber contener sus sentimientos y mostrar siempre al mundo una actitud digna de su alcurnia. Levantó la barbilla y avanzó con elegancia por el pasillo que los más de quinientos invitados reunidos en la sala improvisaron desde la puerta hasta el trono, ignorando los murmullos que levantaba a su paso. Se sentó delante de ellos con toda la sobriedad que pudo reunir y esperó pacientemente a que se iniciase el tradicional besamanos donde recibía la aceptación de la Corte como nuevo soberano. Era la expresión de la protección divina de que gozaba el sultán. Comenzaron a mostrarle sus respetos los jefes de las cabilas, los descendientes del Profeta y los miembros de la familia real. Más tarde lo hicieron los sufíes y los alfaquíes y, después, un larguísimo desfile de miembros de las cofradías y los embajadores que los reyes cristianos enviaron como representantes para mostrar sus respetos al nuevo sultán. Para finalizar, desfilaron ante él los mercaderes más destacados de la ciudad.

Ése fue el momento, explicó Boabdil, en el que daba inicio la parte más lúdica de la celebración con el recitado de poemas, funciones musicales y espectáculos de danza. También era el momento en el que las mujeres se retiraban para seguir la evolución de la ceremonia ocultas tras las celosías del Cuarto Dorado. A Boabdil se le encogió el alma. Con ellas se iba también Aixa. Sin su madre cerca, sentía que la seguridad que mostraba al mundo se desvanecía levemente. La fuerza de aquella mujer que lo había acogido durante nueve meses en sus entrañas lo imbuía de un poder soberbio. Con ella cerca, sentía que se comería el mundo. Cuando ella se alejaba, se convertía en un mortal más. Pero nadie lo notaría. Se lo prometió a sí mismo mientras admiraba el majestuoso techo de madera del salón del trono en el que el rey Yusuf I, quien mandó construirlo, había querido representar los Siete Cielos. Allí estaba él, presidiéndolo, se dijo a sí mismo.

Boabdil no tenía claro si Alá lo consideraría un héroe tras destronar a su padre. Su padre... Se estremeció al darse cuenta de cómo se habían deteriorado sus relaciones a lo largo de aquellos años en los que los cristianos habían cercado cada vez más el Reino de Granada. Todo había cambiado mucho. Ya no podía reconocer al orgulloso padre que le inculcó honor y honestidad en aquel Muley Hacén cruel que, estaba seguro, lo mataría como a un perro, derramando sangre de su sangre si se presentase la ocasión. El amor por él se había enfangado tras años de desidia paterna y terminado de ahogarse después de escuchar durante años las envenenadas palabras con las que su madre lo malmetía con él. Pese a todo, aún podía rememorar con devoción el amor que un día le tuvo. Seguramente su padre estaría indignado al ver el preeminente lugar que ahora ocupaba, pero habría deseado tanto que Muley Hacén se sintiese orgulloso de él... Se le quedó atrapado en el pecho un llanto contenido. Se olvidó del desprecio que había infligido a su madre y que ella se había encargado de recordar cada día. Se olvidó del padre ausente, del encierro en la torre de Comares y del intento de asesinarlo para colocar en primer lugar de la línea de sucesión a sus hermanastros.

Los recuerdos de la infancia devolvieron a Boabdil la sensación de orgullo, de pertenencia a una casta más grande que él. Recordó los momentos en los que ese padre vengativo lo había acunado en sus brazos, las veces que le había mostrado las estrellas y las que le había leído el Corán. Boabdil nunca quiso aquel trono que ahora ocupaba y que los estaba separando. Él amaba la poesía y pasear por los jardines del Generalife. Le gustaba escuchar el canto de los pájaros y el del agua de las fuentes. ¿Cómo habían llegado a aquello?

Mientras tanto, siguió relatando Boabdil a Yago, la música seguía sonando y un juglar salió a recitar un poema en honor al nuevo sultán, pero se equivocó en un par de ocasiones y hubo de comenzar de nuevo desde el principio.

Soy corona en la frente de mi puerta:
envidia al Occidente en mí el Oriente.
Al-Gani billah mándame que aprisa
paso dé a la victoria apenas llame.
Siempre estoy esperando ver el rostro
del rey, alba que muestra el horizonte.
¡A sus obras Dios haga tan hermosas
*como son su temple y su figura!**

Desde el otro lado de la celosía del Mexuar un par de ojos negros como la noche observaban la evolución del rapsoda con indignación.

—Torpe… Adoquín… Palurdo… ¡No es así! El poema no es así. No es el tono.

—Nur, hija, ¿ocurre algo ahí abajo? —preguntó Aixa dejando a un lado el bordado que tenía entre las manos. Acercándose, se asomó ella también al patio del Trono.

A esas alturas de la celebración, los hombres habían perdido ya la rigidez. La ausencia de las mujeres hacía que charlasen de forma relajada unos con otros, sin prestar mucha atención a la calidad de los artistas.

—Ofenden a Dios recitando de esa manera —murmuró entre dientes la joven, apretando los puños—. Si yo fuese hombre…

Aixa la miró con condescendencia. Nur era la más pequeña de todos sus hijos vivos, pero era la que más se le parecía en carácter. Era afanosa e inalterable, y se podía intuir en ella la

---

* Poema inscrito en la puerta de Comares de la Alhambra.

fuerza de una casta de mujeres astutas que habían llegado a lo más alto que se podían permitir en un mundo dominado por los hombres. Sabía bailar como una odalisca y cantar como un ruiseñor, y componía y recitaba su propia poesía con una pasión arrebatada que ponía la carne de gallina. Pero lo que más destacaba de Nur a primera vista era su belleza morena, sus ojos almendrados y esa piel que a la luz de las velas parecía refulgir con destellos cobrizos. Cualquier hombre la desearía como esposa. Sólo tendría que apaciguarle un poco la fiereza.

La celebración terminó a altas horas de la madrugada con una plegaria y una quema de ámbar cuya aromática nube envolvió a los presentes. Mientras el sonido de una flauta de madera les iba indicando la salida, se vertió una lluvia de agua de rosas que perfumó sus elegantes ropajes.

Nur continuó tras la celosía mucho tiempo después de que se hubieran retirado todos los invitados.

—Si yo fuese hombre... —repitió.

—Si hubieras nacido hombre te habría colocado a ti en el trono que ahora está ocupando tu hermano Boabdil —dijo su madre sin apartar la vista de su labor de bordado—. Pero las cosas son como son. Y ahora, vete a la cama.

***

Ésa fue la primera vez que Yago oyó hablar de Nur. Tuvo la sensación de que se trataba de una persona fuerte y decidida, la misma idea que tuvo al conocer a Concepción.

Al día siguiente, mientras subía la escalera que daba acceso a la torre en la que se encontraba encerrado Boabdil, el joven juglar barajó las distintas formas de preguntar al rey moro hasta qué punto las mujeres del Reino de Granada eran dueñas de su destino. ¿Podían elegir marido o se veían en la obligación de aceptar al primer vendedor de humo que pidiese su mano?

Boabdil se encogió de hombros. Nunca se le había pasado

por la cabeza que las mujeres estuvieran en desacuerdo con un matrimonio. Él se había desposado con Moraima sin preguntarle su opinión. La única vez que la vio fue el día de su coronación, pero no le hizo falta nada más. Intercambiaron un par de miradas que al recién estrenado rey le sirvieron para convencerse de que aquélla era la muchacha más delicada que jamás conocería. Habló con su madre, y fue Aixa la que se encargó de pedir la mano de la joven y concretar con su futuro suegro la dote de la novia, que consistió en dos docenas de rubíes, una arroba de perlas, media docena de turquesas de Turquía, sartales de aljófares para los cabellos, zarcillos de coral, corazas holgadas de vestir adornadas de oro, cascos con orlas doradas incrustadas de perlas e intercaladas de esmeraldas con rubíes en el centro; cinturones plateados esmaltados en su superficie; almimbares de abalorio; cuentas de cristal para collares y bordados, zafas de la China y copas del Irak, todo lo cual llegó hasta las puertas de la Alhambra a lomos de veinte caballos blancos.

El día de la boda, la novia atravesó el Cuarto Dorado vestida con una saya y un chal de paño oscuro. Una toca blanca le ocultaba gran parte del rostro y, por un momento, Boabdil temió que lo estuviesen casando con otra mujer. Por suerte, los ojos expresivos de Moraima se intuyeron bajo las pesadas ropas y suspiró aliviado. Pronto pudo adivinar el contorno redondeado de los hombros de su futura esposa, sus brazos bien torneados, las caderas generosas, la brevedad de su talle y la lentitud de sus movimientos. Se sintió enamorado como nunca lo había estado. Creyó intuir que, por primera vez desde que tuviese uso de razón, la vida le daba un respiro de felicidad.

—Nunca pregunté a mi esposa si era su deseo pasar el resto de su vida a mi lado —concluyó Boabdil—. Pero algo me dice que es feliz.

—Tal parece... —añadió Yago.

—Pese a todo —continuó el rey nazarí—, es posible que

no todas las mujeres acepten de buen grado un destino impuesto. Mi hermana Nur, por ejemplo, es una mujer compleja.

Al parecer, Nur era la más bella de todas las muchachas vírgenes del Reino de Granada; sin embargo, pocos eran los hombres predispuestos a cortejarla. Se pasaba el día leyendo, paseando alelada por los jardines, bordando versos en almohadones y escandalizando con poemas y cuentos de amor al resto de las mujeres del harén. Como ya era hora de que posara los pies en el suelo, su madre, Aixa, llegó a un acuerdo con los abencerrajes para prometerla en matrimonio con Ahmad ibn Sarriá, uno de los hijos medianos de la familia, que además había ayudado a Boabdil a escapar de la torre de Comares cuando su padre dio la orden de retenerlo allí. Con esa alianza matarían dos pájaros de un tiro: depositarían la responsabilidad de proteger la belleza e integridad de Nur en otras manos y afianzarían su poder al emparentar con uno de los linajes más importantes del Reino de Granada en unos turbulentos tiempos en los que todo el apoyo político era poco.

Aixa no pensó que Nur pusiera ningún impedimento a sus planes de boda. Ambos muchachos se conocían desde pequeños. Habían jugado juntos miles de veces en la enorme casa de la familia de Ahmad ibn Sarriá. Trasteaban por las galerías que rodeaban el patio, correteaban por las alcobas, se escondían entre las columnas que separaban las naves del aljibe y se lavaban juntos los pies en la pila de azulejos negros, blancos y verdes, rozándose por debajo del agua, haciéndose cosquillas con los dedos en las plantas, riéndose con toda la boca, hasta que se aburrían y los sacaban para secarlos posándolos en el suelo de estuco.

Nur era imaginativa y mandona, e incitaba a Ahmad a que encontrase parecidos a las huellas que dejaban en el suelo, a las formas de las nubes o a las sombras de los árboles. Le tiraba de las orejas, le ganaba en las competiciones de escupir huesos de aceituna y se empeñaba en colocarle flores en el pelo, pese a la reticencia terca del muchacho. En una ocasión, mientras Ahmad estaba bebiendo directamente de una botija, Nur lo empujó, rompiéndole los dos incisivos superiores. Por suerte se trataba de los dientes de leche y el suceso no tuvo consecuencias definitivas. Pese a todo, Ahmad ibn Sarriá le tomó miedo, y los dos críos se fueron alejando poco a poco.

—De una boda sale otra boda —susurró Aixa a Nur el día del enlace de Boabdil, dándole un codazo y mirando en la dirección en la que se encontraba Ahmad ibn Sarriá—. Éste es tu momento, así que borra de tu rostro ese desagradable gesto adusto, que sin duda has heredado del ingrato de tu padre, y deja caer dulcemente los párpados.

—Le partí la boca, madre, ¿acaso no lo recordáis? —respondió en tono aburrido Nur—. No me soporta.

—¡Qué tontería! ¿Cuándo fue eso? ¿Hace mil años? Seguro que él lo rememora como una anécdota encantadora.

—No sé...

Como Aixa era de ideas fijas, hizo todo lo posible para que los muchachos se encontrasen, pero, después de tantos años, no tenían mucho que contarse. Se sentaron el uno junto al otro durante un buen rato hasta que Nur se decidió a preguntar a Ahmad qué le gustaba hacer en su día a día. Y entonces él le recitó un resumen detallado de la actividad a la que dedicaba la mayor parte de su tiempo: la cetrería. Le contó que él y su familia atrapaban halcones con una red tras esperar a que estuviesen ahítos de comida y con poca fuerza para volar. Los encerraban durante un mes en la habitación del que sería su dueño para que se acostumbrasen a los sonidos, los olores y la cercanía de los humanos. Les ataban una cinta de cuero a las patas y los paseaban sobre su brazo, para que aprendieran a mantener el equilibrio cuando montaban a caballo y, tras ello, les enseñaban a que regresaran a su amo cuando los dejasen volar libres, en busca de su presa.

—Atrapan conejos, liebres, perdices... —enumeró el muchacho, henchido de orgullo.

Le habló de domesticación, paciencia, fidelidad, guantes de gamuza, caperuzas de cuero, cascabeles, señuelos y correas, así como de relaciones de interacción sincera y amorosa entre el hombre y el animal. Pero pronto se dio cuenta de que semejante alarde de cualidades no despertaba la admiración de Nur sino que, más bien, parecía observarlo con gesto cáustico.

—Si de verdad amas a alguien no lo atrapas con una red, no lo sacas de su entorno, no lo amarras con correas a tu mano, ni le colocas una caperuza para cegarlo. Eso no es amor... Es sometimiento —opinó la muchacha.

Aquel comentario hizo que Ahmad ibn Sarriá reafirmase la imagen que se había hecho de Nur: era una niña mimada, atolondrada y engreída con la que no tenía nada en común; sin embargo, no consideró que fuera un inconveniente para convertirla en su esposa. Tampoco pensó, ni por un instante, que ella ya hubiese decidido que prefería arrancarse los ojos y lanzarlos al Darro antes que casarse con él.

Pasaron el resto de la tarde callados, el uno al lado del otro, mirando a las musarañas y suspirando de vez en cuando hasta que Ahmad ibn Sarriá calculó que ya había transcurrido el tiempo que la cortesía indicaba suficiente para un cortejo que se preciase. Se incorporó de un salto y, acto seguido, hizo una reverencia, que Nur observó de soslayo.

—He disfrutado mucho de tu compañía. Buenas tardes —se despidió el galán.

Yago rió para sus adentros antes de lanzarse a preguntar.

—¿Al final vuestra hermana aceptó ese matrimonio?

Boabdil bajó la mirada, recorriendo con ella la punta de sus babuchas.

—Nunca lo sabremos. Ahmad ibn Sarriá me acompañaba en la batalla de Lucena. Fue uno de los que perdieron la vida en el arroyo de Martín González.

—Lo lamento —musitó Yago.

—Así son las guerras —respondió lacónico el rey de Granada.

***

El día que Yago le habló a Boabdil de su padre, de los sacrificios que había hecho por él para que llegase a ser alguien en la vida, de su lamentable muerte y del vacío que le había dejado en el corazón, el rey lo escuchó conmovido.

—Te envidio —pronunció despacio, acariciando las palabras.

—¿Me envidiáis? —exclamó Yago—. ¿Vos me envidiáis a mí, señor?

—Es irónico, ¿verdad? Parece que cada uno preferiría vivir el destino del otro. Tú quieres perdurar en el tiempo; yo, en cambio, desearía pasar desapercibido. —Boabdil suspiró—. A veces pienso que mi vida sería mucho más feliz si hubiera nacido en el seno de una familia normal, si hubiese sido un cabrero que se levantase temprano a recorrer los campos con sus animales, disfrutando de la luz del sol y del olor de la hierba pura, o un agricultor pendiente de sus cosechas, cuya única preocupación fuesen los ritmos de las lluvias. Echo de menos la normalidad, la ansío y… sueño despierto con ella. Prefería mil veces una vida insustancial y feliz a una eternidad con mi nombre escrito en las crónicas. Sí, Yago, te envidio porque eres libre para vivir tus propios sueños. No estás obligado a vivir los de los demás.

—Pero vos tenéis un palacio, un padre, una madre… una familia.

—Es cierto… —respondió con tristeza Boabdil—. Vivo en un palacio. Soy el dueño del paraíso. *Qal'at al-Hamra* —susurró—. El Castillo Rojo lo llaman. ¿Sabes por qué?

—No.

—Porque cada noche encienden antorchas que hacen refulgir la Alhambra en millaradas de tonalidades escarlatas. Parece estar en llamas… A sus pies dormita la ciudad de Granada: los huertos, los viñedos, el valle del Darro con el sumiso río que trae promesas de oro en sus arenas, las rocas, las alamedas, el fragante olor de los rosales y de los limoneros, el murmullo del agua que fluye en el patio de la Alberca y en el de los Leones, los arcos, las demás torres que ocultan el esplendor paradisíaco del Generalife… —enumeró—. Y desde mi palacio también puedo ver la cumbre del cerro del Sol, donde viví un forzoso destierro, escondiéndome de mi padre para que no pudiera matarme.

Boabdil creció oyendo afirmar a su madre que su padre no lo quería, que le resultaba un estorbo y que ahora sólo tenía ojos para los bastardos que había engendrado con la cristiana. Además, le decía Aixa, como no se anduviese listo, un día Muley Hacén ordenaría que le clavasen un puñal por la espalda para librarse de él, igual que ordenaba hacer con los perros sarnosos, para poder así ceder sin trabas el reino a sus hermanastros. Verdaderamente hacía mucho que su padre no lo miraba a los ojos, que no hablaban, que no comían juntos ni salían de caza, pero Boabdil nunca imaginó que su madre realmente tuviera razón hasta que vio irrumpir en su alcoba a un grupo de hombres que, cumpliendo las órdenes de Muley Hacén y amparados por la impunidad de la noche, llegaron al borde de su cama, cimitarra en mano, y lo sacaron a rastras, sin tener en cuenta su alcurnia, su juventud y su desnudez. Cuando salieron al patio, vio que allí también estaba su madre.

—No pueden hacernos esto —gritaba Aixa pateando el suelo de mármol de Macael con sus pies descalzos—. Soy la sultana y él, Boabdil, es el legítimo heredero al trono de Granada.

Pero no la escucharon. Los llevaron a trompicones hasta una sala de la torre de Comares y allí los encerraron con llave.

Entre aquellas cuatro paredes Boabdil pasó muchas noches llorando la desgracia de verse despreciado por su padre, oyendo las palabras de odio que su madre vertía en la sala contigua. Los habían desterrado allí para olvidarse de ellos. No podían salir. Les llevaban la comida y el agua, y un hombre armado vigilaba la puerta. Con todo, lo que Boabdil más echó de menos en esos tiempos fueron sus libros. Más tarde se enteró de que Muley Hacén los mandó quemar en una pira infernal, en el patio de Embajadores.

—Cuánto lo siento, señor —susurró Yago—. Parece que tengo la virtud de meter la pata con vos.

—No te preocupes. Eso ya es el pasado —lo tranquilizó—. Como dice el sabio Zagohibi, hay que dejarlo en el olvido. La Alhambra es mía al fin, y con ella lo es el Reino de Granada, tal como mi madre deseaba.

Le contó que los abencerrajes, el clan con mayor poder político del mundo nazarí, incapaces de olvidar antiguos agravios y hartos de la manera en la que Muley Hacén estaba administrando el reino, los habían ayudado a derrocarlo. Consideraban que era una pésima noticia que los cristianos estuviesen cada vez más cerca y que, pese a todo, el padre de Boabdil pareciese más que tranquilo, luciendo en las asambleas la sonrisa bobalicona del macho satisfecho, únicamente preocupado por la caída de párpados de la bella cristiana. Los abencerrajes corrieron la voz de que Muley Hacén estaba hechizado, que se pasaba los días enredado entre los velos físicos y espirituales de Zoraya, que se le estaba derritiendo el seso de tanto fornicar y que, por tanto, estando así las cosas, era incapaz de dirigir un plan de contraataque digno de una dinastía tan ilustre como la suya. Advirtieron a todos los que quisieron escucharlos que Muley Hacén seguía pagando tributos a los cristianos con los que conseguía una suerte de calma chicha que presagiaba terribles tempestades y que, por si eso no parecía poco, les enviaba alfajores, miel y dátiles en tiempo de Pascua, lo que seguramente estaría poniendo a Alá de un pésimo humor. Insinuaron que quizá el emir estuviese aliándose con los cristianos, conspirando contra su propio pueblo, alentado por alguna promesa de recompensas en forma de tierras y títulos nobiliarios para él, su flamante esposa y las nuevas criaturas que había traído al mundo con ella. Decían que prefería ver Granada en manos cristianas que en las de su hijo Boabdil. Acusaron a Muley Hacén de vivir alunado, de haber perdido el norte y la capacidad de raciocinio, de haber regalado a la cristiana esmeraldas y perlas engarzadas en oro por valor de miles de maravedíes en un momento en el que las circunstancias económicas no incitaban al despilfarro; decían que la alimentaba con puercos rellenos de trufas porque era incapaz de abandonar la repugnante costumbre de comer animales miserables que se revuelcan en sus propias inmundicias, contraviniendo así gravemente los preceptos del islam. Los abencerrajes concluyeron que la única forma de librarse de Muley Hacén era colocando en el trono a su legítimo heredero: Boabdil.

Aprovechando la lealtad de una de las criadas, Aixa consiguió hacer llegar a los abencerrajes un mensaje y trazar así un plan para liberar al joven príncipe de su cautiverio. Valiéndose de su ceñidor y del de sus criadas, Aixa descolgó a Boabdil desde la ventana del salón de Comares. Abajo lo esperaba Ahmad ibn Sarriá con los dos mejores caballos árabes que jamás se hubiesen visto. Ambos hombres huyeron en dirección a Guadix, donde los aguardaba el alcalde, que también era un conjurado.

Muley Hacén decidió aliarse con su hermano el Zagal buscando hacerse más fuerte, pero infravaloró a los abencerrajes. Y ése fue el momento que Aixa aprovechó para inflamar al pueblo, que se rebeló en pleno para expulsar al desprestigiado emir y colocar en su lugar al legítimo heredero: su hijo.

Lo que no sabían los abencerrajes ni su madre era que Boabdil sintió pavor el día que se descolgó por la ventana del salón de Comares para escapar de su cautiverio. Tampoco estaban al tanto de que no quería regresar allí cuando, desde aquella misma ventana, los abencerrajes le lanzaron la escala con la que había regresado al interior del recinto de la Alhambra, lugar en el que lo esperaban los legitimistas para ayudarlo a hacer justicia.

—Las peores guerras son las que se libran entre hermanos. Es posible que un castigo me esté esperando en el otro mundo por derramar la sangre de mi propio pueblo —se lamentó Boabdil ante Yago.

Fue tal la carnicería, que Muley Hacén no quiso exponer a su amada Zoraya y a los hermosos hijos concebidos con ella a las iras de su sublevado pueblo, de modo que decidió huir con ellos a Málaga, dejando la Alhambra y su corona en manos de Boabdil.

—Sí, es cierto, amigo mío. Soy el dueño del paraíso —musitó perturbado Boabdil, con un nudo en la garganta—. Y sin embargo... no soy feliz.

Llegó un momento en el que Yago podía detectar el estado de ánimo de Boabdil con sólo entrar en la celda. Cuando lo percibía cansado, triste o confundido, simplemente se sentaba a su lado y esperaba junto a él a que llegase la noche. Sabía que ése era su momento, que no hacían falta las palabras para estar acompañado cuando dos almas se sentían unidas. Aguardaban a que el canto de los grillos sustituyese al trinar de los pájaros mientras cada uno pensaba en la suerte que tenía por haber encontrado a alguien con quien compartir el vacío de la existencia. Yago sentía a Boabdil como un ser demasiado elevado para mantenerse calmado en aquel mundo convulso de guerras y desasosiegos. El rey de Granada estaba muy alejado de la idea brutal y prosaica que el muchacho siempre se había hecho de las personas que gobernaban. En su interior, le juró lealtad eterna.

Por su parte Boabdil veía a Yago como una aparición milagrosa, uno de aquellos jóvenes que el Corán describía como habitantes del paraíso, y pensó que, pese a su desgracia, era muy afortunado al contar con la presencia de un alma tan lírica, puesta en su camino para que no lo atrapase la locura en una situación que, a todas luces, era desesperada.

Nunca lo dijeron en voz alta, pero ambos se gustaban.

Aquella mañana partían para trasladar a Boabdil al castillo de Porcuna. Los reyes Isabel y Fernando habían decidido que el torreón de planta octogonal construido por la Orden de Calatrava cincuenta años antes era el lugar ideal para mantener a su cautivo hasta que llegaran a un acuerdo de liberación.

Los vecinos de Porcuna se asomaron a las ventanas para ver pasar la comitiva que llevaba a Boabdil. No recordaban haber presenciado una cabalgata tan pomposa en toda su vida. El rey de sus enemigos naturales cruzaba por delante de sus ojos en actitud lánguida y con las manos atadas, y estaba muy delgado. Los escoltas atravesaron el llanete de la Vera Cruz, la calle del Nombre de Jesús y la Calancha, con orgullosas sonrisas, escoltando al elegante prisionero. El clavero de la Orden de Calatrava, responsable de guardar y defender el castillo y convento mayor, también lo vio, y no le hizo gracia. Tenía la obligación de acatar el mandato del rey desde que éste fue elegido maestre de la orden a perpetuidad por una bula papal, pero estaba convencido de que encargarse de la custodia de un cautivo de esa categoría era un desatino de los peores porque los colocaba en el disparadero de posibles ataques musulmanes. Pese a todo, no podía negarse, así que entregó las llaves de la torre a los monarcas y se fue a vigilar sus olivos, que en los últimos tiempos se veían afectados por una plaga de escarabajo picudo.

Aunque Yago no podía verla en su rostro, tuvo la sensación de que percibía la tristeza de Boabdil, quien iba tras él sobre un mulo, con su laúd a la espalda, silencioso. Podía oír los murmullos de la población, el caminar pesaroso de las cabalgaduras y las palabras sueltas de los caballeros indicando las calles que tenían que tomar para llegar a la torre del castillo que, al parecer, medía más de treinta varas de altura y se divisaba desde una gran distancia. Cuando por fin llegaron le surgió la duda de si había de seguir las órdenes de los caballeros o si debía colocarse junto a Boabdil y compartir su suerte, como si fuera un perro fiel. Ni siquiera parecían fijarse en él, así que Yago se dejó guiar por el sonido de las babuchas del que ahora consideraba su amigo, sin titubear. Los encerraron a ambos en la torre, prometiéndoles que en pocos minutos les harían llegar comida y agua. Por un instante se quedaron en silencio.

Yago tanteó el aire, acercándose a Boabdil despacio.

—¿Puedo tocaros el rostro? Mis dedos son mis ojos.

Boabdil dudó un momento antes de darle el permiso.

Yago le acarició la barba empolvada, apreció los abultados pómulos, pasó ligeramente los pulgares por debajo de sus ojos y notó el hueso firme que definía las cuencas. Boabdil cerró los párpados. Ese contacto humano lo dejaba conmovido, con la garganta seca.

—Cuando descanséis luciréis mejor aspecto y os encontraréis mejor, señor —musitó el muchacho.

—Eres un joven extraordinario —le dijo—. Embelleces el mundo. Eres capaz de inventar historias y de hacer música. Mi hermana Nur también inventa historias. Ella también es un ser extraordinario.

—Nur es un nombre extraño.

—Significa «Luz».

Boabdil contó a Yago que a su madre, Aixa, no le hizo falta esperar a que Zagohibi perfilase la carta astral de su hija Nur para saber que ésta sería diferente al resto de las criaturas que había traído al mundo. Nació de pie, una madrugada de primavera en la que las estrellas brillaban con el doble de intensidad que en otras ocasiones; por eso decidieron ponerle aquel nombre. Apenas lloró; sólo gimió ligeramente un par de veces, seguramente para poder abrir el canal de paso del aire de la boca y las fosas nasales. Una vez que logró respirar con normalidad, se limitó a quedarse callada en su cuna, con el ceño fruncido y los puños apretados. Cuando abrió los ojos por primera vez, se dieron cuenta de que fue un acierto ponerle aquel nombre porque todo en ella evocaba la luz. Había algo enigmático en la niña que quizá nunca llegarían a descifrar, según indicó Zagohibi.

—Siempre está demasiado ocupada observando el mundo —añadió Boabdil—. Puede pasarse las horas sentada, sola, debajo de algún laurel de los jardines del Generalife, hablando consigo misma… o con las flores, los pájaros o los insectos. La verdad es que no estoy muy seguro de con qué habla. Sigue escapándose al patio en el que los jóvenes varones reciben las enseñanzas. Allí, oculta tras las cortinas, repite cada frase para memorizarla y recitársela más tarde a las mujeres del harén. Cómo tú haces conmigo —aclaró a Yago.

***

Las noticias llegaron a primera hora del día siguiente. Yago se encontraba en la cocina, desayunando, cuando Vermudo se lo contó. Entonces echó a correr como alma que lleva el diablo en dirección a la alcoba de Boabdil, dándose golpes con las paredes y tropezando con las sillas.

—Señor, señor… —dijo entre jadeos al tiempo que entraba en la estancia como una exhalación.

Casi no podía respirar. Se apretaba el pecho, sujetándose el corazón, y tuvo que apoyarse en la pared.

—¿Qué ocurre?

—Buenas noticias, señor.

—Dime, por Dios. No me tengas en ascuas —lo apremió el rey de Granada sacudiéndole los hombros.

Yago aspiró el aire un par de veces más antes de lanzarse a hablar.

—Al parecer vuestra madre está negociando con los reyes vuestra liberación —dijo al fin.

—Ciertamente es una buena noticia. —Boabdil suspiró.

—Pero no la única. ¡Enhorabuena! —exclamó Yago después de tragar saliva—. Habéis sido padre de un varón.

Boabdil cerró los ojos.

—Al fin una alegría entre tanta desdicha.

Como si el Señor estuviese escuchando las plegarias del rey Fernando, se presentó en Alhama el alfaqueque de Alhendín, Sancho de Cepeda, pidiéndole audiencia. Llegó solo, montado en una yegua de poco porte, un día en el que se había desatado una tormenta que los mantenía medio en penumbra y los había obligado a encender las antorchas pese a ser las cuatro de la tarde.

El negociador cedió las riendas de su montura al mozo y subió la escalera que conducía a la sala donde se encontraba el monarca. Era un hombre alto y delgado, con los ojos ligeramente saltones y claros, y de pelo ralo. Se movía despacio y parecía disponer de una paciencia infinita, sin duda necesaria para desarrollar con sabiduría su labor. Estaba nervioso y calado hasta los huesos. Un escalofrío lo obligó a dar un respingo mientras esperaba el permiso para entrar. Desde que desempeñaba aquel oficio de mediador, Sancho de Cepeda jamás se había tenido que enfrentar a un encargo de tanta responsabilidad. Había redimido cautivos de poca monta, y también consiguió liberar algún esclavo y algún prisionero de guerra de uno u otro lado de la frontera cristiano-musulmana; en una ocasión, incluso, intercedió por un pastorcillo de apenas once años que los moros apresaron mientras guardaba las ovejas de su amo. Aquel asunto lo conmovió sobremanera. Sabía que, si no conseguía liberar al muchacho, éste podría acabar vendido como esclavo en el mercado de Ronda, donde lo utilizarían como mula de carga para subir y bajar pellejos de agua desde el fondo del tajo hasta el pueblo. Seguramente moriría allí, reventado de trabajo. Pero Cepeda consiguió que el niño fuese liberado, y se sentía orgulloso por ello. Aun así, encargarse de pactar el rescate del rey de Granada era bien distinto.

Del interior de la sala le llegó una voz que le concedía permiso para entrar. Sancho de Cepeda cerró los ojos, respiró profundamente y atravesó el umbral. El rey se encontraba acompañado por Íñigo López de Mendoza y por el conde de Cabra. Los tres hombres interrumpieron la conversación que mantenían y lo observaron de arriba abajo. Como Sancho no conocía personalmente al rey, y le pareció de mal gusto preguntar, no supo a cuál de ellos dirigirse. Prefirió quedarse quieto en medio de la sala y esperar una señal, pero empezó a incomodarle tanto silencio, así que hizo una reverencia y comenzó a hablar sin mirar a los ojos a ninguno de ellos en particular.

—Buenas tardes —saludó cortésmente—. Me envía Aixa, la madre de vuestro prisionero, el rey Boabdil.

Nadie respondió, así que Sancho no logró deshacerse de la incomodidad inicial. Decidió seguir hablando para diluirla.

—Soy el alfaqueque de Alhendín: Sancho de Cepeda.

—Sé quién sois —indicó lacónicamente uno de los tres hombres.

Sancho dedujo entonces que quien acababa de hablar era el rey, Fernando de Aragón. El hecho de que alguien tan destacado como él conociese su existencia lo calmó ligeramente y por fin pudo tomar aire con un poco de sosiego.

—Liberaos de la capa mojada y sentaos —lo instó el monarca.

Sancho de Cepeda obedeció mientras recapacitaba sobre cómo comenzar a tramitar el asunto. Nunca llevaba nada preparado de antemano pues confiaba en su intuición a la hora de plantear soluciones, pero en esa ocasión estaba nervioso. Toda la seguridad que había adquirido en sus muchos años de práctica argumentando lo había abandonado en el peor momento. Prefería atender asuntos nimios como dirimir lindes, rescatar pastorcillos o liberar presos. Era un héroe cuando todo salía bien y nadie lo culpaba las pocas veces que algo salía mal. Pero en ese caso el destino de dos reinos se depositaba en sus manos, las mismas que en ese momento reposaban frías y húmedas sobre su regazo.

—Os esperábamos. —El rey lo sacó de su ensimismamiento—. Hemos de suponer que Aixa estará preocupada por su hijo y también por su destino. Tiene que encontrarse en una situación muy incómoda ahora que Muley Hacén ha vuelto a hacerse con el trono.

—Veo que no hay secretos para vos —respondió Sancho.

—La labor de un buen mandatario es estar prevenido. La información es poder.

—Así es. Precisamente por ello, lo primero que me solicita Aixa es conocer el estado en el que se encuentra su hijo.

—Abatido… —respondió Fernando con resolución— pero vivo, que es lo que cuenta, ¿no es cierto? Está atendido con la misma consideración con la que nos ocupamos de nuestros huéspedes más ilustres. No le causaríamos ningún mal, como bien debéis suponer.

Sancho barruntó que aquella deferencia no tenía nada que ver con el valor que los reyes pudieran dar a un ser humano basándose en la ética cristiana, sino en la importancia que Boabdil tenía como moneda de cambio. Por primera vez en todo el tiempo que llevaba en aquella sala sintió el pálpito de la intuición. Era obvio que el rey Fernando tenía una importante baza en su poder, pero también estaba claro que debía manejarla con cuidado, midiendo bien los tiempos, calculando su estrategia. Con todo, a Sancho le pareció que el monarca se mostraba receptivo a una propuesta.

—¿Y bien? —De nuevo el rey interrumpió sus pensamientos—. Supongo que Aixa no os habrá enviado simplemente para preguntar por la salud de su hijo.

Sancho detectó entonces un pellizco de inquietud. Su Majestad esperaba conocer la propuesta, y estaba claro que sabía que llevaba las de ganar.

—Aixa estuvo hablando conmigo hace unos días —comenzó Sancho— y quiere proponeros un trato a cambio de la devolución de su hijo sano y salvo. Majestad, os ofrece un tributo anual de doce mil doblas zaenas, que, como sabéis, equivalen a unos catorce mil ducados. Del mismo modo se compromete a liberar anualmente a sesenta mil prisioneros cristianos de los que encierran en sus mazmorras, así como a entregaros en calidad de rehenes a diez jóvenes de la mayor nobleza de su reino.

Se hizo el silencio. Al cabo de unos segundos, que a Sancho le parecieron horas, el rey volvió a hablar.

—¿Ya habéis terminado?

—Sí. Eso es lo que Aixa os propone como rescate. Considero que es un trato ventajoso ya que...

—Ya hemos hecho tratos parecidos a ése con los moros en ocasiones anteriores y no ha servido de nada. Casi siempre incumplen su palabra. ¿Por qué tendríamos que confiar en ellos esta vez?

—En esta ocasión está en juego la vida de Boabdil —recordó Sancho.

—Sí, eso es cierto —respondió el rey—. Pero ¿qué ocurrirá una vez que lo liberemos? Podrían sentirse tentados a romper sus pactos.

—Por supuesto todo acuerdo al que lleguemos estará firmado por ambas partes de forma que...

—Lo que se me ocurre —volvió a interrumpir el rey Fernando— es que Boabdil se comprometa a todo eso que vos habéis señalado y a algo más.

—Os escucho.

—Habrá de comprometerse a prestar ayuda militar a las tropas castellanas para luchar contra su tío el Zagal y contra su propio padre.

—No creo que haya problema en ello.

—También exigimos la entrega, sin condiciones posibles, de la ciudad de Loja, así como una tregua de dos años y la firma de un documento por el cual se considere a sí mismo vasallo de Castilla.

Sancho se incorporó de su silla y se puso a caminar por la sala, rascándose la barbilla. Había llegado hasta allí pensando que podría solucionar aquel asunto con una sola visita, pero estaba claro que aquello no podía decidirlo por sí mismo.

—Tendré que consultar con Aixa.

—Por supuesto. —El rey sonrió.

El conde de Cabra hizo ademán de acompañar a Sancho de Cepeda hasta la puerta, y con aquel gesto el alfaqueque percibió que lo estaban echando sutilmente. Presionó el picaporte y atravesó el umbral sintiéndose terriblemente incómodo.

—Por cierto... —La voz del rey detuvo a Sancho justo antes de que empezase a bajar la escalera—. Aixa debería saber que las facciones de su marido, Muley Hacén, vinieron hace unos días. Nos ofrecieron un trato muy interesante a cambio de la vida de su hijo. Por supuesto, nosotros preferimos entendernos con Aixa, ya que nos incomodaría que Boabdil sufriese algún mal si se lo entregásemos a su padre. Queremos que Aixa sea consciente de nuestras buenas intenciones.

Sancho volvió el rostro y miró a Fernando con expresión interrogante. No había contado con eso.

—Nos han informado de que la joven esposa de Boabdil acaba de parir un varón —continuó diciendo el monarca—. Decid a Aixa que, como prueba de buena voluntad, para asegurarnos de que no se verán tentados a traicionarnos y de que cumplirán los pactos que firmemos, exigimos que nos entreguen a la criatura a cambio de la liberación de su padre.

—Pero majestad...

—Os deseo un buen viaje de vuelta.

Antes de que Sancho tomara aire para responder, el conde de Cabra cerró la puerta de un portazo, dejándolo confuso al otro lado.

***

Muley Hacén y su hermano el Zagal, junto con un buen número de sus súbditos más fieles, esperaron a los abencerrajes en la Cámara del Rey. Era una de las salas más ricas y elegantes de la Alhambra, con una alzada de tres cuerpos, rematada en una esbelta cúpula en forma de estrella de dieciséis puntas en cuyos arranques se abrían dieciséis ventanas por las que se colaba la languidez de la luna llena. Los rostros de aquellos hombres estaban iluminados por varias antorchas situadas en las esquinas que les procuraban un lúgubre y titilante aspecto de animales al acecho.

Los abencerrajes acudieron al encuentro en plena noche. Dejaron los caballos en la puerta del palacio y atravesaron los pasillos dando zancadas. Sus botas golpeaban con estruendo el mármol del suelo, llenándolo de la nieve embarrada que cubría la sierra desde la noche anterior. Llevaban los rostros parcialmente ocultos tras sus turbantes para resguardarse del frío invierno en Granada. A pesar de todo, bajo la tela se entreveía el gesto severo de aquellos que vienen dispuestos a defender su honor. Muley Hacén había acusado a uno de ellos de trepar diariamente por la ventana del harén con las intenciones más abyectas. Incluso había sugerido que no sólo estaba asaltando la intimidad de las mujeres, sino que también se dedicaba al cortejo de la recién parida esposa de Boabdil, con la que se veía a escondidas bajo un ciprés del Generalife aprovechando la ausencia del marido, con todas las sugerencias implícitas que ello conllevaba. Muley Hacén y el Zagal estaban dispuestos a hacer justicia para limpiar semejante deshonor y pedían a cambio la cabeza de aquel muchacho.

La reacción de los abencerrajes no se hizo esperar. Exigieron tener un encuentro con el nuevo mandatario, al que ellos no consideraban su emir, para que les mostrase las pruebas que tenían. Estaban tan indignados que ni siquiera sospecharon cuando los citaron en el palacio en mitad de la noche fría y oscura.

Muley Hacén y el Zagal dedujeron que acudirían los treinta y seis miembros masculinos que conformaban el linaje, de modo que calcularon estar en ventaja de dos a uno. Oyeron sus pasos firmes retumbando por los pasillos. Se acercaban. Muley Hacén y su hermano no tenían intención de hablar con ellos; sólo necesitaban esperar en silencio a que se aproximaran lo bastante para pillarles por sorpresa.

El tiempo parecía transcurrir con pasmosa lentitud. Muley Hacén estaba nervioso. Sentía una presión intensa en la boca del estómago y una necesidad casi imperiosa de orinar, pese a haber vaciado su vejiga minutos antes. Era la misma sensación que recordaba de su infancia, cuando jugaba a esconderse entre las cortinas del palacio, esperando a que los demás niños lo encontrasen. «Ojalá fuese todo tan sencillo como en aquellos tiempos», pensó. Llevaba varios días planeando punto por punto el ataque, pero siempre podía surgir algún imprevisto. Los abencerrajes eran bravos y valientes guerreros, acostumbrados a la lucha en circunstancias adversas.

—Lo mejor es sorprenderlos —le dijo su hermano el Zagal—, hacerles creer que vienen a una cosa y que luego sea otra.

Pero incluso si esa estrategia les funcionaba, el hecho de luchar, de enfrentarse al enemigo cuerpo a cuerpo en el interior de su palacio, abrumaba a Muley Hacén. Nunca había afrontado una situación así. Su esposa Aixa y su hijo Boabdil saldrían reforzados si perdían aquella batalla, pero también cabía la posibilidad de salir triunfantes. Si lograba librarse de esos malditos abencerrajes, su esposa y su hijo quedarían expuestos, y se libraría de ellos con facilidad. Podría acceder con total impunidad a la alcoba de Aixa y clavarle la espada hasta lo más hondo del corazón. Así aprendería a no ser tan soberbia y a no meterse en asuntos de hombres.

Ya se oían los pasos en el patio de los Leones, en la sala contigua, y Muley Hacén sintió la sangre agolpándose en sus sienes. Tenía la garganta seca y las manos frías. Si fracasaban perdería su reino para siempre. El Zagal lo miró e hizo un rápido asentimiento con la cabeza. Los dos se llevaron la mano a la empuñadura de su cimitarra. El resto de los hombres, bien pertrechados con armaduras, también se pusieron alerta. Los pasos cesaron de sonar.

Los abencerrajes ya estaban en el patio de los Leones. Uno de ellos alzó la voz; sin duda, tuvo un presentimiento de desgracia.

—Esto está muy silencioso —dijo a sus familiares.

Entonces, como si hubiera estado esperando que una señal del cielo le indicase cuándo tenía que atacar, el Zagal surgió de entre las cortinas lanzando un grito de espanto y clavó su daga en la garganta del hombre que acababa de hablar. Por su boca abierta en una mueca de dolor, surgió un sonido de bisagra oxidada. Cayó lentamente, mirándolo sorprendido pese a estar ya muerto.

Muley Hacén salió entonces de su escondite desenvainando su cimitarra y, tras él, el resto de sus adeptos. Descargó el arma con todas sus fuerzas sobre la cabeza del mayor de los abencerrajes, a quien tenía más inquina. Lo consideraba el responsable de toda la campaña de desprestigio a la que se había visto sometido en los últimos tiempos. Oyó que el metal chocaba contra el cráneo. El hombre se tambaleó ligeramente, pero seguía con vida y en pie. Aquello asustó a Muley Hacén. No podía permitirse perder el tiempo en cada muerte mientras los demás estuvieran bien vivos, dispuestos a defenderse con uñas y dientes. Lo empujó con ímpetu, y el hombre cayó al suelo desplomado. Entonces se hizo consciente del fragor que los envolvía, del ruido del chocar de los metales, los alaridos de dolor y de rabia, los insultos, las indicaciones y los golpes en el mármol. Muley Hacén miró a su alrededor y aquella escena le pareció poco real. Habían planeado tanto aquella celada que no llegó a imaginar que tendrían que llevarla a término en la vida real porque, hasta ese momento, se habían guiado por un código de honor, y sus rencillas con los abencerrajes se habían mantenido en el ámbito de las murmuraciones y las estrategias políticas, nunca en la lucha cuerpo a cuerpo.

Su hermano, el Zagal, era el que más fuerza parecía tener.

Se lanzaba contra los enemigos con una brutalidad desaforada, con los ojos vidriosos y los labios húmedos. En cinco minutos la Cámara del Rey se llenó de cuerpos mutilados. La pelea había dejado una de las más ricas y elegantes salas del palacio en ruinas. Los que continuaban vivos gateaban entre los cadáveres intentando sortear la lluvia de mandobles, cristales rotos, cortinas arrancadas y sangre, mucha sangre, tan abundante y densa que opacaba los rutilantes colores de la decoración.

Los hombres de Muley Hacén estaban enloquecidos. Pateaban a los heridos en el vientre, en la cabeza, mientras les lanzaban los peores insultos que podían recordar. Parecían haber descubierto en el interior de sus corazones una suerte de odio recién estrenado, un prurito ardiente que sólo podía ser calmado con la visión de los ríos de sangre. Colocaron a los que quedaban vivos de rodillas, con los cuellos apoyados en el borde de la fuente del centro de la sala.

—Pedid perdón a vuestro emir por la traición cometida —los increpó el Zagal.

Pero no les dio tiempo a obedecer sus órdenes. Una vez que estuvieron todos postrados, los hombres de Muley Hacén descargaron las espadas contra sus cuellos, degollándolos de un solo tajo. Las cabezas rodaban como balones en un terreno inestable, con la salvedad de que aquellas esferas los miraban con cierto reproche al quedar al fin paradas. Cuando estuvieron todos muertos, un silencio sepulcral inundó la sala. Tan sólo se oía el gorgoteo de la sangre deslizándose por el desagüe de la fuente de mármol. Muley Hacén estuvo un buen rato inmóvil, observando el río púrpura como un sonámbulo, intentando asimilar lo que acababa de suceder. ¿Cómo explicar al pueblo todo aquello? No habían planeado eso.

Las mujeres del harén observaron la batalla desde las ventanas del patio alto. Aixa estaba al borde del colapso. Dedujo, con muy buen criterio, que sin la presencia de los abencerrajes su vida corría peligro, de modo que puso en marcha el plan que tenía en mente por si sucedía algo así. Reunió a su hija Nur y a su nuera Moraima con el bebé de Boabdil recién nacido ya que se dijo que, sin duda, su marido querría matar también a esa criatura. Tenían que huir rápidamente. Las guió por los pasadizos más secretos de la Alhambra, hasta que llegaron a la torre de los Sietes Suelos, cerca de la puerta de los Pozos, junto a las mazmorras, donde había dispuesto todo lo que les hiciera falta para mantenerse vivas durante al menos un mes. Estaba acostumbrada a vérselas en situaciones precarias. Allí no las encontrarían.

—No podremos escondernos aquí eternamente —murmuró Nur, intentando evitar que Moraima la oyese.

—No estaremos aquí eternamente —proclamó Aixa—. He enviado orden al alfaqueque para que tramite la liberación de tu hermano.

—¿Habéis pagado el rescate? —preguntó Moraima, llena de entusiasmo, mientras mecía a la criatura entre sus brazos—. ¡Al fin mi amado esposo podrá conocer a su hijo! —Se alegró.

Aixa la miró con pesadumbre. No creyó conveniente explicarle en ese momento que había intereses más elevados que los personales, y que sus vidas no les pertenecían. Por eso no le habló del acuerdo al que había llegado con los cristianos.

***

Yago fue a buscar a Boabdil cuando casi no había salido el sol y lo encontró más animado que en otras ocasiones, rezando sus oraciones de la mañana. Iba a avisarle de que acababa de llegar una embajada enviada por su madre, encabezada por Sancho de Cepeda, el alfaqueque encargado de negociar su liberación. Isabel y Fernando los estaban agasajando con pollos asados, nueces e hidromiel en el salón principal del castillo.

—Creo que podréis regresar a vuestra casa hoy, majestad —le dijo Yago, alegrándose por él.

Abrieron a Boabdil la puerta de la torre, y él y Yago caminaron por los pasillos inundados del delicado olor de la piel del ave chamuscándose en la chimenea, lo que les recordó que aún no habían desayunado. Los condujeron directamente al salón. Los esperaba toda la comitiva sentada ya a la gran mesa, que lo mismo servía para una reunión de amigos, que para proyectar una batalla, que para tomar el desayuno. Se sentaron alrededor de ella a fin de hacer repaso de los términos del pacto de liberación.

—Con el poder que me confieren las sultanas Aixa y Moraima, madre y esposa del cautivo, me veo capacitado para ofrecer a los reyes de Castilla un tributo de doce mil doblas zaenas que serán entregadas en el mismo momento de la liberación del rey Boabdil, aquí presente, así como una suma anual que podremos discutir —señaló Sancho de Cepeda—. A cambio del vasallaje que también os ofrece Aixa, os pide favor contra su esposo, Muley Hacén, así como contra su cuñado el Zagal.

—Una suma generosa, sin duda —respondió suavemente el rey Fernando con una ligera sonrisa en sus labios—. Pero las condiciones son más amplias y ya las habíamos definido hace unas semanas.

Boabdil se rebulló incómodo en su silla. Se había estado tramitando su liberación y no habían contado en absoluto con su opinión.

—Recordad, señor Cepeda —continúo hablando el rey—, cuáles eran los requisitos del rescate. En primer lugar, Boabdil debe declararse vasallo fiel de Castilla. Del mismo modo, adquiere el compromiso de liberar a los cuatrocientos cautivos cristianos que desde hace meses se hacinan en sus prisiones. También exigimos el tributo anual de catorce mil ducados.

—¡Eso es una locura! —Boabdil se levantó de la silla de un brinco y elevó la voz por primera vez en todo ese tiempo.

—No es algo que estemos dispuestos a discutir, estimado amigo. Bien sabéis que no estáis en condiciones de hacer requerimientos. Vuestro padre y vuestro tío os han arrebatado el reino aprovechando vuestra ausencia, no lo ignoráis. ¿Qué será entonces de vuestro pueblo? ¿Qué será de vuestra madre, de vuestra esposa...?

Boabdil suspiró sintiéndose derrotado. El rey Fernando continuó hablando.

—Si Aixa desea que la ayudemos a batallar contra su esposo, necesitamos también tener libre acceso a todas las villas y todos los castillos que den paso al lugar en el que ellos se encuentren.

Sancho de Cepeda buscó con la mirada los ojos de Boabdil esperando ver en ellos un gesto de aceptación. Era la primera vez que lo tenía frente por frente. Había oído hablar de él en tantas ocasiones que lo imaginó como un rey altivo y algo presuntuoso y siempre elegantemente vestido, armado con las mejores espadas que se templaban en el Reino de Granada; por eso se sorprendió al verlo empequeñecido y con la mirada huidiza. Boabdil había agotado todo su orgullo en los últimos tiempos dando vueltas a su lamentable situación, acumulando una pena de siglos, encerrado entre las ocho paredes de su torre.

Boabdil y Cepeda se sostuvieron la mirada durante unos instantes; el segundo esperando la señal con la que cerrar el mejor trato al que podían aspirar y el primero certificando que no había mejor salida que aceptar lo que le estaban proponiendo.

—Firmaremos el asentimiento de sus condiciones —concluyó el alfaqueque.

—Hay algo más... Y vos lo sabéis —interrumpió el rey Fernando.

Miró a la reina Isabel y ésta tomó la palabra.

—Ya en otras oportunidades se han incumplido los términos de nuestras negociaciones —indicó la reina—, con la tremenda carga de decepción y tristeza que ello conlleva. Por eso, como muestra de buena voluntad, exijo sustituir a nuestro rehén por un rehén especial. Espero que Aixa lo haya tenido en cuenta.

—Sin duda lo ha tenido. ¿Cómo olvidarlo? Está aquí —respondió Sancho.

Boabdil los miró sin comprender.

De pronto oyeron avanzando por el pasillo un sonido tenue, un lamento pequeño, casi imperceptible, que poco a poco se fue perfilando como el llanto de un niño de corta edad. Boabdil no tenía noticias de que en aquel castillo hubiese dado a luz nadie en los últimos tiempos y buscó con la mirada los ojos de Sancho de Cepeda. El alfaqueque bajó la cabeza, y una terrible premonición presionó el pecho de Boabdil. La puerta del gran salón se abrió y apareció la figura de su secretario, Aben Comixa, con un pequeño paquete envuelto en lino. Al fijarse bien, Boabdil se dio cuenta de que se movía y que era el origen de aquel llanto delicado que no parecía producto del sufrimiento, ni del hambre ni de la enfermedad; simplemente, echaba de menos los arrullos de una mujer.

Como si le hubiese leído el pensamiento, la reina Isabel se levantó de la silla y, sin pedir permiso, cogió al niño en brazos. Le introdujo el nudillo de su dedo meñique en la boquita e, inmediatamente, el pequeño dejó de llorar.

Boabdil se sentía incómodo ante aquel silencio. Todos parecían tenerle lástima, todos parecían saber algo que él desconocía y que no estaba seguro de querer conocer. Se incorporó de la silla muy despacio, con la garganta seca, convencido de que estaba ocurriendo algo terrible que aún no tenía nombre. Se acercó a la criatura con un temor infinito y se asomó al rostro infantil, reconociéndose en él.

—¡No! —gritó.

Alargó las manos para arrancarlo de los brazos de la reina cristiana, pero Aben Comixa lo retuvo. Por un momento pensó que podría echar a correr con el niño lo suficientemente rápido para pillarles desprevenidos. Huiría lejos, bien lejos de todo. Lejos... Muy lejos.

—La sultana Moraima ha aceptado entregar al niño a cambio de vuestra liberación, señor —aclaró Sancho de Cepeda.

—¡Nooo!

—Ya está decidido.

—¡No! No, no...

Los gritos de Boabdil sonaban cada vez más débiles. Oía de fondo las voces de sus consejeros recordándole que si no regresaba pronto perdería el Reino de Granada, por no hablar de lo que Muley Hacén podría hacer con su madre y su esposa.

—Ha matado a los abencerrajes —oyó decir a Aben Comixa—. Ahora están solas, expuestas a su crueldad.

Yago palpó el aire, buscando en él la esencia de su amigo. Colocó la mano sobre su hombro, pues intuía que, en aquel terrible momento, necesitaría más que nunca de su presencia.

—Yo cuidaré de él como si fuese mi propio hijo —interrumpió la reina Isabel, sin sacar su dedo de la boquita del niño—. Os lo juro ante la cruz que llevo colgada de mi pecho.

—¿Cómo se llama? —musitó Boabdil.

—Ahmed —respondió Sancho de Cepeda.

—¿Me permitís cogerlo un momento?

Alargó las manos en dirección a la reina Isabel. Quería abrazarlo, sentir el pequeño corazón de la criatura latiendo contra el suyo. Su hijo... Era su hijo; carne de su carne, sangre de su sangre. Le pertenecía.

Ella lo miró desafiante.

—Es mejor que no. Tiene que descansar.

Levantó la mano y una de sus damas de compañía se aproximó para coger a la criatura.

—Ya no tenemos nada más que hacer en este lugar —susurró Aben Comixa a Boabdil.

—No puedo dejarlo aquí.

—Sí podéis. Vuestra esposa me rogó que os llevase sano y salvo de vuelta a casa. Y yo así se lo prometí.

Boabdil apartó los ojos del lugar por donde había desaparecido su hijo y tropezó con la figura de Yago, quien, con el laúd bajo el brazo, se mantenía a su lado.

—En la Alhambra, en mi paraíso, tienes tu casa —le dijo, intentando aparentar una presencia de ánimo que no alcanzaba a componer—. Gracias por todo, mi buen amigo. La paz sea contigo.

Y sin decir una palabra más, se dio la vuelta. Yago oyó el sonido de sus babuchas arrastrándose por la piedra y caviló acerca de la amistad, convencido de que cada persona sacaba de cada uno un yo diferente. Oreste Olivoni había hecho que se sintiera un tullido insignificante y ridículo; Boabdil, en cambio, había elevado su espíritu hasta convencerlo de que su valor estaba a la misma altura que la del resto de los cortesanos, incluso que la de los propios reyes.

Con el paso de los años Yago descubrió que todos los seres humanos tienen valor, y que son ellos mismos quienes, individualmente, deben dárselo. Pero en ese momento Yago aún no sabía quién era. Ni siquiera sabía quién quería ser.

***

Llegaron a la plaza justo cuando se oían las voces del almuédano llamando a la oración desde el minarete, señal de que era el momento de dejar el trabajo. Boabdil descendió de su caballo y se encaminó a la puerta de entrada al palacio de la Alhambra. Le salió al paso su madre y se plantó delante de él, impidiéndole avanzar, indignada, muy seria y sin dar muestra alguna de afecto. Moraima, la mujer de Boabdil, estaba a su lado con los ojos brillantes. Se veía deseosa de lanzarse a los brazos de su esposo, pero se mantenía expectante ante la actitud de su suegra.

—Os he echado tanto de menos… —saludó él, conteniendo la emoción.

—Los gobernantes no muestran debilidades —le reprobó Aixa.

Boabdil lamentó profundamente haber hecho semejante comentario, pero, por un momento, había olvidado quién era. Lo único que quería era recibir el abrazo de los suyos, sentirse acogido, querido y comprendido. Tragó saliva y se recompuso.

—¿Cómo fue todo por aquí en mi ausencia? —preguntó, en un intento de mostrarse firme.

—¿Tú qué crees? Tu padre volvió a tomar el poder. Tuvimos que escondernos en los pasadizos de los Siete Suelos. Por suerte, Muley Hacén se enteró del pacto que hice con los cristianos y, como casi no contaba con apoyos, ha huido con su hermano, su ramera y sus bastardos.

Boabdil no tenía ganas de continuar con esa conversación. Miró a su esposa con ojos enamorados.

—He visto a nuestro hijo —le informó con un nudo en la garganta.

Moraima asintió con la mirada baja, intentando que no se diera cuenta de que estaba llorando.

—Tu padre mató a toda la saga de los abencerrajes. El muy… —los interrumpió Aixa.

Su madre no dejaba espacio en su mente para otra cosa que no fuese su obsesión: su marido infiel. Volvió a provocarle rechazo su presencia, y volvió a sentirse culpable por ello. Esa mujer había guerreado por él, lo había protegido cuando su padre se les puso en contra, había arriesgado su vida y había peleado por colocarlo en el trono con mucha más fuerza de lo que lo habría hecho jamás un hombre; sin embargo, Boabdil sentía una irracional repulsa cuando la tenía cerca. Eso lo entristecía. Cuando Aixa tomaba esa actitud ofendida y hostil, él se veía incapacitado para relacionarla con aquella mujer que le había contado cuentos en la infancia. Era incapaz de recordar los abrazos, los mimos, los besos, los consuelos cuando se caía o las risas al verlo jugar. Cuando su madre mostraba su gesto adusto, se le antojaba una mujer extraña cuya única misión en la vida parecía centrarse en amargarle la suya. Quería alejarse de ella, desaparecer detrás de la puerta de su alcoba y dejar que su Moraima lo reconfortase; hablar con ella del niño, asegurarle que lo recuperaría más pronto que tarde, y que juntos lo verían crecer, decir sus primeras palabras y dar sus primeros pasos, y prometerle que serían una familia dichosa. Quería que su madre dejase de interponerse en su camino. Pero ella nunca quedaría conforme. La única forma de aplacarla ligeramente era seguir rabiando contra Muley Hacén un poco más.

—¿Dónde está padre ahora? —preguntó Boabdil.

—Ha regresado a Mondújar —respondió agria—. Dicen que está viejo, derrotado y enfermo… y que se está quedando ciego.

—¿Ciego?

—Espero que se vaya pronto al infierno. Quizá esté muerto ya —apuntó con saña Aixa antes de dar por concluida la conversación y permitirles, al fin, entrar en el palacio.

Como si de una maldición se tratase, Muley Hacén abandonó el mundo de los vivos una semana después. Junto a su cama se mantuvieron su esposa Isabel de Solís o, como él siempre la llamó, su amada Zoraya, y los dos hijos que tuvo con ella. Dejó un testamento en el que aseguraba estar cansado de tanta lucha y decepcionado por el comportamiento de su hijo mayor. Seguía considerándose el rey de Granada, de modo que dejó como heredero del reino a su hermano el Zagal.

Antes de firmar sus últimas voluntades, miró por la ventana.

—Quiero que me entierren en ese lugar. —Señaló la montaña más alta que se veía desde allí—. Cerca del cielo, lejos de los hombres. Dime que te encargarás de ello, Zoraya, querida.

—Así será.

Y desde el día de su muerte, el pico más alto de aquellas tierras llevó su nombre.

***

Dos días después de la marcha de Boabdil, los reyes Isabel y Fernando anunciaron a la Corte que regresaban a Córdoba. Tenían previsto pasar allí la Navidad y convertir el Alcázar de los Reyes Cristianos en el centro de operaciones donde replantearse la toma de Granada, sobre todo desde que llegaron noticias informándoles de que un ejército encabezado por el marqués de Cádiz, el maestre de Santiago y otros nobles caballeros se había adentrado en los peligrosos terrenos de la Axarquía de Ronda sin la autorización del rey Fernando. Aun así habían logrado movilizar a numerosos nobles y tropas de las plazas fronterizas andaluzas, reuniendo a más de tres mil hombres a caballo y más de mil peones. Lo que en un principio parecía una afrenta peligrosa para el padre y el tío de Boabdil pronto se les volvió en contra. No sabían que sus enemigos los vigilaban de cerca. Al pasar por el desfiladero del Molinete, un ejército de moros, que conocían el terreno como la palma de su mano, les tendió una emboscada a golpe de flechas, piedras y jabalinas.

El pánico hizo presa entre los cristianos. Oyeron decir que el conde de Cifuentes había caído preso. Los soldados huyeron espantados tras ver que el maestre de Santiago perdía la vida, asaeteado como san Sebastián. El propio marqués de Cádiz, don Pedro Enríquez y don Alonso Aguilar abandonaron el puesto de mando buscando salvar sus vidas, como ratas asustadas, escapando por unas estrechas veredas que tiempo después se dieron en llamar las cuestas de la Matanza. Las huestes del Zagal causaron una escabechina entre las tropas cristianas: murieron ochocientos hombres y otros mil quinientos fueron apresados.

La noche antes de partir en dirección a Córdoba, Yago soñó con Concepción. Hacía mucho tiempo que no le ocurría. Caminaba hacía él y, con cada paso, Yago percibía la intensidad creciente del olor a agua de mirra. Paró justo frente a su cara. El aire que salía de la boca entreabierta de la muchacha le acariciaba los labios. Entonces ella tomó sus manos, atrapándolas por las muñecas, y las condujo hasta su rostro. Tenía las mejillas frías, duras y húmedas; a Yago le pareció que era como acariciar una fuente de mármol. Él se dio cuenta de que estaba llorando. No le dio tiempo a preguntarle qué le pasaba. Concepción lanzó un sonoro bramido, se lanzó sobre él, le sacó los ojos de las cuencas y los lanzó lejos. Yago despertó sobresaltado y pasó el resto del día sintiéndose culpable. Desayunó en la cocina, junto a Vermudo, en clamoroso silencio. Después organizó en un atillo sus pocas pertenencias y esperó pacientemente a que les indicaran que debían partir. Se trataba de uno más de los viajes que ya había emprendido con los reyes y, sin embargo, antes de comenzar la marcha tuvo la misma sensación que cuando Vermudo le informó del accidente de su padre. Supuso que regresar a Córdoba después de un año de ausencia era lo que lo inquietaba, pues significaba volver a la realidad de la Corte sin su padre y sin Boabdil, a la realidad de Oreste casado con Concepción.

Ya estaban alcanzando a ver las almenas del Alcázar de los Reyes Cristianos cuando uno de los emisarios de los monarcas salió al camino a recibirlos. Entre otras nuevas, anunció la reciente muerte de Concepción. Lo dijo con indiferencia, una noticia entremetida entre las demás, como si la muerte de uno de los seres más encantadores que había pisado la tierra estuviese en el mismo orden de cosas que la subida del precio del arroz o el desprendimiento de las vigas en la capilla de san Eustaquio. ¿Acaso no se daban cuenta? Yago sintió que el mundo desaparecía bajo sus pies. ¡No era posible! Había estado tan concentrado en sus propias desgracias que no dejó espacio para suponer las desgracias que pudieran acontecerle a ella. Se sintió egoísta hasta para el sufrimiento. Ni siquiera pensó en la posibilidad de que ella pudiera morir en su ausencia. A pesar de haber sentido la muerte tan presente con su padre, aún seguía pensando que se trataba de una entelequia lejana e improbable. Quedó paralizado, hueco y frío. Pensó que, quizá si rezaba con suficiente fuerza, ella volvería a la vida. No, no... Ya había comprobado en más de una ocasión que aquello no funcionaba. Dios no estaba para ocuparse de los desasosiegos de personas tan insignificantes como él. Cerró los puños y gritó.

—¡No!

Por suerte nadie excepto Vermudo lo oyó. El antiguo tabernero le pidió que guardase la compostura, si no quería que lo tomasen por loco. No supo cómo, pero Yago logró contener su rabia y comenzó a llorar por dentro, mientras su cabeza aceptaba la muerte de Concepción como algo real e irreversible. Contó cada segundo que transcurrió desde que conoció la noticia hasta que llegaron al Alcázar.

Ángela de Palafox explicó a Yago, más adelante, que de pronto había entrado en la estancia donde ella estaba bordando con el resto de las mujeres como una aparición desastrada y cubierta de polvo, preguntando por la tumba de Concepción. Al verlo en ese estado, la costurera sintió lástima de él y lo acompañó al cementerio para indicarle el lugar exacto en el que descansaban sus huesos de casi mujer.

Yago se arrodilló y lloró como un niño. Susurraba perdones, como si la palabra «perdón» tuviera algún tipo de capacidad curativa y sirviese para algo en circunstancias como aquélla. Tuvieron que pasar años para que Yago comprendiese que el perdón sólo es efectivo durante un breve período de tiempo, si el daño causado está reciente y no ha tenido tiempo de provocar su cáustico mal, pero que cuando las peticiones de perdón llegan demasiado tarde, el estrago ya ha penetrado tan hondo que se hace imposible la enmienda. La palabra «perdón» está envenenada y sólo sirve para limpiar la conciencia de aquel que la pronuncia; el que ha de escucharla no obtiene ningún beneficio, sobre todo si ya está muerto.

—¿Qué le ha ocurrido? —preguntó al fin.

Los grillos comenzaron a chirriar.

—Te lo contaré todo, Yago. Pero vayámonos ya. Debemos regresar antes de que nos echen en falta —dijo Ángela.

**

Concepción vivió inmersa en una sorprendente calma los días siguientes a la boda, pues su marido sufrió una indisposición provocada por alguno de los alimentos servidos en el banquete que lo mantuvo alejado de cualquier deseo concupiscente. Por desgracia, una vez superada la tremenda descomposición de vientre, Oreste Olivoni recuperó sus fuerzas y se sintió contento. De pronto se creyó muy poderoso, capaz de manifestar en el mundo físico todo lo que su mente pudiese llegar a imaginar. Concepción era ahora un dulce a su entera disposición. La cercanía de la muchacha le hacía sentir como un adolescente. Se levantaba a la hora prima dando un salto de la cama, lavaba su rostro con agua helada y tarareaba canciones en italiano, sin preguntarse por qué sus notas desafinadas se mezclaban con los suspiros descorazonados de su joven esposa. Después salía al pasillo y caminaba por el Alcázar como si fuese el dueño. Se acercaba a los corrales, espantaba a las gallinas, les robaba un par de huevos y bajaba a ordenar al nuevo cocinero que se los preparase poco hechos, como a él le gustaban. Mientras esperaba su desayuno, observaba por la ventana la corriente del río, mirándose de soslayo en el reflejo del vidrio y lanzándose una sonrisa bobalicona que él intuía seductora.

En su delirio, Oreste imaginaba que Concepción disfrutaba de sus pesadas caricias, que le gustaban los pellizcos en los pezones, los mordisquitos en el cuello y los lametones en los labios. La imaginaba dichosa, plena y satisfecha, tal como él se sentía, porque era incompetente a la hora de ponerse en el pellejo de los demás. Por su cabeza jamás cruzó la idea de que para Concepción el roce de sus manos era como si un centenar de puercoespines se restregaran contra su piel, o que los pezones se le pusieran duros de dolor y no de pasión, o que los lametones en los labios le provocaran vómitos, o que los mordiscos en el cuello le repugnaran porque le dejaban un olor a saliva obscena que no conseguía eliminar ni con todo el agua de mirra del mundo. Por supuesto ella nunca se lo confesó. Siguió callando su desgracia, pensando que todo se solucionaría si rezaba con la suficiente fuerza. Pero no fue así.

Concepción de Saavedra aprendió a aceptar su nueva vida en Córdoba como si se tratase de una penitencia. Pese a que no había mucho que hacer en aquel lugar plagado de sirvientes, se impuso un rígido horario para no caer presa de la locura. En cuanto su marido salía de la alcoba, ella iba en busca de Ángela. La encontraba como siempre en el taller de costura. A esa hora ambas estaban solas y disponían de una camaradería que Concepción no había disfrutado jamás con nadie. Allí podían hablar de la vida, de la muerte, de la soledad, de Dios y de la intimidad de las alcobas. Así fue como se enteró de que no todos los encuentros corporales entre hombres y mujeres suponían placer para él y desagrado para ella.

Pasados los primeros momentos de euforia, Oreste atemperó sus demandas carnales. Muchas noches se conformaba simplemente con que Concepción se recostase a su lado y escuchase sus interminables arengas en las que se quejaba del sabor del agua, del calor de la ciudad, de la responsabilidad de acometer aquellas obras cuando la mayoría de los artesanos que estaban a su cargo eran unos inútiles, buenos para nada.

—Menos mal que tengo paciencia de santo para soportar desde primera hora de la mañana a todos esos infames… que parecen ponerse de acuerdo sólo para destrozarme los nervios. ¡Por Dios, qué mal gusto!

—Sois un santo, sin duda —le aseguraba Concepción en tono delicado, porque había descubierto que mostrarse indócil espoleaba el deseo del artista.

Entonces él se recostaba sobre su pecho y se quedaba tranquilo. Dormía como una criatura pero roncaba como un oso.

Poco tiempo después, Concepción comenzó a encontrarse mal. Cada día se sentía más débil y desganada. La ropa le apretaba en la cintura, y no soportaba el olor del tocino rancio ni el del vinagre de vino. Se le hundieron los ojos en las cuencas, se quedaba dormida por las esquinas y le crecieron los pechos. Pronto los vómitos matutinos y los ascos de media tarde evidenciaron su estado. Cuando Oreste se dio cuenta montó en cólera. Fue una de esas noches en las que llegaba abrumado y la desnudó sin mucho miramiento. Entonces descubrió, atónito, las gruesas venas verdosas que le recorrían los senos, como ramas de un árbol. Le tocó el vientre. Estaba duro como una piedra. Hizo repaso y recordó que hacía mucho tiempo que no la veía manchar las sábanas.

—¿Cuándo fue la última vez que tuviste la sangre menstrual? —le preguntó.

Ella miró al suelo, avergonzada.

—Hace tres meses.

—¡No puede ser! —gritó Olivoni como un poseso.

Lo que convertía a Concepción en digna de ser su esposa era la inocencia, la dulzura, la candidez... Una madre ya no era una niña. Ni lo sería nunca. Durante las últimas semanas se había sentido poderoso, casi un dios en la tierra. Jamás sospechó que alguien como él en contacto con una joven como Concepción pudieran dar lugar a la misma vulgaridad que se producía cuando dos perros fornicaban. La odió por estar encinta. La vio como a cualquiera de las putas con las que se había acostado. ¡Todas las mujeres eran iguales! Unas brujas dispuestas a destrozar la vida de los hombres. Un hijo lo colocaría a él en segundo lugar en la lista de las preferencias de Concepción; un hijo venía a estropearlo todo. Ella engordaría, se le caerían los pechos y dejaría de ser un campo verde de margaritas para convertirse en un sembrado de patatas.

A la mañana siguiente, Olivoni ordenó que sacaran de su alcoba todas las cosas de su esposa y la trasladó a uno de los cuartos del fondo. Ya no la quería a su lado.

***

Había pasado más de un mes desde que Oreste repudió a su mujer cuando, una noche, se vio asaltado por una inquietud que le impedía dormir. No podía sacarse de la cabeza la idea de que Concepción estaba cerca. Se despertó sudoroso y angustiado porque las sábanas aún conservaban el almizclado olor de su cuerpo. Envuelto en la oscuridad, recordó sus ojos de cordera, el tacto de su piel cubierta por un ligerísimo vello albino, la suavidad de sus cabellos... Creyó que con el gesto de alejarla de su lecho también la desterraba de su vida, de su alma y de sus evocaciones, pero no era así. Aquel día había trabajado el doble de duro que otras veces, había recorrido la ciudad de cabo a rabo, regañó a un par de artesanos torpes y, antes de dormirse, se había masturbado como un poseso, por ver si la descarga de su hombría le borraba el recuerdo de Concepción. Y pese a todo, no conseguía conciliar el sueño.

Era más de media noche cuando tomó la decisión. Se levantó, se vistió y caminó por el pasillo solitario, con una lámpara de aceite en la mano como única compañía. Sentía que el corazón le palpitaba en el pecho al doble de la velocidad normal y tuvo un ligero mareo, producto de la ansiedad. Según avanzaba, supo que no habría podido esperar ni un minuto más para volver a verla. La humedad procedente del río trepaba sibilina por las calles y le provocaba escalofríos.

Llegó a la altura de la habitación de Concepción, apretó el picaporte y empujó la puerta despacio. Se oyó el ligero crujir de los goznes y el arrastre de la madera en la piedra del suelo. «La dichosa puerta está descuadrada», pensó. Tuvo que hacer un esfuerzo por no dejarse llevar por la ira que lo embargaba cuando las cosas no funcionaban como él quería. Se introdujo en la alcoba y cerró por dentro. El olor era una mezcla de humedad, heno y mirra. Concepción estaba cerca.

Olivoni caminó despacio, intentando no hacer ruido, en dirección al bulto que descansaba sobre la cama. Reconoció en la penumbra la visión cenital del contorno de las caderas de su joven esposa y se le paralizó el corazón. Se permitió disfrutar de aquella imagen de aparente placidez. La lámpara de aceite que llevaba en la mano lamía la silueta de la muchacha, otorgando destellos de melocotón a sus mejillas y centelleos dorados a sus cabellos.

De pronto, como si Concepción hubiera percibido que la estaban observando, abrió despacio los ojos y se quedó inmóvil. Parecía estar dudando si la imagen que tenía delante era realmente la del marido que la había despreciado o si se trataba de una pesadilla, como tantas de las que había tenido en los últimos tiempos.

—Esposa mía… —musitó él dulcemente.

Concepción lanzó un grito y se arrinconó, hecha un ovillo tiritando de miedo como un cachorrito asustado.

Oreste caminó a su encuentro mirándola de forma beatífica. Se acuclilló frente a ella y alargó su mano para acariciarle la mejilla porque, realmente, en ese momento, se sintió conmovido.

—Incorpórate —le dijo sujetándola de un brazo para ayudarla a levantarse.

—No, no, no… —balbuceó ella con lágrimas en los ojos, dejándose hacer.

—Sí, sí… —susurró él en el tono tranquilizador que se usa para consolar a los niños, mientras se acercaba para acunarla entre sus brazos.

La apretó contra el pecho. La cabeza de Concepción quedaba justo debajo de su barbilla y aspiró su aroma.

—Mi esposa, mi querida esposa… —repetía él con los labios posados en su coronilla, deleitándose con sus sollozos.

Muy despacio, comenzó a bajar las manos; primero describiendo el contorno de sus hombros temblorosos, avanzando hacia sus omóplatos, descendiendo a su cintura hasta llegar a las nalgas. Las apretó con fuerza.

Concepción lanzó un grito. Intentó zafarse empujándolo con los puños cerrados, pero apenas tenía fuerzas.

—¡No! —gritó desesperada, a la vez que le golpeaba el pecho.

Oreste le sujetó ambas manos con su izquierda y con la derecha la abofeteó con fuerza. Toda la dulzura que pocos minutos antes lo había empujado a querer mimarla y a arrullarla como a una criatura parecía haberse transformado en glotonería ante la torpe resistencia de ella. Concepción lanzó un grito y cayó desmadejada sobre la cama. Se quedó muy quieta, tumbada boca abajo. Él también se quedó inmóvil. No le había pegado tan fuerte como para matarla. Quizá sólo hubiera perdido el conocimiento.

—¿Concepción?

Nada.

Olivoni dio un primer paso para acercarse a ella y, de pronto, como si el mismo demonio la hubiera poseído, la muchacha se levantó de un salto dando alaridos y se abalanzó sobre él. Pese a la sorpresa, el artista italiano pudo ver que en su mano brillaba el reflejo de algo metálico. Debía de tenerlo escondido debajo de la almohada. Por un momento sintió miedo, pues quizá se tratase de un cuchillo o un tenedor; incluso una cuchara, clavada con fuerza en determinadas partes del cuerpo, también podría hacer mucho daño. No esperaba una reacción como ésa, ni tampoco estaba preparado para una lucha cuerpo a cuerpo. Pero Concepción era poca cosa, y de un simple empujón la bloqueó, tirándola al suelo. La emoción del miedo le palpitaba en las sienes. La cercanía de la muerte se mezcló con el deseo que le apremiaba en la entrepierna.

—¿Querías verme muerto, zorra? ¿Eso querías?

Lleno de rabia y de ardor se lanzó sobre ella como un perro de presa. Le arrancó el camisón. Su abultado vientre de mujer preñada se expuso, redondo e inmenso, ante sus ojos. Aquello lo frenó un instante. Nunca había yacido con una mujer que esperase un hijo. Era como si un tercero estuviera espiándolos. Pensó en marcharse, pero ya era demasiado tarde. La sangre le hervía. No había vuelta atrás. Concepción gritaba, desesperada, tanto que Oreste temió que alguien acudiese alarmado.

—Como vuelvas a gritar, te mato. ¿Me oyes? ¡Te mato!

La atrapó por los cabellos, obligándola a darse la vuelta y a tumbarse boca abajo. Se sentó sobre sus muslos; así no se le veía el vientre. Observó las evoluciones ambarinas de la luz en la piel de sus hombros, las ondas de sus costillas, el descenso suave de la espalda. El apremio del deseo apenas le dejaba respirar. Las nalgas de la muchacha aún se intuían plenas, redondas y blancas como dos lunas llenas. Las aprisionó con sus manos, amasándolas, estrujándolas y separándolas. Miró al interior y dudó por un momento. Ella seguía llorando y pateando, y con cada movimiento le rozaba la entrepierna, haciendo que la excitación de Oreste creciese más y más. Le escupió una vez, y otra, y otra. Alcanzó con la mano la saliva que había quedado sobre la espalda de Concepción y se frotó el miembro con ella. Volvió a quedarse pensativo, mirándola.

—Sólo es pecado si se practica con otro hombre —murmuró.

Concepción únicamente gritó una vez más, pero fue un grito desgarrador, un grito de dolor y pánico que atravesó las paredes, recorrió los pasillos, despertó a las gallinas e incluso retumbó al otro lado del río. Ese alarido sacudió los ánimos de los que lo oyeron, arrancó lágrimas y provocó que algunos se hiciesen cruces y que rezasen un rosario con el que intentar acallar su conciencia. Pero nadie movió un dedo por impedir la causa.

Muchos siglos después, en el Alcázar de los Reyes Cristianos aún se oiría el alarido de Concepción alguna que otra noche recorriendo los pasillos. Y allí se quedará, como recuerdo imborrable de las infamias que puede cometer un ser humano contra otro ser humano sin que los demás hagan nada por evitarlo.

***

Concepción estuvo a punto de parir en medio del jardín. Cuando se dio cuenta de que aquellos dolores no eran un simple cólico, avanzó a trompicones pidiendo auxilio. Cruzó el portón de piedra y subió la empinada escalera que conducía a los aposentos apoyándose en las paredes. Sudorosa, desgreñada y jadeante, atravesó el umbral de la puerta. Justo en el momento en que intentaba encaramarse a la cama, tuvo un espasmo que la obligó a lanzar un grito de dolor. El vientre le estalló como si se tratase de un odre lleno de agua, encharcando el suelo de la alcoba. Aquella criatura iba a venir al mundo en noviembre, contradiciendo todos los cálculos médicos que anunciaban el alumbramiento para mediados de diciembre. El ser que le estrujaba las entrañas era igual de inoportuno que su padre.

—¡Ayuda! —clamó todo lo fuerte que pudo—. ¡Ángela!

Recordó que la reina Isabel siempre decía que, en ese trance, una mujer de alcurnia debía mostrarse igual de digna que la Virgen María, que dio a luz sin padecimiento. Pero Concepción no sabía cómo contener con un mínimo decoro esos dolores, los más terribles que jamás hubiera soportado.

—¡Ángela!

Por fortuna Ángela apareció en la puerta y se hizo dueña de la situación. Se remangó, se puso de cuclillas, metió la mano bajo las faldas de Concepción y tanteó el orificio por el que la criatura tendría que asomarse al mundo.

—Aún queda tiempo. Voy a avisar a la comadrona ¿Podréis aguantar?

—No me dejéis sola —suplicó.

—Sólo me ausentaré un momento —le dijo mientras la ayudaba a acomodarse en el lecho.

Tumbada, con el rosario entre las manos apoyadas sobre su abultada barriga, Concepción rezó. Se encomendó a santa Gertrudis la Magna, la santa del día, para que pusiese su graciosa mano y la protegiera en semejante trance. Rezó para que el nuevo ser que pateaba sus vísceras tuviera un poco más de paciencia y esperase la llegada de la comadrona. Rezó para que le alcanzasen las fuerzas y para poder soportar el dolor sin perder la dignidad. Rezó para que esa criatura fuese varón y no tuviera que tolerar jamás las imposiciones ajenas. Rezó para que naciese sano y no atolondrado o con defectos que le complicasen la vida.

Rezó y esperó.

Por fortuna, santa Gertrudis la Magna tuvo a bien escuchar las plegarias de Concepción y la criatura se mantuvo en el interior de su madre el tiempo suficiente para que la comadrona se encargase de ella.

—¡Tapadme el rostro con un pañuelo! —suplicó la parturienta—. No quiero que nadie me vea sufrir.

—No se os va a juzgar —le respondió Ángela—. Aquí sólo hay mujeres y la puerta está cerrada con llave. No os oye nadie. Gritad cuanto queráis, que las paredes son sordas y están ciegas.

Concepción tensó el rostro, apretó los dientes, se agarró a la ropa de cama y empujó. Quería expulsar de su cuerpo a ese intruso que la estaba destrozando por dentro. Percibió en sus caderas un extraño chasquido, como el de una puerta vieja y oxidada que se abre por primera vez en mucho tiempo. Paró un instante, temiendo partirse en dos. Las sienes le palpitaban. Jadeó rápidamente un par de veces y cogió impulso para llenar de aire por completo sus pulmones, dispuesta a apretar de nuevo. Apretó y apretó mientras oía gritos de ánimo, pero aquella criatura parecía haberse quedado atascada entre sus piernas. Notó los primeros síntomas de agotamiento. La fuerza con la que empujaba cada vez era más débil y casi no podía recuperar el ritmo cuando descansaba para respirar. Sentía las manos de la comadrona rebuscando en sus entrañas. Vio su rostro contraído, cubierto por el velo que parece ocultar los malos sueños, y aquella voz alentándola para que siguiera empujando, que sonaba cada vez más lejana.

—Empujad, empujad, Concepción —la incitaba Ángela.

—Algo va mal —musitó.

Le habían dicho que el trance de dar a luz era muy lastimoso, pero sentía que lo que estaba viviendo iba más allá del dolor. Su hijo no parecía colaborar con ella.

—No os rindáis. La criatura no está bien colocada. ¡Empujad con fuerza!

Concepción cerró los ojos. Ya casi no sentía malestar.

—Padre nuestro… que estáis en los cielos… —musitó.

—¡No os agotéis hablando! Seguid empujando.

—… santificado sea vuestro nombre. Venga a nosotros vuestro reino…

—¡Empujad!

—Algo va mal —repitió sin fuerzas—. Algo va mal…

Y entonces, murió.

La comadrona, Ángela y una de las doncellas de servicio que se había incorporado para ayudarlas tardaron un poco más en darse cuenta. Seguían apretándole el vientre, como si fuese un higo que había que estrujar para extraer toda la pulpa, hasta que vieron que las manos enervadas con las que Concepción se había aferrado a las sábanas languidecían para caer desmayadas a los lados de su cuerpo.

—¡Santo Dios! —gritó la doncella, señalando el rostro lívido e inerte de la parturienta.

—¡Fuera! Dejadme sitio —espetó la comadrona. Se incorporó y acercó una oreja al pecho de Concepción con el mismo interés que pondría un animal al acecho de su presa—. Ha muerto. Mejor para ella... Ya no sufre —concluyó—. Traed un cuchillo de la cocina.

—¿Qué os proponéis, señora?

—¡Haced lo que os digo, mentecatas! —gruñó la comadrona.

Rasgó las enaguas de Concepción y abrió la camisa de un tirón certero, haciendo saltar los botones. Dejó expuesto el enorme vientre abultado, atravesado de venas azules y coronado en su cumbre por un enorme ombligo prominente como la guinda que adornaría una montaña de merengue.

En ese momento apareció la doncella con el cuchillazo de cortar el jamón. La comadrona se lo arrancó de las manos, lo sujetó con firmeza, tomó aire y, de un tajo certero, abrió de arriba abajo la barriga de Concepción. Un jaleo de tripas y sangre se desparramó sobre las sábanas. La doncella que había llevado el cuchillo se desvaneció, golpeándose la cabeza con la mesilla de noche.

—Palurda... —La comadrona masticó el insulto con desprecio, sin hacer amago alguno de intentar ayudarla—. ¿Tú también vas a desmayarte? —preguntó a Ángela, mirándola desafiante.

—Sigo aquí —respondió ella, temblorosa.

La comadrona metió las manos en el hueco del vientre y apartó los intestinos hasta que alcanzó a ver a la criatura. La luz brillaba sobre su cabello húmedo. Atrapó la cabeza y tiró de ella. De la viscosidad sanguinolenta comenzó a surgir una silueta humana, un pequeño renacuajo arrugado de párpados hinchados, con unos minúsculos puños cerrados con los que aparentaba protegerse el rostro. La mujer lo atrapó por las axilas hasta que consiguió liberarlo de la prisión de costillas, tripas y caderas en la que su madre lo tenía arrinconado.

Cuando la criatura salió a la luz no emitió ni un solo sonido. Vieron que se trataba de una niña; estaba muy débil. Parecía encontrarse en el trance de decidir si ponerse a respirar o seguir los pasos de su madre. Pero la comadrona no era de las que se andaban con chiquitas. Le dio la vuelta sin miramientos, atrapándola por los tobillos. La dejó colgando como una trucha, mirándole el rostro frente por frente. Introdujo el dedo meñique en la minúscula abertura de su boca y sacó los fluidos que la atoraban. Le plantó dos cachetazos en el trasero y la niña se puso a llorar, abriendo sus pulmones al mundo por primera vez. Así estuvo mucho tiempo, hasta que por fin alcanzó a intuir en qué consistían los rudimentos de la respiración y se tranquilizó.

—¡Ea! Aquí la tenéis. Vivita y coleando —dijo la comadrona a Ángela antes de depositar a la niña entre sus brazos.

Se dio la vuelta, saltó por encima de la doncella, que aún continuaba desmayada en el suelo, y salió sin despedirse. Fue una de las pocas veces que Ángela vio sonreír a la comadrona, pero no le pareció un gesto de alegría; se trataba de pura arrogancia.

***

El fatídico parto causó una auténtica agitación en el Alcázar de los Reyes Cristianos. Las mujeres de la Corte corrían de un lado a otro sin saber muy bien qué hacer. Alguien tuvo la idea de ir a avisar al marido y padre de la criatura: «¿Cómo no se le ha ocurrido a nadie llamarlo antes? ¡Por Dios bendito! ¡Cuánta ineptitud!». Pero cuando Oreste Olivoni entró en la habitación, en lugar de conmoverse, acercarse a su recién nacida hija y preguntar por su salud, lo que hizo fue horrorizarse ante el espectáculo de muerte que aún se mantenía intacto en el lecho de la parturienta.

—¡Santo cielo! ¡Qué desagradable! —gritó antes de llevarse las manos a la boca para contener el vómito. Salió corriendo de la habitación.

Decidieron llamar al médico, quien se quedó mirando el cuerpo de Concepción con ojos despectivos en cuanto llegó y concluyó:

—Está muerta.

Durante todo ese proceso, Ángela se mantuvo con la criatura en los brazos, acurrucándola contra su pecho para que no se diera cuenta de que ya no estaba protegida por el cuerpo de su madre. La niña lloriqueaba sin mucha fuerza, con un llantito de gato enfermo que conmovía el alma. Todo el mundo estaba demasiado ocupado, así que Ángela decidió salir sigilosamente de la habitación y dirigirse a los establos donde descansaba en absoluta paz, y alimentada con los mejores pastos, la cabra alpina. Dejó a la criatura recostaba al calor de la paja y extrajo un poco de leche, que depositó en un cuenco. Poco a poco, fue mojando su dedo meñique para introducirlo en la diminuta boquita. La pequeña succionó hasta quedar saciada. Después se durmió.

Ángela regresó a la alcoba de Concepción. Ya no había nadie y estaba en penumbra, pese a ser las cuatro de la tarde. Alguien había corrido las cortinas y cubierto el cuerpo con una sábana. El lujo de aquella habitación le pareció a Ángela un tanto incongruente con las miserias morales que Concepción había tenido que padecer en ella. Le dio la apariencia de ser la antesala del infierno. Sin pensarlo dos veces, fue a buscar su cesta de costura. Con la niña aferrada con el brazo derecho y la cesta colgando del brazo izquierdo, entró de nuevo en la estancia, cerró con llave y descubrió el cuerpo.

Aun en la penumbra, la escena era escalofriante. La figura de Concepción se recortaba contra el lecho. Su rostro, en otro tiempo dulce y delicado, lucía cerúleo, con los labios blancos y ojeroso. Tenía el cabello revuelto y húmedo de sudor, desparramado sobre la almohada. La muerte no había relajado el gesto del dolor que Concepción había padecido en los últimos momentos. Pero lo peor era el estado en el que se encontraba su cuerpo. Donde debía estar el vientre ahora sólo se veía un tremendo agujero sangriento. Ángela tomó aire y tragó saliva con fuerza. No quería que esa imagen le paralizase en lo que iba a hacer. Dejó a la niña sobre la cama, lo más alejada que pudo de su madre. Decidió no abrir las cortinas y encender una vela. Todo sería más íntimo así. Sólo ellas dos en la penumbra.

Se remangó y sacó las tijeras de su cesto de costura. Con cuidado, fue cortando las zonas manchadas de sangre de las sábanas y escondió los pedazos debajo de la cama. Después hizo lo mismo con el camisón hasta dejar el cuerpo de Concepción totalmente desnudo. Echó agua en la palangana, humedeció en ella uno de los jirones de sábana que estaban limpios y lo restregó contra el jabón. Friccionó el cuerpo de arriba abajo, sin dejar un ápice de piel sin limpiar. Después de secarla, sacó el hilo, lo enhebró en la aguja curva que utilizaba para remendar las tapicerías y con un respiro profundo se lanzó a llevar a término la labor más complicada que seguramente emprendería jamás. Con sumo esmero fue uniendo la piel rajada del vientre de Concepción, poco a poco, puntada a puntada. Remató la costura y se levantó para observar desde la distancia la estética del cosido.

Perfecto.

Fue al armario en busca de un camisón digno que pudiera servirle de sudario. Se lo puso y procedió a cepillarle el cabello, domándoselo con el agua de mirra con la que Concepción se aseaba diariamente. Cruzó las manos de la difunta sobre su pecho y la miró. Parecía un ángel ojeroso, reposando sosegado. Besó su frente como despedida.

—Podéis descansar tranquila, amiga mía. Ahora ya nadie os hará daño.

Instantes después, oyó pisadas y voces al otro lado de la puerta. Alguien intentaba entrar presionando el picaporte y, al no poder abrir, comenzó a golpear.

—¿Quién está ahí? Abrid de inmediato. —La voz de Oreste Olivoni retumbaba por los pasillos del Alcázar.

Ángela descorrió las cortinas, cogió a la niña en brazos y abrió la puerta.

—Adecentaba a vuestra esposa, señor —se justificó.

Oreste Olivoni lanzó una mirada displicente por encima del hombro de la costurera. Cuando vio el cuerpo de Concepción absolutamente limpio y decoroso, aplacó su rabia. La imagen de su esposa destripada sobre la cama le había revuelto las entrañas. Tener que volver a verla en ese estado le habría repugnado. Por fortuna para él, aquella mujer se había encargado del trabajo sucio.

—¿Cómo os llamáis? —le preguntó.

—Ángela de Palafox. Soy la costurera.

Oreste ladeó la comisura de sus labios. Por primera vez en todo ese día parecía calmado.

—Gracias.

Un grupo de personas entró en la habitación para hacerse cargo del cadáver armando batahola y reclamando la atención de Oreste, quien se dio la vuelta para dirigirse hacia ellas.

—Disculpe, señor —lo interrumpió Ángela.

—Eh, sí... Decidme.

Ángela estiró los brazos para mostrarle a la criatura que aún dormía.

—Es su hija, una niña. Está muy débil. Le he dado leche, pero...

Oreste la miró sin pasión durante unos segundos. Sin poderlo evitar, sus ojos se desviaron y terminó centrándose en el escote de la costurera. Suspiró.

—Muy bien, lo habéis hecho muy bien. Haceos cargo de ella... si no os importa —le dijo con una mirada que pretendía resultar seductora, pero que a Ángela le pareció repugnante—. Ahora tengo que disponer las exequias de su madre.

Y Oreste Olivoni se dio la vuelta sin decir nada más.

4

A Yago le costó aceptar lo que Ángela le había contado. Pasó la Navidad y las siguientes semanas repasando la dramática historia de la muerte de Concepción, como si se tratase de una penitencia justa y necesaria que debía cumplir para que ella pudiese alcanzar la gloria eterna y él pudiera seguir viviendo.

Tomó conciencia entonces de la terrible calamidad que Oreste suponía. Se equivocó al pensar que simplemente mirando hacia otro lado, dejando de pensar en él, olvidando su afrenta, ignorando su maldad, desaparecería. El artista italiano emponzoñaba todo lo que tocaba, lo cual demostraba algo que Yago ya llevaba tiempo sospechando: el Señor no había estado acertado con la creación de determinadas criaturas. Oreste era una plaga, mortal y efectiva, que devastaba todo aquello que tocaba, y su talento artístico no compensaba su ética nefasta. Ciertamente no se había ensuciado las manos de sangre, pero arrastraba tras de sí un par de cadáveres. Esteban, Concepción… El recuerdo de lo que esas dos personas padecieron lo asaltó con un insondable dolor. Ya no podía contar con su padre para que lo protegiera de los niños de la calle, aquellos que iban a tirarle piedras por ser diferente. Ahora tenía que esquivar él solo las piedras que lanzaban seres tan despreciables como Oreste Olivoni, el responsable de todos sus pesares. Sentía una rabia implacable que no creyó ser capaz de sacarse jamás de encima. Lo odiaba. Cuánto lo odiaba… Por su culpa se había quedado huérfano, por su culpa había muerto la mujer más dulce del mundo. Por su culpa, por su culpa, por su gran culpa.

—Debí haberle arrancado el corazón el mismo día que me empujó al suelo en los Reales Alcázares de Sevilla, cuando todavía no había tenido ocasión de hacernos mal —gritó un día, lleno de indignación.

Estaba en la cocina, y la ira crecía en su interior a una velocidad tan grande que no encontró otra manera de atenazarla que arrojando platos, vasos, ollas y vasijas contra las paredes. Vermudo, temiendo que alguien lo oyese, le lanzó un cubo de agua fría por la cabeza y lo sacó a la calle para que le diese el aire. Fue esa circunstancia lo que les permitió ser testigos de la llegada a la puerta del Alcázar de un marinero alocado que reclamaba audiencia.

Seguramente vuestras mercedes se sorprenderán de que destaque en mi escrito la presencia de un simple marinero, sobre todo teniendo en cuenta que eran muchos los que se acercaban diariamente hasta las puertas del palacio para solicitar una entrevista con los reyes, pero han de saber que se trata de otro de los ingredientes que darán armonía a esta historia. De momento diré que llegaba recomendado por fray Juan Pérez, antiguo confesor de la reina Isabel. Gracias a eso, pasaron por alto su aspecto de pirata a la deriva, dispuesto a embarcarse a la primera de cambio, pese a encontrarse a varias leguas de distancia del mar y de no contar aún con barco ni marineros que lo secundasen en su aventura. Traía el rostro curtido de soles y sales, presumía de conocerse como la palma de la mano el Egeo y de haber sobrevivido al naufragio de su barco en una batalla librada entre mercaderes del caucho y el corsario Casenove. Decía que logró alcanzar a nado las costas portuguesas, que se secó tumbado al sol sobre la arena de la playa y que, acto seguido, se lanzó en busca de otro barco con el que seguir surcando los mares porque a él, al contrario de lo que ocurría al resto de los mortales, la tierra firme le provocaba mareos y vómitos. Sin duda era un navegante de raza. Su manual de cabecera era *El libro de las maravillas del mundo* de un tal Marco Polo, que él reverenciaba como si se tratase de un oráculo, convencido de que, antes o después, se las vería frente por frente con el Gran Kan, por lo cual era fundamental conocer el protocolo que se estilaba en Oriente para evitar que le hirviesen vivo con fideos o cosas peores.

De todo eso se enteró Yago porque la reina ordenó que acompañase el encuentro con su laúd. Nada más entrar por la puerta, oyó la voz resuelta del marinero presentándose con el pomposo nombre de Cristóbal Colón. En un principio le costó entenderlo porque manejaba rústicamente el castellano. Lo mismo utilizaba términos portugueses que italianos, que galleguismos o catalanismos, que la lengua franca o la jerga levantisca, de modo que se comunicaba de forma chapucera. No les quiso precisar sus orígenes y, mientras algunos decían que era vasco, otros aseguraban que era sevillano y otros que noruego, razón por la cual los más desconfiados hicieron correr el rumor de que era de origen sefardí y que de ahí nacía su afán por borrar sus ascendencias. Por fortuna compensaba su patético uso del lenguaje con un talento innato para defender su propuesta.

—Les llenaré el reino de especias, oro, seda... Y podrán saltarse vuestras mercedes por alto a los dichosos sarracenos que tienen monopolizada el Asia Menor —les aseguró, con una sonrisa de oreja a oreja y una actitud segura—. No quiero preocuparles —añadió al ver signos de desinterés en el rostro de los reyes—, pero me he enterado de que los portugueses están buscando una ruta directa al Oriente bordeando África.

Por supuesto, se cuidó mucho de añadir que seis meses antes había ofertado el mismo proyecto al rey de Portugal. Éste, después de reunir a una junta de expertos para que valorasen la credibilidad de la idea que Colón tenía acerca de que la distancia entre Iberia y la India, navegando hacia el oeste, era mucho más corta que viajando hacia el este, rechazó la propuesta convencido de que se trataba de una chifladura desmedida.

Colón extendió sobre la mesa, ante los ojos atónitos de los reyes Isabel y Fernando, un sinfín de mapas y cartas de navegación, el *Tractatus de Imagine Mundi*, las mediciones de la circunferencia de la Tierra realizadas por Posidonio y la *Historia Rerum Ubique Gestarum*, así como brújulas, explicaciones de la llamada «volta da Mina», cuentos de vikingos y bitácoras de barcos perdidos, junto con los tratados del griego Eratóstenes, confirmaciones de Ptolomeo y certificaciones de Toscanelli que demostraban que la Tierra era redonda y que, por tanto, se podía llegar hasta Cipango navegando rumbo a Occidente.

—Nos encontramos a un tiro de piedra de las Indias Occidentales —aseguró chascando la lengua con satisfacción.

Los puso al tanto de las habladurías de diversos marinos que llegaban hasta las costas portuguesas asegurando que había tierras mucho más cerca de Europa de lo que se imaginaban. Les habló de la leyenda del Prenauta, un onubense de nombre Alonso Sánchez, al que decía haber conocido en las islas portuguesas el tiempo que vivió allí. Aquel hombre aseguraba haber perdido el rumbo en medio de una tormenta entre las Canarias y Madeira mientras navegaba camino de Inglaterra y que, tras varias semanas de vapuleos de olas y arrastres de corrientes, terminó arribando a las costas de una isla en la que fueron recibidos por amigables indígenas en taparrabos que prorrumpían sonidos guturales y que caminaban con unos pájaros multicolores de pico torcido sobre los hombros con los que se comunicaban perfectamente. Alonso Sánchez decía que el clima allí era una delicia, que las plantas crecían salvajes con olores que desafiaban a los más refinados inciensos y que las frutas eran jugosas y dulces, al igual que las mujeres, que allí se mostraban sin vergüenza, como Dios las trajo al mundo, con los cabellos sueltos, exponiendo sin pudor sus pieles tostadas y bruñidas.

—Como la madera del nogal en los bancos de las iglesias —les aclaró.

Colón explicaba que aquel hombre había aprendido a emitir los mismos sonidos guturales de los indígenas, que ya no se afeitaba, que se sentía aprisionado con las calzas y el peto, y que todo ahora le resultaba aburrido. Estaba cansado de las partidas de naipes con los amigos porque prefería un juego de huesos y saltos que aprendió en el Nuevo Mundo. La comida le parecía sosa y sin color, y su mujer le provocaba ascos porque tenía las carnes flojas y blanquecinas, como una pescadilla muy cocida. Quería regresar a lo que él llamaba «el paraíso», y estaba dispuesto a ayudar a Colón con las indicaciones de cómo alcanzarlo en cuanto se consiguiese un barco lo bastante velero para soportar las corrientes del océano.

Entre arpegio y arpegio, Yago dedujo que ese hombre estaba absolutamente chiflado. Y lo mismo debió de pensar el rey Fernando, ya que pidió consejo a un grupo de sabios varones, letrados y marineros encabezados por fray Hernando de Talavera, confesor de la reina y futuro arzobispo de Granada, quienes llegaron a la conclusión de que los cálculos de Colón estaban basados en medidas mal calibradas, conjeturas, falta de concreción y el cuento ese del onubense que aún estaba por ver si era cierto. Del mismo modo, consideraban desmesuradas sus pretensiones económicas en un momento en el que la conquista de Granada requería toda la dedicación y el apoyo financiero del reino. Recomendaron al rey Fernando no dar viabilidad al proyecto.

Pero a la reina Isabel le hizo gracia la resolución de aquel marinero que no parecía amilanarse ante nada. Le recordaba a ella misma, teniendo que demostrar día a día su valor en aquel mundo de hombres. Yago fue testigo del momento en el que lo hizo llamar, justo cuando su marido ya había abandonado la sala. Le explicó que no descartaba del todo su plan pero que aquellos eran malos tiempos para involucrarse en nuevos proyectos pues estaba demasiado ocupada en terminar con la conquista del Reino de Granada.

—Os daré una subvención para que podáis manteneros mientras esperáis. Prometo reconsiderar vuestro plan una vez concluida la guerra —le dijo para que no se fuera con el proyecto a otro reino.

Cristóbal Colón aceptó el donativo y aseguró a Isabel que se mantendría a la espera aunque, poco después, envió a su hermano Bartolomé a Londres para que expusiese su plan al rey Enrique VII. No quería dejar ninguna puerta por llamar.

***

Yago aprendió a aceptar la muerte de Concepción gracias al consuelo que le procuraba hablar de ella con Ángela. En un primer momento, cuando la costurera se presentó frente a él con la niña recién nacida, sintió un rechazo irreprimible hacia esa criatura que percibía como parte de Oreste Olivoni; su hija, la hija de la infamia. Se le encogió el corazón. La existencia de aquella criatura despertaba en él un cúmulo de sentimientos encontrados. Pero Ángela se encargó de mostrarle que también era parte de Concepción, la carne de su carne, la sangre de su sangre, un trocito de su cuerpo que logró mantenerse con vida en la tierra. Eso lo convenció para aceptarla. Además, la reina Isabel había decidido que la niña llevase el nombre de su fallecida madre, lo cual la convertía en una suerte de continuación; para Yago, era la oportunidad de seguir admirando a la muchacha a través de su hija.

La reina cedió a la costurera la responsabilidad del cuidado de la niña por haber sido ella la primera persona que se había preocupado por su bienestar, y Ángela de Palafox la llevaba consigo a todas partes, arrebujada en la cesta de costura. Yago las buscaba por la tarde. Para que la pequeña Concepción se durmiera, compuso para ella pausados romances que hablaban de la luna y las estrellas. Entre verso y verso fue como Yago se enteró de que la costurera se veía a escondidas con el Toscano. Ambos vivían una relación ilícita que ella deseaba que concluyera en matrimonio. Ángela le narró, con todo lujo de detalles, la primera vez que se cruzaron en el Alcázar. Él la miró con disimulo, y ella se dio cuenta. Sonriendo, se acercó al Toscano y se quedó unos minutos observándole trabajar en un relieve tallado en madera, pensado para decorar el cabecero de una cama.

—Es muy hermoso —le dijo sin dejar de sonreírle.

—Gracias —respondió él, lacónico, sin mirarla.

El Toscano continuó con su trabajo. Ella se dio la vuelta para marcharse, deduciendo que era el artista más seco, serio y huraño que jamás hubiese conocido. Él pensó que Ángela tenía la voz armoniosa.

Un día, a la caída de la tarde, se quedaron solos en una de las alcobas superiores. El Toscano labraba un repujado para las sillas y ella, que tenía el conocimiento de que llevaba ya varias horas sin descanso trabajando allí, se atrevió a acercarle un refrigerio. El reflejo de la vela que tenían delante arrancó destellos melosos a sus pupilas, y ambos se dieron cuenta. Se miraron un buen rato, en silencio. Besarse resultó inevitable. El contacto de los cálidos labios de Ángela lo desarmó. Se dio la vuelta inmediatamente para alejarse, pero entonces ella lo frenó agarrándole la muñeca.

—Tranquilo —le dijo con dulzura, extendiendo la mano libre para posarla suavemente en su mejilla.

Al Toscano se le paralizó el corazón. Llevaba años rechazando cualquier tentativa de acercamiento humano. Tenía miedo de que la compasión, la caridad o el amor llegaran a morderle el alma. Su primera reacción fue apartar ese contacto físico de un manotazo; pediría por favor a Ángela que olvidara lo que acababa de suceder, le diría que se fuera de allí y que no volviera a acercársele nunca más. Pero no hizo ni dijo nada. El calor de aquellos dedos, la dulzura de la mirada y la ternura del gesto le devolvieron recuerdos de la infancia, cuando todo era sencillo y el mundo le parecía un lugar amable en el que ser feliz. El Toscano perdió el control y rompió a llorar. Hacía tanto que no lloraba que las lágrimas no alcanzaban a brotar de sus ojos, como si el conducto por el que debían salir estuviese atrancado. Hipaba con el rostro contraído, con la cabeza gacha, avergonzado.

Ángela le sujetó la nuca, colocando la frente del hombre sobre su hombro, y comenzó a mecerlo como si fuese un niño. El Toscano aspiró su aroma de hembra, sintió su calor generoso, la suavidad de su ropa. Y entonces, al fin, tras tanta amargura aferrada al pecho, surgieron las lágrimas. No podía parar de llorar y llorar y llorar, hasta que ella se apartó, lo tomó por la barbilla y lo besó de nuevo en la boca. Fue un beso cálido, de labios relajados; un beso lento, pegajoso. De pronto, todo aquel dolor desapareció y un deseo surgido del interior de sus entrañas lo fue invadiendo hasta cegarlo por completo. La cogió en brazos, sin separar su boca de la de ella, la arrastró hasta la cama y allí la amó, disfrutándola, como hacía años que no disfrutaba a una mujer. Al terminar, cuando la vio tumbada a su lado, se arrepintió profundamente de lo que había hecho. Era preciosa, más de lo que un hombre desfigurado y amargado como él merecía.

—Estoy deforme —le dijo.

—A mí eso no me importa. Yo amo tu alma de artista.

—Es mi alma la que está deforme —aclaró él—. Desde hace mucho tiempo. Nunca podré amarte como tú mereces.

—Deja que sea yo quien decida eso.

Le volvieron a los ojos las lágrimas y ella lo abrazó de nuevo.

Ángela contó a Yago todo aquello profundamente avergonzada. Sin embargo, parecía necesitada de poder compartir sus secretos con alguien, ahora que Concepción ya no estaba.

Amaba al Toscano, pero sabía que sus encuentros eran ilícitos, y eso le hacía debatirse entre la virtud y la pasión.

—¿No os ha pedido en matrimonio? —le preguntó el muchacho.

—No. Ni creo que lo haga.

—¿Por qué?

—No lo sé muy bien. Es algo que tiene que ver con su pasado. Yo no le pregunto… y él tampoco quiere contarme —respondió Ángela en tono desencantado.

***

El Toscano oyó el canto del gallo, y se desperezó incorporándose en la cama y estirando los brazos. Miró a su derecha y vio que Ángela continuaba dormida. Aún no había salido el sol y por la ventana se colaba una mortecina luz que se posaba sobre sus cabellos desparramados en la almohada. Se estremeció al verla tan hermosa, plácida, perfecta. Se sintió culpable por no poder entregarse a ella, por no lograr liberarse del recuerdo de aquel amor tormentoso que le marcó la juventud y que determinaba su vida, arrastrándolo a la desgracia eterna. Por un consolador momento, sintió que la felicidad era algo simple y sencillo, al alcance de cualquiera, que estaba a un solo pensamiento de distancia. Si lograba liberarse de los recuerdos, si lograba relajarse, ceder espacio al amor… podría olvidarlo todo y empezar de nuevo, como un recién nacido sin pasado, sólo con presente, mirando al futuro. Era tan fácil como dar un portazo y dejar los malos recuerdos al otro lado de la puerta, dejarse llevar por la dulzura que le ofrecía Ángela; así estaría salvado. ¡Salvado al fin! Pero fue sólo por un momento. Enseguida le volvió a la boca el sabor agrio del resentimiento.

Se levantó de la cama y comenzó a ponerse las calzas, sin apartar los ojos de Ángela, que continuaba dormida. Estaba desnuda, cubierta ligeramente hasta las caderas, y la piel de su espalda parecía hecha de la misma seda con la que ella confeccionaba los vestidos de la reina. Tuvo la tentación de despertarla deslizando su mano por debajo de las sábanas y acariciando la curva de las nalgas, introduciendo sus dedos entre las piernas. Le gustaba escuchar sus gemidos de placer. La simple idea lo excitó enormemente. Entonces ella abrió los ojos muy despacio.

—Buenos días —saludó.

—Buenos días.

—¿Ya despierto? ¿Adónde vas tan temprano?

—A buscar trabajo.

—Podrías quedarte un poco más. Aún no ha salido el sol.

—Es mejor que no —respondió el Toscano mientras terminaba de abrocharse la camisa.

Ángela se incorporó y lanzó un suspiro resignado.

—Cuando hacemos el amor parece que te deshaces en mis brazos. Tus ojos me dicen que me amas. Pero en ocasiones es como si quisieras huir de mí. ¿Algún día me dirás qué te pasa?

—Una mujer como tú se merece estar al lado de un hombre que la quiera sin limitaciones —respondió él mirando al suelo, incapaz de pronunciar esa frase enfrentándose a los ojos de ella.

—¿Limitaciones? ¿No estarás casado? —bromeó Ángela.

—No... no es eso.

—¿No tienes intención de pedirme en matrimonio? —titubeó—. ¿No has pensado cómo serían nuestros hijos?

—Jamás. —La respuesta fue categórica—. Una vez estuve a punto de tener un hijo y todo salió mal. No quiero matrimonio. Y no quiero hijos. No.

—¿Por qué eres tan oscuro? Tengo que imaginar tu pasado por las cosas que dejas entrever, pero no alcanzo a comprenderte. No puedo ponerme en tu lugar si no me hablas claro.

—Mi pasado. Yo... yo no... no soy una buena persona. Hice daño a la mujer con la que me iba a casar. No merezco que me quieras.

—¿Qué ocurrió?

El Toscano se quedó mirándola en silencio, dudando. Intuyó que no responder a esa pregunta podría implicar no volver a verla.

—Sólo quiero conocerte. Saber quién eres —suplicó Ángela.

Él pareció dudar. Se sentó en el borde de la cama y, sin apenas darse cuenta, se lanzó a hablarle de la infancia en su Florencia natal, del delicioso clima de la Toscana en el que las nubes de tormenta eran pura anécdota y en el que el sol y la brisa despertaban con una explosión de verdor y uvas jugosas cada primavera. Con aquellos racimos se elaboraba un caldo exquisito y carísimo llamado Chianti que destilaba aromas de violetas, porque esas flores compartían tierra, agua y aire con los viñedos y eso por fuerza los unía, dejando su impronta en todo ser vivo que estuviese cerca. La belleza estaba tan presente allí que podía respirarse, y al Toscano no le quedó otra que dedicarse al arte ya que, del mismo modo que brotaba la flora como si tal cosa, en la Toscana dabas una patada en el suelo y salían veinte artistas. Leonardo da Vinci, Miguel Ángel, Lorenzo Ghiberti, Petrarca y Dante eran sólo un pequeño ejemplo de ello. Ningún humano podía eludir el influjo prodigioso de las musas si nacía en la Toscana.

—Y, del mismo modo, tampoco se puede eludir el influjo del amor —continuó diciendo con melancolía.

Siendo apenas un niño, la criatura más hermosa del mundo se presentó de pronto ante él para robarle el alma. Caminaba por la calle acompañada de una mujer mayor, que más tarde supo que era su madre. Parecía flotar entre nubes y pasó por su lado sin verlo. En el mismo momento en el que la estela de su cuerpo lo rozó, supo que, de mayor, le pediría que fuese su esposa. La siguió como un perrito faldero, sin que ni ella ni su madre se diesen cuenta, escondiéndose en las esquinas y en los portales, hasta que llegó a la altura del puente Vecchio y vio que entraban en la joyería más reputada de la ciudad. Era la hija del joyero. A partir de ese momento, el Toscano montó guardia frente al establecimiento sólo por el placer de verla sonreír. Pasó así días, semanas, meses… hasta que un buen día, en el que no paraba de llover, ella salió y lo invitó a que se resguardase dentro. Desde entonces no se separaron. Las calles de su amada ciudad acogieron sus juegos infantiles y, más adelante, fueron testigo de sus tímidos paseos y sus primeras caricias. Esas calles escucharon los versos que, muchos años antes, Dante escribió a otra bella mujer florentina y que él tomó prestados para ponerlos en su propia voz el día que le confesó sus sentimientos.

Y parece que de sus labios surgiera
un espíritu suave de amor pleno
que al alma va diciendo: ¡Suspira!*

Tal como soñó de niño, años después le pidió matrimonio. Y ella aceptó.

El Toscano guardó silencio. El dolor que le despertaban aquellos recuerdos le atenazaba la garganta.

—¿Y qué pasó? —preguntó Ángela.

—Tengo que irme —dijo él de pronto.

Y salió de la casa dando un portazo.

***

Al Toscano le gustaba Córdoba. Por primera vez en mucho tiempo había logrado sentirse cómodo en una ciudad. Por momentos, cuando conseguía deshacerse del pasado, habría podido decir incluso que era feliz. Ángela era una de las razones de que eso estuviese sucediendo. Había pasado tantos años negándose a amar a nadie que no podía entender qué le sucedía con

---

* Fragmento de *La vida nueva* de Dante Alighieri.

aquella mujer y por qué regresaba una y otra vez a su lecho, pese a jurarse en cada ocasión que ésa era la última noche que pasaba a su lado. Estaba maldito y no quería arrastrar a nadie a compartir su destino. ¿Qué era lo que sentía por ella? Estuvo mucho tiempo convenciéndose de que no tenía nada que ofrecer, que no merecía el amor, que debía pagar su culpa… y ahora, de pronto, todas esas sensaciones de plenitud venían a devolverle recuerdos de un tiempo en el que la alegría lo ocupaba todo. Era tan real y palpable que no se dio cuenta de que era feliz hasta que dejó de serlo. Pero desde hacía unos meses había vuelto a deleitarse con el sonido de los pájaros, con la luz del amanecer, con los heréticos guisos sefardíes de Ángela. Incluso, por mucho que se resistía a aceptarlo, se había dejado tentar por la fantasía de pedirla en matrimonio, de concebir hijos con ella. Quizá deberían dejar de poner impedimentos a la naturaleza. La idea de una criatura de su sangre correteando cerca, tirándole de las barbas y llamándolo «padre» lo conmovía profundamente. Podría convertirse en un hombre normal y corriente, sin deudas que pagar ni crímenes que purgar. Quizá su cambio se debía a ella. Quizá la amaba. Sí, la amaba. Quizá debería decírselo de una maldita vez.

Decidió dar un paseo por la mezquita mientras esperaba a que Ángela regresara a su casa. El enorme edificio cuadrado dividido en once naves reconvertido en catedral cristiana lo maravillaba. Las mil trescientas columnas bizantinas, romanas y visigodas que lo componían le parecían un bosque selvático de jaspe y granito, de capiteles corintios con fustes de mármol azul y rosa, conjugados en perfecta armonía para sostener unos arcos muy diferentes a todo lo que él hubiera visto antes. No sólo los había de medio punto, sostenidos por una arquería doble de sillería blanca y ladrillo rojo, sino que también surgían arcos entrecruzados polilobulados que semejaban nubes ondulantes. Pero quizá el lugar más sorprendente se encontrase en la capilla del mihrab, el habitáculo en el que los musulmanes albergaban su libro sagrado, grandiosamente revestido de mosaicos que intentaban emular las mezquitas de Jerusalén, Medina y Damasco.

Hasta ese momento el Toscano no se había percatado de la belleza decorativa de la cerámica, pero los musulmanes habían sabido llevarla a su esencia más elevada convirtiéndola en elemento esencial de su arquitectura, utilizándola tanto en interiores como en exteriores, techos, suelos, torres, zócalos, portadas e incluso erigiéndola en protagonista en los lugares más sagrados. Ya había podido observar el uso de la cerámica arquitectónica en Sevilla, como zócalo de los alicatados, y el de la cerámica vidriada, obtenida mediante el empleo de óxidos metálicos. Aquella ornamentación tan diferente al modelo decorativo en el que él había trabajado durante toda su vida lo tenía hechizado. Sabía que los reyes Isabel y Fernando querían construir una capilla mayor en aquel lugar, seguramente con la intención de despojarla de gran parte de su esencia musulmana y continuar con su labor conquistadora hasta en los más mínimos detalles.

Aun así, al Toscano la idea de sustraer un solo ápice de esa belleza extravagante le parecía una auténtica aberración, aunque comprendía que la esencia del cristianismo exigía recato. Una catedral que se preciase debía imponer, subyugar a los fieles, apabullarlos. Una catedral cristiana era una Biblia gigantesca al alcance de todo el mundo, la historia sagrada simplificada para los que no supieran leer, que constituían la mayoría de la población. Los muros, las vidrieras, los capiteles, las columnas, los retablos, los altares... eran libros de piedra, de cristal o de madera policromada y cubierta de pan de oro que narraban la vida de Dios, los ángeles, los arcángeles y los discípulos de Jesús, así como sus sufrimientos, su elevación a los cielos; todo un séquito de personajes sagrados, padres, hijos y espíritus santos que los musulmanes habrían considerado pura idolatría y para los que los cristianos exigían una ubicación menos colorista.

Al Toscano se le ocurrían mil ideas, mil formas de poder conjugar ambos estilos de modo que se viesen enriquecidos para mayor goce de los sentidos de los amantes del arte. Él podía hacerlo. Había sido el alumno más aventajado del taller de Ghiberti en un momento en el que las calles de Florencia estaban plagadas de artistas. Estaba seguro de que si el destino no se hubiera mostrado tan cruel ahora sería él el maestro encargado de las obras de rehabilitación del Alcázar en lugar de Oreste Olivoni. Recordar su nombre le revolvió el estómago y sintió ganas de vomitar. Una pena infinita se posó de nuevo sobre sus hombros y un pellizco de desaliento le presionó las entrañas. El rencor reaparecía, y él no podía permitirlo. No. Todos esos años, todo el esfuerzo empleado, la soledad, el miedo, la rabia... Sentía como si su vida se hubiese paralizado muchos años atrás. No podía permitirlo. No. Tenía que seguir viviendo. Liberarse del pasado. La amaba. Sí, la amaba. Eso era lo único que importaba ahora.

***

Cuando los reyes decidieron pasar aquel verano de 1485 en Córdoba, no tenían ni idea de que el calor sofocante al que habrían de hacer frente se convertiría en un enemigo más contra el que luchar. Estaban acostumbrados al agosto castellano, incompetente a la hora de templar las estancias de los castillos, con el que se podía bregar fácilmente a golpe de abanico y limonadas. Pero pronto se dieron cuenta de que en aquel lugar sus pesados ropajes de terciopelos, blondas y linos suponían un castigo latoso. Intentar dormir de un tirón por las noches resultaba tarea imposible. Por eso decidieron hacer una pausa estival de las hostilidades, a fin de que los andaluces aprovecharan para llevar a cabo sus trabajos agrícolas sin la incómoda sensación de tener la guerra acechándolos a la vuelta de la esquina.

La reina pedía a Yago que les amenizase las tardes de sopor con sus romances, y fue gracias a eso que él se enteró de que el rey Fernando había encargado al marqués de Cádiz que se pusiera a la cabeza de una nueva tala de la Vega y de varias incursiones por Málaga y Ronda. Al final, esas ciudades se pusieron tan tercas y se resistieron tanto que decidieron dejarlas de lado. Optaron por hacerse con Álora, que aguantó los envites de los invasores durante ocho días, tras los cuales tuvieron que acceder a negociar ante la falta de agua y alimentos. Se firmó un pacto según el cual se ofrecía a los habitantes de la localidad la posibilidad de seguir residiendo allí, manteniendo su religión y viviendo como hasta entonces como súbditos de unos reyes cristianos, o dejar Álora y llevarse consigo sus bienes y su orgullo envueltos en un hatillo. Se trataba de una población altiva y orgullosa, así que la mayoría de los aloreños decidió marcharse en dirección a Granada, convencidos de que allí estarían protegidos y de que aquel emplazamiento no caería jamás.

La tregua con Boabdil convirtió al Zagal en el nuevo objetivo a batir. Se corrió la voz de que Muley Hacén había muerto, envejecido y ciego, en brazos de su amada Zoraya. En su testamento dejaba como legítimo heredero del Reino de Granada a su hermano. Los reyes sabían de sobra que el Zagal tenía fama de pendenciero y belicoso. De hecho, ya había dado las primeras muestras de su hambre de poder al intentar apoderarse de Almería por la fuerza.

A pesar del desprecio que significaba aquello para su primogénito, Yago conocía lo bastante a Boabdil para saber que habría sufrido al conocer la noticia de la muerte de su padre. Seguramente se acercó al salón en el que se encontraba el trono llamado de los Siete Cielos, el lugar preferido del palacio de Muley Hacén, intentando brindarle un último homenaje. Tal como Boabdil le explicó, aquel salón llevaba ese nombre porque el constructor quiso representar en su techo los distintos niveles en los que se dividía el cielo, utilizando incrustaciones de maderas de diferentes colores con las que fue formando estrellas superpuestas.

—En el primer cielo —le describió Boabdil— están todas

las estrellas, cada una de las cuales tiene su propio ángel guardián. Allí viven Adán y Eva. Ellos son los encargados de custodiar la nieve, el hielo, las nubes y el rocío de la mañana. En el segundo cielo es donde Alá colocó los planetas y donde habita el profeta Jesús, al que vosotros, los cristianos, consideráis Dios —le aclaró—. Allí están encarcelados también los ángeles caídos, los que pecaron contra el Creador y, como castigo, son azotados cien veces cada día. Y así será por toda la eternidad. En el tercer cielo los ángeles custodian el maná, que es llevado hasta allí por abejas celestiales. En la parte norte de este cielo se encuentra el infierno y, dentro de él, toda una caterva de monstruos de apariencia horripilante. Allí también se halla el árbol de la vida y, cuando está muy cansado, Dios se tumba bajo sus ramas a comer cerezas y dátiles. En el cuarto cielo fue donde el profeta Mahoma se encontró con el patriarca Enoc, y es también allí por donde el sol y la luna atraviesan el firmamento en sus carruajes.

Boabdil tomó aire y prosiguió.

—El quinto cielo es donde los coros angelicales cantan sus alabanzas durante la noche, pero por el día se quedan callados para que Dios pueda escuchar las plegarias de los mortales. En el sexto cielo es donde se almacenan las plagas, los terremotos y los huracanes, que se mantienen al acecho de atacar algún lugar de la tierra. También habitan allí los ángeles que estudian astrología, y el guardián del cielo y el de la tierra, que están formados de nieve y fuego. Y ya llegamos al último: al séptimo cielo. Es el mejor porque allí están las almas de todos los hombres y las mujeres que aún no han nacido. Pero eso no es lo que lo hace excepcional. Lo mejor del séptimo cielo es que allí está la morada de Alá, pintada de un blanco purísimo, en la que nace el *axis mundi*, que extiende sus raíces por todo el universo, recorriendo así el firmamento al completo. Y de ahí la promesa a los héroes de ir al séptimo cielo cuando abandonen el mundo de los vivos, donde recibirán las mayores recompensas.

En ocasiones Yago se preguntó si su padre, Concepción y el mismo Muley Hacén serían considerados unos héroes y si estarían ya instalados en el séptimo cielo.

***

Ángela confiaba en sus instintos, y éstos le decían que la historia que le había contado el Toscano iba más allá que la desazón por un amor contrariado. Antes de conocerlo todo era más sencillo. Cuando se encontraba en una encrucijada, lo que hacía era mirar en su interior. Si en lo profundo del pecho, en ese espacio entre sus costillas, sentía bienestar, era que estaba tomando la decisión adecuada. Su técnica de confiar en la intuición nunca le había fallado. Ahora era consciente de que se sentía mal por mantener esa relación ilegítima. No quería perderlo, pero tampoco quería condenarse.

Pasó toda la noche despierta, arrebujada en la frazada, con la espalda pegada al colchón y mirando al techo. Los músculos de la mandíbula comenzaron a tensársele. Casi no podía respirar; le apretaba el corazón. Sabía que cuando entraba en ese estado lo único que la tranquilizaba era aspirar profundamente y llenar sus pulmones hasta el máximo de su capacidad para vaciarlos luego muy despacio, sin dejar de pensar en el aire que entraba y salía por su nariz.

—Y mire que vuestra merced es una auténtica beldad, pero hoy traéis cara de no haber pegado ojo —la saludó Vermudo cuando bajó a la cocina a media mañana en busca de un refrigerio.

—Así es.

—¿Mal de amores?

—Así es.

—¿Y quién es el tonto del haba que os hace sufrir?

—¿Ocurre algo con el Toscano? —le preguntó Yago, que en ese momento estaba batiendo huevos para preparar tortillas.

—No. Es que… —El tono de Ángela era compungido y titubeante—. Es tan misterioso…

Parecía estar necesitada de compartir con alguien aquel secreto.

—Sé que le ocurre algo —continuó diciendo—. Algo de su pasado le impide vivir en paz. Está lleno de dolor y son muy pocas las veces que logra aplacarlo. Pero no quiere decirme nada. Y así no puedo ayudarlo.

Vermudo la tranquilizó, asegurándole que iba a mover sus hilos para indagar en el pasado del reservado artista.

A la mañana siguiente se presentó pletórico. Al parecer, por gentileza de la locuacidad de uno de los proveedores de jamón y quesos curados, un tal Dionisio Sepúlveda, se había enterado de que en los sótanos del Alcázar, en el lugar donde se encontraban las celdas inquisitoriales, tenían retenido a un destacado escultor italiano que conocía al Toscano desde los tiempos de Florencia. Se trataba de un artista polifacético, con un carácter intratable y pasional que dejaba reflejado en cada una de sus obras. Había trabajado en Roma al servicio de Lorenzo el Magnífico, pero tuvo que abandonar Italia cuando entró en disputa por culpa de unas láminas de pan de oro y casi mata a otro artista, de modo que tuvo que huir al Reino de Castilla. Primero se instaló en Granada y más tarde en Sevilla, donde su carácter brusco volvió a causarle malas pasadas. En un arrebato de pasión destrozó a martillazos una imagen de la Virgen que él mismo había realizado, al considerar que no le habían pagado por ella lo suficiente, y aquello despertó las iras inquisitoriales. No estaba bien visto dejar la cabeza de la Virgen como si le hubiese pasado un carro por encima, aunque estuviese hecha de terracota. Así que fue detenido.

Durante el almuerzo, Vermudo puso a Yago en antecedentes sobre el plan que tenía para poder entrar en la zona destinada a las celdas y encontrar a su confidente. Había tomado contacto con uno de los carceleros, y éste accedió a dejarlos pasar por el módico precio de un queso de cabra curado. Al parecer, allí se amontonaban los presos, junto a la cámara de tormentos.

—Cuando entremos, quiero que estés tranquilo y que no te escandalices con nada de lo que podamos encontrarnos —le indicó Vermudo.

—¿De qué habláis?

—Me han asegurado que, en la penumbra de una de las celdas, uno de los condenados cobija a una rata a la que cuida y alimenta sustrayéndose él mismo el pan, como si fuese su propio hijo. En otra, una anciana desdentada acusada de hechicería lanza llamamientos al maligno para que, de una buena vez, venga a rescatarla. Un día, un muchacho de apenas trece años apareció colgado de las rejas. Había logrado ahorcarse partiendo en tiras su jergón. Nadie recordaba cuál era su delito y, cuando indagaron más en profundidad, se enteraron de que había robado el cepillo de la iglesia.

—Eso no puede ser cierto —dijo Yago, perturbado—. Os lo estáis inventando para asustarme.

—Ay, muchacho… Si yo tuviese tanta capacidad para la inventiva me habría dedicado a la lírica. ¡Ya querría yo disponer de la imaginación de los beatos para socavar espíritus revoltosos!

Yago pensó que ése sería el momento en el que Vermudo iniciaría uno de sus alegatos en contra de los curas, del olor a incienso y de la mala baba eclesiástica, pero la urgencia del momento le paralizó el discurso.

—Agarra el queso y tiremos para allá, que se nos hace tarde.

La torre de la Inquisición estaba situada en el sudeste, justo en la esquina contraria a la del Homenaje. Yago nunca se había adentrado tanto en el Alcázar. Se trataba de una torre de planta circular con cuerpo octogonal de ladrillo. Abrieron el portón de madera. Pese al cuidado que pusieron, los goznes crujieron como si fuesen a descoyuntarse de un momento a otro. La luz del sol resbalaba por unas pequeñas aberturas del muro, dejando intuir la cúpula de media naranja en la parte superior. Un desagradable olor, combinación de tufo a humedad y hedor a puchero rancio, flotaba en el ambiente. A Yago se le revolvieron las tripas y tuvo que contener una náusea.

—¿Y mi queso? —Una voz arenosa envuelta en sombras los saludó con desagrado.

—Buenas tardes os dé Dios, Cipriano. ¿Cómo os encontráis? —respondió Vermudo con la mejor de sus sonrisas.

—¿Y mi queso?

—Ya veo que sois hombre de pocas palabras. Como a mí me gusta, ¡directo al grano! Aquí tenéis vuestro queso.

El sujeto sopesó la calidad del género, olisqueándolo antes de sacar su navaja toledana. Cortó un trozo, lo paladeó y lo depositó en el zurrón que llevaba colgado del hombro.

—¿Quién es éste? —preguntó señalando a Yago con la barbilla.

—Aquí mi lazarillo. Es que ando torpe de remos, ¿sabéis? Me ayuda a subir y bajar la escalera —mintió Vermudo.

—¿Vuestro lazarillo es ciego?

—¡Qué perspicacia la vuestra! Sí… sí. Los designios del Señor son inescrutables. Sí.

—No me advertisteis que vendríais acompañado —rezongó el cancerbero.

—Cierto… es cierto. Pero no lo tengo en cuenta. Él es sólo mi báculo. Además de ciego es un poco lento de entendederas. —Había bajado la voz hasta que adquirió el tono de confidencia—. Es como si no estuviera en realidad, ya entendéis lo que quiero decir.

Yago sintió que los ojos de Cipriano se posaban sobre él e intentó mostrarse lo más impávido que pudo.

—Está bien. —El guardián se rindió al fin—. Seguidme.

Toda la pompa que destilaba el Alcázar contrastaba con la hediondez, la humedad y el calor que se respiraba en los veintiséis minúsculos habitáculos, con apenas holgura para rebullirse, que se daban en llamar celdas de la Inquisición. El olor nauseabundo que Yago ya había podido intuir en la entrada se multiplicaba allí abajo, obligándolos a torcer el gesto. El muchacho se llevó las manos a la boca, intentando contener el vómito. Por suerte no podía ver el supurante moho que cubría las paredes de piedra y que lagrimeaba, semejando una repugnante flema verdosa. Pero lo que su tara no pudo evitar fue que oyera con total claridad el rumor de quejidos humanos que los iba escoltando por el pasillo y que le pusieron la carne de gallina. Por un momento se imaginó lo que tenía que ser pasar allí el día y la noche, hora tras hora, durante días, semanas, meses... o incluso años.

Las celdas de la Inquisición eran pequeñas y oscuras; daban la sensación de ser lo más parecido a una tumba en vida. Estaban pensadas para albergar a las personas por tiempo indefinido. Lo mismo podía encerrarse allí a alguien a quien pensasen dar un susto, aunque luego quedase liberado en unas horas, como ser el albergue de condenados a los que se les iban los años entre cuatro paredes mugrosas, con la noción del tiempo, de la realidad, de los días y de las noches perdidos, esperando la muerte con impaciencia, deseosos de que los enviasen a la hoguera por lo que fuera, para acabar con semejante sufrimiento de una buena vez.

—Ya hemos llegado —informó Cipriano—. Tenéis diez minutos. Ni uno más.

—Lo que vos mandéis.

Se oyeron los pasos del carcelero alejándose por el pasillo.

—¿Señor? Disculpadnos, vuestra merced —dijo Vermudo a través de la abertura enrejada de la puerta—. Somos amigos del Toscano.

Esperaron unos segundos, pero nadie contestaba. Temieron que la celda estuviese vacía o, peor aún, que el preso hubiese muerto. Olor a ello sí que había, desde luego.

—Señor...

—¿Cuánto falta? —Una voz de ultratumba lo interrumpió con una pregunta.

—Cuánto falta ¿para qué? —dijeron Vermudo y Yago al unísono.

—Para el auto de fe.

—No, no estamos aquí por eso. Venimos a preguntaros por el Toscano. ¿Lo recordáis? De Florencia...

—El Toscano... —repitió el preso—. Ese muchacho tenía talento, sí señor.

El cautivo repasaba las lagunas de su memoria mientras mascaba el aire. De vez en cuando sacudía las manos por delante de su cara como si estuviese espantando una invisible mosca, pero, por lo demás, parecía mantener el resto de sus raciocinios intactos.

—A ver, a ver... Sí, sí... El Toscano entró como aprendiz en el taller de Lorenzo Ghiberti. En aquel tiempo el maestro había ganado un concurso para decorar las puertas del Baptisterio de la Catedral de Florencia. La labor era tan profusa que tuvo que crear un taller y contratar decenas de ayudantes. Allí trabajamos los mejores —afirmó sin petulancia—. Cuando el Toscano llegó, estábamos confeccionando una puerta doble, que iría decorada con diez bajorrelieves de bronce dorado en los que se representarían diez escenas del Antiguo Testamento. Miguel Ángel la llamó la puerta del Paraíso. El Toscano se encargó de los diseños de algunas de las figuras. Ese muchacho tenía talento, sí señor —repitió el artista para sí—. Sólo hacía falta que el maestro Ghiberti le sugiriese leer el *Cantar de los cantares* para que, al día siguiente, el muchacho se presentase en el taller con el boceto de una escena perfecta en la que Salomón tomaba con deleite las manos de la reina de Saba, ante la mirada de una multitud muerta de envidia. La pasión que se entreveía en sus posturas delataba que el rey de Judá codiciaba su piel morena, que la encontraba hermosa entre las hermosas y que el lecho que compartían era de flores. Y de hecho fue tal como él los imaginó como quedaron representados para la eternidad en el décimo cuadrante de la puerta del Paraíso. Massimo disponía del genio que sólo puede vislumbrarse en esos artistas excepcionales que parecen estar tocados por la mano de Dios.

—¿Massimo? —preguntó Yago.

—Ése es el nombre con el que lo bautizaron.

El preso pareció perder por un instante la noción del tiempo y el espacio, como si acabara de transportarse de nuevo a aquellos años.

—Si es lo que yo digo: el Señor reparte de forma poco equitativa el talento y tiene a bien dar mucho a unos pocos. Los demás no pasamos de zoquetes —apuntó Vermudo para devolverlo a la realidad—. Pero seguid, seguid... que el asunto del Toscano es bien interesante.

—Por entonces sólo lo llamábamos así: Massimo.

Otro silencio.

—Precioso, precioso... —señaló Vermudo—. Seguid.

—En el taller había otro muchacho... muy joven también. Llevaba ya un tiempo trabajando para Ghiberti. Se pasaba horas y horas en el taller, trabajando sin descanso. Alcanzó a ser bueno con el buril y el cincel, preciso en su pulso, hábil a la hora de plasmar lo que el maestro le proponía en cada relieve. En un principio no parecía tener mucho talento, pero se esforzaba tanto que al final consiguió que el maestro lo considerase uno de sus aprendices destacados. Todo indicaba que tendría un futuro brillante como artista. Además, provenía de una de las familias más acomodadas de la ciudad.

—Ay... ¡Quién tuviera dinero para comprar veinte quintales de talento! —subrayó Vermudo.

—Pero entonces llegó Massimo y todo cambió para ese joven. La atención que Ghiberti dedicaba al nuevo discípulo despertó sus celos. Realizaban labores similares dentro del taller, así que tenían que trabajar codo con codo, pero nunca alcanzaron a llevarse bien. Se veía que la envidia lo ponía enfermo. Atormentaba a Massimo sirviéndose de diversos subterfugios. Solía criticar su trabajo con tanto amaño y crudeza que Massimo se llenaba de dudas y, en muchas ocasiones, destruía un relieve que llevaba semanas tallando, simplemente porque había malmirado el doblez de una túnica, los bucles de un carnero o el gesto doliente de un santo. El maestro Ghiberti y el resto de los artistas del taller repetíamos a Massimo que su talento era extraordinario, que debía ignorar al otro y que no diese al traste con sus obras por un simple comentario. Pero no nos hacía caso. Todos éramos conscientes de que Massimo tenía unas cualidades excepcionales, de esas que no se pueden adquirir con la práctica... de esas que nacen con la persona.

—Ya, ya... las que el otro no podía comprar, por mucho dinero que tuviera —concretó Vermudo.

—Eso es. Y precisamente eso era lo que desquiciaba a aquel envidioso. Sonreía de forma sardónica, fingiendo que no le afectaba, pero estoy seguro de que moría de celos en su interior. Y no sólo envidió el talento de Massimo, pues también envidiaba sus manos nudosas, que en nada se parecían a las de él, mucho más endebles e infantiles. Envidiaba la planta de adonis de Massimo, muy distinta a la que él lucía, con su espalda encorvada; envidiaba la anchura de los hombros de gladiador de Massimo, superior a la de los suyos, sobre los que el morral en el que llevaba las herramientas de trabajo resbalaba.

—El dicho popular no se equivoca: «Más envidioso que un cheposo» —indicó Vermudo.

—Pero ¿el dicho no era: «Más desconfiado que un cheposo»? —preguntó Yago.

—También, también... Calla y deja que el señor prosiga con la historia.

—Pero la desazón que sentía llegó al límite cuando Massimo anunció su compromiso matrimonial con la joven más hermosa de Florencia —continuó diciendo el cautivo—. Fue entonces cuando sus críticas se multiplicaron en crueldad, cuando el sueño no le alcanzó para dormir más de cuatro horas cada noche, cuando la comida se le avinagró en el estómago provocándole unas náuseas que lo llevaban al vómito vespertino, cuando sintió que el resentimiento se convertía en un veneno cáustico que calentaba su sangre y palpitaba en sus sienes.

—Envidia de la mala, como se suele decir —acotó el antiguo tabernero.

—Como la familia de la dama en cuestión y la suya eran conocidas, comenzó a hacerse el encontradizo con ella. La esperaba en los aledaños del mercado para ayudarla a cargar las hortalizas; le regalaba flores a escondidas; le alababa el peinado, el vestido, el perfume y las sandalias, se inventaba tristezas con las que conmover su alma... Y ella le abrió la suya para hablarle de sus sueños, sus miedos, sus alegrías... hasta que llegó a considerarlo el mejor amigo que tuvo jamás.

—Asunto de faldas... ¡Mala cosa! —señaló Vermudo.

—Así es. Un día, en el taller, ese mal bicho y Massimo comenzaron a pelear. Fue una paliza de muerte. Sus condiscípulos se comportaron entonces de una manera inusual ya que normalmente estaban encantados de jalear una bronca, y arengaban a los contrincantes, hacían apuestas... A veces la trifulca se les escapaba de las manos, y se caían unos encima de otros a puñetazos y se insultaban en un lenguaje más propio de marineros napolitanos que de artistas. Faltaban a los vivos y a los muertos del que tuvieran enfrente, se escupían a la cara y, poco después, se marchaban todos juntos a la taberna Los Tres Caracoles para ahogar sus diferencias en cerveza. Terminaban a altas horas de la madrugada, abrazados los unos a los otros para poder mantener el equilibrio, mirándose con ojos vidriosos, declarándose con voz pastosa lo buenos amigos que eran.

Eso es lo que solía pasar... Pero aquella pelea fue diferente.

—¿Y qué ocurrió? —preguntó Yago, intrigado.

—Que apareció el maestro Ghiberti y descubrió a aquel

tipejo y a Massimo cosiéndose a golpes, tirados por el suelo, desparramando los cinceles, cubiertos de polvo... Los echó a los dos. No permitía palabrotas, intrigas y peleas en su taller. Supongo que le incomodaría perder a Massimo... —Suspiró—. Sin embargo, para que vean vuestras mercedes lo caprichosa que es la vida, el que ha llegado a lo más alto de los dos es el otro.

—¿El otro?

—Sí. Ahí lo tienen, al servicio de los reyes Isabel y Fernando.

—¿Oreste... Olivoni? —titubeó Yago.

—El mismo que viste y calza —certificó el artista.

No les dio tiempo a terminar de asimilar la noticia. Cipriano llegó para apremiarlos a que se marchasen. Los inquisidores harían acto de presencia en pocos minutos, y si los descubrían allí se meterían en un buen lío.

Una vez fuera del recinto, el ardiente sol cordobés lamió con su lengua cálida el rostro de Yago, y éste cerró los ojos y lo recibió como una caricia. A su lado Vermudo respiraba hondamente, con la boca abierta. Se mantuvieron un buen rato así, callados, sacudiéndose el olor a muerte cercana y dejándose inundar por el de las flores del jardín, seguramente aliviados de haber dejado atrás aquella antesala del infierno.

***

Ángela de Palafox conocía de sobra cómo se las gastaba Oreste Olivoni y se cuidaba mucho de no tropezarse con él. Lo evitaba por los pasillos, atravesaba puertas para no estar en su misma estancia o volvía el rostro si se acercaba. Pero aquel día no lo vio venir. Estaba demasiado concentrada calibrando la altura de los ventanales y catalogando los colores de los tapices que cubrían la fría piedra de la sala del Océano para combinarlos con las cortinas que pensaba confeccionar y las alfombras que habría que encargar. Se observó en el reflejo del vidrio para recolocarse un rizo rebelde que se le había escapado del moño, y entonces oyó aquella voz silbante y aguda a su espalda.

—¿Cómo está mi hija? —preguntó sonriente Oreste Olivoni.

Ángela se dio la vuelta, sobresaltada.

—Bien, señor —musitó, consciente de que el rubor inundaba sus mejillas—. Ahora descansa con la aya.

Sin atreverse a mirarlo a los ojos, Ángela intentó devolver la sonrisa, pero los músculos de la boca no le respondieron como debían y sus labios dibujaron una mueca desabrida. Sentía una inquietud indefinida en el estómago.

Oreste dio unos pasos en su dirección, y se interpuso entre ella y la puerta por la que podría escabullirse. Estaba tan cerca que percibía su aliento agrio a la par que dulzón. Posiblemente habría desayunado pan con cebolla.

—Esta sala tiene mucho trabajo. Es grande y los ventanales están muy altos —dijo, respirándole muy cerca.

Lo veía por el rabillo del ojo, intuía su calvicie, sus verdosos ojos de sapo, su mandíbula prominente... De pronto, Olivoni alargó la mano en dirección a la barbilla de ella, incitándola a que alzara la cara. Aquella cercanía descompuso a Ángela, quien, por un segundo, se quedó paralizada. Tardó muy poco tiempo en deshacer sus pasos y dar la vuelta, buscando otra salida. Oreste no se quedó quieto. La sujetó del hombro, impidiéndole caminar, y la rodeó, forzando la situación para que tuviera que volver a enfrentarse con su rostro. El corazón de ella latía desbocado, y Ángela tuvo un acceso de repugnancia al ver que su nerviosismo estaba fascinando a aquel hombre.

—Sois una mujer muy hermosa —le susurró Olivoni, mostrando su sonrisa de dientes romos.

—Tengo que continuar con mi labor.

—Por supuesto. Id con Dios.

Olivoni aflojó suavemente los dedos con los que se aferraba

a su hombro, de la misma manera en la que un niño relajaría la presión que ejerce sobre un pajarillo atrapado entre sus manos, poco convencido de dejarlo volar de nuevo. Ángela se dio la vuelta y se alejó deprisa por los pasillos. Caminó, caminó y caminó hasta llegar al jardín. Se aseguró de que allí no la veía nadie, se sentó de golpe en uno de los bancos de piedra y se echó a llorar.

Ese mismo día, por la tarde, el artista italiano convenció a un par de talladores para que lo acompañaran a la casa de tratos, ya que el día siguiente era festivo. Le hacía gracia que en Córdoba las mujeres públicas llamaran la atención de sus clientes de la misma manera en la que lo hacían en las zonas costeras de su Italia natal. Allí se agolpaban marineros de diferentes lugares y lenguas, y había que espabilarse si se quería hacer negocio y dejar claro qué es lo que se ofrecía en cada casa, por eso buscaron una consigna ecuménica para comunicarse. Las rameras se asomaban a las ventanas y aullaban como lobas a todo hombre que pasara; de ahí el nombre de «lupanar».

Olivoni eligió a una muchacha delgada y joven de cabello castaño. Tenía la mirada dulce y la boca y las mejillas sonrosadas. En su rostro aún se podía entrever el velo de la juventud y la inocencia. Pese a todo, estaba claro que no se trataba de una virgen; se lo habrían hecho saber haciéndole pagar a precio de oro el servicio. Aun así no debía de llevar mucho allí. Presupuso que, en poco tiempo, todo ese candor natural se vería ajado por la nocturnidad, el alcohol y los vapuleos masculinos, aunque no dedicó ni un solo pensamiento más al tema porque ese día se sentía especialmente excitado y tenía ganas de aplacarse.

La muchacha tomó a Olivoni de la mano y lo condujo a una de las estancias cuya entrada no se cerraba con puerta, sino simplemente con una cortina. En el suelo había un jergón, y la chica se tumbó sobre él boca arriba y flexionó las piernas levantándose la falda. No llevaba nada debajo, de modo que su sexo apareció de pronto frente a Oreste como un matorral de pelo rizado y oscuro, expuesto sin ningún pudor. Pero a él no le resultó en absoluto estimulante.

—Arrodíllate frente a mí —le ordenó—. Tendrás que trabajar más para ganarte el dinero.

La muchacha lo obedeció con mirada recelosa. Mientras se acercaba, avanzando sobre las rodillas, él se desabrochó las calzas. Cuando la tuvo cerca, la sujetó por la nuca, dirigiéndole la cara a su entrepierna. Ella introdujo la mano bajo la camisa y rebuscó el miembro. Era pequeño y flácido, como una babosa muerta. Se lo metió en la boca y comenzó a succionar. Le cabía entero. Oreste cerró los ojos y echó la cabeza hacia atrás, intentando concentrarse en esa parte de su cuerpo, pero, sin que él pudiera comprender la razón, no le respondía. Embutió sus manos en el corpiño de la chica. Le atrapó los senos, presionándolos, estrujándolos, pellizcándolos con saña mientras movía las caderas adelante y atrás. Pero no pasaba nada. Estaba furioso. Agachó la mirada y vio el gesto asqueado de ella mientras lo manipulaba. Aquello no lo ayudó. Sacó las manos y le tanteó los hombros. De un tirón certero, le atrapó el borde del vestido y se lo rasgó hasta la cintura. Ella se sobresaltó y se echó hacia atrás, mirándolo sorprendida.

—Tendréis que pagarme el vestido —protestó.

—¡Calla, zorra! —espetó él agarrándola de los pelos y obligándola a darse la vuelta y a colocarse a cuatro patas.

Fue entonces cuando la espalda de la muchacha quedó expuesta a la dorada luz de las velas. Tenía la piel tersa y brillante, apetecible sin duda. Al final de las costillas, cerca de la cintura, pudo ver con claridad la sombra de una mancha de nacimiento. En ese momento, la rabia se le transformó en sobresalto. Se quedó mirándola como un imbécil, con las calzas a la altura de las rodillas. Sin decir una palabra, se dio la vuelta y salió del cuarto, con el trasero al aire.

Terminó de recomponer su atuendo en la calle y se lanzó a caminar sin rumbo, sintiéndose infinitamente mal. La desazón no se disipaba. Era incapaz de controlar sus pensamientos más escabrosos. Nunca le había ocurrido algo así. ¿Impotencia? Quizá se tratara de una maldición o quizá se estuviese haciendo viejo, o puede que no hubiese nada de lo que preocuparse porque quizá aquello era algo normal, algo que les ocurría de vez en vez a los hombres. El rumor de sus pensamientos lo mantuvo lo bastante confuso para no darse cuenta de dónde estaba hasta que no se hubo alejado demasiado. Aquello debían de ser los arrabales, la Axerquía.

Comenzó a inquietarse por estar recorriendo una ciudad que apenas conocía, aunque era sencillo guiarse si se seguía con atención el trazado de la muralla. Sabía que Córdoba, pese a llevar ya más de dos siglos bajo dominio cristiano, continuaba guardando la esencia del trazado musulmán en sus calles. Lo que quedaba en el interior de las murallas se llamaba Medina. Lo que quedaba fuera, los barrios que los musulmanes llamaban Axerquía, estaban creciendo de una forma silente pero continua, formando los arrabales. Los reyes intentaban adaptar el trazado islámico a sus necesidades controlando este tipo de crecimiento de la ciudad, ampliando las murallas en la parte del sudoeste para evitar que se formasen focos de corrupción y picaresca. Pero aquello estaba provocando un auténtico desorden, dos modelos urbanísticos que en unas ocasiones permanecían separados y en otras coexistían de forma que había calles de Córdoba totalmente caprichosas y otras que seguían un trazado simétrico.

A Oreste le costó admitir que se había perdido. No era de extrañar el afán de los reyes en imponer su modelo geométrico, eliminando las calles sin salida. En ese mismo momento se estaban realizando obras en la zona, entre las puertas de Baeza y Nueva, y costaba caminar. Tomó una callejuela que encontró a su derecha y que lo condujo directamente a la plaza de la

Corredera. De pronto, como si el pasado regresase para abofetearle la cara en el peor momento, se topó con una sombra cáusticamente conocida. Convencido de que su mente le estaba jugando una mala pasada, se escondió tras una esquina para poder observar mejor. No. No podía ser él. Lo miró intrigado. Iba cubierto de pies a cabeza con una capa, y el rostro le quedaba parcialmente oculto tras una espesa barba oscura y una capucha que ensombrecía sus rasgos. Apenas se le intuía el brillo de un ojo castaño. Pero esa manera de moverse... Habían pasado muchos años desde la última vez que lo vio. Pese a todo, aún se podía percibir la fuerza de sus brazos y la redondez de sus hombros bajo la capa. La persona que más odiaba en el mundo... allí. No podía ser. Lo siguió, amparándose en los portales, en los umbrales y en los toldos. Sí. Era él. Sin duda. Massimo. Massimo estaba allí.

Su Némesis se detuvo delante de una puerta y la golpeó con los nudillos. A Oreste el corazón se le iba a escapar por la boca. También reconoció a la mujer que abría, atendiendo la llamada. Era Ángela de Palafox, quien besó a Massimo en los labios, lo tomó de la mano y le hizo pasar al interior, cerrando tras ellos.

A Oreste el mundo se le hizo añicos.

***

No pudo pegar ojo en toda la noche. Bajó a la cocina y se sirvió una jarra de cerveza y un pedazo de pan con tocino. Lo mascó con desgana, pero lo tuvo que dejar a la mitad porque sentía tanta inquietud que se le cerró el estómago. Decidió concentrarse en el trabajo. Recorrió los pasillos, vacíos de artesanos por ser día de fiesta. El malestar se le volvió ira. Estaba todo mal, pensó.

—¡Todo mal! ¡Todo mal! —gritaba.

Los artesonados, las pinturas, las telas, los bordados... Caminaba de un lugar a otro, descubriendo defectos en cada esquina, insultando a los malditos trabajadores que, en cuanto uno se daba la vuelta se desmadraban. «¡Malditos bastardos inútiles, torpes, desgraciados...!» Si los hubiera tenido delante, los habría abofeteado. Tenía que ser firme. La gente se burlaba de él. Lo chuleaban... ¿Quiénes se creían que eran? Deberían estar besando el suelo por el que él pisaba. Él era un artista, el mejor artista de Florencia. Recordar su ciudad natal lo entristeció y tuvo que tragar con fuerza para no echarse a llorar allí mismo. Entonces le volvió a la mente la imagen de la puta que lo manipulaba con gesto de desagrado la noche anterior. ¡Qué solo estaba! Y Massimo no. Massimo tenía a una mujer que lo amaba.

Como si una luz se encendiera de pronto en su cabeza, se encaminó cabizbajo hacia las estancias de Torquemada y golpeó la puerta apesadumbrado. El gran inquisidor le abrió.

—Oreste, ¡qué sorpresa! —saludó al tiempo que hacía ademán de dejarlo pasar—. Estoy terminando de recoger mis cosas. Parto hacia el Reino de Aragón —aclaró—. ¿Os podéis creer que los conversos tienen allí un poder desaforado y que ostentan importantes puestos en el gobierno real y en el local?

El inquisidor Tomás de Torquemada se sentía abrumado por las pésimas noticias que le llegaban desde Zaragoza. A pesar de haber impuesto su santa voluntad al convencer al rey de la necesidad de enviar a dos inquisidores para que controlaran la creciente ola de herejía en la que se veía inmerso el Reino de Aragón, le seguían informando de que los cristianos viejos se sentían desplazados. Los puestos más prominentes de la sociedad —juristas, comerciantes, banqueros, escribanos o contables, entre otros— estaban ocupados por judíos conversos. Aseguraban que, pese a casarse en las iglesias cristianas, bautizar a sus vástagos y acudir a misa los domingos, todos ellos seguían manteniendo sus impías costumbres en la intimidad de sus hogares: encendían velas los sábados, circuncidaban a sus hijos y cocinaban con aceite de oliva... Ante tamaña herejía, los inquisidores aragoneses comenzaron a arrestar a los denunciados y ya se anunciaban los primeros autos de fe.

Aquello atemorizó a los cristianos nuevos, y una ola de terror se extendió de forma silente por las calles de Zaragoza. El jurista Jaime de Montesa escribió al Papa de Roma asegurándole que se estaban cometiendo cientos de atropellos de carácter teológico, redactó cartas de apelación al rey prometiendo a cambio de su intercesión ingresos económicos para financiar la guerra contra los musulmanes y suplicó la revisión de las condenas a uno de los inquisidores más recalcitrantes: Pedro de Arbués. Pero nada de eso resultó, y las calles de Zaragoza cada vez se quedaban más vacías. Poco a poco, el temor de aquellos hombres se fue transformando en rabia, y se dieron cuenta de que nada de lo que pudieran hacer o decir los salvaría de semejante persecución, concluyendo que debían protegerse. Pronto flotó en el ambiente un tufillo a confabulación que puso en alerta a los inquisidores.

El inquisidor Pedro de Arbués se sintió indignado cuando le advirtieron del peligro que corría. La naturaleza maligna, unida a la capacidad económica, más el comprobado talento organizativo de los enemigos de la verdadera fe hacían que los judíos se convirtiesen en elementos muy peligrosos, le explicaron. Alguno de ellos, o quizá todos unidos, confabulados, podrían atentar contra su integridad física. Pese a todo, Pedro de Arbués se negó en redondo a variar sus costumbres. Durante muchos años había sido catedrático de filosofía moral en la Universidad de Bolonia y no entraba en su mente la posibilidad de reorganizar sus rutinas por algo tan vergonzoso como el miedo. Además, estaba seguro de que el Señor lo protegería de todo mal, teniendo en cuenta que estaba trabajando para su gloria.

—Desde que vivo en Zaragoza, voy a rezar ante el altar de la catedral todas las noches, en maitines. Nada ni nadie impedirá que lo siga haciendo —sentenció.

Pocos días más tarde, la reja que daba acceso a la residencia inquisitorial apareció rota, aunque comprobaron que nadie había llegado a entrar en la casa. Pese a todo, para que sus ayudantes se quedaran tranquilos, Pedro de Arbués aceptó la recomendación de acudir a su cita diaria con el rezo protegido con un casco y una cota de acero bajo el hábito, aunque pensara que ese tipo de atuendos era apropiado para los que se las tuviesen que ver en batallas y guerras, no para servidores de Dios.

Una noche, Pedro de Arbués se encaminó a la catedral mientras la campana de Velilla sonaba de forma estruendosa. Pese a que esa señal ya parecía de por sí suficientemente intimidatoria, él no se inmutó y realizó el mismo recorrido con su linterna en la mano. Atravesó el claustro de la iglesia en dirección al coro y se arrodilló al pie del púlpito de la izquierda, arrimado a una columna, para rezar ante el Santísimo. Ni siquiera percibió la presencia de sus atacantes. Llevaban los rostros cubiertos para que nadie los pudiera reconocer. Las sombras de sus cuerpos reverberaban, envueltas en los reflejos dorados de las velas, proyectando una imagen fantasmal sobre el suelo del templo. De pronto, Pedro sintió que lo estaban observando. Volvió la cabeza lentamente y vio que un grupo de ocho hombres lo rodeaba.

—Vais a morir —oyó decir a uno de ellos.

—Sólo si es la voluntad de Dios —dijo él, aún de rodillas.

El inquisidor se dio cuenta de que blandían dagas y pequeñas hachas en sus manos y pensó que era más que posible que sí fuese voluntad de Dios que muriese ese día.

—¿Pensáis faltar al quinto mandamiento? ¿Acaso no teméis al infierno? —les preguntó, lívido, pero firme.

—El infierno se cierne sobre nosotros desde que vos llegasteis —respondió otro.

Pedro de Arbués cerró los ojos, colocó las palmas de las manos juntas sobre el pecho, en actitud oratoria, y comenzó a musitar la «Letanía de los santos».

—Señor, ten piedad. Cristo, ten piedad. Señor, ten piedad.

Santa María, madre de Dios. San Miguel. Santos ángeles de Dios. San José. San Juan Bautista. Santos Pedro y Pablo. San Andrés. San Juan...

—¡Callaos, cura! —le gritaron.

Pero él prosiguió, levantando más la voz.

—San Francisco Javier. San Juan María Vianney. Santa Catalina de Siena...

—¡Que os calléis! —repitieron

Pedro de Arbués percibió un leve titubeo en la voz de sus atacantes. Creyó que todos aquellos santos estaban realmente atendiendo su llamada y que, mientras los estuviese nombrando uno por uno, trayéndolos en espíritu hasta la catedral, nada ni nadie le podría hacer daño. Se sintió protegido.

—Santos y santas de Dios, mostraos propicios de todo mal, de todo pecado, de la muerte eterna. Por tu encarnación, por tu muerte y resurrección, por el envío del Espíritu Santo.

—¡Silencio! O moriréis antes de terminar la oración.

—Podréis matarme a mí, pero el Santo Oficio perseguirá vuestra infamia.

Como si hubieran estado esperando a que dejase de convocar la presencia de los santos para atacar, uno de los hombres levantó la mano y acometió una cuchillada en el hueco que la cota de malla dejaba al aire entre su cuello y la clavícula. Un chorro de sangre caliente salpicó de rojo el trapo blanco que cubría el rostro de su atacante. El propio Pedro de Arbués se vio sorprendido por ello.

—¡Loado sea Jesucristo, que yo muero por su santa fe! —dijo, llevándose la mano a la herida.

En ese momento, otro de los hombres descargó su espada sobre la muñeca del inquisidor. Un sonido metálico indicó que había chocado con el hueso. La mano quedó casi colgando. Una mancha de color púrpura comenzó a formarse en torno al moribundo. Se extendía lentamente sobre las baldosas de fría piedra gris. Pedro de Arbués se mantenía inconcebiblemente inmóvil sobre sus rodillas, mirándolos con unos ojos que parecían de vidrio. Uno de sus atacantes perdió la paciencia y le dio una patada en la espalda, haciéndolo caer de bruces sobre el charco de sangre.

—¡Vayámonos! —gritó—. El cerdo ya está muerto.

Pero se equivocaban. Pedro de Arbués aún tardó dos días más en morir, y lo hizo envuelto en olor de santidad, balbuceando jaculatorias.

El vicario de Aguilón, su antiguo criado, aseguró poco más tarde que el inquisidor se le presentaba de nueve a once en espíritu, entre refulgentes potencias doradas, iguales a las que lucía el Cristo de los Desesperados. En esas visitas le anunciaba el pronóstico del tiempo, así como una serie de recomendaciones que pasaban por pedir al rey que continuase su loable labor de conquistar Granada y mantener el Santo Oficio. También profetizaba un tremendo revuelo que pondría la ciudad de Zaragoza patas arriba tras su muerte.

Y exactamente eso fue lo que sucedió.

Los cristianos viejos se indignaron con la noticia del asesinato. Salían a recorrer las mismas calles que utilizaba el inquisidor para ir a rezar a la catedral en maitines armados con linternas y horcas, clamando justicia. Cuando comenzaron a insinuar los nombres de los posibles responsables, entre los que se encontraban altos cargos de la ciudad, el arzobispo decidió tranquilizar a la población desde el púlpito, afirmando que los culpables serían castigados con la justicia que merecía un asunto tan mordiente como aquél.

El lugar exacto de la catedral en el que Pedro de Arbués cayó herido de muerte se convirtió en centro de peregrinación. Decían que las piedras que acogieron su cuerpo agónico estaban santificadas, y la constancia de ello era que aún se conservaban calientes y teñidas de un intenso tono carmesí. Algunos incluso dijeron que veían la sangre borbotear, como si estuviese hirviendo. Los inquisidores decidieron cubrirlas con una alfombra. Las crónicas testificaron que, doce días después del asesinato, cuando la levantaron, aún quedaba gran cantidad de sangre en el suelo. Para enjugarla, utilizaron varios lienzos que más tarde trocearon piadosamente para hacer relicarios, los cuales se vendieron a precio de oro.

Tardaron poco tiempo en detener a los sospechosos. Sesenta y cuatro personas fueron condenadas a la hoguera después de confesar que, por la muerte del inquisidor, habían pagado sesenta y cuatro florines. Todos pertenecían a destacadas familias de judíos conversos que perdieron de esta forma su prestigio y su poder dentro de la política del Reino de Aragón.

Torquemada hizo a Oreste el relato de aquellos acontecimientos con la mirada compungida y los puños apretados aunque, en el fondo, parecía satisfecho. Aquella trágica circunstancia le ayudaría en la consecución de sus planes: la Inquisición se había legitimado a ojos de los aragoneses y los judíos eran ahora el enemigo al que perseguir.

Mientras hablaba, Olivoni observó el equipaje del dominico. Le pareció que estaba compuesto de muchos bultos, teniendo en cuenta que era un religioso y que a ellos se les presuponía recato. ¿Cuántos hábitos tendría?

—¡Los conversos! —continuó hablando Torquemada—. ¿Quiénes se creerán que son? Están luchando para que se les reconozca como cristianos sinceros, para que sus herederos puedan conservar la alcurnia que consigan en vida.

—De conversos precisamente venía yo a hablarle, ilustrísima —interrumpió Oreste, que hasta ese momento se había mantenido expectante ya que intentaba hallar el mejor momento para poner en marcha su plan.

—Sucios, marranos —escupió el inquisidor con desprecio.

—Sucios, marranos —repitió Oreste para congraciarse con él antes de continuar con su discurso—. Creo que una de las mujeres que trabaja dentro del Alcázar es una judía de dudosa conversión. Ángela de Palafox, se llama.

—¡Qué me decís!

—Estaba muy cerca de mi mujer y atendió el desgraciado parto que se la llevó de mi lado.

—Dios la tenga en su santa gloria. —Torquemada se persignó.

—Así sea. —Oreste se persignó también—. El caso es que sospecho que utilizó algún tipo de subterfugio para causarle mal y que fue ella la responsable de su muerte.

—¿Y por qué pensáis eso?

—Porque mi esposa era una joven sana y fuerte, y nada hacía presagiar el desenlace que se produjo. Lo único que sé es que esa mujer no se separaba de ella, a tal punto que nadie me avisó de que se ponía de parto, y cuando quise entrar en la habitación… Oh, Señor… —Comenzó a gimotear sin lágrimas—. La vida no me alcanzará para olvidar la terrible escena que tuve que presenciar.

—Reponeos, reponeos, Olivoni. ¿Qué visteis?

Oreste hipó un par de veces más antes de continuar hablando.

—Cuando entré en la alcoba, mi esposa yacía en la cama, cubierta de sangre y con el vientre abierto. Muerta. Y Ángela de Palafox llevaba a mi hija en sus brazos. La acunaba… como si fuese suya.

—¡Por Dios santo! Había oído hablar de cosas parecidas. Han puesto en mi conocimiento que los conversos, para evitar el bautismo de sus vástagos sin despertar sospechas, eligen a una de sus criaturas recién nacida para que sea la que reciba una y otra vez el bautismo cristiano. Así el cura sólo bautiza a uno de ellos y evita que los otros entren en el reino de nuestro Señor.

—¡Santo Dios!

—Y cuando va pasando el tiempo y el infeliz en cuestión

289

va creciendo, lo sacrifican de formas funestas, puesto que lo consideran impuro al estar tantas veces bautizado.

—¡Santo Dios! —repitió Oreste, convencido de que su expresión dramática satisfaría al inquisidor.

—Pero en el caso que me contáis, puede que se trate de algo aún peor. Al parecer, esos desalmados raptan a veces a un niño cristiano para crucificarlo, utilizando con él el mismo ritual que sufrió nuestro Señor Jesucristo, para burlarse de nosotros.

—La reina en persona es la que indicó a Ángela de Palafox que se encargase del cuidado de mi hija. Pero ahora que se encuentra lejos, no puedo informarla de mis sospechas. ¡Os lo ruego, ilustrísima! —Oreste Olivoni se arrodilló frente a Torquemada y le tomó la mano—. No permitáis que le ocurra nada malo a mi hija. Es lo único que me queda en el mundo.

—No os preocupéis. Tengo suerte de contar con la colaboración de personas como vos, dispuestas a defender la fe cristiana por encima de todas las cosas —le dijo con gesto beatífico—. Yo me ocuparé de todo.

Un pellizco de bienestar relajó levemente la opresión del pecho del italiano.

—¿Puedo pediros un favor más, ilustrísima?

—Hablad.

—¿Me podéis dar la bendición?

Torquemada sonrió con condescendencia.

—Dios te bendiga —dijo, e hizo la señal de la cruz sobre la cabeza postrada del artista.

Y al fin Oreste pudo sentirse mejor.

***

La noche que Massimo llamó a la puerta de Ángela, hicieron el amor muy despacio, en silencio. Antes de atravesar el umbral, reconoció el aroma de la adafina cocinada a fuego lento en olla de barro, y la boca se le hizo agua. El Toscano sabía que aquel plato podía llamar la atención de los cristianos viejos y, en otras ocasiones, se había enfadado con Ángela, haciéndole ver que era una irresponsabilidad poner el acento sobre ella por algo tan absurdo. Pero ese día estaba dichoso y no tenía ganas de discutir, más bien al contrario. Necesitaba que ella le sonriese, que lo acariciase con manos maternales y que le susurrase que todo iba a salir bien. La buscó con la mirada. Con ojos enamorados le pidió que se casara con él; quería depositar su semilla en su vientre y concebir hijos con ella, quería dejar el pasado atrás y empezar una nueva vida a su lado, una vida plagada de emociones y ternuras. Y es que acababa de darse cuenta de que la existencia estaba en el tiempo presente y que la eternidad comenzaba en ese mismo momento. Aseguró a Ángela que todo había quedado atrás. Jamás imaginó que liberarse del pasado fuese algo tan sencillo como dar un portazo y dejarlo al otro lado de la puerta.

—Te quiero —le susurró sonriendo—. Te quiero... Y poder decirlo es maravilloso.

Despertó desnudo, enredado en las sábanas de la bella mujer que yacía a su lado. Atrapó la punta de un mechón de su cabello y se lo llevó a la nariz, intentando recuperar con ello la sensación del amor romántico perdido a lo largo de los años. Se dio cuenta al instante de que el olor a hembra que desprendía volvía a inflamar su deseo.

Ángela abrió los párpados, se lo quedó mirando, se incorporó y volvió a encabalgarse sobre él, tomándolo del rostro y besándolo con fuerza en la boca. El Toscano cerró los ojos y dejó volar su imaginación. Oía los gemidos de Ángela, cada vez más intensos, y sintió ganas de reír... o de llorar, no estaba muy seguro. Notó que una oleada de placer le atravesaba el vientre y tuvo la sensación de que podría desaparecer dentro de ella hasta que, de pronto, Ángela quedó como paralizada. Sus pechos dejaron de moverse, le brillaba la mirada. Un suspiro, que casi parecía un lamento, se le escapó de los labios, rojos y húmedos, y la tensión se fue aflojando hasta que terminó recostada sobre él, con la boca pegada a su cuello, musitándole palabras de amor que el Toscano correspondió. Los «te quiero», «te amo», «para siempre», «por siempre» surgían, diluyendo los resquicios de un placer que aún no había abandonado del todo sus cuerpos.

Pasaron el resto de la Navidad amándose sin descanso, felices como adolescentes, planeando su futuro que comenzaba con la llegada del nuevo año. Ninguno de los dos sospechaba que los alguaciles los vigilaban, midiendo sus rutinas, hasta que unos golpes los sacaron de su idilio para enfrentarlos a la calamidad.

De una patada los alguaciles echaron abajo la puerta sin que al Toscano le diera tiempo siquiera de hacer el amago de abrirla. Atravesaron el umbral totalmente vestidos de negro, envueltos en sus capas, tocados con bonetes de cuatro picos.

—Venimos a detener a Ángela de Palafox —dijeron mostrándoles un papel firmado por el fiscal.

—¿Por qué? —El Toscano se interpuso entre el hombre y ella, con actitud retadora—. Esto es un ultraje.

—Tú te callas, magancés, si no quieres que te encerremos a ti también —le gritó.

Ángela comenzó a tiritar de puro pánico. Lo supo de inmediato: había llegado su hora. Todo aquello le parecía una pesadilla de la que quería despertar. No se terminaba de creer que le estuviera sucediendo aquello y que el Toscano no pudiera hacer nada por protegerla. Lo vio paralizado, tan sorprendido y asustado como ella.

—Al menos decidnos de que se la acusa —inquirió, intentado ganar tiempo.

—Una junta de teólogos ha determinado que los cargos presentados contra ella implican hechicería y herejía. Tenemos la orden de confiscar todos sus bienes, que habrán de servir para la manutención de la presa durante el tiempo de encarcelamiento, así como el pago de las costas judiciales.

—No tenemos bienes —protestó el Toscano.

—¿Qué es eso? —preguntó el alguacil, señalando el paquete que había sobre la mesa del comedor.

—Mis instrumentos de trabajo: buriles, pinceles, carboncillos...

—Nos los llevaremos en prenda... de momento —dijo, aferrándolos de un manotazo.

—Tranquila, te sacaré de allí. No pasará nada. Tranquila... —El Toscano acarició el rostro lloroso de Ángela.

El alguacil lo apartó de un empujón y la arrastró al exterior de la vivienda. La metieron en la parte trasera de un carro de madera. A través del diminuto ventanuco enrejado, pudo ver la triste imagen del hombre de su vida, mirando impotente cómo se la llevaban, rodeado de vecinos que le hacían preguntas insistentes que él no sabía responder.

Cuando llegaron al Alcázar de los Reyes Cristianos, abrieron la puerta de la traqueteante celda provisional de Ángela y la obligaron a bajar. Dos hombres la condujeron por los pasillos, casi a rastras, sujeta por los codos. A la altura de una de las celdas instaladas en el sótano recibió allí mismo, antes de entrar, el primero de los golpes que tendría que soportar a partir de ese momento. Ángela cayó de bruces, oyendo el portazo y el crepitar de la cerradura tras de sí.

—Ya hemos encerrado a la hereje —oyó decir al alguacil—. La integridad de vuestra hija está a salvo.

—Bien... Gracias, estoy mucho más tranquilo ahora.

Al instante Ángela reconoció el desagradable tono de voz de Oreste Olivoni. El artista italiano se acercó a la reja de la puerta para observarla desde allí.

—Ángela, Ángela, Ángela... —musitó en el tono de voz que se utiliza para reprender a los niños traviesos—, no está bien robar los hijos de otros.

—Yo no os he robado a vuestra hija... ¡Vos lo sabéis! La reina me pidió que me hiciese cargo de ella. Preguntadle.

—Oh… es una lástima, pero la reina no se encuentra en Córdoba. Se fue a pasar los días de Navidad junto a su esposo a Valladolid. Es posible que aún tarde un tiempo más en regresar.

—Señor, vos mismo sabéis que sólo me he limitado a cuidarla. Yo… lo siento… Yo…

Se hizo el silencio. Sus ojos ya comenzaban a acostumbrarse a la oscuridad y creyó percibir una sonrisa en el rostro de Oreste Olivoni.

—¿Os place yacer con hombres deformes? —le oyó preguntar de pronto Ángela, y tragó saliva—. Eso es lo que hacen las brujas, ¿no?

Fue en ese preciso momento cuando supo que estaba perdida.

Torquemada sopesó la situación y concluyó que aquello no podía mantenerse durante más tiempo. Las celdas inquisitoriales de Córdoba estaban atochadas de pecadores y pecadoras enfermos por culpa de la humedad, la mala alimentación y las heridas provocadas durante las torturas. Pese a la reticencia inicial de los monarcas a celebrar un auto de fe, que requería mucha parafernalia y que, además, resultaba bastante costoso en un momento en el que todos los maravedíes se destinaban a la guerra, el inquisidor general logró convencerlos de que era absolutamente necesario. Si no se daban prisa en ajusticiarlas, aquellas criaturas se morirían antes de recibir un castigo como Dios mandaba.

Un desfile encabezado por una caterva de notarios y familiares del Santo Oficio recorrió las calles leyendo un pregón en el que se anunciaba que, en tres semanas, una vez que terminasen las fiestas de la Natividad, se celebraría un auto de fe. Todo aquel que acudiese a presenciarlo recibiría indulgencias.

La población estaba feliz. Al fin, una fiesta entre tanta batalla.

5

A finales de enero de 1486, Córdoba se preparaba para celebrar el auto de fe. El Campo Santo de los Mártires se llenó de puestos de regatones que ofertaban a gritos sus frutas de sartén: «¡Cucuruchos con buñuelos de viento, pestiños, churros…! ¡Probadlos, señores! Son dignos de los mismos ángeles del cielo». Algunos exponían su espectáculo de malabares con animales adiestrados, otros unos juegos consistentes en colar arandelas de colores en conos de madera situados a cinco pies de distancia, mientras que otros prometían chorizos y hogazas a los que trepasen más rápido la cucaña; la diversión a cambio de unas pocas monedas.

Las autoridades aceptaban de buen grado las ferias ambulantes que se organizaban en torno a los autos de fe porque eran conscientes de que las ciudades en las que se celebraban duplicaban su población durante esos días, y ello suponía un importante empuje económico. Aunque también se corría el riesgo de que se desestabilizara el orden público. Cientos de personas de los alrededores acudían para ver el espectáculo y la mayor parte de ellas se acercaban al ajusticiamiento con los ánimos exacerbados. Llevaban años acumulando rencor por el vecino que ensuciaba el patio, odio por el hermano que se quedó la herencia o resentimiento por el marido infiel, una inquina enquistada que podría extirparse de golpe, en una jornada, simplemente regocijándose con el sufrimiento ajeno.

Los inquisidores sabían que muchos llegaban con una copa de vino de más al quemadero, envalentonados ante la idea de la muerte, el castigo y el purgante dolor, convencidos de que ése era el momento de hacer justicia. Las trifulcas, los insultos y las peleas a puñetazos figuraban también en el orden del día. Por eso permitían que los feriantes entretuviesen a la muchedumbre con fruslerías y pasatiempos de poca monta mientras se esperaba el comienzo del espectáculo mayor. Por si eso fuese poco, los vendedores ambulantes debían pagar un diezmo. Con él, los organizadores pretendían aliviar el enorme desembolso que les suponía organizar un auto de fe que se preciase.

El Toscano llegó temprano, cubierto con su habitual capucha. Se quedó un buen rato observando el tablado en el que se celebraría el protocolo, situado junto a la tribuna destinada a los asistentes de alto rango. Apoyados en uno de los muros del monasterio de los Santos Mártires, habían colocado unos graderíos adornados con los emblemas brocados del Santo Oficio: la cruz que simbolizaba la fe, la espada en señal de justicia y la rama de olivo de la misericordia, todo ello rodeado por un óvalo con el salmo «Exurge domine et judica causam tuam», esto es: «Álzate, oh Dios, a defender Tu causa», así como también las insignias de la Corona española. Aquél era uno de los mejores emplazamientos, porque disponía de sillas y la visibilidad del tablado y el quemadero era excelente. Las entradas de ese espacio se vendían a precio de oro. La puesta en escena impresionaba. Al Toscano se le pasó por la cabeza que, incluso los menos píos, ante semejante despliegue estarían predispuestos a creer que era el mismo Dios en persona el organizador del acontecimiento. Pero él ya no creía en justicias celestiales. Si se quería justicia, había que salir a buscarla.

Unos niños correteaban persiguiendo a un perro, y dos fornidos muchachos, que portaban a su anciana abuela a la sillita de la reina, hicieron hueco a empujones con sus cuerpos para colocarla en primera fila. Allí la dejaron, sentada en una banqueta. La muchedumbre enardecida se apretaba contra los graderíos, buscando la ubicación con mejor visibilidad, justo en el momento en el que aparecieron los monarcas acompañados de los nobles de mayor alcurnia. Un murmullo sordo fue creciendo hasta convertirse en un griterío de vítores y aplausos. Isabel y Fernando se sentaron en la tribuna a la espera de que los condenados, que iban andando en fila de a dos desde el Alcázar, llegasen al Campo Santo de los Mártires para que diese comienzo el sermón.

El Toscano sabía que lo que pretendía hacer era tremendamente arriesgado, pero las circunstancias lo obligaban a tomar medidas desesperadas. Miró a la tribuna y vio la deleznable imagen de Oreste Olivoni, junto a los reyes, y sintió repugnancia. No podía permitir que aquel ser despreciable se saliese con la suya, pero si lo que tenía en mente salía mal, la razón de ser de su vida se iría al traste. Oyó las voces del grupo de cantores entonando el «Veni Creator Spiritus» y enseguida pudo distinguir a los lanceros que antecedían a la comitiva de los condenados. Se intuían los picos de sus corozas y pronto se pudieron ver los dibujos en cada una de ellas, que indicaban los pecados que los habían llevado hasta allí. Seguramente en la de Ángela aparecerían unas llamas rabiosas, acompañadas de dragones y diablos, como prueba de su recalcitrante herejía y sus tratos con el maligno.

El Toscano la buscó con la mirada entre los hombres y las mujeres que formaban la lamentable fila, unos con la vela encendida y otros apagada, unos con aspecto de enfermos, otros aparentando dignidad. Pero no la veía. Tenía que encontrarla rápidamente. Lo tenía todo previsto. No dejaría siquiera que Ángela subiese a aquel tablado. Había pensado acercarse a ella mientras se recitaban las condenas, cuando la gente estuviera distraída. Entonces desataría sus ligaduras. Con un poco de suerte, podrían deslizarse sin que se diesen cuenta y huir bien lejos de allí. Era su única oportunidad. Pero no la veía. No…, no la veía.

Los alguaciles fueron indicando a la titubeante fila de condenados que se colocasen por orden en una especie de bancas situadas junto al tablado. Mientras, Tomás de Torquemada lanzaba un sermón en el que resumía la larga lista de infamias cometidas por aquellos seres a los que no se atrevía a calificar de humanos: judaísmo, blasfemia, herejía, sodomía, hechicería… y un largo etcétera de atentados contra Dios. Pero ¿dónde estaba Ángela?

Cuando terminó el sermón, comenzaron a llamar por su nombre, uno por uno, a los condenados. Tenían que subir al tablado y allí escuchar las sentencias. Empezaron por los que habían cometido los delitos más leves. Las condenas iban desde sufrir latigazos o la pena de galeras, pasando por la obligación de usar durante ocho años el sambenito —para que todo el mundo tuviera constancia de la maldad del condenado—, hasta la confiscación de bienes. Después dieron paso a los condenados arrepentidos, los cuales no serían castigados. Recibieron el abucheo general, porque el público estaba poco dispuesto a que le sustrajesen un ápice de diversión. A continuación llegó el momento de nombrar a los condenados graves. El Toscano oyó el nombre de Ángela, pero no la veía; por más que forzaba la vista, no la veía. Un familiar de la Santa Inquisición subió al tablado con una caja de madera de unas tres cuartas decorada con unas llamas en tonos rojos y amarillos.

—Ángela de Palafox, condenada a la relajación por los pecados de judaísmo, brujería y relapso. Será degradada —dijo el alguacil—. Como se da el caso de que la acusada ha fallecido en la cárcel, sus huesos serán entregados al brazo secular para que sean quemados y no quede de semejante pecadora ninguna prueba física de que alguna vez pisó este mundo.

Al Toscano le fallaron las rodillas y tuvo que sujetarse al

hombre que tenía a su lado, quien lo apartó con desagrado pensando que se trataba de un borracho. Con los ojos empañados de irrealidad, titubeó unos segundos. ¿Cómo era posible? Lanzó una mirada al palco en el que se encontraba Oreste Olivoni y se dio cuenta de que el maldito ni siquiera estaba atento a lo que sucedía en el tablado. Charlaba animadamente con el hombre de su derecha mientras masticaba los frutos secos de una bandeja que tenía frente a él. La ira inundó de hiel la boca del Toscano. Por un momento pensó en abrirse paso a codazos entre la multitud, trepar hasta el lugar en el que se encontraba aquel infame, y matarlo a puñetazos y patadas. Quería reventarlo, destrozarle la cabeza, descuartizarlo, triturarlo... Pero se dio cuenta de que había demasiada gente a su alrededor; no le permitirían ni siquiera darle una bofetada. No, no había esperado todo ese tiempo para acabar de una manera tan ridícula. Notó que las lágrimas le inundaban los ojos y no supo si eran de rencor, de remordimiento o de pena por la muerte de Ángela.

Massimo se alejó de allí sintiéndose el peor hombre del mundo por no haber sabido protegerla. Juró vengarse, vengarse de la forma más cruel. Vengarse como no lo había hecho nadie en el mundo hasta ese momento. Vengarse. Vengarse de Oreste Olivoni. Vengarse. Vengarse o morir.

***

Pasaba de la medianoche, pero en el ambiente aún flotaba el olor a humo de las hogueras. Vermudo fue a avisar a Yago de que el Toscano estaba ahogando sus penas en una taberna de la mancebía, y decidieron salir en su busca en dirección a la Axarquía. Tropezaban con grupos de personas que seguían borrachas por culpa del alcohol y las emociones bebidas y vividas durante el auto de fe. Caminaban a trompicones por las calles en obras, sorteando charcos, barros y adoquines, hasta que alcanzaron la taberna en la que se encontraba el Toscano.

—Ésta no es noche para pasarla solo —saludó Vermudo.

—Ni siquiera es noche para seguir viviendo —respondió Massimo con la voz pastosa y los ojos vidriosos—. Estoy cansado. Parece que el destino se burla de mí cruzando en mi camino a ese desgraciado de Oreste Olivoni una y otra vez. Una y otra vez… Una y otra vez… Una y… ¡Una jarra de vino a esta mesa! —gritó al tabernero—. Mis amigos están sedientos. —Suspiró, volviendo la mirada hacia ellos—. Tengo que matarlo… como el perro sarnoso que es.

—¿Qué conseguiríais con eso? —le preguntó Vermudo—. Os cogerían y os ajusticiarían a vos también.

—Después de hacerlo me iría de Córdoba. Ya estoy acostumbrado a huir.

Les explicó que, cuando llegó a esa ciudad, pensó que al fin conseguiría encontrar la paz que llevaba años ansiando. Había pedido matrimonio a Ángela. Iba a formar una familia junto a ella. Estaba impaciente por poder hacerlo. Pero el auto de fe llegó para desbaratarle los planes y romper en pedazos aún más pequeños su ya destrozado corazón. No se podía sacar de la cabeza la idea de los tormentos que Ángela habría tenido que sufrir en las celdas del Santo Oficio y le venían a la mente infinidad de escenas dantescas. ¿Cómo habría muerto? ¿La habrían torturado tanto que su cuerpo, su hermoso cuerpo, su delicado cuerpo… no lo soportó? ¿El deleznable Olivoni habría estado presente? ¿La habría tocado? ¡No! No quería pensar en eso. El dolor era demasiado grande. Comenzó a vociferar insultos en italiano.

—*Porco, bastardo!* —gritaba una y otra vez—. *Porco, bastardo!*

El tabernero amenazó con echarlos, y entonces el Toscano aplacó el tono de voz.

—El amor envenena el alma —dijo con un dejo de resignación antes de apurar de un trago el vaso—. Lo peor es que no desaparece con la muerte de la persona amada. Uno sigue amando y penando su ausencia. Vivir así es estar muerto en vida. Y llevo así tanto tiempo…

—¿Os referís a Ángela? —le preguntó Yago.

—No. —Massimo lo miró con perplejidad, como si se asombrara del desconocimiento del muchacho. El vino había comenzado a afectarle—. Hablo de Caterina. Fui ruin con ella. Ruin y mezquino.

—¿Fuisteis ruin con una mujer, con… Caterina? ¿Cuándo?

—Hace mucho tiempo. Cuando era joven y feliz. Cuando no había salido aún de la Toscana.

—¿Quién era Caterina? —se interesó Vermudo.

—Mi prometida. La muchacha más hermosa que haya habitado jamás la ciudad de Florencia. —Massimo sonrió con amargura.

—¿Qué ocurrió?

—Murió.

La noche en que Caterina Bardi se quitó la vida, explicó el Toscano envuelto en las brumas del alcohol, un cometa atravesó el cielo de Florencia. Cuando la muchacha salió sigilosa de casa de sus padres, el cielo era una pizarra tenaz en la que no se insinuaba aún la sospecha de aquella estrella movediza. Florencia le pareció una ciudad líquida, anegada, emborronada por las lágrimas que se empeñaban en enredarse a sus pestañas, otorgándole el aspecto desamparado de un cordero lechal a punto de ser sacrificado. Y así era como ella se sentía. Los más bellos rincones habían perdido su brillo. Estaban envueltos en los tonos grises de los sueños brumosos. Caterina sólo se sintió despertar cuando, al fondo, vislumbró la familiar silueta de tres ojos del puente Vecchio, y recordó la razón por la que estaba allí. De pronto le alcanzó la fetidez pútrida y dulzona de las casquerías que los carniceros del puente arrojaban a las riberas del río a última hora de la tarde, resignados ante el escaso interés que despertaban en su clientela. La grasa de los carneros, los ojos de los bueyes y la sangre coagulada se mezclaban con mendrugos mohosos, hortalizas fermentadas y orines rancios entre los que las ratas retozaban, emitiendo gruñiditos de satisfacción. Caterina percibió el hedor denso inundando cada rincón de su cuerpo. De un tiempo a esa parte era capaz de distinguir, con una intensidad casi punzante, los olores más sutiles provocándole náuseas a cualquier hora del día. Tragó saliva con dificultad y se dijo a sí misma que eso pasaría pronto, muy pronto. Enfiló el puente casi de puntillas, amparándose en las sombras de los muros, pegada a la pared, temerosa de que algún vecino aquejado por el mal de la vigilia la reconociese y fuera a avisar a su familia sorprendido de encontrarla en la calle a esas intempestivas horas. Pero no se cruzó con nadie. Sólo pudo intuir la vibrante luz de las velas en la ventana del curtidor, seguramente porque ultimaba un trabajo. Entre todo aquel barullo de cuarterones medio tronchados, de sombríos nichos de puertas, de voladizos de madera y piedra que se encajaban unos en otros como las piezas de un rompecabezas, se encontraba la joyería de su padre. Cuando la alcanzó, sacó del bolsillo del delantal las llaves y abrió con rapidez, cerrando tras de sí.

Durante las dos semanas que había tardado en madurar aquella idea, atravesó por varios estados de desesperación: lloró por dentro y por fuera, se sumió en el silencio, dejó de comer, de salir de la cama… Después se levantó y se mordió los labios de rabia. Despotricó contra los hombres que levantaban falsos testimonios, contra su prometido por creer en mentiras y no confiar en ella, contra sí misma por haber callado y contra Dios por no velar por ella, como era su obligación de Padre. Apretó los puños, dio patadas a la mesa y a las sillas, rompió los vasos de cristal de Murano de su ajuar de novia, rasgó a bocados las sábanas de hilo que llevaba bordando desde niña y que creyó que la acogerían, a ella y a su marido, en su noche de bodas. Desesperó hasta que las nubes de su ofuscación se fueron desvaneciendo, y entonces asumió que tenía que encontrar una salida a la atribulada situación en la que se encontraba. Y apareció la respuesta en su mente. Esa palabra que nadie pronunciaba jamás.

En un primer momento, cuando fue consciente de la aberración que estaba considerando, se echó a temblar de pies a cabeza. Pero poco a poco la idea fue acomodándose y haciéndose fuerte hasta alcanzar el tamaño y la forma de su propio cuerpo. Cuando al fin supo lo que tenía que hacer, se tranquilizó. Intuyó la muerte como un regreso al hogar, una sensación dulce y acogedora que la liberaría de aquel espanto que le mordía las entrañas como un animal de presa, y llegó a anhelarla como se anhela una manta de lana en una fría noche de invierno. Todos sus pensamientos se centraron desde ese momento en encontrar la mejor manera de llevarla a término sin sufrir demasiado.

Abrió la ventana de la joyería de par en par y con delicadeza se sentó en el borde, con las piernas colgando sobre el vacío. Se mantuvo un buen rato en silencio, observando cómo la corriente oscura y lánguida del Arno se deslizaba bajo sus pies. Medio encogida, pálida, sudorosa, con la lengua y las manos frías, titubeó. Hasta ese preciso instante, la idea de la muerte le había resultado poco tangible, puro trámite, un antes y un después; jamás la imaginó como un entretanto. Ahora se daba cuenta de que terminar con la propia vida exigía seguir unas diligencias de las que se tenía que responsabilizar. No es que le diera miedo abandonar el mundo; es que no quería estar en su cuerpo mientras recorría aquel camino. Le vino a la cabeza la historia del ahogado que sacaron del río cuando ella apenas contaba siete años. Escondida entre las cortinas de la joyería, escuchó a unos clientes la descripción del trance con todo lujo de detalles. Uno de ellos aseguraba que si el desgraciado que se lanzaba al agua desde un puente se tiraba de cabeza, podría romperse el cuello con las rocas del fondo y morir de forma resuelta y fulminante. En cambio, si se tiraba de pie, correría el riesgo de ser arrastrado por la corriente e ir dando boqueadas y palmetazos durante días, para terminar desaguado en el mar de Liguria, donde sucumbiría de puro agotamiento. El otro hombre le rebatió. Dijo que era mucho peor que las ropas del suicida se enredasen en la vegetación acuífera del lecho del río, porque estaba más que demostrado que en morir ahogado se tardaba más que en rezar tres padres nuestros.

—Al final del tercero, por puro instinto, se tiende a aspirar profundamente, y para dentro que va el agua... que ya se sabe que se cuela por cualquier orificio. Se les inundan la barriga, los pulmones, la cabeza... Los ahogados hacen unos pésimos cadáveres —certificó con sapiencia docta aquel hombre—. Los sacan ensopados, hinchados y azules... como ballenatos recién paridos.

Caterina no pudo comprobar si lo que dijo era cierto porque sus padres le impidieron ver al muerto, pero de pronto sintió un arrebato de coquetería al imaginar que Massimo pudiera contemplarla en aquel repugnante estado de abotargamiento y que la llevase en su memoria eternamente con el aspecto de un odre informe, en lugar de recordarla arrebolada, con los ojos brillantes, la piel húmeda y los labios tensos y rojos de cuando hacían el amor bajo los naranjos. Pero ¿qué podía importarle ya a ella lo que él pensara de su cuerpo inerte? Ya no la amaba. Lo vio escrito en la sombra de duda que opacó sus ojos melosos desde el mismo momento en el que oyó la injuriosa calumnia.

—El hijo que lleva tu prometida en las entrañas es mío. Al menos puede serlo, porque yo también he yacido con ella —dijo el embustero delante de todos sus colegas, los orfebres del taller, llevándose con falso descuido un buril a la boca y sacudiéndose con esa convulsa risita suya, justo antes de que el Toscano se la arrancara de un puñetazo.

El infame cayó al suelo desmadejado como un pelele, sangrando por la comisura de los labios, escupiendo un par de aquellos dientes romos que brotaban como champiñones biliosos de su protuberante mandíbula inferior.

—¿Acaso no me crees? —vociferó lleno de rabia—. ¿No

304

tiene tu novia un antojo en la espalda, cerca de la cintura? ¿Cómo puedo saberlo sin haberla visto desnuda?

Y entonces él lo creyó. Massimo, su Massimo, lo creyó.

La brisa nocturna agitó los largos cabellos de Caterina sacándola de la ensoñación que le había provocado el movimiento del río. Le vino a la mente un pasaje de aquella obra que su prometido leyó en voz alta tantas veces, donde se describía el infierno.

> *Y como quien con aliento anhelante,*
> *ya salido del piélago a la orilla,*
> *se vuelve y mira al agua peligrosa...**

Tragó saliva y se persignó encomendándose al Señor, pero justo cuando hizo el amago de coger impulso para lanzarse al agua, vio por el rabillo del ojo que el horizonte comenzaba a iluminarse, tiñendo la negrura de la noche cerrada de tonos rojizos. Quedó paralizada. De no ser porque calculaba que serían las tres de la madrugada, habría pensado que ya estaba amaneciendo. Jamás había visto un cielo así. Las estrellas parecían titilar con el doble de intensidad que otras veces, y creyó sentir un silbido lejano que, poco a poco, se hacía más intenso. La ventana del curtidor crujió al abrirse, y Caterina oyó la voz del hombre llamando a gritos a su esposa.

Una de las estrellas tomaba dimensiones desproporcionadas, como si tuviera la intención de convertirse en sol. Parecía moverse arrastrando tras de sí una enorme cola de luz que difuminaba a su paso el brillo de las demás estrellas, transformando el río en un espejo que duplicaba el efecto tremebundo del firmamento. El gallo cantó dos veces, convencido de que ya era hora de trabajar, y los perros se pusieron a ladrar al cielo, abso-

* Extracto de *La divina comedia* de Dante Alighieri.

lutamente confundidos. Las puertas de las casas que estaban en las laderas del río se abrieron. Los vecinos salieron en camisón, envueltos en toquillas, frotándose los ojos, perplejos ante aquel astro desbocado que amenazaba con precipitarse a la tierra y devastar la ciudad. Un silencio ensordecedor inundó el aire hasta que alguien lo rompió para asegurar, a voz en grito, que se trataba de uno de los jinetes del Apocalipsis que venía cabalgando sobre su caballo blanco, dejando tras de sí sus crines revueltas para anunciar la llegada del fin del mundo. Aquello inflamó los ánimos de los florentinos. Las mujeres abrazaron a sus hijos pequeños, los hombres se arrodillaron, las ancianas lloraron.

Caterina Bardi lo entendió como una señal. Dios, o el demonio, le enviaban una estrella para iluminar el oscuro camino que había de guiarla hasta la muerte. Tenía que darse prisa, antes de que alguien pudiera descubrirla encaramada a la ventana.

—Y están ansiosos de cruzar el río, pues la justicia santa los empuja, y así el temor se transforma en deseo —recitó.

Entonces aspiró hondo… y se lanzó al agua.

Había tanto revuelo en la calle que nadie oyó el ruido que hizo su cuerpo al chocar contra la superficie del río. De no ser porque el curtidor y su mujer estaban asomados a la ventana y vieron que una sombra se precipitaba desde la joyería, es muy posible que hubieran tardado días en encontrar a Caterina.

La primera reacción de Massimo cuando fueron a darle la noticia fue de incredulidad. Escuchó aturdido al mensajero, con los ojos aún terrosos por el sueño; la noche, el río, la maldición de una estrella endiablada, ahogada, muerta, la hija del señor Bardi, Caterina… su Caterina.

Cuando el entendimiento acertó a captar la magnitud de lo que le contaban, se echó por encima una capa y corrió lo más rápido que le permitieron sus piernas en dirección al puente Vecchio, guiado más por el instinto que por el raciocinio. Años después, haciendo un gran esfuerzo por recordar lo que ocurrió esa noche, fue incapaz de traer a su memoria aquel trayecto; el desordenado color del cielo, el sabor de la incertidumbre, la sensación de irrealidad, la sequedad en la garganta, el frío agarrotando sus manos, sus pies y su alma. Eso era lo único que Massimo recordaba.

Llegó sofocado, llamando a gritos a Caterina, apartando a tirones a la gente que se arremolinaba alrededor del cuerpo inerte de la muchacha, hasta que le hicieron sitio, entre cuchicheos, suspiros y miradas maliciosas.

Estaba tumbada sobre la maleza que crecía a orillas del Arno, con la ropa mojada, la piel lívida y los labios cerúleos, pero en ningún caso hinchada o abotargada como ella se temió. La habían sacado del río lo suficientemente pronto para impedir que el agua pudiera maltratarla de esa manera, si bien lo bastante tarde para salvarle la vida. Massimo la encontró preciosa porque ni el tono apagado de su piel, ni las gotas de agua que empapaban su rostro podían desfigurar sus perfectas líneas de madona. Un mechón rebelde le cubría la cara en diagonal, de derecha a izquierda y él, con ternura infinita, se arrodilló a su lado y lo apartó. Se abrazó al cuerpo sin vida de la que fue su prometida. Quería transmitirle el calor de su corazón lleno de ella. Le pidió perdón, reprochándose las palabras hirientes, los silencios aún más hirientes, las miradas bajas y el abandono de las últimas semanas, que él mismo había sobrellevado con más ofuscación que olvido, disimulando ante sus compañeros del taller por el día y agonizando por no ser capaz de arrancarla de sus pensamientos por la noche, comiendo los mejores manjares que podía encontrar con un nudo en el estómago, porque todo lo que se llevó a la boca desde el momento en el que la apartó de su lado le sabía a cenizas, demostración clara de que se estaba abrasando por dentro. Le dijo que lo único que lo mantuvo con vida hasta ese momento era la esperanza de que lo ocurrido en los últimos tiempos fuese un sueño, un terrible sueño. Pero cuando levantó la mirada y vio que el astro rabioso aún atravesaba el cielo de Florencia, tuvo la sensación de que se trataba de una pesadilla.

Todo el andamio que estuvo levantando desde su infancia, sobre el que pensaba edificar el resto de su vida, se derrumbaba ante sus ojos. Gritó al cuerpo sin vida de Caterina que tendrían que haberse casado mucho antes, que fue un error esperar para construir una mejor casa, ahorrar para encargar mejores muebles u organizar una mejor fiesta con la que agasajar a los amigos el día de la boda. Era absurdo haber esperado tanto porque su hogar no era un enclave que pudiera cercarse con paredes y tejados: su hogar fue siempre ella, Caterina... Su Caterina. Y ahora que al fin lo veía claro se le moría a traición. No era justo, no..., no lo era. En ese mismo instante Massimo comprendió que nunca volvería a sentirse cobijado, como Dante cuando descendió a los infiernos. Estaba condenado y su alma vagaría errática lo que le restara de vida y, quién sabía, quizá más allá de su muerte. Estaba seguro de ello.

No supo cuánto tiempo pasó abrazado al cuerpo de la muchacha, hablando, llorando, maldiciendo su cruel destino, hasta que el padre de Caterina llegó para separarlos.

—Dejó esto para ti —le dijo el hombre extendiéndole una carta, sin un solo gesto que pudiera delatar rencor, acusación o resentimiento.

Massimo la leyó despacio, secándose las lágrimas con los puños de la camisa. La gente se arremolinó a su alrededor, a la espera de satisfacer su curiosidad. Querían conocer las razones que habían empujado a una muchacha tan hermosa a marcharse al más allá, cuando parecía claro que había un hombre que la amaba en el más acá. Él levantó los ojos, dobló el papel en cuatro partes y los dejó más confundidos de lo que ya estaban. Se alejó musitando aquellos versos infernales.

Amor, que a todo amado a amar le obliga,
prendió por éste en mí pasión tan fuerte

que, como ves, aún no me abandona.
El Amor nos condujo a morir juntos,
y a aquel que nos mató Caína espera.

El Toscano terminó de recitar aquellos versos ante Yago y Vermudo, y se quedó en silencio, con la cabeza agachada. De pronto fue como si su alma se hubiese liberado. Aquella historia se le había atravesado en el pecho y dejarla salir le permitió respirar por fin.

Yago y Vermudo esperaron a que el Toscano recuperase la compostura. Se mantenía callado, aferrado a su vaso de vino.

—¿Caterina era vuestra prometida? —le preguntó el muchacho, al fin.

Asintió.

—¿Y estaba embarazada?

Asintió.

—Los celos me destrozaron el alma. Otro hombre dijo que la había gozado. Y yo lo creí… O quizá no lo creí, pero que hubiera yacido con otro o no ni siquiera me importaba. Lo que no podía soportar era que aquel rumor estuviera en boca de los hombres que trabajaban conmigo, que se extendiera por la ciudad, que me llamasen cornudo, aunque en el fondo de mi corazón yo supiera que ella nunca me habría traicionado. Me importó más el qué dirán, las murmuraciones de la gente… Me dolía lo que pudieran pensar. Me daba igual que fuese cierto o no. Si la gente lo creía, era realidad. Las mentiras pueden convertirse en verdades si se repiten muchas veces. —Massimo se llevó las manos a la cabeza y comenzó a gemir—. Tenía que haberla cuidado, protegido, amparado… ¡Eso es el amor! Y yo la amaba… Igual que ahora amaba a Ángela. También le he fallado a ella.

—¿Qué ponía en la carta que os dejó Caterina? —le preguntó intrigado Vermudo.

El Toscano lo miró sin verlo; una mirada descarriada de ojos vidriosos. Era evidente que se encontraba embriagado. Inició los torpes movimientos que indicaban que pretendía incorporarse de su banqueta y se puso en pie con mucha dificultad. Mantenía el equilibrio balanceándose desde los talones hasta el dedo gordo. Cuando consiguió encontrar el punto en el que dedujo que no caería al suelo, metió la mano en el bolsillo de sus calzas, rebuscó hasta sacar un papel amarilleado por el tiempo y lo desdobló. Volvió a sentarse y colocó la carta delante de sus ojos, pero no la estaba leyendo, la recitaba de memoria pese a que, obviamente, la estaba traduciendo del italiano.

Mi adorado Massimo:

Cuando leas esta carta ya no estaré aquí. No quiero vivir en un mundo en el que tú me desprecias. ¡Quién podía imaginar que todos esos maravillosos sueños que íbamos a vivir juntos se desvanecerían por culpa de una mentira!

Una mentira, sí, Massimo. Es mentira. Me habría gustado que me permitieses explicártelo mirándote a los ojos, hablando tranquilos, serenos... como siempre lo hemos hecho desde que éramos niños. Pero llevas días evitándome, y el corazón se me ha roto esperando.

El dolor de tu silencio me ha devorado por dentro, pero más aún me duele pensar que has dudado de mí. El maestro Lorenzo Ghiberti le contó a mi padre que Oreste presumió en el taller de haberme seducido, y dijo que, como prueba de ello, habló de mi mancha de nacimiento al final de la espalda, esa que tú conoces tan bien.

Massimo, fui muy tonta... mucho. Debí confiar en ti, contarte lo que estaba sucediendo. Oreste comenzó a hacerse el encontradizo. Pasaba por la joyería cuando no estaban mis padres y me hablaba de sus inquietudes, de sus miedos y de sus sueños. Yo le escuchaba por pura cortesía, por la amistad que une a nuestras familias. Poco a poco las visitas fueron aumentando, y me traía flores, me halagaba el peinado o el vestido... hasta que un día me declaró su amor. Fui amable con él, explicándole que yo te amaba a ti, que estábamos prometidos y que nos íbamos a casar. Le confesé que estaba esperando un hijo tuyo, algo que sólo tú sabías. Lo sé, lo sé..., no debí decírselo; era nuestro secreto. Me dio tanta pena su gesto de dolor ante el rechazo... Pero todo era teatro, Massimo, pues, sin esperármelo, se abalanzó sobre mí para besarme. Intenté zafarme dándome la vuelta, pero él tiró fuertemente de mi vestido, rasgándolo. Es así como vio la mancha de mi espalda. Lo eché de la joyería, jurándole que se lo contaría todo a sus padres si regresaba.

Mi único pecado es no haberte alertado de lo que estaba sucediendo. No quise que el ambiente del taller se enrareciera por mi culpa..., que tuvieseis problemas por mi culpa. ¡Cuánto me arrepiento de mi silencio!

Ahora ya sé que te he perdido para siempre. Me han contado que has gritado que me desprecias, a mí y al bastardo que llevo en las entrañas. Despréciame a mí si quieres, pero no a esta criatura a la que le negamos la posibilidad de nacer. Espero que exista un poco de piedad para los nonatos y que mi decisión pecaminosa no lo arrastre conmigo al infierno.

Deseo que esta carta te haga comprender lo mucho que te quiero y te querré... eternamente,

CATERINA BARDI

—Después de leer la carta fui a buscar a Oreste Olivoni al taller. —Massimo dejó la carta sobre la mesa y miró a Vermudo y a Yago para continuar explicándoles lo sucedido—. Le escupí en la cara que era un asesino. «¡Asesino! ¡Asesino!», le grité delante de todos. Pero a ese mequetrefe le dio igual la muerte de Caterina y el dolor que ésta traía consigo. Me miraba con su gesto bobalicón, sonriendo con desprecio.

»Me lancé sobre él lleno de rabia para partirle la boca de un puñetazo, pero ese cretino debía de imaginar que antes o después alguien vendría a pedirle cuentas por sus malas acciones y llevaba una navaja escondida. Quiso clavármela en el vientre. Fui más rápido, me aparté de un salto y le sacudí un puntapié en la entrepierna. Eso lo redujo el tiempo suficiente para permitirme rebuscar en los instrumentos de trabajo que había sobre la mesa. Tanteé con rapidez. Noté la frialdad puntiaguda de un buril y lo empuñé con decisión. No tuve tiempo de mucho más porque Olivoni se había recuperado ya de la patada y se lanzó sobre mí, gritando como un poseso. Caímos los dos. Rodamos por el suelo entre jadeos y juramentos hasta que él consiguió reducirme aprisionándome con el peso de su cuerpo y presionando la navaja contra mi garganta.

El Toscano dijo a Vermudo y a Yago que sintió una gota tibia resbalando por su cuello y dedujo que Olivoni le estaba apretando lo bastante para haberle hecho un corte. Podría tratarse de un corte profundo y mortal. Quizá se estaba desangrando y la tensión del momento le estaba robando la sensibilidad. Sin saber de dónde salieron esas fuerzas, Massimo se revolvió, consiguió zafarse de su atacante y le clavó el buril en el costado. Un berrido de dolor, semejante a los gruñidos de los cerdos en el día de San Martín, estalló en el taller. Oreste se llevó la mano a la herida y tanteó la medida del daño que había sufrido mientras gritaba a Massimo que iba a matarlo, lanzando espumarajos por la boca y mirándole con una rabia infinita. Entonces levantó la mano que empuñaba la navaja para coger impulso. Por suerte, el Toscano pudo frenar el movimiento con el antebrazo, aunque no lo bastante para evitar que se le echase encima. De pronto sintió una incisión fría recorriéndole el rostro. Apenas fue perceptible; como el arañazo de un gato que tuviese las garras heladas, como un susurro de dolor acariciándole la mejilla.

—Me dejó dos cicatrices: una en la cara —continuó explicando el Toscano mientras se acariciaba la fea herida que le atravesaba el rostro— y otra inmensa, que no logró cerrarse, en el alma. Después de aquello tuve que huir de Florencia. Oreste pertenecía a una destacada familia de la ciudad, y sabía que iba a denunciarme contando mil mentiras. Pronto vendrían los alguaciles a prenderme y mi futuro se presentaba incierto. Seguramente me ahorcarían por intento de asesinato. No es que me importase mucho mi vida en aquel momento, pero mi madre me suplicó que me marchase. Dijo entre llantos que era ley de vida que los hijos enterrasen a los padres y no al contrario, que no lo soportaría y que prefería no verme jamás a que perdiese la vida a manos de aquel monstruo.

El Toscano guardó silencio un momento y suspiró antes de continuar hablando.

—Me hubiera ido de todos modos. Me sentía tan avergonzado, tan arrepentido, tan culpable… No podía enfrentarme a los padres de Caterina.

—¿Y adónde os fuisteis? —preguntó Vermudo.

—A Roma. Y luego a Génova… y después a Nápoles. Daba igual lo lejos que llegase; más bien al contrario: cuanto más lejos, mejor. Pero la familia de Oreste terminaba por enterarse de dónde estaba y, sirviéndose de sus contactos, conseguían que me echasen de cualquier empleo. Estaban resentidos porque, tras la paliza, el maestro Ghiberti prohibió a Oreste regresar al taller. Me responsabilizaban de que su hijo tampoco pudiera seguir trabajando en Florencia. Decidí ir más lejos para poder escapar de sus influencias: a Francia y luego a Portugal, donde me enteré de que los reyes castellanos buscaban artistas. Llevaba unos cuantos años de tranquilidad aquí cuando Oreste reapareció de nuevo —dijo Massimo con resentimiento—. No debí huir. Debí haberlo matado cuando estuve a tiempo.

—Oreste Olivoni es el responsable de todo esto. No vos —musitó Yago—. Alguien como él no merece vivir —dijo casi sin pensar—. También mató a mi padre… y a Concepción. Deberíamos hacer justicia. Arrancarle la vida sería una buena manera de hacerla.

—Justicia… Venganza… Arrancarle la vida… Venganza… —musitó Massimo, como si se tratase de una oración balsámica. Por primera vez en toda la noche, su rostro se relajó.

—Esperad, esperad… El vino os está afectando —interrumpió Vermudo—. La venganza nos une a los enemigos y nos obliga a compartir su destino. Y no querréis estar unidos a alguien como Oreste, ¿verdad? Tenemos que calmarnos un poco porque si no…

Pero el Toscano ni siquiera escuchaba lo que le decía.

—Ya comparto su destino —dijo con los ojos envenenados de rencor—. Él se ha aferrado a mí como una sanguijuela, como una garrapata. Es tan mediocre que necesitaba opacarme para poder brillar, aunque fuera un poco. Y lo ha conseguido. Ha destrozado mi vida. Ha cercenado toda posibilidad de que pueda desarrollarme artísticamente. ¡Yo habría sido un gran artista en Florencia! Podría haber montado mi propio taller, haber realizado obras tan destacadas como la puerta del Paraíso. El paraíso…

Rió sin ganas. La sonrisa se heló en su boca y terminó por transformarse en una mueca de amargura.

—En cambio he vivido un infierno durante todos estos años. Por él. Me he quedado solo por su culpa. Se ha encargado de destrozar las vidas de todas las personas que he amado y que me amaban. Y no dejará de hacerlo jamás. Ahora lo sé. O él o yo. O él o yo —repitió—. No descansaré hasta que el hombre que cometió la infamia pague por ello. Llevo toda la vida huyendo, pero ahora voy a plantarle cara. Voy a destrozarlo a golpes para verlo sufrir… Sí. Como sufrieron ellas… Caterina y Ángela. Como sufrió tu padre. —Señaló a Yago, elevando el tono de voz—. Como sufres tú, como llevo años sufriendo yo… Tengo que pensar —titubeó rascándose la barbilla, hablando para sí mismo—. Matarlo de una cuchillada sería demasiado sencillo. Lo que nos ha hecho no merece una muerte fácil. Tiene que retorcerse de dolor, morir de pánico e irse al infierno entre gritos de angustia…

—Y yo os ayudaré. —Yago lanzó un puñetazo a la mesa y se incorporó de golpe. Nunca había estado tan convencido de nada.

—¿No estaréis hablando en serio? —protestó Vermudo, riendo con la boca pequeña—. Estoy seguro de que son los efluvios del vino los que os empujan a proferir semejantes desvaríos.

Pero Yago tampoco lo escuchaba. Palpó la mesa en busca de su vino, lo atrapó y lo apuró de un trago. La sangre le hervía en las venas. Por primera vez le apetecía poner en práctica sus habilidades de cocinero: macerar su odio, condimentar su resentimiento, sazonar el rencor, aliñarlo con saña y cocinarlo todo a fuego lento. Sería el mejor plato que elaboraría en toda su vida.

—Lo mataremos —certificó el muchacho.

Al fin se sentía un hombre.

—Así sea —remató el Toscano, y chocó su vaso con el de Yago, sellando de esa manera su pacto entre caballeros.

Vermudo y Yago abandonaron la Axarquía envueltos en las brumas de la embriaguez. Una vez en la calle, tomaron el camino hacia el Alcázar de los Reyes Cristianos en completo silencio. La escena vivida con el Toscano había arrastrado al muchacho a algún desalentador lugar que lo mantenía zozobrando entre oscuras reflexiones.

Vermudo no vio la necesidad de rescatarlo de allí. Prefería esperar a que se diluyeran los efectos del vino convencido de que tras dormir la mona se daría cuenta de que participar en aquella idea del Toscano era una auténtica locura ya que no habría venganza, por muy sanguinaria o despiadada que ésta fuera, que devolviera la vida a su padre o a Concepción.

Lo que no sabía Vermudo era que el retorno a la sobriedad no hizo que a Massimo se le aplacase la ira; más bien al contrario. Pasó los siguientes días conjeturando los martirios con los que llevar a término su plan. Supuso que necesitaría un tiempo para poder concretarlos sin que quedaran cabos sueltos. Se dijo a sí mismo que, cuando lo tuviera todo listo, iría en busca de Yago. No quería sustraerlo de la satisfacción de aplacar su alma enviando la de Oreste Olivoni a lo más profundo del infierno.

***

Mientras tanto, a cientos de leguas de distancia, Boabdil no lograba hacerse por completo con su reino, aunque su madre conspirara para ganarse el favor de los nobles más poderosos de Granada. El Zagal estaba resultando más astuto que el joven sultán, incluso más de lo que en su día fue el propio Muley Hacén. Era mucho menos pasional y no se dejaba llevar por sentimentalismos tontos o por arrebatadoras bellezas cristianas. Tenía muy claro qué es lo que quería, y ninguna distracción lo apartaría de su camino. Desde que su hermano lo nombrase heredero de sus tierras y títulos, él mismo se proclamaba emir y mutilaba cualquier intento de Boabdil de manifestar su poder.

—Tu tío se está granjeando la amistad de los más adinerados caballeros y mercaderes de Granada —le recordaba amargamente Aixa—. Pronto intentará hacerse con el control de la capital.

El comentario de su madre hizo que Boabdil se sintiera culpable. La conocía demasiado bien para no intuir el reproche y las órdenes veladas en sus comentarios. En ocasiones éstos eran tan ácidos que le impedían dormir. Se despertaba en mitad de la noche con el corazón acelerado y con una terrible presión en el pecho. Por eso hacía tiempo que se había propuesto dejar caer las palabras hirientes que su madre pronunciaba. La táctica consistía en imaginar que todas aquellas frases que le mordían las entrañas eran como un puñado de espinas que él sujetaba en su mano por voluntad propia, de modo que sólo podían hacerle daño si las mantenía allí apretadas. Si hacía el gesto físico de dejarlas caer, de liberarlas, de soltarlas... lograba mantener la calma por unos minutos.

Pero del mismo modo que Boabdil conocía bien a su madre, ella también lo conocía a él. Enseguida percibía cuándo su hijo se relajaba, y entonces volvía a la carga. Aixa vencía por agotamiento.

—Tenemos que encontrar la manera de conseguir que esos dichosos reyes cristianos nos ayuden en nuestros objetivos contra tu tío, aunque habrá que estar hábiles para que no se den cuenta de que los estamos utilizando. Tendremos que seguir fingiendo que somos sus vasallos. Hay que andarse con cuidado; recuerda que ellos tienen a tu hijo. ¡A saber qué podrían hacerle esos salvajes! —soltó casi como por descuido, sabiendo perfectamente el efecto devastador que esas palabras causaban en Boabdil.

¿Cómo iba él a olvidar que los reyes cristianos estaban criando a su primogénito? Veía cada día reflejado por ello el dolor en el rostro de su amada Moraima. Su esposa caminaba por los pasillos del palacio como un alma en pena, y no había nada ni nadie que fuese capaz de consolarla, ni siquiera él. Llevaba por cuenta el tiempo transcurrido sin su hijo, calculaba los dientes que le habrían salido, la época en la que estaría dando sus primeros pasos, las palabras que balbucearía... ¿Serían éstas «padre» y «madre»? ¿A quién se las diría?

Boabdil hacía grandes esfuerzos por reconfortar a su esposa, pero también se encontraba entristecido. Se preguntaba cada día quién era y si era lícito que el destino hubiera decidido por él, determinando su vida desde el mismo momento en el que llegó al mundo. Seguramente sería más feliz liberado de la pesada carga de liderar un reino, junto a su mujer y su hijo, criando cabras en una choza en la montaña. Vivir en un palacio no era ningún regalo y el precio a pagar por ello se le antojaba demasiado alto. Las ansias de poder eran un demonio que corrompía las almas de los seres humanos. Se había visto obligado a luchar contra su padre para arrebatarle la potestad, y recordaba con mordiente viveza cómo éste había muerto sin que hubieran tenido la oportunidad de despedirse o de limar asperezas. Y estaba repitiendo el patrón. Había levantado una barrera entre él y su hijo recién nacido. El niño crecería interpretando el mensaje de que nada, ni la propia sangre, era más importante que un reino. Pero ¿él estaba realmente seguro de eso? ¿Nada era más importante que un reino? ¿Qué era un reino? Piedras, tierra, vasallos...

Pero Aixa sí parecía estar segura de que un reino era lo más importante. Cada día le recordaba sus responsabilidades y lo instigaba para que siguiera adelante en la lucha. Su madre era la que se encargaba de convocar a los hombres del consejo para elaborar planes de ataque, la que se informaba de los comerciantes que podrían ayudarlos económicamente y los citaba en el palacio para negociar con ellos. De todos, había uno que le interesaba especialmente. Se llamaba Mustafá Sarriá y era el exportador de seda más importante de la ciudad, de lo que ya se conocía en Europa como la Ruta de la Seda granadina.

Mustafá Sarriá se encargaba de trasladar la fibra desde los puertos de Málaga y Almería, a través de Valencia, hasta Génova, para regresar de Liguria con los barcos cargados de ricos terciopelos genoveses con los que hacía provechosísimos negocios con los nobles cristianos. Exportaba al año más de tres mil doscientas libras de seda, y presumía de ello siempre que podía. Le gustaba hacer ostentación de sus mercancías luciendo en carnes propias un completo muestrario de su producción. Usaba, con orgullo, túnicas de seda, turbantes de seda, babuchas de seda... a pesar de que muchos estimasen que se trataba de un tejido que sólo podía servir para confeccionar elegantes cojines y para envolver a las mujeres. Pero él tenía alma de insigne, así que hacía oídos sordos a los murmullos que oía a sus espaldas, mientras se comportaba con elegancia y distinción, convencido de que uno termina por ser lo que finge ser. Y él imitaba, en todo, el saber estar de un emir.

—Alá considera la dotación de vestidos y ornamentos como un don que concede a la humanidad. ¿Por qué no cubrir nuestro cuerpo y embellecer nuestra apariencia con las mejores telas? Y las mejores son las mías —decía de forma jactanciosa, riéndose a carcajadas.

Olía intensamente a pachuli, y siempre estaba dispuesto a sentarse sobre un montón de almohadones para aspirar el humo de un narguile con los otros hombres, sujetando la boquilla con el dedo meñique levantado. No le gustaba discutir y era amable hasta el vómito. La carencia de títulos nobiliarios hacía que algunos considerasen a Mustafá un intruso que no merecía compartir los mismos privilegios que los nobles de cuna, pero en un momento en el que el reino estaba más necesitado que nunca de dinero, las saneadas rentas del sedero lo convertían, a los ojos de Aixa, en un invitado de lo más ilustre. Lo encontraba encantador porque le reía las gracias, incluso cuando no pretendía ser graciosa. Siempre que la visitaba, la obsequiaba con un pañuelito de seda, igual a los que estaban haciendo furor en la corte de Anjou, le aseguraba.

Aixa no era mujer que se dejase conquistar fácilmente, pero Mustafá era el hombre perfecto. Encajaba en sus planes, y por eso se preocupaba de invitarlo asiduamente al palacio, haciendo especial hincapié en situarlo cerca de Nur, en hablarle de los talentos de la muchacha y de la mala suerte que había tenido la desventurada al quedarse soltera por culpa de aquella dichosa guerra contra los cristianos que mantenía a la mayoría de los jóvenes entretenidos fuera del reino. Mustafá asentía con gesto considerado.

—Pobrecilla… Suerte tiene de contar con una madre como vos. Sois una gran mujer.

—Y vos muy amable —respondía Aixa fingiendo una melindre que no iba en absoluto con su carácter arisco y que, por supuesto, no alcanzaba a mantener por mucho tiempo.

Poco a poco, el talante encantador del sedero terminó por

engatusar hasta a los más recalcitrantes y pronto dejaron de considerarlo un advenedizo. Lo admitían en las reuniones e incluso comenzaron a imitar su vestimenta y su forma de fumar la cachimba. Aceptaban sus opiniones de buen grado porque comprendieron que aquélla era una guerra que debían ganar teniendo en cuenta a todos los sectores de la sociedad, en especial a los que tuviesen poder económico. Así pues, el sedero se hizo habitual en todas las reuniones.

La única que pareció no darse cuenta de la presencia perenne de Mustafá era Nur. Estaba demasiado ocupada en transcribir en un pergamino todos y cada uno de los poemas que decoraban las paredes del palacio. La esencia de su cultura se había grabado durante siglos en la piedra, y cada día aquellos poemas pasaban inadvertidos, sin que nadie les prestase la atención que merecían. Al menos eso pensaba ella. Se trataba de una labor absorbente: clasificarlos por épocas, autores, temática… Por eso, pese a que estaba adiestrada para adelantarse a las maniobras manipuladoras de su madre, no se percató de ellas esa vez hasta que no las tuvo delante de las narices.

—¿Qué haces? —le preguntó Aixa mientras Nur se esforzaba por copiar el tercer poema de la torre de la Cautiva.

—Vea qué hermoso, madre.

Empezó a recitar:

Esta obra ha venido a engalanar la Alhambra;
es morada para los pacíficos y para los guerreros;
Calahorra que contiene un palacio.
¡Di que es una fortaleza y a la vez una mansión para la alegría!
Es un palacio en el cual el esplendor está repartido entre su techo, su
*   suelo y sus cuatro paredes;*
en el estuco y en los azulejos hay maravillas…*

* Fragmento del tercer poema de la Torre de la Cautiva de la Alhambra.

—Entretenimientos de niña —atajó Aixa. Nur la miró fijamente, presintiendo que iba a atacarla—. Te estás haciendo vieja —le espetó con desagrado—. Ya tienes diecinueve años y no piensas más que en tonterías. Yo a tu edad ya tenía tres hijos.

—Aún hay tiempo. Yo…

Aixa no le dejó terminar la frase. Su hija no era la que decidía si había tiempo o no lo había. El tiempo no le pertenecía. Era ella quien resolvería si había o no tiempo para hacer determinadas cosas. No podía comprender cómo había echado al mundo a unas criaturas tan ingratas. Nur y Boabdil eran, sin duda, dignos hijos de su padre.

—He encontrado al esposo perfecto para ti —le indicó sin más miramientos.

—¿Qué? No… No voy a casarme —titubeó torpemente la muchacha—. No ahora.

—¿Cómo que «no ahora»? ¿Quién te crees que eres? El momento perfecto es ahora. Eres una egoísta que no piensa más que en sí misma.

Nur la miró sin comprender.

—Somos una familia, y cada uno de nosotros tiene que poner de su parte. ¿Quién os protegió a ti y a tus hermanos cuando tu padre intentó librarse de nosotros como si fuésemos perros sarnosos? ¿Dónde crees que estaríamos ahora si yo no me hubiese desvivido por sacaros adelante? Eres una desagradecida.

Aixa había vuelto a sacar a relucir su mejor baza. Nadie le había pedido que hiciese todo aquello, pero obligaba a sus hijos a pagar el precio de su sacrificio recordándoselo cada vez que quería envolverlos en su tela de araña de culpas y deudas por pagar.

—Tu hermano ha sacrificado un hijo —continuó diciendo—; ahora te toca a ti hacer tu parte. Mustafá Sarriá es un hombre influyente.

—¿Mustafá Sarriá? ¿Quién es ése?

—El sedero. Tiene barcos en Málaga y mucho dinero. Me ha dicho que, si fuésemos familia, financiaría parte de los gastos que nos ocasiona la guerra.

—¿Has hablado de emparentar con él sin contar conmigo? ¡Ni siquiera lo conozco!

—Pues tendrás que poner interés en conocerlo porque estamos pensando que el enlace se celebre en otoño.

—¡No! —protestó la muchacha—. No voy a casarme.

—Tú harás lo que yo te diga —rugió Aixa.

Nur se levantó llorando, dejando a su madre con la palabra en la boca. Corrió en dirección al Cuarto Dorado, sintiéndose tremendamente desdichada. Se asomó a la ventana buscando la libertad que quedaba al otro lado de los muros, y entonces algo llamó su atención. Observó que, subiendo desde la Vega, se podía distinguir una enorme polvareda. Forzó un poco más la vista; un numeroso grupo de hombres se acercaba a caballo. No entendía mucho de ejércitos, pero estaba segura que se trataba de uno.

En los últimos tiempos se oía decir que las bulas que el Papa prometió entregar a los extranjeros que luchasen en el bando cristiano castellano habían despertado el interés de los nobles franceses. Muchos de ellos estaban reuniendo sus huestes para desplazarse a Granada, dispuestos a luchar por su causa. La cristiandad quería defenderse de los infieles. Se decía que algunos eran peligrosos, que llegaban de un pueblo perdido del norte y que se hacían llamar soyços, y que como única protección portaban una armadura que sólo les cubría la parte anterior del pecho ya que no necesitaban proteger su espalda porque ellos jamás retrocedían. ¿Estarían los cristianos pensando en atacar la ciudad de Granada?

Nur calculó que habría unos cinco mil hombres sobre monturas ligeras, aquellos pequeños y rápidos caballos de raza árabe capaces de trepar sin pestañear, y sin un jadeo de más, por las escarpadas sierras. Los miró con mayor atención; portaban arcos, cimitarras, lanzas, jabalinas y unos escudos de madera forrados de cuero de antílope que procedían de África. A la cabeza se veía claramente el pendón rojo del Reino de Granada en el que se plasmaba, en símbolos cúficos, la primera sura del Corán: «Sólo hay un Dios».

No eran cristianos. No. No... Sin duda se trataba de un ejército musulmán.

—Son las tropas de mi tío —farfulló impresionada.

El conflicto entre el Zagal y su sobrino era lo suficientemente serio para que se enfrentasen en una batalla. Si las tropas del Zagal atacaban, la sangría sería espantosa. Tenía que avisar a Boabdil. Descendió de nuevo la escalera todo lo deprisa que le permitían sus ropajes y sus pies descalzos.

—¡Nos atacan! —gritaba mientras salía corriendo del palacio—. ¡Nos atacan!

Algunos la miraron sin comprender, pero otros se asomaron a los miradores y se dieron cuenta de que tenía razón; un ejército se acercaba. Las gentes que se encontraban en ese momento dentro del recinto amurallado de la Alhambra se desplazaban de un lugar a otro sin orden ni concierto. Las madres cogían a sus hijos y los metían a rastras en las casas, cerrando por dentro con las trancas. Los perros ladraban al aire incitados por los empujones de los ancianos. Los jóvenes se hacían con piedras y palos con los que defenderse. Hombres, mujeres y niños huían calle arriba escapando de un peligro que sólo intuían.

Poco después se oyó el creciente sonido de las caballerías, el retumbar de los cascos contra el suelo. La terrorífica silueta del Zagal encabezaba el ejército, portando el estandarte rojo. Cabalgaba sobre un lustroso caballo negro y él también vestía de ese color, de los pies a la cabeza. Lucía un casco soberbio, ligeramente puntiagudo y de acero con incrustaciones en oro, del que pendía una tupida red metálica que le protegía el rostro. Pese a todo, se sabía que era él porque solía llevar cabezas disecadas de antiguos enemigos colgadas de las cinchas de su caballo, para despertar mayor pavor. Y desde luego, en ese caso, lo consiguió.

Los gritos de pánico se desparramaron por las calles de la ciudad. Unos empujaban a otros, los jinetes golpeaban a los que se les ponían a tiro y no tenían reparo en que sus caballos pisotearan a los que caían al suelo. Por fortuna, los hombres de Boabdil ya habían reaccionado y comenzaron a contraatacar. Se trataba de un ejército de unos sesenta mil soldados de infantería, parte de ellos mercenarios africanos. También contaba con unos seis mil jinetes de caballería ligera, así como con un gran número de arqueros y ballesteros que podían acertar a una bellota colocada sobre la cabeza de una rana a una legua de distancia. Llovían flechas por todas partes, y el cuerpo de infantería comenzó a batir sus enormes espadas toledanas frente al enemigo. Pronto el Albaicín se convirtió en una batalla campal. La sangre corría calle abajo y los muertos se contaban por cientos.

Nur lo observó todo asomada a la torre de Comares: el espanto de la batalla, la violencia, el dolor y la desgracia. Muchos de los aljibes que surtían de agua la ciudad quedaron desbaratados a golpe de hachazos. Podían verse columnas de humo, que imaginó surgían de casas a las que habían prendido fuego. Tardarían meses en volver a recomponerlo todo. Sintió una terrible desolación. La guerra, y más aún la guerra entre hermanos, era algo escalofriante.

***

A pesar de lo que Oreste Olivoni creyó en un principio, la celebración del auto de fe apenas supuso para él un resarcimiento momentáneo. Una vez disipados el ambiente festivo y el humo de las hogueras, volvió a apretarle en el pecho aquella incómoda sensación de perpetuo vacío. Tras la muerte de Concepción tuvo la certeza de que no formaba parte de nada. Su familia estaba lejos; hacía mucho que no recibía noticias de ellos. Era posible que sus padres ya hubiesen fallecido. Tenía que hacer grandes esfuerzos para recordar el rostro de sus hermanos, y cayó en la cuenta de que ni siquiera merecía la pena intentarlo; el tiempo habría despejado sus frentes, arrugado sus rostros, engordado su vientre... Sus hermanos ya no serían los mismos y, lo que era aún peor, ellos tampoco lo reconocerían a él. Sí, tenía que admitirlo, su aspecto físico también había cambiado. El paso de los años, las comilonas y el vino habían producido variaciones en su anatomía. Se sentía pesado y tenía los ojos enrojecidos, y cada vez le costaba más esfuerzo enfrentarse a la imagen que le devolvía el espejo. Regresar a Italia no tenía sentido. Posiblemente no retornara jamás. Tampoco sentía deseos de hacerlo, en realidad.

Estaba solo... Solo... ¿O quizá no? Quizá esa niña... esa hija suya, ¿cómo se llamaba? La había visto alguna vez. Se parecía a su madre. Pero no... No lograba sentir apego alguno por ella. Además, ¿qué haría él con una criatura?

Contaba, eso sí, con una caterva de artesanos, pintores y escultores que le reía las gracias y lo acompañaba como una comitiva de tunantes borrachos cuando tenía ganas de tomar un trago. Sabían que el artista italiano contaba con el beneplácito de los reyes y que quedaba aún mucha labor por hacer. Llegaban noticias de que, en los últimos tiempos, Isabel y Fernando ya se habían hecho con Cártama y Coín, lo que les aseguraba unos cuantos meses más de trabajo una vez que terminasen con los arreglos del Alcázar de Córdoba, si Olivoni los incluía en su lista de favoritos. Por eso el italiano dudaba de la sinceridad de aquella camaradería y, la mayor parte del tiempo, prefería evitarlos.

Llegaba a primera hora de la mañana a la obra y se limitaba a dar instrucciones de lo que quería. Eso le ocupaba una hora más o menos. Después se encaminaba a la taberna y, una vez allí, pedía una copa de vino amontillado y un pedazo de pan con queso para, acto seguido, retar de forma jactanciosa a los parroquianos, incitándolos a que jugasen con él a las cartas o a los dados. El beber lo volvía bravucón así que, cuando se pasaba de trago, comenzaba a hacer trampas, o insultaba a los bodegueros o a las meseras, de modo que era raro el día que no saliese de la taberna a trompicones.

Por si eso no fuera suficiente, Olivoni comenzó a percibir gestos de repugnancia en las mujeres de la mancebía, las únicas a las que conseguía arrastrar a la cama en los últimos tiempos. La escena de impotencia se repetía cada vez más a menudo y, cuando eso sucedía, se lo llevaban los demonios. Se pasaba los dos siguientes días echando espumarajos por la boca, como un perro rabioso. Se sentía muy desgraciado.

Concluyó que el origen de todos sus males era Massimo. Él tenía la culpa de todo lo malo que le había pasado en la vida. Hasta que apareció, él era el alumno preferido de Lorenzo Ghiberti. Por culpa de Massimo se tuvo que marchar de Florencia, cuando era evidente que iba a convertirse en el sucesor del maestro. Por su culpa tuvo que separarse de su familia, que lo habría ayudado a montar ese taller que lo habría catapultado a la fama eterna. Por su culpa Caterina se quitó la vida con aquel hijo dentro. ¿Era su hijo? Sí, sí lo era. ¿Realmente lo era? ¿Qué importancia podía ya tener eso? Sólo habría necesitado un poco de tiempo más para que ella llegase a amarlo. Si Massimo no se hubiera interpuesto entre ellos, ahora estarían felizmente casados, con tres hijos preciosos, viviendo como marqueses, porque el Vaticano demandaría sus obras a cada momento. Debió matar a Massimo cuando tuvo la ocasión. Sí, se sentía injustamente tratado por el destino. Sí, definitivamente estaba solo.

Lo más parecido a un amigo que tenía en aquel lugar era Torquemada, aquel religioso engreído y malcarado que, en los últimos tiempos, había multiplicado su acostumbrado mal genio, volviéndose más severo en sus ya de por sí estrictos hábitos. El inquisidor había renunciado a la comodidad de una cama con colchón de plumas y sábanas de hilo y los sustituyó por una tarima firme. También eliminó la carne en las comidas y, para saciar la tiranía del hambre, se conformaba con pan ácimo, mojama y cebolla. Por si eso no fuese ya bastante sacrificio, concluyó que sólo bebería vino a la hora de la misa... y únicamente porque se trataba de la sangre de Cristo. Se arrancó de encima cualquier signo exterior de riqueza; desechó su cadena de oro con la cruz y el anillo de rubí símbolo de su alianza con la Santa Madre Iglesia. Una vez liberado de toda opulencia, Torquemada sintió que ya podía vanagloriarse sin tapujos de ser el más firme, riguroso, místico, espartano, virtuoso e insobornable de todos los hombres que pisaban la tierra. Los únicos lujos a los que no renunció fue a hacerse acompañar por una escolta que lo protegiese de cualquier atentado contra su integridad física, así como a su copa de cuerno de rinoceronte que, como todo el mundo sabía, tenía la virtud de prevenir los envenenamientos. Los enemigos de la fe se escondían por todas partes.

Estar siempre alerta comenzó a abrumar a Torquemada. Se estaba cansando del mundo. En su juventud soñaba con medrar, pero ahora que había llegado a lo más alto añoraba la intimidad y el misticismo de los compañeros que vivían en clausura. Llevaba un tiempo pensando en la muerte y en el lugar en el que descansaría su cuerpo por los siglos de los siglos. Seguramente sus supervivientes lo enterrarían en alguna catedral pomposa, enorme y fría. Años atrás se habría sentido tentado por la idea de una eternidad así de grandilocuente, pero ahora soñaba con la privacidad y la reserva.

Aquella idea terminó por unirse a otra que llevaba varios años sopesando, y es que deseaba que los frailes dominicos descendientes de cristianos viejos tuvieran un espacio de recogimiento, un sitio en el que rezar, dedicarse a Dios, alabarlo y trabajar por su mayor gloria. Si no se encargaba él de cuidar de la sanidad espiritual de la orden, en menos de lo que cantaba un gallo se verían rodeados de advenedizos conversos, de esos que seguían manteniendo su fe a escondidas. Si eso sucedía, todo el destino del Reino de Castilla se iría al diablo, porque seguro que el Señor terminaría enviando un nuevo diluvio universal con el que eliminar de una vez por todas a los herejes de la faz de la tierra, según explicó a Oreste.

Torquemada se empeñó entonces en construir un monasterio digno de acoger sus huesos cuando su alma abandonara el mundo de los vivos, que a la vez pudiera servir de residencia a los honestos frailes de su congregación. Y para ello eligió Ávila. Puso todo su empeño en levantar allí un convento que dedicar a santo Tomás de Aquino. Encontró un espacio inmenso, un lugar que inspiraba una paz deliciosa. Las obras habían comenzado cuatro años antes, pero permanecían paralizadas por culpa de la falta de dinero y por el desinterés de los monarcas, ya que la dichosa cruzada contra los musulmanes acaparaba toda su atención. Torquemada tenía los planos y lo único que necesitaba era que los reyes volvieran a prestar atención al proyecto. Para conseguirlo, les escribió cartas, los visitó en persona y les enumeró los beneficios espirituales que les depararía levantar un monasterio en honor de un santo tan culto.

Y convenció a Oreste Olivoni de que se encargara de organizar la parte artística del proyecto. Al artista italiano no le importó: el trabajo duro le aliviaba la soledad. En muy poco tiempo tuvo pertrechado el claustro de los Reyes en sus detalles más básicos. Torquemada había sugerido que se llamase así ya que era la zona del monasterio destinada a acoger el palacio de Verano de los monarcas. El inquisidor estaba convencido de que, con semejante designación, se sentirían arte y parte de aquel proyecto y, en cierta medida, responsables de su desarrollo.

Con sus treinta y nueve por cuarenta y cinco varas, el claustro de los Reyes sería un espacio magno y esplendoroso, lleno de luz. Oreste planeó dos alturas. En la parte superior habría cincuenta y seis arcos escarzanos y en la inferior cuarenta. Lo había imaginado casi sin ornamentación porque Torquemada quería que se construyese, justo al lado, otro claustro al que deseaba dar especial relevancia.

—Pretendo llamarlo claustro del Silencio y quiero instalar en él una pequeña fuente para que los religiosos se laven las manos allí antes de pasar al refectorio.

—Puede hacerse —respondió Olivoni.

Sobre un pliego trazó el diseño del claustro en dos plantas, con dieciocho arcos, dos puertas de acceso en su parte inferior y treinta y ocho arcos polilobulados en su parte superior, con una bóveda de crucería de estilo gótico. Los muros del interior permitirían incluir un total de siete puertas que comunicarían con las distintas dependencias del monasterio, y cada una de ellas tendría un diseño distinto, siguiendo las nuevas corrientes artísticas europeas.

—Me gusta —le dijo Torquemada con una enorme sonrisa cuando le mostró por primera vez el plano—. También querría que hubiera un espacio destinado a acoger los restos de los frailes que vivan en el monasterio cuando el Señor tenga a bien llamarlos a su lado.

Estaba tan ilusionado, parecía tan feliz, se mostraba tan pleno, que Oreste no pudo evitar sentir cierto regusto de satisfacción al tener que darle la mala noticia.

—Lamento comunicaros, excelencia, que el millón y medio de maravedíes que don Hernán Núñez Arnalte dejó en su testamento para la construcción del monasterio se ha agotado. Los reyes no me permiten que continúe perdiendo el tiempo en este proyecto. Dios es testigo de que, con todo el dolor de mi corazón, me veo en la obligación de abandonarlo.

—¡Eso no puede ser!

—Lo siento.

Torquemada comenzó a caminar de un lado a otro con las manos a la espalda y un gesto de preocupación. Nunca había podido soportar que sus planes se desbaratasen, pero, en esos momentos, sentía que aquel monasterio sería la gran obra de su vida. No estaba dispuesto a permitir que un asunto tan sórdido como el dinero coartase sus propósitos. Estaba harto. Llevaba semanas dando vueltas a la idea de retirarse, de dedicar los últimos días de su existencia a la contemplación y la calma. Y aquél era el emplazamiento perfecto, el ideal. Necesitaba sentir que había un lugar puro en el mundo en el que poder descansar.

—Conseguiré que los monarcas financien las obras —exclamó lanzando un manotazo en la mesa.

Oreste Olivoni lo vio tan alterado que pensó que era mucho mejor seguirle la corriente.

—Sin duda lo harán.

—Tienen que verlo. —El inquisidor hablaba para sí mismo—. Si lo ven, si disfrutan unos días del palacio de verano que lleva su nombre… Seguro, seguro…

—Seguro —secundó Oreste.

—Quiero desenterrar a mis santos padres, que ahora se encuentran en el convento de San Pablo, y traerlos aquí. Algún día descansaremos juntos en este lugar —le dijo con los ojos vidriosos—. Encontraré el dinero como sea. ¡Como sea! —recalcó.

**

Aquella batalla inesperada les dio la medida de la situación. Oír el bramido espeluznante del pavor recorriendo las calles del Albaicín destrozó el corazón de Boabdil. Sabía que en su tío tenía un fervoroso enemigo, pero no esperaba una saña de tal envergadura entre personas que compartían una misma fe. Hasta ese momento los comentarios agoreros que su madre le hacía respecto al Zagal le parecían más desatinos rabiosos que posibilidades reales. La sangre de sus hermanos derramándose por las calles de la ciudad, los niños llorando sin consuelo, los ancianos asustados, las mujeres mesándose los cabellos, los cuerpos mutilados… esas escenas se le habían quedado impresas en la retina, dejándolo desconcertado y sin capacidad de reacción.

El Albaicín ardía por los cuatro costados y apenas se podía respirar con normalidad por culpa de la densidad del humo. Los que no estaban muertos o heridos gateaban entre los cuerpos, intentando descubrir a los que aún disponían de un soplo de vida. Los aferraban por los brazos, por las piernas, por los ropajes… y los arrastraban hasta un lugar seguro para evitar que los cascos de los caballos les aplastasen la cabeza. Los muros estaban derruidos, los tejados de paja quemados, los aljibes fragmentados, los ánimos abatidos. Boabdil se sentía tan responsable del dolor, tan incompetente a la hora de defender a su pueblo, tan ridículo, indigno e infame que comenzó a gritar que no quería mártires ni sacrificios, que no quería que nadie derramase su sangre por él ni por su estirpe.

Sin embargo Aixa lo miró con todo el desprecio del mundo, porque era la única que parecía no haber perdido la fuerza de ánimo. Se asomaba a las ventanas gritando desaforada, dando órdenes y lanzando improperios. Su hija Nur intentó apartarla de los lugares de peligro, no fuese a caer fulminada por alguna flecha sin rumbo, pero Aixa se enfrentó a ella hecha un basilisco.

—¡Suéltame! —le gritó zafándose con un manotazo—. No dejaré que ese traidor nos arrebate el reino. ¡Tu padre no se saldrá con la suya!

—Padre está muerto, madre. Venid conmigo. Protegeos —le suplicaba la joven.

Pero Aixa no la escuchaba.

En pocas horas el barrio quedó en ruinas. Las huestes del tío de Boabdil habían penetrado hasta el corazón de la ciudad, ocupándola por completo. Por encima del golpeteo de los cascos de los caballos, los gritos, el silbar de las saetas y el crepitar del fuego, se podía oír la potente voz del Zagal ordenando a su sobrino que se rindiera ante el emir de Granada.

—¡Nunca! —aullaba Aixa—. Por encima de mi cadáver.

Aquello parecía exaltar a los invasores, que golpeaban y pateaban a todo el que se cruzaba en su camino, enloquecidos, envenenados por un ansia de sangre que les surgía del interior de las entrañas y que se acrecentaba aún más viendo el reflejo del pánico en los ojos de sus enemigos.

Sorprendentemente, los habitantes de la ciudad de Granada soportaron con estoicismo el primer envite.

Aixa, gracias a su astucia, y a la sutil promesa de concederle la mano de su bella hija, consiguió que el sedero Mustafá pusiera gran parte de su capital y de sus contactos en el Albaicín a favor de Boabdil, de modo que pronto se organizó un ejército que respondió al ataque con una pasión furibunda. Estuvieron más de dos semanas envueltos en una violenta lucha callejera en la que los dos bandos, los defensores del Zagal y los de Boabdil, perdieron más que ganaron. Cortaron el agua y el suministro de alimentos. Pronto el aire de la ciudad comenzó a inundarse de un hedor pútrido de cuerpos en descomposición y mierda reseca, que se quedó flotando durante mucho tiempo para recordarles cuánto daño se les puede hacer a los hermanos por una causa justa... o una causa que alguien hiciera parecer justa.

Tanta desgracia los estaba debilitando. Si continuaban así, terminarían por perecer todos y no quedaría nadie, ni unos ni otros, en disposición de gobernar el Reino de Granada. Pronto se dieron cuenta de que se estaban convirtiendo en marionetas en manos de los cristianos. Fernando e Isabel no se conformaban con librar sus batallas a golpe de quemar tierras, aislar ciudades y atacar con la artillería más asombrosa que se hubiera visto jamás, pues también manejaban una nueva técnica, mucho más sutil, en la que no arriesgaban hombres ni capital: la intriga. Una guerra civil dentro del Reino de Granada suponía un acicate inestimable para la consecución de sus planes. La astucia del rey Fernando se convirtió en un arma; había precipitado el colapso entre Boabdil y su tío, y aquel enfrentamiento civil estaba debilitando cada vez más a sus enemigos. Sin que ellos se diesen apenas cuenta, el ansia de poder de ambos los ponía a los pies de los caballos de los cristianos. Estos últimos sólo tenían que esperar a que se destrozasen mutuamente hasta verlos languidecer. Después únicamente habría que acercarse para darles la puntilla.

Fue entonces cuando las huestes de Boabdil y las del Zagal entendieron que necesitaban unirse si querían detener el avance de los cristianos. Organizaron una asamblea en la que llegaron a la conclusión de que se accedería a reconocer la condición de emir del Zagal siempre y cuando Boabdil conservase el dominio de la zona oriental del reino: Guadix, Baza, Vélez Blanco, Vélez Rubio y Vera, del mismo modo que se encargaría de la defensa de Loja. De esta forma pretendían volver el pacto que Boabdil tenía con Castilla a su favor, pero Isabel y Fernando lo dieron por concluido cuando descubrieron que Boabdil se había aliado con su tío. De nuevo eran enemigos de los cristianos.

***

Los reyes cristianos montaron en cólera. Eran conscientes de que estaban promoviendo una nueva forma de hacer la guerra desconocida hasta ese momento, que se alejaba de la tradición medieval en la que la fuerza bruta era el ingrediente fundamental. Habían quemado varias veces la Vega granadina, talaron sus bosques y arrasaron sus plantaciones, de modo que el hambre presente y el miedo al hambre futura diezmaron el físico y la moral de la población y del ejército musulmán. Pero, del mismo modo, Isabel y Fernando sabían que sus enemigos podrían unir sus fuerzas si llegaban a un acuerdo, y eso daría al traste con sus planes.

Tenían concentradas sus huestes en Córdoba cuando les llegaron las noticias de que los dos bandos del Reino de Granada habían alcanzado un acuerdo de alianza. Al parecer Boabdil estaba defendiendo Loja. La decepción del rey cristiano fue tal, se sintió tan burlado, que decidió atacarlo con toda su fuerza. Lo primero que hizo fue cortar la vía de acceso entre Granada y Loja, ocupando la peña de los Enamorados, aquel lugar desde el que, según contaba la leyenda, el musulmán Hamet Alhajar y la hermosísima cristiana Tagzona decidieron despeñarse ante la incomprensión de su amor.

Allí mismo fue donde el rey Fernando convocó a sus ejércitos compuestos por más de veinte mil hombres, entre peones, jinetes y ballesteros, que formaban parte de las Órdenes Militares a los que hubo que sumar mil soldados mercenarios que viajaron desde Suiza, y que componían la mejor infantería europea del momento. También contaron con las veinte mil unidades de infantería y caballería de las Guardias Viejas, cuyo origen estaba en la Santa Hermandad —una especie de vigilantes ideados por Isabel y Fernando que se encargaban de proteger los caminos y de formar el ejército de la Tropa Real—, y con los más de veinticinco mil hombres que aportaron los municipios de todo el territorio castellano, llamados Fuerzas de Villas y Ciudades, que estaban más que dispuestos a dar su vida por la causa.

Por si eso fuera poco, gracias a las bulas promulgadas por el Papa se presentaron más de mil voluntarios llegados de Flandes, Alemania, Inglaterra y Francia dispuestos a ganarse el cielo descabezando infieles. Acamparon al pie de la peña de los Enamorados, en una extensa pradera verde en las márgenes del río Guadalhorce, para celebrar un consejo de guerra en el que tratar la estrategia a seguir para tomar la fortaleza de Loja, donde se atrincheraba el traidor de Boabdil. Los caballeros de la nobleza decidieron establecerse por separado. Para dejar bien clara su alcurnia, colocaron estandartes con sus escudos de armas ondeando por encima de sus tiendas de campaña.

Todos los cuarteles estaban equipados con abundantes pertrechos y municiones de guerra. Los alrededores eran custodiados por arqueros y soldados armados hasta los dientes. Los hombres aprovechaban la corriente del río Guadalhorce para bañar y refrescar a sus caballos. Por todo el campamento se encendían buenos fuegos a la caída de la tarde, cuando el crepúsculo comenzaba a dar paso a las sombras de la oscuridad. Entonces se oía a la soldadesca entonar alegres canciones cuyas letras recordaban lejanas tierras donde el calor de una mujer era fácil de conseguir.

Dominando todo el campamento, situado sobre una colina, se colocó la tienda que ocupaba el rey Fernando, un magnífico pabellón sobre el que ondeaba el pendón de Castilla y Aragón, junto al santo estandarte de la cruz. Allí se reunieron los principales nobles y capitanes para debatir lo que más convenía a la marcha de la guerra. Acordaron sitiar Loja por dos frentes a la vez y decidieron que un ejército debería apoderarse de la peligrosa y dominante cumbre de la cuesta de Alboaçen, frente a la población. El resto de las huestes se situarían en el lado opuesto, para completar el cerco.

El marqués de Cádiz estaba decidido a vengar la muerte de su compañero el maestre de Calatrava, caído en el anterior intento de toma de Loja. Estaba tan arrebatado que pidió al rey autorización para dirigir el avance y asegurar el dominio de la colina, comprometiéndose a retener a las tropas de los enemigos hasta que el resto del ejército cristiano ocupara su sitio.

Antes de que el sol comenzara a diluir con su salida diaria la negrura de la noche, el marqués de Cádiz y el resto de los nobles caballeros compañeros de armas, deseosos de chocar con el enemigo, levantaron las tiendas y marcharon raudos al frente de sus huestes, compuestas por cinco mil jinetes y doce mil soldados de infantería, atravesando sinuosos terrenos, abundantes en desfiladeros, cañadas y montes, para adueñarse de la cuesta del Alboaçen antes de que el rey llegase con el grueso del ejército para ayudarlos.

La fortaleza de Loja estaba en lo alto de una colina elevada que guardaba y protegía el valle, situada entre dos grandes montañas de sierra que conforman el paso natural de entrada a la ciudad de la Alhambra. Aquélla era su oportunidad. Hacía mucho tiempo que se consideraba a Loja como la puerta y llave de Granada. Para poder llegar a la cima de Alboaçen, antes tenían que atravesar senderos abruptos y escabrosos, cruzar el valle que había entre las dos elevaciones montañosas, por el cual discurría el cauce del río Genil, y otros canales y acequias de agua con los que los musulmanes regaban sus tierras y huertas. Hubieron de pasar grandes apuros, y llegaron a estar en peligro de ser desbaratadas las tropas por el enemigo antes de arribar a su objetivo. El conde de Cabra, con su habitual arrebato de furia, se esforzó en cruzar el valle desafiando las dificultades y los estorbos, pero se encontró pronto en aprietos enredado con su caballería en medio de los canales. Su impaciencia no le permitió echar atrás sus pasos para hallar otra senda más cómoda y menos tortuosa.

Las demás tropas atravesaron lentamente el valle por un lugar distinto con ayuda de pontones, a la vez que el marqués de Cádiz, don Alfonso de Aguilar y el conde de Ureña, que conocían mejor el terreno por la experiencia de su primera campaña, dieron un rodeo por el fondo del barranco y subieron después extendiendo sus escuadrones y levantando sus estandartes sobre la temible avanzada que cinco años atrás, en el primer intento de asedio y conquista, se vieron en la necesidad de abandonar con tanto pesar.

Pero el Dios de los cristianos quiso favorecerlos en esa ocasión, y la secuencia de los acontecimientos fue rápida, aunque sangrienta. Asaltaron los arrabales de Loja y bombardearon la muralla. Al día siguiente, la población capituló. Siguiendo su política de concordia con los musulmanes de las ciudades y los pueblos rendidos, los reyes cristianos permitieron que los lojeños pudieran salir libres de ellas, llevándose consigo sus bienes.

Pronto se enteraron de que, en el fragor de la batalla, habían herido a Boabdil en dos ocasiones. Lo habían retirado al castillo, y enviaron a Gonzalo de Aguilar y Fernández de Córdoba, más conocido como el Gran Capitán, para que conferenciase con él. Cuando entró en la sala, encontró al emir recostado sobre unos almohadones y vendado por dos partes de su cuerpo, pero no había perdido la presencia de ánimo que siempre lo caracterizó.

—Señor, ¿por qué habéis traicionado al rey Fernando? No debisteis hacerlo —lo reprendió el Gran Capitán—. ¿Acaso no es más conveniente que os sometáis a la razón y a la ventura de ser aliados?

—Ya que Alá parece quererlo de esta forma, y el hado de mi estrella lo requiere, hágase la voluntad del destino —dijo Boabdil, y Gonzalo Fernández de Córdoba lo miró con compasión—. Tomad este Alcázar, joya de mis reinos. Lo único que os pido es clemencia para sus moradores —concluyó.

—Así se hará. El rey Fernando es compasivo, bien lo sabéis. ¿Estaríais dispuesto a rendiros? ¿A pactar de nuevo con los reyes cristianos?

—Sí —pronunció lacónicamente Boabdil.

—Lo prepararé todo para que viajemos a Córdoba. La reina Isabel estará presente para firmar unas nuevas capitulaciones. Espero que en esta ocasión estéis más dispuesto a respetarlas, por el bien de todos.

—Así será.

***

Los hombres llegaron a Córdoba sucios y cansados después de la batalla. El rey Fernando consiguió desterrar de su interior el rencor por la traición de Boabdil, recordándose a sí mismo que era mejor actuar guiado por el cerebro en lugar de hacerlo por el corazón. Consideraba que la unión hacía la fuerza, y una de sus bazas más importantes era continuar alimentando la enemistad entre el joven emir y su impetuoso tío. Mejor enemistados que unidos para luchar en su contra, se dijo. Por eso, de acuerdo con su esposa y sus consejeros, se redactaron unas nuevas capitulaciones por las que se reconocía a Boabdil como único e indefectible emir de Granada, otorgándole una tregua de tres años. Añadieron en una cláusula la posibilidad de mantener tanto comercio como aprovisionamiento a través de Loja y otros puertos y pasos de la Vega. Le propusieron un acuerdo, que consolidaba y ampliaba el firmado por ambos el año anterior, en el que se dejaba claro que, teniendo en cuenta las nuevas circunstancias, Boabdil entregaría Granada y todas y cada una de sus fortalezas en cuanto le fuera posible. A cambio, recibiría el señorío y el título nobiliario de Guadix, el Zenete, Baza y su Hoya, Vélez Blanco, Vélez Rubio, Mojácar, Vera, Val de Purchena, los lugares del río de Almanzora y las tahas de Guiar y Márjena en la Alpujarra, con excepción de los lugares costeros, más otras cinco tahas para diversos colaboradores del emir, respetando las propiedades que éstos tuvieran en Granada, donde podrían residir libremente y sin ningún perjuicio. A los vecinos del Albaicín se les concedería, además, franqueza fiscal por diez años, pero el resto de los habitantes de Granada deberían abandonar la ciudad. Por otra parte, abrieron un plazo de seis meses para que otros lugares del emirato se adhirieran al pacto, y ambas partes se comprometieron a luchar contra el Zagal para que lo acordado se pudiera llevar a la práctica.

Boabdil llevaba tiempo representando un ambiguo papel mediante el cual pretendía contentar a los suyos y, a la vez, recuperar la confianza de los reyes cristianos. Tenía la intención de aprovechar todo lo que éstos estuvieran dispuestos a conferirle, al menos temporalmente, convencido de que sólo necesitaba un ligero impulso, un golpe de suerte, una chispa de seguridad para poder recuperar la antigua gloria del al-Andalus, dejando así al fin contenta a su exigente madre.

Dos días después de su llegada volvieron a firmarse unas nuevas capitulaciones bajo la desconfiada mirada del rey Fernando. Boabdil ponía, más que nunca, su reino en manos de los cristianos. La caída de Loja abría la entrada de la Vega de Granada.

—Majestad... —Boabdil había esperado a que todo el mundo se marchase para acercarse al rey—. ¿Cómo se encuentra mi hijo?

—Quizá deberíais haberos preocupado más por su integridad antes de cometer la traición.

Aquel comentario lo inquietó. ¿Sería posible que hubieran hecho daño a una inocente criatura por su deslealtad? Le dio un vuelco el corazón, y el rey Fernando se dio cuenta de ello y, por un momento, saboreó esa mínima venganza. Observó los inmensos ojos del emir de Granada fijos en él; interrogantes, asustados, vibrantes. Le habría resultado violento que brotara de ellos una lágrima, así que continuó hablando.

—Vuestro hijo está muy crecido. Ya pronuncia sus primeras palabras. El otro día me llamó padre... —Esperó un segundo, disfrutando complacido—. Podéis regresar a Granada cuando deseéis. Sois libre.

Con la intención de poner el colofón al nuevo tratado, la reina Isabel organizó una cena de gala en la que solicitó la presencia de Yago para que actuara como maestro de ceremonias. Cuando el muchacho se enteró de la noticia de que Boabdil estaba en el Alcázar, se conmovió profundamente. Atrapó su laúd y se dirigió con el corazón acelerado al salón en el que se iba a celebrar la reunión. Pensó que quizá el rey de Granada ya lo hubiese olvidado. A fin de cuentas, se trataba de un simple músico que lo había acompañado en uno de los peores momentos de su vida. El mismo instante en el que se separaron, cuando Boabdil recibió la noticia de que su primogénito se quedaría como prenda con los reyes cristianos a cambio de su liberación, fue lo bastante traumático para que el emir lo hubiera echado en el olvido. Por eso se sorprendió cuando, nada más entrar en la sala, oyó la voz de Boabdil dirigiéndose a él.

—Yago, mi fiel amigo —lo saludó antes de abrazarlo.

Nunca había recibido el abrazo de un rey, de modo que se quedó rígido, desbordado de emoción, incapaz de pronunciar una sola palabra.

—Te he recordado mucho durante este tiempo —continuó diciendo Boabdil—. Estoy seguro de que en el Reino de Granada encontrarías la solución a tu ceguera. Las puertas de mi palacio siguen abiertas para ti, como ya te manifesté.

—Gracias, majestad —fue lo único que pudo responder Yago antes de que los comensales comenzaran a ocupar sus asientos.

En ese momento el joven no lo sabía, pero a la cena también asistía aquel marinero llamado Colón. Al parecer, había vuelto a solicitar una entrevista con los monarcas, cansado de tanto esperar. Entre el primero y el segundo plato, se lanzó a mostrar a los asistentes nuevas pruebas acerca de la viabilidad de su teoría. Habló de la amistad epistolar que tiempo atrás había mantenido con Paolo del Pozzo Toscanelli, quien señalaba que, entre el extremo occidental de Europa y Asia la distancia era de unas seis mil quinientas leguas marinas. Puso delante de las narices de los reyes un mapa en el cual se punteaba el itinerario con flechas que indicaban la docilidad de las corrientes marinas. Aparecían señalados los contornos de las islas que se encontrarían en el trayecto y también el dibujo de una mujer de cabellos dorados, mitad pez, que se asomaba sonriente entre las olas e iba desnuda de cintura hacia arriba; lucía una corona de algas y llevaba pudorosamente cubiertos los pechos por dos vieiras.

—Se trata de una sirena. He visto varias en mis viajes. Cantan como los propios ángeles —aseguró Colón con resolución—. Quizá pueda atrapar alguna para vuestras majestades.

El rey mostró abiertamente su desconfianza. Preguntó a los comensales sobre el particular, y algunos de ellos aseguraron que el intrépido marino se había equivocado en sus cálculos de cabo a rabo. Señalaron además que arriesgarse a financiar el plan de ese loco era perder el dinero. En los últimos tiempos se oían rumores de que una expedición portuguesa había partido en dirección a la India tomando la ruta del este, rodeando el Cuerno de África.

Colón abandonó la velada antes de los postres, visiblemente ofendido y despotricando contra los estúpidos castellanos que eran incapaces de ver el extraordinario negocio que él ponía delante de sus ojos. No se dio cuenta de que el rey de Granada seguía sus pasos.

—Es interesante vuestra teoría —le dijo.

—No se trata de una teoría. Tengo pruebas de ello: datos, informaciones fidedignas, mapas... —respondió el ofuscado marinero.

—Disculpadme, tenéis razón. Yo tampoco lo considero una teoría. Mi pueblo baraja desde hace más de tres siglos la idea que vuestra merced sugiere. ¿Habéis oído hablar de *El libro de Roger*?

—No.

—El rey Roger II de Sicilia contrató los servicios del cartógrafo ceutí al-Idrisi a fin de que dibujase para él una geografía del mundo, y así lo hizo. En *El libro de Roger* se muestra un mundo dividido en siete regiones en el que aparecen las distancias entre las ciudades mayores, el clima medio de cada zona y la descripción de las costumbres, el color de la piel y los productos que consumen los habitantes de cada lugar.

»Al-Idrisi, para mejor comprensión de lo que había dibujado, encargó a un destacado joyero siciliano que fundiese un globo esférico, así como un mapa en forma de disco de plata de casi ochenta pulgadas de diámetro y que pesaba más de trescientas libras. Al-Idrisi explicó que el disco simbolizaba la forma del mundo ya que la Tierra era redonda como una esfera. Las aguas se adherían a ella gracias a un equilibrio natural mediante el cual todas las criaturas se mantenían estables en la superficie, atraídas, al igual que un imán que atrae el hierro.

—¡Qué interesante! ¿Dónde podría ver ese disco de plata? —preguntó Colón a Boabdil.

—Por desgracia se ha perdido. En 1160 hubo revueltas en Sicilia y saquearon el palacio del rey Roger. En un gran fuego hecho en el patio se quemaron archivos, libros y documentos. Y el mapa de plata y la esfera celestial desaparecieron. Seguramente los fundirían.

—Es una lástima.

—Se dice que el libro recogía la historia de un viaje realizado por un marinero marroquí que navegó por el mar de la Oscuridad y la Niebla durante treinta días y que volvió contando la historia de haber recalado en una tierra habitada y rica.

—¡Contadme más!

—En pocos días regresaré a mi reino. Allí hay sabios que conocen bien la historia. Quizá deberíais preguntar a ellos... Yo no sé mucho más.

—¿Vuestro reino? —preguntó Colón—. ¿Granada?

Su interlocutor asintió.

—¿Seré bien recibido si atravieso la frontera?

—Sí, si viajáis conmigo.

***

A esas alturas Yago había olvidado por completo la promesa de venganza que hizo al Toscano. De hecho, hacía semanas que no tenía noticias de él. Que Oreste Olivoni hubiera pasado un tiempo alejado de Córdoba, en Ávila, trabajando en el monasterio de Torquemada hizo que al muchacho se le fuera diluyendo el rencor. Pero esa noche, al terminar la cena, el compromiso adquirido fue en su busca.

—Es el momento. El cerdo está aquí de nuevo —le dijo el Toscano surgiendo de pronto entre las sombras del pasillo, saliéndole al paso cuando Yago caminaba en dirección a la cocina.

—¿Massimo? —preguntó de forma titubeante el mucha-cho—. ¿Cómo habéis entrado en el Alcázar?

—Eso no importa ahora. Lo tengo todo listo. Hoy lo he visto.

—¿A quién?

—A Oreste.

—¿Cuándo lo habéis visto?

—Cuando regresaba de su viaje.

—¿Él os ha visto?

—No. Pero es peligroso. Tenemos que matarlo ya.

—¿De qué habláis? —respondió Yago sonriendo en un in-tento de quitar hierro a sus palabras.

Al parecer Massimo no había olvidado la promesa que se hicieron, sumergidos en los vapores del vino. Tenía claro que su misión no consistía sólo en saciar aquella sed de justicia que lo resecaba por dentro, la que la ley de los hombres no había lo-grado aplacar. También recaía sobre él la responsabilidad de vengar a aquellos que ya no podían defenderse.

—Tenemos que matarlo ya —repitió—. El alma de los muertos no descansa si no se les hace justicia. Tenemos un compromiso, una obligación; hay que saldar cuentas. Es el mo-mento. Hay que matarlo —concluyó.

—Lo sé, lo sé… —dijo Yago, con la cabeza gacha y aún dudando.

El Toscano se lo quedó mirando, decepcionado.

—¿Acaso has olvidado lo que le hizo a tu padre? ¿Lo que le hizo a Concepción? ¿Lo que le hizo a Ángela? ¿Lo que te con-té que le hizo a Caterina? —preguntó con desesperación, ele-vando el tono de voz—. No podrán descansar tranquilos hasta que los venguemos. ¿Es que no tienes sangre en las venas?

El muchacho guardó silencio. Hizo un esfuerzo por encon-trar, en el fondo de su corazón, la mordedura aún sin cicatrizar que le propinó Oreste Olivoni. Sí, si se esforzaba, aún podía sentirla. Allí estaba.

—Tenéis razón —respondió con resolución—. Hagámoslo.

El Toscano suspiró satisfecho.

—Vamos. Lo tengo todo preparado; sólo has de seguir mis indicaciones.

***

Al despertar, Oreste Olivoni se dio cuenta de que tenía las manos atadas a la espalda. Una ligazón sujetaba la cuerda también a sus tobillos, de tal forma que se mantenía en una incómoda postura fetal que no le permitía incorporarse y mucho menos intentar caminar. Estaba apoyado en un rincón. Notó que la pared era de adobe y el suelo de tierra apisonada. Casi podría asegurar que no se encontraba dentro del recinto del Alcázar.

Su atacante lo había sorprendido en mitad de la noche, cuando regresaba de la mancebía. Le cubrió la cabeza con un saco de esparto y le golpeó con tanta fuerza en la nuca que perdió el conocimiento. Ahora que se había recuperado, intentaba encontrar un punto de referencia que le permitiera ubicarse. Olía a cordero con garbanzos. Le habían cubierto los ojos firmemente con una venda, provocándole palpitaciones en las sienes, lo que no lo ayudaba a sentirse mejor. Calculaba que debía de llevar allí toda la noche y que quizá ya era mediodía. Sin ver la luz, era complicado orientarse. Aquella oscuridad era lo peor. Tenía miedo.

Intentó dominar los temblores que le sacudían el cuerpo y lo obligaban a convulsionarse ante cualquier crujido. ¿Qué era aquel sonido? ¿Gotas de agua golpeando contra el suelo? ¿Quizá las correrías de una rata dispuesta a mordisquearle una oreja, o el retumbar de unas pisadas que cada vez estuvieran más cerca o el bisbiseo de la voz de ultratumba de alguien que planeaba matarlo a golpes?

Procuró consolarse imaginando que en el palacio ya se habrían dado cuenta de su ausencia; les extrañaría, lo estarían buscando y pronto lo sacarían de allí. O quizá no. Quizá nadie lo echaría de menos. Torquemada estaba en Ávila, y no tenía más amigos. Sus trabajadores lo odiaban. Sí, lo odiaban. No se lo decían a la cara, por supuesto, no habrían sido capaces, pero podía leerlo en sus semblantes llenos de envidia. Lo odiaban por ser mejor que ellos, de eso estaba seguro. Nunca había tenido miramientos con aquellos artesanos ni los felicitó jamás por su trabajo. Consideraba que ya tenían bastante retribución con estar a su lado, aprendiendo las técnicas del mejor artista de su tiempo. Sin él habrían estado perdidos. Eran unos aprendices que no tenían donde caerse muertos. La demostración clara de ello era que cuando él faltaba todo se venía abajo y, en algunas ocasiones, tuvo que obligarlos a destruir el trabajo y comenzar de nuevo. Pese a todo, siempre se preocupó de que recibieran un salario digno y de que se alimentaran, como Dios mandaba, todos los días, como en aquella ocasión cuando hizo todo lo posible para que les llevaran la comida y no tuvieran que moverse de su lugar de trabajo.

«Desagradecidos —rezongó en su interior—. Seguro que ahora estarán muy tranquilos sin mí. Seguro que no notan mi ausencia. ¡Malditos desagradecidos!»

Una cosa lo llevó a la otra y, sin quererlo, lo asaltó el recuerdo de Esteban el Pucelano despeñándose por el andamio. Infeliz… Torpe e infeliz. Y su hijo, aquel muchacho ciego que tocaba el laúd y que se creía digno de Concepción.

Oyó pisadas. ¿Eran pisadas? Parecían pisadas que se acercaban. No. Sí, sí…, eran pisadas humanas. Apretó su espalda aún más contra la pared. El miedo se convirtió en pavor. Intentó concentrar toda su atención en aquel sonido, reconocer la cadencia de aquellos pasos que cada vez estaban más cerca. Quizá iban a liberarlo. Los pasos dejaron de oírse. Intuyó que había dos personas y que una de ellas estaba de pie, quieta frente a él. Ya no cabía duda; no estaban allí para liberarlo. Si fuese así, ya lo habrían hecho. Fuera quien fuese, aquella persona que tenía delante se mantenía en silencio, lo observaba. ¿Quién era? ¿Por qué lo retenía allí? ¿Por qué no hablaba? ¿Quién era? ¿Quién era? ¡Santo cielo! ¿Quién demonios era?

—¿Quién sois? —gritó desesperado cuando ya no pudo controlar su angustia—. Tengo dinero. Os daré lo que queráis. Podemos llegar a un...

No le dio tiempo a terminar la frase porque un sonido sordo lo pilló por sorpresa, dejándolo paralizado del susto. Un segundo más tarde sintió el dolor y se dio cuenta de que le habían dado una patada en la boca. El labio superior le estaba sangrando profusamente.

—¿Qué queréis? —protestó después de escupir un diente—. Hablad, tened un mínimo de clemencia por una persona que no puede defenderse.

Oyó una risotada. No parecía sincera; más bien, era un carcajeo que se alargaba en «jas» espaciados unos de otros. Estaba burlándose, pero le pareció que el sonido se iba desvirtuando hasta convertirse en un aspaviento. Por el tono, sin duda, quien reía así era un hombre. De eso estaba seguro.

—Quitadme la venda de los ojos para que, al menos, pueda ver a quién me enfrento.

Un bofetón atroz le llegó por la izquierda y lo tumbó de lado. Su atacante debía de ser zurdo. No se oía al otro. Enseguida, unas manos enervadas lo incorporaron. Lo tenía tan cerca que pudo sentir el vaho en la cara. Su agresor respiraba agitado, más por la ira que por agotamiento. El olor de su aliento le resultó familiar. Notó que se alejaba; oyó un ruido como de un saco lanzado contra el suelo, metales que chocaban unos con otros, cadenas. De nuevo los pasos y las manos que, rápidamente, le sujetaron la frente, aplastándole la cabeza contra la pared. Aquel hombre intentaba colocarle algo en el cuello.

Por puro instinto, Oreste Olivoni se resistió, moviéndose de un lado a otro todo lo que le permitía la largura de las sogas que le sujetaban los pies y las manos. Comenzó a patear el suelo cuando se dio cuenta de que lo que intentaba colocarle era un collar provisto de pinchos en su cara interior. Los gritos de dolor se mezclaban con el resuello esforzado de su captor, quien apretó la hebilla hasta que vio las espinas lo bastante clavadas en la piel de Olivoni para desgarrarla. Los hilillos de sangre comenzaron a descender en dirección al pecho del artista italiano que, a esas alturas, ya parecía un eccehomo.

Las respiraciones agitadas de los dos hombres se fueron aplacando hasta que se hizo el silencio. De pronto, Oreste Olivoni percibió una pestilencia insoportable. Tardó un poco más en darse cuenta de que tenía húmeda y fría la entrepierna y que aquel hedor era producto de sus propios orines y excrementos. Se había cagado de miedo. Intentó hablar, pedir clemencia, suplicar, abría la boca... Pero no le salía la voz.

—Aaa... agua —musitó.

En el mismo momento de pedirla se arrepintió de ello porque el silencio que parecía haberle mantenido a salvo se rompió de pronto. Los pasos de su atacante volvieron a sonar cerca de él. Lo tumbó boca arriba sin ningún tipo de consideración a la dolorosa postura en la que quedaba colocado, con las rodillas dobladas y las manos atadas a la espalda, y se sentó sobre su pecho, de modo que quedó inmovilizado. Le introdujo un embudo en la boca y comenzó a volcarle en ella agua. En un principio Olivoni sintió que el sabor de la sangre en la boca se diluía e intentó tragar rápidamente, pero llegó un momento en el que no pudo más. El agua seguía entrándole por el gaznate y notaba que el estómago se le iba hinchando cada vez más, hasta que no dio más de sí y el líquido empezó a rebosarle por la boca y la nariz.

Se ahogaba.

Justo cuando creyó perder la conciencia, su agresor dejó de introducirle agua y volvió a incorporarlo. Pero él ya no se tenía derecho, ni siquiera apoyándose en la pared; resbalaba sobre ella hacia un lado y otro como lo haría un muñeco de trapo.

—Parad… Por caridad, parad… —musitó cuando pudo recuperar el resuello.

Y, como si se hubiera tratado de palabras mágicas, su atacante paró. Lo dejó tranquilo. Oreste Olivoni oyó sus pasos alejándose. Aún tardó una hora en tranquilizarse. El tormento había terminado. No se dio cuenta de en qué momento se quedó dormido.

***

No era capaz de calcular cuánto llevaba retenido. Quizá dos días, una semana tal vez… o sólo dos horas… Había perdido la noción del tiempo y el espacio por culpa del miedo y de aquella venda que le negaba la luz. Lo que no le impedía era ver en el interior de su mente rostros desfigurados que lo asaltaban, lo abofeteaban y lo asfixiaban con una manta. Había dejado de percibir el tufo que su propio cuerpo desprendía. Una mezcla de sudor e inmundicias frías que se le pegaban a las nalgas como una cataplasma. Ni en aquella penosa situación podía librarse de la vergüenza. Estaba convencido de que, antes o después, irían a rescatarlo, y no quería que lo viesen de esa forma. Sería degradante. Su imagen era muy importante para él.

Su captor reparó en que había recuperado la conciencia y volvió a la carga. Lo apresó de la solapas y lo incorporó. Oreste Olivoni comenzó a gimotear.

—Os habéis confundido de hombre —sollozó—. Soy un artista. Mi único delito es crear belleza. No he hecho ningún mal a nadie.

Volvió a oír la risa.

—¿Os conozco? Habladme. ¡Decid algo, por Dios! No puedo defenderme si no me habláis.

La risa espaciada cesó de repente. Los pasos retumbaron muy cerca. Su asaltante volvió a tumbarlo. Lo forzó a abrir la boca y le introdujo en ella un bostezo, un artefacto de hierro que le impedía cerrarla, y que él había visto utilizar a los inquisidores. El Santo Oficio. Torquemada. Torquemada, el gran inquisidor, el tiránico inquisidor. De pronto se le ocurrió que podría ser él quien se estaba vengando por haberse marchado de Ávila antes de concluir con las obras del monasterio de Santo Tomás, aquel monasterio que parecía ser lo más importante de la vida del inquisidor y en el que tenía previsto descansar por los siglos de los siglos junto a sus padres. Quizá Torquemada había enviado a alguno de sus secuaces para que le diese un escarmiento. Sin duda estaban aplicando con él técnicas inquisitoriales. Pero ¿de verdad Torquemada era capaz de detestarlo tanto? ¿De verdad podía ser tan cruel con él?

—Hablemos de lo que sea... Haré lo que sea —suplicó Oreste.

Pero nadie respondió. Intuía que sus agresores se indicaban el uno al otro por dónde continuar. Uno de ellos le cubrió la cara con un fino paño de lino y el otro comenzó otra vez a verterle agua en la boca, de manera que el paño se fue colando suavemente hasta la garganta. Empezaba a asimilar que no estaba allí por error. Volvió a sentir que se ahogaba, aunque esa vez la presión lo estaba llevando al límite entre la vida y la muerte. Cuando creyó que ya se encontraba a punto de abandonar el mundo de los vivos, su torturador le arrancó el paño de la garganta de un tirón certero. El dolor fue desgarrador.

Olivoni volvió a caer de lado y se encogió como un animalillo asustado. Intentó aclarar sus ideas y hacer un repaso mental de todos sus enemigos. No podía tratarse de Torquemada. El inquisidor lo necesitaba vivo si quería terminar las obras. O quizá ya había encontrado a otro artista y simplemente disfrutaba vengándose de él. Tal vez lo habían secuestrado sus propios trabajadores. Algunos lo odiaban. Sí, lo odiaban. Pero el dolor, la oscuridad, la humillación y el espanto lo tenían agarrotado física y mentalmente, y terminó perdiendo el conocimiento una vez más.

Pasaron horas, o quizá días. Se aterraba cuando oía los pasos acercándose y se calmaba cuando se alejaban. Una de las veces notó que dejaban caer algo vivo sobre su cuello tumefacto. Por el cosquilleo que aquello le produjo en la piel, dedujo que se trataba de gusanos, los cuales pronto comenzaron a dar cuenta de su carne emponzoñada. Poco después, fue consciente de que lo desataban pero estaba ya muy débil para intentar escapar. Le estaban quitando la ropa, y el olor repugnante se esparció, multiplicándose de tal forma que oyó que uno de sus apresadores daba arcadas hasta terminar vomitando de puro asco. En el fondo se alegró. Era su pequeña venganza.

El otro lo arrastró, separándolo de la pared. Lo tumbó en el suelo, colocándolo en aspa, y lo ató de pies y manos a unos pivotes que, supuso, estarían clavados con anterioridad.

—¿Por qué? —farfulló Oreste.

Pero no obtuvo respuesta. Estaba amarrado en forma de cruz, con los ojos tapados, completamente desnudo, a excepción del collar de pinchos que le presionaba la garganta.

—Sólo quiero saber por qué...

Notó que le colocaban algo sobre el vientre. Daba la sensación de ser una caja en cuyo interior hubiese algo vivo que correteaba de un lado a otro. Olivoni se echó a temblar.

—¿Qué es eso?

Su torturador deslizó uno de los laterales de la caja, exactamente el que tocaba la piel del artista. Unas patitas frías lo rozaron. De pronto se acordó de aquel castigo que también practicaban los inquisidores. Consistía en colocar sobre el vientre de la víctima una rata encerrada en una jaula abierta por abajo. Los verdugos mortifican entonces al animal introduciendo en la jaula palos encendidos, de modo que la rata buscaba escapar de la única manera posible: destrozando a mordiscos la piel y las tripas del condenado. Decían que los inquisidores no se sentían satisfechos con la tortura hasta que el roedor no conseguía salir por la espalda del pobre desgraciado.

Torquemada… ¿Sería Torquemada?

Pudo oler el aceite con el que quienquiera que fuese estaba impregnando las pequeñas teas que introduciría en la jaula para martirizar a la rata.

—No… ¡Piedad!

***

Vermudo estaba muy preocupado por Yago. Llevaba tres días sin saber de él. No estaba atendiendo sus responsabilidades en la cocina, ni se presentaba a comer ni a dormir. Por un momento se temió que le hubiera ocurrido algo malo, pero entonces oyó por los pasillos del Alcázar los comentarios de que el prestigioso artista Oreste Olivoni llevaba desaparecido el mismo tiempo. Y entonces supo lo que estaba ocurriendo.

La venganza, la venenosa venganza…

Seguramente el Toscano habría ido a buscar a Yago para llevar a término el plan que pergeñaron aquella noche de dolor y embriaguez. Por momentos, Vermudo tuvo la esperanza de que Massimo fuese lo bastante sensato para comprender que lo que tenía en mente era una locura que lo podía llevar a la ruina, arrastrando con él al muchacho. Pero no, no… En el fondo sabía que el veneno que Oreste había inoculado en el Toscano lo había enfermado tanto por dentro que no conseguiría aplacar su fiebre simplemente matándolo; para sentirse mejor, tenía que hacerlo sufrir. Seguramente lo habría organizado todo para torturar a Oreste y, para hacerlo, necesitaba intimidad. Vermudo pensó en algún lugar lo bastante reservado para poder llevar a cabo una cruel venganza. Recordó que la casa de Ángela de Palafox estaba vacía. Sí, ése sería un lugar perfecto, pensó. Y se dirigió allí. Tenía que frenar aquella locura.

***

No supo de dónde sacó la fuerza, pero Oreste consiguió liberar una mano. Palpó el aire, intentando abofetear a su adversario.

—*Porco bastardo!* —oyó.

Era la primera vez que su captor hablaba, y lo hacía en italiano. Eso le devolvió el recuerdo de la juventud, el recuerdo del pasado. Esa voz, esa inconfundible voz que habría reconocido entre mil más. La persona que más había odiado en el mundo, la persona que destrozó su venturoso futuro obligándolo a llevar vida de nómada... Obligándolo a abandonar a su familia.

—¿Massimo? —musitó sorprendido.

Justo en ese momento, alguien abrió la puerta dando un tremendo golpe.

—¡Parad, por Dios! —clamó Vermudo.

—¿Qué hacéis aquí? —La voz de Yago sonó avergonzada.

—Vengo a evitar que cometáis una locura.

—Marchaos —le gritó el Toscano—. Esto no es asunto vuestro.

Lleno de rabia, arrancó la venda de los ojos a Oreste. Llevaba tantos días cegado que la tenue luz de la lámpara que tenía a su lado deslumbró al artista tanto como el sol en una tarde de agosto. Sólo podía intuir las tenues siluetas de tres personas.

Por su parte Massimo observó, al fin sin trabas, al hombre al que había jurado venganza. Recordó el día en el que lo vio por primera vez, en el taller del maestro Ghiberti; la envidia, las críticas a su trabajo... También recordaba sus crueles palabras asegurándole que Caterina lo engañaba. Y a Caterina muerta. Su Caterina... y el malogrado hijo de ambos que crecía en su vientre. Tuvo que abandonar su tierra por él; abandonar a sus padres, por él. No pudo desarrollar su trabajo, por él. Huyendo... solo... por él... por él. ¡Por él! Y Ángela, la hermosa y dulce Ángela, aquella mujer que el destino había puesto en su camino para compensar tanto sufrimiento, con la que al fin conseguiría volver a la vida. Ella también estaba muerta, por culpa de él. La rabia que sentía el Toscano le hacía hervir la sangre.

Siempre pensó que aquel momento sería dulce, gozoso,

balsámico, que al fin podría sentirse libre y en paz. Pero no alcanzaba a reconocer a su odiado con ese inmundo aspecto de animal sucio. Ni siquiera se parecía al hombre despreciable que había sido en los últimos tiempos, el que había provocado el accidente del Pucelano, destrozando la vida de Yago; el que había abusado de Concepción; el que había denunciado a Ángela. Sintió una profunda rabia por no estar disfrutando realmente de ese momento tan añorado.

—*Porco bastardo!* —repitió para reafirmarse.

Miró hacia la derecha. Allí estaban sus herramientas de trabajo. Con rabia se lanzó sobre un buril y lo blandió delante del rostro de Oreste.

—¡Por favor, Massimo! No lo hagáis —suplicó Vermudo.

—*Abbi pietà!* —clamó Oreste con el gesto más patético que pudo componer, dirigiéndose al único que parecía tener un poco de consideración por su vida. ¿Era…? Sí, era él. El cocinero.

Estaba junto a Yago, aquel muchacho ciego que tocaba el laúd, al que recordaba como un niño pusilánime. Lo encontró muy crecido; mucho más alto. Sus hombros y su pecho se habían ensanchado. Se estaba haciendo un hombre. Él también había participado en esa tortura.

—*Abbi pietà!* —repitió.

—*Vendetta per Caterina, Esteban, Yago, Ángela!* —gritó Massimo.

—Vos sois mejor que él —instó Vermudo—. Perdonadle.

—Esto es cosa de Yago y mía. No os incumbe —gruñó el Toscano con lágrimas en los ojos.

—¡Claro que me incumbe! No merece la pena que os condenéis por él. ¿Acaso no lo veis? Este hombre no vale nada. Es un ser despreciable que bastante tiene con vivir amargado, descontento con su propia existencia. No es más que un desgraciado. No hay mayor venganza que dejarlo vivir por siempre con esa amargura.

—No tenéis ni idea de lo que estáis hablando —masticó Massimo con desprecio.

—Para alimentar un deseo de venganza hay que echar sal a las heridas con habitualidad, para que no alcancen a cicatrizar. Y eso hace mucho daño. Deberíais dejarlas secar. Si os vengáis, él habrá ganado —continuó diciendo—. Os habrá obligado a ser tan infames y rastreros como él. Quizá sea la hora del perdón —concluyó.

—¿Perdón? ¿De qué habláis? Seguramente estáis bromeando. ¿Perdón? ¡Nunca! ¡Nunca! ¡Jamás!

—Seréis igual que él si os vengáis —repitió Vermudo—. Mientras mantengáis vivo el odio, el rencor... vuestra vida le pertenecerá.

—No estáis hablando en serio... No... No puedo creer lo que os oigo decir.

El Toscano caminaba de un lado a otro de la habitación con los nervios a flor de piel. Se sentía dolido por estar dispuesto a conservar abiertas las heridas.

—Vayámonos —ordenó Vermudo con determinación.

Su voz sonó tan firme que Massimo quedó paralizado. Dos gruesas lágrimas recorrían su rostro. La presión de sus puños cerrados se fue relajando, hasta que el buril resbaló y cayó al suelo. Vermudo se acercó a Yago y le pasó la mano por encima del hombro con la intención de sacarlo de allí.

—Vayámonos —repitió.

Estaban tan ensimismados que no se percataron de que Oreste ya se había habituado a la luz. Aprovechó lo ofuscados que estaban sus captores, discutiendo sobre su destino, para deshacerse furtivamente de las ligaduras. Llevaba un buen rato liberado, observándolos expectante como el gato que acecha a un ratón, a la espera de su oportunidad. Cuando vio la silueta de los tres hombres dirigiéndose a la puerta de salida, se abalanzó sobre el buril que descansaba en el suelo. Soltando un berrido desgarrador, se lanzó contra Massimo y se lo clavó en la espalda, a la altura del corazón.

—¡No! —gritó Vermudo al ver que Oreste caía sobre el Toscano.

Sacaba el instrumento punzante y volvía a insertarlo una y otra vez en el cuerpo de su enemigo. En su rostro se dibujaba una expresión de intensa rabia. Un odio exacerbado que iba más allá de una locura transitoria, producto del arrebato del momento. Ese desprecio llevaba mucho tiempo aferrado a Oreste, formando parte de él, de modo que era imposible separar el uno del otro. La sangre comenzó a teñir de un rojo intenso la camisa blanca de Massimo. El Toscano yacía en el suelo, absolutamente inerte.

—¿Qué ocurre?

Yago caminaba desorientado, oyendo los gritos pero sin entender lo que estaba sucediendo.

—Vámonos, muchacho. Tenemos que salir de aquí —le dijo Vermudo, y tiró de su brazo para arrastrarlo a la calle.

Pero aún les dio tiempo a oír las amenazas desaforadas de Oreste.

—Sé quiénes sois. ¡No podréis escapar! Os denunciaré. Antes o después pagaréis lo que habéis hecho.

—Tenemos que huir —dijo Vermudo entre jadeos—. No estoy preparado para dejar este mundo.

Yago no respondió; caminaba deprisa a su lado, en absoluta abstracción. Aún retumbaban en su cabeza los gritos de los últimos momentos. Llevaba pegado a la nariz el hedor a porquería y pavor que inundaba la casa de Ángela. Ni siquiera sabía lo que había pasado con el Toscano, y no se atrevía a preguntar, pues intuía que era algo horrible y no quería conocer los detalles.

—¿Adónde vamos? —masculló el muchacho al percatarse de que caminaban en sentido opuesto al Alcázar de los Reyes Cristianos.

—A pensar —espetó Vermudo. Parecía estar enfadado.

—¿A pensar? ¿A pensar… adónde?

Vermudo se paró en seco. Sujetó a Yago por los hombros y lo zarandeó adelante y atrás.

—¡Espabila, hombre! Responsabilízate de tus actos de una vez, que ya tienes diecisiete años. Espero que estés contento… No podemos regresar al Alcázar. El imbécil ese irá corriendo hacia allí y nos denunciará. Tenemos que huir bien lejos.

—Vos no tenéis que preocuparos… No habéis hecho nada. Soy yo el que no puede regresar. Soy yo el que tiene que irse. He sido yo el que… —balbuceó, sintiéndose tremendamente culpable.

—Este pimpollo es tonto o se lo hace —rezongó Vermudo dirigiendo su protesta al universo—. Lo que has hecho nos ha puesto en el disparadero a ambos. ¿Acaso crees que no me torturarán hasta arrancarme la piel a tiras para que confiese dónde estás? ¡Es amigo de Torquemada! —Suspiró, fastidiado—. Van a buscarnos debajo de cada piedra del reino.

—¡Tenéis razón! —exclamó Yago entusiasmado.

—¿Y eso te parece divertido?

—Ya sé lo que vamos a hacer.

Esperaron, a las afueras de la ciudad, a que pasara la comitiva de Boabdil. Cuando el rey nazarí vio a su leal amigo al lado del camino, dio la orden de detenerse.

—Majestad… —Yago le salió al paso—. ¿Era sincero vuestro ofrecimiento de acogerme en el paraíso?

Boabdil sonrió beatíficamente.

—Mi alma se sentirá gozosa de compartirlo contigo —le dijo.

***

Permítanme señalar que poner el punto final de una historia llamando a las puertas del paraíso debe de ser uno de los sueños dorados de cualquier cronista que se precie. Pero es evidente que esta crónica no termina con la desaparición del Toscano o con la venganza, más o menos justa, infligida a Oreste Olivoni. A fin de cuentas, sus vidas se entrecruzaron lo bastante con otras vidas para que vuestras mercedes ahora sientan el lícito deseo de conocer los destinos de las almas del resto de los personajes que habitan estas páginas. Siendo así, continuaré narrándoles que el rey Boabdil no sólo acogió en su palacio de la Alhambra a Yago, sino que también aceptó a Vermudo, el cual se presentó como buen cocinero, de lo cual le haría una demostración en cuanto le pusieran por delante un fuego y dos sardinas.

Necesitaron varios días para alcanzar la frontera que cercaba el Reino de Granada. Iban cabalgando a lomos de caballos árabes, más pequeños que los castellanos. Yago jamás había montado, pero enseguida se adaptó a la candencia rítmica de aquellos animales de ojos negros. Aspiraban ansiosos el aire por unas enormes fosas nasales que, según le contaron, habían heredado de sus antepasados nacidos en el desierto, obligados a adaptarse a un clima seco.

A Yago le volvía a veces el recuerdo del tormento infligido a Oreste, y se preguntaba si eso bastaba para sentir que había vengado a su padre y a Concepción. Se había limitado a quedarse junto al Toscano mientras éste realizaba todo tipo de manipulaciones sobre el cuerpo del artista italiano. No había podido verlas, pero intuyó el horror en ellas. No, sinceramente, que otro se encargase de mortificar a Oreste Olivoni no le ayudó a sentirse mejor. Si rebuscaba en su corazón, aún podía encontrar rencor. Se arrepentía de no haber sido más hombre, de no haber vengado a su padre mucho antes. Eso era lo que tenía que hacer un buen hijo, vengar la muerte de su padre. ¿Y si estaba clamando justicia para poder descansar en paz? ¿Y si el alma de Concepción vagaba penando por el más allá? Se dio cuenta de que abandonar el Reino de Castilla sin haber llevado realmente a término su venganza lo llenaba de angustia. Y mientras Oreste siguiese vivo, eso sería así.

Para su fortuna, también viajaba con ellos el marinero pintoresco con el que había coincidido alguna que otra vez. Pese a su terrible manejo de la lengua castellana, se pasó la mitad del tiempo hablándoles del utópico viaje que tenía en mente y eso liberaba a Yago de vez en cuando de sus pensamientos. Al parecer Cristóbal Colón llevaba un tiempo tanteando la posibilidad de obtener los recursos económicos que necesitaba para su expedición de magnates con intereses en Andalucía, gente como el duque de Medinaceli o el de Medina Sidonia, pero éstos lo remitían una y otra vez a los reyes Isabel y Fernando. Colón estaba cansado de esperar a que se liberasen de sus afanes batalladores con los musulmanes. Pese a que seguía aceptando el dinero con el que la reina Isabel pretendía mantenerlo sujeto hasta que ella pudiese encargarse del asunto del viaje a Cipango, él comenzaba a irritarse. Era incapaz de reposar su trasero durante más de dos meses en un mismo lugar sin sentir que se le iba la vida haciendo tiempo. Por si fuese poco, hacía un par de semanas que se oían rumores sobre los insistentes intentos de otros reinos por hacerse con el añorado monopolio de la Ruta de la Seda. Enervado, se escapó a la Corte francesa y volvió a ofrecer allí sus propuestas, convencido de que, con las mejoras que había incluido en su proyecto, el rey francés no podría negarse a subvencionarle el viaje. Pero se equivocó. Esa noche lloró de rabia y desesperación. Trató de consolarse a sí mismo pensando que, antes o después, los reyes castellanos terminarían con la dichosa guerra, que sólo había que tener un poco más de paciencia. Tarde o temprano se convertiría en el almirante de la mar Océana, lo sentía en su interior y los libros de historia hablarían de él, como siempre había soñado. Pese a todo, no terminaba de rendirse a la espera y decidió enviar a su hermano Bartolomé a Londres para que hablase directamente del asunto del viaje al Oriente por Occidente con Enrique VII. El monarca, no obstante, pensó que todo el proyecto era un auténtico extravío de visionario loco y echó a Bartolomé con viento fresco del palacio.

Pero no fueron el tedio ni tampoco el rechazo de las otras cortes lo que más preocupó al marinero genovés. Lo que realmente le inquietaba era que se le adelantaran y que su plan se fuese al traste por una simple cuestión de tiempo. Llegó hasta sus oídos que la Corte portuguesa había puesto todo su apoyo económico y emocional en un navegante llamado Bartolomeu Dias, un petimetre de tres al cuarto que, según los doctos juicios de Cristóbal Colón, no pertenecía a la nobleza, ni lucía prestancia marinera ni tenía los mínimos conocimientos marítimos para enfrentarse a semejante viaje.

Pese a todo, Dias había puesto rumbo al sur con fondos portugueses, siguiendo la costa de África, para descubrir los límites del islam en busca del generoso, virtuoso y legendario emperador cristiano Preste Juan, descendiente por vía directa de los Reyes Magos. Según contaba la leyenda, ese hombre sabio dirigía una nación en el Oriente, riquísima y poderosísima, en la cual se encontraba el Patriarcado de Santo Tomás. Con su apoyo, los portugueses pretendían hallar el itinerario más corto a las Indias ya que se decía que el emperador Preste Juan disponía de un espejo mágico a través del cual se podían ver todas las provincias de la Tierra, así como las distancias exactas y el camino más adecuado para llegar hasta ellas. Dias viajaba liderando tres barcos, y corría el rumor de que estaba explorando la costa africana más allá del punto al que llegó años antes Diogo Cao, logrando doblar la punta del continente. El pobre Cristóbal a poco sufre una apoplejía del disgusto.

—A este pobre marinero lo que le faltan son dos mareas —sentenció Vermudo cuando Colón no podía oírle—. No me extraña que los reyes no le den el dinero para embarcarse en semejante locura. ¡Qué lástima de hombre!

***

Boabdil les explicó que su palacio era el lugar más hermoso del mundo y que nada tenía que ver con la sobriedad de la decoración castellana.

—Tendrá que describirme ambas cosas, majestad, para que yo pueda hacerme una idea —le recordó Yago.

—Hay diferencias básicas en los conceptos decorativos —le indicó Boabdil—. Para nosotros es importante ornamentar los muros y las paredes que los cristianos prefieren dejar desnudos, y utilizamos para ello placas de yeso decoradas con versos, temas vegetales y geométricos, así como símbolos policromados; nada de cuadros con dioses o santos.

—¿No hay cuadros en las paredes de vuestros palacios, ni en vuestras iglesias? ¿Ni siquiera de Alá?

—Las imágenes están prohibidas. Está prohibida la representación del mundo animado. Y Alá no puede ser representado más allá de la caligrafía de sus múltiples nombres —aclaró Boabdil—. En nuestras paredes hay color, y en nuestras salas hay columnas, arcos lobulados, bóvedas que representan el cielo infinito, fuentes, maderas deliciosas, alfombras de dibujos impetuosos, cerámicas vidriadas de mil tonalidades...

—El color... —musitó Yago.

Boabdil se quedó callado. Se sintió incompetente para dibujar su paraíso sin aludir a todo aquello que podía captarse a través de los ojos. ¿Cómo describir las montañas de nieves perpetuas y blancura infinita sobre las que reverberaba la luz del sol, recortándose sobre un cielo azul celeste, límpido como la pureza? Los álamos que custodiaban el camino buscaban abrazarse, entremezclando sus ramas de forma que tamizaban la luz solar como si se tratase de finísimos encajes venecianos, componiendo gigantescas naves semejantes a las de las catedrales cristianas. Las sombras aplacaban la rabiosa luz del verano granadino sin llegar a deshacer el encanto de aquel ambiente de ensueño. Pensó en la desgracia que suponía ser ciego en la Alhambra.

—Si mi hermana Nur estuviese aquí podría describir para ti esta belleza sirviéndose de sus versos —le dijo.

De lo que sí podía disfrutar Yago era del olor delicado de las flores, del hálito de los bosques, del canto de los ruiseñores que hacían nido en aquellos árboles añosos y espesos, del gorgoteo acuoso de los arroyos que jugaban a ser cristal líquido y que descendían la ladera dando saltos en forma de cascadas; sentir el desnivel que había que recorrer con agotamiento para poder valorar en su justa medida lo que significaba ascender al paraíso.

—Tiene que ser hermoso —susurró conmovido.

—Lo es… aunque nadie lo imagina desde el exterior.

Boabdil explicó a Yago que la fortaleza estaba construida de tal modo que quien la contemplase desde fuera la considerase una simple alquería de adobe, sin ningún tipo de interés. Era un método sencillo para camuflar la riqueza que se escondía en su interior.

—Ya estamos llegando —anunció Boabdil.

El acceso más antiguo, que unía la ciudad de Granada con el palacio, nacía en la mezquita aljama Almanzora. De allí surgía un pasaje angosto que atravesaba el bosque, bordeando la torre de la Vela para llegar a la puerta de las Armas, en la Alcazaba.

—Estamos atravesando la puerta de las Armas. Estamos en el camino de Ronda. ¡Ya estamos en casa! —La voz de Boabdil sonó alegre.

Y entonces Yago pudo sentirlo con palpable claridad: en ese mismo momento comenzaba su nueva vida.

***

Esa noche se celebró una cena para festejar el final del mes de Ramadán y el regreso de Boabdil. El gigantesco mercado que atendía a los más de dos mil habitantes que residían dentro de la ciudadela de la Alhambra trabajó al doble de su rendimiento durante los tres días anteriores. Se agotaron las carnes, los pescados, las frutas y las hortalizas. La tahona funcionó hasta el límite para abastecerlos de cientos de láminas de pan elaboradas con harina de flor. Se vendieron por arrobas las aceitunas escabechadas, los limones escarchados, el cuscús, el falafel, los pollos rellenos y, sobre todo, el cordero, que cocinaron a la miel.

Se quemaron cuatro onzas de ámbar gris y ocho de palo de áloe para perfumar el salón. Cuatro grandes lámparas de plata se mantuvieron encendidas, consumiendo dieciocho arrobas de aceite. De la puerta de la Justicia salió un solemne desfile en el que se congregaron todos los habitantes de la ciudad palaciega, que desde allí caminaron dando aclamaciones: «¡Dios es grande! ¡No hay más dios que Alá! ¡Sólo Dios merece toda alabanza!».

Mientras tanto, esperaban la llegada del imán para celebrar la oración de final del ayuno a cielo descubierto en la cual se rogó por la remisión de los pecados, por la salud de todos, por obtener una buena cosecha y por que los cristianos no lograsen sus perversos objetivos conquistadores.

—*Eid Mubarak!* —gritaron al unísono, felicitándose unos a otros por haber concluido con la expiación.

Dentro del palacio habían hecho instalar largas mesas que recorrían el patio de Comares con las que pretendían agasajar a sus invitados más ilustres. Se sirvió caballa con dátiles, brochetas de asaduras, *stouf*, pan al sésamo, tajine de albóndigas, rollitos de hojaldre con frutos secos, perdices rellenas de pasas bañadas en zumo de uva, albóndigas fritas en aceite de romero, garbanzos en salsa de yogur sazonados con pimienta y una gran variedad de hortalizas aliñadas con diferentes especias y limón recién exprimido, todo ello regado con té marroquí. A Vermudo todo aquello le pareció de lo más exótico.

—Tu padre se habría caído de culo al ver cómo cocinan aquí las berenjenas —le susurró a Yago.

Era la primera noche en mucho tiempo que se permitía a Nur salir de su encierro. Llevaba más de una semana negándose a probar bocado. Aixa la miraba con cara de profundo resentimiento. Era incapaz de doblegar a esa hija suya que se estaba rebelando a aceptar la propuesta de matrimonio de Mustafá y que intentaba chantajearla con la comida. ¿De dónde habría sacado semejante cabezonería? Sería herencia de su padre, sin duda.

Boabdil pidió a Yago que amenizase la velada. Tuvieron que buscar un laúd en el palacio, porque el suyo, con la precipitación de la salida, se había quedado en Córdoba. El muchacho se sentía nervioso por tener que actuar delante de todas aquellas personas a las que no conocía de nada. Le indicaron dónde debía colocarse, justo en el momento en el que las mujeres abandonaban la sala.

Yago quiso introducir su actuación con unas palabras que había ensayado.

—Este lugar es un paraíso —declaró—, un paraíso que está vedado a mis ojos pues, como vuestras mercedes pueden apreciar, soy ciego. Pero la fortuna ha querido compensarme y ha tenido a bien colocar en mi camino a vuestro emir Boabdil. Él, en su infinita magnanimidad, ha tenido a bien narrarme parte de las maravillas que me rodean. En agradecimiento, quiero dedicarle mi tonada.

Jardín yo soy que la belleza adorna:
sabrá mi ser si mi hermosura miras.
Por Mohamed, mi rey, a par me pongo
de lo más noble que será y ha sido.
Obra sublime, la fortuna quiere que a todo momento sobrepase.
¡Cuánto recreo aquí para los ojos!*

Él no lo sabía entonces, pero Nur lo observaba desde detrás de la celosía. Escuchándolo, se le encogió el corazón.

---

* Fragmento del poema de la Sala de Dos Hermanas de la Alhambra.

SEGUNDA PARTE

6

Si vuestras mercedes ansían conocer qué deparó el destino a las almas que pululan por la primera parte de esta historia, es menester que continúen leyendo, si bien he de advertirles que hemos adelantado el tiempo. Han transcurrido cuatro años y muchos aconteceres desde aquella noche en la que Nur observó por primera vez a Yago oculta tras la celosía del Mexuar.

Ahora el joven descansa con los ojos vendados en una cama del Maristán de la ciudad de Granada o, lo que es lo mismo, el más prestigioso hospital del al-Andalus, fundado un siglo antes por Muhammad V. Hacía mucho tiempo que aquel lugar recibía enfermos de los enclaves más lejanos del mundo conocido: Constantinopla, El Cairo, los oasis de Siwa, el Sahel... Contaba con una organización digna de un palacio, y el espacio era tan amplio que dentro de sus muros se acogía un hospicio y una casa de alienados en la que empleaban el sonido del agua de las fuentes para aplacarles los nervios. También había varios almacenes, un huerto para el cultivo de plantas medicinales, una mezquita y una biblioteca médica en la que guardaban volúmenes tan prestigiosos como el *Canon de la medicina* de Avicena, el tratado sobre antídotos y venenos de Averroes, las obras completas de Albucasis y, por supuesto, el *Memorándum para oculistas* de Ali ibn Issa.

Allí, con la cabeza oprimida por las vendas, Yago recordaba cada uno de los pasos que lo habían llevado a encontrarse en esa situación. Y es que, tal como Boabdil le aseguró años atrás, al otro lado de la frontera del Reino de Granada, el problema de sus ojos tenía solución. Por eso se empeñó en llevar al muchacho ante el sabio Ibrahim Eben Abú Ajib.

En un principio Yago pensó que aquella proposición era una auténtica locura ya que nunca había oído hablar de ciegos que recuperasen la visión, a excepción de las descripciones de curaciones milagrosas que se narraban en los textos sagrados. Él, por supuesto, no se consideraba merecedor de milagro alguno; además, a esas alturas, le resultaba indiferente disponer del don de la vista. Llevaba toda una vida intentando descifrar el color de las cosas por el olor que desprendían, por su dureza o su suavidad, por su sabor dulce o amargo. Había aprendido a relacionar la claridad con el calor del verano, el gris con la lluvia, y el rojo con el gusto de la sangre de las pequeñas heridas que se chupaba de crío. Recordaba en qué modo la dulce Concepción le describía los colores para que pudiera imaginarlos: el verde olía a hierba recién cortada y el blanco era frío como las piedras de los muros de las iglesias. No importaba qué aspecto tenían las cosas, se dijo; sin ver, no le había ido mal. Y es que, aunque vuestras mercedes no puedan creerlo, la ceguera de Yago había resultado ser una bendición para él desde que pisó el Reino de Granada.

A la mañana siguiente de su llegada, mucho tiempo antes de que tuviese que enfrentarse a la dura decisión de si quería operarse o no, salió en busca de Vermudo, quien se había levantado temprano para recorrer de cabo a rabo el mercado situado delante de la puerta del Vino. Lo encontró discutiendo precios con un comerciante que pregonaba que sus caldos eran los mejores que se pudieran encontrar.

—Eso lo dice vuestra merced porque no ha probado la calidez que produce en el paladar un buen vino de Castilla.

—Es mejor éste —decretó sin pasión el comerciante.

—Disculpad, pero no estoy de acuerdo. ¿Desde cuándo se habrá visto que en zona montañosa se elaboren buenos vinos? Eso es físicamente imposible.

El vendedor ni siquiera se molestó en discutir con Vermudio. Le dio la espalda y se dispuso a atender a una clienta menos impertinente.

—¿No deberíais esperar un poco antes de buscaros enemistades en este lugar? —lo interrumpió Yago justo en el momento en el que Vermudo levantaba el dedo índice para continuar con su arenga.

—¡Santo cielo, criatura! —El tono de su voz cambió en un instante—. Si pudieras ver qué maravillas... Hay montañas cerca. Se ven desde aquí. ¡Y hay nieve en ellas! ¡Cuánta belleza! Esto es un paraíso.

—Eso me han dicho.

—¿Has desayunado ya?

—No —señaló.

—Pues vayamos a las cocinas. Ya me las tengo bien paseadas.

Mientras caminaban, Vermudo hizo un repaso de los colores de las paredes y las columnas duplicadas.

—La arquitectura es muy diferente de la que estamos acostumbrados en el Reino de Castilla. ¡Las puertas no tienen el umbral recto sino en arco! ¿Lo puedes creer?

Al parecer, el palurdo de Olivoni, que se las daba de hábil con los relieves, se habría quedado con las piernas colgando de haber visto tremendo despliegue de labrados, digno de un encajero de bolillos.

—Oreste —repitió Yago con desprecio.

Vermudo debió de arrepentirse en ese mismo momento de habérselo recordado, y se esforzó por sacarlo de la cabeza de su amigo llenándola con su locuacidad. Habló y habló sin parar haciendo repaso de árboles, alfombras, fuentes y leones labrados en piedra hasta que llegaron a la altura de la sala de Comares, donde tropezaron con Boabdil.

—¡Mis queridos amigos! —los saludó el rey de Granada—. Me comentan que os habéis lanzado a recorrer los vericuetos del palacio y que ya conocéis la cocina, estimado Vermudo. Las noticias de vuestro talento en los fogones han llegado hasta aquí.

—Seguro que el heraldo que os dijo tal cosa ha exagerado, majestad —respondió él con modestia—, pero pondré mis pocas capacidades a su servicio… si me permitís quedarme. Este lugar es extraordinario.

—No creo que mi «heraldo» me engañase. Confío en él plenamente. Yago fue un gran amigo en unas circunstancias en las que todo se me puso en contra, y me cuenta que vos significáis lo mismo para él. Sólo por eso merecéis toda mi consideración —replicó Boabdil—. Pero si además sois un buen cocinero, mejor que mejor. Y precisamente de ello quiero hablaros. En realidad, quiero hablar con los dos.

Les propuso tomar un té en el hammam.

—¿Hammam? —preguntó Vermudo.

—Baños —aclaró Boabdil—. El mejor lugar para cerrar un trato.

—¿Baños?

Vermudo balbuceó algo respecto a la desnudez, el agua y el contacto con otros hombres. Costó un poco que se decidiera a desprenderse de sus ropas. Hubo que convencerlo de que no moriría de enfriamiento si se liberaba de sus calzones, su camisa y su jubón, mientras aseguraba que jamás, en toda su vida, exceptuando el momento de su llegada al mundo, había estado desnudo en su totalidad.

—La vestimenta es lo único que nos diferencia de los animales —protestó.

—¿Y qué me decís del lenguaje? —le preguntó Boabdil.

—Eso también.

—¿Y la escritura?

—También. Pero sólo en esas tres cosas. En lo demás somos igual de salvajes. Si comenzamos a pasearnos como Dios nos trajo al mundo, ¿qué queda de nuestra dignidad, eh?

Estaba convencido de que el líquido se le metería por los poros y que moriría de hidropesía, pero una vez que se sumergió en el agua cálida dejó de quejarse.

Primero se adentraron en la sala central, llamada Bayt al-Wastani, templada con estufa de vapor. Después pasaron a la Bayt al-Sajun de aguas calientes, debajo de la cual se encontraban las calderas. Desde esta última sala, regresaron a la primera, en la que recibieron baños de vapor a diferentes temperaturas. Una vez allí, unas esclavas los masajearon, frotándoles los pies con piedra pómez. Boabdil explicó que la costumbre del baño, los aceites aromáticos y la estimulación de la piel con hierbas antes del rezo coránico vivificaban el significado espiritual del agua en el mundo musulmán.

—El hammam es un invento maravilloso —rectificó Vermudo entonces—. Los inquisidores nos matarían por disfrutar de esto.

—Veámoslo de este modo —replicó Yago—. ¡Ellos no están aquí!

—Aprovecho este momento de serenidad para proponeros algo... a los dos —indicó Boabdil.

—Decid por vuestra imperial boca, que nosotros ya no tenemos cuerpo y alma nada más que para serviros —subrayó Vermudo.

—Sois muy amables. —El rey nazarí continuó con su exposición—. El hombre no debe estar ocioso si no quiere caer en las garras de la pereza y el aburrimiento. Así que he pensado en que desempeñéis en mi palacio las labores que habéis demostrado profesar con sabiduría en otros lugares. Vos, Vermudo, podríais trabajar en las cocinas y aprender a elaborar los platos que son del gusto musulmán.

—Eso es más que un honor, majestad.

—Me alegro de que os plazca mi propuesta. En cuanto a ti, Yago, tu talento musical alivió mi cautiverio. Te he recordado cada día desde entonces. Por eso quiero proponerte que compartas tu don con el resto de las personas que habitan en este palacio y que toques por las tardes para las mujeres del harén.

—No os entiendo. ¿No es ése un lugar prohibido a los hombres?

—Así es —asintió Boabdil—. La palabra «harén» significa, literalmente, «prohibido a los hombres». Pero eso no es del todo cierto —aclaró—, pues se refiere únicamente a los hombres que puedan resultar peligrosos.

Al parecer en el interior del harén había sirvientes eunucos que se encargaban de cuidar a las damas y también músicos ciegos que tocaban sin descanso tras una celosía mientras ellas disfrutaban del baño. El harén era un espacio que buscaba semejarse al paraíso descrito en el Corán en el que hermosas huríes eternamente vírgenes, con pieles de todos los colores y cuerpos perfumados de almizcle, ámbar e incienso, acallaban el corazón hasta del hombre más dolorido. El libro sagrado hablaba de mujeres con cejas negras que descansaban con sus cuerpos cubiertos de velos transparentes sobre piedras preciosas y perlas.

—Dicen que a cada hombre piadoso al que le es permitida la gracia de pasar el resto de la eternidad en ese paraíso —continuó explicando Boabdil— se le aparece un ángel que le ofrece, antes de entrar, una bandeja de plata cargada de frutas. Cada hombre debe elegir una de ellas y partirla, y de su interior surgirá la mujer que le es destinada, que será dulce, cariñosa y que lo mecerá entre sus brazos cada vez que a él se le antoje.

—¡Igualito a nuestro cielo, plagado de angelitos sin sexo! —espetó Vermudo con sarcasmo—. Anda que... Por supuesto, dicho esto con todo el respeto a ambos edenes —se justificó en ese mismo instante—. Que no soy yo nadie para juzgar cielos, infiernos o ambas cosas a la vez. Un panoli, eso es lo que soy. Sí...

Boabdil ignoró el comentario y siguió hablando.

—Entonces ¿estáis de acuerdo con mi proposición?

—Nuestro poco talento está, y estará siempre, a vuestro servicio —se comprometió por los dos Vermudo, antes de que Yago pudiera pronunciar una sola palabra.

***

Dos días después Yago inició su labor como músico del harén. Vermudo lo observó durante el desayuno con media sonrisa ladina apretada en los labios. La idea de un grupo de beldades en paños menores, solazándose en agua caliente a sus anchas y jugueteando entre ellas, le desbarataba los sesos.

—¡Qué suerte tienes, granujilla! —lo envidió.

—Sólo voy a tocar el laúd. ¡Santo cielo, Vermudo, pero si soy ciego! No veré nada...

—Ay, criatura, ¡qué poco se sabe a tu edad! Cuando hablan de los placeres de la carne deberían referirse a la magra de ternera. Los hombres de verdad encontramos el verdadero goce de la carne en las insinuaciones. Si yo tuviese tu suerte, o tu desgracia, me pondría como un mulo sólo con intuir que una mujer desnuda se está contoneando cerca de mí.

—Estáis enfermo —lanzó Yago antes de partir en dirección al recinto donde se encontraba el harén.

El acceso se encontraba a través del patio de los Leones, por un corredor decorado con arcos y celosías. Poco podía imaginar Yago que Vermudo tenía razón: el harén, aun siendo ciego, podía suponer un tormento para los sentidos masculinos. Él no era como los eunucos, carentes de virilidad de hombre. Pese a su ceguera, podía intuir el sonido de los delicados pasos femeninos, oír la cadencia musical de las voces, el olor almibarado de la piel, el tintineo del agua deslizándose por los cuerpos... Además, en los últimos tiempos su anatomía, de espaldas cada vez más anchas, de músculos cada vez más fuertes y altura cada vez más elevada, no lo ayudaba a atemperarse.

Se sentó tras una de las celosías y se aferró al laúd. Desde allí podía oír perfectamente el gorgoteo del agua, los pasos, las risas y los movimientos. El aire estaba húmedo y pegajoso. Intentó concentrarse en la melodía que iba a tocar: una rítmica pavana. Entonces una de las mujeres se lanzó a recitar un poema. El resto seguía parloteando, inmune a la belleza de sus palabras, como si ya estuvieran acostumbradas y les resultase indiferente. Pero aquella voz se imponía por encima de las demás. Recitaba un verso que había escrito una tal Wallada, una princesa que habitó Córdoba cuatro siglos atrás.

> *Cuando caiga la tarde, espera mi visita,*
> *pues veo que la noche es quien mejor encubre los secretos;*
> *siento un amor por ti, que si los astros lo sintiesen*
> *no brillaría el sol, ni la luna saldría*
> *y las estrellas no emprenderían su viaje nocturno.**

Yago sintió que la declamación de ese verso estaba inspirada en el sonido de su laúd. De la forma más dulce que pudo, se adaptó al giro de la voz, a la intensidad de lo expresado en las palabras. Pensó que era la única manera de comunicar a la rapsoda cuánto le estaba gustando el poema. El resto de las mujeres se escandalizaron al oír a una joven soltera diciendo semejantes atrevimientos. Pero ella no parecía afectada; es más, desde detrás de la celosía, se podía distinguir su presencia de ánimo. Yago sonrió.

Al caer la tarde, cuando ya se retiraba a descansar con su laúd atrapado entre las manos, se sentía emocionado. Estaba se-

---

* Poema de Wallada, poetisa omeya del siglo x.

374

guro de que la poesía y la música unían a las personas, aunque no se conocieran de nada. Fue entonces cuando pudo intuir que alguien se acercaba por el pasillo un segundo antes de oír la cadencia de las babuchas chicheando. Sin duda eran unos pasos femeninos. La dama en cuestión debía de caminar muy distraída o trastornada por algo, porque tropezó con él haciendo que el laúd cayese envuelto en un estruendo que espabiló el silencio místico en el que normalmente se envolvía aquel espacio.

—Disculpa —dijo a la vez que se agachaba para recoger el instrumento.

Yago reconoció al instante la voz. Se trataba de la apasionada rapsoda.

—Disculpadme vos —respondió él, y se inclinó también tanteando el suelo.

De pronto las manos de ambos se encontraron, atrapando a la vez el mástil del laúd.

—Eso es absurdo —replicó ella dando un respingo, confundida por el contacto físico—. ¿Por qué tendría que disculparte a ti? Eres ciego. No me has visto.

—Pero sabía que veníais —respondió Yago.

—Eso no es posible —refutó ella.

—Lo es.

—¿Cómo ibas a saber que yo me estaba acercando si no puedes verme?

—Al ser ciego el resto de mis sentidos están muy desarrollados. Puedo percibir el sonido de vuestra respiración, el olor de vuestro cuerpo…

Sintió los ojos de ella posándose fijamente en los suyos. Se hizo un incómodo silencio.

—¿El olor? —preguntó ella con irritación—. ¡Eres un desvergonzado!

Dio la vuelta y se marchó sin despedirse.

Yago se quedó perplejo, sin comprender muy bien qué era lo que había hecho mal.

A Nur le habría encantado nacer hombre para no tener que adaptarse a esas estúpidas normas que le impedían llevar a término sus deseos más íntimos. Desde bien pequeña dejó constancia de su firme carácter. Miraba a los que se le acercaban para hacerle carantoñas u ofrecerle algún dulce con una curiosidad casi analítica en la que muchos creyeron reconocer un dejo de desprecio. Más que una niña que comenzaba a adentrarse en la vida, parecía un sabio enano sacando conclusiones sobre los extraños especímenes que tenía cerca, que aseguraban ser de su misma raza. Acabó cogiendo fama de rara, sobre todo desde el día en el que tuvo una pataleta, impropia de su personalidad serena, cuando intentaron sacarla por la fuerza del patio en el que sus hermanos varones eran adiestrados en el Corán y las tradiciones islámicas por el ulema. Se puso tan terca, con el rostro congestionado y los músculos de las extremidades tan rígidos, que pensaron que le iba a dar un ataque, de modo que la dejaron allí, para evitar males mayores.

Eso dio como resultado que con apenas tres años Nur ya supiera leer. Cuando tuvo el pulso lo bastante firme para atrapar el cálamo con su diminuta mano y sumergirlo en el tintero, comenzó a escribir con soltura azoras completas del Corán. Más adelante se lanzó a inventar cuentos que ella misma ilustraba con personajes desnudos y sin sexo, tan altos que sobrepasaban las medidas de los árboles y que casi rozaban el sol, que solía ser una bola intensamente amarilla de la que surgían pájaros que echaban fuego por el pico, mariposas con trompa de elefante y culebras retorcidas en volutas. Su padre concluyó que aquello era una aberración que podía incluso ofender al mismo Alá y que lo único que demostraba era que a las mujeres no se les debía enseñar a leer porque aquello alimentaba, en sus mentes inferiores, la alucinación y la estupidez. Así pues, Muley Hacén decidió que ya era hora de que su hija comenzara a instruirse como lo habían hecho el resto de las mujeres de su familia; a ver si de ese modo conseguían aplacar su extraño carácter, que ponía en peligro el interés que pudiera despertar en futuros pretendientes. Y Nur aprendió a bordar, cantar y bailar, algo que le gustaba, aunque no tanto como leer y escribir.

Así fueron pasando los años de la vida de Nur, alternando sus furtivas escapadas al mundo de los hombres con el harén, aquel sugestivo lugar en el que el tiempo parecía detenerse o, al menos, ralentizarse. Olía a incienso, a ámbar, a almizcle... Era un reino femenino, silencioso, en el que las voces eran susurros y en el que los músicos ciegos que animaban las estancias tenían la orden de acariciar los oídos más que ejecutar melodías estruendosas. Allí vivían mujeres con diferentes tonos de piel y diferentes edades. Algunas habían sido entregadas como regalo por otros emires, otras fueron secuestradas en su infancia y otras eran descendientes de las concubinas. Desde que el padre de Boabdil las dejase allí olvidadas, cuando se enamoró de Zoraya, aguardaban algún acontecimiento, atesoradas como pequeñas joyas en sus estuches de terciopelo. Paseaban desnudas y sin pudor cuando acudían al hammam para disfrutar del estimulante contraste entre el agua fría, la templada y la caliente. Pasaban mucho tiempo en la sala central, donde las esclavas les masajeaban el cuerpo con aceite de alhucema mientras degustaban, perezosas, agua fresca de azahar. Aquellas estancias, decoradas con motivos geométricos, las acogían en la tenue claridad que se colaba por unas aberturas con forma de estrellas realizadas en el techo, cubiertas con vidrios de colores.

Nur tenía el pelo negro y brillante. Según fue pasando el tiempo, comenzó a ondulársele en las puntas, de modo que su aya, para no sustraer ni un poco de esa exquisita belleza oriental, se lo dejaba suelto y sólo adornaba su cabeza con pequeñas horquillas o pasadores de oro en las celebraciones especiales. Su piel era suave, sedosa en las mejillas, los hombros y las piernas. Tenía los labios perfectamente perfilados, de un rojo carmín natural, que pronto se convirtieron en el marco perfecto de sus perlados dientes. Pero sonreía poco.

Cuando todas las mujeres se encontraban reunidas en la sala templada, ella les recitaba versos, les contaba historias, y les hablaba de las estrellas y de los sabios. Se enojaba si no le prestaban atención porque consideraba que la educación era un bien indeleble que, una vez poseído, nadie podía arrebatar. Pero conseguir que sus congéneres mostrasen su mismo interés por el conocimiento no era sencillo. Muchas de las mujeres del harén se habían acostumbrado a la molicie y se limitaban a dejar pasar los días sin darse cuenta de que la vida era algo perecedero, como les clamaba Nur, inflamada de pasión.

Desde que Ahmad ibn Sarriá, su prometido, murió en plena batalla, se había convertido en una pobre desgraciada a los ojos de las demás, que no podían entender a qué venía su entusiasmo cuando estaba claro que le resultaría complicado volver a encontrar a alguien que quisiera casarse con ella, sobre todo con ese carácter suyo tan estrafalario.

Aquella tarde, después de que Nur recitase los versos de Wallada, inspirados por los arpegios del laudista, una de las esclavas negras con la que se había cruzado en alguna ocasión le sonrió. A Nur le sorprendió el gesto. Normalmente las esclavas no se permitían semejantes libertades. Pese a todo, le devolvió la sonrisa.

—¿Cómo te llamas? —le preguntó mientras se recostaba para recibir un masaje.

—Maisha. Significa «Vida», en africano.

La esclava hablaba muy despacio, pronunciando las efes como si se escapasen a traición de su boca, acariciándolas.

—Maisha —repitió Nur—. Es un nombre muy bonito.

—Vuestro rostro es bonito —le respondió la esclava antes de colocarse tras ella para comenzar a masajearle el cuello.

Nur miró de soslayo por encima de su hombro. Siempre había considerado que la gente de piel oscura no era hermosa, pero Maisha tenía unos maravillosos ojos negros y unos labios intensamente carnosos. Su mandíbula era recta y su cuerpo, desnudo hasta la cintura, esbelto como un junco. La esclava se dio cuenta de que la estaba observando y volvió a sonreírle.

—¿De dónde eres? —le preguntó Nur.

—De algún lugar de Abisinia. Pero casi no lo recuerdo porque me sacaron de allí siendo muy niña —respondió deslizando sus manos aceitadas por los costados de Nur—. Me gustan los cuentos que recitáis. Me hacen soñar.

A Nur le conmovió aquella confesión. Normalmente el resto de las mujeres la escuchaba sin decir nada, y a veces dudaba de su interés. Era la primera vez que alguien le mostraba abiertamente su admiración por algo que ella consideraba su mayor talento.

—Gracias.

—Gracias a vos. Me gustaría tanto devolveros una pequeña parte del placer que me proporcionáis...

Maisha deslizó las manos hasta la cintura de Nur, y de ahí bajó a las caderas, avanzando cada vez un poco más, hasta alcanzar sus nalgas. La joven princesa estaba desconcertada. ¿Esas agradables caricias tenían alguna connotación diferente a las del simple placer que proporcionaba un masaje? En ocasiones había visto a alguna de las mujeres introduciéndose en mitad de la noche en el lecho de otra; el movimiento bajo las sábanas, los gemidos estrangulados... Pero ella nunca estuvo tentada de reproducirlo, ni tampoco nadie había intentado colarse en su cama. Seguramente el hecho de ser la hija de Muley Hacén y la hermana de Boabdil imponía demasiado respeto.

Maisha circundó el poyete de piedra sobre el que descansaba Nur y se acuclilló. Su rostro quedó frente por frente al de la princesa, y volvió a sonreírle. Tenía los dientes blanquísimos y la boca le olía a albahaca. Entonces se acercó, cerrando los ojos, y la besó dulcemente en los labios. Eran turgentes y cálidos. A Nur le provocó una sensación sugestiva, aunque no dejó que se dilatase más de tres segundos.

—Eres muy amable, Maisha —le dijo con ternura—, pero no quiero hacer esto.

Se incorporó despacio y caminó en dirección a la salida. No sabía muy bien por qué, pero no quería que un movimiento rápido pudiese ofender a la esclava.

***

Vermudo esperó a Yago para cenar. Estaba deseando conocer todos y cada uno de los detalles de su primer día en el harén.

—¿Cómo te fue? —preguntó entusiasmado en cuanto lo vio llegar.

—Raro.

El encuentro con aquella muchacha le había hecho sentir como un estúpido. Comenzaba a valorar la posibilidad de que fuese incompetente a la hora de relacionarse con las mujeres. No podía dejar de pensar en el tropiezo. Su mente se había empeñado en repasarlo una y otra vez, de modo que, en cada ocasión, el asunto se ponía más feo, vergonzante y bochornoso. Un calor del averno le subía por el pecho, inundando de rubor sus mejillas. Concluyó que esas cosas le pasaban porque era memo.

—¿Qué ha ocurrido? —La palabra con la que Yago había resumido el día había despertado la curiosidad de Vermudo.

—Me he tropezado en el pasillo con una doncella del harén. Ha hecho que se me cayera el laúd, hemos cruzado un par de palabras, me ha llamado desvergonzado y se ha marchado enfadada —se lamentó el muchacho—. Soy un desastre.

El cocinero lanzó una sonora carcajada que a Yago le supo a cuerno quemado.

—Sólo hay dos posibles razones para que una dama se enfade con un hombre. —Vermudo recitó—: La primera es que uno se descuide en asuntos primordiales tales como olvidar el día de su aniversario, no destacar su belleza cuando ella lleva un vestido nuevo, ventosearse durante la cena o quedarse dormido inmediatamente después de consumar el acto. La otra razón es que el hombre en cuestión le resulte atractivo y que los mismos nervios le atenacen las buenas maneras. Como supongo que tu fallo no tiene nada que ver con la primera razón, me atrevería a asegurar que has cautivado a la muchacha con tu envidiable mata de pelo castaño y con esa vocecita de colibrí…

—Esas tres últimas palabras las dijo en tono de burla mientras le sujetaba la barbilla, zarandeándola de un lado a otro.

—¡Cuántas sandeces tengo que aguantaros al cabo del día! —protestó Yago, y le apartó la mano de un manotazo.

—Pues yo también he tenido mis más y mis menos con una de las fámulas que trabaja en la cocina… —indicó Vermudo, dejando la frase suspendida en el aire.

En vista de que su silencio enigmático no daba para más, se lanzó a narrar sus cuitas.

—Fátima, se llama —comenzó a decir—. Me recuerda muchísimo a mi padre, Dios lo tenga en su santa gloria. —Se persignó—. Tiene su mismo carácter… y también sus mismas patillas. ¡Qué mujer! Ni las calderas de Pedro Botero están tan bien guardadas como los peroles de esa dama. ¡No me deja hacer nada! Quiero abrir una alacena, «No, no» —remedó Vermudo—; deseo ir en busca de arroz a la despensa, «No, no»; trato de probar la sopa, «No, no…».

Al parecer, nada más personarse en la cocina, una mujerona entradita en carnes le salió al paso. Le preguntó si era Vermudo, lo miró de arriba abajo con cara de desprecio y se presentó como Fátima.

—No toquéis nada, a no ser que yo os dé permiso para hacerlo —le aclaró.

A pesar de que Vermudo hizo relucir su gentil sonrisa y sus mejores modales de caballero, la tal Fátima se limitó a exigirle que se mantuviera alejado de ella para no estorbarle los movimientos y le dijo que aprendiese mirando, a poder ser en silencio. Tras el repaso a las normas básicas de comportamiento, le hizo un recorrido por las dependencias de la cocina.

—¡Nada que ver con lo que estábamos acostumbrados en la Corte de los reyes cristianos! —aseguró Vermudo.

Había una despensa para productos como el azúcar, la sal, el aceite o el vinagre; otra en la que guardaban las salazones y los encurtidos, tales como aceitunas, alcaparras, pepinillos o pescados en adobo y en sal; otra para las especias, algunas cosechadas en los jardines del Generalife o bien recibidas desde el Lejano Oriente. Como novedad, estaban las neveras en las que se conservaba, gracias al hielo traído expresamente para ello una vez a la semana desde las montañas, la carne, el pescado, las frutas y las hortalizas frescas. También contaban con una zona de horno para elaborar el pan, los pasteles y los bizcochos, en la que asimismo estaban los fogones propiamente dichos.

En la cocina trabajaban más de veinte personas, pero la que pinchaba y cortaba el bacalao —nunca mejor dicho— era Fátima. Se movía de un lado a otro con modales de cabrero, ordenando a todo el mundo e ignorando por completo a Vermudo.

—¡Y qué de condimentos echa a la comida! —protestó el cocinero—. Comino, orégano, jengibre, un polvillo amarillo que no sé ni lo que es... ¡Aquello apesta a mercado otomano! Cuando me he despedido, le he dedicado una reverencia para agradecerle su paciencia conmigo y ella se ha dado la vuelta sin responderme, como si yo no estuviera. ¡Como si no estuviera! —repitió Vermudo.

—Pues no sé... ¿Qué le puede pasar a esa mujer? —preguntó Yago con fingida inocencia—. Veamos... —Se frotó la barbilla con gesto pensativo—. Quizá os hayáis descuidado en asuntos primordiales. Quizá os hayáis olvidado del día de su aniversario...

—Un panoli es lo que eres —murmuró en tono cansino Vermudo.

—O no hayáis glosado su belleza cuando entró en la cocina.

—Panoli y mostrenco...

—U os ventoseasteis en la despensa.

—¡Lo que yo te digo!

—U os quedasteis dormido inmediatamente después de consumar el acto.

—¡Búrlate, búrlate...!

—No, no... ¡Creo que ya sé lo que le pasa a la dama! —exclamó Yago con entusiasmo—. Le resultáis tan atractivo que ha perdido con vos las buenas maneras.

—¡Eres un auténtico botarate! —rezongó Vermudo.

Yago lanzó una sonora carcajada. Había olvidado por completo el tropiezo en el pasillo. Por primera vez en mucho tiempo, la vida les daba una tregua.

***

En aquellos años, los planes de conquista de los cristianos habían seguido adelante. El rey Fernando abandonó la idea del asedio por agotamiento y solicitó el apoyo del marqués de Cádiz y de las órdenes militares para poder asaltar Ronda y su serranía, convencido de que eran el foco más activo de la guerra fronteriza. Desde allí podrían tomar Málaga y su costa.

Hacía un tiempo tenía conocimiento de que Diego de Valera, un sabio teórico, redactaba una crónica sobre la evolución de la guerra de Granada. Para informarse de ella, Fernando se carteaba con el marqués de Cádiz. Valera había sido embajador de Castilla en Dinamarca, en Inglaterra, en Borgoña y en Francia, era un estudioso de la heráldica y un defensor a ultranza de las mujeres virtuosas. Había escrito además una «Letanía de amores» y unos «Salmos penitenciales», así como una historia del mundo que abarcaba desde los tiempos de Adán y Eva hasta su presente para cuya confección se sirvió de un sinfín de memoriales, mapas y epístolas cruzadas. Los detractores de Valera bautizaron aquella crónica como «La Valeriana», porque aseguraban que leerla surtía los mismos efectos soporíferos que la infusión elaborada con la hierba del mismo nombre. Pese a eso, Diego de Valera estaba despertando el interés de los monarcas más destacados del momento, y muchos le habían pedido consejo para resolver sus conflictos más enrevesados. Por esa razón, el día que al fin lo tuvo frente por frente, el rey Fernando lo recibió con alharacas. Valera analizó con dedicación el caso y llegó a la conclusión de que la forma más conveniente de resolver aquella impertinente guerra que parecía estar enquistándose, y que amenazaba con debilitar a los castellanos, consistía en conquistar Málaga utilizando los recursos navales de la Corona.

Ya existía una pequeña armada real que vigilaba el mar de Alborán. Con ella pretendían estorbar el comercio de víveres que se producía entre los musulmanes africanos y los del Reino de Granada. También a veces algunos vasallos del rey Fernando, por propia iniciativa, organizaban cabalgadas por la costa o salían en barcas para tomar cautivos en aguas del estrecho de Gibraltar.

Valera sugirió disponer de barcos con capacidad militar y tripulaciones expertas. Hizo un recuento de las necesidades que ello supondría, y estimó que solamente para la vigilancia eran precisas, al menos, dos grandes carracas de unos quinientos toneles de capacidad, bien pertrechas de cintones y sobreplanes; dos ágiles galeones que compensaran la poca maniobrabilidad de las carracas; media docena de carabelas con velas latinas y, también, cuatro galeotas ligeras con las que poder capturar las pequeñas embarcaciones musulmanas que intentasen evadir la vigilancia cristiana.

El rey Fernando se echó las manos a la cabeza. Semejante gasto era una dilapidación. Por fortuna, dos años antes Sixto IV había publicado una bula en la que se adjuntaba un listado de precios que permitía que hasta los más humildes colaborasen económicamente, desde el módico precio de dos reales en adelante, en la guerra de Granada. Hizo asimismo un llamamiento público a los cristianos universales, guerreros o simples caballeros comprometidos con Cristo, para que se embarcasen en la tarea de luchar codo con codo con la reina Isabel de Castilla y el rey Fernando de Aragón. Así arribaron al reino un buen número de tropas venidas de todos los rincones de Europa, en busca de las buletas con las que conseguir indulgencias que les permitirían ganarse el cielo, tal como Dios mandaba.

Pero el cruzado que más llamó la atención de los reyes cristianos fue el conde de Rivers, al que los cronistas de la época dieron en llamar lord Scales. Al parecer, había tomado prestado al título de lord a su hermano para causar mayor impresión. Con aquella cruzada pretendía expiar el pecado de los conflictos intestinos que se dirimían en su propio país, en la llamada guerra de las Dos Rosas, y venía precedido de una elevadísima reputación. Yago se enteró de todo ello muchos años después, cuando aún se hablaba de lord Scales en tono homérico, de tal forma que terminó por inspirar el héroe novelesco de *Tirant lo Blanc* con el nombre del senyor d'Escala Rompuda. Decían que, además de valiente, era un hombre culto, refinado y pío, que había peregrinado a Santiago de Compostela, Roma y Bari.

—Y a la totalidad de los santuarios del sur de Italia —describía la reina Isabel, henchida de orgullo, al referirse a él.

Lord Scales apareció en el Reino de Castilla acompañado por una hueste de trescientos arqueros, así como con tropas de apoyo procedentes de Escocia, Irlanda, Bretaña y Borgoña. Recalaron en el puerto de Sanlúcar de Barrameda para proveerse de pertrechos militares antes de navegar río arriba hasta Sevilla y Córdoba. Frente a los reyes se mostró entusiasmado de formar parte de esa aventura. Les confesó que estaba aburrido del insoportable clima de la isla de Wight, en la que se alzaba el castillo de Carisbrooke, propiedad de su familia.

—He decidido embarcarme por pura generosidad en esta cruzada contra los herejes, como ya hiciera en su tiempo mi antepasado Guillermo II de Inglaterra —aclaró—. Pongo mis hombres a vuestra entera disposición. Todos ellos están igual de dispuestos que yo a derramar su sangre por la gobernante más valerosa que jamás tuvieron sus ojos el honor de ver —dijo lord Scales entre reverencia y reverencia.

La reina Isabel estaba encantada de tenerlo en la Corte. Según sus cálculos, estaban emparentados por la línea de los Lancaster, así que lo nombró jefe de los caballeros extranjeros y, sin pérdida de tiempo, se dispuso a tramitar con él un posible matrimonio entre su hija Catalina y el príncipe de Gales. Lo colmó de regalos, entre ellos cuatro caballos de guerra de la mejor estampa, dos mil doblas de oro en efectivo y una lujosa cama de campaña, la cual lord Scales hacía trasladar de campo de batalla en campo de batalla con toda la pompa que el adminículo exigía.

Hasta Granada llegaron las noticias de que los cristianos habían decidido atacar la ciudad de Ronda cuando aún no había amanecido. Sabían que el Zagal había desplazado todas sus tropas a Málaga, convencido de que atacarían primero allí, de modo que Ronda quedó desprotegida. El rey Fernando consideraba la sorpresa como un arma de guerra más. Había hecho un cálculo y supuso que dentro de las murallas de la ciudad habría unas setecientas personas entre hombres, mujeres y niños. No se lo pondrían muy difícil.

Lord Scales apareció vestido con una aristocrática armadura blanca, flotando en esencias de agua de rosas y con el bigote impecablemente peinado. Antes de entrar en batalla, se acercó a la tienda del rey Fernando y le anunció que, de ahí en adelante, se enfrentaría a los enemigos de las coronas de Castilla y Aragón como si fuesen los suyos propios. El monarca se lo agradeció de corazón.

—Muy elegante viene éste —murmuró al oído del rey el marqués de Cádiz.

Decidieron que primero bombardearían el arrabal y que al día siguiente tomarían al asalto la ciudad.

—¡Nos atacan! ¡Nos atacan! ¡Nos atacan! —gritaron los centinelas.

Lord Scales descendió de su cabalgadura envuelto en un frenesí batallador apabullante. Se llevó la mano a la empuñadura de su espada y se lanzó a correr como un poseso, vociferando consignas en su lengua, lo que hizo que sus hombres se mostraran tan entusiasmados como él. Llegó a la altura de la muralla de la ciudad y comenzó a trepar por una escala de cuerda. Al llegar a lo más alto, un muchacho barbilampiño lo estaba esperando con un pedrusco de enormes dimensiones, de tal manera que el inglés fue recibido a pedrada en la cara. Perdió el conocimiento y dos dientes.

Aquellos musulmanes parecían estar hechos de la piel del mismo demonio. Por más que los cristianos lo intentaban, no lograban aplacar sus fuerzas. Cada noche regresaban al campamento con más bajas de las previstas. Algunos hombres tenían heridas gravísimas que los llevaban a la muerte entre terribles alaridos de dolor. Otros quedaron mutilados para siempre porque los rondeños mostraban un talento muy especial a la hora de blandir pequeñas hachas. La decisión definitiva de los reyes cristianos fue cortarles el suministro de agua y, de esa forma, consiguieron que se rindieran dos días más tarde, entregando también parte de la serranía.

Decenas de soldados de las huestes de lord Scales perdieron la vida en aquella batalla. Otros tantos fueron hechos prisioneros, lo que les deparaba un futuro incierto, seguramente en el norte de África, según explicó el marqués de Cádiz al aristocrático extranjero. El caballero consideró entonces que ya había cumplido con su objetivo y, deseándoles la mejor de las fortunas, recogió sus buletas papales y anunció que se volvía a Inglaterra.

***

Todo lo que Yago sabía sobre el romanticismo lo había aprendido escuchando los resúmenes que Vermudo le había hecho de composiciones como el *Libro de buen amor* o el *Romance del enamorado y la muerte*. De ello había sacado sus propias conclusiones sobre el ritual del galanteo. El tiempo pasado años atrás en la mancebía no le sustrajo ni un ápice de esa idílica idea, pese a haberse tropezado a diario con fornidos hombretones que saciaban sus ansias de afecto con el amor mercenario de mujeres que en nada se parecían a las damas vírgenes de largas melenas que desfallecían en sus almenas esperando a que un caballero de deslumbrante armadura arrancase el corazón al dragón que vigilaba su virtud.

Yago ideaba composiciones llenas de lirismo en las que se reflejaba el placer amatorio como un precioso milagro casi místico, en el que era fundamental la presencia de caballos blancos, cielos azules, cerezos en flor y cantos de gorriones y jilgueros, a pesar de que, en ese momento, no tuviera ni idea de cómo eran los caballos, ni supiera cuál era el tamaño del cielo ni conociera las diferentes razas de pájaros. Enamorarse era para él muy similar al suave cosquilleo del laúd entre sus brazos. Estaba convencido de que si algún día una mujer aceptaba acurrucarse sobre su pecho, arrancaría de ella los mismos melódicos sonidos.

Pero, de un tiempo a esa parte, no podía evitar que las imágenes bucólicas se tornasen ardientes. En las cálidas noches las sábanas se le pegaban al torso medio desnudo y se le enredaban entre las piernas, como enormes caricias. El agosto en Granada no hizo más que multiplicar sus fogosos pensamientos. El calor del sur era como una mano cálida, posada continuamente sobre su espalda. El único lugar de la Alhambra en el que se aplacaba un poco aquel bochorno canicular era en los acuosos jardines del Generalife, plagados de fuentes y arroyuelos.

Los musulmanes habían salido del desierto, explicó Boabdil a Yago y a Vermudo, por eso para ellos el agua era un preciado bien y la convertían en elemento fundamental de sus hogares.

Cuando el fundador de la dinastía nazarí decidió construir la acequia real para llevar el agua desde el Darro hasta el cerro del Sol, lo hizo porque quiso emular la imagen que del paraíso se hacía en el Corán: un vergel recorrido por fuentes de agua eternamente fresca y riachuelos de leche. Decían que el trono de Dios estaba situado sobre el agua; por eso el palacio, el jardín y los sonidos estaban íntimamente relacionados como lo estaban los órganos vitales de un ser humano, pues unos no podían existir sin los otros. La casa era como un jardín y el jardín se veía como una casa.

Cuando comenzaba a caer la tarde, a Yago le gustaba acercarse al jardín de Daraxa para tocar cerca de la fuente, dejando que las notas de su laúd se mezclasen con el rumor del agua. Boabdil había traducido para él el poema que estaba grabado en la taza, y Yago le estaba buscando una música que se adecuase a las palabras.

> Yo soy un orbe de agua
> que se muestra a las criaturas
> diáfano y transparente,
> un gran océano
> cuyas riberas
> son labores selectas de mármol escogido
> y cuyas aguas,
> en forma de perlas,
> corren sobre un inmenso hielo
> primorosamente labrado.*

Estaba tan ensimismado que no la oyó llegar. La rapsoda descortés se plantó delante de él, aunque Yago no pudo percibirla en ese momento. El muchacho repetía la melodía cam-

---

* Fragmento del poema inscrito en la fuente del jardín de Daraxa de la Alhambra.

biando notas, añadiendo arpegios, reelaborando estrofas. De vez en cuando ponía gesto de fastidio, apretaba las clavijas y comenzaba de nuevo.

—Me gusta cómo está quedando —oyó decir de pronto.

Los dedos se le quedaron paralizados. No estaba seguro de que realmente fuera ella. Aquella voz se había mezclado con su propia voz y con las vibraciones de las cuerdas.

—Sigue —le incitó la muchacha.

Sin duda era su voz. Era ella. Yago intentó que no se notara su turbación, colocó de nuevo las manos sobre el mástil y aspiró el aire, pero se olvidó de la letra. Guardó silencio.

—Sigue —repitió ella.

—No puedo.

—¿Por qué?

—No puedo.

—¿No puedes hacer música?

Yago dudó un momento.

—En realidad, el ingrediente vital de la música es el silencio. Así que, se podría decir que sí… que estoy haciendo música en este mismo momento. Si nos mantenemos muy callados, podremos escucharla —dijo él.

—¡Qué tontería! —protestó la muchacha—. ¿Cómo va a ser el silencio la música? La música son las notas.

—Al contrario. Es el silencio entre las notas lo que compone una melodía acompasada. ¿No os dais cuenta? La música no es la nota. ¡Silencio! —Pausando la mano en el aire, Yago indicó a la joven que prestase atención.

Los dos se quedaron callados. El agua gorgoteaba en las fuentes y, al fondo, se oía el canto de un jilguero.

—¿Lo oís? —inquirió él entre susurros.

—¿El qué? —respondió ella, imitando el tono confidencial.

—El silencio que hay entre cada gota de agua que cae en la fuente. El silencio que separa un trino del otro.

Ella no respondió.

—Una nota sin un silencio en medio es un largo sonido. Una nota no es nada… Una serie de notas no es nada. Podría sostenerse indefinidamente la nota más grave, o la más aguda, de una composición con el instrumento más hermoso que el hombre o los ángeles del cielo hubiesen creado y, aun así, eso no sería música. Una nota podría alargarse en el tiempo y jamás sería música. Ni siquiera un conjunto de notas compondría una melodía que se preciase. Lo realmente necesario para que una melodía acaricie los sentidos, conmueva el alma, despierte una pasión… es el silencio. Sin el silencio no hay música —concluyó Yago, asombrándose de su propio razonamiento.

Ella lo miró intrigada. Le costaba mucho trabajo encontrar personas que le resultasen interesantes.

—Sigue.

Ahora que había llamado su atención no podía pararse, pensó Yago.

—Y eso puede aplicarse a otras muchas cosas —continuó el muchacho.

—¿Qué otras cosas?

—Los objetos.

Agarró su laúd por el mástil y lo levantó como si se tratase de una trucha recién pescada.

—¿Acaso pensáis que mi laúd es esto que veis?

—¿Adónde quieres llegar? —preguntó ella.

—Si ahora mismo estrellásemos el laúd contra el tronco de un árbol, no quedaría del instrumento más que astillas y cuerdas sueltas. Seguiríamos teniendo todo el material del que está formado mi laúd… pero no tendríamos el laúd. El laúd, para poder llamarse así, necesita de un espacio impalpable, vacío y quieto.

—Sigue —insistió ella.

Su voz sonaba muy interesada, y Yago no podía creer que algo que él pudiese contar llamase la atención de aquella mujer extraordinaria.

—También sirve para las personas.

—Sigue.

—Vos también sois silencio.

En un arranque de osadía alargó el brazo.

—¿Me prestáis vuestra mano?

Ella dudó. Por un momento, Yago temió que semejante atrevimiento echase por tierra todo el avance que había logrado ese día. Por suerte la joven accedió, posando su mano sobre la de él. El muchacho sintió un escalofrío al percibir la delicadeza de su piel. Comenzó a recorrerla, avanzando desde punta de los dedos.

—Uñas, huesos —describía Yago mientras la tocaba—; venas por las que corre la sangre, lo cual me indica que un corazón está latiendo en vuestro pecho… —Y siguió avanzando en dirección al codo—. Articulaciones, músculos… —llegó al hombro—. Piel suave como el terciopelo…

Ella sintió un escalofrío al notar el calor de las yemas de los dedos de Yago rozando su cuello.

—La ternilla que forma la caracola de las orejas, la seda de vuestras mejillas… Vuestra forma material, vuestros huesos, vuestra sangre, vuestros cartílagos —le decía recorriendo con el dedo índice cada una de las partes que iba nombrando—, todos ellos, en su infinita perfección, únicamente son el envoltorio que acoge el alma silenciosa e invisible de vuestro ser.

El corazón de ella latía al doble de su ritmo normal, y se alegró de que Yago no pudiera ver el rubor de sus mejillas.

—¿Acaso creéis que vos sois todas esas cosas que acabo de describir? —continuó el muchacho.

Pero la joven se mantuvo callada. Temía que le temblase la voz al intentar hablar.

—Vos no existís en la carne, la sangre o los huesos que componen vuestra humanidad —siguió diciendo Yago—. Vos sois el alma invisible y silenciosa que no puedo tocar, y que seguirá aquí por siempre, aun cuando todo lo anterior haya desaparecido. Vuestro verdadero ser es un enorme silencio que pocas personas pueden oír.

Lo miró fascinada.

—¿Cómo te llamas? —le preguntó.

—Yago.

—Tengo que irme…, Yago —le informó ella.

—Esperad. Decidme cómo os llamáis vos.

La muchacha dudó un instante antes de responder.

—Nur… Me llamo Nur.

—Nur, ¿la hermana de Boabdil? —musitó Yago en un susurro.

Pero ella no le respondió. Yago oyó el silencio que se cobijaba en las pisadas que la alejaban de él.

***

Hasta el palacio de la Alhambra llegaron las inquietantes noticias de que los reyes cristianos, Isabel y Fernando, iniciaban las operaciones militares para conquistar Vélez-Málaga. Los malagueños, confiando en que el joven Boabdil lo tuviera todo bajo control, en que iba a ayudar a los mercaderes protegiendo su comercio y su ciudad, colaboraron con el rey cristiano en todo lo que éste les solicitaba. Le ayudaban incluso en el abastecimiento de su ejército por vía marítima, y le facilitaron el asentamiento de sus huestes entre la ciudad y la sierra para poder contar con una buena comunicación con Granada.

Sin embargo, pronto el alcalde de la plaza, Hamet el Zegrí, comenzó a sospechar de los cristianos y de sus buenas intenciones. En pocos días Málaga pasó de ser un remanso de paz a convertirse en un desconfiado enemigo. Los habitantes se colocaron en situación de obstinada protección, y se prepararon para defenderse con uñas y dientes.

El rey Fernando concluyó entonces que se hacía necesaria la intervención militar. Las técnicas bélicas que habían estado utilizando hasta ese momento debían cambiar. Por primera vez se tenían que enfrentar a una ciudad de grandes dimensiones, dotada de puerto y de una artillería tan potente que podía alcanzar con facilidad los campamentos de los sitiadores. Pero estaban dispuestos a todo para acabar con la resistencia nazarí, así que reunieron un inmenso ejército formado por trece mil lanzas y cincuenta mil infantes, que se plantó ante las murallas de Málaga. Era la única esperanza de conservar un importante punto estratégico, pues el puerto de la ciudad era un lugar de paso habitual de comerciantes y banqueros genoveses, así como un nexo de comunicación del reino nazarí con las distintas rutas comerciales que surcaban todo el Mediterráneo.

El Zagal, informado de las perversas intenciones de los cristianos, retiró sus fuerzas de Granada para defender Málaga. Reunió a tantos soldados como pudo y llegó a la ciudad, por caminos y campos de montaña, antes que la artillería castellana. Después de encender hogueras para llamar al apoyo de los escasos habitantes de la región, trató de destruir los cañones del rey Fernando, pero no lo consiguió. La batalla más cruenta de la guerra de Granada estaba a punto de comenzar.

***

Era raro que Yago no se tropezara con Nur por casualidad en su ir y venir. Se dio cuenta de que las casualidades sucedían cada día, a la misma hora y en el mismo lugar, lo cual reforzaba su creencia de que hay que salir a buscar los milagros y no esperar a que ellos nos encuentren.

En un principio no pasaban juntos más que unos instantes. Intercambiaban un saludo y un par de frases en cualquier sendero del Generalife y continuaban luego con su quehacer cotidiano. Él percibía su llegada por el olor a jazmín de sus cabellos y por el sonido único de sus pisadas en la gravilla. Entonces se aferraba a su laúd, y rogaba al Señor para que le permitiese arrancarle la melodía más conmovedora del mundo a fin de que ella se detuviese un momento a escucharlo. Siempre lo conseguía. Al terminar Nur le hacía preguntas sobre la composición que acababa de interpretar, la métrica de los versos y la elección de las notas. Parecía muy interesada en encontrar el germen de su arte, las técnicas que utilizaba para computar ritmos y para acertar con el verso adecuado, dependiendo de la melodía. Pero a Yago le costaba indicarle esos datos concretos porque componía por instinto. De vez en cuando, alguna de sus ocurrencias hacía que Nur riese con toda la boca, produciendo un sonido de cascabeles que se enredaba en el gorgoteo de las fuentes. Yago casi podía percibir en el rostro la caricia de su aliento con olor a clavel. En esas ocasiones se llenaba de orgullo por ser el responsable de provocar semejante alegría.

Poco a poco los segundos se convirtieron en largos minutos, y más tarde en horas. Un día decidieron sentarse bajo la sombra de un castaño de Indias porque estar de pie en medio del camino resultaba muy desangelado. Y, pocos días después, ella lo esperó con su labor entre las manos debajo del mismo árbol... porque no había en todo el jardín un lugar más agradable para bordar, según le explicó. Finalmente, aquellos encontronazos velados se convirtieron para ambos en el mejor momento del día. Yago era consciente de que podrían estar mal vistos, y de que incluso serían peligrosos para él, llegado el caso, pero se sentía incapaz de refrenarlos, sobre todo al darse cuenta de que a Nur, ese asunto en concreto no parecía preocuparle en absoluto.

A veces el muchacho se interesaba por conocer más de la cultura de Nur. Desde que tuvo uso de razón había recibido descripciones escandalosas sobre las personas que no profesaban su misma religión, en especial cuando iba a la iglesia. Pero ahora que vivía rodeado de musulmanes, sentía mucha curiosidad por saber más, así que se decidió a preguntar. Y entonces Nur le explicó que los sabios árabes eran mucho más inteligentes que los cristianos, y que alguno había conseguido incluso surcar el cielo, como si de un pájaro se tratase, venciendo todas las leyes de la física.

—Eso es imposible —se carcajeó Yago.

Pero ella se quedó muy callada. Hasta él se impresionó con su silencio, y se mantuvo a la espera de que reanudase la conversación, sintiéndose un poco ridículo. Nur aprovechó para tomar de nuevo la palabra y explicarle que sus maestros le habían contado la historia del poeta Abbas ibn Firnas, que no sólo era talentoso en el arte de rimar sino que también sabía leer las estrellas, convertir el plomo en oro y filosofar como nadie lo había hecho antes en la ciudad de Ronda.

A Nur no le hacía falta que le hubieran descrito físicamente al poeta andalusí; lo imaginaba con la nariz aguileña, los ojos profundos y negros, alto y delgado, porque los sabios no tienen tiempo de comer como Dios manda, apenas un bocado entre reflexión y reflexión. Esforzado como nadie, Abbas ibn Firnas vivía rodeado de recipientes en los que mezclaba y remezclaba sus pócimas mágicas, inclinado sobre pergaminos, carboncillos, reglas, cartabones y escuadras con los que diseñar sus múltiples inventos, entre los que se encontraba la clepsidra. Decían que dominaba varios idiomas para poderse comunicar con los viajeros de la Ruta de la Seda, a los que encargaba semillas de alimentos tan exóticos en esa época por aquellas latitudes como la sandía, las berenjenas o el limón, y especias con las que luego confeccionaba linimentos y remedios contra la impotencia, o las tablas astronómicas de Sinhind, que sólo se conseguían en lo más profundo de la India.

Un buen día, Abbas ibn Firnas se dio cuenta de que la mayoría de la gente era incapaz de comprender el funcionamiento del sol, la luna y las estrellas, por mucho que él intentase explicárselo haciendo dibujos en un pergamino o con esferas armilares, así que decidió construir un planetario a escala. Muy pronto una bóveda celeste al completo ocupaba una de las habitaciones de su propia casa, envuelta en una pléyade de efectos atmosféricos. Rayos, truenos, tormentas y niebla orbitaban sobre los globos coloreados —amarillo para el sol, blanco para la luna…— que colgaban del techo, unidos unos a otros mediante alambres. Se corrió la voz, y un buen número de rondeños decidieron reunirse en su casa una vez a la semana para contemplar el espectáculo del universo ambientado con todo lujo de detalles.

Pero Abbas ibn Firnas pronto se cansó de las evoluciones de sus orbes de corcho y decidió que era tiempo de embarcarse en el gran reto de su vida. Para ello necesitaba concentrarse y alejarse del mundanal ruido. Cerró las puertas a todos aquellos que intentaron volver a visitar su universo en miniatura y sólo dejaba pasar a una famosa costurera del pueblo, a la cual tenía prohibido dar información de lo que acontecía tras las paredes de esa casa. Desapareció durante más de seis meses, y alguno llegó a pensar que Abbas ibn Firnas había muerto. Pasado ese tiempo, salió de su guarida guiñando los ojos, como el oso tras el período invernal, y anunciando que iba a lanzarse desde la torre más alta de la ciudad de Córdoba.

La noticia corrió de boca en boca. El domingo siguiente, Abbas ibn Firnas se encaramó con su chilaba, sus babuchas y su turbante a lo más alto de la mezquita, con una enorme lona sujeta a sus axilas con unas cuerdas. Verlo allí asomado, chupándose el dedo para comprobar la dirección del aire y haciendo un par de flexiones antes de lanzarse al vacío, impresionó al más templado. Respiró profundamente y saltó con gesto de deleite, aparentemente ajeno a los gritos espeluznados de la multitud que lo observaba desde abajo. El topetazo retumbó con un fragor de mil demonios, pero Abbas ibn Firnas logró salir tan sólo con heridas leves, lo cual le valió la aclamación de los presentes.

Pese a todo, él lo consideró un fracaso. Fue un vuelo demasiado corto en el que no había conseguido su objetivo de sentirse como un pájaro. Retornó a su poesía y a su alquimia, e inventó una fórmula para la fabricación del cristal.

—Y aprendió a tocar el laúd —le aclaró Nur, orgullosa.

—¿De verdad?

Yago estaba verdaderamente impresionado. No estaba seguro de cuánto de verdad y cuánto de leyenda habría en esa historia, porque era consciente del talento de la muchacha para inventar cuentos. Pese a todo, quería saber más, así que se quedó en silencio, dejándole que continuara.

Abbas ibn Firnas siguió haciendo encargos a los mercaderes de la Ruta de la Seda y, veinticinco años después, apareció con la sorpresa de que ya estaba preparado para volar de verdad. Nada de dejarse caer desde una torre y chocar contra el suelo más despacio de lo que lo haría un humano, como sucedió en la anterior ocasión. Había encontrado la forma de ser igual que un pájaro; no parecido, sino igual. Convocó de nuevo a sus múltiples seguidores en la Ruzzafa de Córdoba, y esa vez apareció vestido con un traje enterizo de tela de seda, lo bastante cómodo y ligero para facilitarle los movimientos. Debajo del brazo portaba dos enormes armazones de madera que semejaban esqueletos de alas, forrados asimismo con seda, sobre los que había cosido todas las plumas de gallina y de pato que fue acumulando a lo largo de esos años.

Ibn Firnas volvió a subirse a la torre, y repitió la parafernalia de chuparse el dedo y respirar dos veces, aunque obvió las flexiones, porque había cumplido sesenta y cinco años y tenía artrosis en la rodilla derecha. Poco le importó que el cielo estuviera cubierto de nubes o que una mujer desde abajo se mesara los cabellos mientras le gritaba que por Alá no hiciese locuras. El caso es que se lanzó con elegancia al vacío, con la seguridad con la que lo habría hecho un halcón o un águila. Contra todo pronóstico, Abbas ibn Firnas comenzó a aletear, en principio con un ligero titubeo que después dio paso a un vuelo cadencioso. En poco tiempo le perdieron el rastro entre las nubes. La multitud, aturdida, corrió en la dirección en la que lo habían visto desaparecer mientras la misma mujer que le había acompañado años atrás repetía una y otra vez: «¡Se lo advertí!, mira que se lo advertí», hasta que, de pronto, lo vieron surgir planeando, gritando, con los ojos muy abiertos, feliz como nunca. Se mantuvo en el aire más de diez minutos.

—¿Cómo bajó? —le preguntó Yago, intrigado.

—Por desgracia, el aterrizaje no fue como él habría deseado.

—¿Se estrelló?

—No, no… Bueno, sí. Pero sólo se partió las dos piernas. Aunque fue por culpa de un fallo de cálculos. —Nur quitó importancia al asunto—. Tendría que haberse fabricado también una cola de plumas. Todo el mundo sabe que los pájaros las usan como timón. No sé cómo no reparó en eso —murmuró para sí misma.

Aquella noche Yago soñó que volaba, que podía notar el aire fresco acariciándole la cara. Su cuerpo ingrávido lo liberaba de todos los miedos y las carencias a los que su insoportable humanidad lo sometía. Estuvo un tiempo así, y luego descendió sin traumas. En el suelo lo esperaba Nur, y lo abrazaba.

***

Los chillidos de Aixa se oyeron en cada del rincón del palacio. Cada vez que ideaba un nuevo proyecto, una nueva táctica, una intriga con la que conseguir recuperar el poder para su hijo, se le venía a la cabeza lo duramente que había trabajado para situarlo donde estaba y lo poco que él parecía agradecérselo. Por si eso fuese poco, le llegaban noticias del sitio de Málaga y de que la reina Isabel, retomando su política de predicar con el ejemplo, se había presentado sin avisar en pleno campo de batalla para insuflar valor y compromiso a sus huestes.

—¡Qué desvergonzada! ¿Acaso se cree que es un hombre? —protestó a voz en grito Aixa, incapaz de encontrar parecido alguno entre ambas.

Poco a poco los cristianos habían logrado aislar, de forma sutil, los puertos estratégicos de la costa del reino. Almería y Marbella ya estaban incomunicadas. No había forma de que les llegaran los anhelados refuerzos con suministros desde el norte de África. Ahora la idea del rey Fernando era conseguir la ayuda de las naves catalanas para poder atacar Vélez-Málaga e incorporarla así a la Corona de Castilla, tal como le recomendó Diego de Valera.

El puerto de Málaga era un enclave trascendente por su contacto directo con Génova. Los barcos cruzaban el Mediterráneo cargados de cereales, vino, especias, lana, pieles..., los genoveses se habían instalado en la ciudad para poder comerciar más tranquilamente con Flandes o Inglaterra. Así pues, los italianos se estaban enriqueciendo y, para proteger sus inversiones y los productos que se almacenaban por fanegas en sus atarazanas, construyeron el inexpugnable castillo de los Genoveses. Málaga era la puerta de entrada al Reino de Granada, y el nexo de unión entre el Mediterráneo, el Atlántico y el mar del Norte.

Y el rey Fernando lo sabía. Por eso la quería para él.

Pero no iba a resultar sencillo hacerse con aquella plaza. Málaga no sólo contaba con las potentes murallas del castillo de los Genoveses, pues también se protegía con el castillo de Gibralfaro. Por no hablar de que sus quince mil habitantes tenían fama de belicosos y cabezotas. El rey Fernando, que había concebido la esperanza de que la plaza se rindiera sin luchar, descubrió con desagrado que el gobernador de la ciudad, Hamet el Zegrí, fiel al Zagal, recibía el respaldo de los bereberes, de delincuentes musulmanes de la serranía de Ronda y de conversos que habían escapado de las redes de la Inquisición sevillana.

Sin embargo, todo aquello no iba a impedir que el rey olvidase su intención de conquistar Málaga. Como la mayor dificultad radicaba en franquear las murallas, los cristianos sacaron a relucir todo su potencial, dispuestos a debilitarlas con una moderna artillería que, propulsada por la reina Isabel, era mucho más evolucionada técnicamente que la de los musulmanes. Lo que no tuvieron en cuenta era la dificultad que suponía trasladar las pesadas piezas de piedra y metal por los escarpados terrenos. Requirieron el trabajo de seis mil zapadores, quienes trazaron una calzada desde Algeciras por la que transportar lombardas de sesenta y cinco quintales de hierro forjado y catorce pulgadas de calibre que tuvieron que cargar veinte pares de bueyes, así como las doscientas balas de cañón de mármol que llegaron por vía marítima con la santísima bendición del obispo. Con semejante armamento, serían capaces de lanzar proyectiles de tres quintales a una braza de distancia.

El ataque comenzó a primera hora de la mañana y se anunció con un disparo de morteros de tiro curvo, que tenían como objetivo colocar la munición en el interior de la fortaleza. El propio rey Fernando había utilizado en el sitio de Ronda proyectiles huecos con carga incendiaria en su interior que dieron muy buenos resultados.

El objetivo era impedir que la población tuviera un momento de calma. La infantería no paraba de acercar hierros al rojo a la recámara con los que inflamaba la pólvora. En poco tiempo los cristianos consiguieron abrir un hueco en la muralla. Pero los musulmanes se resistían con una bravura propia del mismo demonio que los secundaba, como aseguraba la reina Isabel. El gobernador de Málaga se oponía a entregar la ciudad a los castellanos. No hacía más que rechazar las reiteradas ofertas de rendición, convencido de que el Zagal no tardaría en enviarle ayuda con la que combatir el insistente ataque cristiano. Al cabo de tres semanas, cuando los malagueños constataron que los refuerzos no llegaban, que ya casi no les quedaban víveres y que el fantasma de la peste comenzaba a sobrevolar sus cabezas, decidieron presentar propuestas de negociaciones pero, a esas alturas, el rey Fernando únicamente estaba dispuesto a aceptar la rendición incondicional.

***

Días después, Yago tuvo la suerte de pasar la tarde con Nur, por pura casualidad. Boabdil se había empeñado en mostrarles a él y a Vermudo el patio de los Leones, y hacia allí se encaminaron.

—Tenía entendido que vuestra religión os prohíbe representar figuras —dijo el cocinero, señalando los doce leones que hacían las veces de surtidores en la fuente del centro del patio.

—En realidad lo que está prohibido es la idolatría —confesó Boabdil—. Se es mucho más permisivo en las estancias privadas del palacio, como es el caso. No está muy claro cuál es la procedencia de estos leones —aclaró el emir—. Al parecer, en su origen estaban policromados y formaban parte del patio principal de un antiguo palacio zirí del siglo XI, construido por Ibn Nagrela, un visir judío. Por eso aseguran que simbolizan las doce tribus de Israel.

—Pero recuerda, hermano mío, que hay quien dice que simbolizan los doce signos del zodíaco… o que son un reloj solar, o que se trata del símbolo del poder y la fuerza, o que son seis leones y seis leonas. De hecho, a mí me parecen más hembras que machos. —La voz de Nur retumbó por el patio.

A Yago se le paralizó el corazón. No la esperaba aquella tarde.

—He pedido a mi hermana que nos acompañe, ya que es experta en los poemas inscritos en los muros del palacio. Para nosotros son fundamentales ya que, como comentábamos antes, no nos permitimos las formas figurativas, así que la poesía crea nuestras imágenes… igual que te ocurre a ti, Yago.

—Muy hermosa la metáfora —halagó Vermudo.

—La Alhambra es el libro de poesía más bellamente impreso —comentó Nur—. Y no sólo es importante lo que se dice en esos poemas, ya que también en fundamental la grafía como decoración.

—Sin olvidar que la palabra árabe es sagrada porque con sus signos se escribió el Corán. Es la palabra revelada del mismo Dios —añadió Boabdil.

Vermudo miró alrededor, admirándose con la arquitectura. El patio de crucero era el organizador del espacio. Recordaba a los claustros cristianos. En torno a él se distribuían ciento veinticuatro columnas de mármol de Macael que acogían las distintas estancias. En los lados del patio se levantaban dos templetes a la usanza de los pabellones orientales.

Yago se dejó guiar por el sonido del agua y llegó hasta la taza dodecagonal que sujetaban los leones. Una vez allí, tanteó las palabras labradas sobre ella.

—¿Qué pone aquí? —preguntó, sabiendo que sería Nur la que se acercaría a él para descifrarlas.

> *En apariencia, agua y mármol parecen confundirse,*
> *sin que sepamos cuál de ambos se desliza.*
> *¿No ves cómo el agua se derrama en la taza,*
> *pero en sus caños se esconde enseguida?*
> *Es un amante cuyos párpados rebosan de lágrimas,*
> *lágrimas que esconde por miedo a un delator.**

Boabdil explicaba mientras tanto a Vermudo el interés que tenía en conservar aquellas palabras escritas en yeso.

—El yeso ocupaba un lugar destacado en la decoración interior de nuestro palacio, como podéis ver. Sé que a los cristia-

---

* Poema de Ibn Zamrak escrito en el borde de la Fuente de los Leones, en el Patio de los Leones de la Alhambra.

nos les puede parecer que se trata de un material innoble, pero con él es posible dar forma a intrincados dibujos de flores, frutos, tallos, palmas, lazos, estrellas, motivos geométricos… ¡Es un universo completo policromado, a todo color, del que no queremos prescindir! —le oyó decir mientras se alejaban.

Yago seguía acariciando las palabras grabadas en la piedra.

—Una vez dije a mi padre que podría aprender a leer con los dedos, si los cristianos labrasen palabras en las paredes.

—Yo podría enseñarte a descifrar estos signos… si ése es tu deseo —se ofreció Nur.

—¿Haríais eso por mí?

—Por supuesto.

Nur le atrapó la muñeca. Sujetó su dedo índice y lo llevó hasta un grabado concreto.

—Aquí dice: «¿A-ca-so no hay en es-te jar-dín ma-ra-vi-llas?». —Había pronunciado lentamente las palabras mientras guiaba con delicadeza la mano del muchacho por la piedra fría.

—Sin duda las hay —respondió Yago.

Seguían con las manos juntas.

—Me tienes que prometer algo —le dijo ella de pronto.

—Lo que vos pidáis.

—Te enseñaré a leer con los dedos, pero tendrás que componer una melodía para cada uno de los poemas que hay en el palacio. De esa forma, todo el mundo los recordará de memoria y se perpetuarán a pesar de que el yeso se estropee o el palacio se destruya.

—Prometo hacerlo. Aunque podemos ir avanzando si me recitáis los versos. Puedo ir aprendiéndolos de memoria. Será sencillo, pues mi memoria es…

Se oyeron de nuevo las voces de los dos hombres acercándose. Habían dado la vuelta al patio y regresaban junto a los jóvenes. Nur le soltó la mano de golpe. Por suerte, Boabdil no se dio cuenta y Vermudo fingió no haberlos visto. Pero comenzó a preocuparse. Aquello podría traerles problemas.

—Es una pena lo de su ceguera. —La voz de Boabdil interrumpió los pensamientos de Vermudo—. ¡Imaginaos la hermosa música que compondría si pudiese inspirarse también a través de los ojos!

—Pensar en lo que podría haber sido y no fue solamente puede causarle dolor —respondió Vermudo.

—¿Y si lo que pudiera haber sido pudiera ser?

—No os comprendo.

—Los cristianos van mucho más retrasados en cuestiones médicas que los islámicos. —Por un momento, Boabdil tomó conciencia de con quién estaba hablando y se quedó un par de segundos en silencio. No quería que el cocinero se sintiese ofendido—. Si me permitís el comentario.

—No os preocupéis por eso. —Vermudo le restó importancia—. Pero sigo sin entender lo que intentáis decirme.

—Hace tiempo vivió en Córdoba un importante cirujano llamado Abulcasis que escribió un tratado de medicina de treinta tomos en el que habla del tratamiento de las fracturas, las amputaciones y las ligaduras de las arterias. Incluso refiere un método para conseguir que las mujeres no sufran lesiones de pubis durante el trance del parto que consiste en introducir en la vagina una vejiga de cordero hinchada con la que se logra estabilizarla.

—Pero ¿eso qué tiene que ver con la ceguera de Yago?

—Nada en absoluto, pero Abulcasis también recoge en su tratado un curioso tratamiento para los ojos enfermos a base de alcoholes y colirios que, más tarde, sirvió para que los médicos árabes de Córdoba llegaran a operar cataratas con éxito allá por el siglo XII —añadió Boabdil, esperanzado—. En realidad no sabemos qué es lo que le pasa exactamente al muchacho para que no pueda ver. Si algún experto pudiera examinarlo...

Boabdil explicó a Vermudo que quizá el problema de Yago podría solucionarse consultando a un sabio árabe de nombre

Ibrahim Eben Abú Ajib, médico de la Corte, que había demostrado de sobra su talento a la hora de tratar a desahuciados y de solucionar con éxito varias enfermedades que muchos daban por imposibles.

Lo que Boabdil proponía parecía una fantasía. Vermudo no pensó que se tratase de algo que realmente se pudiera llevar a término. Desde luego, era una proposición esperanzadora, y cualquier persona en su sano juicio pensaría que aquello era una oportunidad única, pero no estaba seguro de que fuese algo bueno para Yago. A fin de cuentas, hablando en términos prácticos, el muchacho ocupaba un lugar privilegiado en la Corte de Boabdil gracias a su ceguera. Además, Yago nunca había tenido problemas a la hora de defenderse en la vida; jamás había gozado del sentido de la vista, así que tampoco podía saber lo que se estaba perdiendo. Vermudo nunca oyó que se quejara ni que dijera que añoraba la visión. Cualquier otro muchacho con su tara estaría pidiendo en la puerta de una iglesia, recibiendo las pedradas de los niños, intentando sobrevivir a duras penas. Por si fuera poco, nadie podía asegurar que aquel médico sabio no cometiese algún fallo en la operación dejándolo peor de lo que estaba... o incluso haciéndole perder la vida.

—¿Qué pensáis?

Boabdil volvió a interrumpirle los pensamientos.

—Que deberíais hablar con Yago. Es una decisión en la que yo no tengo nada que decir —concluyó Vermudo.

***

La situación comenzó a complicarse en Málaga, tanto para los cristianos como para los musulmanes, cuando el más cruel contrincante al que tuvieron que enfrentarse se instaló de improviso en mitad del campo de batalla. Arribó por vía marítima hasta las costas malagueñas, haciendo equilibrios sobre el lomo de una rata. La mantuvo viva hasta que desembarcaron y, una vez en tierra firme, la dejó extinta en el muelle y se fue en busca de nuevas víctimas. Al ser las pulgas poco remilgadas y resultarles indiferente alimentarse de la sangre de un roedor o de una persona, pronto la enfermedad se extendió por las calles de la ciudad y la provincia. Primero atacó los barrios de los más pobres, que ya estaban asolados de por sí por la falta de alimentos y la mugre, pero cuando la peste comenzó a cebarse con el resto de los habitantes, y los vivos fueron conscientes de que no daban abasto para enterrar a los muertos, comenzaron a preocuparse. Los enfermos sufrían de calenturas semejantes a los fuegos del infierno, que se alternaban con un frío de lápida que calaba hasta los huesos. Al poco les brotaban bubones del tamaño de manzanas reineta en las axilas, el cuello y las ingles, hasta que terminaban por cubrir el resto del cuerpo.

Un grupo de amantes de lo ajeno comenzó a asaltar las viviendas de los enfermos de mayor alcurnia, no dejando de ellas ni los pomos de las puertas. Siempre eran los mismos; actuaban de noche y no les importaba si los dueños de las casas aún agonizaban en sus camas, o si yacían cadáveres o si los estaban velando, porque no tenían miedo alguno a la enfermedad. Nadie podía comprender cómo era posible que fuesen los únicos en sortear la desgracia cuando era evidente que se trataba de miserables que, por justicia divina, deberían sufrir el infortunio con mucha más crudeza que los pecadores de andar por casa.

Las autoridades pusieron todo su empeño en atraparlos. Una vez los tuvieron delante, les prometieron no arrancarles la piel a tiras si a cambio confesaban su secreto para sortear la enfermedad. Los ladrones declararon que tomaban en ayunas un brebaje de salvia, tomillo, romero y lavanda, macerado todo ello en vino blanco. Pronto los boticarios comenzaron a elaborar el milagroso remedio por barriles. Lo llamaron el «vinagre de los ladrones» y lo vendían a precio de oro. Pero aquello tampoco funcionó. Una vez empezaban a apreciarse los primeros síntomas de la enfermedad, no había nada ni nadie que pudiera frenarla. La muerte llegaba a los afectados entre convulsiones, esputos sanguinolentos y ruegos para abandonar de una buena vez el mundo sin mayores angustias.

El mal también afectó a los soldados cristianos que se encontraban sitiando la ciudad, desplegándose con la misma rapidez que la quinta plaga de Egipto descrita con todo lujo de detalles en la Biblia. El rey Fernando hizo llamar a un grupo de médicos castellanos para que atendiesen a los enfermos. Llegaron vestidos de cuervos, cubiertos de arriba abajo con una saya negra, con la nariz y la boca protegidas por una máscara picuda dentro de la que depositaban hierbas medicinales con las que aseguraban que era imposible contagiarse. Dictaminaron que la sangre corrupta era la que provocaba el malestar de los enfermos, así que los sangraban hasta dejarlos secos como la mojama, sajándoles las bubas, que terminaban infectándose y adquiriendo un color negruzco nada alentador.

Desde su retiro en Ávila, Torquemada culpó de la desdicha a los pecados de los judíos, que tenían a Dios escandalizado y sopesando si enviar de nuevo un diluvio universal que dejase el reino limpio de polvo y paja. Atraparon a los que consideraron más peligrosos, por habérseles visto encendiendo velas el sábado, y los encerraron en las cárceles secretas a la espera de poder organizar un nuevo acto de fe en el que quemarlos vivos, por herejes.

Un grupo de ciudadanos de bien se lanzaron a las calles dispuestos a aplacar las iras del Señor purgando los pecados propios y los ajenos a fuerza de flagelarse la espalda con correas de cuero en las que llevaban atadas puntas de hierro. Las autoridades religiosas vieron en ese gesto una suerte de vanidad. Ningún cristiano decente debería sucumbir a la soberbia de creer que sus actos podrían expiar las culpas de la humanidad. Los persiguieron y los quemaron en la misma pira que a los judíos.

Pero no todo el mundo se dejó arrastrar por la idea de que ser humilde, caritativo y virtuoso lo salvaguardaría de la enfermedad. Algunos abrazaron la idea que Bocaccio plasmó en el *Decamerón*, que aseguraba que la plaga se curaba bebiendo, cantando, satisfaciendo todos los apetitos de la carne y riendo a mandíbula batiente. Por eso, muchos soldados desertaron de las filas, poco dispuestos a dejar el mundo sin haberlo disfrutado, convencidos de que había que aprovechar el presente porque aún estaba por ver si las promesas de los paraísos celestiales que los curas proclamaban desde los púlpitos fuesen a cumplirse realmente. Abandonaban el campamento aprovechando la clandestinidad de la noche y atravesaban las murallas para conseguir un poco del milagroso vinagre de los ladrones a cambio del cual daban a sus enemigos datos concretos sobre el plan de ataque de los cristianos.

Así las cosas, el rey Fernando decidió que necesitaba con urgencia encontrar una nueva estrategia, ya que estaban gastando cantidades inmensas de munición sin que sus contrincantes pareciesen afectados en lo más mínimo. Pusieron en marcha un programa de construcción de túneles y zapas bajo la muralla, pero los defensores lograron bloquearlo. Como no pudieron atravesarla por debajo, pensaron hacerlo por encima, pero eso tampoco funcionó. Ni siquiera la desgracia de la peste los menoscababa. El gobernador de la ciudad se sentía fuerte y se negó a negociar trato alguno. Aún tenía las esperanzas puestas en que el Zagal y sus huestes acudieran pronto en su ayuda. Pero las reservas de agua y alimentos comenzaban a escasear, y los sitiados pronto se enteraron de que los refuerzos habían caído derrotados a manos del ejército de Boabdil.

La resistencia de Málaga estaba resultando comparable a la de Numancia, pero el rey Fernando sabía reconocer cuándo una ciudad languidecía.

Sólo había que resistir un poco más.

***

Nur pasaba mucho tiempo en el rincón secreto en el que se encontraba con Yago, ensimismada, observando la evolución de las plantas del jardín con actitud alunada, mientras su colérica madre ponía en orden aquel palacio de locura que se iría al traste de no ser porque ella se colocaba al mando, según proclamaba a voces por los pasillos, pobre, pobre de ella, una resignada es lo que era. Pero nadie la creía. Sabían que le gustaba el poder y que, si hubiera nacido hombre, estaría en primera línea en el campo de batalla o legislando con mano dura. La guerra requería de intermitentes ausencias de Boabdil, y eso permitía a Aixa explayarse, mandar, protestar, ajustar y disponer a su antojo. Mientras tanto, continuaba con su acoso a Nur. Seguía empeñada en casarla con Mustafá Sarriá.

—Todo lo que nos pasa es por culpa de tu padre —protestó—. Si no se hubiera dejado enredar entre las faldas de esa cristiana, ahora el legítimo poder de tu hermano no estaría en entredicho.

—Las cosas son como son —respondió Nur—. No se puede cambiar el pasado.

—Pero podemos decidir el futuro.

—Deberíamos concentrarnos en vivir el presente, que es donde estamos ahora… donde siempre estaremos —indicó Nur.

—Tenemos que luchar contra los cristianos y contra tu tío —protestó Aixa sin prestar la más mínima atención a su hija—. Ahora tenemos enemigos por todas partes ¡Por culpa de tu padre!

—Está muerto, madre.

—Era un egoísta —sentenció Aixa.

Nur sabía que nada de lo que pudiera decirle la sacaría de ese estado de enojo, así que se limitó a suspirar.

—¡Y tú también lo eres! —bramó Aixa, molesta por la indolencia de la que hacía gala la muchacha.

—¿Soy qué?

—Una egoísta. Tu hermano, el Reino de Granada y yo te necesitamos. Mustafá es un hombre influyente, y nos ayudaría si…

—Por favor, madre…

—Ya no eres una niña que puede corretear a su antojo por los pasillos del palacio haciendo lo que le viene en gana. ¡No puedes seguir eludiendo tus responsabilidades!

Para la fortuna de la princesa, el sedero había partido a batallar junto a su hermano, guiado por la fidelidad que sentía por la causa de Boabdil, como él mismo se encargó de declarar. La presión para que se casara se relajaría, al menos momentáneamente.

Nur salió de la habitación y se dirigió a los jardines. No quiso hacerse preguntas; simplemente caminaba dejándose llevar por un impulso. ¿Qué le pasaba? No podía siquiera pensar en el matrimonio con el sedero. Detestaba la forma en la que su madre tejía una tela de araña de manipulaciones y culpas a su alrededor. Pese a no querer sentirse prisionera de ella, no podía evitarla. No quería pensar. Aguzó el oído.

> *Quiero dormir y no puedo,*
> *que el amor me quita el sueño.*
> *Manda pregonar el rey*
> *por Granada y por Sevilla*
> *que todo hombre enamorado*
> *que se case con su amiga:*
> *que el amor me quita el sueño.*
> *Que se case con su amiga.*
> *¿Qué haré, triste, cuitado,*
> *que era casada la mía?*
> *Que el amor me quita el sueño.*
> *Quiero dormir y no puedo,*
> *que el amor me quita el sueño.**

* Romance anónimo.

Era, sin duda, la voz de Yago. Le dio un vuelco el corazón y corrió a su encuentro, olvidando por completo los reproches de su madre.

***

Muchos malagueños atravesaron las murallas pidiendo clemencia, traicionando a sus correligionarios a cambio de comida, agua y un jergón limpio en el que reposar sus doloridos huesos. Por eso los cristianos no desconfiaron de Al Jarbi cuando lo vieron caminar patéticamente entre los cadáveres de la batalla librada por la mañana, con un pañuelo blanco atrapado en la mano en señal de rendición. Iba vestido de alfaquí, con un albornoz. Al hacerlo prisionero, parecía haber perdido el norte, como si todos los familiares y los amigos que tuviera en el mundo hubieran fallecido en aquella contienda, así que no se resistió. Fue por eso que no lo degollaron en el acto. Cuando se encontró frente por frente con el marqués de Cádiz, agachó la cabeza y, con voz sumisa, pidió ver a los reyes. Ponce de León receló de él.

—¿Para qué quieres ver a los reyes, moro de mierda? —le increpó.

—Se trata de un asunto que sólo yo puedo tratar con ellos, mi señor —continuó diciendo Al Jarbi, sin abandonar la mansedumbre—. Conozco un medio que os permitirá romper las defensas de la ciudad sin demora y sin perjuicios para vuestros hombres.

Ponce de León lo atrapó por el cuello del albornoz y lo zamarreó sin miramientos.

—¡Dime cómo, maldito infiel!

—Es sencillo, pero parece que vuestras mercedes no alcanzan a dar con la solución.

—¡Que me lo digas!

—Sólo se lo diré a ellos, a los reyes Fernando e Isabel... en persona —musitó Al Jarbi enfrentándose al marqués de Cádiz por primera vez, con una mirada que parecía indicar claramente que se dejaría matar antes de cambiar de opinión.

Pese a que al marqués aquella actitud le pareció contrastar abiertamente con la ulterior actitud de borrego del infiel, pensó que quizá podría ser de alguna ayuda recabar información de alguien que parecía conocer la situación que los malagueños estaban viviendo al otro lado de las murallas. Por eso le pasó desapercibida la siniestra sonrisa de Al Jarbi. El desconfiado castellano hizo llamar a Luis Amar de León y a Tristán de Ribera para que lo acompañaran hasta la tienda real, en la que debían de encontrarse los monarcas.

Se oía el sonido de sus pisadas en la tierra reseca por el calor del verano del al-Andalus. Los caballeros cristianos iban escoltando a Al Jarbi, tan pegados a él que les fue posible oír su bisbiseo. Al volver sus rostros hacia él, vieron que tenía la mirada extraviada y que movía los labios como si estuviese rezando.

Divisaron la tienda real, rodeada de muchas otras tiendas. Era ligeramente más grande que las demás, pero no mostraba ningún signo exterior de boato, seguramente para no delatar la alcurnia de sus ocupantes.

—No te muevas —dijeron los caballeros cristianos a Al Jarbi—. Espera a que te indiquemos cuándo debes pasar.

Al Jarbi olvidó por un momento el hambre acumulada en tantos días de asedio, la atormentada visión de la muerte de su hijo pequeño por falta de agua y los dolores de su cuerpo agotado por la batalla de la mañana. La rabia le infundía una fuerza inusitada que le dejó las manos heladas y húmedas. Había visualizado tanto esa escena que no podía permitir que unas manos sudorosas le aguasen los planes, así que se las secó en el albornoz y tragó saliva. La confusión era su mejor baza. Tenía que ser más rápido, más listo y más hábil que ellos, miserables cristianos.

—Ya puedes pasar, moro —les oyó decir.

El corazón le latía en el pecho. Entró muy despacio, a la espera de que los ojos se le acostumbrasen a la luz tenue proveniente de una abertura en la tela de la tienda que hacía las veces de ventana. Se encontró con una acogedora sala, llena de tapices que cubrían la evidente tierra apisonada que había bajo ellos.

Y entonces los vio.

Los reyes estaban de pie, junto a una mesa, vestidos con ropas elegantes. Charlaban animadamente, y ella parecía sonreír. Era más joven de lo que había imaginado. Intentó fijar en su mente aquel instante en el que Alá le estaba permitiendo cumplir con la misión para la que, estaba seguro, había venido a este mundo. No podía entender por qué los cristianos permitían que una mujer anduviese dirigiendo un ejército.

Al Jarbi tuvo que contener el temblor que atenazaba sus manos antes de llevárselas al alfanje que escondía bajo el ropaje de alfaquí. De un movimiento certero, lo desenvainó y se arrojó como una exhalación sobre los monarcas católicos, sin que a los caballeros de la escolta les diese tiempo a reaccionar. Como era un buen jugador de ajedrez, decidió que lo primero era degollar al rey. Le lanzó un mandoble que trazó un semicírculo en el aire, pero le falló la puntería y le atizó en mitad de la cabeza, cortándole de cuajo la oreja. El chorro de sangre le salpicó la cara y aquello encendió aún más su rabia. El metal había chocado contra el hueso y la propia inercia del golpe hizo que el alfanje cayese al suelo, dejando a Al Jarbi desarmado. Por un momento quedó aturdido. Miró a un lado y vio el rostro despavorido de la mujer; entonces recordó que llevaba un puñal amarrado a su tobillo. Lo cogió y la apuñaló un par de veces antes de que Luis Amar y Tristán de Ribera lograran reducirlo.

Los cristianos cayeron sobre él. Lo sacaron de la tienda a golpes, lanzándole patadas y puñetazos, escupiéndole, alertando a gritos a los soldados de lo que había sucedido en el interior de la tienda. En poco tiempo, un grupo de hombres, con el estado de ánimo de una jauría de perros rabiosos, rodearon a Al Jarbi. Estaban indignados por haberse dejado engañar; realmente encolerizados. Sin pensarlo, uno de ellos tomó un hacha y comenzó a golpearlo una y otra vez en las manos, los brazos, las piernas, la cabeza... mientras los demás lo jaleaban. Lo descuartizaron en quince pedazos con los que cargaron la catapulta. Lanzaron los restos de Al Jarbi al otro lado de la muralla.

Los musulmanes respondieron a la ofensa escaldando a un soldado cristiano que habían atrapado en mitad de la noche. Subieron su cadáver, plagado de ampollas, sobre una mula y lo pasearon por la ciudad, haciendo un remedo del paseo de Cristo en Jerusalén. Después reunieron, uno por uno, los pedazos de Al Jarbi y los cosieron con hilos de seda. Cuando sus despojos cobraron de nuevo aspecto de ser humano, lo limpiaron con una esponja, lo perfumaron con agua de azahar y lo veneraron como a un mártir, enterrándolo con todo el boato que les permitieron las circunstancias, entre gritos de venganza de los hombres y llantos desconsolados de las mujeres.

A los pocos días se enteraron de que Al Jarbi no había cumplido con su misión de terminar con la vida de los reyes cristianos. El hombre y la mujer atacados estaban heridos de gravedad, pero seguían vivos. Por si fuera poco, ni siquiera se trataba de los reyes, sino de Beatriz de Bobadilla, confidente de la reina, y de Álvaro de Portugal. Cuando el vengador musulmán había entrado en la tienda no pudo imaginar que el rey Fernando estaba echando la siesta y que la reina había salido un momento para ir a buscar unos mapas.

Al Jarbi, la última baza de los musulmanes malagueños para salvar su ciudad, había fracasado.

A pesar de que los reyes cristianos tenían fama de ser muy comprensivos con las ciudades y los pueblos rendidos, en esa ocasión se sintieron terriblemente airados. La ingratitud los sacaba de quicio y, como ellos mismos se sentían obligados a dar lecciones de comportamiento ético en las batallas, decidieron llevar al límite su crueldad. Arrasaron Málaga, ahorcaron a los combatientes y vendieron como esclavos a las mujeres y a los niños. Ordenaron también la ejecución de los cristianos renegados y la quema de los judíos relapsos.

El mensaje quedó claro: habría generosidad con las ciudades que se rindiesen sin resistencia, y dureza con los traidores.

***

Yago habría podido vivir ciego perfectamente el tiempo que Dios quisiera concederle, pero tenía tanto que agradecer a Boabdil que no fue capaz de rechazar el generoso ofrecimiento que éste le hacía. El rey de Granada llevaba mucho tiempo insistiendo en que se dejase examinar por el sabio Ibrahim Eben Abú Ajib. Mientras caminaban en dirección a la morada del médico, Yago sintió un pellizco en el pecho. ¿Quién se creía para intentar contradecir los designios del Señor? ¿Acaso era tan vanidoso como para considerar que el Hacedor de todas las cosas se había equivocado con él? ¿Y si su destino exigía que se mantuviese ciego?

—Quizá mi destino sea ser ciego —dijo de pronto, rompiendo el silencio que se había instalado como una pesada losa entre él y Boabdil.

—Si eso es así, el sabio no te podrá curar.

Con esa frase, el rey nazarí saldó cualquier posible réplica.

Pese a todo, y para evitar que el muchacho siguiera dando vueltas al asunto de si era lícito o no buscar una curación a su tara, Boabdil se dispuso a narrarle la historia de Ibrahim Eben Abú Ajib, el doctor al que visitaban. Ibrahim se escapó de su casa siendo un niño para seguir al ejército de Amrou hasta el lejano Egipto, donde estudió magia, alquimia y ciencias ocultas. Al parecer, era conocedor de la piedra filosofal, gracias a la cual había logrado sobrevivir desde los tiempos de Mahoma con un aspecto relativamente saludable. Siglos después, aburrido de tenerse que sacar de las sandalias la arena del desierto y de vislumbrar picudas pirámides, decidió cruzar el mar y peregrinar a Granada con el único apoyo de un báculo de madera de sicomoro tallado con jeroglíficos. Como su fama lo precedía, el padre de Boabdil le ofreció el puesto de hakim o médico real, así como una residencia de lujo dentro de la Alhambra. Pero Ibrahim se negó en redondo, alegando que prefería que el báculo de sicomoro le indicase el lugar exacto donde debía instalar su hogar.

Se pasó tres días recorriendo los montes, dando picotazos en la tierra con su bastón, olisqueando el viento, lamiendo las piedras con las que tropezaba… hasta que se detuvo en seco delante de una gruta situada en la falda de la colina que dominaba la ciudad de Granada. Según proclamó, allí las fuerzas telúricas se percibían mucho más potentes que en ningún otro lugar de la tierra, de modo que allí viviría a partir de ese momento. Ibrahim Eben Abú Ajib hizo construir un espacioso salón circular en la entrada de la cueva y llenó las paredes de símbolos cabalísticos, dibujos de constelaciones e instrumentos elaborados con diferentes metales y piedras semipreciosas que contaban con propiedades ocultas que sólo él conocía y que, por supuesto, se negó a compartir.

Cuando al fin alcanzaron la gruta de la que le había hablado Boabdil, Yago se sentía fatigado. No podía comprender cómo un hombre de su edad se manejaba bien en un lugar tan escarpado. Ibrahim Eben Abú Ajib escuchó en absoluto silencio la descripción que le hacía el muchacho sobre su accidentada llegada al mundo, así como la inmensa oscuridad en la que vivía sumergido desde entonces. Tras ello, el sabio le ordenó que se sentara en una silla especial, con un eje en forma de tornillo. El adminículo en cuestión iba aumentando en altura al darle vueltas, de tal manera que la cara de Yago quedó frente por frente con la del médico. El hombre puso el dedo índice y el pulgar de su mano izquierda sobre los párpados del muchacho, y los separó ligeramente para impedir que parpadease mientras lo observaba, al tiempo que, con la otra mano, sujetaba una especie de lente de aumento con la que indagaba el fondo del ojo derecho. Después repitió la operación en el izquierdo.

—Es lo que sospechaba. —El médico suspiró, dando por concluida la exploración.

—¿No se puede hacer nada? —quiso saber Boabdil.

—Al contrario. Se trata de una operación muy sencilla.

—¿Sencilla? ¿Qué me ocurre?

A Yago le pareció increíble que una operación sencilla le permitiese ver.

—Seguramente cuando vuestra madre estaba encinta contrajo alguna enfermedad que provocó cataratas en vuestros ojos. Ya nacisteis con el defecto que, por supuesto, no ha mejorado con el tiempo.

—¿Cataratas? ¿Eso qué es?

—Podríamos decir que las lentes de vuestros ojos están empañadas.

—¿Empañadas?

—Como un cristal sucio.

—¿Y eso se soluciona con una operación sencilla? —preguntó Yago, aún sorprendido.

—¡Por supuesto! De hecho el sabio Ahmad Yunus fue el primero en realizarla con éxito, allá por el siglo x, con aguja excavadora.

—Aguja excavadora… —musitó Yago.

Sonaba realmente aterrador.

—¡Es extraordinario! —exclamó Boabdil, ignorando por completo el efecto que las palabras habían causado en el muchacho—. ¿Y cuándo podría realizarse la intervención?

—El maristán está disponible en cualquier momento.

—¡Estupendo! —clamó de nuevo el rey.

—Yo… yo… —interrumpió Yago—. Necesito pensar.

—¿Qué tienes que pensar? —lo increpó extrañado Boabdil.

—No… no lo sé. Necesito pensar. Gracias, señor —se despidió.

El muchacho se bajó de la silla y caminó en dirección a la salida, seguido por Boabdil.

—¿Qué ocurre?

—No lo sé. Necesito pensar —repitió.

Yago pasó varios días dando vueltas al asunto. Tenía que reconocer que había algo por lo que sí merecía la pena ver, aunque sólo fuese por unos minutos. Y es que le gustaría saber cómo era el rostro de Nur. Una vez preguntó a Vermudo, y éste le dijo que era una mujer extremadamente hermosa, pero que no sabía encontrar referentes que no fueran visuales para describirla. Yago lo comprendió. Cuando escuchaba un nuevo romance, le resultaba complicado saber cómo eran las bocas de rubí, cuando nunca había visto un rubí, o cómo los dientes de perlas o el cabello de oro. Para él, todas aquellas maravillas eran duras o frías, y no le parecía que pudieran compararse con cualquier parte femenina; menos aún con Nur, a la que imaginaba suave y cálida. Sí, estaba claro que, por ver un instante a Nur, merecía la pena intentar dar luz a sus ojos.

Se dirigió a los jardines del Generalife con su laúd en la mano, a pesar de que el frío era intenso ese día. Se situó bajo el magnolio y se dispuso a tocar.

Muriendo, mi madre,
con voz de tristura,
púsome por nombre
hijo sin ventura.
Cupido enojado
con sus sofraganos

el arco en las manos
me tiene encarado.
Sobrome el amor
de vuestra hermosura,
sobrome el dolor,
*faltome ventura.**

—¿El silencio? —preguntó la dulce voz de Nur.

A Yago le pareció que estaba sonriendo.

—Tal parece —respondió.

—Un romance triste.

—Estoy pensativo. Me debato entre las dudas.

—¿Algo que yo pueda esclarecer?

—Vuestro hermano me llevó a conocer al sabio Ibrahim Eben Abú Ajib. Al parecer, puede devolverme la vista —le informó él.

—¿De verdad? —Nur parecía realmente emocionada—. Estoy muy feliz por ti.

Pero Yago no mostraba entusiasmo alguno.

—¿No he de alegrarme? —preguntó ella, extrañada.

—Llevo más de dieciocho años manejándome sin problemas en mi mundo de tinieblas. He sabido defenderme solo. He aprendido a tocar el laúd, he alcanzado a vivir en un palacio... ¿Para qué necesito la vista?

—Tienes razón —contestó Nur—. Eres valiente. Tu camino fue más difícil de transitar que el de otros hombres y, aun así, has logrado más de lo que muchos lograrán teniendo luz en los ojos. Pero también es cierto que sólo existe una vida, y que hay que disfrutar de ella todo lo que nuestra insoportable humanidad nos permita. Hay que beberla, apurarla, aprovechar cada una de las oportunidades que nos brinde el destino.

—Mi ceguera es todo mi valor. —Yago suspiró.

* Romance anónimo.

—No digas eso. Tu valor está aquí. —Nur lo tocó con el dedo índice en la sien—. Y aquí. —Le señaló el oído—. Y aquí. —Le puso la palma de la mano en el pecho, sobre el corazón—. Eres músico, recuérdalo.

Yago se sintió conmovido y le dio las gracias. No quiso informarla de que en su interior bullía una preocupación más. Si recuperaba la vista tendría que abandonar el harén y quizá no hubiese lugar en la Alhambra para un músico sin taras. Seguramente lo que más lo inquietaba de recuperar la vista era la posibilidad de que el hecho de convertirse en un hombre normal lo alejase de ella.

Esa noche soñó que lo arrastraba la corriente de un río. Notó el agua acariciando cada rincón de su cuerpo. Tras eso, se elevaba y volaba. El aire lo mecía sin trabas, empujándolo cerca de las nubes; supo reconocerlas porque olían a la flor del jazmín. Después descendió con ligereza para colarse por una ventana de arcos lobulados.

Jamás había soñado con formas y colores hasta esa noche. Pudo intuir el contorno de una mujer tumbada boca abajo sobre su cama y poco a poco vio con toda nitidez su espalda desnuda, así como el color de su cabello, que se extendía sobre la almohada. Quiso tocarla y se acercó. Era suave como el color azul y recitaba versos que reverberaban por la estancia, algo sobre las estrellas y la luna que se negaban a cumplir sus ciclos. Ella no parecía darse cuenta de la presencia del muchacho, o quizá no le importase mostrarse casi desnuda ante él.

Yago le acarició la espalda, desde los hombros, pasando por los omóplatos, recorriendo el canal de la columna con su dedo índice, llegando a la cintura. Un poco más allá, una sábana cubría la desnudez de aquel sueño. Temeroso, deslizó la mano bajo ella y percibió la redondez de las nalgas, se introdujo entre ellas y sintió aquel calor, que era rojo, intensamente rojo. Despertó de pronto con la entrepierna húmeda. Jamás le había ocurrido algo semejante y se sintió muy avergonzado. Pese a no haber podido ver el rostro de la mujer de su sueño, estaba seguro de que se trataba de la princesa Nur, y le pareció irrespetuoso.

De un tiempo a esa parte Nur tenía la sensación de que el sol era más radiante, que las flores olían mejor y que los pájaros cantaban con mayor fuerza. Estuvo madurando la idea de que la poesía, en su estado más grandioso, era la trascripción verbal y rítmica de los sentidos sublimados. Comenzó a desechar de su biblioteca los volúmenes de los poetas que se limitaban a describir lo que podían percibir a través de la vista o del oído. Conocer a Yago había hecho que su visión de la poesía cambiase. El muchacho había dedicado mucho tiempo a buscar las palabras adecuadas que le permitieran detallarle lo que era para él la música. Eso a Nur le resultó conmovedor y, desde ese momento, se consagró a prestar atención a la manera en la que Yago se manejaba por su mundo sin luz. Observaba sus gestos de placer cuando el aire se inundaba con la fragancia de las flores del jardín, el movimiento de su boca cuando cantaba, la lentitud con la que acariciaba las cuerdas de su laúd, describiendo sonidos distintos dependiendo de la presión que ejerciera sobre ellas.

Yago componía romances melancólicos, plagados de historias de guerreros que conquistaban países lejanos cabalgando a lomos de un penco carente de alcurnia y sin más ayuda que una espada de madera. O recitaba versos de hermosas princesas encerradas en torres inaccesibles, cuyo único entretenimiento consistía en proyectar planes de huida. Ella, por su parte, lo ponía al tanto de los avances técnicos de los musulmanes. Le hablaba del invento del alambique, mediante el cual se podía destilar la esencia de las frutas, las flores o las plantas a través de un inicuo proceso de evaporación por calentamiento, que concluía en una condensación por enfriamiento, dando como resultado medicinas, perfumes o licores. También le hablaba de la cámara oscura, una herramienta óptica que permitía que, en una habitación totalmente sombría y cerrada a cal y canto en la que la única fuente de luz era un pequeño agujero practicado en la pared, se viesen reflejados los objetos que había en el exterior, si bien de forma invertida.

—No consigo hacerme una idea de cómo puede ser eso —respondió él cuando se lo contó, al día siguiente.

—Anoche estuve pensando en lo que hablamos —le dijo ella.

—¿A qué os referís?

—Pensé en el resto de tus sentidos. En la manera en que percibes las cosas. Si lograses describirme lo que sientes al oler, al saborear o al tocar, yo podría utilizarlo en mis versos, y eso los enriquecería.

—Estoy a vuestro servicio, si eso os place.

Nur sonrió.

***

Los siguientes días los pasaron acariciando la textura aterciopelada de los pétalos de las rosas, degustando con fruición el sabor de la leche hervida con clavo y canela, olisqueando la hierba recién cortada. Descubrieron juntos que las piedras de los muros eran atronadoras, que las plumas que los patos tenían bajo las alas eran mimosas, que el sabor de los melocotones era voluptuoso y que el cuello de Nur olía a almendras dulces. Lo último provocó un tremendo desbarajuste en sus respectivas calmas.

Nur se despertó mil veces aquella noche. A eso de las cinco de la mañana se rindió a la evidencia de que ya no volvería a dormirse. Entonces cerró los ojos, introdujo las manos bajo las sábanas y comenzó a palpar sus formas de mujer. Acarició la redondez de los senos, la tersura de la piel del vientre, la curva de las caderas, la suavidad del vello entre sus piernas. Pensó que cada una de las partes de su cuerpo podían describirse sin necesidad de utilizar adjetivos que implicaran el sentido de la vista.

Un impulso inexplicable la hizo saltar de la cama, buscar a tientas la túnica y salir a hurtadillas de su alcoba. El aire estaba tibio, pero sus pies descalzos notaban la frialdad del mármol, dándole mordiscos en la planta. En el ambiente aún perduraba el olor del ámbar gris que habían quemado durante la cena, mezclándose con el de las flores que descansaban en los jarrones. Aquello le puso la piel de gallina.

Nur caminó en dirección a las alcobas de servicio del harén sin hacerse demasiadas preguntas. Tocó en la puerta de la que Yago ocupaba.

—¿Ocurre algo? —preguntó él, asustado.

—Vístete. Te espero en el lugar de siempre —le respondió ella justo antes de darse la vuelta y echar a correr pasillo abajo.

Cuando el músico llegó, Nur lo tomó de la mano y lo guió por el laberinto de los jardines del Generalife mientras le exigía que fuese describiendo sus percepciones. Lo arrastró a un rincón remoto, atravesando arrayanes, más allá de los castaños de Indias y los granados, justo al final del muro donde la flor de la glicinia inundaba el ambiente de un intenso perfume. Yago se quedó quieto, con sus ojos de laguna fijos en el infinito. Nur, de forma instintiva, se colocó delante de ellos y los miró a fondo, esperando alguna respuesta, algún brillo que denotase que la veía, una señal... Pero eso no sucedió. Agarró las manos del músico y las llevó hasta sus costados, y ella misma acercó sus propias manos a la cintura del muchacho, notando cómo se estremecía. Le pareció conmovedor.

—Tienes que describirme todo lo que sientes. Todo. Antes de que te operen y el sentido de la vista elimine de ti la capacidad de poner palabras a las sensaciones. ¿Podrás hacerlo? —le preguntó como si se tratase de una cuestión de vida o muerte.

—Intentaré estar a la altura de lo que esperáis de mí. Estoy a vuestros pies. Haré lo que vos me pidáis, señora —susurró Yago con la voz entrecortada, moviendo de forma casi imperceptible las yemas de los dedos.

Nur acercó su cara a la del muchacho. Entreabrió los labios y comenzó a respirar, dejando que el aire entrara y saliera de su boca, acariciando a Yago.

—Vuestra respiración… —musitó el muchacho—. La reconozco de otras ocasiones porque huele a clavo y limón. Es cálida y algo acuosa.

—¿Acuosa?

—Líquida, fluida, jugosa… Apetece beberla —aclaró.

Nur se humedeció los labios con la lengua y se acercó un poco más, hasta que sus bocas se rozaron. Yago lanzó un pequeño suspiro, pero continuó hablando. Podía sentir que su aliento rebotaba en la boca de su amada.

—La temperatura de vuestros labios es tibia, como la leche recién ordeñada. Y son suaves, como seda. Si yo fuese rey y mis deseos pudieran hacerse realidad, exigiría dormir envuelto en una seda que semejase la textura de vuestros labios.

Entonces ella se acercó un poco más. Introdujo las manos por debajo de la camisa y posó con delicadeza las yemas de los dedos en la cintura de Yago. Tenía la piel caliente, fina, firme. Recorrió con una suavidad casi imperceptible el contorno de sus costillas, apreciando que la respiración del muchacho se aceleraba.

—¿Tienes miedo? —le susurró sin apartarse.

Él no respondió; tenía la garganta seca. Notaba las caricias como pequeñas agujas arañándole la piel, obligándolo a abrir más la boca y a aspirar más fuerte. Deseaba bebérsela realmente, anhelándola ansioso. Entonces Nur sacó la lengua y, como un cachorro agradecido, lamió los labios de Yago con una cadencia lenta y pausada.

—No te quedes callado. ¿Qué sientes?

—Es carnosa. Es… terciopelo húmedo.

Ella introdujo la lengua en la boca de Yago, mientras, entre jadeos, lo increpaba para que siguiera hablando.

—Miel diluida con un toque de sal… —musitó el muchacho.

—Ahora tú —demandó ella—. Haz lo mismo conmigo.

Yago obedeció. Sacó la lengua para recorrer el contorno de la boca de Nur. La recorrió remolón, un recorrido que se alargó más de un minuto y que terminó por resbalar entre los dientes de la muchacha. Entonces ella lo atrapó, succionándolo despacio, jugando con la lengua, oyendo que él anhelaba el aire con suspiros entrecortados.

—Y ahora… ¿qué sientes?

—Mi cuerpo quiere estar dentro de vos.

—Eres muy osado. Eso no es una descripción —bromeó Nur, jadeante.

—Quizá —se lamentó él— si pudiera mover mis manos sobre la piel de vuestra cintura, podría llenarme de más sensaciones y explicarme mejor.

Que Yago tomara parte activa en ese juego de acatamiento en el que ella había marcado las reglas le provocó un pellizco en el vientre a Nur. Siempre controladora, dominante, enérgica, sintió de pronto el imperante deseo de que él se introdujera en su cuerpo. Quería ser absorbida, respirada, engullida, darse por vencida, quedarse quieta a merced de Yago. Deseaba que la disfrutara, la explorara, la palpara por fuera y por dentro para poder así llevarlo en su interior para la eternidad, como si en sus entrañas existiese un enorme vacío incapaz de llenarse con algo distinto a las esencias de aquel laudista ciego.

Extendió la mano para atrapar el rostro de Yago, sintiendo en el pulgar y el índice la firmeza de la mandíbula, y en el meñique el palpitar acelerado de las venas del cuello. Ser consciente del deseo que su cuerpo provocaba en el muchacho la encendió aún más. Cerró los ojos y posó, sin cortapisas, su boca abierta sobre la de él. Aspiró el aire que Yago intentaba introducir en sus pulmones, saboreó su saliva, rebañó codiciosa la comisura de sus labios porque, a esas alturas, tenía la garganta seca por la angustia de la pasión no consumada.

—Habla, di lo que sientes —lo increpó.

Él la acariciaba por encima de la ropa, recorriendo su cintura, percibiendo la firmeza de sus caderas de hembra. Los dos, cara a cara, estaban agitados.

—Quisiera encontrar las hermosas palabras que vos manejáis en la poesía —dijo—, pero no puedo más que rozar resquicios de los versos que se quedaron prendidos en vuestra boca. Intentaré, pese a todo, explicarme. Al aspirar este aire que antes ha estado dentro de vos, siento que todo el mundo entra en mí y que, del mismo modo, algo de mí queda en el aire que vos respiráis en este momento. Desde el espacio umbrío en el que vivo, percibo el calor de luz de vuestro cuerpo.

Nur desató las lazadas de su vestido y lo dejó resbalar hasta el suelo. Tomó las manos del muchacho y las colocó sobre sus pechos desnudos, sorprendida al oír, desde fuera, su propio gemido de placer.

—Vuestra carne alumbra el camino… y mis manos os miran. ¿Lo sentís, mi dama? —Ella asintió con la cabeza, mientras tragaba saliva, incapaz de articular una sola palabra. Yago continuó hablando—. Mis manos ven un universo de vida, pleno, rotundo… inexistente antes de que ellas lo vieran. Sin mis manos no sois más que un sueño para los que osan imaginaros. Mis manos hacen visible vuestro cuerpo, lo perturban, lo hacen vibrar.

Yago bajó la cabeza a la altura de los senos de Nur para rozarle con los labios el pezón encrespado. Lo cercó y comenzó a succionarlo con dulzura como una criatura de pecho, agradecida de recibir su alimento.

—No debe confundirse, mi señora —dijo apartándose un instante—. Lo que estoy haciendo ahora no tiene nada que ver con el placer del cuerpo. Sólo quiero llenaros de ternura. Quiero serlo todo para vos, llenar todas vuestras estancias. Seré vuestro esclavo, vuestro dueño, vuestro enemigo, vuestro refugio, vuestro pecado, vuestro padre, vuestro hijo... ¿Lo veis? Soy vuestro hijo... me alimento de vos. Siento en la lengua la ambrosía más deliciosa y dulce, redonda... como una cereza en almíbar. Quedaos quieta, señora, no respiréis siquiera. Sed un momento mi esclava; no temáis nada, no penséis. Sed espontánea, palpitante, indecorosa, revuelta. Perded el recato, mi dueña y señora. Seré el único dios al que rendiréis pleitesía... y yo os perteneceré por siempre —musitó antes de seguir succionando.

En aquel momento Nur volvió a sentir esa oleada de confianza absoluta. Su cuerpo ya no le pertenecía, o le pertenecía a medias, lo justo para poder percibir el goce que la orden de Yago le provocaba. Deseaba ser una niña pequeña a merced de un amo sucio y despótico que usara su cuerpo para satisfacer sus más bajos instintos, que la obligara a ronronear como una gata ardiente, a aullar como una loba en celo, a ofrecerse como una perra impúdica. Quería naufragar en el mar de la locura hasta que se le encallaran los dedos de placer o de delirio. Quería suplicar, abrasarse, olvidar su religión, perder la honra, la cordura y la reputación entre los brazos de ese hombre porque nadie excepto él sabría valorar esa entrega. Sólo él reconocería el olor acre de la yegua que ansía ser montada, y sólo él sabría abandonar el papel de centauro salvaje cuando la ternura regresara a su piel de hembra satisfecha para envolverla en devoción y dulzuras.

Sabía que Yago seguiría amándola sin juzgarla después de aquello, amándola más por esa dualidad que a ella misma la fascinaba, que podía ver desde fuera de su propio cuerpo y la asombraba.

Se aferró a la túnica de lino de Yago y él levantó los brazos para facilitarle el movimiento de arrancarle aquella sórdida prenda que separaba sus pieles. El roce del tejido erizó al muchacho. Ambos estaban ya desnudos.

—Soy tuya —gimió Nur—. Haz conmigo lo que quieras.

Entonces él cayó de rodillas y se abrazó a sus muslos, posando el rostro sobre el pubis de Nur, quien empezó a emitir un sonido semejante al quejido de un gato recién nacido.

—Éste es el origen del mundo, el principio y el fin de todo. Mis dedos quieren ver, por fin, el universo.

Torneó con su mano derecha la pierna de la mujer, acariciándola despacio, subiendo desde las corvas hasta llegar a las nalgas. Las acogió como si fueran gorriones delicados mientras respiraba dentro del universo de Nur, lo que la obligó a separar ligeramente las piernas, dejándole espacio para avanzar. Sentía el deseo de que se adentrase en ella, pero, en el mismo instante en el que él se deslizó entre sus piernas, percibió que estaba húmeda, y sintió un pellizco de pudor y dio un respingo.

—No os mováis, señora. En el universo que tengo ante mí, hay valles y colinas y montañas, hay terrenos sin explorar y lagos profundos. Quedaos quieta, señora, dejad que me sumerja en este lago de miel licuada.

Y entonces Nur se abandonó a la caricia. Echó atrás la cabeza y le rogó que se la bebiera, hasta la última gota. La súplica de ella a Yago le aguijoneó el vientre y supo que, en ese mismo instante, cada poro de la piel de aquella mujer le pertenecía, que no habría hombre en el mundo que pudiera despertar sus esencias como él lo hacía. Sin él, Nur sería por siempre una mujer a medias, y no podía permitirlo.

La aferró por las muñecas, obligándola a que se arrodillase también, la sujetó de la nuca y comenzó a besarla, primero con fuerza, casi con delirio. Aquella caricia fue relajándose poco a poco hasta transformarse en un beso dulce y pausado. Nur le acarició los hombros, le lamió el pecho, descendió por su vientre y se permitió observar sin cortapisas su cuerpo enardecido. Era la primera vez que veía a un hombre desnudo, pero no le pareció algo novedoso pues sentía que ya había recorrido ese camino junto a Yago mucho tiempo atrás; era como volver a casa.

—Quiero que entres en mí —suplicó mientras se recostaba, guiándolo con las manos—. Pero no dejes de decirme lo que sientes.

Yago se tumbó sobre ella y comenzó a adentrarse en aquel hueco resbaladizo que había tanteado antes. Nur cerró con fuerza los ojos y se mordió el labio inferior, en lo que parecía un gesto de dolor.

—¿Te hago daño? —preguntó preocupado al notar su rigidez, eliminando el tratamiento de cortesía por primera vez desde que se conocían.

—Sólo un poco. Pero no te detengas... Tienes que decirme lo que sientes.

—Te percibo, amor, como percibe el arado la tierra húmeda en la que va adentrándose —le susurraba al oído mientras se movía cadenciosamente dentro de ella—. Úngeme de ti, de ese bálsamo sin nombre que te recubre por dentro.

Un instinto ancestral los obligó a unir más aún sus cuerpos, a moverse como si se tratase de un baile acompañado por la música del agua de los jardines, del viento en las hojas de los árboles, de los trinos de los pájaros. Nur rodeó las nalgas de Yago con sus piernas y, con los dedos enervados, se aferró a la espalda de su amante mientras lo miraba a los ojos sintiendo que, en ese preciso momento, el mundo acababa de pararse para observarlos, pasmado, obnubilado y envidioso ante tanto goce.

—Ahora entiendo lo que quieren decir los poetas cuando hablan de morir de amor —susurró Nur—. Describe lo que sientes.

—Siento que me he sumergido en un remolino de caricias. Si Dios, en este mismo instante, me concediese el milagro de la visión por unos minutos no tendría interés en ver el cielo, ni en conocer al fin el significado de los colores, ni querría ver los árboles, ni los pájaros que moran en ellos. Si sólo tuviese un segundo de luz en mis ojos, querría ver en los tuyos mi propio reflejo. Así podría al fin reconocerme... saber quién soy. Vería el placer que mi cuerpo provoca en la mujer más maravillosa del universo y que me hace el hombre más importante de la creación.

Los gemidos de Nur se enhebraban unos a otros porque el placer iba llegándole a oleadas, recorriendo su espina dorsal. Y esa misma marea arrastró a Yago, que ya no era capaz de continuar con su comprometida labor de narrador de los sentidos. Las palabras se le quedaban atrapadas en la garganta y apenas podía expulsarlas entre suspiros.

—Mi alma está desaguándose sobre tu carne abierta… Eres el cáliz que contendrá mi infinita ternura… mi fuego… mi delirio… ¿Lo sientes, amor? Mi alma se está filtrando… dentro… de ti.

Lanzo un rugido casi animal a la vez que apretaba sus caderas aún más contra el cuerpo de Nur, como si quisiera traspasarla, introducirse al completo en ella, poseer hasta el último rincón de su leve anatomía de mujer grandiosa. Entonces se quedó quieto, pronunciando su nombre una y otra vez: «Nur, Nur, Nur…», hasta que la voz se le fue aflojando al compás de los músculos. Se quedaron juntos, uno dentro de la otra, exhaustos de amor y ensueño.

—Esto es lo mejor que he hecho jamás —balbució ella.

—¿Y la poesía?

—Esto es la poesía.

***

Nur recordaría por siempre aquellos días como los mejores de su existencia. Tras ese primer encuentro comprendieron que era inútil intentar sustraerse a ese placer indescriptible que les provocaba la cercanía del cuerpo del otro. Elaboraron un inventario de todos los lugares secretos que había en el palacio en los que poder dar rienda suelta a sus sentidos. Probaron a amarse en las alcobas abandonadas del Mexuar. Se escapaban en medio de la noche para sumergirse desnudos en el baño de Comares. Se arriesgaban a perderse en la intrincada red de pasadizos que se escondía en las profundidades de la torre de los Siete Suelos, donde los prisioneros cristianos languidecían en sus mazmorras. Nur explicó a Yago que aquél era un lugar enmarañado, con el carácter del laberinto del Minotauro. Si se lograba descifrar ese enredo de galerías se podía llegar hasta la ciudad sin necesidad de atravesar las puertas de entrada a la Alhambra.

A los dos jóvenes les importaban poco los ratones, el impertinente calor, las arañas... Caminaban desnudos, se palpaban las curvas, las partes más tiernas y húmedas, se mordían y se lamían hasta caer exhaustos y jadeantes. Los había sorprendido el delirio, algo así como una sed inagotable que los obligaba a robar segundos a las horas para encontrar un momento en el que estar juntos y poder aplacarse.

Se preguntaban cómo era posible que la gente pensara en la guerra, la muerte, los imperios o el poder, si se podía pasar el tiempo en algo tan delicioso como aquello. Nur sentía que le faltaba el aire, que la comida era más sabrosa y el olor más intenso, que los pájaros cantaban más sonoros y que su piel era más suave. A Yago, en cambio, se le multiplicó la inspiración. Comenzó a componer apasionadas canciones, que le dedicaba entre abrazo y abrazo porque era incapaz de desatar, sin acompañamiento musical, el nudo de sentimientos que le aferraba la garganta.

Y ahora hablemos del cariño
que nuestras almas disloca.
Yo te amo como una loca.
Yo te adoro como un niño.
Mi pasión raya en locura.
La mía es un arrebato.
Si no me quieres, me mato.
*Si me olvidas, me hago cura.**

* Fragmento del «Romance del conde Sisebuto». Anónimo.

432

Nur abandonó su afán por leer poemas a las mujeres del harén, y casi no hablaba con ellas. Se pasaba el día alunada, pensando en Yago. Necesitaba tenerlo a todas horas. A veces la impaciencia de acariciar su piel, de lamerle los labios o de olisquear su cabello era tan insoportable que se arriesgaba a deslizarse hasta las dependencias del servicio, envuelta en un velo con el que cubría su rostro. Cuando él le abría la puerta, lo abrazaba con sofoco, con respiraciones agitadas y palabras llenas de desesperación, hasta que conseguía tenerlo de nuevo dentro de ella, lo cual le devolvía la calma por unos instantes.

Por el contrario, evitaba a su madre todo lo que podía. No se olvidaba de sus intenciones de casarla con el sedero. Si antes le resultaba insufrible la idea de pasar el resto de su vida con un hombre como Mustafá Sarriá, ahora que había sentido en sus propias carnes lo que era el amor estaba segura de que no podría yacer con otro hombre que no fuese Yago. Sabía que los cristianos eran recelosos a la hora de permitir los contactos íntimos entre personas que profesasen diferente religión. En Castilla, el código de *Las Siete Partidas* de Alfonso X establecía severos castigos para los que mantuvieran relaciones con miembros de otros credos. De hecho, habían decretado que los padres cristianos que concertasen el matrimonio de sus hijas con judíos serían excomulgados por un período de cinco años.

En cambio sus leyes eran distintas. Cualquier musulmán que decidiese tomar por mujer a una cristiana que se hubiera convertido al islam, como había ocurrido en el caso de su padre con Isabel de Solís, no sería forzado jamás a que se divorciase, salvo que la esposa manifestase ante una comisión de musulmanes y cristianos que quería regresar al seno de su antigua religión. Los hijos de esa unión tenían derecho a elegir libremente el credo que les aconsejara su conciencia. Y una musulmana podía también casarse con un cristiano, siempre y cuando sus padres dieran el consentimiento. Nur había oído hablar de casos en los que la familia de la mujer enamorada no había aceptado. Algunas de aquellas jóvenes terminaron escapándose para casarse ante una cruz, llevándose consigo alhajas y ropas. En esos casos los padres, tutores o parientes las denunciaban alegando que aquellos bienes no les pertenecían. Muchas fueron detenidas y encarceladas por ladronas.

Nur tenía claro que su madre jamás aceptaría su amor por Yago y la posibilidad de huir juntos era una locura de tamañas dimensiones, más aún en los tiempos que corrían. ¿Adónde irían? ¿De qué vivirían? Aunque no tenía la menor intención de llevarse consigo bienes materiales, su madre haría todo lo posible por encontrarla ya que el bien era ella en sí misma. Nur era una moneda de cambio en los intereses de Aixa.

Un noche, después de haberse amado, se quedaron tumbados el uno junto al otro.

—He decidido declinar el amable ofrecimiento de tu hermano. No voy a operarme los ojos —lanzó Yago de pronto, mientras le acariciaba el cabello.

Nur se incorporó para mirarlo cara a cara.

—¿Qué dices? ¿A qué viene eso? ¿Por qué?

—No se trata de una decisión tomada a la ligera. Lo he pensado mucho y me he dado cuenta de que no hay sitio en este lugar para un músico con vista. Si veo tendré que irme de aquí. Sólo residen en el palacio los músicos que tocan en el harén. El resto vive en el exterior y acude aquí para los acontecimientos señalados. Aunque consiguiese que tu hermano decidiera contar conmigo en esos momentos, me alejarían de la Alhambra y nos resultaría aún más complicado poder encontrarnos. Ver me alejaría de ti.

—Pero…

—Contéstame con absoluta sinceridad —dijo atrapando las manos de Nur—. ¿Me amarías más si pudiera ver?

—¡Pues claro que no!

—Entonces no tenemos más que hablar. —Yago sonrió antes de besarla en los labios, dando por zanjada la conversación.

—Sí, sí tenemos.

Nur se incorporó, aparentemente molesta.

—¿Qué ocurre?

—No permitiré que hagas ese enorme sacrificio por mí.

—También lo hago por mí —protestó Yago—. Ser ciego me permite hacer lo que más me gusta. Con luz en mis ojos, mi individualidad desaparecerá, seré como todos los demás.

—¿Y qué pretendes? —protestó Nur—. ¿Qué pasemos la eternidad viviendo de encuentros furtivos? Mi madre quiere que me despose con un sedero rico que nos ayudaría financiando la guerra. Lo está preparando todo, y cada día me resulta más complicado resistirme a sus demandas. No puedes hacerte una idea de lo difícil que es decir que no a mi madre. Ni siquiera mi hermano, siendo un hombre, ha logrado verse libre de sus exigencias.

Yago sintió un pellizco en el corazón. La historia de Concepción volvía a repetirse. Su gran amor se casaría con otro.

—¿Cuánto tiempo crees que podremos estar así? —dijo ella.

Nur tenía razón. Ya era un hombre, y como tal tenía que comportarse.

—¿Crees que si me opero todo se solucionará?

—No lo sé. De lo que sí estoy segura es de que se trata de una gran oportunidad para ti.

—¿Y qué pasará si…?

Yago dudó. No estaba seguro de a qué le tenía más miedo: a ver y perder su estatus en el palacio, a no ver y que todo resultase un fracaso, a morir en el intento…

—Pase lo que pase, yo estaré a tu lado —le aseguró Nur—. No quiero estar en ningún otro lugar.

Guardaron silencio.

—Estarás a mi lado —susurró Yago de pronto.

—No debes dudarlo.

—Con eso me basta.

7

El sabio Ibrahim Eben Abú Ajib llevaba dos días repasando cuidadosamente la descripción de la primera operación de extracción de una catarata llevada a cabo dos siglos antes, cuando Al Mahusin inventó la aguja hueca. A esas alturas podía describir, paso por paso, lo que tendría que hacer en cada momento. Pese a su perenne seguridad en sí mismo, siempre que iba a operar acometía el mismo ritual, como si fuera la primera vez. Eso lo mantenía en un estado de atención plena. Cualquier tipo de intervención en la que se tuvieran que invadir las entrañas de una persona lo impresionaba. Poner luz en unos ojos no adaptados para ella era casi como retar al Creador, así que procuró sacarse de la cabeza la posibilidad de que Él se lo tuviese en cuenta y lo castigara por su insolencia. De todas formas se tranquilizó al respecto. Seguro que Dios estaría más ocupado en vigilar la guerra con los cristianos que en interesarse por sus logros terapéuticos. Pese a todo, tal como era su costumbre antes de cualquier operación, se dispuso a colocar su alfombra en dirección a La Meca para hacer las abluciones y rezar.

Mientras tanto, Yago caminaba en dirección al hospital, acompañado por Vermudo. Iban silenciosos, uno junto al otro, convencidos de que la complicidad que los unía bastaba para comunicarse en un momento como ése. El muchacho estaba lívido y dos profundas ojeras acogían sus enormes ojos azules. Seguramente llevaba varias noches sin descansar con calma.

El cocinero le echó el brazo por encima del hombro y lo zarandeó cariñosamente.

—Todo irá bien —aseguró.

Yago se forzó a sonreír. La operación tenía un doble significado para él: someterse a ella le abría la puerta a la posibilidad de ver pero, del mismo modo, ese milagro que habría hecho feliz a su padre era el que podría alejarlo de la mujer de su vida. También había barajado en los últimos días la tormentosa idea de morir sobre la mesa de operaciones. Con todo, en ese momento le parecía mucho más doloroso pensar que Nur se casaría con otro si él no hacía algo para evitarlo.

Una vez dentro de los muros del hospital, se dirigieron a la zona sur. Allí dividían a los pacientes por sexos y por secciones: medicina interna, oftalmología, ortopedia, zona de cirugía, dispensario, y una farmacia en la que se podía encontrar ámbar gris, mercurio, mirra, clavos de especia, alcanfor, casia y agua de rosas. El hospital aventajaba en instrumental y en equipo médico al de El Cairo, y contaba con baños de agua corriente y grandes ventanales que aireaban al ambiente de modo que los humores mórbidos no pudieran permanecer allí dentro durante mucho tiempo. La asistencia a los enfermos se efectuaba durante las veinticuatro horas del día, sin importar la clase social o el poder económico de los pacientes. Todos los médicos se habían sometido al juramento hipocrático una vez que concluyeron sus estudios, comprometiéndose a usar reglas dietéticas en provecho de los enfermos y apartar de ellos todo daño e injusticia, así como a no administrar medicamentos mortales ni provocar abortos, jurando guardar el secreto de todo lo que vieran u oyeran en el ejercicio de su profesión.

Olía a limpio. A Yago lo asaltó entonces el recuerdo de los últimos momentos de vida de su padre, cuando el médico de la Corte accedió a visitarlo a duras penas, dejando que se le fermentara la carne poco a poco. Aún recordaba el olor dulzón de la podredumbre, y pensó que quizá habría podido salvarse en caso de haber recibido el tratamiento adecuado. Aquel pensamiento le hizo mucho daño y se esforzó por sacarlo de su cabeza. Por suerte, Ibrahim Eben Abú Ajib los estaba esperando en la puerta de la zona de oftalmología y eso lo devolvió rápidamente al presente. El sabio vestía un turbante blanco y una túnica del mismo color. Su larga barba de nieve se difuminaba sobre ella. Estiró su nudosa mano de centenario para indicarles el camino, dejándolos pasar. Vermudo se alegró de que Yago no pudiera ver el aparatoso instrumental que se extendía sobre la mesa: bisturís, garfios en miniatura, tijeras, punzones... Todos ellos parecían los aparejos de tortura de un inquisidor.

—Purificamos los instrumentos con alcohol para eliminar miasmas —señaló Ibrahim Eben Abú Ajib, como si le hubiese leído la mente.

—¿Le dolerá? —inquirió Vermudo.

A Yago le incomodó que preguntase eso porque le hacía parecer un cobarde. En realidad, no estaba preocupado por el dolor físico que pudiera sentir. Llevaba tiempo convencido de que el dolor más terrible al que un ser humano tenía que enfrentarse era, con mucha diferencia, el dolor espiritual.

—Le daré opio —informó el sabio—. Tardará treinta minutos en hacerle efecto y lo dejará dormido durante unas tres o cuatro horas. Eso impedirá que sienta nada en absoluto durante la intervención. Pero cuando se despierte le dolerá la cabeza, vomitará, se le llenara la boca de sabor acre y se sentirá somnoliento durará el resto del día.

—Será como estar muerto durante tres horas... —musitó Yago.

—Tomaos esto y tumbaos aquí —le indicó el hakim, acercándole el vaso con el opio y guiándolo por el hombro hasta una especie de camilla.

—Cuando se despierte... —Vermudo titubeó un momento—, ¿ya podrá ver?

—No inmediatamente. Deberá llevar los ojos fajados durante un tiempo. Y una vez le quite las vendas, aún no es seguro que pueda ver como vos o como yo —aclaró Ibrahim Eben Abú Ajib—. Es posible que sólo perciba la claridad o algunas tonalidades... quizá sombras. Pero podremos trabajar a partir de ahí; le aplicaremos colirios e incluso podremos colocarle unas gafas.

—¿Gafas? —preguntó Yago—. ¿Qué es eso?

Mientras se lavaba, el sabio les habló de un oculista cordobés, Muhammad ibn Qassum ibn Aslam al-Gafiqí, quien, allá por el siglo XII, pergeñó un revolucionario invento llamado gafas, consistente en dos vidrios que se colocaban en equilibrio sobre el puente de la nariz y que se enganchaban, con una especie de garfios, a las orejas. De ahí el nombre. Los vidrios permitían mejorar la calidad de la visión.

—¿Y qué es esto? —Yago palpó los laterales de la cama en la que lo habían tumbado y vio que, a ambos lados de su cabeza, colgaban dos cintas de cuero con hebillas—. ¿Me vais a amarrar?

—No puedo arriesgarme a que el opio no logre dormiros del todo y os mováis en plena intervención —le aclaró el hakim—. Eso sería una catástrofe.

Aquello inquietó a Yago. Odiaba sentirse aprisionado, pero una sensación de somnolencia comenzaba a inundarle los sentidos. Entonces, Ibrahim Eben Abú Ajib aprovechó la debilidad del muchacho y le ató las correas sobre la frente, inmovilizándolo. Yago emitió un leve gemido de protesta. Después se hizo el silencio.

El sabio Ibrahim se situó tras él y comenzó a trabajar con mucho cuidado, murmurando una retahíla de palabras ininteligibles. A Vermudo no le quedó claro si eran oraciones en árabe o si él mismo se estaba indicando entre bisbiseos los pasos que debía seguir. Los ojillos de ratón de biblioteca del médico se encogían aún más intentando rebuscar en el trasfondo de los de Yago. De vez en cuando se detenía, le tomaba el pulso, le ponía la oreja sobre el pecho, se aseguraba de que el ritmo de su corazón seguía un compás normal, y continuaba con su intervención. Estuvo así más de dos horas, tras las cuales le cauterizó las heridas y procedió a vendarle. Una vez terminó, le soltó la correa, salió al pasillo y pidió ayuda para trasladar a Yago a una cama, mientras se disponía a sumergir en alcohol el instrumental ensangrentado.

—Mañana pasaré a ver cómo se encuentra —añadió el sabio, dando por concluida su labor de ese día.

Vermudo se sentó al lado de Yago. Observó su cabello castaño y suave, así como la piel blanca del cuello y de las manos, bajo la que se translucía con claridad el recorrido verdoso de las venas. Allí tumbado, aún subyugado por los efectos del opio, parecía un animalito indefenso. En ese momento percibió un leve movimiento en los dedos del muchacho.

Tal como Ibrahim Eben Abú Ajib les advirtió, Yago comenzó a sentir arcadas que más tarde lo llevaron al vómito. Vermudo le sujetaba la escudilla y la frente, temeroso de que las heridas de sus ojos se abriesen por el esfuerzo. El muchacho estuvo así hasta la mañana siguiente y después comenzó a mejorar. Incluso pudo sostener en el estómago un caldo de gallina.

—No os habéis movido de mi lado en todo el tiempo —dijo Yago, aún medio somnoliento, a Vermudo.

—¿Dónde iba a estar sino aquí?

Yago sonrió.

—Sois un buen hombre.

A Vermudo se le puso un nudo en la garganta. No estaba acostumbrado a que alguien de su mismo sexo le manifestase afecto. Ni siquiera él mismo se consideraba un buen hombre. Había luchado mucho por ser simplemente un hombre, y aún dudaba de haberlo conseguido.

—Te iré a buscar otro poco de caldo.

Vermudo salió de la habitación. No quería que el muchacho detectara, por el titubeo de su voz, que se había emocionado hasta los tuétanos.

***

A la semana Yago ya era capaz de alimentarse con normalidad, levantarse de la cama y vestirse por sí solo. Cada día recibía la visita de Vermudo, quien le llevaba comida de la mejor calidad, salida directamente de los fogones del palacio por gentileza de Fátima. Poco a poco, el muchacho fue conociendo mejor el talante de la cocinera.

—Es lo que yo vengo en llamar «la mujer molusco» —le explicaba Vermudo—. Esas damas que tienen el corazón tierno pero que están recubiertas de una concha complicada de abrir.

Cuando Fátima se enteró de que Yago era un muchachito ciego, huérfano de padre y madre, al que acababan de operar de la vista y que se dedicaba a la música, concluyó que se trataba de un pobre desgraciado al que había que ayudar en todo lo que fuera posible. Le preparaba caldito de gallina, y le separaba las mejores tajadas de pato a la naranja, tacos de queso, aceitunas aliñadas o pastelitos de miel. Sentía que los desheredados de la tierra debían ayudarse entre ellos, aunque no rezasen al mismo Dios.

Fátima debía de rondar los treinta años, pero aparentaba tener diez más por culpa de los sofocos de la vida, según decía. Era viuda… o quizá no; no estaba segura. Su marido era un

441

pendenciero que se gastaba lo poco que tenían en partidas de naipes. En la calle, el tipo era la alegría de la huerta, pero cuando llegaba a casa se le avinagraba el carácter y propinaba a Fátima una paliza diaria, por si acaso había hecho algo malo durante el día y él no se había enterado. Una noche no regresó. Salió el sol y cayó de nuevo la noche, y él tampoco volvió. Su marido, simplemente, desapareció. Sola y sin hijos, Fátima no supo qué hacer. El único talento del que podía presumir era de su manera de cocinar. Se arrodilló para pedir ayuda a Alá, clamando al cielo, y entonces vio la colosal figura de la Alhambra recortándose contra él. Supo que su plegaria había obtenido respuesta y, sin pensarlo dos veces, se plantó en la puerta del palacio y ofreció sus servicios a cambio de comida y cama. Allí llevaba más de diez años.

—¿Y habéis logrado ya abrir su caparazón? —preguntó Yago a Vermudo.

—Esa mujer no soporta a los hombres. Me trata como si fuese lerdo —protestó Vermudo, desanimado—. Porque no me queda otro remedio que pasar el día con ella, que si no…

Los demás enfermos del maristán no tenían tanta suerte como Yago. Compartían habitación con otros enfermos, pero él disponía de un cuarto individual en el que, alguna noche, Vermudo se quedó a dormir. Vigilaba que las sábanas siempre estuviesen limpias, que no le supurase el vendaje, que se terminase la comida… Se despertaba en mitad de la noche para ver si Yago seguía arropado y le tocaba la frente para intuirle la fiebre. Por momentos saboreaba aquella placentera sensación de proteger a alguien e imaginaba que algo así era lo que debían de sentir los padres cuidando de sus hijos. Allí tumbado, con los ojos vendados y ese rostro imberbe, Yago le parecía un niño cándido, incompetente a la hora de poder amar a una mujer como lo haría un hombre. Siempre lo había imaginado como un ser celestial, abrazado a su laúd, cantando con su voz de ángel, aspirando el aroma de las flores, tocando con delicadeza la comida antes de llevársela a la boca para masticarla muy despacio. Pero tuvo que aceptar que esas mismas manos habían recorrido las curvas de Nur, sus valles, sus colinas, las partes más recónditas, húmedas y oscuras. Se habría detenido a saborearla con el mismo deleite con el que paladeaba los hojaldres de miel y las almendras garrapiñadas, la habría hecho gozar con partes de su cuerpo que Vermudo jamás imaginó en él. «Sin duda —pensó Vermudo—, las personas son mucho más de lo que nos creemos que son.»

***

Yago cada vez se encontraba mejor y estaba claro que, más pronto que tarde, tendría que decidir qué iba a hacer con su vida.

—Estuve pensando —le dijo un día Vermudo— que no es necesario que me quede dentro del palacio. Podría irme a vivir contigo al Albaicín.

Como Yago bien supuso, un músico con vista no tenía cabida en el palacio. La guerra contra los cristianos mantenía a Boabdil alejado del Reino de Granada, de modo que ni siquiera pudo hablar con él para encontrar una solución que le permitiera quedarse dentro de la Alhambra. Fue Aixa quien ordenó que se marchara. Nunca terminó de convencerla que un joven cristiano se paseara como Pedro por su casa por las estancias del harén, por muy ciego que fuera; que ahora ya pudiese ver era la excusa perfecta para quitárselo de encima.

—Querido Vermudo, os libero de la promesa que le hicisteis a mi padre. No tenéis que seguir responsabilizándoos de mí. Ya soy mayor para cuidarme.

—¿Eso crees? —le preguntó con socarronería—. En cuanto he dejado de vigilarte te has metido en un lío. Uno no enamora a una princesa musulmana sin consecuencias.

Yago intentó sonreír, pero sólo le salió una mueca entristecida. No se podía arrancar la intensa sensación de abatimiento. Pese a que intensase mostrarse maduro, queriendo aparentar que se bastaba a sí mismo, se alegraba de no estar pasando en soledad por todo aquello. Habría sido terrible soportar la operación, los días posteriores de vómitos y dolores, la indignidad de que un desconocido vaciase su bacinilla, la aprensión de cómo saldría todo, la incertidumbre ante el futuro y, sobre todo, ese sufrimiento sordo atrancado en medio de su pecho de no sentir cerca a Nur. El miedo era la peor de las turbaciones.

—Me alegro de que estéis aquí, amigo mío —le dijo estirando la mano, buscando notar su presencia.

Vermudo se acercó tímidamente y la acogió entre las suyas, dándole palmaditas en el dorso para aliviar la tensión, percibiendo que ese contacto íntimo le quemaba como una brasa. Se sentía torpe a la hora de demostrar el afecto. Estuvieron así un buen rato, hasta que el sabio Ibrahim apareció por la puerta.

—Ha llegado el momento de retirar los vendajes —anunció.

—Ya… —musitó Yago.

—Todo saldrá bien —le aseguró Vermudo.

El médico le indicó que ayudase al muchacho a sentarse en una silla y, mientras tanto, bajó la intensidad de la luz corriendo las cortinas hasta dejar la estancia casi en penumbra.

—Los ojos estarán muy sensibles ahora —aclaró.

Pese a la aparente seguridad del médico, Yago no podía creer que se pudiese obrar semejante milagro en él. Todo aquello le seguía pareciendo una entelequia.

Vermudo observaba los movimientos seguros del sabio Ibrahim. Primero cogió unas tijeras y cortó los nudos que mantenían el vendaje fijo. Acto seguido las depositó sobre la mesa, suspiró un par de veces y comenzó a desenvolver las tiras de hilo con una lentitud que sacaba de quicio. El corazón de Yago latía al doble de la velocidad normal. No se había permitido dejar volar su imaginación. No quería pensar en lo que significaría ver, cómo serían el sol, las nubes, las estrellas, los colores… Pero, ahora que sentía que la presión del vendaje era cada vez más liviana, deseó con todas sus fuerzas que todo hubiera salido bien. Notó la rugosa mano de Vermudo sujetándole el hombro, insuflándole confianza. Tragó saliva. Debían de quedar pocas vueltas porque ya podía percibir el frescor del aire lamiendo la piel del rostro.

—Ya está —dijo el médico—. Ahora sólo queda apartar el algodón que os cubre los párpados.

El médico tomó unas pinzas que había sobre la mesa y retiró las dos torundas. Yago continuaba con los ojos cerrados, atenazado por el pánico. El sabio Ibrahim limpió la supuración que había alrededor de las pestañas con unas gasas.

—Bien. Es el momento. Podéis intentarlo… Abrid los párpados —ordenó.

Yago respiró profundamente. Quería abrirlos, pero no podía. Se temió lo peor. Quizá el sabio Ibrahim había cometido un error, vaciándole las cuencas. O quizá ya había abierto los ojos y no veía porque seguía ciego, y toda aquella experiencia de dolor y degradaciones no había servido para nada.

—Vamos, muchacho, ¡abrid los ojos! —insistió el médico.

Yago lo intentó de nuevo, venciendo la resistencia del tiempo que llevaba con ellos cerrados. Los entornó muy despacio. Vermudo no dejaba de apretarle el hombro.

—¿Ves algo ya? —le preguntó, intrigado.

El muchacho se mantenía en silencio, respirando profundamente. Tenía los ojos abiertos del todo y mantenía la mirada fija en el infinito, pero en su rostro se dibujaba una confusa mueca de dolor.

—¡Responde! —protestó Vermudo—. ¿Ves algo?

Yago estiró las manos hacia el infinito.

—Tengo miedo —murmuró.

—¿A qué?

—A caer en esa fosa.

—¿Fosa? ¿De qué estás hablando, muchacho? —le preguntó Vermudo.

—No es una fosa —respondió burlonamente el sabio Ibrahim, acostumbrado a que sus pacientes de ceguera tuvieran esa pavorosa primera impresión después de retirarles los vendajes—. Lo que se extiende delante de vuestros ojos es la luz.

Les explicó lo lógico de aquella circunstancia. Del mismo modo que los videntes tenían miedo de las tinieblas, del vacío, de las estancias poco iluminadas, de las cuevas oscuras y de los abismos profundos, igual de terrorífico era para una persona que siempre había vivido inmersa en la negrura la monstruosidad indefinida de la luz.

—Pero entonces... eso quiere decir que estás viendo. ¡Puedes ver! —gritó Vermudo.

—Creo que sí... —musitó Yago.

—Será mejor que ahora descanse un poco —concluyó el médico.

Y se dispuso a correr del todo las cortinas.

***

Quizá se hayan preguntado alguna vez vuestras mercedes si existen realmente los milagros. He de decirles que son reales y que en ocasiones Dios, en su infinita bondad, se vale de los médicos para llevarlos a término.

En los siguientes días, Yago intentó adaptarse a su nuevo mundo de luz en el que todo le asustaba y le sorprendía. Al caminar, extendía las manos hacia el infinito, un gesto que había utilizado muy pocas veces estando ciego. Ahora le daba la sensación de que los objetos eran los que se acercaban a él, y no al contrario. También tardó en distinguir la proporción exacta de las cosas, y si algo estaba lejos o cerca. La primera vez que vio las montañas nevadas tras los cristales de una ventana, pensó que podría tocarlas si estiraba la mano, y sus propios dedos le parecían del tamaño de las ramas de los árboles. Pese a todo, su campo de visión era limitado, aunque él no lo sabía. No alcanzaba a percibir el entorno en su totalidad, de modo que el lugar en el que centraba los ojos era lo único que podía definir con precisión. Los bordes quedaban borrosos, con pequeñas manchas o con la luz atenuada, como si estuviese metido en un túnel con paredes de encaje negro. Por eso andaba con cautela; lanzaba cada paso muy despacio, con la perenne sensación de que podría caer a un vacío de luz intensa en cualquier momento.

Cogió la manía de cerrar los ojos cuando quería avanzar más deprisa, confiando en su instinto, aunque se cuidaba de hacerlo delante de Vermudo ya que éste parecía estar mucho más entusiasmado que él ante la novedad de su nuevo sentido. Las emociones de la gente también seguía interpretándolas con las técnicas utilizadas durante la ceguera: el tono y el timbre de la voz o el contacto físico. Aún no sabía deducir si una sonrisa era de satisfacción, o irónica, o burlona o tierna.

—Ya lo aprenderás, eso es sencillo —le aseguró Vermudo.

El sabio Ibrahim iba a controlar cada día su progreso con orgullo. Por supuesto, su modestia le impidió hacer ningún tipo de comentario jactancioso sobre el éxito de la operación. Le colocaba objetos delante y, para asegurarse de que los reconocía, lo obligaba a llamarlos por su nombre. Le exigía que calculase la distancia en palmos a la que se encontraban y le observaba el fondo del ojo con unos vidrios especiales. Al final llegó a la conclusión de que si Yago quería mejorar considerablemente su agudeza visual debería usar gafas.

—¿Y cómo son las gafas? ¿Me harán daño? ¿Son molestas? —preguntó.

El médico Ibrahim les explicó que el estudio de la refracción de la luz utilizando vidrios tallados venía de los tiempos de los griegos. Les contó también que el mismo emperador Nerón había utilizado unas lentes fabricadas en piedra esmeralda para ver con mayor nitidez cómo los leones se zampaban a los cristianos en el Coliseo. Al parecer, un matemático árabe llamado Alhazen había desarrollado una técnica mediante la cual pulía una piedra de cristal de roca o de berilo en forma de media esfera de modo que, colocada sobre las páginas de los libros, la letra se aumentaba, lo cual sirvió de mucho en la labor copista de los frailes amanuenses, ayudándolos a no dejarse los ojos en los manuscritos.

—¿Tendré que llevar dos cristales siempre encima? —preguntó Yago.

—Es mucho más cómodo de lo que puede parecer en un primer momento —le aseguró el sabio Ibrahim—. Los cristales que os permitirán ver con mayor claridad están montados sobre un material maleable, ya sea madera, metal, concha... de modo que se mantendrán, de forma armoniosa, sobre el puente de vuestra nariz.

A Yago todo aquello le pareció una parafernalia absolutamente redundante. Había sido capaz de manejarse muy bien en el mundo durante diecinueve años sin necesidad de ver y ahora que podía hacerlo le insistían en que viese mejor llevando un ridículo artefacto en equilibrio sobre la nariz.

Pero, por supuesto, no dijo nada.

Tenía pensamientos mucho más atormentados ocupando la totalidad de su cabeza. El principal de ellos era Nur, de la cual no había vuelto a saber nada. El corazón le dolía tanto que poco le importaba tener que llevar las dichosas gafas.

Dos días después el sabio Ibrahim se presentó en la habitación con dos lentes convexas, más gruesas en el centro que en los bordes, sobre una montura de carey. Antes de colocárselas, pidió a Yago que posase su vista en las nevadas montañas que se veían por la ventana, que retuviese esa imagen en su mente y que cerrase los ojos. Una vez lo hizo, se situó frente a él y le puso las gafas, asegurándose de que no le presionaran las sienes ni las orejas. Se apartó.

—Ya podéis abrir los ojos, muchacho —le dijo.

Y Yago así lo hizo. Observó de nuevo la imagen de las montañas. Realmente parecían distinguirse con mayor claridad. Volvió la mirada a su sanador y vio que éste le sonreía. Poco a poco comenzaba a intuir lo que significaban los gestos de las personas, y supo que aquello era el punto y final. El médico no iba a hacer nada más por él. Ya estaba recuperado. No había razón para seguir en el maristán.

—No sé si la palabra gracias tiene la suficiente magnitud para corresponder a un milagro —le dijo.

—Por favor… Esa idea de los milagros es absurda —rezongó él con falsa modestia—. Esto es ciencia. La mejor manera de retribuirme es que este nuevo sentido del que ahora disponéis os permita vivir con mayor comodidad de lo que lo habéis hecho hasta ahora. Sé que en este instante no sois consciente de ello —siguió diciendo, como si tuviese la capacidad de poder intuir su dolor interior—, pero pronto podréis distinguir la belleza de las flores, del cielo, de los árboles, del agua fluyendo en los ríos… y la belleza de las mujeres.

Yago sonrió.

—Antes, y más ahora, mis ojos únicamente admirarán a una. Gracias —repitió.

Aquella misma tarde, Yago salió del maristán acompañado por Vermudo en dirección a la casa que éste había alquilado en el Albaicín. Allí se quedaría junto a Yago hasta que se recuperase del todo. Se trataba de una de tantas viviendas situadas fuera de la Medina. Contaba con un jardín en el que había un naranjo, dos limoneros, claveles de olor, madreselvas, nardos y galanes de noche, así como con un pequeño huerto en el que crecían tomates, espinacas y lechugas. Una muralla los separaba de la calle, dotándolos de una inusitada intimidad a la que no estaban acostumbrados por culpa de las edificaciones cristianas en las que habían vivido hasta ese momento. La casa era pequeña, modesta, edificada con ladrillo, argamasa y cal, pero, como la tradición musulmana dictaba, las paredes estaban cubiertas de mosaicos con dibujos de lacería en los que se combinaban las figuras geométricas y los colores.

—¿Qué te parece?

La pregunta de Vermudo sacó a Yago de su ensimismamiento. Su vista se había quedado fija en las enredaderas que crecían sobre en el blanquísimo muro. Le parecieron tortuosas líneas verdes que se elevaban, se bifurcaban y se enflaquecían. Le recordaron a las venas que se traslucían bajo la fina piel de sus manos. Se había pasado horas mirando sus manos: el color de la carne, los pequeños surcos que formaban diminutos rombos, el leve palpitar de la sangre... Todo lo que había observado hasta ese momento parecía tener una relación de parentesco. Los diferentes tipos de tierra tenían el color de los diferentes tipos de piel, el brillo de los ojos era semejante al destello del metal, las lágrimas se parecían a las gotas de lluvia que recorrían los cristales...

—¿Te gusta? —volvió a preguntar Vermudo, inquieto ante su silencio.

—Es hermoso —respondió el muchacho, sin sentirlo realmente.

**

Yago pasó las siguientes semanas acostumbrándose a su nuevo sentido. No había día que no se sorprendiera con el movimiento rítmico y constante del aleteo de un pájaro, la transparencia cantarina del agua, el brillo encandilador del fuego o los diferentes tonos de azul que podía adquirir el cielo, dependiendo de la hora. Nadie le había hablado jamás de esas cosas.

En un principio pensó que el hecho de poder ver no mejoraría sustancialmente su vida, que seguiría siendo el mismo, que se bastaba tal como estaba y que el sentido de la visión estaba sobrevalorado por el resto de los humanos. La prueba la tenía en que se había valido por sí mismo a lo largo de todos esos años sin ningún problema. Pero cada vez le encontraba más ventajas, aunque su terquedad le impidiese admitirlo abiertamente.

Le tomó gusto a cuidar del pequeño huerto que había delante de la casa y se pasaba allí las horas muertas, regando, olisqueando y observando cada nuevo brote verde con la admiración de los neófitos. Aprendió a reconocer si las lechugas estaban lo suficientemente crecidas para servir de ensalada o si los tomates tenían el rojo que indicaba que serían perfectos para un gazpacho. Se hizo un experto en preparar la comida, ya que la mayoría del tiempo Vermudo lo pasaba en el palacio y no podía ir a casa todos los días. Eso le hacía recordar a su padre. Se habría sentido muy orgulloso al verlo elegir las mejores naranjas para servirlas en rodajas con aceite y azúcar o a manejar los cuchillos con la destreza de un filibustero.

Lo único que incomodaba a Yago era tener que llevar gafas. Pese a que reconocía su utilidad, aquel adminículo le resultaba un fastidio. Le apretaban en la nariz, pesaban mucho y, si se inclinaba demasiado, corría el riesgo de que se le cayesen en la sopa. Decidió atarlas con un cordel para llevarlas colgando del cuello y colocárselas sólo cuando fuera absolutamente necesario. Vermudo se presentó aquella tarde y encontró el invento muy ingenioso. Por primera vez en mucho tiempo vio a Yago tan sosegado que estuvo un buen rato dudando si contarle aquello, aunque comprendió que tampoco podía ocultárselo.

—Yago...

—Sí —respondió el muchacho.

—He visto a Nur... y me ha preguntado por ti.

Aquella mañana Yago se levantó temprano para preparar el pan. Le gustaba elaborarlo con semillas de ajonjolí y aceite de oliva, pese a que cualquiera de los dos ingredientes habría resultado sospechoso para un inquisidor y podría haber llevado a Yago directamente a la sala de torturas. Por fortuna, vivir en el Reino de Granada lo liberaba de esas preocupaciones. Mientras lo amasaba, pensaba que, una vez que lo dejara en el horno, se encaminaría con su laúd a una plaza que contaba con un maravilloso mirador desde el cual se podía observar la Alhambra en todo su esplendor. Cada día a la misma hora, un ulema se sentaba allí para transmitir educación a los niños del barrio. A él le gustaba ponerse cerca y escuchar sus historias mientras acariciaba las cuerdas del instrumento, hasta que el hombre comenzó a esperarlo para que lo acompañase con su música de fondo. Cuando el sabio se marchaba, lo despedía con un suave movimiento de cabeza, y Yago seguía un rato más disfrutando del placer de tocar frente al radiante esplendor de la nieve sobre las montañas. Boabdil tenía razón cuando decía que no había peor desgracia que la de ser ciego en Granada. Ahora lo entendía.

Salió de la casa a eso de las nueve de la mañana. Los tenderos ambulantes comenzaban a instalar los puestos en las calles y un revuelo de fruteros, comerciantes de encurtidos, lecheros y panaderos ocupaba el empedrado, jaleando a gritos sus productos. Toda esa actividad lo empujaba a moverse más deprisa. Llegó temprano, se sentó junto al ulema y se puso a tantear las cuerdas mientras el hombre contaba la historia de la puerta de la Justicia.

—Hay dentro del palacio una puerta con arco en forma de herradura sobre el cual se encuentra grabada una gigantesca mano, en el exterior, y una llave, también de grandes dimensiones, en el interior —les contaba—. Se trata de amuletos mágicos —aseguraba poniendo voz misteriosa—. El emir que mandó construir el palacio de la Alhambra era un gran amante de la astrología, los hechizos y los talismanes. Al parecer, gracias a un sortilegio secreto consiguió levantar la más firme fortaleza que haya existido jamás, capaz de soportar mil vientos, mil tormentas, mil rayos, truenos o terremotos. Y lo hizo en una sola noche, sin que nadie se diese cuenta. Y así será hasta que la mano del arco exterior consiga atrapar la llave del arco interior, momento en el cual la Alhambra saltará en mil pedazos, porque habrá llegado el fin del mundo.

Yago sonrió al ver el gesto de preocupación en el rostro de los niños que escuchaban al ulema. Terminó la composición musical que había estado interpretando y que, acorde con la historia, tenía notas dramáticas. Guardó el laúd en su bolsa y tomó el camino de regreso a la casa. Hacía un frío intenso y, sin embargo, el sol brillaba radiante sobre el cielo azul. Poco a poco conseguía liberarse del intenso dolor que le producía la separación de Nur. Estaba aprendiendo a dividir sus sentimientos en parcelas. No iba a quererla menos por disfrutar de una puesta de sol, del placer de introducir las manos en la masa del pan, del goce de visualizar las historias que el ulema contaba. Mientras pensaba en ello, empujó la puerta abierta en el muro del jardín, caminó rodeando el pequeño huerto y entró en la casa. Algo lo sobresaltó.

Una joven estaba sentada frente a la mesa. Al verlo entrar, se incorporó de golpe y aspiró el aire con ansiedad. Iba vestida con una túnica celeste ceñida a la cintura por una fajilla morada. Tenía los ojos intensamente negros y se sujetaba el cabello con una diadema que parecía de oro de la que colgaban una especie de monedas en miniatura. Por un momento, Yago pensó que podría tratarse de una alucinación, algún fallo en sus ojos operados, porque aquella figura se mantenía inmóvil, mirándolo y sin borrar la sonrisa de la boca.

Yago atrapó las gafas que llevaba colgando del cuello y se las colocó sobre la nariz. Entonces ella se carcajeó abiertamente. Al oír aquel sonido, él la reconoció al instante.

—¿Nur?

—¿Puedes verme con ese artefacto?

—Nur...

Ella se acercó y lo tomó de las manos, sus manos de hombre, que lo mismo servían para arrancar música a unas cuerdas atadas a una madera que para removerle las entrañas de placer. Sintió un pellizco en el vientre al pensar en ello. Se las llevó a la boca y besó las palmas con fuerza. Tenía los labios calientes. Levantó la cara y miró al fondo de sus ojos. El grosor de los cristales los multiplicaba en tamaño. Parecía un búho sorprendido.

—Nur... —repitió muy bajito.

—Sí, soy yo.

Los dos se abrazaron y, en ese mismo instante, él reconoció su olor único. No dejaban de pronunciar sus nombres. Yago... Nur... Yago... Nur... Las lágrimas corrían por el rostro de la muchacha, que reía y lloraba a la vez, como loca.

—Bueno —le dijo separándose un poco, plantándose de nuevo delante de él—. ¿Qué te parezco?

Yago la miró de arriba abajo largamente. Desde que había recobrado la vista, había tenido que adaptarse a la idea de la belleza que se percibía por los ojos. Antes su medida de la hermosura dependía de los olores, de las formas, del sabor y del sonido. El Toscano le habló una vez de cómo distinguir la belleza de la fealdad en una obra de arte. Según su experiencia, todo dependía de la simetría. Observó a Nur. El cabello le caía en cascada sobre los hombros redondos, su vientre era plano y sus caderas generosas; una perfecta forma de ánfora. Pero quizá lo más destacado de ella eran sus ojos almendrados y profundos, equidistantes a la recta nariz.

—Oooh... ¡No me atormentes más con ese silencio! —protestó ella.

—Eres el ser más hermoso que he visto jamás —concluyó él al fin.

454

—Tendré que tomarlo como un halago —respondió Nur, feliz como nunca—. Aunque no sé cuántos seres hermosos te ha dado tiempo a ver.

Poco a poco se le fue borrando la sonrisa de la boca. Se movió despacio y pegó su cuerpo al de él.

—He soñado tantas noches contigo… Soñaba que nos escapábamos juntos a un lugar en el que nadie podía encontrarnos. Claro que en mis sueños no llevabas esos cristales delante de los ojos… —Rió de nuevo, pero sin mucha fuerza.

Volvió a ponerse seria. Levantó las manos, le quitó las gafas muy despacio y lo besó con pasión en la boca.

—Te he echado mucho de menos —murmuró él.

Pasaron varias horas haciendo el amor. Primero de forma desatada, para saciar la sed; después muy despacio, para disfrutarse, hasta que calcularon que ya estaba atardeciendo.

—¿Cómo has llegado hasta aquí? —le preguntó él, tumbado aún en la cama.

—A través de los pasadizos secretos que hay bajo el palacio. ¿Los recuerdas? En los Siete Suelos —aclaró.

—¿Qué haces? —le preguntó Yago al ver la prisa con la que ella se incorporaba y se calzaba las babuchas.

—Tengo que irme antes de que descubran mi ausencia.

—No regreses. Huyamos —sugirió él.

Nur lo miró con ternura.

—Lo que dices es una locura. Mi madre montaría en cólera. Ordenaría que nos persiguieran y que nos matasen. —Contempló la desolación de su amante—. Encontraremos la manera. Tenemos que hacer las cosas bien.

Yago se incorporó de la cama y la sujetó por el brazo, enfrentándola a sus ojos.

—¿Me amas de verdad?

—¿Cómo puedes dudarlo después de esto? —protestó Nur.

—Respóndeme.

—¡Claro que te amo! Pero debo irme. Intentaré volver todas las veces que pueda.

—Promételo.

—Te lo prometo.

***

Fue por aquellos días cuando los hombres regresaron de la guerra. Para agasajarlos por su dedicación y entrega a la causa, Boabdil decidió organizar una cena de gala en el palacio. Entre todos ellos se encontraba Mustafá Sarriá, el comerciante exportador de sedas que tiempo atrás había pretendido a Nur. A esas alturas ella ya casi lo había olvidado. Su imagen se había desdibujado. Apenas le quedaba el recuerdo de las túnicas, los turbantes y las babuchas de seda teñidos de mil colores con los que agitaba el aire de los pasillos; del fuerte olor a pachuli que desprendía; de su pomposa manera de repeinarse los bigotes tras comer y beber; de su petulancia al declararse a sí mismo como el rey de la Ruta de la Seda granadina, presumiendo de sus exportaciones de más de tres mil libras entre carcajadas grandilocuentes.

A pesar de que los meses que había estado fuera de sus talleres le habían hecho perder mucho dinero y prestigio entre los sederos, Mustafá Sarriá había acudido a las batallas contra los cristianos por la fidelidad que sentía por la causa de Boabdil, como él mismo se encargó de proclamar a los cuatro vientos. El joven estaba convencido de que el dinero podía comprarlo todo, incluso la nobleza, y por eso se pegaba lo más que podía a la familia real, más ahora que atravesaban serios apuros económicos por culpa de los gastos de la guerra.

Una noche en la que se encontraba recostado sobre los cojines de cuero envejecido del cuarto del Mexuar, aspirando a bocanadas el humo de la cachimba, respirando el embriagador perfume de las glicinias de los jardines del Generalife, extendió su vista sobre las paredes y el techo del lugar. El suelo bajo la alta cúpula estaba cubierto de tapices preciosos, sobre los cuales se elevaba el trono real, mientras que el de las otras dependencias del Mexuar lo cubrían esteras limpias y almohadones de seda.

Mustafá suspiró asombrado ante tanta distinción, convencido de que el mismo paraíso no estaría mejor decorado que aquel palacio de maravillas. Le vino entonces a la memoria el recuerdo de sus orígenes humildes. Había conseguido todo lo que tenía a fuerza de trabajar duro, de esforzarse exprimiendo las entrañas a unos gusanos aparentemente simples. Si su padre, que en la gloria estuviera, pudiera verlo en ese mismo momento, descansando sobre cojines en el interior del palacio de la Alhambra, se sentiría orgulloso de sus logros. Estaba seguro de que vivir sin riquezas, sin sedas, sin oro, sin dinero, sin buenos alimentos y sin servidumbre no merecía la pena. Prefería llorar en un palacio que ser feliz en una cabaña. Volvió a aspirar el tabaco de la pipa y, con gesto de deleite, decidió que aquél era el lugar en el que merecía estar.

Aixa sabía de sobra que Mustafá era un arribista, pero no le importaba, de modo que volvió a colocarlo como una pieza destacada en el tablero de ajedrez en el que ella organizaba su mundo. Desde que regresó, retornó a la manía de invitarlo e incitaba a su hija para que jugara con él a las damas, a los dados o al dominó. Él, como era todo un caballero, le permitía ganar para que se sintiese halagada e importante, fingiendo despistes absurdos, dejando piezas a su alcance o aludiendo inferioridad, sin darse cuenta de que ese tipo de actitudes condescendientes sacaban a Nur de sus casillas. La muchacha intentó explicárselo de la forma más delicada que pudo, aclarándole que era lo bastante hábil para ganarle sin necesidad de que él hiciese trampas y que, incluso en el caso de perder, no se sentiría denigrada porque el concepto que tenía de sí misma no se veía influido por el resultado que obtuviese en un absurdo juego.

—Sois adorable —le respondía él entonces, mirándola con ojos de carnero a medio morir. Y eso a ella la enfermaba.

Pronto la presencia de Mustafá Sarriá volvió a hacerse perenne en el ir y venir del palacio. Aixa le encargó telas con las que cubrir las camas y vestir tanto a todas las mujeres del harén como a los eunucos. La popularidad del sedero se dejaba sentir especialmente en estos últimos, que lo encontraban tremendamente distinguido. Las mujeres casaderas lo miraban con buenos ojos, y se supo que algún acaudalado comerciante de la zona estaba intentando convertirlo en su yerno. Por un momento Aixa temió que se le adelantaran y comenzó de nuevo con su campaña para mostrarle los talentos únicos de la hermosa Nur.

—No hace falta que me convenzáis, señora —respondió él—. Nur me resulta fascinante. Aunque no parece estar muy interesada en mí.

—Yo haré que se interese —aseguró Aixa.

—Me gustaría conseguirlo por mis propios medios... si no os molesta —señaló con su imborrable sonrisa—. Considero que soy un hombre agradable. Si ella me permitiese darme a conocer... Pero siempre se muestra esquiva.

—Sí —firmó Aixa con gesto enfurruñado—. Ha salido a su padre.

Una mañana, Mustafá se encontraba negociando en el Albaicín con un comerciante de bobinas de hilo cuando intuyó, desde el interior del establecimiento, la sombra de una joven que le resultó familiar. Salió a la puerta y le pareció divisar el ondulado cabello y la cadencia rítmica de Nur avanzando calle arriba. Echó a andar tras ella para cerciorarse, convencido de que su vista tenía que estar jugándole una mala pasada ya que no era posible que una dama de su alcurnia caminase sola por aquel lugar. El sedero iba escondiéndose en los umbrales de las puertas para evitar ser descubierto y, con cada paso que daba, se convencía más y más de que se trataba de Nur. En un momento determinado, ella se detuvo delante de una casa, miró a ambos lados y, una vez que se hubo asegurado de que nadie la observaba, entró con seguridad en la misma. Fue entonces cuando Mustafá pudo distinguir su rostro perfectamente. Era Nur, ya no había dudas. Pero ¿qué hacía allí su futura esposa?

Aquella noche se acostó preocupado. Por un momento barajó la posibilidad de que se tratara de un error, de que su vista le estuviera fallando o de que existiera una mujer exactamente igual a Nur. En alguna ocasión había oído decir que cada persona contaba con un doble exacto en algún lugar del mundo. ¿Sería posible que la doble de Nur viviese en pleno Albaicín y que él se hubiese tropezado por casualidad con ella? Además estaba la vestimenta. La ropa que llevaba denotaba alcurnia, aunque era cierto que no iba ataviada de princesa. Si realmente se trataba de Nur, sus planes de llevar una vida de sultán se tambaleaban.

***

Llegaban nuevas noticias desde el campo de batalla que dejaban entrever que Boabdil estaba amenazado, no sólo por el tesón conquistador de Isabel y Fernando sino también por su tío el Zagal. Por si eso fuese poco, un buen número de sus súbditos comenzaban a considerarlo un traidor. Miraban con malos ojos sus tratos y acuerdos con los reyes cristianos, sobre todo desde que Gonzalo Fernández de Córdoba, el Gran Capitán, comenzara a presentarse a menudo en el Reino de Granada para pasearse junto a Boabdil, mostrándose ambos en público como buenos camaradas.

—Presumir de amistad con los cristianos es aberrante —protestaba Aixa—. Por no hablar de que es a Isabel y a Fernando a los que más les interesa poder enviar a ese Gran Capitán a espiarnos.

Pero a Boabdil le daba igual lo que su madre dijese al respecto. Apreciaba a Gonzalo porque se había comportado como un caballero con él mientras estuvo retenido en Loja. Confiaba en su instinto, que le indicaba que era un buen hombre a pesar de ser adorador de un profeta. Además le parecía fundamental mantener un fluido contacto con los cristianos. Los acontecimientos se estaban precipitando en los últimos tiempos. El rey Fernando consideraba que, para que sus planes de conquista terminasen de cuajar, lo único que le hacía falta era hacerse con el control de Almería, Baza y Guadix. Eso también interesaba a Boabdil ya que lo liberaría de su tío, pero, del mismo modo, lo colocaría en una terrible situación de incertidumbre. Los reyes cristianos le exigirían que cumpliese con su parte del pacto de dejar libre la ciudad de Granada, si llegasen a ocupar todas las demás ciudades y fortalezas del reino.

Yago y Nur hablaban de ello cuando se encontraban. Aquella situación de inestabilidad no hacía distinciones; lo mismo destrozaba el corazón de moros que de cristianos, porque la sangre que se derramaba era igual de roja. La idea de conquistar un territorio en nombre de Dios, de conseguirlo a base de sufrimientos, de dolor y muerte, era un contrasentido si se aseguraba que aquel Dios al que se pretendía hacer honores era un ente amoroso.

A veces Yago se despertaba tan temprano que salía al huerto para observar la salida del sol desayunando pan tostado y un cuenco de hidromiel. Escuchaba los últimos cantos de los grillos y los primeros de los gorriones, mientras los contornos de las montañas nevadas se definían envueltos en tonos naranjas, añiles y morados. Le gustaba fingir que él era el primero en descubrir esa indefinible belleza; sentir que tenía por delante un millar de sueños por cumplir, un futuro rosa, o verde azulado o amarillo limón... En cualquier caso, sería un futuro hermoso lleno de matices y alegría. Pero en ocasiones, como si la mente humana se resistiera a dejar sitio a la felicidad, le volvía a la cabeza el recuerdo de Oreste Olivoni. No debía caer en la tentación de olvidarse de él, de olvidar todo lo que les había hecho. Olvidarlo sería una traición para con su padre, Concepción, Ángela, Massimo... Debía vengarlos, porque si no lo hacía sería un indigno, un ingrato, un sinvergüenza. Debía poner el colofón a la misión que el Toscano no culminó.

***

Mustafá tardó dos días en organizar la petición oficial de mano. Como era huérfano de padre, lo acompañaron un par de amigos y tres de sus hermanos. Tenía audiencia con Boabdil, por ser éste el tutor oficial de Nur.

—En nombre de Alá, clemente y misericordioso, se presenta ante vos Mustafá Sarriá, acompañado por los testigos aquí presentes, así como los ausentes, que seguramente también me acompañen en conciencia —comenzó a decir—. Con buen amor y deseo vengo a pediros a vuestra hermana Nur, hija de Muley Hacén y Aixa, para contraer con ella matrimonio lícito con aquellos artículos y condiciones que Alá estableció para la unión entre hombres y mujeres siguiendo la regla de nuestro profeta Mahoma, con trescientos sueldos de joyas y trescientos de dote, y la otorgo con toda cosa que lícitamente le corresponda. Los presentes sean testigos de ello. Y no tengo más que decir, sino que aguardo vuestra buena respuesta.

Mustafá hizo una reverencia y se quedó con la cabeza agachada esperando una señal. Pero el tiempo se alargó más de lo que había imaginado, así que levantó la vista y posó sus ojos en Boabdil, que se mostraba pensativo.

—Me habéis sorprendido —respondió—. Desconocía el

interés que mi hermana despertaba en vos. No estaba preparado para algo como esto.

Mustafá tampoco esperaba una respuesta tan decepcionante. Había puesto su cuerpo y su dote a disposición del rey, llevaba semanas rondando el palacio y la propia Aixa parecía estar más que interesada en que se celebrase esa boda. ¿Acaso Boabdil no se había dado cuenta de sus intenciones? Debería haberle respondido que aceptaba, que era bienvenido a la familia, que estaban contentos de recibirlo, que le otorgaba la mano de su hermana para que fuese su mujer y su compañera con aquellos artículos y condiciones que Dios estableció para hombres y mujeres en el acto del casamiento, que aceptaba la dote y que aquellos hombres eran los testigos de su compromiso. Eso es lo que tendría que haber dicho. Pero no, el rey se había quedado en silencio, un silencio frío y pesado como una lápida, que comenzó a hacérsele incómodo.

—Lo lamento, estimable Mustafá —continuó diciendo Boabdil—. No os puedo dar una respuesta en este mismo instante. Para algo tan importante he de consultar con mi hermana.

El sedero intentó que no se le notase la indignación. Tuvo que clavarse las uñas en las palmas para no soltar un exabrupto y decir en su cara a Boabdil que era una auténtica equivocación darle a una mujer semejante potestad, que adónde iría a parar el mundo si la opinión de las mujeres pudiera equipararse a la de los hombres. Las mujeres debían casarse con quien dijera su padre o, en ausencia del mismo, su responsable legal. De haber permitido que ellas opinasen sobre su matrimonio, muchos reinos se habrían ido al diablo, o algo mucho peor. La mayoría de ellas habrían terminado casadas con cualquier mercachifle de chicha y nabo que les pusiera ojos tiernos.

Pero Mustafá Sarriá se contuvo y no dijo nada. Llevaba años ensayando la actitud noble y no iba a desprenderse de ella precisamente en ese momento. Aunque de muy buena gana habría enviado a todos con viento fresco, exigiendo que le devolvieran cada uno de los maravedíes que había empeñado en la dichosa guerra. Pero no lo hizo. No lo hizo, no. Rebuscó en su repertorio de sonrisas una que pareciese amable y paciente, y se la mostró al rey de Granada antes de despedirse con cortesía, asegurando que se mantendría a la espera de una respuesta favorable a sus intenciones.

***

Desde que tuvo lugar el mágico reencuentro de los amantes, Nur se escapaba siempre que podía para correr a los brazos de Yago. El resto del tiempo lo pasaba sumergida en la indolente rutina del harén. Paseaba por los jardines, leía y componía versos intentando dominar sus ansias de escapar aparentando normalidad ante la indagadora mirada de su madre.

Aixa, sin embargo, intuía que algo extraordinario le ocurría a su hija. Podía verlo en pequeños detalles imperceptibles para personas menos adiestradas que ella en entrometerse en los asuntos de los demás. A Nur le brillaban los ojos, la piel y los labios; tenía las mejillas sonrosadas, del almibarado color de los melocotones maduros, y se pasaba el día suspirando, como si el aire no llegase nunca a saciar sus pulmones. Si no fuera porque la joven despreciaba abiertamente a Mustafá, que era el único hombre que la rondaba, Aixa habría jurado que la díscola de su hija estaba enamorada.

***

Yago se iba acostumbrando poco a poco a su vida con luz. Se levantaba muy temprano para amasar el pan y dejarlo en el horno mientras iba al mercado. Allí aprendió a distinguir, visualmente, el mordiente olor de la pimienta en grano, la calidez de la canela o el cítrico aroma del jengibre, revueltos entre el desbarajuste de esencias que desprendía el puesto del especiero.

Ahora lograba ver la transparencia del aire puro, en contraste con aquel otro viciado por el velo humoso que desprendían las fogatas de los vendedores de castañas y bellotas asadas. Podía elegir la carne más magra por su aspecto, las truchas más frescas por el color de sus agallas, la miel más ambarina por ser de mil flores... Regresaba a casa justo a tiempo para sacar el pan y encargarse de las labores domésticas. Cuando lo dejaba todo listo, se encaminaba a la plaza con su laúd, y allí se ponía a cantar las hermosas composiciones de amor que Nur le inspiraba.

Alejados uno de otro, mis costados están secos de pasión por ti,
y en cambio no cesan mis lágrimas...
Al perderte, mis días han cambiado
y se han tornado negros,
cuando contigo hasta mis noches eran blancas.
Diríase que no hemos pasado juntos la noche,
sin más tercero que nuestra propia unión,
mientras nuestra buena estrella
hacía bajar los ojos de nuestros censores.
Éramos dos secretos en el corazón de las tinieblas,
*hasta que la lengua de la aurora estaba a punto de denunciarnos.**

La perspectiva de llegar a casa y encontrarse con ella era lo que lo mantenía ilusionado cada día. Cuando veía que pasaban las horas, que el brillo del sol iba decayendo, que el atardecer se acercaba... y ella no llegaba, se sentía flaquear. En mitad de la noche abría las ventanas y se quedaba mirando la silueta rojiza de la Alhambra recortándose contra el cielo estrellado. Entonces se sentía pequeño, insignificante, pobre, chanflón e indigno de ser amado por una princesa. ¿Quién se creía que era? Ella merecía un noble que pudiera cuidarla y mimarla, que cabalga-

* Poema de Ibn Zaydun, poeta del siglo XI.

se a lomos de un caballo blanco, que le bajase la luna para ponerla a sus pies, y que dominase medio reino y le regalase joyas, sedas y perfumes llegados directamente del rincón más escondido de Oriente. Él nunca podría hacer todo eso. Por fortuna, la llegada de un nuevo día le renovaba las esperanzas para comenzar de nuevo.

Todos aquellos pensamientos hicieron que Yago se diera cuenta de que no tenía más riqueza que su talento, la cadencia única de sus dedos sobre las cuerdas de un laúd y esa capacidad de acompasar las palabras en verso con el ritmo de la música. Hizo una valoración de su futuro. No podía pasarse la vida dedicándose única y exclusivamente a realizar labores de ama de casa, dependiendo de Vermudo para poder llenar su despensa. Si quería ser digno de una mujer como Nur tenía que convertirse en un hombre que pudiera cuidar de ambos. Calculando sus posibilidades, decidió transformar sus trovas en artículos de compra y venta. A las personas les gustaban sus canciones y, en alguna ocasión, le habían lanzado monedas y le habían incitado a que siguiera tocando. A veces veía en el rostro de los espectadores la emoción, la tristeza o la dicha que sus romances inspiraban. Podía improvisarlos en cuestión de segundos, aludiendo a la cojera del mercader de lana o al perro que ladraba en el corral y espantaba a las gallinas.

Uno de aquellos días se sentó en la plaza y pregonó, a voz en grito, que era prodigiosamente competente para componer canciones románticas con las que conquistar a una dama terca. También era capaz de elaborar versos alegres con los que celebrar la llegada al mundo de un nuevo hijo o ajustar una tonada suave y alentadora con la que sepultar a un ser querido. Muy pronto todo el barrio supo que era un experto en poner música a los sentimientos humanos. Como a Yago no le gustaba defraudar, se tomaba muy en serio cada uno de los problemas que le ponían por delante. Escuchaba con atención y hacía preguntas sobre el asunto para conocer con exactitud de qué tamaño tenía los pies la enamorada, o cuánto había pesado el recién nacido o a qué se dedicaba el difunto en cuestión en vida. Todas las personas que confiaban en el poder de sus canciones terminaban tan satisfechas con el trabajo que no tenían reparo en pagar por ello. De esa forma sus romances se hicieron famosos, porque llegaban directamente al corazón de la gente.

Los habitantes del Reino de Granada empezaban a inquietarse por las noticias que llegaban desde el otro lado de la frontera. Se decía que sus huestes cada vez se debilitaban más y que los cristianos estaban cercando la ciudad. Como los estados de ánimo decaían, y eso afectaba al buen funcionamiento de la sociedad, pronto comenzaron a encargar a Yago relaciones en verso sobre las descripciones de las batallas en las que el enemigo pareciese un pusilánime y ellos saliesen bien parados. Él abordó glosas, octavas reales, coplillas, cuadernas vías... alabando la fuerza y la constancia de los musulmanes, su talento militar, así como su valentía ancestral. Decidió que no podía tratar esa temática vestido como un cristiano y comenzó a utilizar túnicas y babuchas, con las que se sentía mucho más cómodo. Poco a poco iba componiendo un epítome que resumía la historia de los dos reinos desde los tiempos de Fernando III el Santo.

En eso pasaba Yago su tiempo mientras esperaba que Nur apareciese por sorpresa, como siempre. Cuando eso ocurría, hacían el amor como animales en celo, lanzándose el uno sobre el otro para devorarse con los labios, la boca abierta, las lenguas húmedas y los pulmones faltos de oxígeno. Ninguno de los dos se había sentido jamás tan vivo como en aquellos gloriosos momentos clandestinos. Y así lo recordarían por el resto de sus vidas.

Cuando Aixa se enteró de que su hija se había negado en redondo a casarse con el sedero, amenazando con lanzarse desde lo más alto de la más alta torre del palacio si la obligaban a contraer nupcias, puso el grito en el cielo. Se plantó delante de ella y le exigió una explicación que, por supuesto, Nur no quiso ofrecerle.

—He tenido que esforzarme al máximo para conseguir que mantengamos este reino en nuestro poder, ¿y así es como me lo pagas?

—No tenéis que hacer nada por mí —musitó Nur.

—¿Quién te crees que eres? —berreó su madre.

—¿No habéis tenido bastante con destrozar la vida de vuestro marido, de vuestro hijo, de vuestra nuera y de vuestro nieto? ¿También queréis destrozar la mía? —le preguntó Nur sin un asomo de pasión, con la voz queda y la mirada fija en los ojos de su madre—. Sois como el rey Midas, pero, en lugar de oro, todo lo que tocáis termina convertido en desolación.

Aixa encolerizó. No iba a permitir que una hija suya le hablase en esos términos. La agarró por los pelos y la zarandeó. La llevó a rastras escalera arriba sin importarle en absoluto el gesto aterrorizado del resto de las mujeres del harén, que se apartaban a su paso temiendo convertirse ellas también en el blanco de las iras de la sultana. Volvió a llevar a Nur a la torre de Comares, abrió la puerta y allí la lanzó con un ímpetu inusitado para una mujer de su edad, porque la ira había duplicado su fortaleza. En semejante estado de nervios, habría sido capaz de levantar en vilo a una elefanta preñada sujetándola por la trompa. Cerró la puerta dando un portazo.

—No comerás más que pan y sólo beberás agua hasta que recapacites —la oyó decir Nur desde el otro lado.

Por fortuna Maisha, la esclava negra, fue la encargada de llevarle y traerle la comida. Conseguía deslizarle cada día, entre los pliegues de la servilleta, trozos de pescado seco y frutas escarchadas. Cuando lograba eludir la vigilancia de Aixa, se escapaba y pasaba el tiempo con ella, dándole conversación, escuchando sus pesares y secando sus lágrimas de rabia, de miedo o de tristeza. Sin la compañía de aquella mujer, Nur se habría vuelto loca. Había perdido la costumbre de la paciencia, y aquel encierro forzado la exasperaba. Maisha se quedaba con ella todo el tiempo que podía. Ambas se tumbaban juntas sobre los almohadones y hablaban durante horas de los avances de la guerra con los cristianos, de la heroica historia de la familia de Nur o de las costumbres ancestrales de algunos pueblos africanos. Así fue como la princesa se enteró de una práctica sangrienta llamada circuncisión faraónica que se llevaba a cabo en la tribu de nacimiento de Maisha. Consistía en amputar los órganos femeninos de las niñas para que nunca alcanzasen a disfrutar del placer y, de ese modo, no tuvieran la tentación de traicionar a sus futuros esposos.

—¿Te lo hicieron a ti? —le preguntó Nur tímidamente.

—Sí.

—Lo lamento. ¿Te dolió?

La muchacha cerró lentamente los ojos, buscando en su memoria.

—Recuerdo a mi madre y mis hermanas sujetándome los brazos y los tobillos. Recuerdo el rostro contraído de la mujer que me lo hizo, hurgando entre mis piernas con un cuchillo viejo aferrado en su mano. Recuerdo la sangre muy roja. Recuerdo unos gritos terroríficos que yo oía desde fuera… que aún hoy me despiertan en sueños… y que yo no sabía que salían de mi garganta.

Maisha se llevó inconscientemente la mano a la entrepierna.

—Pesé semanas en cama, envuelta en tiritonas y sudores de muerte, hasta que la herida cicatrizó.

Volvió a quedarse callada y Nur no se atrevió a decir nada.

—Tuve suerte —dijo de pronto, abriendo los ojos y cambiando el tono de voz, que pasó de la confidencia a la normalidad—. Sé que algunas niñas no llegan a superarlo.

—Es terrible lo que los seres humanos les hacemos a otros seres humanos —musitó Nur—. ¿Por qué supondrán que el placer es algo sucio en una mujer?

—Ahora ya no importa. Puedo deleitarme con otras cosas. No me quitaron la nariz, y puedo oler las flores. No me arrancaron las orejas, y gracias a eso puedo disfrutar de vuestros versos —le dijo sonriendo.

A Nur le pareció que Maisha era la persona más serena que había conocido jamás y se preguntó si ella misma, que había recibido una estricta educación que exigía disciplina y contención, sabría aceptar y olvidar algo así con semejante entereza. Comprendió que la verdadera exquisitez no era algo que pudiera aprenderse con lecciones, ni algo que se heredase por haber nacido de nobles. Había personas distinguidas por naturaleza.

Aprendió a querer a Maisha con un amor extraño al que no sabía poner nombre. La enseñó algunos versos, y la joven de piel de ébano los recitaba de memoria, con su delicada voz de ninfa, mientras colocaba las flores que arrancaba de los jardines para alegrar el cautiverio de Nur. Le abrió su corazón, confesándole el amor romántico que sentía por Yago, de cómo se transformaba en fuego cuando él la confinaba entre sus brazos hasta arrancarle de las entrañas las mismas notas rasgadas que lograba sacar de su laúd. Le habló de los pasadizos secretos, de los encuentros furtivos y de su sueño, dulcemente acariciado, de pasar el resto de la vida junto a él.

Maisha, en cambio, sentía por Nur auténtica adoración. Estaba convencida de que había venido al mundo única y exclusivamente para cuidarla y servirla en todo lo que ella necesitase, ya fuera de día o de noche. Para Maisha, que fue arrancada del seno de su familia a muy corta edad para servir de esclava, que en ocasiones había tenido que soportar los desprecios de las otras mujeres, incluso de los eunucos, responsabilizarse del bienestar de Nur fue como si la hubieran dejado al cargo de un ángel del paraíso. La bañaba cada día en agua de rosas, estimulaba sus poros golpeando suavemente su piel con ramas de romero, la embadurnaba con aceite de almendras dulces y la masajeaba durante horas hasta que percibía que cada músculo de la princesa quedaba relajado. Después, la envolvía en un albornoz y le cepillaba el cabello cien veces antes de trenzárselo para que no se le enredara al dormir. Maisha estaba encantada de compartir con Nur ese cautiverio que las permitía disfrutar de una intimidad exenta de hombres.

Se levantaba temprano y bajaba a la cocina para preparar a la princesa el desayuno. Se lo llevaba en una bandeja de plata y lo dejaba junto a su cama, mientras abría las cortinas para que entrara la luz y fuera ésta la que terminara de despertarla. Nur se desperezaba siempre con algún verso que hablaba de flores, pájaros cantarines, nieves en las montañas o amor envenenado. Y entonces Maisha retornaba al ritual del baño mientras le explicaba los chismorreos del palacio, evitando hablarle de su madre o de la guerra para no ensombrecerle el día. Y Nur se dejaba mimar porque Aixa jamás tuvo con ella atenciones de madre, estaba necesitada de cariños y dulzuras femeninas.

Para Maisha ese cautiverio era la gloria y temía que llegase un momento en el que Aixa, conmovida, se decidiera a liberar a su hija. Si regresaban al harén, tendría que ser más prudente y abandonar esa dedicación tan placentera. En sus oraciones rogaba a Alá para que dejase su vida tal como estaba en ese momento. Por las noches, dormía en una alfombra a los pies de la cama de Nur para poder velarle el sueño y despertarse enseguida si ella tenía pesadillas o se inquietaba.

—Seguramente Yago estará preocupado por mí —le dijo un día Nur mientras se asomaba a la ventana y posaba sus ojos en el Albaicín—. Hace más de dos semanas que no nos vemos.

—Si lo deseáis, podría ir a avisarlo, a informarlo de lo que sucede... Decidme cómo he de salir utilizando los pasadizos.

—¿Harías eso por mí? —le preguntó Nur.

Si una mujer del harén era sorprendida cruzando los muros del palacio corría el riesgo de ser castigada con severidad, posiblemente con la muerte.

—Daría mi vida por vos, señora —le respondió Maisha mirándola a los ojos, sorprendida por la duda—. Daría mi vida por vos.

Nur estuvo a punto de echarse a llorar, pero se contuvo.

—No hará falta que te arriesgues tanto —le dijo—. Basta con que vayas a las cocinas y preguntes por Vermudo. Cuéntale a él lo que está pasando y se encargará de hacer llegar el mensaje a Yago.

—Así será —respondió Maisha.

Poco imaginaban ambas en ese momento que, tiempo después, la esclava tendría que cumplir su promesa de sacrificio.

***

Entre las batallas con los cristianos, que lo habían mantenido alejado de Granada, y la negativa de Nur a contraer matrimonio, Mustafá Sarriá sentía que llevaba meses perdiendo el tiempo, pese a que nunca había mostrado interés por las cosas que se conseguían fácilmente. Él era un luchador nato y le gustaba ganarse a pulso sus deseos, pero aquello se estaba alargando demasiado. Suponía que el empecinamiento de la joven en continuar soltera nada tenía que ver con que no lo encontrase atractivo y que la misteriosa presencia de la princesa en pleno Albaicín era el motivo. Empezaba a cansarse de tanto esperar. La muchacha llevaba más de un mes encerrada en la torre de Comares. Ya no podía verla, con lo cual no contaba con la posibilidad de conquistarla con sus encantos. Por si fuera poco, Aixa, su mayor valedora, parecía estar más interesada en el castigo que debía imponer a su hija que en convencerla para el casamiento. La gente del palacio ni siquiera hablaba del asunto; se estaban olvidando de ella.

Mustafá temía que aquello se enquistase y que terminase pareciéndose a la historia de las tres hermosas princesas, hijas del rey moro Mohamed: Zaida, Zoraida y Zorahaida. La leyenda contaba que, el día de su nacimiento, los astrólogos reales vaticinaron que las muchachas necesitarían una estrecha vigilancia cuando estuvieran en edad casadera, si no quería que los arrebatos propios de la juventud le diesen quebraderos de cabeza. Como el rey confiaba ciegamente en sus augures, encerró a sus hijas en una de las torres más hermosas de la Alhambra, desde la cual se podía ver el hermoso jardín plagado de flores exóticas, así como la cañada que separaba los terrenos de la Alhambra de los del Generalife. A pesar de que la torre estaba lujosamente decorada con alfombras y tapices llegados directamente desde Persia, que las paredes lucían con artesonados calados y arabescos que deslumbraban con sus doradas y brillantes pinturas, que en el centro del patio existía una fuente de mármol de la que brotaba el agua más limpia y pura que se vio jamás por aquellos lugares, y que unas jaulas de oro situadas en las esquinas acogían los cantos deliciosos de pájaros de mil colores traídos expresamente de países con nombres impronunciables, las princesas se aburrían soberanamente y languidecían a ojos vista. Como era de esperar, las funestas previsiones de los astrólogos se cumplieron. Las princesas se enamoraron de unos caballeros castellanos de alta alcurnia que lograron vencer las trabas de la torre rescatando a Zaida y a Zoraida de su encierro, llevándoselas con ellos, más allá de las fronteras del Reino de Granada, a vivir a tierra de infieles. Contaba la leyenda que la única que decidió no escapar y mantenerse apegada a su padre fue la hermosísima Zorahaida, quien acabó muriendo de apatía, encerrada en la torre.

Mustafá resolvió que esa leyenda, que se les contaba a los niños antes de acostarse, no volvería a repetirse y decidió tomar parte para precipitar la situación. Sabía que la información era poder y necesitaba conocer cuáles eran los motivos por los que una mujer inteligente dejaría escapar a un hombre como él. Además, comenzaba a tener sueños lúbricos en los que se imaginaba a sí mismo en su noche de bodas con Nur, despojándola de los velos de su traje de novia, recostándola sobre almohadones de su propia seda y cabalgando sobre aquella potra salvaje hasta que la terminara de domar.

Decidió observar con detenimiento las idas y venidas de la esclava negra que la atendía. Sacó a relucir todo su encanto, intentando tropezarse con ella por descuido en los pasillos, buscando engatusarla con sonrisas, pañuelitos de seda y almendras garrapiñadas, y también sonsacarle información con preguntas sutiles y con otras directas.

—¿Cómo está la princesa hoy? ¿Os ha hablado alguna vez de mí? ¿Necesita algo? ¿Creéis que podríais hacerle llegar algún mensaje de mi parte? Hace un buen día, ¿verdad? ¿Os ha hablado alguna vez de mí? ¿Acaso os ha hablado alguna vez de mí…?

Pero Maisha era una tumba inconmovible que lo observaba de arriba abajo con desconfianza y no soltaba prenda. Mustafá concluyó que sabía más de lo que decía, que era nada. Su despliegue de atractivo no le serviría en un caso como ése. Comenzó a espiar a Maisha. Era tan delgada, silenciosa y oscura que resultaba igual de sutil que la sombra de un gato negro; por eso pasaba inadvertida para los demás.

Mustafá se aprendió de memoria los horarios de Maisha. Sabía la hora exacta en la que la joven servía a Nur el desayuno, la comida y la cena. Aprendió a reconocer, por pequeños detalles, los días en los que la esclava se quedaba más tiempo en la alcoba y luego salía más nerviosa. A veces la veía correr por los pasillos y evaporarse tras cualquier esquina. Por más énfasis que ponía en seguirla, aquella mujer felina se le desvanecía en la nada. Desaparecía durante un par de horas y luego regresaba inquieta, con un brillo de impaciencia extraño en sus pupilas, mirando hacia los lados cuando se dirigía de nuevo a la torre.

Al fin, una tarde, cuando todo el mundo dormitaba tras la comida, consiguió seguirla hasta las cocinas del palacio. Vio que, una vez allí, se ponía a hablar con un hombre enorme que llevaba delantal. Sin duda se trataba de uno de los cocineros. Por sus gestos, parecían muy apurados. Tras la conversación, caminaron juntos y se separaron cuando Maisha tomó la dirección del harén. El hombre miró a ambos lados como si tuviese miedo de que alguien pudiera verlo y se dirigió hacia la torre de los Siete Suelos, donde atravesó una de las diminutas puertas que conducían a las mazmorras.

Mustafá comprendió que, si continuaba caminando detrás de él, lo descubriría, así que decidió esperar a ver qué pasaba. Estuvo agazapado entre las sombras de los árboles más de dos horas, sin que un solo movimiento indicase nada extraño. Comenzaba a dudar que aquel hombre regresase por la misma puerta. Estaba a punto de darse por vencido cuando vio que volvía de nuevo y que retomaba la dirección del palacio.

El sedero esperó unos minutos más, hasta que lo perdió de vista, y se dirigió a la puerta que el cocinero había utilizado para irse y regresar. No estaba acostumbrado a transitar por estrechos pasadizos con paredes recubiertas de telas de arañas. Sus elegantes babuchas de piel se estaban ensuciando.

—Éste es el camino del infierno —farfulló.

Había más túneles que desembocaban en el que él estaba. A lo lejos se oían las lamentaciones de los hombres encerrados en las mazmorras. Una tenue luz terrosa iluminaba débilmente el camino, aumentando la sensación de estar inmerso en una pesadilla. Anduvo durante más de veinte minutos cuando, al fin, divisó una luz a lo lejos; entonces duplicó su prudencia y se pegó a las paredes, caminando más despacio.

Aún no tenía los ojos acostumbrados a la claridad cuando salió, por eso tardó un buen rato en darse cuenta de dónde estaba. Miró con atención y vio que se trataba de una callejuela muy estrecha. Justo enfrente, se topó con un muro encalado por el que se descolgaban unos olorosos jazmines. Torció a la derecha, caminando sobre el suelo empedrado, buscando encontrar un punto de referencia que le indicase el lugar exacto en el que se encontraba. Entonces lo vio. Una de las calles que desembocaba en el callejón se abría al infinito, dejando la maravillosa vista del palacio de la Alhambra en la distancia. Sin duda estaba en el Albaicín, a pocos pasos de la casa en la que había visto entrar a Nur unas semanas antes.

«Tengo que saber qué es lo que ocurre aquí», se dijo a sí mismo, convencido de que, si no manejaba bien aquella situación, todos sus planes podrían desvanecerse.

Era media tarde cuando Vermudo llegó a la casa del Albaicín que Yago ocupaba, y éste se sorprendió de verlo allí a esas horas. Normalmente llegaba más tarde, cuando ya había dejado todo preparado para la cena. En los últimos tiempos le gustaba ir a quejarse de Fátima con la boca pequeña.

—Esa mujer es insufrible —decía Vermudo con media sonrisa—. Compartir el día con ella es un tormento. No tiene ni idea de cocinar mollejas... aunque cocina muy bien las truchas... y tiene unos ojos muy bonitos, eso sí, que lo cortés no quita lo valiente.

Yago estaba convencido de que Vermudo se estaba enamoriscando de la cocinera, pero, cuando se lo insinuaba, éste sacaba a relucir su recalcitrante carácter de solterón empedernido.

—¡Por nada del mundo me casaba yo con una mujer como ésa! Fátima viste como mujer, pero debajo del vestido lleva un buen par de calzones. ¡Y a mí no me mangonea nadie! No señor —aseguraba—. Eso sí, el que vaya a quedarse con ella debería tener cuidado con no hacerle daño... que ya ha sufrido bastante, pobrecilla. Se merece que la traten como a una reina.

Pero ese día la visita de Vermudo no era de cortesía. Tenía un mensaje muy importante para Yago. Maisha, la esclava negra que siempre acompañaba a Nur, había ido a avisarlo de que la tenían encerrada en la torre de Comares. La princesa no quería que el muchacho se preocupase, pero no sabía cuándo volverían a verse.

—Calma —lo tranquilizó Vermudo—. Esa tal Maisha me ha asegurado que Nur está bien.

Yago intentó sonreír, pero le salió una mueca vana. Los años pasaban, pero él seguía igual que en los tiempos de Concepción: aspirando a mujeres que no eran de su clase.

Cuando su amigo se marchó, Yago quiso seguir sus consejos, de modo que salió a pasear, tocó un rato el laúd, recogió un par de tomates del huerto... En el fondo de su corazón, sin embargo, sentía un pellizco de inquietud. Podía intuir que algo malo iba a suceder. Flotaba en el aire. Estaba seguro.

8

Mustafá Sarriá se inquietó al enterarse de la existencia de un pasadizo secreto que unía la placidez exclusiva del palacio con el bullicio popular del Albaicín. Estuvo más de media hora dando vueltas en círculo con las manos a la espalda, considerando el asunto, intentando ordenar sus ideas. Le venían a la mente palabras como «furtividad», «mujer», «escapar», «sola», y «secretos», y dedujo que, todas juntas, daban como resultado una situación lo bastante grave para tomar cartas en el asunto.

Sabía por propia experiencia que ese tipo de situaciones apuntaban a actos prohibidos, casi siempre relacionados con el amor. Una mujer que se escapaba de esa forma de un lugar tan estrechamente vigilado como el palacio de la Alhambra por fuerza tenía que estar involucrada en una historia largamente acariciada que la empujaba a perder la prudencia arriesgando su vida y la de sus sirvientes. ¿Qué tendrían que ver el cocinero y la esclava negra en ese embrollo? La única baza con la que él contaba era con la certeza de que se trataba de una relación ilícita que la familia de Nur no aceptaba; de otra forma, no tendría sentido esconderse. Quizá se tratase de un problema de clases sociales. Si todo lo que estaba imaginando era cierto, seguramente su futura esposa haría tiempo que habría perdido la honra. Aquello le provocó una sensación de repulsa en la boca del estómago. Nunca se le pasó por la mente la posibilidad de desposar a una mujer que antes hubiera sido de otro. Eso lo paralizó momentáneamente. Quizá debería olvidarse de una vez por todas de Nur. Ya había perdido demasiado tiempo con ella y, tal como estaban las cosas, la consecución de sus planes se podría alargar mucho más. Pensó que lo mejor sería informarse de quién vivía en esa casa que Nur visitaba con tanto misterio antes de decidir cómo afrontar el asunto. Quizá estaba adelantando acontecimientos, poniéndose en lo peor. Quizá todo tuviese una explicación lógica. Tenía que investigar. No estaba dispuesto a renunciar tan a la ligera a sus pretensiones de ascenso social.

Se mantuvo expectante, vigilando la entrada de la casa del Albaicín, aguardando a que ocurriera algo. Una hora más tarde, la puerta se abrió y de ella asomó un muchacho joven, vestido a la usanza musulmana pero con el color de la piel y de los ojos lo bastante claros para pasar por un cristiano del norte. Le sonaba su cara; era bueno con la fisonomía, y con ver una única vez a una persona, era capaz de recordar su rostro durante años y ubicarlo en el lugar y el momento en que se produjo el encuentro. Hizo un esfuerzo. Le daba la sensación de haberlo visto en circunstancias festivas, quizá en una recepción, en una cena… Pero no estaba junto a él. No pertenecían a la misma clase social. Era uno de los sirvientes. No, no…, era un músico: un músico cristiano y ciego.

Mustafá había visto tocar a aquel joven en alguna ocasión en las veladas que se organizaban en la Alhambra. Pero ¿cómo era posible? Ahora no parecía ciego. Caminaba con total soltura por la calle. ¿Se habría fingido ciego para poder acceder al harén? Aquella posibilidad le provocó un pellizco de ardor carnal en el bajo vientre. La idea le pareció tremendamente erótica: un grupo de hermosas mujeres desnudándose, bañándose, acariciando sus cuerpos al ritmo de la melodía que surgía de las manos de un hombre delante del cual se mostraban sin pudor alguno por creerlo ciego. Estaba seguro de que soñaría, tanto despierto como dormido, con esa escena durante muchas noches. Hizo un esfuerzo por volver al presente y observar bien al muchacho. Llevaba sobre el puente de la nariz unos gruesos cristales. Quizá realmente era ciego y gracias a ese artefacto había recuperado la visión, y por eso lo habían echado del harén. Eso quería decir que Nur llevaba ya mucho tiempo involucrada en esa relación indecente.

No supo qué hacer. Ofenderse supondría renunciar a la posibilidad de emparentar con los nazaríes. Había invertido demasiado tiempo y dinero para renunciar ahora. ¿Qué importancia podría tener que ella llegara pura a su noche de bodas? La repudiaría en ese ámbito y satisfaría los apremios de la carne con los abrazos de las concubinas. Más adelante podría contraer nupcias con otras mujeres de probada virtud. Eso no era fundamental para él. El tesoro de Nur no se escondía entre sus piernas, de modo que Mustafá concluyó, sin padecimiento, que la vida sentimental de su futura esposa carecía de importancia para él.

De lo que sí estaba seguro el sedero era de que no podía luchar con semejante competidor. De sobra era sabido que la combinación de una gota de dolor y un pellizco de incertidumbre, unidos al peligro, a la clandestinidad y a la prohibición, alimentaban el entusiasmo de los enamorados hasta límites insospechados. Él no tenía nada que hacer contra eso. ¿Cómo iba a conseguir que Nur se olvidara del músico? ¿Cómo iba a conquistarla si la mantenían encerrada, fuera de su alcance? Sin la posibilidad de verla, halagarla, envolverla con sus encantos y hacerle costosos regalos ante los que, estaba convencido, ninguna mujer se quedaría impasible, todo se complicaba. Seguro que ella ya lo había olvidado. Incluso su propia familia parecía haberse olvidado de ella pues, de hecho, hacía tiempo que ni siquiera la mencionaban.

Con su decisión bien tomada, Mustafá retomó el camino de los pasadizos secretos, entró de nuevo en el recinto fortificado del palacio y solicitó acto seguido una audiencia con Aixa. Sin mucho preámbulo, explicó a la madre de Nur su versión de la situación. Le dijo que todo aquel asunto del encierro y la rebeldía de la princesa se estaba convirtiendo en un auténtico contratiempo.

—Si no tengo la posibilidad de verla, es imposible que la convenza para cambiar de opinión. Si alguna vez piensa en mí, será para odiarme por haber hecho que su vida cambie de esta manera —le dijo.

El comentario de Mustafá cogió a Aixa por sorpresa. Tal como se estaban desarrollando las cosas con los cristianos y con su cuñado el Zagal, el asunto de su hija rebelde había pasado a un segundo plano para ella. Ni siquiera se planteaba cómo llevaría Nur su cautiverio, si tenía necesidad de compañía o si sería hora ya de levantarle el castigo. Estaba demasiado enfadada para dar su brazo a torcer. Esperaba que la cabezota de su hija demandase su presencia y que, deshecha en lágrimas, le pidiera perdón por sus desplantes y sus desobediencias, asegurándole que una madre tan sabia como ella podía hacer con su vida lo que quisiera. Eso era lo justo. No obstante, Aixa sopesó enseguida la oportunidad que tenía delante. Un hombre bien plantado estaba dispuesto a asumir la responsabilidad de Nur, y aquello le pareció una estupenda manera de zanjar un asunto incómodo.

—Esperadme aquí —le dijo, luciendo gesto de satisfacción.

Mustafá se incorporó e hizo una leve inclinación de cabeza en señal de asentimiento.

Aixa apareció de golpe en la alcoba donde Nur estaba encerrada. La encontró sentada delante de un espejo, sonriente, dejando que la esclava negra le cepillase el cabello. Su despreocupación le resultó realmente molesta, teniendo en cuenta la situación en la que se encontraba. Al verla así de feliz le acometió la tentación de abofetearla hasta que le pidiese perdón, pero cabía la posibilidad de que su hija hubiese heredado su misma testarudez. Eso significaría que estaría dispuesta a dejarse arrancar la piel a tiras antes que solicitar clemencia, así que Aixa hizo un esfuerzo por dominar su primer impulso. Con un par de zancadas, se situó delante de ella.

—Incomprensiblemente, Mustafá Sarriá continúa interesado en ti y me ha pedido que te libere —le espetó sin miramientos.

—¿El sedero? —preguntó Nur, sorprendida—. ¿Aún no se ha rendido?

—Y eso debería darte la medida de su amor. Así que ya estás bajando al salón para darle las gracias.

La muchacha la observó por unos segundos, calibrando la respuesta.

—No lo pienso hacer —sentenció.

—Tú harás lo que yo te diga —la increpó su madre.

Maisha, que estaba de pie, justo detrás de ella, le pellizcó el brazo sin que Aixa se diese cuenta. Nur guardó silencio mientras trataba de interpretar lo que la esclava pretendía indicarle. Quizá debería aprovechar esa oportunidad para salir de allí. Seguir aferrada a su orgullo no le serviría de nada en esa situación. Era más sencillo vérselas con un pretendiente tenaz que con una madre tirana que la mantenía cautiva.

—Está bien —dijo de pronto.

Aixa la miró de arriba abajo, sorprendida de haberla convencido con tanta facilidad. La muchacha se incorporó de su silla y caminó en dirección a la puerta sintiendo una enorme repugnancia al pensar que tendría que dar las gracias a Mustafá por haber intercedido por ella. Maisha caminaba a su lado, y eso la hacía sentir un poco mejor. Por fortuna, al llegar al salón de Comares el sedero ya no estaba.

—Ha tenido la deferencia de no colocarte en una situación incómoda. Es todo un caballero —destacó Aixa.

Pero Nur tuvo la sensación de que esa magnanimidad, como

todo en Mustafá, era pura impostura. Antes o después el sedero querría cobrárselo, de eso estaba segura.

**

A esas alturas, Boabdil sólo conservaba en su poder la ciudad de Granada. Guadix, Baza y Almería estaban en manos de los partidarios de su tío el Zagal. Los reyes cristianos siguieron utilizando la estrategia que tan bien les había funcionado en los últimos años. Concluyeron que Almería estaba demasiado lejos y bien pertrechada, que Granada debía dejarse para el final y que, por tanto, lo mejor era decidirse entre conquistar Guadix o Baza, como siguiente paso a seguir. A pesar de que unos meses antes el capitán general Fadrique de Toledo, hijo del duque de Alba, intentó ganarse la lealtad de Baza sin éxito —perdió hombres y provisiones, e hizo que el Zagal se sintiese más poderoso—, resolvieron retomar la conquista alentados por las últimas victorias en la región de Vera.

El rey Fernando encargó a Gutierre de Cárdenas que talase todos los árboles que se encontraban en los alrededores de la ciudad. Querían aislarla del exterior y tener un buen espacio en el que emplazar sus piezas de artillería. Durante más de un mes, dos mil hombres a caballo y nueve mil peones aparecieron con sus segures, hachas, destrales y machetes, dispuestos a dejar los alrededores de Baza lampiños como las nalgas de una criatura de pecho. Tenían órdenes precisas de no dejar en pie un solo árbol que los musulmanes pudiesen aprovechar para ocultarse y cogerlos por sorpresa. Aún tenían presente la muerte, años antes, del noble García Lasso de la Vega, escudero de don Rodrigo Manrique, aquel que pasaría a la historia por unas coplas que su hijo poeta le compuso cuando abandonó el mundo. Dicho asistente murió al ser alcanzado por una flecha musulmana envenenada que se le clavó en el cuello durante el asedio a la ciudad, precisamente por estar los alrededores plagados de frondosos arbustos.

Una vez que tuvieron toda la madera talada y amontonada, el rey Fernando ordenó que se desplazasen hasta la zona un buen número de constructores y carpinteros, que con ella fabricaron empalizadas y recintos fortificados unidos entre sí por líneas y fosos, adecuados para el asalto de la ciudad.

Los más de diez mil pobladores de Baza comenzaron a preocuparse. Parecía que los cristianos estaban tomándoselo en serio.

***

Mustafá rogó a Aixa que no presionara a Nur con requerimientos para que se desposara con él. El sedero lo tenía todo previsto. La joven caería rendida en sus brazos, igual que una manzana caía del árbol una vez madura. Se había fijado un severo horario de asedio a la princesa. Esperaba la llegada del mediodía para acercarse como por casualidad por el palacio, con lo cual conseguía que, en la mayoría de las ocasiones, lo invitasen a comer. Pese a que Nur normalmente hacía sus almuerzos en el harén, con las otras mujeres, el día que Mustafá estaba invitado Aixa le ordenaba que los acompañase. El sedero solía aparecer con algún regalo: flores para decorar la mesa, pañuelitos de seda para la madre o perfumes elaborados con ámbar gris para ella.

—Qué curioso que, tratándose de vómito de ballena, huela tan bien, ¿no es cierto? —le decía el sedero con delicadeza, ignorando conscientemente el gesto de desagrado de Nur.

Pero más pronto que tarde empezó a aceptar que la muchacha era insobornable y que le interesaban poco o nada esas fruslerías. Nur las miraba sin mucho énfasis antes de pronunciar «Gracias, no tendríais que haberos molestado», justo antes de dejarlas olvidadas en cualquier rincón de la estancia. En una ocasión Mustafá se percató de que uno de los broches de perlas y esmeraldas que le había regalado, que él aseguró estaba recién llegado en uno de sus barcos, directamente del mercado de Persia, adornaba días después el vestido de aquella hermética esclava negra de la que la princesa nunca se separaba. Detestaba admitirlo, pero empezaba a sentir un rencor enconado hacia ella. Se fijó en que Nur tenía como costumbre tumbarse a la hora de la siesta con un libro de poemas entre las manos, de manera que concluyó que le gustaba la literatura y comenzó a llevarle las obras completas de Wallada, pese a que su familia siempre había considerado a la poetisa cordobesa como una libertina de la cual ninguna mujer debería tomar ejemplo. «Ya le bajaré los humos cuando nos casemos», pensaba Mustafá.

En un primer momento Nur se mostró a la defensiva en todo lo referente al sedero, pero, según fueron pasando los días, se fue tranquilizando. Mustafá tenía la delicadeza de no hacer alusiones matrimoniales de ningún tipo, y no la presionaba ni intentaba quedarse a solas con ella. Por el contrario, era cortés y de charla afable.

Aixa, Moraima y la corte de eunucos que los acompañaban para abanicarlos mientras tomaban el té encontraban al sedero encantador. Se sentaban alrededor de él para que les describiese el arduo procedimiento mediante el cual las babas de un gusano terminaban convertidas en los tejidos más valorados del planeta. Él se extendía en explicaciones, porque nunca había tenido un auditorio tan entregado. Les hablaba de que la materia prima de su negocio surgía de pronto, y por miles, con la eclosión de unos minúsculos huevos del tamaño de cabezas de alfiler. De allí nacían unos gusanillos insignificantes que había que alimentar con hojas frescas de morera, de las cuales él disponía a su antojo puesto que su familia cultivaba esos árboles desde tiempos inmemoriales. En poco más de un mes, las orugas habían multiplicado su tamaño y cambiado varias veces de camisa hasta adquirir la apariencia de un dedo meñique con la uña ennegrecida. Era entonces cuando se disponían a fabricar la sustancia por la que se las valoraba.

—Siguiendo un movimiento constante, dibujan con su cabeza la forma del número ocho y van soltando un liquidillo viscoso que termina de solidificarse al contacto con el aire —explicaba Mustafá a las mujeres, satisfecho de estar recibiendo tanta atención pese a que no paraban de hacer aspavientos de repugnancia—. Sí, sí, señoras mías, la tela que tanto os gusta posar sobre vuestra piel no es otra cosa que saliva de gusano —añadía, y reía de forma jactanciosa.

—¡Qué ocurrente! ¡Qué simpático! —coreaban Aixa y Moraima.

El insecto tardaba unos tres días en terminar de envolverse, quedando totalmente oculto a la vista.

—Cuando el capullo está completo —continuaba explicando Mustafá—, se lo sumerge en agua hirviendo, se saca el bichejo y comienza a trabajarse la seda.

—¿Mueren escaldados? ¡Es terrible! —exclamó Nur.

—Cada capullo produce alrededor de tres mil codos de seda en bruto —continuó diciendo Mustafá con orgullo, sin prestar atención al comentario de la mujer a la que pretendía enamorar.

—¿Y no se puede esperar a que el gusano salga y después utilizar el capullo? Así no habría que matarlo —sugirió la princesa.

Mustafá sonrió con suficiencia.

—¡Sois tan bondadosa…! —le dijo con falsa devoción—. Hasta un vil gusano os parece digno de consideración.

En ese mismo momento recordó que aquella mujer se había revolcado con un músico ciego. Sin duda daba a lo rastrero más valor del que debía. Se sacudió esa imagen de la cabeza y continuó explicándose.

—Si lo hiciésemos de la forma que vos proponéis, el gusano rompería el hilo al salir, y la seda quedaría destrozada e inservible. Son gusanos. Gu-sa-nos —enfatizó, como si eso lo aclarase todo—. Gusanos insignificantes… como las hormigas, los perros o los sirvientes.

Nur se sintió molesta por el comentario.

—No serán tan insignificantes. Al menos para vos. Son la base de toda vuestra riqueza y vuestra posición social —refutó ella.

—¿Un poco más de té, estimado Mustafá? —interrumpió Aixa a la vez que se levantaba para coger la tetera.

Mientras lo servía, pasó por el lado de su hija y le dio un pisotón. Con gusto la habría puesto sobre sus rodillas para darle un par de azotes en el trasero, como cuando era una niña.

A pesar de todo, Nur terminó por acostumbrarse a la perenne presencia de Mustafá y dejó de ponerle mala cara. Mientras tanto, él observaba las evoluciones de su futura esposa tratando de extraer de ellas cualquier tipo de información. Desde que la liberaron de su cautiverio en la torre, Mustafá había pasado todas las tardes en el palacio hasta que oscurecía y no descubrió señal alguna que indicase que la princesa había vuelto a los malos hábitos de escapar por pasadizos secretos para huir al Albaicín. Quizá se había equivocado dando por sentadas cosas que no eran. Quizá quien tenía la aventura con el músico era su eterna acompañante, Maisha. Podría ser... Sí, podría ser. Eso lo ilusionó. Le pareció un obstáculo menos al que tener que enfrentarse. Ahora sólo restaba conquistar a Nur.

Pero todas sus ilusiones se diluyeron cuando, dos días más tarde, ella alegó tener dolor de cabeza. Deseaba almorzar en la intimidad de sus aposentos para poder descansar, dijo. Eso hizo desconfiar a Mustafá, si bien intentó disimular unos veinte minutos. Habló de cosas intrascendentes: el tiempo, los precios del pescado, la guerra, la dichosa guerra... Luego, cuando le propusieron que se quedase a comer, pretextó haber concertado una cita con un cliente.

Tras despedirse con cortesía y abandonar el palacio, Mustafá se dirigió a la casa del Albaicín, que tan bien conocía ya, y se dispuso a esperar en la puerta. El corazón le batía fuertemente en el pecho. Tenía la garganta seca. Pese a todo, se mantuvo alerta, sin apartar los ojos de la entrada. Estuvo allí más de tres horas, de pie, esperando tras un naranjo. Entonces la vio salir. Iba cubierta de pies a cabeza con una pieza de seda de color azafrán que él mismo le había regalado. Lo llenó de indignación, pues le pareció de mal gusto que acudiese al encuentro con su amante con ella puesta. Observó en qué modo el músico ciego la despedía en el umbral. En sus gestos calmados, en las sonrisas tiernas y en el leve roce de sus manos un instante antes de separarse, Mustafá reconoció la cotidianeidad de una historia de amor afianzada. Aquello no tenía nada que ver con una aventura pasajera que se desvanecería en el tiempo. Podía vérselas con ardores momentáneos; él también había pasado por trances semejantes. Pero lo que tenía delante de sus ojos lo preocupaba. Estaban realmente enamorados.

Nur corrió calle abajo para dirigirse a la entrada que la devolvería de nuevo a la Alhambra. ¿Cuánto tiempo llevaría así? ¿Acaso pensaba casarse con aquel infiel? ¿Terminaría por aburrirse de él? No podía dejar eso en manos del destino.

El sedero tardó aún un rato más en tranquilizarse. Galanteos, regalos y presencia perenne en el palacio no la predispondrían al matrimonio, ahora ya estaba seguro. Tenía que tomar cartas en el asunto.

**

Como había hecho en anteriores ocasiones, el rey Fernando envió un mensaje al mandatario de Baza, Cidi Yahia el Nayar, solicitándole que se rindiera si no quería ver expuesto a su pueblo a un largo y penoso asedio. Pero éste se negó en redondo, convencido de que el Zagal no los dejaría abandonados en tan penosa situación y que llegaría antes o después con sus huestes para defenderlos.

En respuesta, los cristianos decidieron montar su campamento justo enfrente de la puerta de la Magdalena, con la intención de minar los ánimos de los vecinos que se asomaran a las ventanas. Querían que se despertaran con la imagen de su enemigo desayunando tocino de cerdo a poca distancia de sus casas. El rey Fernando sabía que la actitud era importante a la hora de conseguir la rendición de una ciudad. El problema surgió cuando se dieron cuenta de que habían colocado sus tiendas en terreno de huertas. Las patas de los caballos se hundían, los hombres se pasaban el día enfangados y mantener un fuego encendido era una tarea irritante, de modo que tuvieron que volver a levantar el campamento y buscar un terreno más firme.

Para que no les volviese a ocurrir, y en vista de que aquel asedio parecía que se iba a alargar más de lo previsto, decidieron construir más de mil casas, pero el destino parecía estar a favor de los dichosos musulmanes pues una mañana una de ellas cedió, arrastrando a las demás como si se tratase de un endeble castillo de naipes. Lo que no había conseguido el enemigo lo lograban un montón de tablones de madera mal asentados. De un día para otro, los cristianos perdieron doscientos hombres. O multiplicaban las plegarias o la conquista de la ciudad de Baza se iría al traste.

**

Mustafá se sentó a fumar una cachimba, decidido a tomar una determinación al respecto. Había puesto su dinero al servicio del emirato, luchando mano a mano con Boabdil, con la única esperanza de que con ello obtendría una recompensa. No había arriesgado su vida ni había empeñado su fortuna para quedarse con las manos vacías por culpa de los caprichos de una joven consentida. Aspiró el humo y cerró los ojos. Sintió una reconfortante sensación de placidez recorriendo sus venas. Había participado en un buen número de batallas en las que arrebató la vida a muchos hombres que ni siquiera conocía, hombres que no le habían hecho nada, que no significaban nada para él. En ocasiones pensó que era inmoral matar a una persona sin tener una razón de peso que lo justificara. Era la primera vez que tenía un buen motivo para desear que alguien desapareciera para siempre. Volvió a introducir la boquilla de la cachimba en su boca. La *sharia* era muy estricta con esos temas: ojo por ojo, diente por diente; quien a hierro mata a hierro muere. Un asesinato se pagaba con la propia vida. O quizá no. Él era un destacado comerciante musulmán y su adversario un músico cristiano. Tal como estaban las cosas, era más que posible que incluso se lo agradecieran. O quizá no. Aspiró de nuevo. Podría matarlo sin que nadie se diese cuenta. Nadie los relacionaría jamás. Nadie sabía que había descubierto a los amantes.

Sí, sí, ciertamente… eso era lo que haría.

—Muerto el perro se acabó la rabia —rugió—. ¡Muerto el perro se acabó la rabia!

Se incorporó de golpe, como si su propia frase le hubiese insuflado la fuerza necesaria. Se dirigió al armario donde guardaba las armas y cogió su alfanje. Lo escondió bajo su túnica y se echó por encima la protección de cuero que había usado en las batallas y que le había librado de algún que otro susto. No quería llevarse la desagradable sorpresa de que su enemigo estuviese alerta e intentase defenderse. Montó en su caballo y se encaminó al Albaicín dispuesto a deshacerse de su problema.

Comenzaba a caer la tarde y el frío helado del invierno en Granada calaba hasta los huesos. Su casa estaba en las afueras, así que espoleó a la bestia. Cabalgó hasta llegar a la altura del Darro y decidió dejar el caballo abajo. La subida al barrio resultaba complicada. Las calles eran demasiado estrechas y su brioso corcel de batalla podría llamar la atención de los humildes vecinos. Oyó sus propias pisadas retumbando por las calles solitarias, acompasándose con los sonidos de su corazón. Iba mascando su indignación: un hombre de su alcurnia no tendría que verse envuelto en esas desagradables situaciones. Era bien parecido, tenía una buena posición social y una charla inteligente, su valentía había quedado firmemente demostrada en el campo de batalla... Cualquier mujer estaría deseosa de aceptarlo como marido. En cambio, esa presumida soberbia prefería a un endeble músico de cuatro ojos. Eso exacerbó su rabia y se alegró de ello. No le habría gustado llegar a la altura de la casa y darse cuenta de que no encontraba en su interior el suficiente rencor para arrancar la vida al cristiano.

En ocho minutos se encontró enfilando la calle de su rival. Al fondo podía divisar las montañas nevadas, teñidas por el rojo amoratado del ocaso. Por un momento tanta belleza lo despistó; le habría encantado teñir sus sedas con ese color, pero sabía que la tintura para conseguirlo era carísima, y valía su peso en plata porque había que extraerla de las mucosidades de un caracol cornudo que vivía en el mar, por eso se usaba poco, si acaso en los hábitos monacales de las altas esferas cristianas como muestra de su supremacía. Mustafá fue consciente de que se estaba relajando de nuevo y rebuscó la rabia en su interior. Había invertido la mitad de su fortuna para conquistar a Nur. Era lo bastante avaro para que ese simple pensamiento le devolviese la ira.

Llegó a la casa. Salía humo de la chimenea y dedujo que habría alguien dentro. Sería sencillo y fulminante. No había nadie en la calle, así que reventaría la puerta de una patada, entraría con rapidez con el alfanje en la mano y cortaría el cuello a aquel cristiano como a un conejo, sin más dilación. De pronto, un pensamiento repentino cruzó su mente... ¿Y si no estaba solo? Había llegado a la conclusión de que el muchacho vivía solo, pero podría no ser así. ¿Y si en la casa había más hombres? La incertidumbre le secó la garganta. Decidió abandonar el método de la patada para entrar. Se acercó despacio a la puerta y pegó la oreja a ella. Nada. No se oía nada en absoluto. La empujó suavemente hasta que cedió dando paso a un huerto en el que crecían limoneros y naranjos. Había flores trepando por la tapia blanca y pequeñas matas. Avanzó despacio, ocultándose en las sombras de los árboles, hasta llegar a la puerta de entrada de la casa. Apretó el pomo y entró.

Mustafá se encontró en una estancia iluminada tenuemente. Dio un par de pasos. Caminaba de puntillas. Fue entonces cuando lo vio y quedó paralizado. Yago estaba agachado frente a la chimenea, echando al fuego un tronco de madera y alentando las brasas con el fuelle. Allí acuclillado, con ese cabello suave que destilaba reflejos melosos a la luz de la lumbre, delgado, con el cuello y las manos tan blancas, parecía un niño. No tenía sentido que Nur estuviese enamorada de él.

Muy despacio, Mustafá se llevó las manos a la cintura y, con mucho cuidado, sacó el alfanje de su vaina. Lo elevó por encima de su cabeza, dispuesto a rebanar el cuello a aquel muchacho con un tajo certero, pero justo en ese momento, Yago, que tenía un oído especialmente sensible tras tantos años de ceguera, se dio la vuelta, incorporándose de un salto. Levantó el antebrazo de modo que logró detener el golpe. Nunca había tenido que defenderse de un ataque, así que desconocía las normas básicas de autodefensa. Como pudo, sujetó la muñeca de Mustafá con las dos manos. Los dos hombres se quedaron un buen rato frente a frente, mirándose a los ojos, con las caras muy juntas. Yago lo observó interrogante. ¿Quién era aquel hombre? ¿Por qué intentaba matarlo? No parecía un ladrón, iba bien vestido. Él no tenía enemigos. ¿O sí? ¿Oreste Olivoni? Jamás lo había visto, pero aquel hombre de aspecto moruno estaba lejos de parecer un artista italiano.

Yago creyó advertir en los ojos de su atacante el destello del pánico al saberse descubierto. Lo tenía tan cerca que podía notar su aliento en la cara. Era mucho más corpulento que él; no conseguiría mantener esa pugna por mucho tiempo. Sacó fuerzas de su interior para empujarlo, y lo mandó lo bastante lejos para tener tiempo de coger el atizador de la chimenea, darse la vuelta y lanzarse con rabia contra su cabeza. Golpeó con todo el ímpetu que le permitieron sus brazos de músico.

El hierro chocó contra el cráneo de Mustafá y éste emitió un alarido de dolor. Una señal púrpura, del mismo color que él había admirado poco antes en el ocaso, ese color que se extraía de las mucosidades del caracol cornudo, quedó en medio de su frente. El sedero se llevó las manos a la cabeza y vio que estaba sangrando. Ambos se mantenían inmóviles, temiendo que cualquier movimiento desatara de nuevo la rabia del otro. De pronto, el atacante se dio la vuelta y echó a correr en dirección a la puerta.

En ese mismo instante Vermudo llegaba. Estaba atravesando el huerto, por lo que le dio tiempo a ver salir a Mustafá a toda prisa. Cuando el cocinero entró en la casa, se encontró con Yago petrificado en medio de la sala, con el atizador aún en la mano, lívido.

—¿Qué ha ocurrido? —preguntó—. ¿Quién era ese hombre?

—Ha... ha intentado matarme —fue lo único que Yago alcanzó a balbucir.

**

La desgracia del derrumbe de las casitas que los cristianos habían construido frente a las murallas de Baza, con la intención de asediar a los musulmanes, despertó las temores de los soldados supersticiosos. Terminaron de confirmar sus sospechas de que aquel cerco estaba maldito cuando comenzó a llover sin tregua, tanto de día como de noche. El largo camino de herradura que unía el real castellano con Quesada y Jaén, ideado para facilitarles el abastecimiento de comida y armamento, se volvió intransitable. Pasaban hambre, se enfermaban por culpa del frío y la humedad. El asedio de Baza comenzaba a parecerse, más de lo que el rey Fernando habría deseado, al de

Málaga. Sabía perfectamente que del buen estado de ánimo de sus hombres dependía en gran medida el éxito de sus conquistas. Necesitaba un golpe de efecto. Y mandó llamar a su esposa.

Isabel y sus damas llegaron al cerco de Baza para levantar la moral de la tropa. Tal como ya lo hiciera en Málaga, la reina apareció firme, serena, envuelta en terciopelos y oropeles, transportada en una carroza de lujo. Aquella demostración de poderío calmó los ánimos de los más sobresaltados. Cuando los hombres vieron la naturalidad con la que la soberana hacía y deshacía por el campamento, sonriendo despreocupada, tomándose a sorbitos vasos de hidromiel sentada tranquilamente en la puerta de su emplazamiento real, llegaron a la conclusión de que no había nada que temer. Incluso los mismos musulmanes terminaron por convencerse de que estaban perdidos.

***

Mustafá Sarriá esperó unos días antes de regresar al palacio de la Alhambra. Quería que se le borrara de la frente la señal del atizador, pero pasaba el tiempo y no parecía mejorar. Seguro que le quedaría una cicatriz. ¡Maldito cristiano! Al cabo de una semana se le acabó la paciencia. El asunto de Nur había conseguido sacarlo de quicio. No había palacio, ni riqueza, ni título y, por supuesto, tampoco mujer alguna que mereciese tanto sufrimiento. Estaba tan enfadado que no se consideraría resarcido simplemente abandonando sus pretensiones y desapareciendo discretamente. Sin lugar a dudas, quería hacer daño a los que se lo habían hecho a él.

Se presentó delante de Aixa con el rostro muy serio. Antes de que a ella le diera tiempo a preguntar por su larga ausencia o por la fea marca de su frente, Mustafá le soltó sin miramientos que había descubierto que su futura esposa mantenía una relación ilícita con un joven cristiano. Le explicó que, por casualidad, paseaba por el Albaicín cuando Nur surgió de una entrada misteriosa. Más tarde supo que se trataba de un pasadizo secreto que unía el barrio con el palacio. La siguió, sorprendido. Pero más sorprendido aún quedó cuando la vio introducirse en una humilde casa con huerto que, por lo que averiguó, pertenecía a uno de los antiguos músicos del harén.

—Pensaba que era ciego. Al menos eso me pareció cuando me cruce con él por aquí, ambientando alguna de las cenas a las que he asistido. Pero desde luego, si alguna vez fue ciego, ahora no lo es. En el Albaicín se desenvuelve con total normalidad —aclaró el sedero con gesto indignado.

—Sé quién es —rugió Aixa.

La iracunda mujer recordaba perfectamente el día que su hijo se había presentado con aquel muchachito. Boabdil lo había acogido como si se tratase de uno más de la familia e incluso lo había llevado al maristán para que le operasen la vista. ¡Y así era como agradecían la hospitalidad los detestables cristianos! Miserables cristianos que no hacían más que inmiscuirse en su vida, dando al traste con sus planes.

—¡Malditos cristianos! Vienen a nuestro reino a robarnos las almas de los que más queremos —clamó Aixa mientras se echaba una capa sobre los hombros y caminaba en dirección al pasillo de servicio.

Iba dispuesta a arrancarle la piel a tiras a su hija. Corrió a buscarla envuelta en el vaivén de sus sedas y sus gasas, resoplando de indignación, y notando que la sangre le recorría el cuerpo como un caballo desbocado.

—La mato… Voy a matarla —vociferaba por los pasillos.

La servidumbre se apartaba a su paso, porque todos sabían que Aixa no solía amenazar en vano. Escudriñó cada estancia del harén, llamándola a gritos por su nombre, hasta que una de las mujeres le indicó que estaba en los baños. Entró allí como una exhalación y la encontró tumbada boca arriba. Maisha le masajeaba los tobillos con aceite de almendras.

Cuando Aixa vio a Nur, luciendo con orgullo aquella placidez de hembra satisfecha, no pudo contener su rabia. Se le echó encima con las uñas sacadas, dispuesta a destrozarle el rostro, repitiendo una retahíla de insultos que jamás se habían oído en aquel lugar en boca de una mujer.

Nur se cubría el rostro, intentando protegerse de los arañazos de su madre.

—Calmaos, señora, calmaos —le suplicaba Maisha.

—Me calmaré cuando la vea irse en sangre —repetía Aixa—. Te gusta fornicar con infieles, ¿verdad? ¡Eres igual que tu padre!

La agarró del cabello, levantándola en vilo, sacudiéndola adelante y atrás. Su hija estaba completamente desnuda, pero eso no le importó.

—¡Indigna! ¡Deshonrada! ¡Sinvergüenza! —le gritaba al tiempo que la zarandeaba y la empujaba en dirección a la puerta. Maisha, mientras tanto, intentaba cubrirle la desnudez con su capa.

—Dime dónde vive ese bastardo —exigía.

—¡Jamás! —clamó Nur.

—¡Desvergonzada! Sucia desvergonzada...

Aixa llegó a la conclusión de que Nur no se doblegaba porque siempre había contado con el apoyo de alguien que la secundara en sus desvaríos. No sólo no estaba dispuesta a confesar el lugar en el que vivía su amante cristiano, sino que tampoco parecía arrepentida. Aferró una de las lámparas de aceite y comenzó a golpear el rostro de su hija sin piedad. Primero un golpe y luego otro.

—No, no... —Maisha se lanzó sobre su amiga, protegiéndola con su cuerpo.

Y entonces Aixa cayó en la cuenta de que su hija se sentía segura porque llevaba una vida regalada de niña caprichosa, siempre descasando entre almohadones, comiendo los mejores manjares, atendida día y noche por aquella esclava negra que parecía una sombra. Estaba segura de que esa mujer estaba alentando el carácter indócil de Nur. Aixa llevaba tiempo enfermándose cuando veía a la esclava cargando en la bandeja las mejores tajadas de pollo, los pescados más frescos y las frutas más maduras con los que alimentar a Nur. En alguna ocasión la había parado en seco, sujetándola por el brazo, para revisar lo que llevaba y sustraer algún manjar, por ver si el ayuno hacía que su hija tomase conciencia de que no todo era dicha en la vida. Esa esclava misteriosa la secundaba. Sí. Ella tenía que saberlo todo desde hacía mucho tiempo.

Agarró a Maisha por el pelo y la apartó, enfrentándose cara a cara con ella.

—¡Tú la has ayudado! ¡Desagradecida!

—Dejadla en paz, madre. Ella no ha hecho nada.

—¿Que no ha hecho nada? Ya que tú no quieres hablar por las buenas, te haré hablar por las malas. Antes o después voy a enterarme del lugar exacto en el que vive ese cristiano, pero prefiero que seas tú quien lo delate. Dime dónde encontrarlo... o si no mataré a esta perra negra.

Los ojos de Nur buscaron los de Maisha. Llevaban tanto tiempo juntas que no les hizo falta cruzar una sola palabra para entenderse. La esclava sonrió, con su maravillosa sonrisa de labios rojos y dientes blancos, y asintió con la cabeza en señal de acatamiento. El gesto entre las dos mujeres no pasó desapercibido para Aixa. ¿Se estaban riendo de ella? La sangre le golpeaba las sienes. No estaba dispuesta a soportar burlas de su hija, y mucho menos de una esclava. Nadie se burlaba de Aixa y quedaba impune. Nadie en absoluto.

Todos los habitantes del palacio de la Alhambra se enteraron de que aquella mañana estaba prevista una flagelación en el patio de Comares. Algunos de ellos se arremolinaban junto a los arrayanes, rodeando la alberca y la taza de la fuente, justo cuando Nur se asomó a la ventana de su cautiverio. Observó desde allí el pesado poyete de mármol que servía para maniatar a los que debían ser castigados. Desde niña había presenciado decenas de flagelaciones, obligada por su madre. Según ella, la única manera de conseguir que los pecadores escarmentaran era arrancarles la soberbia, la insolencia o la desvergüenza a golpe de latigazos. Le parecía importante dejar claro a sus hijos, desde bien pequeños, que ellos tampoco se verían libres de correctivos si se comportaban de forma inadecuada. Cuando Nur tuvo suficiente potestad, evitó presenciar ese tipo de castigos. Y en esa ocasión, más que en ninguna otra del pasado, sintió la tentación de obviarlo. Pero algo en su interior le dijo que debía hacerse dolorosamente consciente de aquella flagelación. No podía dejar a Maisha sola en una circunstancia como ésa.

Boabdil había regresado de la última batalla el día anterior, cargando sobre sus espaldas con una pésima noticia. Tras soportar, con un estoicismo épico, seis meses de asedio constante por parte de un ejército compuesto por más de cincuenta mil hombres armados hasta los dientes, Cidi Yahia al Nayar inició las negociaciones de las capitulaciones de Baza. Los cristianos decidieron ser benevolentes, convencidos de que se correría la voz de su buena disposición ante la rendición entre el resto de las zonas que quedaban por conquistar. Entraron a la ciudad por la puerta de la Magdalena y obligaron a Cidi Yahia a bautizarse, de modo que recibió el nuevo nombre de Pedro de Granada. Una vez convertido al cristianismo, recibiría una generosa asignación para su familia a cambio del compromiso de ir a hablar con el Zagal para convencerlo de la buena voluntad de los reyes castellanos, de modo que éste terminó por renunciar a Guadix y a Almería, quince días después, a cambio de la concesión de un pequeño estado independiente que incluía Andarax, Orgiva, Lanjarón y parte de la Alpujarra. Le prometieron que conservaría sus armas y que le pagarían veinte mil castellanos de oro. Sin embargo, todo ello nunca se llevó a cabo.

Los reyes cristianos avanzaban, inexorablemente, camino del Reino de Granada. Boabdil se sentía demasiado cansado para rebatir a su madre cuando ésta salió a recibirlo encolerizada, exigiendo que diese un escarmiento a la díscola de su hermana y a la esclava negra que la secundaba.

De una de las puertas laterales del patio de Comares surgió la tétrica comitiva que custodiaba a Maisha. Nur escudriñó a su amiga, esperando ver en ella marcas que delataran haber recibido maltrato físico durante los dos días en los que las habían mantenido separadas. Pero no encontró señal alguna de palizas. La esclava caminaba recta, con la barbilla levantada, con el rostro sereno y paso elástico, pese a llevar las manos atadas a la espalda. Nur se había relacionado con los suficientes mandatarios, nobles y príncipes para asegurar que Maisha era la persona más distinguida con la que se cruzó en la vida. Por mucho que su madre lo intentara, le estaba resultando imposible convertir a aquella esclava en una mujer miserable.

El patio estaba lleno de gente. En anteriores flagelaciones los espectadores se sintieron satisfechos de ver cómo se impartía justicia, pero en el caso de Maisha nadie tenía motivos para desear su mal. Quien más, quien menos se la había cruzado alguna vez por los pasillos del palacio, y la joven siempre tuvo para ellos una mirada de sal o una sonrisa de azúcar. Pese a todo, nadie se habría atrevido a prorrumpir palabra alguna contra la orden de Boabdil, en especial porque eran conscientes de que estaba dictada por Aixa, la iracunda Aixa.

Nur llevaba dos días encerrada en la torre, sin comer ni dormir. Se sentía agotada, física y espiritualmente.

—En cuanto regrese tu hermano ordenará que maten a ese desgraciado amante tuyo. Los cristianos tienen que pagar cara su traición. ¡Y tú también! —le gritó su madre señalándola con el dedo tras lanzarla con desprecio al interior de la habitación—. Esta vez sí que no habrá nadie que interceda por ti. Ahí te quedarás por el resto de tu vida. ¿Me oyes bien? ¡Por el resto de tu vida!

Aun así, Nur siguió rogando al cielo para que su madre entrase en razón y aceptase su relación con Yago, a pesar de que hacía ya mucho tiempo que no creía en los milagros, sobre todo desde que las Cortes de Toledo confirmaran la nueva política de apartamiento, que alejaba cada vez más a las personas que profesaban diferentes religiones.

Incluso el perfil urbano había cambiado en los últimos tiempos. Los corregidores, así como otros funcionarios reales y municipales, tenían la obligación de cercar de forma forzosa las aljamas de musulmanes y judíos en recintos amurallados, aislados del resto de la población. Las ciudades se transformaban para adaptarse a las nuevas órdenes y un corre corre de obreros bloqueaba calles para componer una placita, tapiaba las ventanas de la placita para que no se asomase a zona de infieles y abría una nueva calle que iba a parar directamente al río, de modo que algunas zonas se convirtieron en laberintos infranqueables de los que ni la mismísima Ariadna, con un ovillo fabricado con toda la producción de lana del mundo, habría logrado salir airosa. Aquello causaba desavío a los mercaderes, que no sabían dónde plantar sus puestos y que veían que parte de sus potenciales clientes quedaban aislados en las juderías y las morerías.

Por si eso fuera poco, los musulmanes comenzaron a sentir en carne propia la presión de una guerra que se estaba alargando demasiado en el tiempo y de la que todos sabían que tenía como fin principal terminar con el Reino de Granada. Y eso fraguaba un odio entre cristianos y musulmanes difícil de sortear. Más aún para alguien de su clase social.

Nur observó a la única amiga que había tenido en la vida mientras caminaba en dirección a la pilastra de mármol. Recordó la primera vez que hablaron; la suavidad de sus manos, la calidez de su aliento... La vida de la dulce esclava había estado marcada por las decisiones de los demás: siendo una niña, cuando mutilaron sus genitales para hacerla inmune al placer o cuando el barco de esclavos recaló en la playa cercana a su poblado para arrancarla del seno de su familia... Incluso ella misma la había abocado a un destino de confidente por el que iba a pagar un precio muy caro.

—¡Maisha! —gritó desde la ventana.

Quería que la oyera, que supiera que no la había dejado sola, que la acompañaría cada momento, que había alguien en el mundo que la quería.

—¡Maisha!

Tan sólo la desgarradora voz de Nur rompía el silencio sepulcral del patio. Nadie se atrevía a susurrar. Incluso los pájaros parecían haber detenido sus trinos. Mientras le soltaban las manos para aferrárselas de nuevo al puntal de mármol, Maisha cerró los ojos y aspiró el aire con avidez. El aroma de la glicinia inundaba el patio de Comares y un gesto de dicha afloró en el rostro de la esclava. Parecía feliz, como una niña que acabase de descubrir la primavera.

Uno de los verdugos le arrancó la túnica de seda rosada, dejándola desnuda de cintura para arriba. El cuerpo de la esclava parecía una perfecta escultura tallada en ébano bruñido. El primer azote sonó irreal, como el chasquido de unos dedos que buscaran llamar la atención de un somnoliento. Los siguientes fueron distintos. Mientras le infligían los latigazos, la delicada piel de la espalda de Maisha se iba desgarrando.

Al sexto ya estaba en carne viva.

Al décimo comenzó a sangrar.

Pero ella no dijo nada. No se quejó, no chilló, no lloró. Sólo apretó los dientes y aguantó, oyendo cómo, desde la ventana, Nur ya estaba quejándose, chillando y llorando por ella.

—Maisha..., amiga —la oyó decir cuando perdió la cuenta de los golpes que había recibido—. Estoy aquí. Estoy aquí. ¡Te quiero! Yo te quiero.

Entonces, la fiel esclava levantó la mirada en dirección a la ventana y habló en silencio. Los demás no se dieron cuenta, pero, por el movimiento de los labios, Nur la entendió perfectamente.

—Moriría por vos —fue lo último que dijo antes de dejar este mundo.

***

Cuando Boabdil entró en la alcoba en la que estaba encerrada su hermana se sorprendió. Tenía los ojos hinchados de llorar y el rostro tumefacto por los golpes que Aixa le había infligido con la lámpara de aceite. Ambos se quedaron un buen rato en silencio, sentados uno junto a la otra.

—Madre quiere que recibas un castigo ejemplar. Y me ha dejado la responsabilidad de dictarlo —dijo Boabdil por fin.

—¡Qué gran honor! —musitó cáusticamente Nur con la mirada fija en el suelo.

Boabdil la observó. Sin duda su hermana habría sido mucho mejor gobernante de lo que lo era él, pues Nur tenía valor y carácter. La vida no se lo había puesto fácil a ninguno de los dos. Su corazón se inundó de una tremenda tristeza por ambos, por el maldito destino que los abocaba a desatender sus deseos. Notó una profunda congoja en las entrañas y los ojos empezaron a empañársele. No quería llorar. No debía llorar. Los hombres no lloraban. Eso le decía siempre su madre.

—Ayúdame —respondió Boabdil con la mirada puesta en el infinito.

Nur alzó el rostro y lo observó con sorpresa. De pronto se dio cuenta de lo poco que sabía de aquel hombre. La diferencia de edad y de sexo los había mantenido alejados cuando ella era una niña. Ahora, el tiempo que él pasaba fuera batallando contra los cristianos tampoco ayudaba a fomentar el amor fraterno. Pese a todo podía sentir que se parecían mucho. Sabía que, a escondidas, llamaban a su hermano el Desdichado. Y esa desdicha podía leerse en sus ojos. El rostro de Boabdil escondía un dejo de abatimiento perpetuo que ella dudaba que fuese a desaparecer aunque lograse ganar la guerra. El dolor del espíritu, cuando se alarga en el tiempo, deja las mismas marcas en el alma que la viruela deja en la piel. Su hermano era un poeta. Detestaba los conflictos. No quería salir a luchar, sino disfrutar de sus jardines. Quería sentarse junto a la fuente de los Leones a leer; quería caminar bajo los árboles; quería mirar las estrellas desde la torre y contrastarlas con el *Almagesto*, pero, sobre todo, lo que quería era disfrutar del cuerpo de su esposa, jugar con sus curvas, perderse en sus recovecos, beberle la boca y desvanecerse dentro de ella. Todo lo demás no le interesaba lo más mínimo. Sin duda no era un héroe.

—Nunca me has dicho cómo te hace sentir la lejanía de Ahmed —dijo Nur de pronto.

Boabdil contrajo el rostro al recordar a su primogénito, el precio que tuvo que pagar por su liberación. Su hijo del alma, al que sólo vio una vez cuando era una criatura de pecho, estaba siendo criado por manos extrañas. Toda la firmeza que el rey de Granada componía para poder mantenerse a flote en el día a día pareció debilitarse, languidecer a la sombra de aquel doloroso recuerdo. Sin responder, se llevó las manos a la cara para que Nur no pudiera ver su gesto compungido.

—No pretendía hacerte daño, hermano. Sólo atendía a tu petición de ayuda. Intento ayudarte para que me comprendas.

Boabdil inspiró con fuerza, y descubrió su rostro al tiempo que procuraba recomponerse.

—Te escucho.

—Si algo he aprendido desde que conocí a Yago es que el amor es el estado natural del ser humano. Todo es amor, hermano. Y no hablo únicamente del amor entre el hombre y la mujer, sino también del amor a la tierra que nos vio nacer y del amor por la familia, por los seres que trabajan para nosotros y que se convierten en parte de nuestra vida. Todo lo que hacemos en la vida está inspirado por el amor. Si odias, odiarás por amor; si luchas, lucharás por amor; si callas, callarás por amor; si mueres, morirás por amor...

—¿Y eso qué quiere decir?

—Que hace mucho tiempo que nosotros odiamos, luchamos, callamos y morimos por amor. Pero no es por un amor que nosotros hayamos elegido. Es el amor de nuestra madre el que mueve nuestras vidas; el amor que ella siente por este palacio; el amor por ser ella, y no otra, la que perpetúe su nombre en los libros de historia; el amor por el dolor de nuestro padre...

Boabdil bajó la mirada al suelo y Nur continuó hablando.

—Nuestra vida no nos pertenece y, si no nos pertenece, hermano mío, no estoy segura de que realmente estemos vivos.

El rey nazarí sintió una escalofriante pena de sí mismo, una compasión pastosa y densa por su destino cruel, por su vida llena de batallas, por su desconocido hijo, por su mujer languideciendo de pena, por el tiempo perdido. Se sentía terriblemente abatido, confundido, incapaz de asimilar el tamaño grumoso e informe de su desgracia.

—Eso es lo que nos ha tocado vivir, hermana —dijo cuando pudo recomponerse—. Ciertamente, nuestra vida no nos pertenece. En mi caso, debo luchar por este reino; en el tuyo, debes aceptar el matrimonio que madre te propone.

Volvió a hacerse el silencio.

—Mi corazón pertenece a Yago. Sólo me casaré con él.

Boabdil la miró a los ojos y no vio asomo de lágrimas. En ellos se reflejaba mayor seguridad de la que él jamás hubiera lucido en un campo de batalla. Sí, definitivamente su hermana habría resultado ser mejor gobernante de lo que lo era él.

—Madre jamás lo permitirá. ¡Jamás lo volverás a ver! Ella te encerrará por siempre en este lugar. Ha ordenado que apresen a Yago y que lo descuarticen —le informó cabizbajo.

—¡No! —gritó Nur—. Si él muere, yo tampoco quiero vivir.

La muchacha se arrodilló delante de su hermano y agachó la cabeza, apartándose el cabello y ofreciendo su cuello.

—Desenvaina tu alfanje y dególlame. Arráncame la vida. No deseo vivirla sin él.

Boabdil observó la blancura de su piel y la cascada negra de sus cabellos, y deseó levantarla, acunarla entre sus brazos y decirle que no iba a pasarle nada malo. Quizá lo hizo porque era él mismo el que necesitaba que alguien le aportase ese consuelo.

—Nur... —murmuró conmovido, y puso la mano sobre la nuca de su hermana para acariciarla levemente.

Acto seguido, se incorporó y salió de la habitación sin despedirse.

***

Y por experiencia sabrán vuestras mercedes que las malas noticias suelen correr al doble de velocidad que las buenas. Fue por eso que Yago se enteró pronto de lo ocurrido. Sin pensárselo dos veces y sin perder un segundo se dirigió al palacio. El esfuerzo por trepar la ladera le iba arrancando suspiros, lo único que se oía en aquella tarde bochornosa y densa. Notó el aire más fresco sólo cuando entró en la zona del bosque de la Alhambra, pues los árboles cerraban el paso al sol. La primera vez que Yago atravesó aquel lugar aún carecía del don de la vista, y Boabdil se sintió incapaz de describir la belleza que los rodeaba. Le habló de Nur, le dijo que ella sí podría hacerlo. Y, efectivamente, se dijo Yago, eso era lo que ella le había descubierto: la belleza, que se desvanecería si no estaba a su lado.

Tardó más de una hora en alcanzar la puerta de la Alcazaba. Realmente fue un alivio que el escarpado terreno le robase el brío ya que la rabia inicial, que le habría empujado a patear la puerta exigiendo a gritos que le dejasen ver a Nur, se le había aflojado. En ese mismo momento reparó en que debería haber planeado alguna estrategia, pero ya era demasiado tarde para eso. Así que se limitó a dar una voz al guarda que estaba en la almena más próxima.

—Necesito hablar con Boabdil —vociferó—. Es urgente.

Por ser la cálida hora del mediodía no había nadie más por allí, de lo cual se alegró pues no estaba seguro de lo que podría pasar si Aixa se enterase de que andaba cerca. ¿Tendría una mujer la suficiente potestad para ordenar que lo matasen allí mismo? Y, si eso era así, ¿le daría tiempo de ver a Nur antes de que sucediera? En realidad eso último era lo único que le preocupaba.

Para su fortuna, el centinela acató sus deseos y avisó a Boabdil y no a su madre. Yago no lo sabía entonces, ya que nunca desde que recuperó la visión se había tenido que enfrentar a un gesto como aquél, pero más tarde se enteró de que cuando el rey nazarí se asomó a la puerta lucía un gesto de decepción.

—¿Qué haces aquí? —le espetó con desagrado.

—Vengo a pediros la mano de vuestra hermana, majestad —respondió Yago, consciente de que no tenía nada en absoluto que ofrecerle.

El rey lo observó con tristeza. Yago vestía a la usanza musulmana y traía el meloso cabello pegado a la frente, por culpa del sudor. Se había colocado las gafas y sus ojos eran enormes tras ellas, de modo que parecía muy asustado. Era posible que realmente lo estuviera. Pero no quería dejarse arrastrar por la piedad. Estaba enfadado. Aquel muchacho había traicionado su confianza. Lo había acogido como a uno más de la familia, le había abierto las puertas del harén, había logrado que pudiera ver... ¿y así se lo pagaba, deshonrando a su hermana? Pese a todo tuvo que reconocer que Yago era valiente. Cualquier otro habría huido antes de que lo atrapasen. Se quedaron inmóviles, mirándose, uno frente al otro.

—Tienes que irte —le dijo de pronto Boabdil—. Pese a que mi hermana se ha negado a confesar dónde vives, Mustafá

Sarriá no se ha hecho de rogar. Mi madre ha ordenado que te decapiten. Está tan enfadada que es capaz de ir a buscarte ella misma y cortarte en pedacitos tan pequeños que no quepan en una mano.

—No pienso marcharme. No sin ella —aseguró con determinación el muchacho.

Definitivamente, su hermana y él eran igual de estúpidos y tercos, pensó Boabdil.

—¿Crees que tienes alguna oportunidad? —le preguntó descorazonado—. Abandona Granada ahora mismo. Regresa con los tuyos al Reino de Castilla.

—Los míos... —dijo con tristeza Yago—. Los míos están aquí. Los míos es Nur. Prefiero la muerte a vivir sin ella.

Boabdil suspiró. ¿Acaso era él el único incapaz de jugársela por lo que realmente amaba?

—No lo entiendes, muchacho. Si no te marchas, tu vida no será la única que corra peligro. Mi madre no permitirá que estéis juntos. Os matará como a perros a los dos. Y lo hará en medio del patio de la Alcazaba, para que sirva de escarmiento. ¿Eso es lo que quieres? ¿Deseas verla muerta? Ni siquiera tendréis el consuelo de encontraros en el otro mundo, ya que cada uno rendís pleitesía a un dios diferente.

—Yo... yo... —titubeó Yago.

—Si de verdad la quieres vete de aquí. Es lo mejor para ella. Regresa al reino del que nunca debiste salir y no mires atrás. Hazlo antes de que sea demasiado tarde para vosotros.

Sin decir una palabra más, Boabdil le dio la espalda.

***

No sabía Yago que separarse de una porción de tierra podía doler tanto. Granada era el primer hogar que había visto. Desde su ventana, trabajando en su huerta o sentado frente al fuego, había aprendido a reconocer los colores, las formas y los rostros. Y en ese lugar había amado a Nur. Parte de su vida se quedaría por siempre allí.

La primera noche la pasó ya al otro lado de la frontera. Hacía buen tiempo, así que pudo acampar en un claro del bosque. Encendió una fogata y preparó una sopa con un par de rábanos que encontró por el camino. Mientras cenaba, se preguntaba qué sería de él a partir de ese momento. No se sentía orgulloso de haberse marchado de aquella manera, pero tenía mucho miedo de que Nur sufriera las consecuencias de su terquedad. Se sentía vacío. Pero lo que más le asustaba era pensar en la posibilidad de que Nur estuviese sufriendo un castigo. No sabía cómo se trataban en la Alhambra asuntos como aquél. ¿Cómo estaría ella? La vida era un tremendo despropósito, y acabó convencido de que cada uno de los minutos de dicha que concedía se tenían que devolver en forma de horas de sufrimiento.

Por si eso fuera poco, a esas alturas había perdido el consuelo de la oración. Hacía ya tiempo que sentía que Dios no lo tenía en cuenta, e incluso había barajado la idea de convertirse al islam tras oír con qué pasión Vermudo hablaba de ello. Quizá ambos dioses lo habían abandonado y se hallaba en un limbo indefinido en el que ninguno quería hacerse cargo de su alma impía.

Esa noche durmió a trompicones, soñando con Nur entre sus brazos, con Nur azotada por su pecado, con Nur olvidándolo… Aquello hizo que se despertara envuelto en lágrimas. Por mucho que la amase, no tenía nada que ofrecerle. No estaba a la altura ni de limpiar las babuchas de la hermana de rey de Granada. Era una auténtica locura soñar con ella. Sin embargo, no podía dejar de hacerlo.

Yago tenía un nudo en el corazón. De pronto, toda la seguridad en la que había basado su vida se desbarataba como un castillo de naipes levantado por una corriente de aire. La idea de no volver a estar con Nur lo sobrecogía. Aún le quedaban muchas cosas que hacer con ella. Quería componer canciones que hablaran de la forma recta de su nariz combinándose con la curva de sus labios; quería bajarle del cielo la luna y un par de estrellas; quería escucharle cada uno de los versos que escribiera, acariciarle el pelo hasta que le picasen las palmas de las manos, tener hijos con ella, envejecer a su lado... Le parecía imposible que todo eso no llegara a cumplirse jamás. No podía ser. ¡No podía ser!

«Quizá ya me haya olvidado —se lamentó con los ojos empañados—. No soy más que un músico cristiano que no tiene dónde caerse muerto... Y ella es una hermosa princesa a la que quieren desposar con un hombre rico.»

Yago alcanzó el asentamiento que los cristianos acababan de levantar junto a unas fuentes llamadas del Gosco luciendo un aspecto horrible. Se trataba de un campamento provisional, conformado por casetas de madera y tiendas de campaña. Estaba situado en un terreno rodeado de marjales de cultivo donde difícilmente se podrían entablar grandes combates, con fácil acceso a Loja y a una legua de Granada. Era sin duda un punto estratégico. Desde allí se dificultaban los contactos de los granadinos con la Alpujarra, y se completaba la cadena de torres y fortalezas con las que pensaban asfixiar la ciudad donde ya sabían que el hambre y la desolación comenzaban a minar el estado de ánimo de sus habitantes. Yago llevaba mucho tiempo vistiendo a la usanza musulmana y le costó adaptarse de nuevo a las calzas. Suspiró y se consoló a sí mismo. Decidió que no estaba huyendo, simplemente cogía fuerzas para regresar reforzado.

«Volveré a Granada —se prometió a sí mismo—. Volveré al lado de Nur.»

9

Llegaron al palacio de la Alhambra noticias desde Argel. Informaban de que el Zagal había pactado con los reyes cristianos tras haberse dado por vencido. Le otorgaron treinta mil doblas de oro y una pequeña reserva en Lanjarón. Pero ya estaba cansado de luchar y lo abandonó todo. Profundamente entristecido, consiguió hacerse con un barco que le permitió cruzar el estrecho con sus seguidores más entrañables, y con ellos se instaló definitivamente en el norte de África.

Boabdil no estaba seguro de tenerse que alegrar por ello, pese a que su madre lo consideró como un triunfo. Justicia divina, lo llamó. La caída en desgracia de su tío lejos de su patria le recordaba a su padre. Una familia resquebrajada por culpa de una tierra que, tal como se estaban desarrollando las cosas, seguramente terminarían por perder. En ello estaba pensando cuando le comunicaron que el Gran Capitán subía la ladera que daba acceso a la Alhambra en una cabalgadura castaña con paramentos de seda azul que llegaban hasta el suelo. Iba elegantemente vestido con un jubón de terciopelo verde musgo, con sayo de brocado. Lo acompañaban cinco pajes y el alfaqueque, así que Boabdil supuso que no se trataba de una visita de cortesía. Pretendían negociar con él.

—La vida nos ha colocado en una incómoda situación —dijo el rey nazarí a modo de saludo con un suspiro.

—Sigo siendo el amigo que encontrasteis en Porcuna —le aseguró Gonzalo Fernández de Córdoba.

—¿Cómo está mi hijo?

—Bien. Creciendo fuerte.

Ambos guardaron silencio hasta que el alfaqueque consideró que el tiempo dedicado a las salutaciones de cortesía había concluido y se lanzó a iniciar la parte práctica de la conversación.

—Los monarcas Isabel y Fernando nos envían para recordaros vuestra promesa. Según rezan las estipulaciones y los compromisos que firmasteis para obtener la libertad de Loja, si los cristianos llegasen a ocupar todas las ciudades y las fortalezas del reino tendríais que abandonar la ciudad de Granada sin resistencia. Desean saber cuándo pensáis llevar a término ese juramento.

—Eso aún no ha sucedido —objetó Boabdil, evidentemente molesto.

—Está a punto de suceder —aseguró el alfaqueque.

—Nunca cederé mi reino, Gonzalo. Y vos lo sabéis —dijo directamente al Gran Capitán, ignorando al alfaqueque—. Tendrán que sacarme de aquí a la fuerza.

Gonzalo Fernández de Córdoba conocía bien a Boabdil y sabía que hablaba en serio. Había empleado su vida al completo en defender Granada y no iba a rendirse sin más. Eso los ponía en serios aprietos ya que la fortaleza de la Alhambra era inexpugnable. Que los reyes cristianos se arriesgasen al asalto directo era una locura, a pesar de que contasen con una artillería y una intendencia como no se habían visto hasta aquel momento. La Alcazaba estaba situada en un lugar privilegiado. Sus muros de piedra habían resistido siglos y aún lucían la apariencia de poder aguantar muchos embates más. Desde sus sólidas torres se vislumbraba con mucha antelación a cualquiera que intentase acceder a la ladera, quedando los atacantes expuestos a las flechas, las piedras o el aceite hirviendo que pudieran lanzar desde arriba. Si aun así lograban acceder a la puerta de entrada y traspasarla, se encontrarían con un adarve serpenteante que obligaba a caminar en fila de a uno, convirtiendo al enemigo en un blanco más que vulnerable. Realmente un asalto a la Alhambra sería un suicidio para los cristianos.

—Los reyes imaginaban que diríais algo así, pero me indican que os recuerde que vuestro hijo permanece en su poder. —El alfaqueque había vuelto a tomar la palabra.

A Gonzalo le incomodó oír esa frase. Detestaba las amenazas veladas. Creía que los hombres debían hablar claramente, sin tapujos.

Boabdil cerró los ojos y se llevó la mano al corazón. Su hijo, su amado primogénito al que no conocía... A lo largo de esos años le había nacido otro vástago, Yusuf, pero un hijo no podía sustituir a otro. Cada uno de ellos era único y necesario para la felicidad de un padre.

—¿Serían capaces de hacer mal a una inocente criatura? —preguntó compungido.

Pero el alfaqueque eludió la pregunta.

—Sus Majestades se disgustarán mucho si reciben la noticia de la negativa de cumplir con vuestros compromisos adquiridos. ¿Es vuestra última palabra?

Boabdil guardó silencio. Si Moraima estuviese presente seguramente se lanzaría a sus pies para pedirle por favor que recapacitase, que se rindieran, que terminasen con esa tortura de años, que cediera para poder recuperar de una vez a su hijo. Su hijo... su anhelado hijo perdido. Pero ya era demasiado tarde. Con todo lo que habían pasado, con las vidas que habían sacrificado, con las pérdidas y los desvaríos que el pueblo había sufrido, no les estaba permitido rendirse. Había que seguir luchando hasta el final. Ya estaba convencido de que su vida no le pertenecía. Lo había aceptado como el que acepta el color de los ojos o el color de la piel con los que ha llegado al mundo.

—No cederé el paraíso —dijo de pronto—. Y si los reyes Isabel y Fernando lo quieren, tendrán que sacarme a rastras de él.

—Así se lo haremos saber a los monarcas —respondió el Gran Capitán antes de hacer una reverencia de despedida.

Los cristianos caminaban en dirección a la puerta cuando se oyó de nuevo la voz de Boabdil.

—Amigo Gonzalo... Besad a mi hijo de mi parte.

El Gran Capitán se conmovió. Se dio la vuelta y lo miró a los ojos. Hizo un gesto de asentimiento.

—No lo dudéis —prometió antes de abandonar la estancia.

***

Mientras tanto los castellanos continuaban talando la Vega de Granada, pero esa vez con más rabia. Isabel y Fernando estaban muy enfadados. Consideraban que Boabdil había mordido la mano que alimentaba a su propio hijo, y eso no lo iban a permitir. Los monarcas cristianos habían pasado la Pascua Florida en Sevilla y abandonaron la ciudad para disponerse a cercar Granada.

Cuando el rey Fernando se enteró de que muchos de los lugares próximos a la Vega se habían levantado en armas, ordenó al marqués de Villena que se pusiera a la cabeza de diez mil peones y tres mil caballeros, y que se trasladase con premura al valle de Lecrín para aniquilar a los insidiosos. El marqués siguió al pie de la letra sus instrucciones y entró en el valle con un par de lombardetas de carretón, ribadoquines, bancos pinjados, picos, azadones, tres pasavolantes, escalas y un buen número de hacheros, espingarderos y azadoneros que pusieron el lugar patas arriba. Regresó al Padul lleno de orgullo, con cientos de cautivos. Pese a todo, el rey los ordenó regresar y destruir toda aquella tierra al considerar que era lo más acertado antes de poner el definitivo cerco a la ciudad de Granada. Envió a mucha gente de a pie para que ocupase los pasos de Tablate y Lanjarón, que eran lugares que obligatoriamente tendría que atravesar el ejército cristiano. Cuando lograron liberar los pasos de sus enemigos, regresaron a la Vega de Granada y, una vez allí, el rey ordenó instalar su ejército en el Gosco.

De vez en cuando, los monarcas se pasaban por allí para asegurarse de que todo iba bien, que los soldados no caían en la tentación del tedio o se echaban a perder entre juegos de naipes y aguardiente. Fue por esos días cuando la reina Isabel comenzó a tener presentimientos sobre aquel lugar. A pesar de tratarse de un reducto precario, desprovisto de gran armamento y sin huestes realmente organizadas, lo consideraba fundamental. Se veía a sí misma instalada allí, en una modesta pero confortable casa de piedra, vestida de gala, firmando documentos principales que determinarían el futuro de su reino.

—Deberíamos ordenar un campamento en condiciones —le dijo a su esposo.

—Lo haremos..., claro. Cuando llegue el momento.

—Éste es el momento. Tendremos que vivir aquí una larga temporada —aseguró ella.

Pero el rey no le hacía mucho caso. Pese a llevar un tiempo convencido de que era mejor olvidarse de los campamentos desmontables, de los que se habían valido hasta entonces para sitiar las ciudades, para dar paso a campamentos fijos de piedra que conformasen pequeñas ciudadelas, mucho más cómodas para los soldados, en ese momento estaba ocupado en otros asuntos. Aquello quedaba en segundo plano.

—No sé... —protestó la reina—. Tengo la sensación de que un campamento de madera y tela es endeble. Puede incendiarse con facilidad.

Al final Isabel terminó de convencer a su esposo de que aquello era lo mejor, y ordenó contratar a personas que levantasen una ciudad de la nada.

Y Yago aprovechó la circunstancia. Ni siquiera se había molestado en pedir audiencia a los monarcas para darse a conocer y recordarles que, durante un tiempo, fue juglar en la Corte. Tenía miedo. Quizá Oreste lo denunció por lo sucedido y lo estaban buscando para castigarlo. O quizá no y simplemente se sintieran traicionados por haber abandonado el reino sin dar explicaciones. ¡Qué más daba! De todas formas había dejado el laúd en su casa de Granada, pues tuvo que abandonar la ciudad de una forma tan precipitada que no le dio tiempo a recogerlo. Ahora sólo contaba con sus manos y con la circunstancia favorable de que habían pasado muchos años. Su aspecto había cambiado y ya no era ciego. Podía empezar de cero, como si nada hubiera sucedido. Echó una mirada a los obreros que organizaban las bases de una capilla provisional y se dirigió a uno de ellos para preguntarle dónde estaba el capataz encargado de las obras. El hombre le señaló en una dirección.

—Allí —le dijo tras bostezar de forma ostentosa.

Al fondo pudo ver la figura de un individuo alto que trazaba dibujos sobre una pizarra.

—Busco trabajo —se presentó.

El hombre alzó la vista.

—¿Qué es eso que llevas sobre la nariz? —le preguntó sorprendido.

—Gafas —aclaró el muchacho.

—Pareces un búho.

—¿Un qué?

—Un búho.

—Nunca vi uno.

Se hizo el silencio y el capataz volvió la vista a la pizarra.

—¿Y bien? —preguntó Yago.

—Y bien ¿qué?

—¿Me dais trabajo?

—¿Qué sabes hacer?

—Casi nada. Pero aprendo con rapidez.

El capataz lo observó de arriba abajo con suspicacia.

—Empezarás por lo básico —le dijo al fin—. Ve con Pedro y aprende a preparar el adobe.

—Muchas gracias. No os arrepentiréis.

—Eso espero.

Así fue como Yago encontró un lugar en el campamento provisional del Gosco, lo que más tarde se dio en llamar Santa Fe.

***

Boabdil se empecinaba en negarse a entregar la Alhambra, a pesar de que su pueblo comenzaba a languidecer a ojos vista. Seguía ostentando el título de emir, convencido de que aún tenía posibilidades de recuperar la grandeza de su reino. Las semanas anteriores había vuelto a saborear las antiguas glorias porque logró llevar a cabo varias escaramuzas mediante las cuales consiguió apoderarse de algunos enclaves como Lanjarón, Andrax o Alhendín e inició tímidas revueltas en la Alpujarra. Pero todo estaba resultando infructuoso y cada día que pasaba se sentía más abatido. Se había iniciado una operación de asedio cristiano bajo el mando de Diego López Pacheco, el marqués de Villena. Y el pobre Boabdil, rebasado por los acontecimientos, con su pueblo y su ejército tocados por la hambruna y la desolación, decidió pedir ayuda a sus hermanos en la fe que vivían en el norte de África.

Cuando Isabel y Fernando se dieron cuenta de que el emir granadino no estaba dispuesto a rendir pacíficamente la ciudad, decidieron poner toda la carne en el asador y comenzar el plan de cerco definitivo. Aquello supondría un nuevo e importante desembolso de dinero de unas arcas que la guerra habían dejado muy debilitadas. Se hacía fundamental recortar gastos superfluos y, en ese momento, edificar un monasterio lo era. Por mucho que les doliese tener que tomar esa decisión, el dinero con el que continuar las añoradas obras de Torquemada en Ávila se había acabado. Además, la reina quería que Oreste Olivoni se instalara en el Gosco para que los ayudase a diseñar la nueva ciudadela desde la que pretendían asediar Granada y en la que ya se había comenzado a trabajar.

Cuando el artista italiano supo de los planes que los reyes tenían para él, repasó el proyecto del monasterio, y hubo de reconocer que llevaba tanto tiempo involucrado en él que hasta los primeros bosquejos tenían los bordes desgastados y amarillentos. Se alegraba de recibir la orden de dejarlo. Estaba aburrido de discutir con Torquemada sobre lo que quería y sobre lo que realmente se podía hacer con las piedras. Cansado de ir y venir a Ávila, de un tiempo a esa parte se sentía viejo. Cuando echaba la vista atrás y recordaba Florencia, le parecía todo muy lejano, como si se tratase de otra vida distinta; la vida de otro en la que él mismo no estaba presente. Se miraba poco en el espejo porque, cuando lo hacía, descubría a un hombre abotargado y calvo, de mandíbula prominente, con la frente y las mejillas ajadas, un viejo decrépito en cuyo rostro no era capaz de reconocerse.

Y Olivoni no sólo notaba el paso de los años en su aspecto exterior; también comenzaba a detectar achaques. Hacía tiempo que no era capaz de cumplir con una mujer. Le crujían los huesos al caminar, ya casi no le quedaban dientes, y los que aún se aferraban con desesperación a sus encías lucían la tonalidad amarillenta de los cirios rancios de las iglesias. Tenía que alimentarse a base de sopitas y papillas, como los recién nacidos. Además, estaba encogiéndose. El morrillo que lucía en el cogote desde su juventud parecía estar tirando de él, deformando su espalda, obligándolo a caminar cada día más encorvado. Detestaba reconocerlo, por eso llevaba a escondidas la ropa a la costurera de la Corte para que le arreglase las prendas, haciéndole jurar que no se lo comentaría a nadie, como si se tratase de un secreto de confesión. Por si fuese poco, perdía memoria. Cuando estaba repasando algún trabajo, de pronto se daba cuenta de que había olvidado los planos en sus dependencias y cuando subía a por ellos se quedaba parado, sin recordar exactamente qué era lo que estaba buscando. Lo mismo le ocurría con las conversaciones. A veces le venía a la memoria alguna charla lejana y sin importancia, y no estaba seguro de haberla mantenido realmente o de haberla soñado.

Era por todo ello que ya casi se había olvidado de que tenía una hija. La veía en pocas ocasiones, revuelta entre el resto de las criaturas que los reyes mantenían en la Corte: sus propios hijos; los hijos huérfanos de los nobles caballeros que perdieron la vida en el campo de batalla; el hijo de Boabdil, al que llamaban el Infantico... En fechas señaladas como la Navidad, las ayas los colocaban por altura en dos filas y les hacían cantar algún villancico con el que alegrar la velada. Cuando sus dulces voces infantiles terminaban de alabar al recién nacido en Belén, los asistentes al evento aplaudían, y felicitaban al italiano por tener una niña tan bonita y con tanto talento. Entonces Oreste tenía que hacer un esfuerzo por adivinar quién de todas esas criaturas era la que llevaba su sangre.

Por su parte, la pequeña Concepción creció ignorándolo. Le informaron de quién era su padre en diversas ocasiones, señalándoselo de lejos. Pero no comprendía exactamente en qué consistía la paternidad, ni en qué la afectaba eso. Aquel hombre le parecía feo y desgarbado. Una vez se acercó a ella y le dio dos palmaditas en la mejilla. Tenía las manos sudorosas y le dejó la cara húmeda. A la niña le dio mucho asco. Ver a su padre no le suponía mayor emoción que ver al jardinero o a la camarera de la reina y, si le hubieran dado a elegir, habría preferido que no volviera a tocarla nunca más. Su familia eran las ayas y el resto de los niños. Se sentía especialmente unida al Infantico. Ambos eran de la misma edad y habían compartido juegos, habían alimentado juntos a los gatos del Alcázar, se habían contagiado mutuamente las mismas enfermedades infantiles y se habían asustado con el mismo fantasma. Su familia era ésa, y no el padre del que de vez en cuando le hablaban y que a ella le resultaba un hombre repulsivo.

***

El corazón de Boabdil cada vez estaba más dolorido y cansado. Su gran amigo al otro lado de la frontera, Gonzalo Fernández de Córdoba, ya era dueño del castillo de Moclín, una de las más importantes llaves de entrada del Reino de Granada. Una vez instalado allí, había logrado tomar el castillo de Alhendín y su plaza. A esas alturas, los granadinos podían ver desde sus propias casas las ondeantes y orgullosas banderas de los cristianos, cada vez más cerca. Aquello estaba minando la moral de los pobladores y de la propia familia real.

Por otra parte, les llegaron noticias de que Adra, el último puerto que les quedaba, había sido tomado. Las vituallas escaseaban. Casi no había pescado, ni especias, ni sal. Comenzaba a sentirse el hambre. Los habitantes de Granada se temían lo peor. Un largo y penoso asedio que terminaría por sumirlos en la desgracia.

A pesar de que la guerra se libraba con los cristianos a la vuelta de la esquina, de la que cada vez llegaban noticias más desalentadoras, Aixa conseguía que en el harén se viviese una especie de letargo de *Las mil y una noches*. En él las mujeres continuaban con su pasmosa laxitud de baños, masajes y cojines de plumas de oca, de epicúrea exaltación del gusto y del olfato a base de comidas muy especiadas e incensarios atiborrados de mirra. Tan ofuscada estaba Aixa en la guerra que el recuerdo de Nur, de su encierro y de la traición cometida quedó difuminado. No tenía tiempo de irritarse por la honra de su hija cuando se encontraba en juego el Reino de Granada. Estaba entretenida en el mundo de los hombres, ordenando ataques, planeando tácticas, sugiriendo reuniones… de tal modo que Boabdil, siguiendo los consejos de su madre, convocó al gran consejo en el Mexuar. Iba a pedir el parecer de sus generales; entre ellos al heroico Muza. Juntos decidieron organizar una campaña que impidiera al Gran Capitán y al conde de Tendilla que continuasen talando los árboles que rodeaban la fortaleza.

A los pocos días, Gonzalo Fernández de Córdoba reapareció de nuevo, solicitando audiencia para hablar con el emir. Le comunicó que el ejército cristiano había acometido un nuevo avance con la reina Isabel a la cabeza.

—No podrán entrar —aseguró Boabdil.

—Debéis saber, amigo, que ya lo han hecho —le indicó el Gran Capitán—. Un caballero cristiano, de nombre Hernán Pérez del Pulgar, accedió esta madrugada a Granada por la cuenca del río Darro. Atravesó la Alcaicería y clavó su puñal en la puerta grande de la mezquita aljama, con un pergamino en el que se puede leer el avemaría.

—¡Eso es imposible!

—Podéis confirmarlo vos mismo.

—Así lo haré.

Boabdil ordenó que fuesen a acreditar si aquello era verdad. Mientras tanto, Fernández de Córdoba aprovechó la espera para informarle de temas personales.

—He visto a vuestro hijo.

—¿Cómo está?

—Hermoso. Me llega a esta altura. —Se señaló el centro del pecho—. Crece sano y fuerte.

Boabdil sonrió, pero en aquel gesto se podía intuir la sombra de la tristeza.

Poco después, apareció el hombre que habían enviado a comprobar la historia de Hernán Pérez del Pulgar. Llegaba jadeante, con un papel en la mano. Se sujetó el pecho antes de hablar.

—Aquí está la prueba… El… el pergamino. —Casi no podía respirar—. El avemaría escrito en él.

Los cristianos habían entrado en la ciudad.

***

En cuanto la reina planteó a Oreste Olivoni la proyección de una ciudadela en las fuentes del Gosco, él se puso enseguida manos a la obra. Dibujó murallas y torres, así como una fosa alrededor que impidiera el acceso a los enemigos y que tendría tanta profundidad que podrían poner dentro cocodrilos, si los reyes tenían a bien decidirlo así. Lo primero que haría sería construir una pequeña casa de ladrillo, que se convertiría en el eje central del proyecto. Ponía sobre papel los diseños que se le iban ocurriendo. Deseaba encargarse él mismo de todo, sin pedir ayuda a ningún arquitecto, por tres importantes razones: en primer lugar, no quería que la reina pensara que él solo no era capaz de hacerlo; en segundo lugar, porque el paso del tiempo y la experiencia adquirida lo habían convencido de que la mayoría de las personas que tenían opiniones diferentes de la suya le hacían hervir la sangre; en tercer lugar, porque estaba seguro de que aquélla sería la obra más importante de su vida y no quería compartir la gloria con nadie.

Ni en sus mejores sueños imaginó Olivoni que le encargarían el diseño de una ciudad. En la muralla pensó abrir cuatro puertas de acceso en las que proyectó colocar cuatro capillas. En la puerta de Jaén, situada al norte, estaría la imagen de la Virgen de Belén; en la puerta de Sevilla, en el sur, la capilla dedicada a la Virgen de los Dolores; en la de Granada, al este, la Virgen del Rosario, y en la de Jerez, la Virgen del Carmen. En el interior del recinto amurallado construiría varias decenas de casitas de ladrillo para los soldados, caballerizas, lecherías, panaderías, graneros, tabernas y una modesta casa de piedra para los monarcas en la que éstos se instalarían cuando se encontrasen sitiando el Reino de Granada. Ordenaría plantar naranjos y limoneros por las calles trazadas a escuadra, casi rectangulares, cuyo centro estaba marcado por dos travesías principales en cuya encrucijada situaría una amplia plaza de armas. Y tenía planeado el esbozo de un pequeño templo en honor de la Encarnación.

Había previsto que se tardaría en poner en pie todo aquello ochenta días, un poco menos de lo que le solicitó a la reina. Lleno de orgullo, dio aviso a los monarcas de que ya tenía el proyecto de la ciudadela que estaba destinada a convertirse en el último reducto desde el que concluir la ingente tarea de reconquistar el Reino de Granada.

Oreste Olivoni les mostró los planos. Las largas calles rectas, los árboles que darían sombra en verano, les habló del gorgoteo de las fuentes que instalaría en las plazas, las cuales traerían el agua desde el arroyo cercano. Los monarcas estaban encantados. Por último, les señaló la puerta de Jerez. Allí mismo, y para mayor gloria de sus mecenas, Olivoni había previsto que se colocase una placa. Lleno de jactancia, les mostró lo que pensaba escribir en ella:

Rex Ferdinandus, Regina Elisabet, urben quan cemis,
minima constituere die adversus fides erecta est,
ut conterat ostes. Hit censet dice, nomine Santa Fides.

—«El rey Fernando y la reina Isabel, esta ciudad que veis, en muy pocos días levantaron. Erigiose para destruir a los enemigos contrarios a la fe, por eso creen que se la debe llamar Santa Fe» —leyó el rey en voz alta.

—¿Santa Fe? —repitió la reina—. No habíamos hablado de nombres aún.

—Lo sé —respondió Olivoni con gesto modesto—, pero me pareció oportuno.

Al ver que el rey Fernando no se manifestaba al respecto, se apresuró a aclarar.

—Se puede cambiar, por supuesto. No hay que poner nada… O…

—Dejadlo así. Está bien —respondió la reina Isabel—. ¿Cuándo podríais empezar?

—Mañana mismo —dijo Oreste.

—Deseo que Dios guíe vuestras manos —le dijo la reina.

—Santa Fe —musitó el rey Fernando—. Suena bien.

***

Tuvo que transcurrir aún mucho tiempo hasta que Yago se enteró de que Nur pasó meses debatiéndose en la incertidumbre. La joven tenía la certeza de que jamás volvería a ver a su amor. A fin de cuentas, se trataba de un cristiano que había llegado a la Alhambra de la mano de su hermano Boabdil. Había tenido que huir y, si regresaba, lo matarían. En un momento de locura, se imaginó a sí misma escapándose del palacio y yendo en su busca, pero pronto tomó conciencia de que ella tampoco duraría mucho al otro lado de la frontera. Seguramente Yago ya estaría afincado en territorio castellano, sirviendo a los reyes cristianos, quizá olvidándose de ella.

Aquellos tormentosos pensamientos le provocaban una intensa presión en el pecho que, en ocasiones, le impedía respirar con normalidad. Nur, que siempre había lucido el aspecto de mujer fuerte, capaz de comerse el mundo, parecía ahora haber perdido el norte. Caminaba alunada y triste entre suspiros y lamentaciones. Comenzó a languidecer. Se sentía atolondrada, perezosa, con sombras oscuras bajo sus ojos oscuros, siempre tumbada sobre almohadones, dormitando o mirando a la nada, sin siquiera interesarse por sus libros y sus poemas.

Todos los intentos de las demás mujeres del harén para que Nur recuperase su antigua costumbre de relatarles cuentos de países lejanos quedaron disueltos en su desidia. La princesa no sólo parecía haber perdido el interés por el mundo sino que ni siquiera parecía estar interesada en seguir en él. Se sentía terriblemente cansada y melancólica, y tenía que hacer grandes esfuerzos por no echarse a llorar en cualquier momento. La situación que vivían se le antojaba espantosa. A ella le habría gustado casarse con Yago y que su familia hubiese aceptado a su esposo. No sabía hacer nada, excepto inventar historias, y de eso no se podía vivir. Además, Yago estaba muy lejos. Y Maisha, su amada Maisha... Recordarla le causaba un gran dolor.

Por si fuese poco, la guerra estaba empobreciendo a la población al extremo de convertir el humilde pan en un artículo de lujo. Le gente pasaba hambre. Nur se sentía desolada; el futuro le parecía un camino intransitable, lleno de zarzas y dolor. Por las noches soñaba que su madre entraba a hurtadillas en la alcoba para matarlos a todos a golpes. Se despertaba envuelta en un sudor frío, y no paraba de sollozar hasta que el cansancio terminaba por rendirla. Estando así las cosas, el sabio Ibrahim recomendó a las esclavas que la indujeran en un estado de calma mediante infusiones de tila alpina, hierbaluisa y valeriana.

—Y mejor que no se asome a las ventanas —les aconsejó—. Los cristianos están tan cerca que podrían saludarla con la mano.

Y es que el cerco se afianzaba cada día más y todo parecía indicar que estaban perdidos. El propio consejero dijo a Boabdil:

—Señor, debemos rendirnos. El Reino de Granada está agotado. El ejército de los poderosos reyes cristianos abrirá pronto las puertas de la Alhambra.

—¡Antes prefiero morir! —contestó Boabdil—. Prefiero morir antes que rendir la Alhambra.

No hablaba por hablar. Realmente así lo pensaba.

Ordenó un contraataque que Isabel y Fernando interpretaron como una imperdonable traición. Intentó buscar, de forma desesperada, una ruta de abastecimiento desde la costa mediterránea hasta su capital. Para ello atacó valientemente Padul y Adra. De ambos sitios salió victorioso, pero perdió la batalla por la que pretendía hacerse con Salabreña. Envuelto en la desesperación, Boabdil envió a su visir Al Mulih y a otros cuantos hombres destacados de su consejo al campamento cristiano. Pretendía negociar un nuevo trato con el rey Fernando, pero éste no tenía ganas de discutir y a lo único que estaba dispuesto era a escuchar la palabra «rendición», así que los envío de vuelta sin siquiera haberles dado audiencia.

Aquella misma noche Boabdil se despidió de su esposa, Moraima. A primera hora de la mañana se lavó, se perfumó, se vistió con los trajes más elegantes que tenía, se colocó su mejor arnés de guerra y montó en su hermoso caballo negro. Como si estuviese poseído por el mismo demonio, cabalgó lleno de furia en dirección al campamento de los cristianos, dispuesto a morir. Espoleaba su montura… más rápido… más rápido… Poco antes de llegar, el caballo se derrumbó, reventado por el esfuerzo. Ver a su fiel compañero de batallas lanzando espumarajos por la boca, entre estertores, hizo que Boabdil tomase conciencia de la situación. Se abrazó a la cabeza del animal y se mantuvo así un buen rato, meciéndolo de un lado a otro, susurrándole que había sido un buen amigo, sin percatarse de que ya estaba muerto.

Por fortuna, unos cuantos de sus hombres lo habían visto salir. Les pareció que aquello era muy sospechoso y decidieron seguirlo. Lo separaron a duras penas de su caballo y lo subieron en otra montura, obligándolo a retomar el camino de la Alhambra.

—Vamos, majestad —le decían—. Vuestro pueblo os necesita.

—Ya lo dijo el sabio Zagohibi —musitó él, aturdido—. Mi sino es vivir mucho, para padecer mucho.

El cerco se estrechaba.

10

Poco a poco los castellanos estaban consiguiendo lo que se propusieron diez años atrás. El Reino de Granada estaba prácticamente reducido a la ciudad de la Alhambra. Los musulmanes habían salido ya de los recintos amurallados de Guadix, Baza, Almería, Salobreña y Almuñécar. Los cronistas castellanos aseguraron que el Zagal sufrió al otro lado del estrecho la venganza de su sobrino. Decían que Boabdil, al enterarse de la huida de su tío, se puso en contacto con el rey de Fez para contarle su traición, y que éste lo encarceló y ordenó que lo cegasen, si bien esto último nunca llegó a probarse.

Los casi diez años de guerra habían sumido al pueblo musulmán en un largo penar. No sólo había tenido que enfrentarse a las luchas intestinas de un padre y un hijo peleando por reinar, sino que también había visto que la madre de este último lo había estado hostilizando y que el tío estuvo a punto de arrebatar a ambos el poder; tampoco ayudaba mucho que un pequeño príncipe de sangre nazarí estuviese siendo criado por los reyes cristianos. Si sus altos mandatarios estaban tan desvalorizados, qué podían esperar los granadinos del futuro.

Tanta guerra, luchas y muerte habían diezmado la población masculina más fuerte y valerosa. No había familia que no contase con una baja entre sus miembros más jóvenes, de modo que hubo cientos de campos que dejaron de sembrarse. Las hortalizas se pudrían en la tierra porque no se recogían. Los molinos ya no giraban porque no había grano que moler. Las abejas elaboraron miel hasta aburrirse, sin que nadie la recolectase. Las ovejas que no se utilizaron para servir de guiso a los combatientes tampoco se esquilaban, y sin lana no funcionaban los telares. Y sin los telares no hubo puestos de tejidos y, aunque los hubiera habido, la gente no contaba con el dinero suficiente para adquirir telas. El negocio de Mustafá Sarriá, el sedero con cuya fortuna Aixa pretendía salvar su amado reino, se fue al traste. Ya nadie podía adquirir sedas porque ni siquiera existía motivo de celebración para lucirlas. El comercio se vino abajo.

Los habitantes del Reino de Granada necesitaban confiar en sí mismos porque la desesperanza se convirtió en su peor enemigo. Mientras que los castellanos se felicitaban y vanagloriaban cada vez más cerca de la frontera, repartiéndose posesiones que aún no habían conquistado e ideando iglesias en los emplazamientos en los que ahora estaban sus mezquitas, ellos languidecían y sacaban a relucir la historia de la estrella de dos colas que alumbró el nacimiento de Boabdil, por la cual le habían dado el sobrenombre de al-Zugabi, el Desdichado. Estaba claro que su infortunio se estaba extendiendo a sus súbditos. Había heredado un reino de ensueño y un palacio que sólo podía compararse con el paraíso, y no había sabido cuidarlo. Por si eso fuese poco, se corría la voz de que los cristianos habían enviado un ejército de cuarenta mil infantes y diez mil caballos, con el propio rey Fernando a la cabeza, asistido por el maestre de la Orden de Santiago, por los marqueses de Cádiz y de Villena y por los condes de Tendilla, de Ureña, de Cabra y de Cifuentes, para que arrasaran la Vega.

Boabdil hizo llamar al Mexuar a todos sus alcaldes, generales y alfaquíes y les pidió ayuda y paciencia. Les advirtió que eran el amparo del reino y que de ellos, y de la buena voluntad de Alá, dependían la salud común y la libertad. Les presentó una lista con las provisiones con las que aún contaban y otra con los hombres de armas que seguían dispuestos a luchar. Los musulmanes, como eran pueblo de carácter valiente y no habían dejado de pelear por diferentes causas a lo largo de toda su historia, se mostraron entusiasmados. Se organizaron para la guerra, con el bravo Muza al mando de la caballería. De la defensa de las puertas de Granada se encargarían los alcaldes del Alkasabal y Torres Bermejas. Permanecerían cuidando de sus fortalezas el Zegrí y Mohamed Zair con Benatar, al mando de las tres cuadras destinadas a incursiones rápidas en tierras de cristianos, para hacerles incómoda su cercanía. Los otros capitanes se pusieron a las órdenes de Boabdil.

Aquel nuevo rearme dio a los granadinos la medida de la resistencia para la que tendrían que prepararse. Celebraron en las calles y en sus casas, con un orgullo de pueblo unido ante la adversidad casi enternecedor, la idea de que jamás se rendirían a los infieles.

***

Cuando Colón se enteró de que el dominio musulmán en Granada agonizaba y de que los reyes cristianos estaban en Santa Fe cercando la ciudad, se encaminó hasta allí para que no se olvidaran de él. Yago lo vio llegar montado en un penco sin estilo pero con la cabeza tan levantada y con una actitud tan soberbia que no dudó que terminaría por conseguir sus objetivos. Pese a que en el campamento se vivía un revuelo de preocupación, espera e incertidumbre, el marinero no se dejó amilanar. Estaba aburrido de pisar tierra firme y desalentado ante la ausencia de concreción de su proyecto. Pese a todo, mantenía la ilusión de cruzar el océano y arribar a las exóticas costas de Oriente, igual que mucho tiempo antes lo hiciera Alonso

Sánchez el Prenauta. Echaba de menos la vida a bordo, medir el tiempo con las ampolletas que duraban media hora exacta, establecer las guardias cada ocho ampolletas, utilizar un grumete para cada guardia, intuir las horas con el nocturlabio y dar las gracias por haber logrado ver un nuevo amanecer saludando al alba de este modo:

> *Bendita sea la luz*
> *y la santa Veracruz*
> *y el Señor de la verdad*
> *y la Santa Trinidad.*
> *Bendita sea el alba*
> *y el Señor que nos la manda.*
> *Bendito sea el día*
> *y el Señor que nos lo envía.*

Colón no tenía miedo a las tormentas de rayos y centellas que levantaban olas que llegaban al cielo, ni a los monstruos marinos descritos con toda su terrible crueldad en los cuentos de Simbad, ni a aquella enfermedad que dejaba los huesos flojos y las encías sangrantes, ni a las incomodidades de dormir sobre una madera sin más techo que la luna. No le preocupaba tener que utilizar aquel rudimentario asiento higiénico colgado de la popa, compuesto por unas tablas con agujero y llamado beque, para aliviar sus necesidades fisiológicas, ni pasar semanas comiendo caliente una única vez al día. Él era un navegante de raza. No necesitaba usar el astrolabio o la ballestilla. Le bastaba con su brújula, su compás, su sondaleza, sus cartas de navegación, sus mapas bien estudiados, su rosa de los vientos y su cuadrante para saber el lugar exacto del universo en el que se encontraba, aunque estuviese rodeado del azul del cielo y del mar. Con esos simples rudimentos se sentía más que preparado para realizar el viaje de su vida. Pero no podía poner en marcha el proyecto por culpa de un obstáculo que él no controlaba: el maldito dinero.

Se presentó arrogante ante los reyes. Le parecía que cualquier otro problema que no fuese el suyo debía quedar en un segundo término. No podía entender que un rey en su sano juicio permaneciera impasible ante la propuesta de tener en sus manos el monopolio de la Ruta de la Seda marítima. A cambio de sus futuras conquistas, exigió poder firmar con el «don» por delante, ser nombrado almirante de la Mar Océana, virrey y gobernador a perpetuidad de las tierras descubiertas, títulos y prebendas.

La reacción de los reyes no fue la que Colón esperaba. Su carácter no los predisponía precisamente a someterse a pretensiones, mucho menos las que llegaban de la mano de un hombre que manejaba el lenguaje castellano como un lerdo. Tenían la cabeza ocupada con el Reino de Granada y no les quedaba espacio para dar muchas vueltas al asunto del alocado viaje marino.

—¡Váyase en hora buena! —le respondieron sin mucho miramiento, sacudiendo la mano sin levantar la vista de los documentos que en ese momento tenían sobre la mesa.

Y eso fue lo que Colón hizo. Afianzó sus papeles y mapas en las alforjas y subió a lomos de su montura, enojado hasta los tuétanos. Yago se lo encontró cuando ya se marchaba, rezongando improperios contra los estúpidos reyes y reinas que entorpecen el desarrollo de los pueblos.

—Deberíais tener un poco más de paciencia y esperar unos días —le dijo sujetando las bridas del caballo—. Los reyes concluirán esta hazaña en poco tiempo. Habéis esperado mucho para rendiros ahora.

—Estoy cansado —le informó el marinero—. Me iré a vender al rey de Francia el proyecto.

Y, sin más explicaciones, dio media vuelta y tomó el camino del norte.

Pero, para fortuna de los monarcas, el confesor de la reina y el escribano Luis de Santángel, dos de las personas en las que el matrimonio más confiaba, los convencieron de que era un desatino impropio de su ánimo emprendedor dejar escapar una oportunidad como aquélla. Lo que el marino proponía no era en absoluto una locura; se trataba de un buen negocio.

—En esta empresa vuestras majestades aventuran poco y a cambio exaltan a Dios intentando desvelar al mundo los secretos del universo —les aseguró el confesor de la reina.

—Yo estoy dispuesto a prestaros el millón de maravedíes que reclama el señor Colón —concluyó Santángel para terminar de convencerlos.

Isabel y Fernando dejaron por un momento de pensar en el asunto de la toma de Granada y se pararon a echar cálculos. Llegaron a la conclusión de que las mercedes que demandaba el navegante quedaban supeditadas al descubrimiento de un nuevo recorrido hacia Cipango. Si no lo lograba, no tendrían responsabilidades; en cambio, si lo que decía era cierto, convertirían los gastos en beneficios, multiplicándolos por mil. Ya tendrían tiempo de cortarle las alas más adelante, de decir «digo» donde dijeron «Diego» si se ponía intransigente. Lo habían hecho con personas mucho más temibles que él.

A la altura de Pinos Puente, un emisario real detuvo a Cristóbal Colón y le informó de que los reyes demandaban su regreso.

Y él regresó.

En ese preciso instante dio comienzo el viaje a un nuevo mundo.

***

Tras asesinar a Massimo, Oreste tuvo la transitoria ilusión de que todo lo malo de su vida se marchaba al infierno con el Toscano. Sin embargo, tardó poco en darse cuenta de que el infierno iba con él, siguiéndolo como un perro fiel allá a donde fuera. Cuando miraba a su alrededor sólo veía caras nuevas. Muy pocos de los antiguos artesanos que lo secundaron en sus correrías en Sevilla o en Córdoba se encontraban en Santa Fe. Pese a tratarse de órdenes reales, su relación con Torquemada quedó resentida tras informarle de que debía abandonar las obras del monasterio abulense de Santo Tomás. Su familia en Italia ya era una sombra lejana, y no recordaba dónde estaba enterrada su mujer, aquella damita dulce que le hizo hervir la sangre mucho tiempo atrás. Ni siquiera era capaz de recuperar la emoción por el trabajo. Creyó que, estando así las cosas, su vida ya no tenía sentido. Y así lo habría seguido pensando de no haber tropezado un día, por casualidad, con aquel muchachito ciego que había intentado matarlo mucho tiempo atrás.

En un principio le costó reconocerlo. Ya no era el niño endeble e imberbe que él recordaba. El paso de los años le había conferido hechuras de hombre: alto, de músculos fuertes y barba tupida... A cualquiera menos entrenado que Oreste Olivoni para alimentar en el recuerdo las afrentas graves se le habría pasado por alto su presencia. Pero a Oreste no. Siempre recordaría la mirada perdida de esa criatura cuando al fin pudo liberarse de la venda con la que el malnacido de Massimo le cubrió los ojos durante el cautiverio al que lo sometió. Ese joven había sido el cómplice de su mayor enemigo. Lo había ayudado a llevar a término aquella agónica tortura que a punto estuvo de costarle la vida. No, en absoluto.... Él tenía la memoria débil, pero no olvidaba a los que lo ultrajaban. Pese a todo, nunca denunció lo sucedido. Por un momento pensó hacerlo, pero luego se arrepintió. Habría tenido que dar demasiadas explicaciones, por no hablar de que había asesinado a un hombre destrozándole el corazón con un buril. Podría ser castigado por ello. Regresó al Alcázar justificando su ausencia y su aspecto de perro apaleado al asegurar que le habían atracado. No dijo nada más. ¿De qué serviría? Pasó los siguientes días ideando posibles venganzas, oteando las cocinas en busca del cocinero y el niño ciego. Jamás volvió a verlos. Ni siquiera le llegaron noticias de que hubieran encontrado el cuerpo de Massimo con un buril clavado en el corazón. Rezó para que las ratas lo hubieran devorado. No le quedó más remedio que acallar el rencor que le hacía palpitar las sienes, si no quería acabar volviéndose loco. Así había pasado los últimos años.

Y entonces, como si el destino le brindase una deliciosa oportunidad, coincidía con el joven en el campamento de Santa Fe. Estaba ayudando en la construcción de la iglesia. Le sorprendió ver que ya no era ciego, lo cual demostraba su teoría de que hasta el mismo Dios comete errores en su trabajo, otorgando milagros a personas que no los merecen en absoluto. Aquel muchacho llevaba sujeto a las orejas un adminículo que Olivoni ya había visto alguna vez en los retratos de Sofronius Eusebius Hieronymus: eran unas gafas. También se puso de moda en Florencia, durante un tiempo, que los pintores representasen a los personajes bíblicos con ellas puestas. Fue porque los trabajadores venecianos del cristal de Murano, que eran los únicos capaces de tallar cristal blanco, pretendían incrementar sus ventas y se convirtieron en los mecenas de los artistas, facilitándoles la compra de lienzos y óleos a cambio de que pasaran por alto que, en tiempos de Noé, las gafas eran pura entelequia.

Pero aquel aparejo que cubría media cara de Yago no ocultaba los ojos azules del que consideraba el único enemigo que le quedaba sobre la faz de la tierra. Por primera vez en mucho tiempo, Oreste Olivoni sintió que renacía la pasión en su interior. De nuevo tenía una razón para incorporarse cada mañana de un salto tras el canto del gallo: la venganza. Pasó una semana observando al muchacho, aprendiendo sus rutinas, vigilando sus movimientos. Ni siquiera le hacía falta esconderse. No lo reconocería por el aspecto, ya que jamás lo había visto, así que pudo pasear muy cerca de Yago sin que éste se alarmara; eso le otorgaba ventaja sobre su reencontrado enemigo.

La excitación le impedía dormir por las noches. Repasaba en su mente cada uno de los tormentos a los que Massimo le sometió con la ayuda de Yago, obligándose a odiar al muchacho con más saña aún. Concluyó que su desagravio debía estar a la altura de las circunstancias. Y comenzó a elaborar su plan.

Lo tenía todo previsto a primera hora de la mañana. Yago trabajaba cortando leña en el aserradero que quedaba al lado de los cobertizos, y Olivoni pasó al menos una hora escondido entre los fardos de paja antes de ver que se aproximaba a él. La emoción era tan intensa que olvidó por completo su dolor de espalda y los achaques por los que tanto solía quejarse. Una sonrisa asomó a sus labios. Ya estaba cerca. La boca se le hacía agua de pensar en ello. Quería alargar el momento, el dolor que pensaba infligirle antes de que la vida lo abandonara, saborear cada minuto. Aunque debía tener cuidado, pues el muchacho era mucho más joven que él y era de constitución fuerte; además, ya no contaba con la desventaja de la ceguera. Eso descompuso momentáneamente el brío de Oreste, pero enseguida se reanimó, recordándose a sí mismo que lo pillaría por sorpresa.

Estaba empapado en sudor y la bruma le cubría los ojos; pese a todo, lo vio claramente: Yago acababa de entrar al cobertizo. El artista tuvo que hacer un gran esfuerzo por controlar el temblor de los dientes y las ganas de orinar que, de pronto, se le hicieron insoportables. Respiró con intensidad un par de veces. Lo tenía tan cerca que podría asaltarlo por la espalda, sujetarlo por la frente y rebanarle el cuello de un solo tajo. Ni siquiera se enteraría... Pero no, no, no. Eso sería demasiado sencillo y rápido. Además, quería que su enemigo tuviera bien presente quién lo iba a sacar del mundo. Tenía una idea mejor. En una fracción de segundo, Oreste salió de su escondite lanzando un grito salvaje con el que pretendía darse ánimos a sí mismo. El berrido impresionó a Yago, de tal manera que quedó paralizado, incapaz de comprender qué sucedía. El italiano aprovechó el momentáneo despiste de su enemigo para lanzarse sobre él. Tenía previsto atarlo de pies y manos, echarle por encima un cubo del aceite de las lámparas y, tras ello, prenderle fuego. Morir quemado debía de ser terrible… y eso era maravilloso.

Lo que Olivoni no se esperaba era que su oponente tuviera una capacidad de reacción tan rápida. Yago se agachó, cogió un tarugo de madera y lo lanzó directamente a la cabeza de su atacante, golpeándole con fuerza en plena frente. El sonido hueco lo dejó aturdido. Oreste Olivoni trastabilló, cerró un par de veces los ojos y sacudió la cabeza para espabilarse. Yago no necesitó preguntar quién era. Supo, por el sonido de sus jadeos y por el olor a cerdo, que se trataba del artista que había destruido a su padre, a Concepción, a Ángela y al Toscano. Un acceso de rencor le alcanzó las mejillas, enrojeciéndolas. Tuvo que hacer un esfuerzo por recordar algo que llevaba tiempo rondándole la cabeza: la venganza no tenía sentido práctico. Saldar deudas de honor mantenía maniatado a quien conservaba la rabia en su interior, uniéndolo por siempre a la persona odiada. Intentó tranquilizarse.

Ambos se observaban en silencio, esperando adelantarse a las intenciones del otro. Un movimiento de los ojos de Oreste en dirección a un cubo cercano puso a Yago en alerta. El italiano estiró el brazo rápidamente, pero no le dio tiempo a atraparlo antes de que el muchacho lo alcanzara, cayendo estrepitosamente sobre él. Rodaron por el suelo. El denso contenido del recipiente se derramó por encima de ellos y sobre la paja que cubría el suelo del cobertizo.

—¿Qué es esto? —preguntó casi por instinto, sin esperar una respuesta por parte del artista.

No tardó mucho en darse cuenta de que se trataba de aceite. Mientras tanto, Oreste, que tenía preparada la cuerda, había inmovilizado con un lazo los tobillos del joven. Cuando se hubo cerciorado de que no podía escapar, sacó de su bolsillo un pedernal y una navaja. Y entonces Yago no necesitó imaginar nada más. Tuvo claras sus intenciones.

—*Vendetta!* —bramó Oreste.

—¡No lo hagáis! —apeló el muchacho—. ¿Acaso no os dais cuenta? La justicia que creéis satisfacer con esta venganza es una injusticia con nosotros mismos. Llevamos demasiado tiempo manteniendo vivo un fuego en el interior de nuestras almas… y eso nos ha quemado por dentro. ¿No lo veis? El odio envenena el corazón, seca el espíritu, destruye la capacidad de actuar con dignidad y…

Pero Oreste no lo estaba escuchando. Le temblaba el pulso. Golpeaba el pedernal con la navaja de forma nerviosa. Una primera chispa se deshizo en el aire, sin inflamarse. A Yago se le cortó la respiración.

—*Vendetta!* —repitió decepcionado, sin dejar de chasquear el pedernal.

—No seáis loco. Vos también estáis empapado de aceite. ¡Vos también…!

La segunda chispa quedó diluida de nuevo, pero la tercera se hizo fuerte.

Tal como Yago trató de advertirle, el aceite que había impregnado la ropa de Oreste comenzó a arder antes que nada. En cuestión en segundos, el artista se vio envuelto en una bola de fuego. Primero intentó sacudírselo de encima como si se tratase de migas de pan, pero pronto se dio cuenta de que la cuerda con la que sujetaba a Yago se había quemado, liberándolo. El joven estaba frente a él, mirándolo perplejo, sano y salvo. No lo permitiría. No iba a permitir que quedase nuevamente impune. Sin pensarlo dos veces, Olivoni se lanzó contra él. Pero el muchacho se apartó y echó a correr. Aferró una de las mantas que normalmente se utilizaban para colocar debajo de las sillas de montar y comenzó a golpear con ella al italiano a fin de sofocar las llamas.

—¡No! ¡No! —rogaba mientras lo hacía.

Poco pudo hacer Yago por ayudarlo. Las llamas se arrebataron, prendiendo con facilidad la paja del suelo, que también estaba empapada de aceite. Durante un par de minutos se oyeron los alaridos exasperados de Oreste Olivoni; después, sólo el silencio envuelto en el crepitar rabioso del fuego.

***

La agorera premonición de la reina Isabel terminó por cumplirse. El incendio del campamento provisional de Santa Fe comenzó a las nueve de la mañana. Todo indicaba que se inició en uno de los cobertizos de la zona norte. Lleno como estaba de paja, fue fácil que terminara extendiéndose al resto de las edificaciones que había alrededor, todas ellas de madera.

Los primeros en dar la voz de alarma fueron los animales. Las vacas mugían con los ojos a punto de salirse de sus órbitas; los caballos coceaban el suelo; las gallinas cacareaban aterrorizadas y se sacudían entre aleteos dentro de los corrales —las que lograron salvarse jamás volvieron a poner un huevo y hubo que usarlas para hacer caldo—; los perros ladraban, alterados; los caballos que lograron desatarse, a fuerza de tirones, galopaban en dirección al bosque, pateando a todo el que se encontraban por delante, mientras que otros muchos relinchaban de agonía ya que uno de los primeros edificios afectados fueron las cuadras. La algarabía aterrorizada de los animales unida a los estertores del fuego ofrecían un espectáculo dantesco.

El soldado que estaba de guardia corrió desesperado, envuelto en un humo denso, en busca de su superior, pero éste no se encontraba en su tienda. El hecho de que la batalla principal se librase a varias leguas de distancia hacía que los ánimos estuviesen relajados, de modo que los hombres se pasaban los días entretenidos en juegos de azar y cerveza. Se sentían a salvo de peligros, protegidos de riesgos, afortunados por encontrarse en aquella cómoda situación de espera que parecía estar convirtiéndose en algo eterno que no variaría jamás. Sólo de vez en cuando, para matar el tedio, se decidían, entre bostezos, a limpiar los cañones, tensar las ballestas o engrasar las adargas. Era improbable que estuviesen alerta.

El soldado llegó hasta la tienda de su superior y, al no encontrarlo allí, salió corriendo, clamando ayuda, «¡Fuego, fuego...!», en dirección al pabellón principal, el lugar en el que habitualmente se reunían para comer. En ese mismo momento valoró la posibilidad de que todos los hombres estuviesen afectados por el alcohol y que la situación se les escapase de las manos. Al abrir la puerta, recibió la fuerte bofetada del humo negro. Oyó gritos de auxilio que procedían del interior e intentó avanzar cubriéndose la nariz con el antebrazo. Casi no podía respirar. Los ojos le picaban y no veía con claridad. A los pocos segundos se dio cuenta de que era una locura pretender entrar. Al fondo se podía entrever la claridad púrpura del fuego, avanzando como un dragón enfurecido. Un crujido terrorífico dejaba intuir que las vigas del techo comenzaban a ceder. Si no se daba prisa en salir de allí moriría abrasado.

Nada más atravesar el umbral de la puerta, el pabellón se desmoronó. Las maderas se tronchaban como si fueran de palillos de dientes; aquel sonido apabullante mordía las entrañas. Las llamas alcanzaron las tiendas cercanas. Las telas, las banderolas, los pendones, los estandartes... se agitaban alocados segundos antes de desvanecerse en el aire, convertidos en cenizas.

Un grupo de hombres se organizaban en cadena para llevar cubos de agua desde el arroyo cercano, justo en el momento en el que se oyó a lo lejos el grito del capitán:

—¡El polvorín! ¡El polvorín!

El fuego avanzaba rápidamente en dirección al edificio donde se guardaban las armas, la pólvora y los explosivos. Si llegaba a alcanzarlo, todo el campamento saltaría por los aires. Los soldados corrían despavoridos, empujándose unos a otros, dándose órdenes contradictorias, tratando de recoger de sus tiendas algunas pertenencias básicas: las botas, las capas, la ropa de abrigo...

—¡El polvorín! ¡El polvorín! —seguía aullando el capitán.

La cadena humana que pretendía sofocar el fuego a golpe de baldes intentaba, con poco éxito, controlar las llamas que se acercaban al edificio, pero pronto hubieron de aceptar que en ese intento se les iría la vida. A punto estaban de abandonar cuando se oyó el trueno. Una invisible oleada caliente echó por tierra todo lo que se encontró por delante y, acto seguido, comenzaron a llover astillas, peroles, trozos de madera, hierros, miembros humanos...

El mundo acababa de estallar en mil pedazos.

Pasaron horas antes de que el fuego se aburriese de devastar y terminase languideciendo. Un hedor a humo, a carne chamuscada y horror los envolvía. Por suerte, encontraron un odre de vino que el fuego no había alcanzado. Se lo bebieron con calma, con el rostro cubierto de hollín, en silencio. Eso les dio la fuerza suficiente para certificar que la calamidad había comenzado en el cobertizo, que no se mantenía en pie ni un solo edificio, que las tiendas no eran más que cenizas, que ya no les quedaba armamento y que se habían perdido más de cien hombres.

El incendio arrasó completamente el campamento que los reyes cristianos pensaban utilizar en la última etapa de la guerra de Granada. Los pocos soldados que quedaron vivos se dedicaron a limpiar todo aquello y enterrar cadáveres mientras esperaban nuevas órdenes que les indicaran qué debían hacer en un caso como ése.

***

Cuando la reina se enteró de lo acontecido lanzó uno de sus «Esto ya lo sabía yo» que tanto molestaban a su marido y acto seguido asumió el cargo de poner en pie la ciudad de Santa Fe. Por suerte, las obras recién iniciadas no habían avanzado mucho. La mayor parte de lo que se quemó eran las edificaciones de madera y tela del antiguo campamento. Los primeros tanteos de la iglesia de piedra no sufrieron daños. Como no volvieron a ver al artista italiano Oreste Olivoni, dedujeron que había sucumbido en el incendio. Celebraron una misa tanto por su alma como por la de todos los fallecidos y se dispusieron a encontrar nuevos talentos y nuevas manos que quisieran levantar la ciudadela.

La reina Isabel se instaló junto a sus hijos en las tiendas del arzobispo de Sevilla hasta que doña María Manríquez, esposa del Gran Capitán, les envió un magnífico pabellón con ropas, muebles y ajuar de las mejores calidades. La reina ordenó que se cercara claramente la zona en la que se había enterrado a los muertos, que sembraran hileras de cipreses y que se colocase sobre la tumba de cada uno de ellos una cruz de piedra con una leyenda explicativa que indicara que habían muerto por defender el cristianismo. Así fue como se originó el primer cementerio de Santa Fe.

A partir de ahí, la reina se puso en contacto con un nuevo arquitecto al que mostró los planos iniciales de Oreste Olivoni. Pese a todo, le dio vía libre para que realizase los cambios que le viniesen en gana, siempre y cuando la ciudad estuviese edificada con casas de piedra y ladrillo. La reina quería también que las calles se dispusieran siguiendo los planos del municipio burgalés de Briviesca, por haber sido citado como ejemplo de calzadas romanas en el «Itinerario de Antonino», documento citado, entre otros, por Plinio el Viejo.

En menos de ochenta días estuvo en pie la ciudad de Santa Fe, la puerta de entrada a Granada.

***

El pueblo del al-Andalus se encontró, por primera vez en toda su historia, incompetente a la hora de cubrir sus necesidades básicas, y no fue capaz de alimentar a sus hijos, vestir a sus ancianos, ordeñar a sus vacas o curar a sus enfermos. El hambre se estaba convirtiendo en la pesadilla colectiva. Las mujeres buscaban bellotas por el suelo para poder molerlas y hacer con ellas una harina con la que elaborar un pan endeble que no alimentaba y sólo era capaz de entretener el hambre un par de horas. Cocían nabos en agua para hacerla pasar por sopa; cortaban el pescuezo a las gallinas ponedoras porque hacía tiempo que no ponían un huevo e intentaban cocinarlas en el horno, condimentándolas con aire... El cordero, la miel, el incienso, la seda, la canela y tantos otros productos y artículos se convirtieron en sueños lejanos, y los niños más pequeños sólo sabían lo que eran por las descripciones que los abuelos les hacían. Vivían sobresaltados, y cada vez se oían más rumores que apuntaban a que eso no era más que el comienzo, que estaban por llegar tiempos aún peores por causa de la hambruna a la que se verían abocados si los cristianos se acercaban aún más.

La gente comenzó a almacenar comida en las despensas, como si se tratase de oro. Los precios de los alimentos más básicos se dispararon y ya nadie acudía al mercado. Los granadinos decidieron cosechar sus propias hortalizas en los patios de las casas, pero entonces el pillaje se convirtió en un mal endémico en la ciudad. Los niños saltaban las tapias para robar naranjas, manzanas, huevos, gallinas... Y ya que no había hombres que vigilaran por la seguridad de los vecinos, la gente se tomaba la justicia por su mano y azotaba en la plaza pública, sin formalidades, a los que pillaban robando. Por si eso fuese poco, se desató una peste entre el ganado que consistía en unas heridas abiertas que se contagiaban ellos mismos por esa manía suya de olisquearse y lamerse. Aquel desbarajuste de padecimiento se desparramó por todo el Reino de Granada, dejando sin carne y leche a una población que ya llevaba tiempo pasando carestías. La hambruna diezmaba la salud, y pronto el maristán no dio abasto para atender a tanta gente enferma de los ojos, con tiña y escorbuto.

Fue entonces cuando Boabdil decidió que era hora de rendirse. Tuvo que enfrentarse al terrible enojo de su madre, quien aseguraba que prefería morir antes de ver su amada tierra en manos cristianas. Pero el rey no podía soportarlo más; para él lo realmente importante eran las personas. Esa terquedad estaba destrozando a su pueblo, y pronto no quedaría nada más que la piedra, la hermosa piedra, como muestra de la gloria de los nazaríes. Envió a su visir para que hiciera entrega de un mensaje en el campamento de Santa Fe. Estaba dispuesto a recibir a su amigo Gonzalo Fernández de Córdoba y tramitar con él las condiciones de la rendición.

Cuando Yago se enteró, comenzó a empacar sus pocas pertenencias. Llevaba ya un tiempo pensando en ello. En tierras cristianas no tenía nada; quizá el recuerdo lejano de la infancia vivida junto su padre, que lo acompañaría en el corazón allá a donde fuese. Lo único que le importaba era Nur y por eso mismo no tenía sentido seguir viviendo lejos de ella. Nur, su hermosa Nur, su amada Nur, estaba al otro lado de la frontera, en la hermosa Granada, aquel lugar en el que, por primera vez, pudo ver la belleza. Al otro lado de la frontera también estaba Vermudo, esa familia que el destino le había regalado. Tenía que comportarse como un hombre y enfrentarse a aquello que tuviera que suceder.

Decidió que hablaría con Boabdil, quizá aún quedase en él un resquicio del afecto que ambos se profesaron. Si era así, lo escucharía, y él volvería a pedirle a Nur en matrimonio, aun sabiendo que no la merecía. Lo único que podía ofrecerle eran sus manos, su amor inmenso e infinito, la promesa de que la haría feliz aunque en ello se le fuese la vida y un saco con veinte castellanos de oro que había conseguido trabajando como obrero. Yago sopesó la posibilidad de que, en el mismo momento en el que atravesara la frontera de Granada, podrían ordenar que le cortaran la cabeza, y no sin razón, pues había sido un osado al robar la virtud a la hermana del emir. Aun así, concluyó que era mejor arriesgarse a eso que pasar el resto de su vida arrepintiéndose de no haberse arriesgado.

Yago, el que fuera mozo de cocina, el niño ciego que tocaba el laúd para amenizar las cenas en el Alcázar de Sevilla, era un hombre barbado que lucía sobre su nariz unos estrafalarios vidrios que multiplicaban el tamaño de sus ya de por sí inmensos ojos azules. Ahora ya era un hombre que quería y sabía decidir su destino, así que se unió sin pensárselo dos veces a la comitiva que se dirigía a Granada con el firme propósito de que, pasara lo que pasase, no regresaría jamás a tierras castellanas.

***

Abandonaron el campamento de Santa Fe a primera hora de la mañana. Según se acercaban a la ciudad de Granada, Yago pudo darse cuenta de en qué medida se habían depreciado las divisas nazaríes. En uno de los puestos ambulantes cercanos a la frontera se tropezaron con un espinoso asunto. Al parecer, un mercader de seda granadino había entrado ilegalmente su mercancía en territorio cristiano con la intención de ahorrarse el diezmo convenido. Yago tardó un buen rato en descubrir que se trataba del prestigioso mercader de sedas Mustafá Sarriá. La cicatriz profunda en su frente, resultado de la herida que él mismo le había hecho con el atizador de la chimenea, era inconfundible.

El sedero, al reconocer a Yago, bajó la mirada. Era la primera vez que se encontraban después de que intentara rebanarle el cuello con un alfanje. Yago lo recordaba como un morazo bigotón de tamañas dimensiones y con sombras oscuras bajo los chispeantes ojos impregnados de odio, que se lanzó contra él con la fuerza de un toro y que a punto estuvo de matarlo. Pero ahora parecía haber envejecido diez años. Su antiguo lustre se había desvanecido. Ya no vestía con colores ostentosos; ni siquiera llevaba puesta su cacareada seda. Lucía una saya de paño oscuro, y hasta su propio rostro parecía demudado. Se encontraba frente a un pobre hombre al que la guerra había desahuciado e intentaba vender lo poco que tenía. El rey de la Ruta de la Seda granadina ahora era un simple vendedor ambulante en busca de burlar la frontera para escamotear unos cuantos maravedíes con los que, seguramente, intentaría alimentarse durante varias semanas. Lo habían detenido con balas y balas de seda que, si bien en el Reino de Castilla tendrían un elevado precio, en Granada ya no valían nada.

—¿Las confiscamos, señor? —preguntó uno de sus hombres al Gran Capitán.

—¿De dónde habéis sacado esta seda? —quiso saber Gonzalo Fernández de Córdoba—. ¿La habéis robado?

—No —se defendió Mustafá—. Es mi producción de este año.

—¿Por qué habría de creeros?

Mustafá agachó la cabeza antes de seguir hablando.

—Él me conoce. Sabe que digo la verdad. —Señaló a Yago con el mentón, sin mirarlo a los ojos.

El Gran Capitán volvió el rostro hacia el muchacho y puso gesto interrogante. En ese momento la ventura de Mustafá estaba en sus manos. Habría podido decir que no lo conocía de nada, que aquel individuo era un mentiroso, además de un ladrón; de esa forma, le devolvería el daño causado. Pero Yago se sorprendió al descubrir que en su interior no quedaba nada de rencor ni de odio por lo que les había hecho a Nur y a él mismo. Ni siquiera tenía ganas de burlarse de él, de decirle que la vida daba muchas vueltas, de vanagloriarse en lo equivocada que Aixa estaba al considerar que aquel hombre era mejor que él. De pronto sintió una tremenda lástima al ser consciente de lo que la guerra hacía con la vida de las personas.

—Sí, lo conozco —afirmó Yago—. Realmente, esa seda es suya.

—¿Qué ocurrirá si os la quito? —le preguntó entonces Gonzalo Fernández de Córdoba.

—Mi familia lo pasará mal —respondió Mustafá Sarriá con sumisión.

Yago recordó que, en tiempos pasados, aquel mismo hombre disponía de barcos que partían de Málaga en dirección a Italia repletos de una maravillosa seda con la que los nobles de Génova se confeccionaban sus trajes de gala.

—Coged vuestro género, dad la vuelta y regresad a vuestro reino —le ordenó el Gran Capitán.

Mustafá se apresuró a obedecerle, pero, de pronto, se quedó quieto. Tenía la cara gacha y la mirada huidiza de un perro derrotado.

—¿Por qué? —preguntó entre susurros cuando Yago pasó por su lado.

—¿Importa acaso?

—Supongo que no.

El sedero montó en su carro y sacudió las riendas, incitando a los caballos para que comenzasen a caminar. Yago lo miró. Por un momento, creyó ver un reflejo de su antigua dignidad. Mustafá levantó la barbilla, y desapareció en la distancia. Nunca más volvería a verlo.

***

Entraron por el camino secreto abierto en la muralla que daba al río Darro. En principio sólo iban para hablar, pero también tenían el compromiso de entregar una carta del rey Fernando. En ella había párrafos redactados con la delicada caligrafía infantil del pequeño príncipe moro, el primogénito de Boabdil. El niño, sin duda bien adiestrado por los monarcas cristianos, describía con un uso del lenguaje castellano y una letra digna de un secretario de la Corte el excelente trato que recibía por parte de sus captores. Después, envuelta en un tinte melodramático, la carta se tornaba suplicante y los llamaba padres —«Padres míos»—, para decirles que estaba profundamente compungido al comprobar que no eran capaces de aceptar los grandes beneficios y la amistad que los reyes cristianos les ofrecían, siendo ésa la única manera de conseguir que volvieran a reencontrarse.

Yago se dio cuenta de que haber nacido con sangre azul en las venas no era garantía contra las artimañas. Para extenuar al enemigo, no sólo se recurría a cañones y ballestas; el castigo emocional y la mortificación podían perfectamente convertirse en poderosas armas. Lo que nunca sospechó, sin embargo, es que constataría que los adultos utilizaban a un niño en sus tejemanejes. Le pareció cruel y despiadado.

Tras registrarlos, les dieron permiso para atravesar las puertas de entrada a la Alhambra. Boabdil y su esposa, Moraima, los recibirían en la sala de Embajadores, les dijeron. A Yago se le paralizó el corazón. Tenía las rodillas flojas y se le formó en la garganta un nudo de borra que era incapaz de tragar. Era posible que no sobreviviera a ese encuentro, pero eso ya no tenía importancia.

Cuando Boabdil lo vio mudó el rostro.

—¿Qué haces aquí? —protestó.

Fernández de Córdoba lo miró sorprendido.

—¿Qué ocurre? —preguntó. No comprendía muy bien el empeño de aquel muchacho en acompañarlos y de pronto se encontraba con esa reacción por parte del emir granadino.

—Ese hombre es un desleal —acusó Boabdil señalando a Yago.

El muchacho se arrodilló delante de él.

—Clemencia —comenzó a decir—. Vengo a pediros perdón por haber traicionado vuestra confianza. Pero si me dais sólo un minuto intentaré justificar todos esos actos que tanto daño os causaron. Cada uno de ellos fue inspirado por el amor... el amor sin límites que sentía y siento por vuestra hermana Nur. Yo sé que vos conocéis bien lo que es el amor. Os he visto clamarlo a los cuatro vientos: amor a vuestros jardines, a vuestro palacio, a vuestra tierra, a vuestro pueblo, a vuestra esposa, a vuestro hijo cautivo... —Seguía arrodillado—. Todo eso es lo que yo siento por Nur. Mi alma se comprometió con la de ella desde el mismo momento en el que oí su voz por vez primera. Desde entonces mi corazón ya no me pertenece. Podéis matarme, si lo deseáis. De hecho, estoy muerto si ella está lejos de mí.

Boabdil guardó silencio. El mundo estaba loco. No entendía nada. A esas alturas ya poco importaba la honra de su hermana. A nadie le importaba eso. El reino se desmoronaba. Y ese muchacho le hablaba de amor romántico.

—Quiero pediros de nuevo la mano de Nur —continuó diciendo Yago.

Boabdil seguía callado. Sus ojos se fundieron con el bulto que formaba el cuerpo de Yago, arrodillado delante de él. Estaba conmovido ante el gesto de aquel joven que nació siendo ciego, abocado a un destino incierto, que de niño soñaba con ser inmortal y que ahora estaba dispuesto a jugarse la vida por lo que amaba, haciendo lo que él jamás se atrevió a hacer. Por mucho que hubiera encabezado ejércitos, cabalgado a lomos de los caballos más aguerridos, blandido las más lujosas espadas frente al enemigo… jamás tuvo el valor suficiente para tomar de la mano a su esposa y huir con ella lejos de allí para vivir la vida que siempre había anhelado: el anonimato, su amada, el suelo bajo sus pies y el cielo sobre sus cabezas. ¿Acaso existía algo mejor que eso? ¿Quién era él para impedir que Yago y su hermana disfrutaran lo que el destino y su propia cobardía le habían negado? No podía apartar los ojos de ese niño ciego, que ya no era ciego y ya no era un niño.

El silencio comenzaba a hacerse pesado. El Gran Capitán y el alfaqueque se mostraron perplejos e incómodos ante la situación, por eso Moraima tuvo que responder por su esposo.

—Ahora está afectado. Pero no me cabe duda de que vuestra proposición ha sido escuchada. Y la tendrá en cuenta —le aseguró la mujer.

El Gran Capitán miró a Yago con gesto adusto. Aquel joven había cometido un atropello y los estaba sacando del asunto importante del que había ido a hablar. Le ordenó que se incorporara antes de extender la carta que tenía orden de entregar en primer lugar. Boabdil comenzó a leerla en voz alta. Tanto su esposa como él eran conscientes de que el Infantico, que era como los reyes Isabel y Fernando llamaban a su primogénito, vestía a la usanza cristiana, llevaba al cuello una cruz de oro que le había regalado la reina Isabel en su segundo cumpleaños, adoraba las chuletas de cerdo en salsa y tenía poco o nada de apego hacia unos padres a los que jamás había visto y de los que no sabía siquiera pronunciar su nombre.

Yago observó el rostro descompuesto de Moraima, quien no dejó de llorar mientras escuchaba leer en voz alta a su esposo las palabras de su hijo escritas en aquel papel. Cuando terminó, ambos quedaron desolados, silenciosos, apagados. Ése fue el momento que Gonzalo Fernández de Córdoba aprovechó para lanzarse a relatar los acuerdos a los que estarían dispuestos a llegar los reyes. En el mismo momento en el que dieran su visto bueno, comenzarían con la redacción del documento de las capitulaciones.

—Necesitamos pensar —respondió Boabdil.

Moraima, levantando la vista, le suplicó que, para tomar una decisión tan fundamental como ésa, lo mejor sería preguntar a Ben-Maj-Kulmut, el astrólogo de la Corte. Yago observó al añoso sabio mientras éste consultaba el horóscopo de Boabdil y oyó luego que volvía a recordarle el asunto de la estrella de dos colas que desequilibró su destino el mismo día que llegó al mundo.

—El rey nazarí vivirá mucho para padecer mucho —repitió como en una letanía.

Entonces Boabdil pareció relajarse al fin. Los invitó a sentarse sobre los almohadones de cuero del cuarto del Mexuar y les ofreció fumar una cachimba. En su rostro se podía intuir el gesto apacible de la calma que produce la aceptación del destino. Con una leve sonrisa, casi como si estuviera relatando un cuento, les habló de la historia de sus antepasados, de cómo ordenaron construir el palacio más hermoso que se conocía en el terreno yermo en el que antes se erigía una pequeña fortaleza, de cómo unos talentosos ingenieros consiguieron elevar el agua del Darro hasta lo más alto de la colina y convirtieron aquel lugar en un vergel de ensueño idéntico al paraíso que se describía en el Corán.

—El agua —les dijo— no sólo está en los estanques, en los aljibes, en las fuentes…, pues también riega los huertos que engendran los frutos que nos alimentan. Un oasis…

Siguió hablando del soberbio Yusuf I, de cómo levantó, en el interior de la Alhambra, el palacio de Comares, los baños, la puerta de la Justicia y la de los Siete Suelos. Años después, Muhammad V ordenó construir el palacio de Riyad, que dieron en llamar de los Leones por la fuente de piedra que había en el centro.

—Ellos fueron grandes… e hicieron grande a nuestro reino. Yo lo heredé… y lo he perdido todo. —Suspiró derrotado.

—No penséis en eso ahora —respondió el Gran Capitán, comprendiendo que con esa frase Boabdil estaba dando por aceptadas las capitulaciones.

***

Pese a que Boabdil no declaró expresamente que le otorgaría la mano de su hermana, Yago estaba seguro de que ya lo había perdonado. Las noticias corrieron como la pólvora y pronto se supo que el cristiano que enamoró a la terca Nur había regresado por ella jugándose la vida. El muchacho salió a buscarla por los jardines del Generalife, aquellos que había recorrido junto a su amada cuando aún era ciego. Se maravilló de tanta belleza; las flores y el agua se conjugaban en una completa armonía de luz, sonido y color.

El paraíso, el paraíso…

Y entonces la vio surgir de una de las puertas y sintió que se le paraba el corazón. Estaba preciosa, con esos ojos que tanto había añorado, su cabello negro, su boca…

Nur corrió a su lado. Él la abrazó, la besó en la frente, aspiró su aroma, le dijo «Te quiero, te quiero, ¡cuánto te quiero…!». Nur lo cogió de la mano y lo guió despacio hasta la alcoba. Una vez allí, comenzó a desabrocharle la camisa con los ojos cerrados, como si algo superior a ella le estuviese dictando el camino a seguir. Llegó el momento en el que la piel de ambos fue lo único que los cubría. Al terminar de amarse, Nur lo besó en la boca, primero dulcemente y después como si el mundo estuviese dando los últimos coletazos de su existencia. Y realmente eso era lo que estaba sucediendo.

Cuando Gonzalo Fernández de Córdoba llegó al campamento de Santa Fe explicó lo que había ocurrido en la Alhambra. Tendrían que redactar un documento con los convenios establecidos que debería firmar el rey Fernando y sobre el que la reina Isabel debería colocar sus sellos. Al día siguiente Boabdil se había comprometido a rubricarlos también; de ese modo, todo quedaría tal como se había hablado. El reino musulmán de Granada se desvanecía.

***

Yago y Nur pasaron la tarde hablando de todo lo que había ocurrido desde que no se veían. A pesar de que la desgracia los rodeaba, ellos se sentían felices y estaban preparados para compartir con Boabdil su desdichado destino.

El rey nazarí ordenó reunir a sus consejeros. El Mexuar se llenó de sabios, sacerdotes, alguaciles, alfaquíes, santones, generales, cadís, doctores de la ciudad de Granada… Todos lucían rostros compungidos. En absoluto silencio, se leyeron en voz alta las capitulaciones propuestas por los reyes cristianos. Por ellas se comprometían a entregar todas las puertas, torres y fortaleza de la Alhambra el próximo 2 de enero. Los reyes Fernando e Isabel aseguraban el respeto de todos los moros, de sus bienes y sus haciendas. Para certificar que este compromiso se llevaría a cabo, el día antes de la entrada cristiana en la ciudad entregarían rehenes, exactamente quinientas personas de familias nobles y principales, las cuales serían tratadas de acuerdo con su alcurnia por los monarcas. El día del traspaso, ocuparían las tropas castellanas la fortaleza de la Alhambra, subiendo por el campo fuera de la ciudad, y los reyes Isabel y Fernando se comprometerían a devolver al hijo primogénito de Boabdil, que se encontraba en su poder, así como al resto de los jóvenes nobles moros que tenían como rehenes en Moclín, con todos sus criados y servidumbre.

Por su parte, los cristianos se obligaban, en su propio nombre y en el de sus descendientes, a respetar por siempre los ritos musulmanes, las mezquitas, las torres, los almuedanes, las oraciones… asegurando que si algún cristiano entrase en las mezquitas sin permiso de los alfaquíes sería castigado. La justicia musulmana sería impartida por jueces musulmanes con sus propias leyes, y los alfaquíes continuarían difundiendo la instrucción y percibiendo las limosnas, las donaciones y las rentas asignadas con absoluta independencia e inhibición de los cristianos. Asimismo, los moros que tuvieran como esposa a alguna cristiana que se hubiese convertido al islam no serían obligados a separarse, salvo que la mujer manifestase delante de una comisión de moros y cristianos que deseara reconciliarse con su antigua religión. En el caso contrario, si alguna mora enamorada de cristiano abandonase la casa de sus padres, tutores o parientes con ánimo de casarse llevándose alhajas o ropas propiedad de la familia sería amonestada y las prendas sustraídas se devolverían a sus dueños.

El corazón de todos los que estaban en la sala quedó sobrecogido. Por desgracia, habían nacido en el peor de los momentos, cuando toda su dinastía languidecía sin remedio, en lugar de haberlo hecho cuando los nazaríes eran los más poderosos y valientes seres que pisaban la tierra. Ellos, en cambio, sólo habían conseguido que su pueblo pasara hambre, que tuvieran que verse en la tesitura de abandonar su amada patria, sus casas y su vida, sumidos en la peor guerra que jamás aconteció en el Reino de Granada. Si ellos mismos, que habían tenido el mundo a sus pies, ahora se veían abocados al desahucio, ¿qué podían esperar del futuro sus súbditos? Por muchas promesas que los cristianos hicieran, no podían estar seguros de que serían respetados todos los puntos de las capitulaciones. A esas alturas daba igual la alcurnia de su sangre, sus orígenes y su casta. Todo lo que eran quedaba difuminado por el dolor.

Antes de que sus cabezas pudieran seguir dando vueltas a la desdicha, se pasó a leer la parte de las capitulaciones que se refería a la familia real. En ella se aseguraba respeto a Boabdil y a las tres sultanas: Moraima, su esposa; Aixa, su madre, y Zoraida, la viuda de su padre, Muley Hacén. Dispondrían de sus tierras, huertas, molinos, baños y todas aquellas casas y haciendas que constituían el patrimonio de la familia, y se las autorizaba a vender cualquiera de sus propiedades en el momento en el que considerasen oportuno. Además, cedían a Boabdil un feudo en el Reino de Granada que comprendía las tahas de Berja, Dalías, Marchena, Boloduy, Láchar, Andarax, Ugíjar y Juviles, y treinta mil castellanos de oro.

El peor momento de sus vidas llegó cuando tuvieron que enrollar las alfombras persas, descolgar las cortinas, desmantelar la biblioteca, embalar los pebeteros, la plata y las lámparas, y decir adiós a aquel palacio que parecía haber surgido del sueño de un dios loco.

Yago lo observó y le recorrió un escalofrío al contemplar las esbeltas columnas que sustentaban techos y cúpulas que semejaban grutas plagadas de estalactitas, encajes y filigranas, así como los mármoles blanquísimos en los patios y las fuentes, las paredes grabadas con leyendas que él pudo un día leer con la yema de sus dedos y que ahora veía con claridad gracias a los conocimientos de los hombres sabios.

Oyó los llantos sordos de las mujeres y tragó saliva, haciendo un gran esfuerzo por no dejarse embargar por aquella desolación.

Ciertamente, habían perdido el paraíso.

Epílogo

Ciudad de Fez, 1533

Esta mañana enterramos a mi cuñado frente a la puerta de la Ley, en Fez. No pudimos hacerlo junto al cuerpo de su amada Moraima, como él habría deseado. A estas alturas, el regreso al al-Andalus se ha convertido en un sueño inalcanzable, y por eso hace ya tiempo que no me permito soñar con ello. Tal como el Zagohibi predijo la noche que Boabdil llegó al mundo, aquella extravagante estrella de dos colas que atravesó el cielo mientras Aixa se retorcía con los dolores del parto desbarató el destino del último rey nazarí, obligándolo a vivir mucho para padecer mucho, arrastrando con él a todo su pueblo. Murió luchando, como su madre siempre le indicó que tendría que morir un rey que se preciase. Pero no luchaba intentando recuperar el paraíso, sino que derramó su sangre por la tierra de otros, a las órdenes del califa de Fez, Muley Famet el Benimerín, que nos ha acogido en nuestra desgracia. Alá se lo agradezca.

Nur está cerca de mí rebuscando en su cabeza letras que se adapten al ritmo de la melodía triste que toco en mi laúd. Estoy componiendo un romance que lo explique todo para que nuestros hijos, nacidos en África, tengan siempre presente de dónde vienen y sepan cómo perdimos el paraíso. Ahora puedo ver gracias a la sabiduría de un hombre que subsanó el descuido que Dios cometió conmigo. El maristán en el que se produjo el milagro de la luz en mis ojos ya no existe. Los reyes cristianos decidieron transformar el enorme edificio del hospital, con sus huertos, su casa de alienados y su farmacia, en Casa de la Moneda; es una lástima, aunque, de todas formas, los cristianos tampoco contaban con médicos lo bastante hábiles para poderlo atender con un mínimo de pericia.

Nur me mira ahora. El otro día nos estuvimos riendo al recordar cómo nos conocimos. Llegamos a la conclusión de que uno puede intuir en la boca del estómago cuándo aparece la persona que va a cambiarnos la vida, y convinimos en que el miedo ante la incertidumbre nos asusta más que los fantasmas y que por eso tendemos a espantar a manotazos a esa persona, si hace falta, arriesgándonos a perder lo mejor que seguramente pueda pasarnos. El remedio es fiarse del instinto. Hay que ser muy valiente para abrir el alma. Quien se queda enclaustrado en la torre de marfil de la lánguida seguridad corre el riesgo de estar muerto en vida sin saberlo.

Del mismo modo que me resultan soporíferos esos poemas que necesitan más de mil versos para describir cómo envejece un queso o cómo crece la hierba, en la vida, en mi vida, me gusta que pasen cosas. Por eso ahora sería ridículo que me quejara de los desasosiegos a los que nos hemos visto abocados desde que los cristianos se apoderaron del Reino de Granada. Gracias a todo lo acontecido nos hemos hecho más fuertes.

Tres tiros de lombardas se dispararon desde los torreones de la Alcazaba la luminosa mañana del 2 de enero de 1492 de la era cristiana; indicaban que abandonábamos la Alhambra por la puerta de los Siete Suelos, la más importante de la fortaleza. Formábamos una triste comitiva, compuesta por más de siete mil personas, monturas y carros, que avanzaba taciturna y silenciosa por el angosto camino de tierra que nos conducía a un destino incierto en la Alpujarra. Íbamos vestidos con nuestras ropas más finas, con las joyas más preciadas, cargando nuestras mejores vajillas, mantas y alfombras, con los caballos enjaezados como si formásemos parte de un desfile triunfal, lo cual en un principio me pareció ridículo, teniendo en cuenta que nos disponíamos a rendirnos. Pero cuando tuvimos a los reyes cristianos frente por frente, con sus atuendos sobrios, oscuros y parcos comprendí que si un pintor desinformado se propusiera inmortalizar ese momento, nos colocaría en el primer plano de su cuadro: en el lugar de los vencedores. Uno se convierte en lo que finge ser. Si nosotros nos fingíamos los más poderosos seres que pisaron jamás aquella tierra, eso seríamos por siempre, aunque estuviésemos lejos de ella. Por eso levanté mi barbilla y miré desafiante al frente.

El rostro de Boabdil, sin embargo, había envejecido mucho en el último año, y se llenó de ojeras y arrugas verticales que delataban los sufrimientos a los que se vio abocado. Cabalgaba melancólico a lomos de su caballo negro buscando el encuentro con el rey Fernando, quien llegaba rodeado de una comitiva ruidosa que tañía trompetas y atabales. Por un momento, los retumbes de los tambores se me atascaron en la boca del estómago y pensé que se me iba a escapar una lágrima. Me contuvo la incertidumbre. Boabdil había negociado con mucho cuidado en qué consistiría el ceremonial de la rendición y, mientras los cristianos se empeñaban en que debía besar la mano del rey Fernando como muestra de pleitesía, Aixa se negó en redondo a admitir semejante humillación. Contuve el aliento hasta comprobar con orgullo que el único gesto de respeto que estaba dispuesto a ofrecer era el ademán de sacar su pie derecho del estribo, ante lo que el rey cristiano se adelantó, momento en el que Boabdil estiró su mano.

—Éstas son las llaves del paraíso —dijo ofreciéndoselas—. Tomadlas. Gobernad con bien a mi pueblo. Y que Alá os haga más venturoso que a mí.

Se oyeron los gimoteos y llantos mudos de parte de la comitiva.

—En la adversidad no dudéis de nuestras promesas —respondió el rey Fernando tomando las llaves—; lo que os arrebató vuestra suerte adversa será resarcido por nuestra amistad.

Boabdil inclinó sutilmente el rostro en señal de despedida y continuamos nuestro camino. Por fortuna, la inmensa tristeza del momento se vio diluida ante la expectativa de una alegría. A la altura de Armilla nos encontramos con la comitiva de la reina cristiana, que llegaba escoltada por un buen número de caballeros, damas, heraldos y pajes. Sabíamos que entre ellos estaba el hijo de Boabdil. Sus padres no lo veían desde que era una criatura de pecho, momento en el que Aixa tuvo a bien entregarlo en prenda a cambio de que liberasen al padre del cautiverio en el castillo de Lucena. Moraima, inquieta por intuir la cercanía de su amado primogénito, corrió a su encuentro llamándolo por su nombre.

—¡Ahmed! ¡Ahmed! ¡Ahmed!

Los rodeaba, les daba la vuelta uno por uno, les sacudía los hombros buscando reconocerlo por la mirada, por el olor, por el instinto de madre. Pero todos aquellos críos vestidos a la usanza cristiana parecían más asustados que alegres por verla.

—Lo llamamos Infantico —interrumpió la reina Isabel, y señaló con la mirada a un niño de ocho años que montaba a caballo cerca de ella.

—Hijo… ¡Hijo mío! —clamó Moraima acercándosele con los brazos abiertos.

Pero Ahmed estaba impasible. Se quedó mirando al frente, inmóvil, con gesto adusto.

—Ya hemos hablado de esto, Infantico —le dijo la reina Isabel—. Tienes que irte con ellos.

—¡No! —gritó el niño—. ¡Jamás! Antes prefiero morir. Matadme —suplicó.

La reina Isabel solicitó ayuda para descender de su caballo

y se acercó al de Ahmed, quien también bajó y se abrazó a ella con una desesperación descontrolada. Entre hipidos le susurraba:

—Señora, no me abandonéis, no me dejéis con estos infieles... Señora... ¡Piedad!

Y por primera vez, aquella mujer severa, fuerte, dura y curtida en mil batallas dejó entrever en sus ojos una lágrima.

—¡Lleváoslo! —gritó de golpe, apartándolo de su lado.

Para la tranquilidad del pobre muchachito, también nos cedieron a una de las niñas con las que se había criado en la Corte castellana, una a la que quería como si fuera una hermana de sangre, con la que había compartido juegos, peleas, risas, mocos y la sustanciosa leche de la cabra alpina, porque ambos rondaban la misma edad.

Sí, lo han adivinado vuestras mercedes, se trataba de Concepción, la hija de mi amor infantil, la hija de Oreste Olivoni, que se vino con nosotros. Fue Nur la que propuso que así fuera. Habló con su hermano y lo convenció para que exigiera ese término antes de entregar el paraíso. El nombre de la niña y las motivaciones por las que solicitamos su presencia no aparecen en la lista de las Capitulaciones de Santa Fe. Pese a todo, para nosotros, fue una de las condiciones a cumplir más importantes. A los reyes cristianos no les importó aceptar nuestro capricho. Ni siquiera recordaban de dónde había salido exactamente esa niña que vivía revuelta con el resto de los hijos de los cortesanos. Oreste Olivoni jamás mostró predisposición por ella; jamás la visitaba ni preguntaba por su salud. Con el paso del tiempo, los monarcas olvidaron quiénes eran los padres de la chiquilla; simplemente estaba allí. Nos la dejaron llevar sin problema. Nur dijo que ésa era la única forma de venganza que consideraba lícita: restituir un acto indecente con uno virtuoso; en ese caso, impedir que los malvados emponzoñasen la existencia de los inocentes. Gracias a ella, he devuelto la dignidad a la dulce Concepción.

A pesar de la presencia de la niña, tuvimos que amarrar a Ahmed a su caballo para llevárnoslo. Pateaba el suelo como un animal salvaje y temimos que se nos escapara. Por suerte el médico le deslizó un tranquilizante de borricos en el agua y pudimos seguir avanzando con un mínimo de sosiego. Tiempo más tarde nos enteramos de que la reina había escrito una carta en la que aseguraba que dejar al Infantico les había supuesto, a ella y a su marido, un hondo penar. Está claro que aquel día los reyes cristianos ganaron un reino pero perdieron un hijo; aunque de eso nunca hablarán las crónicas.

De lo que sí hablaron, y sin duda hablarán durante muchos siglos, es del viaje del señor Colón. No volví a verlo desde que nos despedimos en Santa Fe, pero tuve noticias de sus estimables gestas al otro lado del mundo. Guardo una imagen nítida en mi memoria de su atuendo de navegante bizarro, copiando la pose exploradora de los cuadros que perpetuaban a Marco Polo. En cada visita que Colón hacía a los reyes cristianos, les entregaba un buen número de pruebas y documentos que demostraban que la Tierra era redonda y que, por tanto, se podía llegar hasta Cipango navegando rumbo a Occidente. Lo que nunca les enseñó fueron los mapas ni la edición del *Jardín de los gozos* que le entregó el sabio Zagohibi. Estaba convencido de que no les gustaría nada saber que estableció contacto con los musulmanes para conseguir información.

El señor Colón tardó más de dos meses en atravesar la mar Océana con una tripulación de unos noventa hombres, que a punto estuvieron de degollarlo tres días antes de llegar, convencidos de que les había mentido y de que aquel loco los guiaba directos a la muerte. Las ratas de la bodega eran más grandes que sus cabezas, se les estaban acabando las provisiones sin divisar la maravillosa tierra en la que surgían los frutos por doquier, y no se habían topado con una sola sirena de pechos turgentes y voz melodiosa. Para su fortuna, horas antes de que se amotinaran, divisaron tierra. Cuando pisaron la playa, un grupo de hombres y mujeres medio desnudos salieron a recibirlos con los ojos y la boca muy abiertos.

—¿El Gran Kan, por favor? —les preguntó cortésmente Colón.

—Kan-kan —respondió el indígena.

—Digo que dónde puedo encontrar al Gran Kan —repitió más despacio, porque su interlocutor le pareció corto de entendederas.

—Kran-Kran.

—¿Cipango? —Colón señaló el suelo.

—Guanahani —respondió el indígena señalando a su vez el mismo lugar.

Colón opinó que aquél no era el nombre más adecuado para bautizar una colonia cristiana que se preciase y decidió cambiárselo por San Salvador, concluyendo que aquellos individuos eran unos toscos y que, por lo mismo, no sería posible conseguir entrevistarse con el Gran Kan gracias a su mediación. Les entregó unas cuentas de cristal y un puñado de cascabeles, con los que los nativos parecieron alegrarse mucho, y zarparon de nuevo para seguir explorando las islas cercanas, a ver si en otra tenían más suerte.

Aquél fue el primer viaje de los cuatro que realizó el señor Colón antes de que las cosas se le complicasen. Tuvo problemas, y sus hombres lo denunciaron por tratar mal a los indígenas y por quedarse con el dinero del diezmo. Un administrador real fue a pedirle cuentas. Terminó arrestado. Como bien supusieron los reyes, fue fácil arrebatarle el prestigio y los poderes que prometieron concederle en las Capitulaciones de Santa Fe. Se ve que en Santa Fe los reyes cristianos prometieron muchas cosas que no pensaban cumplir. Yo puedo dar crédito de ello.

El almirante de la mar Océana murió solo, arruinado y sin ninguna gloria tiempo después, habiendo perdido el derecho a poner el «don» delante de su firma, con la ilusión que eso le hacía. No llegó a enterarse de que un tal Américo Vespucio estaba poniendo en entredicho que lo que él aseguraba que eran las Indias Occidentales formasen realmente parte de Asia. Un año más tarde, un cartógrafo alemán de nombre impronunciable trazó un mapa en el que bautizaba aquellas tierras descubiertas por Colón con el nombre de América, por Américo, sacándolo a él también del mapa y sustrayéndole de ese modo los laureles eternos. Jamás imaginó el almirante que había pisado un nuevo continente, a pesar de que los sabios de la Alhambra le advirtieran de que esa posibilidad existía realmente.

Los reyes cristianos también prometieron a Boabdil diversas mercedes a cambio de las llaves del paraíso y de todas sus fortalezas, pero pocas de ellas se llevaron a cabo en su totalidad. Firmaron, implicando su palabra en ello, que respetarían los derechos de los moros que decidieran no abandonar sus tierras. No los obligarían a convertirse al catolicismo, no serían molestados en sus costumbres y serían juzgados con sus propias leyes, por sus cadís y sus jueces. Pero lo cierto es que los que se quedaron pronto se vieron perseguidos por el Santo Oficio. Les quemaron sus textos sagrados, sus coranes y sus cuentos en una hoguera infernal. Lo único que los cristianos aceptaron conservar fueron los libros de matemáticas, ciencias, astrología y medicina, aunque en pocas ocasiones proclamaron los nombres de los sabios que redactaron esos textos, negándoles la gloria para la posteridad. Dijeron que los moros podían llevar armas, pero si los descubrían con ellas los acusaban de intento de asesinato. Dijeron que no tendrían que caminar con una marca distintiva, como exigían a los judíos, pero todos sabían quiénes eran los moriscos, y los señalaban por la calle e incluso les escupían. Dijeron que respetarían las mezquitas y que no entrarían en ellas, pero lo cierto es que, en menos de tres años, todas terminaron por los suelos o convertidas en iglesias.

He sabido que ahora los cristianos aborrecen a los moros que allí se quedaron. Temo que, antes o después, decidan librarse de ellos como hicieron con los judíos.

Cinco meses más tarde de la celebración del auto de fe por el caso del Santo Niño de la Guardia, la reina Isabel firmó el decreto de expulsión de los judíos en el que se les ordenaba desaparecer con carácter definitivo e irrevocable de todos los reinos en los que gobernase junto a su esposo. En cuatro meses no quedó uno solo, y la desobediencia de esa norma supuso una condena a muerte y la confiscación de los bienes de las familias. Les permitieron llevarse sus muebles y sus ropas y, aunque les dijeron que podían incluso negociar su fortuna, les prohibieron que sacaran el oro, la plata, las armas y los caballos. Todas esas pertenencias pasaron sin excepción a las arcas reales. Con ese dinero se terminó de construir el monasterio abulense de Santo Tomás. En el mismo momento en el que se colocó la última piedra Tomás de Torquemada se encerró entre sus paredes buscando protección.

Los postreros tiempos el gran inquisidor los vivió miserable, avariento y obsesivo. Estaba cada vez más convencido de que los judíos irían a escondidas para emponzoñar su agua o su comida con escupitajos, con uñas recortadas o con orina. Murió en su cama en 1498, de forma dulce y sin que nadie atentase contra su vida, recibiendo los santos óleos y con la bendición de un cura, sin arrepentirse de haber llevado a la hoguera a más de ocho mil personas o de haber procesado a veinticinco mil. Tal como era su deseo, fue enterrado en el monasterio de Santo Tomás junto a sus padres. No espero que dios alguno lo tenga en su gloria.

El mismo día en el que Moraima dejó el mundo, Boabdil quiso que abandonásemos la Alpujarra. Ya no había nada en aquella tierra que lo retuviese allí y vivir a pocas leguas de distancia del paraíso era para él un continuo recordatorio de la frase terrible que Aixa le lanzó cuando nos despedíamos de la Alhambra.

—Llora como mujer lo que no has sabido defender como hombre.

Desde entonces, Boabdil se tragaba las lágrimas cada día, porque aún podía oler la glicinia y oír el agua gorgoteando en las fuentes.

—Si cruzamos el estrecho y abandonamos esta plaza, nos será muy difícil regresar cuando intentemos retomarla —le dije.

Me miró con tristeza y comprendí que ya se había rendido.

—Granada, aun invadida, no terminará nunca de ser conquistada; el amor tarda en olvidarse justo el doble del tiempo que duró —me respondió, sin profundizar mucho más.

Abandonamos el Reino de Granada en octubre. Embarcamos en el mismo puerto en el que Abderramán I desembarcó siete siglos antes, dispuesto a formar un imperio. De toda la larga comitiva que nos acompañó el día que salimos por la puerta de los Siete Suelos de la Alhambra, sólo quedábamos ocho: Nur, Aixa, mi sobrino, Concepción, Vermudo, Fátima, Boabdil y yo. El Gran Capitán, Gonzalo de Aguilar y Fernández de Córdoba, nos despidió en el puerto. Él fue un verdadero amigo. Tras la toma de Granada se sintió terriblemente decepcionado y utilizado al ver que los reyes cristianos no cumplieron con los compromisos adquiridos con Boabdil. Nos dijeron que, a su regreso, decidió abandonar la vida cortesana y se retiró a sus posesiones andaluzas.

El califa de Fez, Muley Famet el Benemerín, nos recibió al otro lado del estrecho con toda la pompa con la que habría recibido a un rey. Nos ofreció un palacio y atenciones, y por ello siempre le estaremos agradecidos.

Aixa jamás me dirigió la palabra y, tras la salida de la Alhambra, también retiró el saludo a sus hijos. En una larga charla los culpó de ser unos traidores al pueblo. Les dijo que no habían heredado ni un ápice de su firmeza, orgullo y pundonor. Aseguró no reconocerlos y sentir vergüenza por haber echado al mundo a unas criaturas tan pusilánimes. Juró no volver a hablarles hasta que no tuviese intención de abandonar el mundo de los vivos. Y, por supuesto, cumplió lo prometido. Se cruzaba con nosotros por los pasillos y miraba hacia otro lado; también nos evitaba en las comidas y las fiestas oficiales. Momentos antes de morir, hizo llamar a Boabdil y a Nur. Tomó sus manos y, mirándolos con gesto lastimero, les dijo:

—Alá os perdone.

Fueron sus únicas y últimas palabras.

Por su parte Ahmed nunca llegó a llamar «padre» a Boabdil, pero ha terminado por tolerarnos. Nos habla con cortesía, aunque con poco afecto. Creo que la única persona a la que considera realmente su familia es a Concepción. En ocasiones los he visto persignarse y rezar de rodillas, con las palmas de las manos juntas, cuando creen estar a salvo de miradas indiscretas. No pienso hacer nada por evitarlo. Creo que la esencia de Dios es única, con independencia del nombre que le demos los hombres o de la manera en la que decidamos comunicarnos con él.

Supimos más tarde que los reyes concibieron cambios en nuestro paraíso para poder transformarlo en el suyo. Lo primero que hicieron fue desbaratar la mezquita mayor de la Alhambra y colocar en su lugar una iglesia de tres naves separadas por alquerías sobre columnas de mármol, cubiertas con armaduras de madera. Después ordenaron a sus artistas tallar una Virgen con el Niño en los brazos y la colocaron en la puerta de la Justicia para aligerar, de ese modo, el valor simbólico de aquella entrada. Cambiaron también las techumbres del Cuarto Dorado. Cubrieron la estancia con cuatro faldones con ensambles en forma de lazo. En la policromía del arrocabe los reyes hicieron pintar su escudo con el yugo y las flechas, y en los faldones, ángeles. En las yeserías de la sala de los Reyes hicieron labrar, entre los entresijos de la epigrafía y la decoración nazarí, las palabras TATO MOTA, en alusión al poder equiparado que tenían los dos soberanos, con independencia de que ella fuese mujer. Terminaron convirtiendo la estancia en parroquia mientras se concluían las obras de restauración de la iglesia de Santa María de la Alhambra. Cubrieron las bóvedas de madera con pinturas al huevo, con evidentes influencias italianas.

Dicen que los cristianos utilizan ahora el paraíso como residencia de verano, y que el nuevo rey ha ordenado construir junto a él otro palacio que se adapta con mayor idoneidad a sus necesidades, lo cual seguramente querrá decir que será tan insípido y monótono como la mayoría de los edificios cristianos. Allá ellos.

Nur me convenció de que debíamos contar esta historia y luego ponerle música para que la gente pudiera cantarla y quedase bien impregnada en la memoria de los que nos sigan. Así que abandoné mi tesón por describir pasiones, suspiros, caricias y besos, y me dispuse a poner en orden cronológico lo acontecido a lo largo de los últimos diez años, antes de abandonar el paraíso. He tenido que remontarme tan atrás para que nuestra historia quedase suficientemente clara. Me pareció evocador que la toma de Granada durase exactamente el mismo tiempo que duró la guerra de Troya.

Pedí a Nur que recordase bien las fechas de lo que vivió antes de conocerme. Me he dado cuenta de que las mismas circunstancias cambian como la noche al día si quien las vive es hombre o mujer, cristiano o musulmán, joven o viejo. Así que me senté a escuchar cómo la voz de terciopelo que me enamoró describía las batallas, el cautiverio, el mundo de las flores, el sonido del agua, los olores especiados, el descubrimiento del amor... Y mezclé aquellos poemas con mis propios poemas musicados, los que escribía cuando mis ojos estaban muertos; y con los que escribí después, cuando todos mis sentidos se ahogaban de sed buscando beberse su piel, que me calmaba y me elevaba haciéndome sentir más vivo y atento que nunca. Aún lo siento así.

Nur hizo también un esfuerzo por recordar los momentos dolorosos que su mente había borrado para no sufrir. Acopió algunas notas y cartas que Aixa escribió de su puño y letra. Era consciente de que los ojos de su madre eran muy duros juzgando, por eso intentó navegar entre la realidad que ella misma recordaba y la leyenda. A estas alturas de la vida, mi amada no tiene claro si realmente Muley Hacén intentó matarlos de hambre y sed encerrándolos en la torre de Comares. Tampoco está segura de que la fuente de mármol blanco que había en el centro de la Cámara del Rey se tiñese de púrpura por la sangre derramada de los abencerrajes que el Zagal y él degollaron. Tengo entendido que los propios cristianos han cambiado el nombre a la estancia y que ahora la llaman sala de los Abencerrajes, y parece ser que el rojo intenso se ha quedado impregnado para siempre, por más que intentaron limpiarlo. Incluso dicen que, por las noches, se oyen por los pasillos ruidos de arrastres de cadenas y unas voces de ultratumba que claman justicia. Pero otros aseguraron que la cruenta matanza aconteció en los jardines del palacio y que la dichosa mancha no es más que óxido. Tengo que reconocer que esta segunda versión me parece mucho menos romántica y no permitiré que la realidad me desbarate un relato emocionante, así que en mi historia digo que Muley Hacén degolló allí a los abencerrajes sin miramientos, organizando un espectáculo macabro del que se hizo eco todo el reino nazarí, que la sangre salpicó hasta lo más alto de los mocárabes, corriendo como un río por los pasillos y las estancias contiguas, y del que los cristianos tuvieron conocimiento gracias a los romances que recitaban trovadores ciegos como yo lo fui un día.

Vermudo terminó por aceptar que estaba enamorado hasta los tuétanos de la vigorosa Fátima. Aquella mujer de carácter fue la única que había conseguido meterlo en vereda y achantarle esa boca por la que se le iba la fuerza. Comprendió que no le quedaba otra que casarse con ella. Han tenido dos hijos: una niña y un niño. Continúan ocupándose de la cocina. A estas alturas, Vermudo ha olvidado por completo cómo se prepara la lamprea rellena o el manjar blanco; en cambio, domina con demostrada competencia el cordero a la miel y el pato relleno de dátiles. Por amor, incluso ha dejado el vino.

Boabdil no quiso saber nada de mi intención de recopilar datos con los que componer una relación de sucesos. Pensaba que poner en palabras lo acontecido lo convertía en algo más real. A pesar de ser un hombre con una memoria extraordinaria, jamás volvió a hablar de ello, ni de los sentimientos que despertaba en él. Supongo que se sentía culpable y dolido. Siempre mantuvo la esperanza de que, al menos en la muerte, podría volver y descansar junto a Moraima. Aplazó su felicidad para cuando llegara el futuro que, como su propio nombre indica, jamás llegó. Por eso vivió el presente de forma triste, recordando a cada instante cómo su esposa murió de pena por no poder entenderse con Ahmed, aquel hijo bautizado que no sabía una palabra de árabe, que gustaba de comer carne de cerdo y que sólo le hablaba para preguntarle cuándo le dejarían volver a su casa. Pero lo peor llegó para ella con las fiebres de las que enfermó su hijo pequeño, Yusuf; aquello la sumió en una profunda tristeza. Cuando el niño murió, ella también. Boabdil recorrió la distancia que separaba Andarax y Mondújar con sus cuerpos embalsamados para darles un enterramiento digno junto a los reyes nazaríes, ya que en vida no les había podido dar destino de reyes.

Creo que él también murió en ese momento, a pesar de seguir caminando, hablando y comiendo. Jamás volvió a casarse ni se lo vio con otras mujeres. Pese a haber conseguido que poco a poco Ahmed lo aceptase, nunca llegó a ser feliz del todo. El resto de su vida estuvo haciendo tiempo para que le llegase la muerte. Le fue esquiva hasta que, luchando en la batalla de Bab-Cuba, interpuso su propio cuerpo para defender el de su amigo.

«¡Por fin llegó la hora de morir! ¡Gracias, Alá!», dicen que fueron sus últimas palabras.

Eso me reconforta.

Con el paso del tiempo, los contornos de Oreste Olivoni se fueron desdibujando. Restó, como prueba de su paso por esta tierra, su labor artística. Pero lo que suele ocurrir con las obras en las que uno no imprime su firma es que quedan en el espacio sin un nombre con el que relacionarlas. Los seres humanos solemos tener mala memoria para retener ese tipo de datos, y deduzco que las pinturas, las maderas y las piedras que aún llevan su impronta algún día también desaparecerán arrastradas por la erosión, el fuego o el olvido. El único recuerdo de él serán estas páginas, en las que aparece por ser indispensable para comprender nuestra historia y para darle sentido a la presencia de lo único realmente bueno que dejó en este mundo: nuestra Concepción, que por suerte no se le parece en lo más mínimo.

La venganza es un sentimiento venenoso que emponzoña el alma y que por fuerza tiene que traer cosas malas. Ya dicen los sabios que aquel que busque venganza tendrá que cavar dos tumbas: una para él y otra para su adversario, y que la mejor manera de vengarse de alguien es no parecérsele. Vengar a todos los que tenían que ser vengados nos habría causado más padecimiento que satisfacción. Y después de la venganza, ¿qué sería de nosotros? ¿Cuánto dura el placer de resarcirse? Nur y yo preferimos dedicar ese tiempo y arrojo a ser felices. Hemos decidido que nuestra misión vital es fomentar la dicha, no alimentar el dolor.

En un principio, Nur se resistía a admitir que habíamos perdido el paraíso. Guardaba como oro en paño las llaves de la Alhambra y de nuestra casa en la Alpujarra, convencida de que antes o después regresaríamos y que nadie les habría cambiado la cerradura. Aún las conserva, aunque ya no lo hace con la idea de volver. Ahora sabe que ni sus pies, ni los pies de los más de seis mil granadinos desterrados volverán a pisar esa tierra. Las guarda para que queden como testigo de su amor por el lugar que la vio nacer: su casa, su hogar; no lo ha olvidado. Dice que legará esas llaves a nuestros hijos, como parte de su herencia. Ahora sabe que las cosas fueron como tenían que ser, que tenían que suceder así para que ella y yo llegásemos a conocernos y pudiésemos concebir los cinco hermosos hijos que trajimos al mundo. Mi primogénita lleva el nombre de Maisha, que significa «Vida» en africano porque, como bien asegura Nur, sólo nos alcanza la muerte cuando los que quedan vivos nos olvidan. Y nosotros nunca podremos olvidar el sacrificio de Maisha. Aunque permítanme que rectifique, pues si bien es cierto que tuvimos cinco hijos fruto de nuestra carne, también criamos, sana y sin rencores, a Concepción, la hija del alma que el destino nos confió.

La afirmación de que todo esto ha ocurrido para que las cosas quedaran como están ahora quizá parezca pretenciosa: creer que todo un reino puede destruirse y pasar de las manos de un pueblo a otro, con todo lo que eso conlleva de sacrificios humanos, desgracias y diatribas económicas, para beneficiar a dos seres insignificantes. Es posible que sea así, que yo sea un presuntuoso que cree que el mundo gira a mi alrededor. Pero me da igual lo que piensen; ésta es mi historia y lo que ocurre en la vida es lo que yo cuento que ocurre.

De hecho, pensé en variar la narración en la que doy fe del final de Massimo el Toscano. Aquel prurito de dolor que le causó Oreste estaba grabado sobre su piel y le impedía respirar con tranquilidad. Pero ¿por qué no imaginar que sobrevivió a las heridas causadas por el buril? Por lo que sé, nunca se encontró su cadáver. Quizá se dio cuenta de que seguir culpando a Oreste de su desgracia lo convertía en su esclavo y en su víctima. La ira lo mantenía para siempre unido a su mayor enemigo. Es posible que reconociera que perdonar no significaba justificar, sino simplemente liberarse. Sí, quizá, quizá… logró regresar a la hermosa Florencia y obtener el perdón de la familia de Caterina Bardi. Incluso puede que alcanzara a ver a sus padres antes de que abandonaran el mundo… y enterrarlos, como era ley de vida. A lo mejor llegó a reposar tranquilo y relajado bajo los rayos solares de la Toscana, bebiendo ese vino delicioso con sabor a violetas lo que le restase de vida. Sí, ése sería un buen final para contar la historia de Massimo.

Ahora sólo me queda terminar de repasar este manuscrito para que mis recuerdos y los de Nur, y todo aquello que he imaginado, puedan combinarse de modo que, al completo, parezca una realidad que conmueva tanto como una leyenda.

Estoy escribiendo junto a la ventana, releyendo mis notas y mirando la luna. Por el lugar que ocupa en el cielo deduzco que ya es más de medianoche, así que anotaré al final de este manuscrito que terminé de componer mi historia el 12 de abril de 1533 y lo firmaré con mi nombre, que ya no es Yago, sino Sâmeh, «El que perdona». Tengo los ojos doloridos, pero en el fondo de mi alma hay un gozo de satisfacción. He cumplido con mi misión. Tomaré la lucerna y me acercaré a la habitación y allí descubriré, esperándome entre las frazadas, el cómodo cuerpo de Nur. Donde esté ella, allí estará mi hogar.

Los astrónomos me han advertido que esta noche aparecerá en el cielo una estrella con cola, igual a la que acompañó el nacimiento de Boabdil; la misma que atravesó el cielo de Florencia de izquierda a derecha la noche en que Caterina Bardi se quitó la vida. Ha vuelto, después de tantos años, para cruzar el cielo de norte a sur. Quizá sea una señal. Todo gira, todo se repite, todo vuelve... Todo vuelve.

Ya somos inmortales.

La paz sea con vuestras mercedes.

Bibliografía

Bermejo, José María, *La vida amorosa en la época de los trovadores*, Madrid, Temas de Hoy, 1996.

Capoa, Chiara de, *Episodios y personajes del Antiguo Testamento*, Barcelona, Electa, 2003.

Díez Jorge, M.ª Elena (ed.), *La Alhambra y el Generalife. Guía histórico-artística*, Granada, Universidad de Granada y Consejería de Innovación, Ciencia y Empresa, 2006.

Fierro Bello, María Isabel, *Atlas ilustrado de la España musulmana*, Madrid, Susaeta, 2012.

Giordano Rodríguez, Carlos Alberto, y Palmisano, Lionel, *Guía visual del Real Alcázar de Sevilla*, Barcelona, Dos de Arte, 2009.

Irving, Washington, *Cuentos de la Alhambra*, Madrid, Espasa, 2010.

Ladero Quesada, Miguel Ángel, *La guerra de Granada (1482-1491)*, Granada, Publicaciones de Diputación de Granada, 2007.

Lych, John (dir.), *La España de los Reyes Católicos*, El País, 2007.

Morales Padrón, Francisco, *Cristóbal Colón, almirante de la mar Océana*, Madrid, Anaya, 1988.

Nola, Ruperto de, *Libro de cozina*, Valencia, Vicent García Editores, 1999.

Quesada-Cañaveral y Piédorola, Julio, *Boabdil. Granada y la Alhambra hasta el siglo XVI*, Valladolid, Maxtor, 2010.

El papel utilizado para la impresión de este libro
ha sido fabricado a partir de madera
procedente de bosques y plantaciones
gestionados con los más altos estándares ambientales,
lo que garantiza una explotación de los recursos
sostenible con el medio ambiente
y beneficiosa para las personas.
Por este motivo, Greenpeace acredita que
este libro cumple los requisitos ambientales y sociales
necesarios para ser considerado
un libro «amigo de los bosques».
El proyecto Libros Amigos de los Bosques promueve
la conservación y el uso sostenible de los bosques,
en especial de los bosques primarios,
los últimos bosques vírgenes del planeta.

Papel certificado por el Forest Stewardship Council®